MIRA®

Stürmische Affären

MIRA®

MIRA® TASCHENBUCH
Band 25330
1. Auflage: November 2008

MIRA® TASCHENBÜCHER
erscheinen in der Cora Verlag GmbH & Co. KG,
Valentinskamp 24, 20350 Hamburg
Deutsche Taschenbucherstausgabe

Originaltitel: Tempest at Sea
Aus dem Amerikanischen von Sonja Sajlo-Lucich
Originaltitel: Stormy Vows
Aus dem Amerikanischen von Sonja Sajlo-Lucich

erschienen bei: Bantam Books, New York
This translation is published by arrangement with
The Bantam Dell Publishing Group, a division of Random House, Inc.

Konzeption/Reihengestaltung: fredebold&partner gmbh, Köln
Umschlaggestaltung: pecher und soiron, Köln
Redaktion: Claudia Wuttke
Titelabbildung: Getty Images, München; pecher & soiron, Köln
Satz: Buch-Werkstatt GmbH, Bad Aibling
Druck und Bindearbeiten: CPI – Ebner & Spiegel, Ulm
Printed in Germany
ISBN 978-3-89941-544-5

www.mira-taschenbuch.de

Lieber Leser!

Endlich! Schon immer habe ich mir gewünscht, dass diese beiden Bücher zusammen in einem Band erscheinen. *Sturm über dem Meer* und *Ein riskantes Angebot* sind meine ersten beiden Geschichten. In ihnen spiegeln sich all die Hoffnungen und romantischen Träume aus jener Zeit meines Lebens wider. Ein Anfang hat immer etwas Besonderes – die unschuldige Neugier, die brennende Leidenschaft, die erwartungsvolle Aufregung. Diese beiden Bücher sind auch die ersten von vielen, die noch folgen sollten, in denen dieselben Charaktere auftreten. Von vornherein beabsichtigt war das nicht, genau wie es auch in meinen späteren Büchern nicht geplant war. Aber die Helden waren einfach zu faszinierend und interessant, ich konnte ihnen unmöglich den Rücken kehren. Ihnen wünsche ich den gleichen Spaß beim Lesen, den ich beim Schreiben hatte.

Frohes Lesen!

Iris

Iris Johansen

Ein riskantes Angebot

Roman

Aus dem Amerikanischen von
Sonja Sajlo-Lucich

MIRA®

1. KAPITEL

Mit kritischem Blick betrachtete Brenna Sloan sich im Spiegel. Eine Falte lag auf ihrer Stirn, und sie nagte an ihrer Lippe. Als sie vor zwanzig Minuten den schwarzen Rock und die weiße Seidenbluse ausgewählt hatte, schien ihr der dezente Schick des Ensembles noch geeignet. Jetzt jedoch meldeten sich Zweifel. War der Aufzug nicht zu schlicht für einen Termin, der der wichtigste ihrer Karriere sein könnte?

Sie zuckte mit den Achseln und wandte sich mit einem Seufzer ab. Es würde reichen müssen. Viel Auswahl bot ihr Kleiderschrank sowieso nicht. Sie griff nach ihrer Wildlederjacke und ihrer Handtasche und eilte ins Wohnzimmer.

Ein puttengleicher Zweijähriger mit goldenen Locken sah aus seinem Laufstall zu ihr auf und begann zu strahlen. Auf stämmigen Beinchen zog er sich hoch. Mit den blauen Cordhosen und einem T-Shirt mit dem aufgedruckten Namenszug der Los Angeles Dodgers sah er absolut hinreißend aus.

„Mama, gehen?“, fragte er begeistert.

Randy war immer bereit zu gehen. Für ihn war jede Unternehmung ein aufregendes Abenteuer, und davon bekam er nie genug.

Brenna hob ihn aus dem Laufstall, gab ihm einen Kuss auf die weiche Wange und drückte ihn an sich. „Ja, wir gehen“, bestätigte sie. Sie stellte ihn auf die Füße, dann machte sie sich daran, den Laufstall zusammenzuklappen. Randy sah ihr aufmerksam zu, als sie nach der Leinentasche mit Spielzeug griff, die immer bereitstand. Ihm war das Ritual vertraut, schließlich wiederholte es sich manchmal zwei- oder dreimal am Tag.

Den zusammengefalteten Laufstall unter dem einen, Jacke, Hand- und Spielzeugtasche unter dem anderen Arm, ging Brenna zur Wohnungstür. Randy stapfte fröhlich neben ihr her, als sie die Wohnung verließen und auf den Lift zusteuerten.

„Mama, tragen?"

Auch das gehörte mit zum Ritual. Eigentlich rechnet er ja nicht wirklich damit, aber er versucht es jedes Mal, dachte Brenna schmunzelnd. „Nein, Randy muss selbst laufen", sagte sie bestimmt, als der Aufzug ankam und sie in die winzige Kabine einstiegen. Das Wohnhaus hatte nur drei Stockwerke, im Grunde war ein Aufzug also gar nicht nötig. Aber Brenna war jedes Mal aus tiefster Seele dankbar, wenn sie mit Randy die Wohnung verließ. Denn dann war sie immer bepackt wie ein Lastesel, und es hätte in einer Katastrophe enden können, mit Randy die Treppe hinunterzulaufen. Außerdem liebte Randy Aufzüge. Für ihn war das Fahrstuhlfahren noch ein weiteres Abenteuer, vielleicht nicht ganz so aufregend wie die Rolltreppen in den großen Kaufhäusern, aber dennoch ...

Die Kabinentür glitt auf, und Brenna schob Randy sanft in den Flur hinaus und auf die Wohnung der Vermieterin zu. Randy kannte den Weg bereits und nickte zufrieden, als sie vor der Wohnungstür standen.

„Tante Viv", murmelte er. Schließlich wusste er, dass hinter dieser Tür Kekse, Spielzeug und Schmuseeinheiten auf ihn warteten.

„Richtig, Engelchen", sagte Brenna. „Tante Viv wird auf dich aufpassen, bis Mama zurückkommt." Sie drückte die Klingel.

„Komm rein, Brenna", rief Vivian Barlow, und als Brenna und Randy eintraten, winkte sie ihnen mit einer frisch manikürten Hand von der bequemen alten Couch entgegen. „Tut mir leid, Liebes", sagte sie mit einem abwesenden Lächeln. „Ich weiß, du hast es eilig, aber würdest du bitte selbst alles für Randy aufstellen? Ich habe am Nachmittag eine Fotosession, und der Nagellack ist noch nicht trocken."

„Wieder eine dieser Spülmittelwerbungen?" Brenna klappte den Laufstall auseinander.

„Genau." Vivian Barlow nickte und zog die Augenbrauen in die Höhe. „Eine Gegenüberstellung, bei der die Großmutter mit den gepflegten Händen ihrer Enkelin beweist, auf wie viel mehr Erfahrung im Haushalt sie zurückgreifen kann." Sie schmunzelte vergnügt. „Und all das nur, weil ich mein Lebtag mein Geschirr mit diesem Fettfresser gespült habe."

„Fettfresser!" Brenna lachte.

„Na, so ähnlich heißt das Zeug", meinte Vivian vage. Sie stand auf, ging zu Randy, der auf dem Boden saß, und drückte ihm einen Kuss auf sein Haar. „Wie geht's dir, Sportsfreund?", fragte sie liebevoll. Sie war ein leidenschaftlicher Baseballfan und hatte Randy auch das T-Shirt geschenkt. Mit Anfang sechzig war Vivian Barlow noch immer höchst attraktiv und achtete auf ihr Äußeres. Zudem lächelte sie das herzlichste aller Lächeln und hatte die lustigsten funkelnden grauen Augen, die Brenna je gesehen hatte.

Kurz nachdem Brenna sich mit ihrer Vermieterin angefreundet hatte, erfuhr sie von Vivian, dass diese zweimal geschieden und einmal verwitwet war.

„Ich hab immer Angst gehabt, ich könnte etwas verpassen", hatte Vivian Brenna in einer ruhigen Minute gestanden. „Also habe ich mit beiden Händen zugegriffen." Dann hatte sie das Gesicht verzogen. „Oft habe ich leider auch danebengegriffen."

Vivian hatte ihr ganzes Leben als Schauspielerin gearbeitet und war in Hunderten von Nebenrollen aufgetreten, sowohl im Film als auch in Bühnenproduktionen. Nachdem Ehemann Nummer drei verstarb und ihr das kleine Mietshaus hinterließ, das ihr ein regelmäßiges Einkommen garantierte, setzte Vivian sich zur Ruhe. Und musste bald feststellen, dass sie sich zu Tode langweilte. So dauerte es nicht lange, bis sie das perfekte Ventil für ihre Energie in der Welt der Fernsehwerbung fand. Inzwischen war sie ein viel gefragtes Gesicht für die Rolle der modernen älteren Frau, als Antithese zu der gemütlichen Großmutter von einst.

„Ich meine ja immer noch, du solltest Werbung für Shampoos und Seife machen", merkte Vivian kritisch an. „Du hast dieses mythisch-dryadische Aussehen, so als wärst du auf einer Waldlichtung aufgewachsen." Sie musterte Brenna mit Bewunderung im Blick.

Brenna setzte gerade Randy in den Laufstall und legte ihm seine Lieblingsspielzeuge mit hinein. Als sie sich aufrichtete und sich zu Vivian umdrehte, ließ ein atemberaubendes Lächeln ihr Gesicht erstrahlen.

„Das John Harris Memorial House kann man nicht gerade als himmlisches Gefilde bezeichnen", kam es trocken von ihr zurück. Im Gegenteil, das Waisenhaus, in dem sie aufgewachsen war, hatte keine Zeit für solche Fantastereien wie Nymphen und Dryaden gehabt.

Vivian seufzte hörbar auf, aber sie sagte nichts dazu. „Du bist ja heute so schick."

Ohne Vivian anzusehen, nahm Brenna Jacke und Handtasche auf. „Ich habe ein Vorsprechen."

„Du musst zum Vorsprechen? Aber warum hast du mir denn nichts davon erzählt?" Vivian war begeistert. „Wo? Wofür? Ich will alles wissen."

„Da ist eigentlich nicht viel zu erzählen", sagte Brenna bewusst gleichmütig. „Charles hat das für mich arrangiert. Einer seiner ehemaligen Schüler produziert einen Film. Ich soll für eine Rolle vorsprechen. Aber wahrscheinlich wird sowieso nichts daraus."

„Ich wusste gar nicht, dass Charles Verbindungen zum Film

hat", meinte Vivian. „Um wen handelt es sich denn dabei?"

Brenna holte tief Luft und drehte sich zu der Freundin um. Ihr Gesicht verriet ihre Anspannung. „Michael Donovan."

Mit hochgerissenen Augenbrauen stieß Vivian einen leisen Pfiff aus. „Michael Donovan! Das ist die Chance für dich!"

Jeder im Filmgeschäft wusste, wer Michael Donovan war. Erst Ende dreißig, war er bereits eine lebende Legende. Wie ein gleißender Komet war er über den Hollywood-Himmel gezogen. Als Autor und Regisseur blieb er unerreicht, und inzwischen konnte er den gleichen Erfolg als Produzent verbuchen. Drei der erfolgreichsten Filme aller Zeiten gingen auf sein Konto, und da er bei zweien von ihnen auch als Koproduzent mitgewirkt hatte, war er durch die eingespielten Einnahmen mittlerweile zum Multimillionär geworden. Mit einem Teil seines Vermögens hatte er im Süden Oregons seine eigene Produktionsfirma aufgebaut, wo er die besten Talente im Filmbusiness zusammenscharte. Sein Image war zu einer solchen Größe herangewachsen, dass die Menschen allein bei seinem Namen vor Ehrfurcht erstarrten.

Brenna zuckte die Schultern. „Es ist nur ein Vorsprechen. Ich werde vor dem Casting-Direktor, Josh Hernandez, lesen." Ihre Haltung gab nach, sie schloss die Augen und holte tief Luft. „Oh Vivian, ich bin schrecklich nervös."

Vivian klopfte ihr auf die Schulter. „Du schaffst das schon", sagte sie aufmunternd. „Du bist gut, Brenna. Wirklich gut."

„In dieser Stadt gibt es Hunderte von Schauspielerinnen", erwiderte Brenna düster. „Und die meisten von ihnen sind auf der Suche nach Arbeit."

Vivian nickte verständnisvoll. „So ist das Geschäft nun mal – die Konkurrenz ist groß. Ich vermute, ohne persönliche Empfehlung kommt man nicht einmal an der Empfangssekretärin beim Donovan Casting Office vorbei. Ich wusste auch nicht, dass Charles Michael Donovan kennt."

„Ich auch nicht“, sagte Brenna. „Ich glaube, er wollte diese Beziehung nicht ausnutzen. Deshalb ist es ja so wichtig, dass ich beim Vorsprechen gut abschneide. Ich will Charles nicht enttäuschen, wenn er sich schon die Mühe gemacht und sich für mich bei Mr. Donovan eingesetzt hat.“ Sie befeuchtete ihre Lippen und reckte die Schultern. „Nun, mehr als Nein sagen können sie nicht“, sprach sie sich selbst Mut zu und lächelte der Älteren flüchtig zu. „Wünsch mir Glück.“

„Hals- und Beinbruch!“, rief Vivian ihr nach, als diese Randy noch einen Kuss auf das seidige Haar gab und dann zur Tür hinauseilte.

Während Brenna mit ihrem alten grauen Honda vom Parkplatz des Wohnhauses fuhr, wanderten ihre Gedanken zu dem Termin, der vor ihr lag.

Als Charles ihr mitteilte, was er für sie arrangiert hatte, und ihr das Skript für „Wild Heritage“ in die Hand drückte, war sie völlig perplex gewesen. In ihren wildesten Träumen hätte sie nie darauf gehofft, ein Vorsprechen für eine Donovan-Produktion zu erhalten. Charles erfüllte ihr Erstaunen mit beinahe diebischer Freude und nur zögernd gestand er ihr, dass Michael ein früherer Schüler von ihm war und sie noch immer sporadisch Kontakt hielten.

„Als ich erfuhr, dass Michael das Skript für ‚Wild Heritage‘ gekauft hat, wusste ich sofort, du wärst perfekt für die Rolle der Angie“, hatte er gemeint und ihr ungelenk auf den Rücken geklopft. „Mach mich stolz, Brenna.“

„Wild Heritage“ erzählte die Geschichte von Angie Linden, einer jungen Frau, die sich mit aller Macht darum bemühte, ihre wechselvolle Vergangenheit hinter sich zu lassen und ein neues Leben zu beginnen. Das Skript hatte alles, was für einen guten Film nötig war: Pathos, Humor und die nötige Prise Dramatik. Jede Schauspielerin würde ihren rechten Arm für diese Rolle geben, daher zweifelte Brenna auch daran, dass man dieses Pralinee so einfach einer Unbekannten in den Schoß fallen ließ. Hätte Charles Wilkes nicht darauf bestanden, wäre sie nie zu diesem Termin gegangen. Aber sie konnte ihn schließlich nicht enttäuschen, nach allem, was er für sie getan hatte.

Die Adresse, die Charles ihr gegeben hatte, lag im Zentrum von Los Angeles. Und als Brenna es endlich gefunden hatte, war sie mehr als erstaunt über den eher bescheidenen zweistöckigen Backsteinbau mit der diskreten Tafel an der Mauer, auf der nur „Donovan Enterprises Ltd." zu lesen stand. Ein unauffälliges Gebäude für einen Mann von Donovans Extrovertiertheit, dachte sie und hielt vor dem Haus. Eine freundlich lächelnde Empfangsdame wies ihr den Weg zu Studio B im zweiten Stock.

Das Studio erinnerte an ein kleines Theater, mit einer erhöhten Bühne und einigen Reihen von mit Samt bezogenen Sitzen. Auf den beiden Plätzen neben der Tür saßen ein dunkelhaariger kleiner Mann Mitte dreißig und eine lässig gekleidete rothaarige Frau, die ungefähr in Brennas Alter sein musste. Bei Brennas Eintreten erhob sich der Mann und nahm ein Clipboard vom Nebensitz auf.

„Miss Sloan?" Ein warmes Lächeln umspielte sein schmales Gesicht. „Ich bin Josh Hernandez, das ist meine Assistentin, Billie Perkins." Die rothaarige Frau nickte Brenna lächelnd zu. „Freut mich, Sie kennenzulernen."

Brenna entspannte sich ein wenig und atmete unmerklich durch. Josh Hernandez war alles andere als der korpulente, Zigarre rauchende Filmdirektor mit hervorstechenden Augen, den sie sich in ihrer Fantasie ausgemalt hatte.

Brenna lächelte sanft zurück, und Josh Hernandez hielt unwillkürlich den Atem an. Himmel, ein solches Lächeln hatte er seit Audrey Hepburn nicht mehr gesehen.

„Ich freue mich auch sehr, Mr. Hernandez." Brenna schaute

sich in dem kleinen Theater um. „Ich hatte es mir ganz anders vorgestellt."

Josh zuckte mit einem Grinsen die Schultern. „Wenn Sie das hier bestehen, müssen wir noch eine Aufnahmeprobe machen. Mr. Donovan zieht es vor, das erste Vorsprechen hier stattfinden zu lassen. Er ist der Meinung, die Bühne bringt den Schauspieler und seine Körpersprache besser zur Geltung."

„Mr. Donovan scheint ein Mann mit ungewöhnlichen Ideen zu sein", bemerkte Brenna leichthin.

„Das ist er, Miss Sloan", bestätigte Josh Hernandez. „Das ist er in der Tat." Er zog ein Formular von seinem Clipboard. „Wenn Sie das hier ausgefüllt haben, können wir beginnen."

Der Bogen war schnell ausgefüllt, Brenna reichte ihn an Hernandez zurück, der daraufhin einladend zur Bühne deutete.

„Wenn Sie dann so weit sind ..."

Brenna stieg die vier Stufen zur Bühne hinauf und stellte sich in die Mitte. Noch einmal atmete sie tief durch, um das Flattern in ihrem Magen zu beruhigen. „Wo soll ich anfangen?"

„Bei Angies Monolog auf Seite drei, zweite Szene", antwortete Hernandez. „Billie übernimmt den Joe."

Brenna begann zu lesen. Und wie immer vergaß sie alles um sich herum, sobald sie sich in die Rolle hineinversetzt hatte. Sie wurde zu Angie Linden, die Nervosität schwand. Es machte ihr sogar Spaß, und so war sie fast enttäuscht, als es vorbei war und Hernandez sie unterbrach. Denn sie war gut gewesen, das wusste sie mit Sicherheit.

Hernandez nahm zwei Stufen auf einmal, um zu ihr auf die Bühne zu kommen. Ein strahlendes Lächeln stand auf seinem Gesicht. „Großartig, Miss Sloan!"

Voller Aufregung und Hoffnung sah sie ihn an. „Es hat Ihnen gefallen?"

Hernandez musterte ihr Gesicht. „Sie sind ein Naturtalent. Wenn Sie auch noch auf den Fotos gut rauskommen … Allerdings habe ich das natürlich nicht zu entscheiden“, beeilte er sich zu sagen. „Aber wenn es nach mir ginge, hätten Sie die Rolle.“

„Nicht so schnell, Josh!“

Überrascht wandten sich beide zu dem leeren Theatersaal um.

Der Mann in ausgewaschenen Jeans und hellem Hemd mit aufgerollten Ärmeln lehnte entspannt am Türrahmen. Trotz des lässigen Aufzugs konnte kein Zweifel bestehen, um wen es sich bei diesem Mann handelte. Zwar hielt Michael Donovan sein Privatleben eisern unter Verschluss, dennoch erschienen natürlich ab und zu Fotos von ihm in den Zeitungen. Und hatte man ihn einmal gesehen, vergaß man ihn nicht mehr.

Der Mann hatte eine derart intensive Ausstrahlung, dass Brenna der Atem stockte. Dabei ist er nicht einmal attraktiv, dachte sie und war im selben Moment über den Gedanken erstaunt. Bei Michael Donovan griffen solche konventionellen Beurteilungen nicht. Seinen rauen, ungeschliffenen Zügen haftete eine eigene Kraft an, und die durchdringenden blauen Augen schienen sich nicht von Nebensächlichkeiten ablenken zu lassen, sondern direkt zum Kern vorzudringen. Selbst die Luft um ihn herum schien mit Energie aufgeladen zu sein. Mit seiner großen muskulösen Statur und dem mahagonibraunen Haar strahlte er eine schier überwältigende Präsenz aus.

Mit geschmeidigen Bewegungen ging er an einer benommenen Billie Perkins vorbei direkt auf die Bühne zu Brenna und Hernandez.

Aus der Nähe wirkte er noch einschüchternder, und Brenna wich unwillkürlich einen Schritt zurück. Eine Geste, die Donovan mit zusammengekniffenen Augen registrierte. Er verzog zynisch den Mund, als er sich an Hernandez wandte.

„Sie werden nachlässig, Josh. Es ist doch gar nicht Ihre Art, Zusagen zu geben. Normalweise sagen Sie nur: ‚Wir melden uns bei Ihnen'." Michael Donovan ließ den Blick über Brenna gleiten, gründlich, von Kopf bis Fuß. „Da müsste schon etwas Weltbewegendes passieren, bevor Sie von den eingespielten Floskeln abweichen."

Hernandez sah verwirrt zu Donovan. „Es gab keine Zusage, Mr. Donovan. Wenn Sie mir Begeisterung vorwerfen, dann muss ich mich schuldig bekennen, ja. Es war verdammt gut, was sie abgeliefert hat."

Donovan nickte lässig. „Ja, gut war sie. Ich habe die zweite Hälfte mitgehört."

Brennas Augen leuchteten auf, als sie zu ihm hinsah. Noch immer lag sein Blick auf ihrem ausdrucksstarken Gesicht, und natürlich erkannte er auch die Erwartung darin. „Machen Sie sich keine Hoffnungen, Miss Sloan. Sie sind nicht die Richtige für die Rolle", sagte er harsch.

Die sanften Rehaugen weiteten sich vor Schock über seine brutale Offenheit. „Aber wieso?", wollte sie verständnislos wissen. „Sie sagten doch selbst, ich sei gut."

Donovan hatte Hernandez das Clipboard aus der Hand genommen und überflog das Formular mit den persönlichen Daten. „Sie waren gut", bestätigte er kühl. „Was nicht bedeutet, dass Sie die richtige Besetzung für die Rolle sind. Viele Schauspielerinnen hätten eine ähnlich überzeugende Vorstellung abgeliefert."

Hernandez öffnete den Mund, als wolle er protestieren, doch nach einem warnenden Blick von Donovan schloss er die Lippen mit einem Achselzucken wieder.

„Für die Angie brauchen wir jemanden mit mehr Erfahrung", fuhr Donovan fort.

„Berufserfahrung?", fragte Brenna schon fast verständnisvoll. Auch wenn Donovan oft unbekannte Talente einsetzte, so war doch logisch, dass er bei einem Multi-Millionen-Dollar-Projekt lieber auf Nummer sicher ging und sich einen etablierten Star holte.

Doch er schüttelte den Kopf. „Berufserfahrung ist mir völlig gleich. Nein, ich rede von persönlicher Erfahrung. Oberflächlich gesehen haben Sie wirklich gut gelesen, aber ich will mehr als das für Angie. Ich brauche eine Schauspielerin, die die Rolle mit echtem Lebensgefühl füllt." Mit einem Finger deutete er auf das Clipboard. „Sie sind gerade mal zwanzig. Da Sie keine Schauspielschule besucht haben, ist Ihnen Stanislawski und seine Theorie von Sinn und Erinnerung vielleicht nicht geläufig."

„Stanislawski? Sie meinen methodisches Schauspiel?"

„Richtig. Ich vergaß, dass Sie ein Protegé von Charles Wilkes sind. Nun, dann ist Ihnen also bekannt, dass methodisches Schauspiel die eigenen Emotionen und Erfahrungen als Basis für die glaubwürdige Darstellung eines Charakters voraussetzt. Angie Linden ist eine Frau, die das Leben in vollen Zügen gelebt hat, trotz ihres jugendlichen Alters. Sie hat Dutzende von Liebhabern gehabt und Enttäuschung und Grausamkeit erfahren." Sein Blick ließ sie nicht los. „Bei Ihnen kann man praktisch noch den Morgentau auf der Haut glitzern sehen, Miss Sloan. Angie Linden dagegen verkörpert Mitternachtsspitze und französisches Parfüm."

Brenna fühlte, wie der Ärger sich in ihr aufbaute. „Nur, damit ich Sie nicht missverstehe, Mr. Donovan", hob sie an. „Es liegt also nicht daran, dass ich als Schauspielerin nicht gut genug bin, um die Rolle zu übernehmen, sondern Sie verweigern mir die Rolle, weil ich mich nicht auf eine wüste Vergangenheit berufen kann?"

Seine blauen Augen blickten seltsam interessiert. „Genau", entgegnete er samten. „Für die Rolle der Julia wären Sie perfekt."

„Das ist das Lächerlichste, was ich je gehört habe!" Dass Hernandez, über ihren Ausbruch entsetzt, nach Luft schnappte, ignorierte sie. Der Ärger loderte jetzt lichterloh, und die sonst so sanften braunen Augen sprühten Funken. Innerhalb von Minuten hatte dieser arrogante Diktator sie durch die Hölle von Hoffnung, Verwirrung und Enttäuschung geschickt. Und jetzt verweigerte er ihr die eine Chance, die ihre ganze Zukunft beeinflussen konnte. Noch dazu mit dem fadenscheinigsten Vorwand, den man sich vorstellen konnte!

„Glauben Sie?" Donovan beobachtete sie interessiert, wie ein unbekanntes Tier im Zoo. „Das heißt, Sie stimmen also nicht mit Stanislawski überein, Miss Sloan?"

„Eine Schauspielerin kann mit den entsprechenden Hilfsmitteln jeden Charakter glaubwürdig darstellen. Theorien wie methodisches Schauspiel oder Sinngebung-Erinnerung sind auch nicht mehr als das – Hilfsmittel. Und sie reichen nicht als Werkzeuge, wenn man gut sein will. Sich so fanatisch an einen Aspekt eines komplexen Ganzen zu klammern ist absurd." Sie warf ihr Haar zurück. „Mir die Rolle vorzuenthalten, weil es mir Ihrer Meinung nach an Sex-Appeal mangelt, ist komplett beschränkt."

Mit amüsiertem Blick musterte er sie und jagte damit einen heißen Schauer über ihren Rücken. „Ich habe nie behauptet, dass es Ihnen an Sex-Appeal mangelt. Nur an Erfahrung." Seine Augen glitzerten diabolisch. „Übrigens ein Mangel, den ich sehr gerne beheben würde."

Das Blut schoss ihr in die Wangen, sowohl aus Wut als auch aus Verlegenheit. Sie wusste, er spielte nur mit ihr, und das fachte den Ärger noch an. Donovans Affären waren Legende. Böse Zungen in der Klatschpresse behaupteten, er sei so aktiv wie ein Straßenkater, mit den schönsten und elegantesten Frauen überall auf der Welt. Die Vorstellung, dass er eine zwanzigjährige „Julia" attraktiv finden sollte, war lächerlich. Nein, er revanchierte sich nur für ihre Dreistigkeit, weil sie es gewagt hatte, ihm zu widersprechen.

„Das habe ich nicht verdient." Trotzig hob sie das Kinn. „Ich weiß, Sie sind verärgert über mich. Aber Sie müssen nicht auf die billige sexistische Casting-Routine zurückgreifen, um mich auf meinen Platz zu verweisen, Mr. Donovan. Ich habe recht, und es tut mir leid, dass Sie zu blind und starrköpfig sind, um es zu sehen." Damit drehte sie sich um und stieg mit majestätisch erhobenem Haupt von der Bühne. Die beiden Männer starrten ihr sprachlos nach.

An der Tür wandte sie sich noch einmal um. „Sie irren sich, Mr. Donovan", sagte sie mit fester Stimme. „Ich hätte etwas ganz Besonderes aus Angie Linden machen können." Sie verzog abfällig den Mund. „Und wenn ich mich recht entsinne, dann war Julia eine sehr sexy Lady. Da irren Sie also auch."

Und mit diesen Worten verließ Brenna das Theater.

2. KAPITEL

Wut brodelte in Brenna auf der Fahrt nach Hause, als sie Randy bei Vivian abholte, und auch noch, als sie mit ihm zurück in ihre Wohnung ging. Dort legte sie den Jungen für seinen Nachmittagsschlaf hin – nicht ohne vorher sämtliches Spielzeug aus seinem Bettchen herauszuholen. Sie wusste, würde Randy auch nur eines finden, wäre es aus mit dem Schläfchen. Sie wappnete sich gegen sein flehendes Jammern, deckte ihn zu und drückte einen Kuss auf seine Stirn.

„Schlaf jetzt", sagte sie bestimmt und zog die Tür seines Zimmers hinter sich zu und lehnte sich draußen mit dem Rücken dagegen. Der Gefühlstumult vom Vormittag hatte sie ausgelaugt. Langsam ging sie zur Couch und rollte sich darauf zusammen. Und stellte fest, dass ihr eine unerwartete Träne über die Wange lief. Tränen? Unwirsch wischte sie sie fort. Nein, verflixt, sie würde nicht heulen. Sie gönnte es Michael Donovan nicht, sie zum Weinen zu bringen, sie hatte doch wohl mehr Rückgrat als das. Genau das hatte Janine auch immer gesagt.

Der Gedanke schoss ihr unerwartet in den Kopf und schnürte ihr die Kehle zu. Sie erinnerte sich noch daran, wie ihre Schwester neben ihrem Bett auf die Knie gesunken war, das aschblonde Haar wirr um das bleiche Gesicht, und die Tränen ihr in Strömen über die Wangen gelaufen waren.

„Du bist stark, Brenna", hatte Janine geschluchzt. „Du warst schon immer stärker als ich, auch wenn ich die Ältere bin. Hilf mir, Brenna. Bitte, du musst mir helfen!"

Brenna schüttelte den Kopf, als ihr jetzt bei der Erinnerung die Tränen unaufhaltsam in die Augen stiegen. „Zum Teufel mit dir, Michael Donovan", flüsterte sie rau und ballte die Fäuste. Normalerweise besaß sie genügend Selbstbeherrschung, um die Erinnerungen im Zaum zu halten. Es gelang ihr sonst immer, die fortwährend schmerzenden Gefühle unter Verschluss zu halten, die sie damals schier zerrissen und hilflos gemacht hatten. Jetzt aber kamen die Bilder zurück, stürzten eines nach dem anderen auf sie ein, nur wegen dieser aufreibenden Erfahrung mit Donovan.

Janine hatte damals recht gehabt, Brenna war immer die stärkere der beiden Schwestern gewesen. Der Vater hatte die Mutter kurz nach Brennas Geburt verlassen und niemand wusste, wo er sich aufhielt. Also musste die Mutter allein den Lebensunterhalt für die drei verdienen und hatte daher keine Zeit, ihrer jüngeren Tochter so viel Aufmerksamkeit zu schenken wie der vier Jahre älteren Janine. Wahrscheinlich war Brenna daher auch nicht so betroffen wie ihre große Schwester, als die Mutter kurz nach Brennas viertem Geburtstag an einer Lungenentzündung starb. Für Janine dagegen war es der zweite katastrophale Schlag in ihrem jungen Leben. Ein Schlag, von dem sie sich nie wieder richtig erholte. Nachdem die Behörden sichergestellt hatten, dass es keine weiteren Verwandten gab, wurden Brenna und Janine im John Harris Memorial House untergebracht. Brenna passte sich schnell an die neue Situation an, Janine aber zog sich in sich zurück. Versteckt hinter einer Wand aus Schüchternheit, schloss sie die Wirklichkeit aus und lebte in ihrer eigenen Welt, zu der nur Menschen aus der vertrauten Vergangenheit Zutritt hatten. Und an die Schwester klammerte sie sich mit einer fast fanatischen Besessenheit.

Mit siebzehn aus dem Heim entlassen, fand Janine eine Anstellung als Sekretärin bei der Chadeaux-Winzerei in Los Angeles. Sie arbeitete hart und wurde schnell in die Chefetage befördert. Als sie sich ein eigenes Apartment leisten konnte, arrangierte sie mit der Heimleitung, dass sie die Vormundschaft über die damals fünfzehnjährige Brenna übernehmen konnte und die jüngere Schwester zu ihr ziehen durfte. Brenna war darüber ebenso glücklich wie Janine. Zwar war sie nicht so abhängig von Zuneigungsbekundungen wie Janine, aber sie verspürte einen starken Beschützerinstinkt, wahrscheinlich erwachsen aus den Hunderten von Kämpfen, die sie mit den anderen Heimkindern wegen ihrer scheuen älteren Schwester ausgefochten hatte.

Dieses erste Jahr war wunderbar. Brenna besuchte weiter die örtliche Schule und nahm immer häufiger an Theaterworkshops und kleineren Aufführungen teil. Sie war so fasziniert von ihren ersten Erfahrungen mit der Schauspielerei, dass sie von Janines Faszination für Paul Chadeaux, den Sohn und Erben des Winzers, zuerst gar nichts bemerkte. Natürlich hatte sie den schlanken blonden Mann getroffen, wenn er Janine zu Verabredungen abholte, aber die Schwestern hatten nie ernsthaft über ihn gesprochen. Allerdings hatte Brenna gespürt, dass er genau der weltgewandte Typ war, der auf ein unsicheres junges Ding wie Janine betörend wirken musste. Eine Ausstrahlung, wie er sie besaß, erlangte man nur durch ein reiches Elternhaus, die richtigen Schulen und einen stabilen familiären Hintergrund.

Mit der Zeit traf sich Janine immer häufiger mit Paul Chadeaux, und Brenna konnte deutlich die Veränderungen sehen, die mit ihrer empfindsamen Schwester vor sich gingen. Janine begann, von innen heraus zu strahlen, sie war hoffnungslos verliebt in den Mann. Sobald Brenna das erkannte, beobachtete sie Paul Chadeaux genauer. Und was sie sah, ängstigte sie. Er behandelte ihre Schwester mit einer egoistischen Rücksichtslosigkeit, die Brenna schmerzte. Er hielt Verabredungen nicht ein, ohne Bescheid zu geben, und sprach oft in einem so herablassenden Ton zu Janine, dass Brenna ihm am liebsten an die Gurgel gegangen wäre. Doch in Janines Augen konnte Paul rein gar nichts verkehrt machen. Und so musste Brenna hilflos mit ansehen, wie Janine in ihr Unglück stolperte.

Janine war bereits im dritten Monat schwanger, als sie sich Brenna anvertraute. Sie war geradezu kindlich übermütig, weil sie am Abend mit Paul ausgehen würde. Als sie nun schlicht verkündete, sie sei von Paul schwanger, verlor Brennas Gesicht alle Farbe. Sie lag auf dem Bett und machte ihre Hausaufgaben, während Janine vor dem Spiegel stand und sich schminkte und die Neuigkeit ganz beiläufig in die Unterhaltung einstreute.

„Weiß er es schon?", fragte Brenna wie betäubt.

Ein verträumtes Lächeln umspielte Janines Mund. „Noch nicht. Ich habe es ja selbst heute erst sicher bestätigt bekommen. Aber ich weiß, er wird sich freuen. Das heißt nur, dass wir früher heiraten als geplant."

„Er hat dir einen Antrag gemacht?" Brenna war erleichtert. Dann war Paul vielleicht doch kein solcher Schuft, wie sie vermutete.

„Natürlich", antwortete Janine überzeugt. „Es gibt da nur ein paar kleinere Probleme in seiner Familie. Paul will den richtigen Moment abwarten, um es ihnen zu sagen."

„Wie lange seid ihr schon verlobt?", wollte Brenna argwöhnisch wissen.

„Ungefähr vier Monate." Janines Augen begannen zu leuchten. „Ein Baby, Brenna! Ich wollte doch immer jemanden haben, der ganz allein mir gehört. Und jetzt bekomme ich ein Baby und einen Mann. Es ist fast zu schön, um wahr zu sein."

Genauso erschien es Brenna auch, nur wollte sie ihrer Schwester diesen wunderbaren Traum vom Glück nicht trüben. „Ich freue mich so für dich, Janine", sagte sie also sanft.

„Heute Abend sage ich es Paul. Ich kann es kaum noch abwarten."

Die Hilflosigkeit, die Brenna die ganze Zeit über geplagt

hatte, wuchs zu einem Gefühl realer Bedrohung, als Brenna ihre Schwester zur Haustür hinausgehen sah.

In den frühen Morgenstunden weckte Janine sie dann auf. Ihre Augen waren rot geweint, fast hysterisch flehte sie Brenna an, ihr zu helfen.

„Ich habe mich getäuscht, Brenna“, schluchzte Janine. „Er macht sich überhaupt nichts aus mir.“ Janines Augen waren riesengroß, so als stünde sie unter Schock. „Er will, dass ich mein Baby wegmachen lasse. Er sagt, ich soll mein Kind abtreiben.“

Brenna zog ihre Schwester in die Arme und wiegte sie sanft hin und her. „Alles kommt in Ordnung, Liebes, alles wird wieder gut.“

„Er will mich nicht mehr sehen“, rief Janine verzweifelt. „Er sagt, ich sei blöd, weil ich nicht verhütet habe. Er sagt, wenn ich Schwierigkeiten mache, dann behauptet er, das Kind sei nicht von ihm. Er sagt, ich soll den ‚kleinen Bastard‘ loswerden ...“ Ein unkontrolliertes Zittern durchlief sie.

Und Brenna fühlte eine so schreckliche Wut in sich auflodern, dass sie, wäre Paul Chadeaux mit im Raum gewesen, ihn umgebracht hätte. „Vergiss ihn, Janine“, stieß sie aus. „Verschwende nicht einen Gedanken mehr an ihn.“

„Er ist so böse.“ Janine sagte es mit kindlichem Erstaunen. „Ich kenne niemanden, der so böse ist wie er. Er will mein Baby töten. Aber das kann ich nicht zulassen, Brenna.“

„Nein, natürlich kannst du das nicht, Liebes“, entgegnete Brenna leise. Janines Miene jagte ihr Angst ein. Schon immer war Janine zartbesaitet gewesen. War diese Enttäuschung jetzt zu viel für sie? „Wir überlegen uns etwas. Wir schaffen es schon, das verspreche ich. Warum gehst du jetzt nicht schlafen?“

Gehorsam erhob sich Janine. „Du bist immer so stark, Brenna. Du wirst mir helfen, mein Baby zu behalten.“

In den folgenden Monaten schien der Gedanke an das Kind, das in ihr heranwuchs, das Einzige zu sein, was Janine vor dem kompletten Zusammenbruch bewahrte. Es wäre ihr unmöglich gewesen, weiterhin bei der Chadeaux-Winzerei zu arbeiten, also bestand Brenna darauf, dass sie ihre Stelle kündigte. Brenna erklärte sich bereit, die Verantwortung für sie beide zu übernehmen. Janine gehorchte widerspruchslos wie ein Kind, sagte auch nichts dazu, dass Brenna die Schule aufgab und einen Job in der örtlichen Drogerie annahm. Zwar hätte Brenna mit ihren Kenntnissen auch als Sekretärin arbeiten können, um besser bezahlt zu werden, aber dann hätte sie in einem anderen Ort nach einer Stelle suchen müssen. Und sie wollte Janine nicht zu lange allein lassen.

Janines Ängste, dass Paul ihrem Baby etwas antun würde, hielten an, ganz gleich, wie sehr Brenna ihr auch zuredete, dass Paul nicht plötzlich auftauchen und ihr das Kind wegnehmen könne. Als Janine im achten Monat war, kam die Rechnung der gynäkologischen Untersuchungen an, und erst da erkannte Brenna das volle Ausmaß von Janines Besessenheit. Die Rechnung war ausgestellt auf Brenna Sloan, nicht auf Janine Sloan. Als Brenna ihre Schwester darauf ansprach, lächelte Janine nur entrückt.

„Ich musste es tun, Brenna. Nur so kann ich mein Baby schützen. Ich habe mir alles genau überlegt. Das war wirklich sehr listig von mir."

„Was hast du getan, Janine?", fragte Brenna matt. „Wieso steht mein Name auf der Rechnung?"

Janine beugte sich vor. „Verstehst du denn nicht?", flüsterte sie verschwörerisch. „Wir geben vor, es sei dein Baby. Dann hat Paul keinen gesetzlichen Anspruch auf das Kind. Weil auf der Geburtsurkunde dein Name steht, nicht meiner."

„Janine, das wird nicht funktionieren", protestierte Brenna, wusste aber, dass es sinnlos war.

„Natürlich funktioniert es“, beharrte Janine überzeugt, „du wirst schon sehen. Jeder wird denken, das Baby ist von dir.“ Ihre Augen überschatteten sich einen Moment lang mit Eifersucht auf die Schwester. „Aber in Wirklichkeit ist es mein Kind. Wir tun nur so, so wie wir es früher als Kinder immer gemacht haben. Und du wirst doch nicht versuchen, mir mein Kind zu nehmen, oder?“

Tränen schnürten Brenna die Kehle zu, als sie die schmale Wange ihrer Schwester streichelte „Nein, natürlich nicht, Liebes. Wir tun einfach nur so als ob.“

Janine lebte nicht lange genug, um Liebe und Freude mit ihrem Baby zu erfahren. Drei Tage nach der Niederkunft starb sie aufgrund von Komplikationen bei der Geburt …

Ein fordernder Schrei holte Brenna in die Gegenwart zurück. Mit einem Ruck setzte sie sich auf und wischte sich über die Augen. Eilig erhob sie sich und hastete zum Kinderzimmer. Sobald Randy sie sah, stellte er das Gebrüll ein und streckte mit einem strahlenden Lächeln die Arme aus.

„Mama, Arm!“

„Und was ist aus deinem Nickerchen geworden?“, fragte Brenna streng, dennoch hob sie den Jungen aus dem Bett und drückte ihn an sich. Er fühlte sich so gut an.

„Zu fest, Mama“, beschwerte er sich und wand sich.

In den zwei Jahren seit Janines Tod hatte Brenna nicht ein einziges Mal zu bestreiten versucht, dass sie Randys Mutter war. Sie schuldete es Janine, dass Randy eine echte Mutter hatte, nicht nur eine ihn liebende Tante. Diejenigen, die ihr wichtig waren, Vivian Barlow und Charles Wilkes, verzichteten taktvoll darauf, sie zu fragen, in welcher Beziehung genau sie zu Randy stand. Und was alle anderen betraf … Brenna könnte es nicht weniger kümmern, was sie dachten. Allerdings hatte es nicht lange gedauert, bis sie herausgefunden hatte, dass unverheirateten Frauen mit einem Kind selbst in den heutigen „liberalen“ Zeiten noch immer ein Stigma anhaftete. Brenna verzog bitter den Mund. Nach zwei Jahren, in denen man sie nun als gefallene Frau betrachtete, war es geradezu Ironie des Schicksals, dass ihr ihre größte Karrierechance verwehrt worden war, weil Michael Donovan sie für zu unschuldig hielt.

Charles Wilkes stieg gerade aus seinem VW Käfer, als Brenna abends auf den Parkplatz des Theaters einbog. Er winkte ihr mit einem breiten Lächeln zu, als sie in der Parklücke neben ihm parkte und den Motor abstellte.

Erst Ende fünfzig, sah Charles älter aus, als er war. Das schlohweiße Haar, der grau melierte Bart und die rundliche Statur ließen ihn wirken wie einen intellektuellen Weihnachtsmann. Dieser Eindruck wurde noch verstärkt durch den grauen Tweedanzug und die Hornbrille.

Sofort war er bei ihr und nahm ihr den schlafenden Randy ab, als sie die Tür öffnete. Man konnte ihm die Erfahrung anmerken, als er die Decke fester um den Jungen wickelte. Es war nicht das erste Mal, dass er sich um den Kleinen kümmerte.

Jetzt stand er da, seine Miene jungenhaft aufgeregt. „Und? Wie ist es gelaufen?“, fragte er flüsternd über Randys Kopf hinweg.

Brenna verzog das Gesicht, während sie die hintere Tür aufzog und den Laufstall von der Rückbank holte. „Eine komplette Katastrophe“, antwortete sie düster. „Dagegen war der Untergang der Titanic harmlos.“

Maßlose Enttäuschung zog über Wilkes’ Gesicht. „Hernandez hat dein Vorsprechen nicht gefallen?“ Seite an Seite gingen sie zum Bühneneingang.

„Mr. Hernandez schon“, erklärte sie beißend. „Aber dein ehemaliger Schüler war der Meinung, mir fehlt etwas.“

„Michael war da?“ Ein angenehm überraschtes Lächeln zeigte sich auf Charles' Gesicht. „Das war nett von ihm, persönlich anwesend zu sein.“

„Ich kann dir versichern, ich hätte mehr Glück gehabt, wäre er nicht so ‚nett‘ gewesen.“ Brenna biss sich auf die Lippe. „Tut mir leid, Charles, ich habe dich enttäuscht. Nicht nur habe ich meine Chance auf die Rolle verbockt, ich habe auch bei Mr. Donovan die Beherrschung verloren.“

Jetzt grinste er und zeigte damit endlos viele Falten, die ihn noch mehr wie Santa Claus aussehen ließen. „Mach dir deshalb keine Gedanken, Brenna. Das muss eine interessante Erfahrung für Michael gewesen sein. Er ist inzwischen so daran gewöhnt, dass jeder vor ihm katzbuckelt, da kann es nur erfrischend sein, wenn sich endlich mal jemand nicht von ihm einschüchtern lässt.“

„Freut mich, dass du so denkst“, entgegnete Brenna trocken. „Leider bezweifle ich, dass er es genauso sieht.“

Sie waren beim Hintereingang angekommen. Charles legte Randy nun sanft an seine Schulter, um mit der freien Hand die schwere Eisentür für Brenna aufzuhalten.

Das Rialto war eigentlich ein altes renoviertes Kino, eines von vielen in der Nachbarschaft, die mit dem Siegeszug des Fernsehens hatten schließen müssen. Es war ein mit Brettern verbarrikadiertes Relikt aus alten Zeiten gewesen, bis Wilkes es auf der Liste eines kleinen Immobilienmaklers entdeckt hatte. Mit unerschöpflicher Begeisterung und Energie hatte er zusammen mit seinen Studenten das alte Kino in ein Zuhause für seine Theatergruppe verwandelt. Später erfuhr Brenna, welch glückliches Händchen Charles mit seinem Fund bewiesen hatte. Los Angeles beherbergte unzählige Amateurtheatergruppen, die alle nach einer Bühne suchten, auf der sie ihr Talent zur Schau stellen konnten, in der Hoffnung, endlich entdeckt zu werden. So antiquiert und wenig glanzvoll das

Rialto auch war, Brenna war es in den letzten zwei Jahren lieb und vertraut geworden.

Das Stück, für das sie im Moment probten, hatte einer von Charles' talentierteren Schülern geschrieben. Brenna hatte eine kleine, aber wichtige Rolle darin. Nachdem sie bei dem letzten Stück die Hauptrolle übernommen hatte, war sie nun froh über die weniger große Verantwortung in dieser romantischen Komödie.

Sie hätte es richtig genießen können, wäre da nicht die Szene, die sie mit Blake Conroy zu spielen hatte. Es könnte eine relativ simple Szene sein, würde Conroy nur sein aufgeblasenes Gehabe ablegen. Wenn Brenna sich nicht gerade über ihn ärgerte, konnte sie sogar nachvollziehen, warum Charles die Hauptrolle mit Conroy besetzt hatte. Blake war ein hinreichend guter Schauspieler, und sein Aussehen passte genau zu der Rolle. Die braunen Locken und die große muskulöse Statur, zusammen mit dem beeindruckenden Schnauzbart, ließen ihn aussehen, als sei er soeben einer Zigarettenreklame entstiegen. Um genau zu sein, das hatte er vorher auch gemacht. Er war ein bekanntes und gut bezahltes Model gewesen, bis ein Theateragent ihn überzeugt hatte, er würde sein Talent in den Zeitungsanzeigen nur verschwenden, und sein wahres Metier seien die Bühne und die Leinwand, wo er viel besser aufgehoben sei. Viel Aufwand hatte es den Agenten bestimmt nicht gekostet. Conroy war der egozentrischste und am meisten von sich selbst überzeugte Mann, der Brenna je untergekommen war. Zudem war er der unverbrüchlichen Meinung, er sei Gottes Geschenk an die Frauen. Was bedeutete, dass er die romantischen Szenen nutzte, um Brennas Körper mit seinen feuchten Händen zu betatschen.

Die heutige Probe bildete keine Ausnahme. Als Brenna zum dritten Mal seine Hand von ihrem Po an ihre Hüfte legte, war sie versucht, ihre Nägel in seine sorgfältig manikürten Finger zu krallen. Nur mit äußerster Beherrschung brachte sie die Szene zu Ende und ging von der Bühne ab, Conroy im Schlepptau.

Sobald sie weit genug entfernt waren, um den Schauspielbetrieb nicht zu stören, schwang Brenna zu Conroy herum. Das selbstzufriedene Grinsen verging ihm, als er ihren wütenden Blick sah.

„Ich lasse mich von dir nicht begrapschen. Entweder du behältst deine Hände bei dir, oder ich verpasse deinem hübschen Gesicht ein paar Kratzer." Sie streckte die Hand aus und krümmte die Finger, um ihm zu zeigen, wie ernst es ihr war.

Nur kurz huschte Bestürzung über seine Miene, bevor er ihre Drohung überheblich abtat. „Ich mag Frauen mit Courage", erwiderte er und legte ihr eine Hand auf die Schulter.

Frustriert schlug sie sie weg. „Ich zeige dir gern, wie viel Courage ich habe, wenn du nicht damit aufhörst, Blake", stieß sie grimmig aus. „Ich meine es ernst."

„Bei mir brauchst du dich nicht zu verstellen, Brenna." Sein Selbstbewusstsein war nicht zu dämpfen. Er kam näher. „Ich weiß doch genau, was ein scharfes kleines Ding wie du braucht. Warum fahre ich dich nach der Probe nicht nach Hause? Du wohnst allein, oder?"

„Nein, ich lebe nicht allein", presste sie zwischen den Zähnen hervor. „Sondern mit meinem Sohn."

„Ach ja, der Kleine." Conroy zuckte mit einer Schulter. „Den bringen wir einfach ins Bett." Ein anzügliches Lächeln zog auf seine Lippen. „Und dann bringe ich dich ins Bett."

„Ich fürchte, Miss Sloan wird zu beschäftigt sein, um Sie heute Nacht unterzubringen, Mr. Conroy."

Brenna erstarrte vor Schreck, als sie sich umdrehte und Michael Donovan auf sich zukommen sah. Er trug eine schlichte Hose und ein dunkelblaues Hemd und hätte daher nicht unbedingt beeindruckend wirken sollen, doch zu Brennas Unmut schien alles um ihn herum in Bedeutungslosigkeit zu versinken.

„Was tun Sie denn hier, Mr. Donovan?“, fragte Brenna beißend. „Auf der Suche nach neuen Talenten?“

„Wir konnten unsere Unterhaltung heute Morgen nicht zu Ende bringen“, erwiderte er kühl. „Und ich verabscheue offene Enden.“

„Ich hatte den Eindruck, dass wir beide unsere Ansichten sehr deutlich gemacht haben. Ich die meine auf jeden Fall, das weiß ich.“

Conroy folgte dem Austausch mit wachsender Verärgerung. Er mochte es nicht, wenn er nicht im Mittelpunkt stand. „Merken Sie nicht, dass die Lady kein Interesse hat? Warum verschwinden Sie nicht!“

Donovan warf Conroy einen knappen Blick zu, dann ignorierte er ihn, als existiere er gar nicht. „Wo können wir ungestört reden?“, fragte er Brenna. „Charles sagte mir, dass Sie für heute Abend fertig sind. Warum lade ich Sie nicht auf einen Drink ein?“

„Moment mal.“ Conroy trat an Brenna heran und fasste sie beim Arm. „Brenna und ich wollten gerade gehen.“

„Das hörte ich. Etwas von ‚ins Bett bringen‘.“ Donovan lächelte mit schmalen Lippen. „Vergessen Sie’s, Conroy. Um offen zu sein … es wäre eine gute Idee, wenn Sie Miss Sloan generell vergessen. Sie wird keine Zeit mehr haben, sich mit Ihnen abzugeben.“

„Vermutlich, weil sie zu beschäftigt mit Ihnen ist, was?“, entgegnete Conroy sarkastisch.

„Genau.“ Donovan nickte amüsiert. „Ich gedenke, Miss Sloan komplett für mich zu beanspruchen.“

Selbst Conroy war nicht beschränkt genug, als dass ihm die Doppeldeutigkeit entgangen wäre. Ein süffisantes Grinsen breitete sich auf seinem Gesicht aus. „Das hat doch wohl die Lady zu entscheiden, oder? Brenna scheint nicht besonders begeistert von Ihrem Vorschlag zu sein." Er strich ihr über den Arm. „Und, wie sieht's aus, Schönheit?"

Brenna biss die Zähne zusammen. Sie war versucht, ein Rendezvous mit Conroy vorzuschieben, doch sie wusste, bei der kleinsten Ermunterung würde er lästiger werden denn je. „Ach, geh schon weg, Blake", sagte sie und fuhr sich mit der Hand durchs Haar.

Grinsend schob Donovan Conroys Hand von Brennas Arm und zog Brenna an seine Seite. Ihr vernichtender Blick ließ ihn völlig ungerührt. „Nun machen Sie schon, gehen Sie weg, Blake", wiederholte er ihre Worte.

Conroy murmelte einen unterdrückten Fluch, bedachte Brenna mit einem tödlichen Blick und marschierte mit wütenden Schritten davon.

„Das ist die beste Szene, die er heute abgeliefert hat." Donovan sah Conroy hinterher.

„Sie haben zugeschaut?", fragte Brenna überrascht.

Donovan nickte. „Ich wollte mit Charles sprechen, und ich wollte Sie noch einmal auf der Bühne sehen. Sozusagen zwei Fliegen mit einer Klappe."

Brenna sah zweifelnd zu ihm hin. „Sie wollten mich sehen? Das ist schwer zu glauben."

„Ich bin ein viel beschäftigter Mann, Miss Sloan. Ich habe keine Zeit, um Spielchen zu spielen. Also, was ist nun mit dem Drink?"

Brenna schüttelte den Kopf. „Es war ein langer Tag für mich, Mr. Donovan, ich bin müde." Sie sah ihm in die Augen, und eingehüllt in die faszinierende Aura dieses Mannes vergaß sie für einen Moment, was sie hatte sagen wollen. Mit einem tiefen Atemzug riss sie den Blick los. „Außerdem glaube ich Ihnen nicht. Sie lieben es zu spielen. Sie haben soeben ganz bewusst einen falschen Eindruck bei Blake Conroy erweckt – warum auch immer. Ganz sicher aber sind Sie nicht interessiert an mir; ich bin nämlich nicht Ihr Typ."

Donovan kniff die Augen zusammen. „Nur weiter, Miss Sloan. Es interessiert mich, was Sie für meinen Frauentyp halten."

Sie zuckte mit den Schultern. „Jeder weiß, dass Ihre Gespielinnen immer elegante Frauen von Welt sind. Der ‚Julia-Typ' würde Sie mit Sicherheit innerhalb kürzester Zeit zu Tode langweilen."

Donovan lächelte sinnlich und strich mit dem Handrücken über ihre Wange. Ein triumphierendes Glitzern trat in seine Augen, als sie leise nach Luft schnappte. „Vielleicht bin ich ja von meinem üblichen Typ Frau gelangweilt", sagte er samten. „Sie waren es doch, die sagte, dass Julia eine sexy Lady sei. Vielleicht möchte ich diese Facette ja genauer kennenlernen."

Sie trat hastig von ihm zurück, und fast bedauernd ließ er die Hand sinken. Auch wenn er sie nicht mehr berührte, so fühlte sie dennoch seine enorme Anziehungskraft. Und sie war kurz davor, wieder näher an ihn heranzurücken, um dieses lebendige Prickeln, das sie noch nie zuvor gespürt hatte, noch einmal zu erleben.

Stattdessen zwang sie sich, ihre Stimme kühl klingen zu lassen. „Das halte ich für höchst unwahrscheinlich. Ich glaube, Sie sind heute Abend gekommen, um Charles zu beruhigen, weil Sie seinen Protegé abgewiesen haben. Aber als Sie mich sahen, konnten Sie nicht widerstehen, die Gelegenheit zu nutzen, um sich für das, was ich Ihnen heute Vormittag an den Kopf geworfen habe, zu revanchieren."

Ärger flackerte in den blauen Augen auf, und er presste die Lippen zusammen. „So jung und schon so zynisch", lautete sein Kommentar. „Liegt es an mir, oder hassen Sie generell alle Männer?"

„Ich hasse Männer nicht", erwiderte Brenna ruhig. „Ich halte sie nur für weder besonders vertrauenswürdig noch für fair, sobald es um Frauen geht."

„Interessant", bemerkte er trocken, „aber in dieser Hinsicht irren Sie sich." Er zog ein zerknittertes Manuskript aus der hinteren Hosentasche und hielt es ihr hin. „Ich kam, um Ihnen das hier zu geben."

Sie nahm das Manuskript entgegen und las neugierig den Titel. In großen Lettern stand „Forgotten Moments" auf der ersten Seite. Irritiert sah sie auf.

„Ich will Sie für die Rolle der Mary Durney", sagte Donovan ruhig. „Charles meinte, Sie seien schnell beim Textlernen."

Brenna konnte nur stumm nicken.

„Das müssen Sie auch sein", fuhr er fort. „In drei Tagen geht der Dreh los."

„Ich verstehe nicht." Verwirrt sah sie ihn an. „Die Produktion hat doch schon vor zwei Monaten begonnen. Es hieß, die Mary Durney wird von einer Broadway-Schauspielerin übernommen."

„Mit ihr klappt es nicht. Ich tausche sie aus", sagte Donovan knapp.

Bei der Unerbittlichkeit in seinem Ton lief Brenna ein Schauer über den Rücken. „Einfach so?"

„Einfach so", bestätigte er ungerührt. „Es ist nur eine Nebenrolle, aber ich glaube, Sie werden die Mary Durney lohnenswert finden. Mit der richtigen Interpretation kann sie der Hauptrolle die Schau stehlen."

„Wieso ich?", wollte Brenna wissen.

„Weil Sie die Richtige für die Rolle sind. Als Charles mich bat, Sie zum Vorsprechen für die Angie einzuladen, sagte er mir, Sie hätten eine Präsenz, die jeden sofort packt und nicht mehr loslässt."

„Bei Ihnen hört sich das an, als wäre ich eine Boa Constrictor“, entgegnete sie trocken.

„Ich werde das Gefühl nicht los, dass Sie genau diese Wirkung auf einen Mann haben“, sagte er leichthin, bevor er wieder einen geschäftsmäßigen Ton anschlug. „Charles hatte recht. Sie besitzen die Präsenz, die ich suche. Aber nicht für die Angie. Sondern für Mary Durney.“

„Für eine so besorgte Mutter verhältst du dich erschreckend nachlässig.“

Brenna war so gefesselt von Michael Donovans Angebot gewesen, dass sie Blake Conroy gar nicht bemerkt hatte, der jetzt auf sie zukam, einen verschlafenen Randy auf dem Arm. Der Junge sah aus, als sei er aus dem Schlaf gerissen worden. Wahrscheinlich ist er das auch, dachte Brenna wütend. Sie brachte Randy immer zu den Proben mit. Hinter der Bühne spielte er in seinem Laufstall, bis er einschlief. Die Schauspieler hatten den Kleinen praktisch adoptiert, der Einzige, der nie Zeit für Randy hatte, war Conroy. Jetzt allerdings war offensichtlich, dass er den Jungen dazu benutzen wollte, sich für die Zurückweisung an Brenna zu rächen. Sie riss ihm den Kleinen empört aus den Armen und hielt Randy beschützend an sich.

Mit einem verschlagenen Lächeln drehte Conroy sich zu Donovan. „Rührend, nicht wahr? Ich dachte mir, Ihnen sollte klar sein, was Ihnen da bevorsteht. Bei Brenna nehmen Sie immer das ganze Paket, müssen Sie wissen. Sie ist geradezu besessen von diesem Jungen.“

Michael Donovan zeigte keine Regung, als er Brenna fragte: „Ist das Ihr Kind?“

„Mein Name steht auf seiner Geburtsurkunde“, antwortete sie schnippisch. Unter seinem durchdringenden Blick fühlte sie sich seltsam verletzlich. Sie drückte Randy an sich, und der Kleine ließ einen verschlafenen Laut hören.

„Und wessen Name steht noch auf der Geburtsurkunde,

Brenna?“, fragte Donovan leise mit glitzernden Augen. „Wer ist der Vater?“

Aus irgendeinem Grund war er wütend, das konnte Brenna merken. Sie fragte sich, ob es ihn vielleicht störte, wenn seine Schauspieler familiäre Verpflichtungen hatten. „Es steht kein weiterer Name auf Randys Geburtsurkunde. Das wird nicht verlangt, wenn die Mutter des Kindes nicht verheiratet ist.“

„Wie alt ist er?“

„Zwei.“

„Mein Gott, Sie haben früh angefangen, was?“, bemerkte er bitter. „Bei seiner Geburt können Sie kaum achtzehn gewesen sein.“

Trotzig hob sie das Kinn. „Vielleicht hätten Sie mir doch die Rolle der Angie geben sollen“, flötete sie zuckersüß. „Sie sehen, Angie und ich haben eine Menge gemeinsam.“

„Ja, das sehe ich jetzt.“ Das Feuer in den blauen Augen verbrannte Brenna schier.

„Vielleicht möchten Sie Ihr Angebot lieber noch einmal überdenken“, sagte sie vorwurfsvoll. „Es könnte schlechte Publicity für Ihren wertvollen Film geben, wenn eine alleinerziehende Mutter darin mitspielt.“

„Zum Teufel mit der Publicity“, knurrte Donovan rau. „Keiner schreibt mir vor, wie ich meine Filme besetze. Sie werden die Mary Durney spielen, Brenna.“

Seine arrogante Erklärung schürte nur die Abneigung, die seine bloße Gegenwart in ihr auslöste. „Falls ich zusage“, meinte sie.

Spöttisch musterte er ihre Erscheinung in Jeans und schlichter weißer Bluse von Kopf bis Fuß. „Oh, Sie werden zusagen. Ich vermute, Ihr Lover unterstützt weder Sie noch das Baby. Sie wären dumm, würden Sie ein sicheres Einkommen für sich und Ihr Kind ausschlagen.“

Bei seiner erniedrigenden Anspielung auf ihre offensichtlichen bescheidenen Verhältnisse schoss ihr das Blut in die Wangen. „Geld ist nicht alles, Mr. Donovan“, entgegnete sie gepresst. „Randy ist ein glückliches und zufriedenes Kind. Wir brauchen Ihr Geld nicht.“

„Wirklich nicht?“, fragte er träge. „Denken Sie darüber nach. Meine Privatnummer steht auf dem Skript. Lesen Sie es durch und sagen Sie mir Bescheid, wie Sie sich entscheiden. Ach, und noch etwas ...“ Sein Blick wurde scharf wie ein Skalpell. „Sollte der Kindsvater noch irgendwo herumlungern ... werden Sie ihn los. Wenn Sie für mich arbeiten, will ich ihn nicht in Ihrer Nähe haben.“

Damit ging Donovan mit energischen Schritten davon und ließ Brenna mit vor Erstaunen offenem Mund zurück.

3. KAPITEL

Drei Stunden später schleuderte Brenna das Skript frustriert von sich. Michael Donovan hatte recht. Sie musste diese Rolle einfach spielen, ganz gleich, was sie von diesem arroganten Kerl hielt.

Warum konnte Mary Durney nicht so naiv sein, dass es einem Übelkeit verursachte? Oder eine sich selbst bemitleidende Märtyrerin? Dann hätte Brenna Donovan das Skript nämlich vor die Füße werfen können. Aber nein. Mary Durney war zwar unschuldig, doch kein prüdes Mauerblümchen. Sie hatte Humor, Charakterstärke und Herzenswärme. Brenna war absolut sicher, dass sie der Figur Leben einhauchen konnte. Und genau das wollte sie tun. Besser noch: Sie konnte es kaum abwarten. Verflucht sei Michael Donovan!

Sie griff nach dem Telefon und drehte das Manuskript um, wo auf der Rückseite in schwungvoll geschriebenen Ziffern seine Telefonnummer stand. Bevor sie es sich anders überlegte, tippte sie hastig die Zahlen ein. Schließlich hatte er gesagt, sie solle ihn anrufen, wenn sie das Skript gelesen hatte, oder? Die Vorstellung, Donovan aus dem Schlaf zu reißen, verschaffte ihr eine grimmige Befriedigung, die sie selbst erstaunte. Sie war bislang nie gehässig gewesen, es gab keine einzige bösartige Faser in ihr. Was war an diesem Mann, dass sie das Bedürfnis hatte, ihm ständig Kontra geben zu müssen?

Bereits nach dem zweiten Klingeln wurde abgehoben, und Donovan hörte sich enttäuschend wach an. Als Brenna sich mit Namen meldete, antwortete er ungeduldig: „Ich hatte auch niemand anders erwartet."

„Also." Sie holte tief Luft. „Ich mach's."

Erst blieb es still am anderen Ende, dann ertönte ein spöttisches leises Lachen. „Ich nehme an, Sie meinen die Rolle."

Bei der Doppeldeutigkeit seiner Worte wurde sie prompt

rot, und im Stillen verfluchte sie ihre ungenaue Ausdrucksweise. „Sie wissen genau, dass ich die Rolle meine“, erwiderte sie verärgert.

„Ja, leider.“ Sie konnte das amüsierte Grinsen regelrecht vor sich sehen. Dann wurde seine Stimme wieder geschäftsmäßig. „Ich gehe davon aus, dass Sie morgen Nachmittag um zwei fertig für die Abreise sein können. Sie werden mit mir in meiner Privatmaschine fliegen. Wie Sie wissen, drehen wir in Twin Pines.“

Nein, das hatte sie nicht gewusst. Es war ihr nicht einmal in den Sinn gekommen, dass sie Los Angeles würde verlassen müssen. Was dumm gewesen war. Fast alle von Donovans Filmen wurden in Twin Pines gedreht. In Gedanken überschlug sie, was sie alles zu erledigen hatte. Die Zeitarbeitsagentur musste benachrichtigt werden, ebenso Randys Kindergarten. Und natürlich Vivian. Charles würde ihr verzeihen und ihre Rolle im Theaterstück mit jemand anderem besetzen.

„Sicher kann ich rauskommen“, sagte sie langsam, „aber ich fahre lieber mit meinem eigenen Wagen.“

„Unsinn“, tat Donovan ungeduldig ab. „Ich will Sie am Abend dort sehen.“

„Dann muss ich eben früh losfahren“, beharrte sie. Sie würde nicht mehr Zeit in Donovans Nähe zubringen als unbedingt nötig. Er hatte nämlich eine aufreibende Wirkung auf sie. „Mit einem Kleinkind zu reisen kann ziemlich aufwendig sein. Daher nehme ich den Wagen.“

„Sie bringen den Jungen mit?“, fragte er tonlos.

„Natürlich“, erwiderte sie kühl. „Haben Sie etwa Einwände?“

„Nein, keine. Ich hätte es wohl erwarten müssen“, meinte er mehr zu sich selbst. „Nun gut, dann muss ich mir etwas überlegen.“

Brenna fragte sich, was er sich wohl überlegen musste.

„Dann sehen wir uns morgen Abend. Gute Nacht, Mr. Donovan“, sagte sie bestimmt und legte auf, ohne ihm noch eine Gelegenheit zu einer Erwiderung zu geben.

Den Kopf voll mit verwirrenden Gedanken, lehnte Brenna sich auf der Couch zurück. Wie sollte sie das alles nur schaffen? Und dann auch noch die lange Fahrt, um pünktlich am Abend in Twin Pines zu sein.

Nun, eines nach dem anderen. Sie brauchte wenigstens ein paar Stunden Schlaf, wenn sie den ganzen Tag hinter dem Steuer sitzen sollte. Also schaltete sie das Licht aus und ging in ihr Schlafzimmer. Den Wecker stellte sie auf sechs Uhr, dann zog sie den alten Hausmantel aus und schlüpfte ins Bett.

Viel zu früh riss der Wecker sie aus dem Schlaf. Mit bleischweren Gliedern stand Brenna auf und hatte dabei das Gefühl, keinen Deut erfrischter zu sein. Sie duschte kalt und ließ den Wasserstrahl so lange auf sich niederprasseln, bis sie sich einigermaßen lebendig fühlte. Dann zog sie sich an und bürstete sich das Haar. Sie entschied, auf Make-up zu verzichten. Schnell eine Tasse Instantkaffee aufgebrüht, noch Milch und Zucker hinzu, und dann ging sie, an der Tasse nippend, zurück ins Schlafzimmer, um zu packen. Für Randy musste sie viel mehr mitnehmen als für sich selbst. Ihre Garderobe war so oder so bescheiden, aber bei einem Zweijährigen musste man auf alles vorbereitet sein. Mitten im Packen wachte Randy auf, und Brenna unterbrach die Arbeit und zog den Jungen an. Nachdem sie ihn in den Laufstall gesetzt hatte, eilte sie wieder zu dem Koffer zurück. Randys lautstarken Protest ignorierte sie. Sie wollte erst zu Ende packen.

Gerade hatte sie das letzte Teil hineingelegt und den Deckel zugeklappt, als es an der Wohnungstür klingelte. Wer mochte das sein, um sieben Uhr in der Früh?

„Moment!“, rief sie und bemühte sich angestrengt, den

übervollen Koffer zu schließen. Es gelang ihr tatsächlich, aber nur kurz. Der Deckel sprang wieder auf. „Mist!“, murmelte sie und gab vorerst auf.

Auf dem Weg zur Wohnungstür hob sie den Teddybären auf, den Randy aus dem Laufstall geworfen hatte, und drückte dem lautstark jammernden Kind das Plüschtier in den Arm. „Ich weiß, Engelchen“, sagte sie und drückte ihm einen Kuss auf sein Haar. Ihre Zuneigungsbekundung rief lediglich ein herzzerreißendes Weinen hervor. Sie zwang sich, den kleinen jammernden Jungen nicht auf den Arm zu nehmen. Wenn sie Randy erst einmal nachgab, dann kam sie nie von hier weg.

Es klingelte erneut, und entschieden löste Brenna die klammernden Fingerchen von ihrem Arm. Als Randy zu einer neuen Runde Luft holte, fuhr sie sich frustriert durchs Haar.

Mit gerunzelter Stirn riss sie die Tür auf. „Was ist denn?“, fragte sie den Mann, der in Jeans und Sweatshirt vor ihrer Schwelle stand und sie kühl musterte.

„Sie sollten Ihre Tür nie öffnen, bevor Sie nicht herausgefunden haben, wer auf der anderen Seite steht“, meinte er vorwurfsvoll. „Ich bin Monty Walters. Michael Donovan schickt mich.“

Das hätte sie sich denken können. Brenna funkelte den Mann böse an. Steckte Donovan etwa jeden um sich herum mit seiner herrischen Art an?

„Darf ich hereinkommen?“, fragte er und machte schon einen Schritt vor, sodass Brenna nichts anderes blieb, als zur Seite zu treten, wenn sie nicht umgerannt werden wollte. Monty Walters war ein wenig größer als der Durchschnitt und musste ungefähr Ende zwanzig sein. Seine kurzen braunen Locken umrahmten ein Gesicht, das erstaunlich jungenhaft war. Seine dunklen Augen jedoch blickten sehr erwachsen, ja sogar leicht zynisch.

Nach der Nacht und dem Morgen, die Brenna hinter sich hatte, war sie nicht in der Stimmung, sich von einem von Donovans Lakaien einschüchtern zu lassen.

„Tut mir leid, Mr. Walters, aber ich habe jetzt keine Zeit zu plaudern", sagte sie brüsk. „Falls Mr. Donovan in letzter Minute noch ein paar unglaublich wichtige Ratschläge eingefallen sein sollten, wird das warten müssen, bis ich in Twin Pines angekommen bin."

Die dunklen Augen flackerten verblüfft auf, und Walters betrachtete sie mit neuem Interesse. „Deswegen bin ich ja hier. Mr. Donovan sagt die Vorstellung nicht zu, dass Sie allein fahren. Ich soll Sie und den Jungen zum Studiogelände bringen."

„Das wird nicht nötig sein. Ich kann durchaus selbst fahren."

Walters schloss die Tür hinter sich. „Für Sie mag es nicht nötig sein, Miss Sloan", meinte er trocken, „aber für mich ist es eine absolute Notwendigkeit, wenn ich meinen Job behalten will." Er ließ den Blick durch die Wohnung wandern. „Ich schlage also vor, dass wir uns an die Arbeit machen. Wenn Sie mir Namen und Telefonnummern von den Leuten geben, die Sie verständigen müssen, übernehme ich das, damit Sie sich um Ihr Kind kümmern können." Er zuckte zusammen, als Randy ein durchdringendes Gebrüll hören ließ.

„Er hat Hunger", verteidigte Brenna den Jungen und ging zum Laufstall.

„Dann schlage ich vor, dass Sie ihm sein Frühstück geben", erwiderte Monty Walters. „Aber zuerst brauche ich die Telefonnummern."

Ohne recht zu wissen, wieso sie sich diesem anmaßenden jungen Mann fügte, gab sie ihm, was er an Informationen verlangte. Dann hob sie Randy auf den Arm und ging in die kleine Küche, wo sie das übliche Frühstück zubereitete – Haferbrei, Frühstücksspeck und Orangensaft. Kaum war er satt, gewann Randy sein sonniges Gemüt zurück. Brenna konnte ihn mit einem Spielzeug auf den Boden setzen. Dann spülte sie schnell und räumte die Küche auf, um anschließend zu dem Koffer im Schlafzimmer zurückzukehren.

Als sie ins Wohnzimmer zurückkam, hatte Walters bereits Laufstall und Hochstuhl zusammengeklappt und neben die Tür gestellt. Randy saß inzwischen auf der Couch und spielte fasziniert mit einem großen Schlüsselbund, das Brenna nicht kannte. Monty Walters stand beim Fenster, die Augen leicht zusammengekniffen.

„Glasmalerei", bemerkte er anerkennend über das Blumenmuster in satten Violett- und Blautönen. „Sehr hübsch. Und ungewöhnlich. Ist das Ihre Arbeit?"

Brenna nickte. Sein Lob versöhnte sie ein wenig, schließlich war sie stolz auf dieses Fenster. „Es bot sich an." Sie verzog leicht das Gesicht. „Bestimmt ist Ihnen aufgefallen, dass die Nachbarschaft nicht gerade viele schöne Ausblicke bietet."

„Also haben Sie sich Ihren eigenen Ausblick geschaffen." Er sah sich interessiert um. Helle Wände boten einen klassischen Rahmen für das Fenster. Die Einrichtung war in neutralen Schattierungen gehalten, mehrere farbenfrohe Läufer betonten den schimmernden Glanz der versiegelten Holzbohlen. „Sie haben viel aus dem Raum gemacht." Sein Blick wanderte zurück zu dem bemalten Fenster. „Ein außergewöhnliches Hobby."

„Inzwischen wird es immer beliebter. Ich habe es noch in der Schule gelernt." Im Waisenhaus war man der Überzeugung gewesen, dass Langeweile nur zu Unsinn anregte, und hatte die Kinder daher mit Kunst- und Bastelstunden beschäftigt.

„Ich war schon immer der Meinung, dass die Wohnung

viel über den Menschen aussagt, der darin lebt." Walters wandte sich zu Brenna um. „Ihre Wohnung gefällt mir, Miss Sloan. Ich habe das Gefühl, dass Sie mehr als einfach nur ein weiteres hübsches Gesicht sind."

„Falls das ein Kompliment sein soll, dann bedanke ich mich", erwiderte sie leichthin. „Ich bin sicher, auch Sie sind nicht nur ein hübsches Gesicht."

„Klang das chauvinistisch?" Er lächelte zerknirscht und schüttelte den Kopf. „Ich habe wohl keinen sehr guten Eindruck auf Sie gemacht, oder? Ich muss zugeben, mein Stolz hat gelitten, als man aus mir einen schlichten Chauffeur gemacht hat. Und das habe ich an Ihnen ausgelassen." Sein Lächeln wurde strahlend. „Sollen wir noch mal von vorn anfangen?"

Das warme Lächeln war ansteckend; Brenna erwiderte es also. „Sollten wir wohl besser. Bis nach Oregon ist es weit. Außerdem ...", sie verzog den Mund, „einen Preis für Freundlichkeit hätte ich heute wohl auch nicht gewonnen."

„Da haben Sie allerdings recht", stimmte er ihr übermütig zu. „Also, machen wir uns auf den Weg, bevor ich es mir mit Ihnen noch völlig verderbe."

Gemeinsam packten sie alles in den Lincoln Continental. Brenna wollte zuerst ihren eigenen Wagen nicht in Los Angeles zurücklassen, doch Monty überzeugte sie davon, dass die Reise in der geräumigen Limousine wesentlich bequemer sein würde. Außerdem habe Donovan bereits arrangiert, dass ihr am anderen Ende ein Auto zur Verfügung stehe. Dass der Lincoln bequemer war, konnte sie nicht bestreiten. Im Gegenteil: das ganze Auto war Luxus pur.

Mit einem fast sinnlichen Vergnügen strich Brenna über die weinroten Samtbezüge. „Ein wunderschönes Auto. Gehört es Mr. Donovan?"

Monty schüttelte den Kopf, während er den Wagen auf

die Autobahn lenkte. „Es ist meiner", gestand er grinsend. „Ich habe eine geradezu vulgäre Leidenschaft für protzige Luxuskarossen. Aber erst kürzlich habe ich es gewagt, dieser Schwäche nachzugeben."

„Wegen des Geldes?" Dieser Wagen musste ein kleines Vermögen kosten. Und obwohl Michael Donovan in dem Ruf stand, seine Leute großzügig zu bezahlen, konnte Brenna sich nicht vorstellen, dass selbst das großzügigste Gehalt einen solchen Luxus finanzieren konnte.

„So könnte man sagen." Sein Grinsen wurde schief. „Sehen Sie, ich bin nämlich stinkreich."

Ihre Mundwinkel zuckten. Montys Geständnis machte ihn verlegen wie einen Schuljungen. „Ich sehe nicht ganz, wo das Problem liegt", sagte sie. „Wenn Sie sich ein solches Auto leisten können, warum sollten Sie dann keines haben?"

„Ich wollte Donovan nicht ständig daran erinnern, dass ich Geld habe, also habe ich während der letzten zwei Jahre einen VW-Kombi gefahren. Erst seit Kurzem habe ich das Gefühl, dass mein Job sicher genug für den Lincoln ist."

Brenna starrte ihn ungläubig an. „Sie meinen, Michael Donovan hätte etwas dagegen einzuwenden, wenn Sie sich mit Ihrem eigenen Geld den Wagen kaufen, den Sie haben wollen?" Dass ein selbstsicherer Mann wie Monty sich derart einschüchtern ließ!

„Himmel, nein!", stieß er sofort aus. „Aber ich habe gearbeitet wie ein Tier, um diesen Job zu kriegen. Daher dachte ich mir, ich halte mich besser zurück. Donovan kannte meinen Hintergrund natürlich, als er mich anstellte. Und er war lange nicht davon überzeugt, mal harmlos ausgedrückt, ob ich auch den Willen habe, um durchzuhalten und das zu bringen, was er seinen Leuten abverlangt." Er warf ihr einen Blick zu. „Mir wurde auch bald klar, warum er seine Zweifel hatte. Der Mann ist ein Sklaventreiber."

„Und doch sind Sie noch immer bei ihm."

„Ich muss wohl masochistisch veranlagt sein", meinte Monty leichthin und streckte den Arm aus, um einen Schalter zu betätigen. Leise Musik erfüllte das Wageninnere, ein alter Barry-Manilow-Hit. Brenna lehnte sich in die Polster zurück und fühlte, wie die Anspannung der letzten Stunden von ihr abfiel.

Während der Fahrt erwies sich Monty Walters als sehr angenehmer Unterhalter. Er war geistreich und lebendig und besaß einen staubtrockenen Humor. Und nachdem sie zusammen Lunch und Dinner gegessen und sich fast acht Stunden lang angeregt unterhalten hatten, hatte Brenna ein Gefühl, als würden sie sich schon seit Ewigkeiten kennen.

Bei Einbruch der Dämmerung überquerten sie die Grenze nach Oregon, und keine zwanzig Minuten später erreichten sie Twin Pines.

Brenna hätte nicht wirklich sagen können, was sie sich von dem Studiogelände erwartet hatte, wahrscheinlich etwas Ähnliches wie bei den Paramount Studios oder Universal Film. Sie hätte es besser wissen müssen.

Twin Pines war so außergewöhnlich wie der Mann, der es aufgebaut hatte. Gelegen am Rande einer kleinen Holzfällerstadt, machte es eher den Eindruck eines Country Clubs als eines Filmstudios. Moderne flache Gebäude aus Holz mit viel Glas lagen an breiten Straßen, mehrere kleine Parks boten Gelegenheit zum Entspannen an rustikalen Holztischen und Bänken unter schattigen Bäumen.

„Beeindruckt?", fragte Walters, als Brenna ihm das Gesicht zuwandte, nachdem sie die vorbeihuschende Szenerie begutachtet hatte.

„Wer wäre das nicht? Es ist eine wunderschöne Anlage. Aber nicht unbedingt das, was man von Michael Donovan erwarten würde."

„Im Gegenteil, es ist genau das, was man von ihm erwarten kann“, widersprach Monty vehement. „Er hat die talentiertesten Leute aus dem Business in Twin Pines versammelt. Bei der Arbeit treibt er sie unerbittlich an, daher macht es nur Sinn, die Umgebung so angenehm wie möglich zu gestalten, damit die Leute ihre freie Zeit genießen können.“

„Sie bewundern ihn sehr, nicht wahr?“

„Allerdings“, bestätigte er mit Inbrunst. „Es gibt nur wenige Männer, die kreatives Genie und unerschöpfliche Energie in sich vereinen. Wenn man clever ist, hängt man sich an seine Rockschöße und lässt sich von ihm mit an die Spitze ziehen.“

„Für einen Trittbrettfahrer hätte ich Sie nun wirklich nicht gehalten“, warf Brenna zweifelnd ein.

Monty schnaubte verächtlich. „Mit Trittbrettfahren hat das nicht das Geringste zu tun. Donovan holt das letzte Quäntchen Energie aus seinen Leuten heraus. Und du gibst es ihm, bis du nichts mehr hast, was du ihm noch geben könntest. Dann stellst du fest, dass er deine Grenzen irgendwie erweitert hat. Also existiert da plötzlich ein ganz neues Reservoir in dir, das er anzapfen kann.“ Seine Augen verdunkelten sich nachdenklich. „Der Mann ist ein Workaholic par excellence, ein Perfektionist bis ins Detail und absolut skrupellos, wenn es darum geht, das Talent seiner Leute auszubeuten“, fügte er fast grimmig hinzu. „Aber der Himmel weiß, es ist die Sache wert!“

„Sie zeichnen ja nicht gerade ein ermutigendes Bild von meinem neuen Boss.“

„Das war auch nicht meine Absicht“, entgegnete Monty schonungslos offen. „Wenn Sie einen kuscheligen kleinen Job suchen, dann haben Sie bei Donovan nichts verloren. Er wird Sie in Fetzen reißen.“

„Das glaube ich unbesehen.“ Die Dampfwalzentaktik, die

er in ihrem Falle angewandt hatte, war ihr nur zu gut in Erinnerung. „Na, ich kann immer noch gehen, wenn er unerträglich wird."

Er warf ihr einen abschätzigen Seitenblick zu. „Darauf würde ich nicht zählen. Ich kann mir vorstellen, dass Donovan Sie schon verplant hat. Und Donovan kriegt immer, was er will."

„Mich verplant hat?" Brenna schüttelte den Kopf. „Ich spiele eine kleine Nebenrolle in einem seiner Filme. Ich bin unwichtig. Welche Pläne sollte er schon für mich haben?"

„Wer weiß?" Monty zuckte mit einer Schulter. „Vielleicht sieht er in Ihnen die nächste Sarah Bernhardt." Jetzt grinste er breit. „Auf jeden Fall erhalten Sie schon jetzt eine Sonderbehandlung, Brenna Sloan. Ich kann das beurteilen, schließlich bin ich ein wichtiges Mitglied in Donovans Organisation", behauptete er mit gespielter Prahlerei. „Und es passiert nicht alle Tage, dass ich zum Chauffeur für eine unbekannte Schauspielerin abkommandiert werde. Und wenn ich an mein Ego denke, dann ist das auch gut so."

Brenna lächelte amüsiert. „Ich enttäusche Sie ja nur ungern, aber ich denke, Ihre ursprüngliche Vermutung war zutreffender."

Er lächelte ihr geheimnisvoll zu. „Wir werden sehen."

Jetzt bog er auf eine runde Auffahrt ein, die zu einem lang gestreckten zweistöckigen Gebäude führte, das wie die anderen Häuser ebenfalls aus Rotholz gebaut war.

„Die Herberge", antwortete Monty knapp, als Brenna ihn fragend anschaute. „Jedem Mitwirkenden wird ein kleines Apartment zur Verfügung gestellt, das gehört zu den Vergütungen. Man kann auch ein Zimmermädchen bekommen, aber das zahlt man dann aus eigener Tasche. In jedem Wohnblock gibt es eine Cafeteria, die vierundzwanzig Stunden geöffnet hat." Er verzog das Gesicht. „Das ist auch nötig. Es gibt Zeiten, da arbeiten wir rund um die Uhr, um den Ansprüchen unseres Herrn und Meisters gerecht zu werden."

Walters brachte den Wagen vor dem Haupteingang zum Stehen, stieg aus und lief um das Auto herum.

Ein schlaksiger blonder Teenager in Jeans und kariertem Hemd kam aus dem Haus gelaufen und zog die Beifahrertür auf.

„Schön, Sie wieder bei uns zu haben, Mr. Walters", grüßte der Junge respektvoll.

„Danke, Johnny." Monty half Brenna beim Aussteigen. „Brenna, das ist Johnny Smith. Er ist hier unser Mädchen für alles. Falls Sie irgendetwas brauchen, fragen Sie ihn."

Brennas herzliches Lächeln wurde von dem Jungen erwidert. „Genau", stimmte er freundlich zu. „Ich werde mich schon gut um Sie kümmern, Miss."

„Danke, Johnny", erwiderte sie.

Monty öffnete die hintere Tür und hob den schlafenden Randy behutsam heraus, um ihn möglichst nicht aufzuwecken. Mit einer Hand warf er Johnny den Autoschlüssel zu. „Kümmre dich um Miss Sloans Gepäck, in Ordnung?"

Dann führte er Brenna in eine helle, freundliche Lobby und blieb vor dem Empfang stehen. Eine kecke junge Frau mit dunklen Haaren sah diensteifrig lächelnd auf, sobald sie Walters erblickte.

„Paula Drummond", stellte er vor, „und das ist Brenna Sloan. So viel ich weiß, hat Mr. Donovans Sekretärin bereits alles für die Unterbringung arrangiert, Paula."

Die dunkelhaarige Frau schüttelte den Kopf. „Mr. Donovan persönlich hat angerufen. Freut mich, Sie kennenzulernen, Miss Sloan", sagte Paula ernsthaft. „Es ist alles vorbereitet, so wie Mr. Donovan es gewünscht hat." Sie nahm den Telefonhörer auf und drückte ein paar Tasten. „Doris, Miss Sloan ist hier. Kommen Sie bitte runter?" Mit einem strahlenden Lächeln wandte sie sich wieder Brenna und Walters zu. „Wir haben eines unserer besten Cottages für Sie reserviert. Ich hoffe, Sie werden sich dort wohlfühlen. Falls Sie noch irgendetwas brauchen, rufen Sie mich einfach."

„Danke. Ich bin sicher, es wird alles zur vollsten Zufriedenheit sein." Brenna war die Diensteifrigkeit der jungen Rezeptionistin fast unangenehm.

„Ein Gäste-Cottage?" Monty ließ einen leisen Pfiff hören. „Sie werden wirklich behandelt wie eine Königin, Brenna. Normalerweise werden nur die Stars und VIPs in den Cottages untergebracht."

„Dann muss es sich da wohl um ein Missverständnis handeln", sagte Brenna entschieden. „Ich bin weder das eine noch das andere."

„Kein Missverständnis, Miss Sloan", ließ Paula sich vernehmen. „Mr. Donovans Anweisungen waren sehr exakt." Sie sah an Brenna vorbei zu der jungen Frau, die gerade aus dem Aufzug stieg und jetzt auf den Empfang zukam. „Miss Sloan, das ist Doris Charles."

Doris Charles musste Mitte zwanzig sein, hatte kurzes rotes Haar und ein eher unscheinbares Gesicht, das aber von einem warmen Lächeln jäh erhellt wurde. Mit einem deftigen Handschlag begrüßte sie Brenna. „Freut mich, Miss Sloan." Dann drehte sie sich zu Walters um und streckte die Arme nach Randy aus. „Ich nehme ihn." Vorsichtig reichte Walters Randy an sie weiter, während Brenna verdutzt dabeistand und zusah, wie die Frau Randy an sich nahm. Ihre Züge wurden weich, als sie auf sein Gesichtchen sah. „Was für ein kleiner Engel er doch ist." Sie blickte zu Brenna. „Er heißt Randy, nicht wahr?"

„Ja", antwortete Brenna benommen. „Aber wer sind Sie?"

Auf Doris' Stirn erschien eine kleine Falte. „Ich bin das Kindermädchen für Ihren Sohn. Mr. Donovan hat mich aus

Los Angeles herfliegen lassen, damit ich mich um Randy kümmere. Sie können gerne meine Unterlagen einsehen, ich habe die beste Ausbildung."

„Das glaube ich Ihnen." Brenna versuchte, einen klaren Gedanken zu fassen. „Aber ich brauche kein Kindermädchen, Miss Charles. Ich kümmre mich selbst um Randy."

In diesem Moment kam Johnny mit dem Gepäck in die Lobby und stellte es vor dem Empfangstisch ab.

„Nicht so hastig, Brenna", mischte Walters sich ein. „Wenn Sie arbeiten, brauchen Sie jemanden, der auf Randy aufpasst. Und dafür ist Miss Charles genau die Richtige."

Montys Argument machte sicherlich Sinn. „Sie haben recht", gestand sie ein und lächelte Doris zu. Die rothaarige Frau schien herzlich und effizient zugleich zu sein. „Ich bin froh, dass Sie mir mit Randy helfen wollen, Miss Charles."

„Einfach nur Doris", sagte das Kindermädchen kurz und erwiderte Brennas Lächeln. „Ich verspreche Ihnen, ich lasse Ihren Sohn nicht aus den Augen."

Paula Drummond räusperte sich leise. „Wenn Sie mir vielleicht sagen wollen, welches Ihre Koffer sind, Miss Sloan, dann kann Johnny sie schon in Ihr Cottage bringen. Randys Sachen kommen dann später zu Miss Charles' Apartment."

„Wovon reden Sie?", fragte Brenna verständnislos. „Alles kommt ins Cottage. Randy bleibt bei mir."

Paula schüttelte den Kopf. „Nein, Ma'am, Mr. Donovan hat genaue Anweisungen gegeben. Das Kind bleibt bei Miss Charles hier in der Herberge."

„Mir ist gleich, welche Anweisungen Mr. Donovan gegeben hat", stieß Brenna zwischen zusammengebissenen Zähnen aus. „Mein Sohn wird nicht getrennt von mir untergebracht." Die Stirn, die dieser Mann hatte! Brenna schäumte vor Wut. Randy wie ein Paket zu behandeln, das man beliebig verlegen konnte! „Mir ist gleich, wo Sie mich unterbringen, ich brauche kein Luxus-Cottage. Aber wo immer ich bleibe ... mein Kind bleibt bei mir."

Die Empfangsdame war schockiert. „Aber Sie verstehen nicht, Miss Sloan", stammelte sie. „Ich kann mich Mr. Donovans Anweisungen nicht widersetzen."

„Da ich nirgendwo ohne Randy hingehe, werden Sie es wohl müssen, oder?"

„Aber das geht doch nicht." Die junge Frau brach fast in Tränen aus. „Bitte, so seien Sie doch vernünftig. Mr. Donovan wird höchst verärgert sein ..."

Brenna öffnete schon den Mund, um dem Mädchen zu sagen, was Mr. Donovan mit seinem Ärger machen könne, als Monty sich als Schlichter einmischte.

„Heute Abend können Sie sowieso nichts mehr machen, Brenna. Paula folgt nur ihren Anweisungen, und Sie bringen sie in Schwierigkeiten. Warum lassen Sie das Arrangement nicht erst einmal so, wie es ist? Wenn Sie mit Mr. Donovan reden, dann können Sie auch eventuelle Änderungen ansprechen."

Da ist wieder die Stimme der Vernunft, dachte Brenna unwirsch und wünschte, sie könnte etwas einwenden. Langsam begann sie zu verstehen, wie Monty bei Donovan Enterprises Ltd. so schnell aufsteigen konnte. Er besaß sehr viel Überzeugungskraft.

„Nun gut, für den Moment füge ich mich also Ihrem Vorschlag", meinte sie. „Aber ich will sofort mit Mr. Donovan sprechen."

Monty nickte, ohne auf Paulas entsetzten kleinen Laut zu achten. Die Fassungslosigkeit der Empfangssekretärin konnte er durchaus nachvollziehen. Niemand verlangte eine Audienz bei Michael Donovan, noch dazu in seinem eigenen Königreich Twin Pines. So etwas war noch nie vorgekommen. Aber war nicht alles, was mit Brenna Sloan zusammenhing, neu?

Vielleicht passte ihre ungewöhnliche Forderung ja zu Donovans ungewöhnlichem Verhalten.

„Mr. Donovan bat darum, ihn zu informieren, wenn wir angekommen sind“, sagte Monty ruhig. „Dann werde ich ihm auch direkt ausrichten, dass er sich mit Ihnen in Verbindung setzen möchte.“ Er strich ihr leicht über die Wange. „Es war ein langer Tag. Warum ruhen Sie sich nicht ein wenig aus? Sie sehen müde aus.“

Brenna nickte. Sie musste schrecklich aussehen. Mit nur vier Stunden Schlaf und nach der langen Fahrt heute war sie unendlich müde. „Das werde ich“, versprach sie lächelnd. „Danke für alles, Monty.“

„War mir ein Vergnügen. Wir werden uns sicher bald wiedersehen.“ Mit einem lässigen Winken drehte er sich um und verließ das Haus.

„So! Nachdem nun alles geregelt ist, bringen wir Sie erst einmal unter, Miss Sloan.“ Paula Drummond hatte ihre gute Laune wiedergefunden. „Welches sind Ihre Koffer?“

Während sie auf ihr eigenes Gepäck deutete, hätte Brenna der jungen Frau zu gern gesagt, dass sie weit davon entfernt waren, alles geregelt zu haben. Michael Donovan würde sich nicht in dieser anmaßenden Art und Weise in ihr Privatleben mischen. Als sie anschließend Doris Charles über Randys Vorlieben und Abneigungen hinsichtlich Essen und Tagesablauf aufklärte, verspürte sie bereits das schreckliche Gefühl von Verlust. Randy und sie waren noch keine Nacht getrennt gewesen. Nach Janines Tod war der Junge zum Mittelpunkt ihres Lebens geworden.

„Ich passe gut auf ihn auf“, versprach Doris. „Und außerdem sind es nur fünf Minuten von hier bis zum Cottage. Sie können also jederzeit herüberkommen.“

Absurderweise hätte Brenna sich fast bedankt. Danke, dass ich mein eigenes Kind sehen kann. Schon jetzt hatte sie ein Gefühl, als hätte man ihr den Jungen weggenommen. „Ich bin sicher, dass Sie sich gut um ihn kümmern. Und außerdem ist es ja nur für heute Nacht.“ Sie küsste Randy auf das seidige Haar und wandte sich eilig ab, bevor sie ihre Meinung doch noch änderte. Dann folgte sie Johnny zur hinteren Tür hinaus und den Kiespfad entlang, hin zu dem schmucken kleinen Cottage.

4. KAPITEL

Johnny schloss die Tür auf, schaltete das Licht ein und ging Brenna voraus in den Wohnraum.

„Ich stelle Ihr Gepäck ins Schlafzimmer, Miss Sloan."

Er nahm ihr Schweigen als Zustimmung, durchquerte den Wohnraum hin zu einer Tür zur Linken und ließ eine staunende Brenna zurück, die sich bewundernd in dem Cottage umsah.

Der Wohnraum war mit dickem perlgrauen Teppich ausgelegt, Vorhänge in der gleichen Farbe hingen an den Fenstern. Das moderne Mobiliar war in Violett und dunklen Rotschattierungen gehalten, cremefarbene Kissen lagen auf der lavendelfarbenen Couch. Beistelltische aus klarem Glas schufen eine ruhige und stilvolle Atmosphäre in dem Zimmer. In der Essecke stand als Farbtupfer auf dem beeindruckenden gläsernen Esstisch eine silberne Schale, in der Veilchenblüten in Wasser schwammen. Hinter der Essecke schien eine kleine Küche zu liegen, doch Brenna beschloss, vorerst nicht weiter auf Erkundung zu gehen, sondern Johnny in das Schlafzimmer zu folgen.

Der Junge hatte bereits die Vorhänge aufgezogen und kam gerade aus dem angrenzenden Bad zurück.

„Handtücher liegen ausreichend bereit", sagte er fröhlich. „Manchmal vergisst das Zimmermädchen sie nämlich."

Auch das Schlafzimmer war mit dem gleichen perlgrauen Teppich ausgelegt und farblich in Violetttönen gehalten, wie Brenna feststellte. Auf dem großzügig bemessenen Einzelbett lag eine tiefrote Tagesdecke aus feinem Stoff, passend dazu hingen lange Vorhänge an den deckenhohen Flügeltüren.

Johnny zeigte auf das Telefon auf einem Nebentischchen. „Wenn Sie die Neun wählen, bekommen Sie eine Verbindung nach außerhalb, mit der Sechs landen Sie vorn beim Empfang." Mit seinen hellbraunen Augen blickte er sie aufmerksam an. „Soll ich Ihnen vielleicht etwas aus der Cafeteria besorgen, Miss Sloan? Das mache ich gern."

Brenna schüttelte lächelnd den Kopf. „Nein danke, Johnny. Mr. Walters und ich haben unterwegs zu Abend gegessen." Plötzlich wurde ihr klar, dass sie nur wenig älter als dieser Teenager war, und dennoch fühlte sie sich eine Million Jahre von seiner jugendlichen Begeisterung entfernt.

„Kühlschrank und Speisekammer sind bestens ausgestattet – falls Sie später noch einmal Hunger bekommen sollten." Er ging zur Tür und drehte sich mit einem Grinsen um. „Ich persönlich bin immer zu haben für einen Mitternachtsimbiss."

„Ja, ich auch", gestand Brenna. Sie war in der Tür zum Schlafzimmer stehen geblieben.

„Und rufen Sie beim Empfang an, wenn Sie mich brauchen", sagte er noch, dann war er verschwunden.

Für einen Moment blieb Brenna regungslos stehen, als das Gefühl unendlicher Einsamkeit sie überkam, kaum dass Johnny die Tür leise hinter sich ins Schloss gezogen hatte. Leicht benommen sah sie sich um und fragte sich, was sie überhaupt in all dem Luxus hier tat. Sie gehörte nicht hierher. Sie gehörte in ihr kleines Apartment in Los Angeles, zusammen mit Randy. Dann reckte sie entschlossen die Schultern. Sie war einfach nur müde und wegen der Trennung von Randy besorgt. Das hier war eine Riesenchance für sie. Sie wäre eine Närrin, würde sie sich von der Umgebung einschüchtern lassen. Schließlich war sie noch immer Brenna Sloan, dieselbe Brenna Sloan wie in ihrem Apartment in Los Angeles. An dieser Tatsache musste sie festhalten, dann konnte ihr gar nichts passieren.

Sie überlegte, ob sie sich eine heiße Schokolade zubereiten sollte, hatte dann aber plötzlich keine Lust mehr dazu. Sie war erschöpft und aufgerieben. Also öffnete sie ihren Koffer, zog ihren weißen Morgenmantel und ihre Duschkappe hervor und ging ins Bad. Dieses Mal war sie nicht mehr überrascht, als sie die lavendelfarbene Badewanne und graue und kristallene Accessoires vorfand.

Sie duschte nur kurz, weil sie das einladende Bett ausprobieren wollte. Mit einem flauschigen Laken von der Heizstange trocknete sie sich ab und schlüpfte in ihren Morgenmantel. Noch schnell das Haar mit der Bürste gekämmt, die sie in dem Spiegelschrank über dem Waschbecken fand, dann ging sie ins Schlafzimmer zurück und ließ sich mit einem zufriedenen Seufzer auf das Bett sinken, ohne sich die Mühe zu machen, die Tagesdecke zurückzuschlagen. Sie würde ja gleich wieder aufstehen und auspacken, und außerdem wollte sie noch mit Donovan über Randy sprechen. Bemüht versuchte sie, die Lider offenzuhalten. Sie sollte Donovan anrufen, bevor sie sich dieser köstlichen Schläfrigkeit ergab. Und das war der letzte Gedanke, bevor sie tief und fest einschlief.

Ihr schien es, als hätte sie nur eine Sekunde die Augen geschlossen, als ohrenbetäubender Lärm sie aus dem Schlaf riss. Stöhnend rollte sie sich auf die Seite und versuchte, den Krach zu ignorieren, doch er hielt an, bis Brenna klar wurde, dass jemand an die Tür hämmerte. Schlaftrunken schwang sie die Beine vom Bett und stand auf. Ihr Blick fiel auf den Wecker auf dem Nachttischchen, und verdattert stellte sie fest, dass es schon zehn Uhr war. Sie hatte fast zwei Stunden geschlafen! Mit trüben Augen stolperte sie zum Schlafzimmer hinaus, durch den Wohnraum hin zur Tür und mühte sich mit ungeschickten Fingern, den Schlüssel im Schloss zu drehen.

Es überraschte sie nicht, dass ein extrem wütender Michael Donovan vor ihrer Schwelle stand. Den Kopf an den Türrahmen gelehnt, schaute sie ihn mit großen Augen an. Er wirkte vitaler und energiegeladener denn je in den schwarzen Cordhosen und dem schwarzen Rollkragenpullover, das rotbraune

Haar wie eine dunkle Flamme über der düsteren Kleidung.

„Hallo, Mr. Donovan“, begrüßte sie ihn gähnend.

„Guten Abend, Miss Sloan, ich hoffe, ich störe nicht“, hob er sarkastisch an, schob sich an Brenna vorbei und knallte die Tür laut hinter sich zu. Brenna zuckte zusammen, sowohl wegen der Lautstärke als auch wegen der offensichtlichen Lüge. Donovan tat es nicht im Geringsten leid, dass er sie aufgeweckt hatte. Mit energischen Schritten ging er bis in die Mitte des Wohnzimmers und wirbelte zu Brenna herum. Er wirkte völlig fehl am Platze zwischen dem zarten Grau und Violett in dem Raum. Wie ein Pirat auf einer königlichen Gartenparty, schoss es Brenna in den Kopf.

„Soweit ich verstanden habe, wollten Sie mit mir sprechen. Ich habe versucht, Sie anzurufen, aber Sie sind nicht ans Telefon gegangen. Also blieb mir nichts anderes, als selbst herzukommen.“

„Sie haben angerufen?“ Verschlafen tappte sie in den Wohnraum. „Dann haben Sie bestimmt die falsche Nummer gewählt.“ Sie ließ sich auf die Couch fallen und rollte sich in einer Ecke zusammen. „Sonst hätte ich es gehört.“

„Ich habe nicht die falsche Nummer gewählt“, stieß er nur mühsam beherrscht aus. Mit raubtiergleicher Geschmeidigkeit wand er sich durch die Tische hin zu dem Telefon und nahm es auf. „Sie haben die Lautstärke heruntergedreht“, entfuhr es ihm erbost. Er drehte an dem Regler. „Es ist unhöflich, von mir zu verlangen, dass ich mich mit Ihnen in Verbindung setzen soll, und dann das Telefon herunterzudrehen, Miss Sloan.“ Mit blitzenden Augen sah er zu ihr hin.

Die unfaire Anschuldigung stieß ihr auf, aber noch immer war sie zu schlapp, um sich wirklich aufzuregen. „Ich habe überhaupt nichts heruntergedreht. Das muss derjenige gewesen sein, der vor mir hier gewohnt hat.“

Donovan kniff die Augen zusammen. „Was ist los mit Ihnen? Haben Sie etwas genommen?"

„Genommen?" Als ihr klar wurde, worauf er anspielte, war sie plötzlich hellwach. Abrupt setzte sie sich auf, heiße Röte schoss ihr in die Wangen. „Ich nehme keine Drogen, Mr. Donovan", sagte sie verärgert. „Ich bin einfach nur müde."

Er zuckte ungerührt mit den Schultern. „So abwegig ist meine Vermutung nicht. Ihre Generation ist bekanntermaßen anfällig für solche Hilfsmittel."

„Und Ihre war das nicht?", gab sie sarkastisch zurück. „Trägt Ihre Generation nicht den Beinamen ‚Protestgeneration'? Sie haben doch mit den ganzen Drogen erst angefangen."

„Touché", gab er zu. „Aber ich nicht, das versichere ich Ihnen." Er musterte sie durchdringend. „Brauchen Sie immer so lange, um wach zu werden?"

„Nicht jeder kann mit einem Satz aus dem Bett springen. Obwohl ...", ihre Stimme wurde vorwurfsvoll, „... Sie gehören bestimmt zu denjenigen, die sofort wach sind, als hätte man ein Licht eingeschaltet."

„Stimmt." Er betrachtete sie nachdenklich. „Einer von uns muss sich also ändern", meinte er rätselhaft.

Verwirrt starrte sie ihn an, doch bevor sie überhaupt ein Wort äußern konnte, fuhr er schon fort: „Monty behauptet, es gäbe ein Problem mit Ihrer Unterbringung. Welches Problem kann so groß sein, dass es nicht bis morgen Zeit hat?" Er sah sich in dem Raum um. „Hier scheint doch alles in Ordnung zu sein."

„Nichts ist in Ordnung!" Hitzig sprang sie auf. „Randy ist nicht bei mir."

Sein Blick wurde wachsam. „Der Junge? Ich habe alle nötigen Vorkehrungen getroffen. Doris Charles hat die besten Qualifikationen, und ihre Unterkunft ist mit allem ausgestattet, was ein Kind braucht."

„Alles außer seiner Mutter", widersprach Brenna. Sie rang die Hände. „Ich will ihn hier bei mir haben."

Donovan schlenderte lässig zum Barschrank und goss sich einen Scotch ein. Das Glas in der Hand, drehte er sich wieder zu ihr um. „Das wird nicht möglich sein. Ich ziehe es vor, wenn der Junge in der Herberge versorgt wird. Sie werden in den nächsten Wochen oder auch länger all Ihre Konzentration brauchen. Ich will nicht, dass Sie durch mütterliche Sorgen abgelenkt werden."

„Das ist doch lächerlich", erwiderte sie grimmig. „Ich habe mich immer selbst um Randy gekümmert, und glauben Sie mir, mein Terminplan war voller, als Sie wahrscheinlich annehmen."

„Aber nicht so anstrengend wie der, den ich Ihnen gebe. Da gibt es eine ganze Reihe von Szenen, die nachgedreht werden müssen, und das letzte Drittel des Films steht noch aus … Und ich gedenke, das Projekt fristgerecht zu Ende zu bringen, Brenna."

„Ich habe ja schon gesagt, dass ich Miss Charles' Hilfe annehme. Welchen Unterschied machte es, wenn sie und Randy hier einziehen?"

Erst nahm er einen kräftigen Schluck von seinem Drink, bevor er antwortete. „Für mich macht es einen Unterschied. Falls es Ihnen noch nicht aufgefallen sein sollte … ich bestimme hier, wie die Dinge laufen."

„Ja, das habe ich mir sagen lassen", erwiderte sie bitter. Plötzlich schimmerten ihre Augen tränenfeucht, als sie flehend zu ihm hinsah. „Was haben Sie dagegen, wenn ich meinen Sohn zu mir hole? Können Sie es sich nicht noch einmal überlegen?"

Lange betrachtete er sie nachdenklich. „Nein, ich ändere meine Meinung nicht", entschied er dann harsch. „Ich will nicht, dass er hier ist."

„Aber wieso? So etwas können Sie doch nicht willkürlich verbieten!"

Er kniff die Augen zu schmalen Schlitzen zusammen, und Brenna wusste, sie hatte ihn wütend gemacht. Sehr behutsam setzte er sein Glas auf der Bar ab. „Sie wollen meine Gründe erfahren, Brenna? Nun gut." Mit drei schnellen Schritten war er bei ihr. „Dann sollen Sie sie erfahren. Ich erhoffe mir dadurch mehr Zeit."

Seine plötzliche Nähe raubte ihr den Atem. „Was meinen Sie damit?"

Die schwarze Wolle spannte sich über seinen breiten Schultern, als er mit den Achseln zuckte. „Sie sind noch nicht bereit dafür, aber ich bin der Spiele müde." Er sah ihr geradewegs in die Augen. „Ich will Ihren Sohn nicht hier haben, weil es mich verrückt macht, ihn mit Ihnen zu sehen."

Brenna verstand kein Wort von dieser unglaublichen Erklärung und sah mit verwirrt aufgerissenen Augen zu ihm auf. Mit beiden Händen umfasste er ihr Gesicht. „Sehen Sie, ich musste feststellen, dass Sie völlig danebenlagen, als Sie den Typ Frau beschrieben, der mich reizt." Seine Stimme wurde rau. „Ich will dich, Brenna."

Sie fühlte sich wie hypnotisiert von seinen Augen, die ihren Blick gefangen hielten. Er war ihr so nah, dass sie die vibrierende Wärme spüren konnte, die von seinem Körper ausstrahlte. Sie konnte den Duft seiner Haut riechen, frisch, nach Seife, und verführerisch, nach Mann. „Nein!", stieß sie aus, ohne sich von seinem Blick lösen zu können. „Das ist doch verrückt!"

„Meinst du, ich wüsste das nicht?", fuhr er auf. „Meinst du, ich habe die Angewohnheit, regelmäßig zwanzigjährige Mädchen zu verführen?" Er riss sich zusammen und atmete tief durch. „Mir gefällt es auch nicht, keinen Deut. Ich weiß nur ... als ich dich gestern beim Vorsprechen sah, da hatte ich das Gefühl, als hätte mir jemand einen Schlag in den Magen verpasst. Ich begehrte dich mehr, als ich je in meinem Leben eine Frau begehrt habe. Ich muss dich haben, oder ich verliere den Verstand."

„Den haben Sie schon verloren", flüsterte sie. „So etwas passiert doch nicht einfach."

„Das dachte ich bisher auch", stimmte er zu. „Aber ich scheine völlig besessen von dir zu sein. Bis jetzt habe ich von keuschen Frauen nicht viel gehalten, doch nun möchte ich dir bei der Vorstellung, wie du mit einem anderen Mann zusammen bist, am liebsten an die Gurgel gehen."

Seine Augen blitzten so wild, dass Brenna es mit der Angst zu tun bekam. Unwillkürlich wich sie einen Schritt zurück. Er ließ ihr Gesicht los, seine Mundwinkel zuckten spöttisch.

„Keine Angst, dieses Stadium der Barbarei habe ich noch nicht erreicht. Aber vielleicht werde ich das noch, sollte ich dich mit einem anderen Mann erwischen. Ich ertrage es ja nicht einmal, dich mit dem Kind zusammen zu sehen. Zu wissen, dass ein anderer der Vater ist."

„Warum sagen Sie mir das?" Fassungslos sah sie ihn an. „Auf der einen Seite sind Sie wohl auf eine Affäre mit mir aus, aber andererseits wollen Sie mich nicht zusammen mit meinem Sohn sehen." Ihre Stimme wurde schrill. „Was soll ich denn tun? Ihn ertränken? Sie sind ja völlig verrückt!"

Er zuckte mit einer Schulter. „Ich wusste, es ist noch zu früh. Ich wollte noch warten, bis du mich ein wenig besser kennst. Mir ist klar, dass es ein Schock für dich sein muss." Er verzog den Mund. „Und was das Kind angeht … ich werde wohl lernen müssen, ihn zu tolerieren."

„Tolerieren?" Der Ausdruck goss nur Öl ins Feuer. Dass irgendjemand einen wunderbaren, sonnigen Fratz wie Randy „tolerieren" musste, war unfassbar. „Geben Sie sich keine Mühe, Mr. Donovan", erwiderte sie eisig. „Keiner von uns beiden braucht Ihre Toleranz."

„Die Löwenmutter, die ihr Junges verteidigt", murmelte er spöttisch. „Sag, jetzt, da ich dich in mein Bett eingeladen habe, meinst du nicht, dass du mich Michael nennen solltest?"

„Da unsere Bekanntschaft hier und jetzt endet, wird das wohl nicht nötig sein." Sie schwang herum und wollte ins Schlafzimmer zurückkehren.

Mit einer Hand fasste er sie beim Arm, als sie an ihm vorbeiging, und wirbelte sie herum. „Du wirst nicht gehen, Brenna", stieß er grimmig aus. „Du hast hier einen Job zu erledigen."

„Welchen? Etwa als Ihre Mätresse?" Sie hob ihr Kinn.

„Irgendwann sicher", gab er gelassen zurück. „Aber im Moment habe ich einen Film zu drehen, und du hast zugestimmt, die Rolle der Mary Durney zu übernehmen."

„Unmöglich. Das geht jetzt nicht mehr."

„Du wirst die Rolle spielen", knurrte er unnachgiebig. „Die beiden Dinge haben nichts miteinander zu tun. Wenn du glaubst, ich hätte dir die Rolle nur aus sexuellem Interesse gegeben, dann irrst du dich. Du wirst in mein Bett kommen, weil du es willst, aus keinem anderen Grund."

„Dann können Sie sich schon einmal auf eine Enttäuschung gefasst machen. Denn ich werde mich nie mit einem Mann auf diese Art und Weise einlassen. Auch nicht mit Ihnen, Michael Donovan."

„Oh, ich denke schon." Er kniff leicht die Augen zusammen. „Ich habe einige Erfahrung mit Frauen, und du, Brenna Sloan, machst auf mich den Eindruck einer höchst leidenschaftlichen Frau."

„Da täuschen Sie sich." Ihre Empörung war umso hitziger, als sie sich an ihre kurze Schwäche im Seitenflügel des Rialto erinnerte.

Mit spöttischer Miene schüttelte er den Kopf. „Das glaube

ich nicht. Es ist nur verständlich, wenn du verbittert bist und davor zurückschreckst, eine neue Beziehung einzugehen. Bei der Liaison mit Randys Vater bist du verletzt worden. Siebzehn ist ein extrem kritisches Alter, wenn einem jungen Mädchen etwas so Traumatisches widerfährt. Kein Wunder, dass du jetzt alle Männer zurückweist."

„Woher wollen Sie wissen, dass ich alle Männer zurückweise?" Dann riss Brenna entsetzt die Augen auf. „Mein Gott, Sie haben mich überprüfen lassen", wisperte sie.

„Ganz so dramatisch ist es nicht", schnaubte er. „Ich habe nur einen meiner Leute gebeten, bei den richtigen Quellen ein paar Fragen über dich zu stellen. Als wir gestern im Theater miteinander sprachen, merkte ich sofort, dass du etwas gegen Männer hast. Und meiner Erfahrung nach muss man sein Gegenüber genau kennen, wenn man überhaupt Aussichten auf Erfolg haben will."

„Und was haben Sie über mich in Erfahrung gebracht?" Stolz hob sie den Kopf. „Hat sich der Einsatz Ihres Mitarbeiters gelohnt?"

„Eigentlich nicht viel. Du bist in einem Waisenhaus aufgewachsen, hast als Sekretärin für die Edwards Zeitagentur gearbeitet. Du bist eine aufopferungsvolle Mutter und zahlst deine Rechnungen immer pünktlich. Und du verhältst dich extrem kühl allen Männern gegenüber, die Interesse an dir zeigen."

„Schreckt Sie das nicht ab?", fragte sie beißend.

„Im Gegenteil. Es verschafft mir sogar größte Befriedigung, dass du dich nach Randys Vater mit niemandem mehr eingelassen hast. Ich hab doch bereits gesagt, dass ich sehr eifersüchtig bin, was dich betrifft. Und ich weiß genau, dass ich das Eis, mit dem du dich umgibst, schmelzen werde."

„Sie scheinen ja sehr überzeugt von sich zu sein."

„Ich vertraue auf meine Fähigkeiten", entgegnete er

schlicht. „Würde ich das nicht tun, wäre ich nicht so weit gekommen im Leben." Sein sinnlicher Mund verzog sich zu einem Lächeln. „Ich glaube auch an die Chemie zwischen zwei Menschen. Und die gibt es bei uns im Überfluss."

„Sie erwarten also von mir, dass ich bei dem Film mitspiele, als hätte es dieses Gespräch nie gegeben?" Sie konnte es kaum fassen.

„Und wieso nicht? Jetzt, da alles offen ausgesprochen wurde, können wir wieder zum Anfang zurückkehren. Du brauchst Arbeit, und ich brauche eine Schauspielerin. Die Tatsache, dass ich dich auch als Frau brauche, sollte dich nicht beunruhigen. Eigentlich wollte ich ja sowieso warten, bis du mir von dir aus zeigst, dass du mich willst. Und ich bin immer noch bereit zu warten. Ich werde alles daransetzen, dich zu diesem Punkt zu bringen. Allerdings kann ich dir versprechen, dass ich dich nicht in die nächste Höhle zerren werde wie ein Barbar, während du dich mit Händen und Füßen wehrst."

„Kann ich mich darauf verlassen?", hakte Brenna skeptisch nach.

Donovans Augen flackerten verärgert auf. „Ich bin es nicht gewohnt, dass jemand es infrage stellt, wenn ich mein Wort gegeben habe." Er atmete tief durch, und die Anspannung in ihm minderte sich ein wenig. „Was für ein misstrauisches junges Ding du doch bist, Brenna. Du hast mein Ehrenwort, dass ich während der Filmarbeiten nicht über dich herfallen werde. Wenn ich dich in dieser Zeit nicht davon überzeugen kann, die Dinge so zu sehen wie ich, gilt mein Versprechen allerdings nicht mehr. Dann werde ich dir auf jede erdenkliche Art und Weise nachstellen."

Bei der Entschlossenheit, die sich auf seiner Miene widerspiegelte, lief Brenna ein Schauer über den Rücken. „Sehen Sie denn nicht ein, wie zwecklos das wäre?"

„Nein. Und noch bevor ich hier weggehe, werde ich dir zeigen, was wir zusammen haben können."

In ihren braunen Augen lag die Angst eines scheuen Rehs, als sie ihn ansah. „Nein", hauchte sie atemlos und versuchte sich aus seinem Griff freizumachen, als er sie bei den Armen fasste. „Sie haben es versprochen!"

Doch sein Griff wurde nur fester. Er zog sie mühelos näher zu sich heran, ihr Sträuben hielt ihn nicht auf.

„Hör auf, gegen mich anzukämpfen, Brenna!" Er stöhnte rau. „Du musst doch wissen, dass ich in den nächsten Wochen etwas brauche, an dem ich mich festhalten kann, damit ich nicht verrückt werde." Und dann lag sie auch schon in seinen Armen, fühlte sich an seine harte Brust gepresst und spürte die brennende Hitze seines männlichen Körpers durch den dünnen Stoff ihres Morgenmantels. Es war fast, als sei sie völlig nackt und hilflos in seiner Umarmung.

„Lassen Sie mich los", stieß sie atemlos aus. Verzweifelt wand sie sich, um der quälenden Nähe zu entkommen.

Er hörte ihre Worte gar nicht, sein Gesicht war völlig abwesend. Er schloss die Augen und holte stöhnend Luft. „Himmel, wie sehr ich dich begehre!"

Damit presste er den Mund auf ihre Lippen mit einer solchen Gier, dass sie meinte, er würde sie verschlingen. Er ließ einen Schauer von heißen Küssen über ihr Gesicht und ihren Hals regnen, bevor er wieder zu ihren Lippen zurückkehrte. Sie stöhnte hilflos auf, erfüllt von dem verwirrenden Vergnügen, das seine liebkosende Zunge in ihr hervorrief. Fieberhaft fuhr er mit den Händen über ihren Rücken, ihren Po, erkundete ihre Rundungen durch die dünne Stoffbarriere.

Ein Wirbelsturm von Empfindungen riss Brenna mit, sie schmolz dahin und ließ sich matt gegen ihn sinken. Donovan ließ ein triumphierendes leises Lachen hören, als er mit blitzenden Augen in ihr Gesicht sah. Er hielt ihren Blick gefangen, während seine Finger sich träge an dem Gürtel zu schaffen machten und den Morgenmantel öffneten. Bewundernd betrachtete er ihre schimmernden Kurven, und seine Musterung ging Brenna durch und durch. Er berührte sie nicht einmal, und doch spürte sie, wie die rosigen Knospen ihrer Brüste sich unter seinem intensiven Blick aufrichteten.

„Herrgott, wie schön du bist", sagte er rau. „Du gehörst mir. Sag mir, dass du mir gehörst."

Und ohne auf eine Reaktion von ihr zu warten, beugte er den Kopf und senkte seinen Mund zu den harten Spitzen, die sich nach seiner Liebkosung sehnten. Brenna begann unter dem sinnlichen Anschlag zu zittern. Seine überwältigende sinnliche Anziehungskraft machte ihre Widerstandskraft zunichte, sodass sie nur noch ein schmerzendes Verlangen spürte, von dem sie nicht einmal geahnt hatte, dass es existieren konnte.

Dann hob er den Kopf, verschloss ihren Morgenmantel und verknotete den Gürtel mit einem Ruck. Nachdenklich musterte er ihr erhitztes Gesicht und ihre geschwollenen Lippen. Als er die hilflose Verwunderung in ihren braunen Augen las, schnappte er scharf nach Luft.

„Sieh mich nicht so an, Darling." Donovan barg das Gesicht in ihrem seidigen Haar, ohne jedoch ihrem Körper zu nahe zu kommen. „Ich stehe kurz davor, dich hochzuheben, zum Bett zu tragen und dich leidenschaftlich zu lieben." Er knabberte an ihrem Ohr. „Aber damit würde ich dir Gewalt antun, denn so bereit wie ich deinen wunderbaren Körper auch machen kann, dein Geist lehnt mich noch immer ab."

Jetzt drängte er sich atemlos an sie. „Ich will nicht nur eine Nacht mit dir. Wir werden eine lange Zeit zusammen sein. Ich will deinen Körper, deinen Geist und deine Seele. Du wirst mir gehören, Brenna Sloan, ganz und gar."

Für einen verrückten Moment war sie bereit, diese arrogante Behauptung blind zu akzeptieren, bereit, sich seiner Forderung zu unterwerfen, nur um wieder das pochende Vergnügen zu verspüren, das er ihr verschafft hatte. Aber dann meldete sich die Vernunft, mit der sie ihr ganzes Leben geführt hatte. Und Scham. Grundgütiger, was tat sie hier! Ihr Magen drehte sich. Wo war ihr Stolz geblieben, wo ihr Selbstwertgefühl, dass sie sich nur wegen seiner sexuellen Anziehungskraft komplett vergaß? War sie etwa genau wie ihre Mutter und Janine, die sich von Männern benutzen ließen, um dann achtlos abgelegt zu werden wie eine minderwertige, gebrauchte Ware?

Sein Griff hatte sich automatisch gelockert, als er die Zeichen ihrer Kapitulation erkannte, daher konnte Brenna sich jetzt ohne Schwierigkeiten von ihm lösen. Eilig brachte sie sicheren Abstand zwischen sich und ihn und ging zum anderen Ende des Raumes. Sie war blass, ihre Miene angespannt, und abweisend schlang sie die Arme um sich, als sie sich zu ihm umdrehte.

„Ist die kleine Demonstration nun vorbei?" Stolz hob sie das Kinn. „Denn wenn ja, dann können Sie jetzt gehen."

Sowohl Enttäuschung als auch Bewunderung lagen auf Donovans Gesicht, als er sie mit leicht zusammengekniffenen Augen ansah. „Fast hatte ich dich so weit, Liebling. Ich frage mich, was ich falsch gemacht habe."

„Sie haben vergessen, dass ich eine eigenständige Person bin", erwiderte sie kühl, „und kein Spielzeug zu Ihrer Zerstreuung. Eine weitere Chance werden Sie nicht erhalten."

Seine Augen blitzten spöttisch auf. „Ein unglücklicher Schachzug, Darling", meinte er sanft. „Hast du denn noch nicht gehört, dass ich einer Herausforderung nie widerstehen kann?" Als sie sich unwillkürlich versteifte, schüttelte er den Kopf. „Nicht heute. Für einen Abend habe ich genügend Fortschritte gemacht, meinst du nicht auch?"

Heiße Röte schoss ihr in die Wangen, als sie daran dachte, wie mühelos Donovan ihre Widerstandskraft ausgeschaltet hatte, so als hätte sie nie welche besessen.

„Keine Angst, Brenna, an mein Verspechen halte ich mich. Obwohl“, er schüttelte den Kopf, „ich in der kommenden Zeit wohl sehr häufig kalt duschen werde.“ Er zog eine Grimasse. „Jetzt wäre das wahrscheinlich auch eine gute Idee.“

Er ging zur Bar zurück, nahm sein Glas auf und leerte es in einem Zug. Als er sich erneut zu Brenna umdrehte, wirkte er wieder kühl und distanziert.

„Morgen früh hast du frei, um deinen Text zu lernen. Um zwölf wird Monty dich abholen und zu Sound Stage B bringen. Deine Kostüme müssen angepasst werden, außerdem wirst du den Regisseur treffen, Jake Dominic.“

Eigentlich hätte sie froh sein müssen, weil er wieder zu seiner geschäftsmäßigen Art zurückgefunden hatte. Doch so verrückt es auch war, es ärgerte sie, dass er seine Gefühle von einer Sekunde auf die andere umstellen konnte, während in ihrem Bauch noch immer ein aufgeregter Schwarm von Schmetterlingen zu flattern schien. Es kostete sie Mühe, ihre Haltung wiederzufinden.

„Ich werde fertig sein“, gab sie eisig zurück. Dann erst erfasste sie den Sinn seiner letzten Worte. „Jake Dominic führt Regie?“

Donovan nickte mit zynisch verzogenem Mund. „Überrascht mich, dass du es nicht weiß. Ich dachte, jeder in der Branche ist über Jakes Unternehmungen informiert. Sowohl im Bett als auch außerhalb.“

Eine krasse Verharmlosung, dachte Brenna. Die ganze Welt zeigte Interesse an den Abenteuern des Enfant terrible im Filmbusiness. Jake Dominic war absolut brillant, der begehrteste Regisseur in Hollywood. Sein Stern war zeitgleich mit Michael Donovans kometenhaftem Aufstieg aufgegangen, es war allgemein bekannt, dass die beiden Männer gute Freunde waren. Seinem Privatleben galt ebenso viel Aufmerksamkeit wie seiner Karriere. Von Haus aus unglaublich vermögend, konnte anscheinend keine Frau seinem Erfolg und seinem verboten attraktiven Aussehen widerstehen. Selbst in diesem Metier, in dem eine berüchtigt lockere Moral herrschte, hatte Jake Dominic einen skandalösen Ruf. Donovan hatte zahllose Affären, aber er wachte über sein Privatleben. Dominic dagegen war Publicity völlig gleich, und so erschien sein Name ständig in den Klatschspalten.

„Jake Dominic also", wiederholte Brenna jetzt nachdenklich. Sie war vom Regen in die Traufe gekommen. Als ob ein Mann von Donovans Kaliber nicht ausreichen würde!

„Du interessiert dich für ihn?" Donovan kniff drohend die Augen zusammen. „Ich fürchte, jegliche Hoffnungen, die du dir in dieser Hinsicht machst, sind unnütz. Ich habe Jake bereits deutlich zu verstehen gegeben, dass du tabu für ihn bist."

Empörung stieg in ihr auf, dass er seine unehrenhaften Absichten mit seinem ebenso notorischen Freund besprochen hatte. Wie konnte er es wagen, über sie zu reden, als sei sie sein Besitz?! Allerdings würde sie niemals zugeben, dass sie sich weniger auf Dominic freute als ihn fürchtete. „So viel ich gehört habe, lässt Mr. Dominic sich nur ungern etwas verbieten. Wir werden also wohl einfach abwarten müssen, nicht wahr?"

„Es wäre ein Fehler, Jake gegen mich ausspielen zu wollen", warnte Donovan. „Er mag mein bester Freund sein, aber ich gedenke nicht, dich mit ihm zu teilen."

Brenna zuckte ungerührt mit den Schultern und wollte ihn gerade wissen lassen, was er mit seinem arroganten Gehabe tun könne, als es energisch an der Tür klopfte.

Donovan wandte abrupt den Blick zu ihr. „Erwartest du jemanden?", fragte er scharf.

„Wen sollte ich schon erwarten?“, gab sie zurück. „Ich bin schließlich neu hier.“

Mit einem unterdrückten Fluch ging Michael zur Tür und riss sie auf. Den Mann, der auf der Schwelle stand, bedachte er mit einem extrem unfreundlichen Blick.

„Was, zum Teufel, tust du hier, Jake? Ich dachte, ich hätte mich deutlich ausgedrückt.“

„Du drückst dich immer deutlich aus, Michael.“ Spott lag in der tiefen männlichen Stimme. „Aber ich bin nicht hier, um auf deinem Territorium zu jagen, sondern aus rein geschäftlichen Gründen.“

Michael trat zur Seite und ließ den anderen vorbei. „Das hoffe ich für dich. Was Frauen betrifft, so hast du seit dem Kindergarten keinen harmlosen Gedanken mehr gehabt.“ Er drehte sich zu Brenna um. „Das ist Jake Dominic, Brenna.“

Dominic bewegte sich mit der Geschmeidigkeit eines Raubtieres auf Brenna zu und nahm ihre Hand. Er war geradezu sündhaft attraktiv mit seinem dunklen Haar, den dunklen Augen und dem Gesicht eines gefallenen Engels. Und wenn in seinen Augen der zynische Ausdruck eines Menschen lag, der schon alles gesehen und alles erlebt hatte, so verstärkte das nur die Anziehungskraft dieses Mannes.

„Du bist immer so galant, Michael“, meinte er amüsiert über die Schulter gewandt zurück. Dann widmete er seine Aufmerksamkeit voll und ganz Brenna. „Entzückend, wirklich entzückend!“, meinte er leise. „Es ist absolut unfair von meinem barbarischen Freund, einen solchen Preis ganz allein für sich behalten zu wollen. Ich bin außerordentlich erfreut, Sie kennenzulernen, Miss Sloan.“

„Hör schon auf, Jake“, mischte Donovan sich ein. „Was willst du überhaupt hier? Ich habe dir doch gesagt, dass Monty sie morgen Mittag zum Set bringen wird.“

„Ich muss morgen früh nach Nevada fliegen, um ein paar

Szenen vor Ort zu wiederholen“, kam es glatt zurück. „Und da du den Film unbedingt in time fertigstellen willst, dachte ich mir, ich bespreche die wichtigen Dinge noch heute Abend mit Miss Sloan.“

„Um diese Zeit?“

Dominic sah lässig auf seine Armbanduhr. „Es ist noch nicht einmal elf. Seit wann achtest du auf konventionelle Arbeitszeiten, wenn es um einen Film geht?“

Donovan fluchte unter angehaltenem Atem, gab aber nach. „Zieh dich an, Brenna“, befahl er nach einem Blick auf ihren dünnen Morgenmantel.

Dominic konnte ein amüsiertes Lächeln nicht zurückhalten, als Brenna das Blut in die Wangen schoss. Mit hoch erhobenem Kopf machte sie auf dem Absatz kehrt und marschierte wütend ins Schlafzimmer. Die Tür fiel mit einem lauten Knall ins Schloss.

Während sie sich Jeans und Sweatshirt überzog, murmelte sie unablässig Verwünschungen vor sich hin, für die beiden arroganten Kerle im Speziellen und Männer im Allgemeinen. Noch in ein Paar abgewetzte Turnschuhe geschlüpft, und dann stolzierte sie wieder in den Wohnraum. Dass die beiden Männer scheinbar bestens miteinander auskamen und sich, einen Drink in der Hand, angeregt unterhielten, milderte ihre Wut nicht unbedingt.

Bei ihrem Eintreten drehten sich beide gleichzeitig zu ihr um, und ein ironisches kleines Lächeln erschien auf Dominics Miene, als er Brennas wenig eleganten Aufzug erblickte.

„Ah, das junge Fräulein erscheint“, meinte er träge. „Was meinst du, Michael, wird dieser Aufzug ausreichen, um meine lüsterne Natur abzukühlen?“

„Halt einfach den Mund, Jake“, knurrte Donovan übellaunig.

Dominic zog eine Augenbraue in die Höhe. „Du weißt

doch, was für ein unverbesserlicher Bösewicht ich bin. Vielleicht sollten wir uns aus der Garderobe Rüstungen kommen lassen. Oder noch besser – einen Keuschheitsgürtel."

„Sehr lustig, Jake", meinte Donovan angewidert.

„Ja, das finde ich auch", stimmte Dominic leichthin zu. „Also, nachdem wir Miss Sloan nun ausreichend in Verlegenheit gebracht haben, sollten wir endlich zum Geschäftlichen kommen. Geh schon, Michael, Miss Sloan und ich haben wichtige Dinge zu besprechen."

Eine tiefe Falte erschien auf Donovans Stirn. „Ich bleibe."

Plötzlich war alles Spielerische und Ironische aus Dominics Gesicht verschwunden. „Nein, das wirst du nicht", sagte er scharf. „Wir müssen eine Szene durchgehen. Ich habe ein paar Anweisungen zu vermitteln und muss als Regisseur des Films eine Beziehung zu meiner Schauspielerin aufbauen. Ich werde nicht zulassen, dass du mir wie ein eifersüchtiger Liebhaber im Nacken sitzt und meine Arbeit torpedierst. Du würdest das auch nicht erlauben, wenn du Regie führtest. Nun, ich ebenso wenig." Frustriert wandte er sich an Brenna. „Würden Sie unserem gemeinsamen Freund bitte klarmachen, dass Sie keine Angst vor dem großen bösen Wolf haben und dass er Sie unbesorgt mit mir allein lassen kann?"

Die Metamorphose, die vor ihren Augen stattgefunden hatte, machte Brenna fast sprachlos. Jake Dominic war ein außergewöhnlich komplexer Mann und eine starke Persönlichkeit, stark genug, um Donovan so herauszufordern. „Ich habe keine Angst vor Ihnen, Mr. Dominic", sagte sie betont freundlich. „Und Mr. Donovan weiß, dass ich seine Anwesenheit hier nicht wünsche."

Mit einem undefinierbaren Laut stellte Donovan sein Glas hart auf dem Tisch ab und marschierte mit ausholenden Schritten zur Tür. Eine Hand an der Klinke, drehte er sich noch einmal um. „Ich gehe nur“, sagte er in Dominics Richtung, „weil du recht hast, Jake. Ich würde genauso reagieren, wollte sich jemand in meine Arbeit einmischen. Aber pass auf, dass du dich wirklich nur an die Arbeit hältst!“

Es hallte noch lange nach, als die Tür mit einem lauten Knall ins Schloss schlug.

5. KAPITEL

Dominic zuckte zusammen und sah auf die noch immer vibrierende Tür. „Ich frage mich, wie nahe ich daran war, in der Luft zerrissen zu werden“, dachte er laut nach.

„Sie schienen aber nicht sonderlich besorgt“, erwiderte Brenna trocken.

„Oh, täuschen Sie sich nicht“, widersprach er. „Man reizt einen Grizzlybären nicht, ohne sich nicht der möglichen Konsequenzen bewusst zu sein. Man muss Risiko und Gewinn sehr genau gegeneinander abwägen.“

Brenna dachte über den Vergleich nach. „Ein Grizzlybär?“

„Stark, kraftstrotzend. Der Herr des Waldes.“ Sein Blick ruhte nachdenklich auf ihrem Gesicht. „Wie sehen Sie ihn denn, Miss Sloan?“

Sie zog eine Grimasse. „Wenn wir von Tieren sprechen ... dann würde ich sagen, ein Berglöwe.“ Sie sah ihn offen an und fügte herausfordernd hinzu: „Und Sie als schwarzen Panther.“

Seine Lippen zuckten. „Während man bei Ihnen zweifelsohne sofort an eine Gazelle denkt. Zierlich, anmutig ... und die natürliche Beute von uns beiden.“

Sie wandte den Blick nicht ab. „Sie vergessen, dass die Gazelle sehr flink ist, Mr. Dominic. Schon bei der kleinsten Warnung werde ich fliehen und somit dem vernichtenden Schlag entgehen.“

„Raubkatzen geben keine Warnung, Miss Sloan. Was Ihnen klarmachen müsste, wie sehr Sie sich in Michael irren. So, wie ich meinen rothaarigen Freund kenne, hat er in der ihm eigenen offenen Art sämtliche seiner Karten auf den Tisch gelegt. Für Spitzfindigkeiten hat Michael nichts übrig.“

Brenna lief rot an und senkte den Blick. „Das habe ich bereits bemerkt.“

Mit einem leisen Lächeln sah Dominic in sein Glas. „Ich nehme an, die Gazelle hat also zur Flucht angesetzt", fuhr er leichthin fort. „Das ist neu für Michael. Kein Wunder, dass er so übler Laune ist. Frustration in dieser Hinsicht ist ihm völlig unbekannt."

„Dann wird er wohl lernen müssen, damit umzugehen", erwiderte Brenna gefasst.

Bewunderung flackerte in Dominics Blick auf. „Wissen Sie, es ist nicht nur das Geschäftliche, was mich heute Abend noch zu diesem Besuch veranlasst hat. Nachdem ich heute Morgen mit Michael gesprochen hatte, war ich neugierig, wie ich zugeben muss. In all den Jahren, die wir uns nun kennen, hat Michael mich noch nie gewarnt, einer Frau fernzubleiben. Ich wollte die Frau sehen, die ihn in einen solchen Tumult versetzt. Und jetzt, da ich Sie gesehen habe, beginne ich ihn zu verstehen. Sie können einen wirklich beunruhigenden Einfluss auf einen Mann haben, Miss Sloan."

„Heißt das, Sie werden sich nicht an Mr. Donovans Warnung halten?", fragte sie herausfordernd.

Erstaunlich ernst schüttelte er den Kopf. „Trotz Michaels Argwohn habe ich keinesfalls vor, Ihnen nachzustellen, Miss Sloan, so reizvoll Sie auch sein mögen", stellte er sachlich klar. „Denn ungeachtet meines Rufs und meiner Skrupellosigkeit, was Frauen anbelangt, ist mir meine Freundschaft mit Michael sehr viel wert." Mit halb geschlossenen Lidern fügte er leise hinzu: „Es ist kein Problem für mich, eine neue Geliebte zu finden, aber ich bezweifle, dass Michael so leicht zu ersetzen ist." Der plötzlich verletzliche Ausdruck auf seinem Gesicht wurde schnell von Zynismus kaschiert. „Sie sehen also, von mir droht Ihnen keine Gefahr. Ich bin ein solcher Mistkerl, dass ich es mir einfach nicht leisten kann, die wenigen Freunde, die ich habe, vor den Kopf zu stoßen."

Brenna stellte plötzlich fest, dass sie diesen schwierigen

Mann sympathisch fand. „Ich glaube, Sie sind ein sehr guter Freund.“

Dominic riss erstaunt die Brauen hoch. „Das hat mir noch keine Frau gesagt.“

„Die wollen Sie wahrscheinlich alle nur wegen Ihres Körpers, nehme ich an?“ Brennas Augen funkelten verschmitzt.

„Genau. Diesen herzlosen Kreaturen sind meine Intelligenz und meine zarte Künstlerseele völlig gleich“, behauptete er melodramatisch und verzog theatralisch das Gesicht. „Ich bin nichts als ein Sexobjekt für sie!“

Der Blick, den Brenna mit ihm austauschte, löste alle Spannung. Kein Wunder, dass er ein solcher Herzensbrecher ist, dachte sie amüsiert. Er konnte das ganze Stimmungsrepertoire mit rasanter Geschwindigkeit abrufen und verdutzte sein Gegenüber damit immer wieder.

Seine dunklen Augen blitzten vergnügt, als er gestand. „Wissen Sie, im Grunde meines Herzens bin ich eigentlich noch immer jungfräulich. Seien Sie also bitte sanft zu mir.“

Ein Lächeln spielte um ihre Lippen, als sie den Kopf schüttelte. „Sie sind überhaupt nicht so, wie ich erwartet hatte, Mr. Dominic.“

„Jake“, bat er sie lässig. „Wir nennen uns hier alle beim Vornamen.“ Er stellte sein Glas ab und zog seine Jacke aus, um sie achtlos über einen Sessel zu werfen. „Sie hatte ich mir auch anders vorgestellt, Brenna. Aber jetzt … holen Sie Ihr Skript, damit wir endlich mit der Arbeit anfangen können.“

Er meinte, was er sagte. Während der nächsten zwei Stunden gab es keinerlei persönliche Anspielungen mehr. Gemeinsam gingen sie die Rolle durch, in verständlichen, präzisen Worten setzte Jake Brenna über die Hintergründe in Kenntnis, die sie brauchen würde, um den Charakter der Mary Durney zu verstehen: die Motive, die Beziehungen zu den anderen Charakteren in der Geschichte und ihre Funktion als

Katalysator für die Entwicklung des Plots.

Nach dem einführenden Gespräch las Brenna auf Jakes Wunsch die Rolle vom Skript. Oft unterbrach Jake sie, um ihr etwas zu erklären oder ihre Interpretation der Zeilen zu berichtigen. Dann ließ er sie die Rolle noch einmal lesen, ohne Unterbrechungen, wobei er sie still und intensiv beobachtete. Was Brenna sowohl beruhigend als auch aufmunternd fand.

Als sie geendet hatte, lehnte er sich lässig in die Couch zurück und betrachtete sie unter halb gesenkten Lidern hervor. „Sie verfügen über einen schnellen und lernfähigen Geist, Brenna. Ich denke, Sie gehören zu den Leuten, die niemals den gleichen Fehler zweimal machen."

Sein Lob erfüllte sie mit Stolz. Jetzt verstand sie auch, wieso Jake als eine so außergewöhnliche Erscheinung galt. In kürzester Zeit hatte er unglaublich viel erreicht. Nicht nur verstand sie die Figur der Mary Durney, sondern Jake hatte ihr selbst auch auf geheimnisvolle Weise Begeisterung und Zutrauen zugleich vermittelt.

„Danke, Jake", antwortete sie ernsthaft. „Sie haben es mir sehr leicht gemacht."

„Das Vergnügen ist ganz meinerseits, glauben Sie mir." Er grinste. „Auch wenn Michael sich eigentlich nie von persönlichen Gefühlen leiten lässt, so muss ich doch gestehen, dass ich Angst hatte, Sie könnten die berüchtigte Ausnahme sein. Mir schwante schon, ich müsste mit einer völlig unbegabten Schauspielerin arbeiten." Seine Miene verdüsterte sich. „Dabei haben wir weiß Gott genügend Probleme mit dem Film."

„Mary Durney sollte doch von Tammy Silvers gespielt werden, nicht wahr?", hakte Brenna neugierig nach. „Sie hat doch letztes Jahr den ‚Tony' gewonnen, für ‚Little Sins'."

Dominic nickte. „Sie kam mit den besten Empfehlungen, und ihr Äußeres passte auch zu der Rolle. Allerdings …" Er presste die Lippen zusammen. „Sie begann zu glauben, was die Presse über sie schrieb.“ Brenna schaute ihn verständnislos an, und so fügte er knapp an: „Wutausbrüche am Set, nicht wahrgenommene Termine in der Garderobe, Primadonnengehabe. Ein richtiges Luder.“

„Aber sie stand doch unter Vertrag. Wie konnte der ausgehebelt werden?“

Jake grinste abgefeimt. „In Donovans Verträgen gibt es grundsätzlich eine Klausel, die es erlaubt, den Schauspieler zu entlassen, falls er sich als unfähig erweist.“

Brenna riss verdutzt die Augen auf. „Ist das nicht eine eher ungewöhnliche Vorgehensweise?“

„Diese Option wird auch äußerst selten benutzt“, erklärte er ungerührt. „Donovan mag Stars erschaffen, aber er toleriert keine Starallüren. Das hat er auch gar nicht nötig. Sternchen und Stars stehen gleichermaßen an, um bei Donovan Film Ltd. unterzukommen.“

Brenna nickte nur stumm. Es stimmte, was Jake sagte.

Die nächsten zwanzig Minuten besprachen sie die Unterschiede zwischen Theaterbühne und Film, und Dominic erklärte Brenna genau, welche Techniken sie beim Medium Film zu beachten habe. Als er sich schließlich erhob und seine Jacke überzog, tobten all die Eindrücke in ihrem Kopf wild durcheinander, die er ihr mit enormer Effektivität vermittelt hatte.

Mit einem Lächeln wandte er sich an Brenna. „Ich denke, wir haben so weit alles abgedeckt. Ich komme erst morgen Abend zurück, also werden wir vor übermorgen nicht mit der Arbeit beginnen. Seien Sie dann um sechs Uhr früh in der Maske.“

Während sie ihn zur Tür begleitete, erkannte Dominic die Verwirrung in ihren Augen und schaute sie mit einem Einfühlungsvermögen an, das Brenna noch vor zwei Stunden nie bei ihm vermutet hätte.

„Es wird schon alles an seinen Platz fallen", sagte er verständnisvoll, „glauben Sie mir. Sie werden eine großartige Mary Durney sein." Dann grinste er. „Bei einem so brillanten Regisseur ist gar nichts anderes möglich."

Sie lächelte. „Sie haben recht, mir wird nichts anderes übrig bleiben. Gute Nacht, Jake. Ich weiß nicht, wie ich Ihnen danken soll."

Seine dunklen Augen begannen schalkhaft zu funkeln. „Hätte ich nicht beschlossen, meine besten Manieren herauszukehren, würde ich es Sie sehr genau wissen lassen. Aber da ich ja nun auf dem Pfad der Tugend wandle, bleibt mir nichts anderes, als Sie zu bitten, niemandem zu erzählen, dass ich zwei volle Stunden mit Ihnen verbracht habe, ohne auch nur einen Annäherungsversuch zu unternehmen. Das würde meinen Ruf ruinieren."

„Es bleibt unser Geheimnis", versicherte sie ihm ernsthaft.

Als die Tür sich hinter Jake schloss, lehnte Brenna sich mit dem Rücken dagegen. Sie lächelte leise vor sich hin. Die letzten zwei Stunden hatten ihr ein überwältigendes Selbstvertrauen verliehen, das sie in diesem Ausmaß nie gekannt hatte. Sie war absolut sicher, dass sie alles zu ihrer vollsten Zufriedenheit würde meistern können.

Die Panik, die sie nach dem erotischen Zwischenspiel mit Donovan erfasst hatte, sodass sie am liebsten die Beine in die Hand genommen hätte und losgerannt wäre, war nach und nach gewichen. Warum sollte sie auf eine Chance verzichten, die Randy finanzielle Absicherung und ihr einen großartigen Start in ihrem Beruf garantierte, nur weil Michael Donovan sie zu seiner nächsten Geliebten auserkoren hatte? Schließlich hatte er das nicht allein zu entscheiden. Hatte sie bisher nicht alle Annäherungsversuche von Männern abgewehrt, die sie für eine leichte Beute hielten? Donovan würde sie ebenso die kalte Schulter zeigen wie allen anderen. Schließlich hatte er versprochen, sich für die Dauer der Filmarbeiten zurückzuhalten. Und danach kam es lediglich darauf an, dass sie sich schnell genug seinem Einflussbereich entzog.

In ihre Überlegungen versunken, schaltete Brenna auf dem Weg ins Schlafzimmer das Licht aus. Und was Donovans Vorhaben betraf, ihren Widerstand zu brechen ... Sie bezweifelte, dass dafür überhaupt Zeit bleiben würde, bei dem Terminplan, den Jake Dominic für sie aufgestellt hatte. Sie würden nonstop in der Arbeit stecken, bis die letzte Szene abgedreht war. Wenn Donovan wirklich so viel Wert auf die Einhaltung der Fristen legte, dann würde er sie in Ruhe arbeiten lassen müssen.

Brenna nahm sich vor, bei ihrem nächsten Zusammentreffen wesentlich weniger nachgiebig zu sein. Es lag sicher nur am Überraschungsmoment und Donovans eindeutiger Erfahrung, dass sie sich in diesen erniedrigenden Zustand des Verlangens hatte versetzen lassen. Aber inzwischen war sie vorgewarnt, und ab jetzt würde sie darauf achten, dass sich nicht der kleinste Riss in ihrer Rüstung zeigte, der Donovan einen weiteren Vorteil verschaffen würde.

Als sie diesen Entschluss gefasst hatte, begann Brenna, ihren Koffer auszupacken und die Sachen in der Garderobe zu verstauen. Viel hatte sie nicht, und so wurden lediglich eine Kommodenschublade und ein Viertel des Kleiderschranks gefüllt. Es war offensichtlich, dass andere Bewohner des Cottages mit sehr viel mehr Gepäck anreisten als sie. Gleichgültig zuckte Brenna mit den Achseln. Sie war schließlich nicht hier, um Kleider vorzuführen, sondern um in einem Film mitzuspielen. Und nach Jake Dominics Ermutigung heute Abend war sie sicher, dass sie diese Aufgabe mit Erfolg meistern würde.

Nachdem sie sich die Zähne geputzt, den Wecker gestellt

und den einfachen Baumwollpyjama angezogen hatte, schlüpfte sie zwischen die seidenen Laken. Sie kam sich vor wie der unscheinbare braune Spatz inmitten eines Nests von prächtigen Paradiesvögeln. Aufgewühlt wie sie war, dauerte es lange, bevor ihre Gedanken sich beruhigten. Wie in einem bunten Kaleidoskop liefen die Ereignisse der letzten beiden Tage immer wieder in hektischen Bildern vor ihrem geistigen Auge ab. Es schien doch unmöglich, dass sich das Leben eines Menschen in so kurzer Zeit so drastisch veränderte. Nicht nur die Umgebung, sondern auch die Personen, die diese neue Welt bevölkerten, waren fremd und exotisch. Und plötzlich fühlte Brenna sich sehr unsicher und schrecklich einsam.

Aber sie war ja nicht allein, ermahnte sie sich. Sie hatte Randy, auch wenn er jetzt nicht bei ihr war. Aufgeben würde sie ihren Plan, die Arrangements für die Unterbringung zu ändern, keinesfalls. Sie würde einen Weg finden, um Donovans lächerliche Anweisung zu umgehen. Bis dahin würde sie an Randy denken, das einzig Vertraute in dieser einschüchternden Welt. Und während sie sich darauf konzentrierte, merkte sie, wie die vertraute Wärme in sie zurückfloss und sie sich langsam entspannte.

Und doch waren es nicht Randys goldene Locken und sein breites Lachen, die sie vor sich sah, als sie in den Schlaf glitt, sondern die markanten Züge und das rotbraune Haar von Michael Donovan.

Obwohl der nächste Tag vollgepackt war bis obenhin, würde Brenna ihn zurückblickend als harmlos bezeichnen. Am Morgen lernte sie ihren Text, mit besonderem Augenmerk für die Szenen, die Jake Dominic am nächsten Tag drehen wollte. Im Stillen dankte sie dem Himmel für ihr gutes Gedächtnis, das Charles Wilkes so lobend erwähnt hatte. Bis Mittag fühlte sie sich sicher genug, auch wenn sie wusste, dass sie den Text für die einzelnen Szenen, die jeweils gedreht werden sollten, wohl noch mehrere Male auffrischen musste. Ob es auf lange Sicht ein Vorteil war, dass man sich pro Drehtag auf eine oder zwei Szenen konzentrieren konnte, würde sich noch herausstellen müssen. Brenna gehörte zu jenen Schauspielern, die im Laufe der Aufführung völlig in einer Rolle aufgingen. Ob dieser magische Prozess auch einsetzen würde, wenn sie eine Szene isoliert von der anderen zu spielen hatte, konnte sie nicht sagen.

Am Mittag eilte sie zu Doris Charles' Apartment, um nach Randy zu sehen. Sobald sie in der kleinen Wohnung ankam, konnte sie feststellen, dass Donovan nicht zu viel versprochen hatte. Randy hatte alles, was das Herz eines Zweijährigen begehren konnte. Der Junge begrüßte sie mit seinem wunderbaren strahlenden Lachen, dann widmete er sich wieder völlig versunken dem Zusammensetzen eines bunten Holzzuges.

Doris, in Jeans und kariertem Hemd, saß neben Randy auf dem Boden und schaute mit einem herzlichen Lächeln zu Brenna auf. „Hi", grüßte sie fröhlich. „Dieser junge Mann hier ist auf dem besten Weg, sich zu einem großen Bahnchef zu entwickeln. Schon bald werden seine Züge durchs ganze Land fahren. Wollen Sie sich zu uns setzen?"

Den Blick auf Randy gerichtet, schüttelte Brenna bedauernd den Kopf. „Ich habe nur ein paar Minuten. Ich wollte nur nachsehen, ob alles in Ordnung mit ihm ist. Hat er gut geschlafen?"

„Wie ein Stein. Und die Menge, die er heute Morgen zum Frühstück verputzt hat, würde einem Holzfäller zur Ehre gereichen. Bisher konnte ich ihn noch nicht von den Spielzeugen weglotsen, doch sobald er das Interesse verliert, wollte ich eigentlich mit ihm an den Pool, damit er ein wenig frische Luft und Sonne bekommt."

„Das wird ihm gefallen." Brenna lächelte. „Er ist eine richtige Wasserratte."

„Das ist mir gestern Abend schon aufgefallen, als ich ihn badete. Er hat mich praktisch ertränkt!"

Brenna lachte vergnügt auf. „Ich habe mir oft überlegt, ob ich nicht einen Bikini anziehen soll, bevor ich mich an diese Aufgabe mache."

„Das ist eine gute Idee", stimmte das Kindermädchen mit lustig funkelnden Augen zu. Dann fuhr sie verständnisvoll fort: „Es ist immer schwierig, wenn Mutter und Kind zum ersten Mal getrennt sind. Aber Sie sollen wissen, dass ich Randy wirklich bestens versorge, und er hat sich der neuen Umgebung auch schon gut angepasst."

Verräterische Tränen stiegen Brenna in die Augen. „Wahrscheinlich besser als ich", meinte sie mit belegter Stimme. „Schließlich hat er ausreichend Erfahrung."

„Er ist ein Engel", erwiderte Doris begeistert. „Ich werde ihn schrecklich vermissen, wenn dieser Job hier beendet ist." Mit fragendem Blick sah sie zu Brenna. „Sie brauchen nicht zufällig ständig ein Kindermädchen?"

Brenna schüttelte den Kopf. „Ich fürchte, ich kann mir Sie nicht leisten. Ich stehe ja gerade erst am Anfang. Es wird wohl noch dauern, bevor ich überhaupt daran denken kann, jemanden mit Ihren Qualifikationen anzustellen."

Das Kindermädchen zuckte mit den Schultern. „Wer kann schon sagen, was passiert. Aber denken Sie an mich, wenn Sie Ihr Schiff in den Hafen lenken."

Brenna nickte. „Das werde ich", versicherte sie. Sie drückte Randy einen Kuss aufs Haar. „Ich muss gehen", sagte sie zögernd. „Man wartet auf mich. Ich versuche, für Randys Abendessen zurückzukommen."

„Gut. Wenn Sie ein paar freie Minuten haben, sagen Sie mir Bescheid. Dann bringe ich Randy zu Ihrem Cottage", bot

Doris an. „Und ich gebe dem Empfang Bescheid, wenn ich mit Randy irgendwohin gehe."

Ein Stich durchzuckte Brenna. Doris tat gerade so, als sei es das Normalste der Welt, dass eine Mutter einen Termin absprechen musste, um ihr Kind zu sehen. Sofort unterdrückte sie das ungute Gefühl. Es war unsinnig, eifersüchtig auf Doris zu sein. Sie war eine warmherzige und fähige Person und kam ganz offensichtlich bestens mit Randy zurecht. Unter den gegebenen Umständen war sie eine unbezahlbare Hilfe für Brenna.

Die Erkenntnis half ihr jedoch nicht. Sie fühlte sich zurückgesetzt, als sie zur Cafeteria ging, um sich mit Monty zu treffen. Er goss ihr eine Tasse Kaffee aus der Kanne ein, die auf dem Tisch stand, und sah schweigend zu, wie Brenna einen Schluck nahm und das Gesicht verzog, bevor sie nach der Milch griff.

„Stimmt was nicht?", fragte er mit gerunzelter Stirn.

„Nicht wirklich." Brenna schüttelte den Kopf und zwang sich zu Unbeschwertheit. „Ich leide nur unter Entzugserscheinungen. Randy dagegen amüsiert sich königlich."

Walters' Miene entspannte sich. „Na wunderbar! Bevor Mr. Donovan nämlich heute Morgen abgefahren ist, hat er von mir verlangt, ich soll sicherstellen, dass Sie sich keine Sorgen um den Jungen machen müssen."

„Mr. Donovan ist weggefahren?" Sie fragte sich, warum ihr diese Neuigkeit keine Erleichterung brachte. Da hatte sie sich für die Begegnung mit ihm gewappnet, und jetzt fühlte sie sich regelrecht enttäuscht, weil all ihre Anstrengungen umsonst gewesen waren.

„Er ist nach London geflogen", erzählte Monty im Plauderton. „Offenbar gibt es da ein Genie für Special Effects. Michael will den Mann für seinen nächsten Science-Fiction-Film anheuern."

„Wann kommt er zurück?“ Brenna starrte in ihre Tasse, um die Neugier in ihren Augen zu kaschieren.

Walters zuckte mit den Achseln. „Wer kann das schon sagen? Neben Donovan Ltd. hat er überall auf der Welt seine Eisen im Feuer.“ Er sah auf seine Armbanduhr. „Ich dränge Sie nur ungern, Brenna, aber Sie sollen in einer Viertelstunde bei Simon Burke sein, Donovans Anwalt. Um Ihren Vertrag zu unterzeichnen.“

Brenna stellte ihre Tasse ab und stand auf. „Dann gehen wir doch“, meinte sie leichthin.

Der restliche Tag lief in zerrissenen, hektischen Bildern ab wie ein alter Stummfilm. Nachdem der Vertrag unterschrieben war, brachte Monty Brenna zur Requisite, damit die Kostüme, die sie während der Dreharbeiten am nächsten Tag tragen sollte, auf ihre Größe angepasst werden konnten. Danach ging es zur Pressestelle, wo sie eine kurze Zusammenfassung ihres Lebenslaufs abgab, der für Publicity-Zwecke verwendet werden würde. Und gleich danach fand noch ein Fototermin statt.

„Ich bleibe in Verbindung“, versprach Monty, als er Brenna am Abend vor dem Cottage absetzte. „Geben Sie mir Bescheid, falls Sie irgendetwas brauchen. Und lassen Sie sich von Dominic nicht zu hart rannehmen. Er steht ebenfalls in dem Ruf, ein Sklaventreiber zu sein.“

In den folgenden Wochen sollte sie sich noch häufiger an diese Warnung erinnern. Allerdings fand sie auch schnell heraus, dass sie nicht die geringste Chance hatte, etwas daran zu ändern. Jake Dominic walzte über Hindernisse hinweg, als gäbe es sie gar nicht. In seinem wilden Streben nach Perfektion schonte er weder sich selbst noch seine Crews und erst recht nicht die Schauspieler. Von sechs Uhr morgens bis acht Uhr abends, manchmal auch länger, fand Brenna sich von einem unaufhaltsam rotierenden Sog mitgerissen.

Nach dem Dreh eilte sie zurück, um die wenige kostbare Zeit mit Randy zu verbringen, bevor sie in ihr Cottage zurückkehrte und sich auf ihren Text für den nächsten Tag vorbereitete. Wäre das Tempo nicht so mörderisch gewesen, hätte sie die Dreharbeiten richtig genießen können. Die ganze Crew, inklusive Schauspieler, war extrem nett und zudem so professionell, dass es ein Vergnügen war, mit ihnen zu arbeiten. Und wenn Dominic auch hohe Ansprüche stellte, so gelang es ihm doch, zu inspirieren und aus jedem das Beste herauszuholen. Er widmete jedem uneingeschränkte Zeit und Hilfestellung, um die Resultate zu erzielen, die er anstrebte. Brennas Bewunderung für seine Genialität und seine Führungsqualitäten wuchs mit jedem Tag, obwohl der Druck immer größer wurde, um den Termin für den Film einzuhalten.

Denn noch musste der Großteil der Szenen nachgedreht werden, in denen Brenna die frühere Schauspielerin ersetzte, und so galt Dominics Aufmerksamkeit vor allem Brenna. Wenn sie dann völlig ausgelaugt in ihr Cottage zurückkehrte, war sie nur noch in der Lage, ihren Text zu überarbeiten und erschöpft ins Bett zu fallen. Oft war sie sogar zu müde, um noch etwas zu essen. War sie schon immer zierlich und schlank gewesen, so wirkte sie nun geradezu zerbrechlich.

Diese Tatsache war auch der Grund, der Dominic zwei Tage vor der Fertigstellung des Films zu einem feurigen Wutausbruch provozierte.

An diesem Morgen hatten sie kaum mit dem Drehen begonnen, als er auch schon aufsprang und wütend: „Schnitt!", schrie. Mit ausholenden Schritten ging er auf Brenna zu. „Garderobe!", donnerte er. „Verflucht, holt mir jemanden von der Garderobe her! Was, zum Teufel, tun die mir an!"

Brenna wusste nicht, wie ihr geschah, als er sie bei den

Schultern packte und vor sich her schob, konstant unterdrückte Flüche murmelnd. „Herr im Himmel! Sie haben eine Karikatur aus Ihnen gemacht."

Sandra Stafford, die mollige Leiterin der Garderobe, kam eiligst hinzugelaufen, die Augen auf Dominics wütende Miene gerichtet.

„Mrs. Stafford", setzte Dominic sarkastisch an, „möglicherweise ist Ihnen entgangen, dass Miss Sloan nicht die Rolle einer Holocaust-Überlebenden spielt, sondern eine wohlbehütete Tochter aus einer angesehenen Familie." Verärgert zupfte er an den losen Falten von Brennas Kleid. „Um es kurz zu machen, Mrs. Stafford – die Kleider müssen passen."

Die Kostümbildnerin sah entsetzt auf Brennas grünes Kleid. Auch wenn Dominic übertrieben hatte ... es war nicht zu bestreiten, dass das Kleid zu weit war und schlecht saß. „Es tut mir schrecklich leid, Mr. Dominic", sie warf Dominic einen eingeschüchterten Blick zu, „wir bringen das sofort in Ordnung."

„Und in der Zwischenzeit wartet die gesamte Crew darauf, dass es weitergehen kann", fügte er beißend hinzu.

Ärger trieb rote Flecken auf Mrs. Staffords Wangen. „Ich sagte bereits, dass es mir leidtut. Aber eigentlich ist es nicht die Schuld der Garderobe. Bei der letzten Anprobe saß es noch perfekt. Miss Sloan muss abgenommen haben."

„Sie hat recht, Jake", mischte Brenna sich jetzt ein. „Am Dienstag passte das Kleid noch."

Dominics Ärger richtete sich sofort auf Brenna. Er wandte der erleichterten Kostümbildnerin den Rücken zu und ließ den Blick kritisch über Brenna wandern. „Herrgott, Sie müssen mindestens fünf Kilo in drei Wochen abgenommen haben", explodierte er. „Das ist unverantwortlich! Ist Ihnen nicht klar, dass Sie nicht in jeder Szene anders aussehen können?!"

Bei diesem öffentlichen Tadel schoss verlegene Röte in ihr Gesicht. Trotzig schob sie das Kinn vor. „Ich habe es ja nicht absichtlich gemacht. Es ist einfach passiert."

„Etwa ein Schicksalsschlag?" Seine Stimme blieb sanft und klang deshalb umso gefährlicher. „Mutter Natur schwingt einmal ihren Zauberstab, und schon haben Sie fünf Kilo verloren?"

„Möglich, dass ich ein paar Mahlzeiten ausgelassen habe", stammelte sie verlegen.

„Aha, sie hat also ein paar Mahlzeiten ausgelassen", wandte sich Dominic sarkastisch an die Crew, um sofort wieder zu Brenna zurückzukehren. „Darf man fragen, wie viele?"

„Ich habe nicht gezählt." Jetzt wurde auch Brenna ärgerlich. Ein solcher Aufruhr war sicherlich unnötig! „Ich sagte doch, dass ich es nicht absichtlich gemacht habe."

„Lass sie in Ruhe, Jake", ertönte es da lässig von Michael Donovan.

Jeder drehte sich um. Eine vertraute Gestalt lehnte entspannt an einer Säule im hinteren Ende des Studios. Jetzt stieß Michael sich ab und kam vor, im Schatten leuchtete sein rotbraunes Haar auf wie eine Flamme. Er war leger angezogen – wie immer –, trug ein zimtfarbenes Hemd und Kakihosen, die seine muskulösen Schenkel betonten.

„Sieh einer an", spöttelte Dominic. „Der Weltenbummler kehrt nach Hause zurück. Wann bist du angekommen?"

„Gestern Abend."

Brenna hatte vergessen, wie durchdringend diese blauen Augen blicken konnten. Ein Schauer lief ihr über den Rücken, als Michael sie von oben bis unten musterte und sein Blick auf ihrem Gesicht zu ruhen kam.

„Hallo, Brenna", grüßte er leise.

„Guten Morgen, Mr. Donovan", antwortete sie mit einer Beherrschung, die sie nicht wirklich fühlte. Es musste die

Überraschung sein, ihn so unerwartet zu sehen, die ihr Blut schneller durch ihre Adern fließen ließ, sagte sie sich.

Donovan hob fragend eine Augenbraue über ihre Förmlichkeit, dann wandte er sich an Dominic. „Du bist ja übelster Laune, Jake. Ich sehe nicht, womit Brenna das Gift verdient hat, das du hier verspritzt. Ganz offensichtlich hast du das Mädchen in Grund und Boden gearbeitet. Du wirst mehr Probleme bekommen als nur ein paar Kilo weniger, wenn du nicht endlich langsamer trittst. Sie sieht ja aus, als würde sie bei der leisesten Berührung zerbrechen."

„Mir geht es gut, Mr. Donovan", bestritt Brenna kühl.

Zu ihrem Unmut achtete keiner der beiden Männer auf ihren Einwand. „Herrgott, Michael! Ich muss einen Film zu Ende drehen", sagte Dominic schneidend. „Soll ich jetzt feste Arbeitszeiten einführen, mich vielleicht an Banköffnungszeiten halten? Du hast mir doch die Frist gesetzt. Und ich muss darauf achten, dass ich sie einhalte."

„Du hast recht, ich habe die Frist gesetzt. Und daher kann ich sie auch ändern", gab Donovan unbeeindruckt zurück. „Brenna braucht eine Pause. Nimm sie aus dem heutigen Drehtag heraus."

Brenna öffnete schockiert den Mund, um zu protestieren, doch Dominic kam ihr zuvor.

„Sie herausnehmen?", wiederholte er perplex, fing sich jedoch sofort wieder und fragte beißend: „Und was, schlägst du vor, sollen wir anderen machen, während Miss Sloan sich ausruht?"

Donovan zuckte die Achseln. „Dreh andere Szenen. Oder gib jedem einen Tag frei. Deine Entscheidung, Jake, aber entscheide. Und was immer du tust, Brenna gehört heute nicht dazu."

Eine Hand an ihrem Ellbogen, führte er sie, halb zog er sie, vor den Augen der erstaunten Crew mit sich vom Set, hin zu der Tür, die hinaus auf den Parkplatz führte.

„Was soll das?", zischelte Brenna wütend. „Mit mir ist alles in Ordnung, und ich habe nicht die Absicht, mit Ihnen irgendwohin zu gehen."

„Sei still, Liebling. Einmal wirst du genau das tun, was man dir sagt."

„Einmal?" Brenna konnte es nicht fassen. „Bisher haben Sie mich nur herumkommandiert, vom ersten Augenblick an. Ich habe nicht ein einziges Mal meinen Willen bekommen!"

Donovans Augen funkelten listig. „Nun, meinen Willen habe ich bisher ja auch nicht bekommen", entgegnete er doppeldeutig.

Brennas Wangen brannten. Vergeblich versuchte sie, sich aus seinem Griff freizumachen. „Sie können nicht einfach hier auftauchen und mich wegzerren. Außerdem muss ich das Kleid in die Requisite bringen!"

Sie waren bei der Tür angekommen, und er schob sie weiter vor sich her, hin zu dem eleganten grauen Mercedes. „Ich kann tun, was ich will. Mir gehört dieses Studio, schon vergessen? Und wegen des Kleides … Wir halten bei deinem Cottage, da kannst du dich umziehen. Ich sage Bescheid, dass das Kleid abgeholt wird, bevor wir losfahren."

„Losfahren? Wohin?" Brennas Stimme überschlug sich. „War der Sinn dieses ganzen Unterfangens nicht der, dass ich mich ausruhen soll?"

„Natürlich. Und das wirst du auch. Was nicht unbedingt bedeutet, dass ich dich ins Bett bringe." Er grinste unschuldig. „Für den Moment." Er hielt die Beifahrertür für sie auf und half ihr einzusteigen, bevor er um den Wagen herumging und sich auf der Fahrerseite hinters Steuer gleiten ließ. „Doch erst bringe ich dich von hier weg", fügte er in einer recht passablen Imitation von Humphrey Bogart hinzu.

„Und wenn ich gar nicht weggebracht werden will?“ Dieser neue, scherzende Donovan machte es Brenna schwer, das amüsierte Lächeln zu unterdrücken. Wie viele Facetten gab es noch an diesem komplexen Mann?

Donovan startete den Wagen, aber er fuhr nicht los, sondern wandte ihr das Gesicht zu. „Du brauchst eine Pause, Brenna“, sagte er leise. Mit einer Fingerspitze fuhr er über die dunklen Ringe unter ihren Augen, die auch das Make-up nicht mehr verdecken konnte. „Jake mag ein cineastisches Genie sein, aber er walzt rücksichtslos alles nieder, was sich ihm in den Weg stellt. Ich hatte nicht daran gedacht, wie verletzlich du bist, sonst wäre ich nicht so lange weggeblieben.“ Sein Ton war unendlich sanft, und in seinen Augen lag eine Wärme, die man nahezu als Zärtlichkeit bezeichnen konnte und die Brenna den Atem raubte.

Sie zwang sich, den Blick abzuwenden, bevor die wenige Widerstandskraft, die sie in Donovans überwältigender Gegenwart überhaupt aufbringen konnte, völlig schwand. „Ehrlich, mir geht es gut“, behauptete sie mit zitternder Stimme. „Ich bin nämlich viel robuster, als ich aussehe.“

Mit einer Hand umfasste er ihr Handgelenk, und bei dem Gefühl, das diese harmlose Berührung in ihr auslöste, zuckte sie unwillkürlich zusammen.

„Ich zweifle nicht daran, dass in dir das Herz einer Löwin schlägt“, meinte er leichthin. „Aber dein körperliches Durchhaltevermögen ist offensichtlich nicht so ausgeprägt. Ein Windstoß könnte dich umwerfen.“ Seine Augen verdunkelten sich vor Ärger. „Was hat Jake sich nur dabei gedacht, dich anzutreiben, bis du in diesem Zustand bist!“

Ein Gefühl der Geborgenheit floss durch Brenna hindurch und ließ jeglichen Widerstand dahinschmelzen. Es war so lange her, seit sich jemand um ihr Wohlergehen Sorgen gemacht hatte. Seit Janines Tod hatte niemand an ihr Befinden gedacht. Und selbst mit Janine war sie, Brenna, diejenige gewesen, die sich um alles hatte kümmern müssen. Auch wenn sie angestrengt zurückdachte, konnte sie sich nicht entsinnen, dass irgendjemand ihr je das wunderbare Gefühl vermittelt hätte, geschätzt und umsorgt zu werden. Der Drang, nachzugeben, den Druck von Selbstständigkeit und Verantwortung abzuschütteln und sich ganz Donovans vitaler Energie, die sie vor allem beschützen würde, zu überlassen, wurde fast übermächtig. Natürlich wusste sie, dass dieses Bedürfnis schnell wieder schwinden würde. Ihre Unabhängigkeit würde wieder die Oberhand gewinnen, und dann wäre sie auch wieder bereit, die Schlachten des Alltags zu schlagen. Aber nicht jetzt. Sie war so müde. Es konnte doch keinen Schaden anrichten, wenn sie ihre Rüstung für eine kurze Weile ablegen und einfach nur jung und sorglos sein würde …

Sie wandte ihm das Gesicht zu und sah ihm in die Augen. „Also, wie lautet Ihr Vorschlag?“

„Ich besitze ein Chalet auf einer kleinen Insel hier vor der Küste.“ Er ließ ihr Gesicht nicht aus den Augen, verfolgte jede ihrer Reaktionen. „Mit dem Hubschrauber können wir in einer Stunde dort sein. Es ist schön dort und absolut ruhig. Kein Telefon, kein Fernseher und vor allem kein Jake Dominic, der dich stören könnte. Noch vor Sonnenuntergang bist du wieder in deinem eigenen kleinen Cottage zurück, das verspreche ich.“

„So, wie Sie es beschreiben, hört es sich wundervoll an.“ Fast wie das Paradies, dachte sie bei sich.

Donovan entging die Sehnsucht in ihren Zügen nicht, auch nicht der leichte Argwohn. „Ich werde schon nicht über dich herfallen, falls es das ist, was du befürchtest. Nur um dich in mein Bett zu bekommen, riskiere ich nicht einen ganzen Tag Produktionsausfall. Allerdings sage ich auch nicht, dass ich nicht versuchen werde, mit dir zu schlafen.

Aber du bestimmst das Tempo. Du brauchst nur Nein zu sagen."

„Na schön, fahren wir also los", stimmte sie kühn zu.

Ein fast jungenhaftes Grinsen erhellte Donovans markante Züge. „Großartig." Er legte den Rückwärtsgang ein, setzte aus der Parklücke zurück und fuhr rasant vom Parkplatz.

6. KAPITEL

Das schwirrende Donnern der Rotoren verebbte, und Donovan lehnte sich zu Brenna, um ihren Sicherheitsgurt zu lösen.

„Bleib, wo du bist“, orderte er brüsk. „Ich komme um die Maschine herum und helfe dir beim Aussteigen.“

Brenna nickte abwesend. Sie war zu beschäftigt damit, die kleine Lichtung mit den hohen Tannen aus dem Fenster zu betrachten. Der Hubschrauber hatte auf einer quadratischen Landefläche aufgesetzt, und Donovan befestigte jetzt Stahltrosse an den Kufen des Helikopters, bevor er zu ihrer Seite kam und die Tür aufzog.

„Sieht aus, als würde ein Gewitter aufziehen.“ Mit beiden Händen umfasste er Brennas Taille und hob sie mühelos aus dem Sitz. „Ich hatte auf gutes Wetter gehofft, damit wir mit dem Boot rausfahren können.“ Er runzelte die Stirn. „Bist du ein guter Matrose, Brenna?“

„Kann ich nicht sagen“, antwortete sie schlicht. „Ich war noch nie auf einem Boot.“

Vor einer Stunde hatte sie eine ähnliche Antwort geben müssen, als sie auf dem kleinen Privatflughafen am Rande von Twin Pines angekommen waren und Donovan sie gefragt hatte, ob sie das Fliegen gut vertrage.

Donovan schloss die Tür des Helikopters und nahm Brenna bei der Hand. Dann führte er sie über den Kiespfad hin zu der dichten Baumgruppe.

„Ein Mann könnte süchtig danach werden, dir alle möglichen neuen Erfahrungen zu eröffnen, Brenna Sloan“, meinte er nachdenklich. „Denn es wäre eine nie versiegende Quelle des Vergnügens.“

Brenna zog eine Grimasse und beeilte sich, mit seinen langen Schritten mitzuhalten. „Wo waren Sie vor zehn Jahren?“, fragte sie scherzend. „Das Leben von Waisenkindern ist nämlich extrem langweilig."

Ohne sie anzusehen, drückte er leicht ihre Finger. „War es sehr schlimm?"

„Was, das Waisenhaus?" Sie schüttelte den Kopf. „Nein, nicht schlimm. Nur manchmal einsam." Sie hatten den Rand der Schneise erreicht, und Brenna hob eine Augenbraue. „Ist es unhöflich zu fragen, wohin Sie mich bringen?"

„Die Hütte liegt ungefähr eine Viertelmeile von hier. Ich dachte mir, wir holen erst ein paar Steaks aus der Gefriertruhe, bevor wir die Insel erkunden." Seine Augen wanderten zum Horizont. „Sieht aus, als würde das Gewitter noch auf sich warten lassen. Die Wolken ziehen nur langsam über den Himmel."

In einträchtigem Schweigen liefen sie durch den Wald. Tief sog Brenna die würzige Luft ein. Für jemanden wie sie, der sein ganzes Leben in der Stadt verbracht hatte, waren der kurze Spaziergang durch den Wald und der Duft der Tannen ein wunderbares und einmaliges Erlebnis. Im Moment fühlte sie sich unbeschwert und glücklich wie ein Kind, und dieses Gefühl lag zum großen Teil an der Gegenwart des Mannes, der mit kameradschaftlicher Leichtigkeit ihre Hand hielt.

Von dem Augenblick an, da sie zugestimmt hatte, mit auf seine Insel zu kommen, war Donovan genau so, wie man sich einen Begleiter nur wünschen konnte. Jedes Anzeichen sexuellen Interesses ihr gegenüber war verschwunden, als er sie zu ihrem Cottage fuhr, damit sie sich umziehen konnte. Die dicke Bühnenschminke hatte sie sich schnell abgewaschen, sodass ihre Haut jetzt ohne Make-up seidig schimmerte. Auch die kunstvolle Frisur hatte sie ausgekämmt, das Haar fiel ihr nun locker und leicht über den Rücken. Danach waren Donovan und sie wie zwei aufgeregte Kinder zum Flughafen weitergefahren. Es überraschte Brenna nicht, dass Donovan den Helikopter selbst fliegen konnte. Ein Mann wie Donovan würde darauf achten, dass er überall und zu jeder Zeit die Zügel selbst in der Hand hielt.

Sie gingen jetzt seit ungefähr fünf Minuten Seite an Seite durch den Wald, als eine Lichtung in Sicht kam, auf der ein Chalet stand.

„Ist ein solch abgelegener Ort nicht ungünstig für Sie?", fragte Brenna leicht verwundert. „Man sollte annehmen, dass Sie wenigstens ein Telefon brauchen, um mit Ihren Geschäftspartnern in Verbindung zu bleiben."

„Auf gar keinen Fall!" Donovan schüttelte entschieden den Kopf. „Vor zwei Jahren habe ich diese Insel gekauft, in der ausdrücklichen Absicht, einen Ort zu haben, wo ich in Ruhe schreiben kann. Wenn es hier ein Telefon gäbe, würde ich zu nichts kommen. Und falls es etwas Dringendes gibt, kann Monty sich mit einem Helikopter herbringen lassen."

Sie standen jetzt auf der Lichtung, und Brenna betrachtete das Chalet. Es wirkte einladend und anheimelnd, aber eigentlich war es recht klein. Als sie eine entsprechende Bemerkung machte, lachte Donovan mit funkelnden Augen auf.

„Für die Zwecke des ursprünglichen Besitzers war es groß genug. Ich habe es nämlich einem von Dominics Playboy-Freunden abgekauft, der es auf seine eigenen Bedürfnisse zugeschnitten hatte."

Sie ahnte die Antwort bereits, dennoch fragte sie: „Und die waren?"

„Er benutzte es als kleines Liebesnest", kam es auch prompt zurück.

„Ich verstehe." Eine Frage lag ihr auf der Zunge, die sie jedoch gar nicht zu stellen brauchte, denn schon hob Donovan grinsend an: „Und nein, ich selbst habe die Hütte nie aus diesem Grund benutzt. Ich komme zum Arbeiten her."

Damit schloss er die Tür auf und bedeutete Brenna, voran

ins Haus zu gehen. Er folgte ihr sofort, denn er wollte ihre Reaktion sehen. Und er wurde nicht enttäuscht.

Brenna sah sich mit großen Augen um. Oh ja, ein Liebesnest im wahrsten Sinne des Wortes! Die Aufteilung im Inneren gewährte nicht die geringste Möglichkeit auf Privatsphäre. Der Wohnraum ging über in eine kleine Küche, nur abgetrennt durch Regale. Eine Wendeltreppe führte unters Dach, wo auf einer offenen Galerie ein großes Doppelbett mit Nachttischchen zu beiden Seiten stand. Die Einrichtung war modern und auf Bequemlichkeit ausgerichtet, warmes Rot und Orange schufen eine heimelige Atmosphäre. Eine Wand im Wohnraum wurde von einem großen offenen Kamin beherrscht, vor dem eine rote Couch stand. Auf dem Boden lag ein weißer Fellteppich. In dem Chalet herrschte eine geradezu überwältigend intime Atmosphäre, und Brenna fühlte, wie sie sich unter Donovans spöttischem Blick anspannte.

„Was denn, gebadet wird nicht gemeinsam?“, versuchte sie die Spannung mit einem Scherz zu brechen.

„Jetzt, da du es erwähnst …“ Lässig schlenderte er durch den Raum, hin zu einem dekorativen großen Paravent und schob ihn beiseite. Dahinter kam eine riesige, in den Boden eingelassene Wanne in Smaragdgrün zum Vorschein, um die Tontöpfe mit großen Farnen standen.

„Der Mann hat es unmissverständlich deutlich werden lassen, was?“, kommentierte er trocken. „Da kann man nur hoffen, dass seine Gespielinnen wussten, auf was sie sich einließen. Ein Mauerblümchen würde einen einzigen Blick auf die Einrichtung werfen und laut schreiend davonlaufen.“

Er schob den Paravent wieder an seinen Platz zurück und ging, ohne Brennas hochrote Wangen zu kommentieren, in die kleine Küche. Hier kramte er in der Kühltruhe und hielt schließlich triumphierend zwei gefrorene Steaks in die Höhe und legte sie in die Mikrowelle.

„Alles vorbereitet“, sagte er. „Wollen wir gehen?“

Brenna nickte und eilte zur Tür hinaus. Erst draußen wagte sie es, wieder Luft zu holen, denn die ganze Zeit über war sie sich Donovans amüsierter Musterung bewusst gewesen. Mit einem erleichterten Seufzer drehte sie sich zu ihm um. „Also? Wohin gehen wir?“

Ihr Eifer machte ihm Spaß, lächelnd schaute er sie an. „Ich dachte mir, wir klettern auf den Hügel und sehen zu, wie das Gewitter heranzieht. Das kann ein tolles Erlebnis sein. Hättest du Lust dazu?“

„Ja, sehr gern sogar.“ Ihre braunen Augen strahlten vor Begeisterung.

„Du bist mit wenig zufriedenzustellen“, meinte er trocken. „Das letzte Mal, als ich so viel glühende Begeisterung bei einer Frau gesehen habe, war ein geschenktes Diamantarmband der Auslöser.“

„Ein Geschenk von Ihnen, zweifelsohne.“ Nur mit Mühe gelang es ihr, den Stich zu ignorieren, den seine Bemerkung ihr versetzte. Doch nichts sollte ihr den Tag verderben, das hatte sie beschlossen. „Wie zynisch Sie und Jake doch über Frauen denken. Aber es gibt durchaus noch Frauen auf der Welt, die sich nicht kaufen lassen.“

Donovans Griff um ihre Finger wurde fester, doch seine Stimme blieb absolut unbewegt. „Du scheinst über Jake ja genau Bescheid zu wissen. Hat er etwa doch mit seiner üblichen Tour angefangen?“

Einen Moment lang war sie versucht zu lügen, nur um zu sehen, ob es ihr gelingen würde, Donovans Selbstbeherrschung zu brechen. Doch dann unterdrückte sie den Impuls. Sie hatte doch entschieden, dass nichts die Harmonie trüben sollte. „Nein.“ Sie verzog den Mund. „Das Interesse Ihres charmanten Freundes ist rein beruflicher Natur. Er will sehen, wie weit er mich antreiben kann, bevor ich zusammenbreche."

Der Griff seiner Finger lockerte sich ein wenig. „Und ich gehe jede Wette ein, dass er zur Stelle sein wird, um dich dann aufzufangen."

Brenna konnte ein Kichern nicht unterdrücken. Ihr Lachen musste wohl ansteckend sein, denn jetzt zuckte auch ein Grinsen um Donovans Lippen. „Freut mich, dass du diese Idee so belustigend findest. Ich kann dir nämlich versichern, Jake ruft normalerweise andere Reaktionen bei der holden Weiblichkeit hervor."

Sie warf ihr Haar zurück und krauste überheblich die Nase. „Ich bin zu dem Schluss gekommen, dass Sie und Jake sich eindeutig zu ernst nehmen. Es wird höchste Zeit, dass jemand Sie beide von Ihrem hohen Ross herunterholt."

Sie begannen den Anstieg auf dem gewundenen Pfad, und Donovan sah mit einer hochgezogenen Braue zu ihr hin. „Du bist heute sehr mutig, kann das sein? Denn das war doch wohl eine Herausforderung, oder?"

Das gefährliche Funkeln in seinen blauen Augen ließ sie unmerklich zusammenzucken. „Sie und Jake sind schon lange befreundet, nicht wahr?", versuchte Brenna abzulenken.

Lange musterte Donovan sie, bevor er ihr leise vorwarf: „Feigling! Dieses Mal lasse ich es durchgehen, aber du solltest keine Herausforderung aussprechen, wenn du nicht bereit bist, dich ihr auch zu stellen, Brenna." Erst amüsierte es ihn, dass sie rot anlief, doch dann hatte er Mitleid mit ihr. „Um deine Frage zu beantworten ... ja, Jake und ich kennen uns seit dem Studium. Auch wenn wir uns nicht in denselben Kreisen bewegten. Ich kam aus ärmlichen Verhältnissen und musste mich mit allen möglichen Nebenjobs auf dem Bau über Wasser halten, während Jake mit dem sprichwörtlichen goldenen Löffel im Mund geboren war – der Erbe von

Dominic Shipping." Donovan schien jetzt meilenweit weg zu sein. „Wir passten überhaupt nicht zusammen. Der Himmel allein weiß, warum wir uns nicht auf Anhieb hassten. Ich war dieser trotzige Rüpel, der auf die ganze Welt wütend war, und Jake war ein leichtfertiger Flegel, der sich um nichts und niemanden auch nur einen Deut scherte. Wir hackten auch konstant aufeinander herum, bis wir feststellten, dass wir beide von der gleichen Leidenschaft besessen waren, neben der alle Unterschiede zu Nichtigkeiten schrumpften. Wir beide glaubten an den Film als die ultimative Kunstform. Wir wollten die besten Filme machen, die das Business je hervorgebracht hat."

„Ihr beide habt noch etwas gemeinsam", neckte Brenna, „nämlich eine selten zu findende Bescheidenheit."

Donovan akzeptierte den spöttischen Tadel mit einem Lächeln. „Keiner von uns beiden verfügt über ein Übermaß an dieser Tugend. Weil wir unsere Fähigkeiten immer genau einzuschätzen wussten."

Ja, Zweifel an seinen Fähigkeiten sind Michael Donovan fremd, dachte sie und betrachtete ihn mit neuen Augen. Er hatte sein Hemd aufgeknöpft, als sie den Anstieg begonnen hatten, und ihr Blick wurde wie magisch angezogen von den festen Muskeln und der breiten Brust. Diese Muskeln stammten von schwerer körperlicher Arbeit auf Baustellen, als der junge Mann ehrgeizig darum kämpfte, die ärmlichen Verhältnisse, aus denen er stammte, zu überwinden. Seine Arroganz und sein Zynismus waren verständliche Begleiterscheinungen auf dem Weg zum wohlverdienten Erfolg, da er gleichzeitig immer um sein Überleben zu kämpfen hatte.

Plötzlich wollte sie mehr über die Vergangenheit erfahren, die Michael zu dem gemacht hatte, was er heute war. „Haben Sie noch Familie?"

Mit verschlossener Miene zuckte er die Achseln. „Meine

Mutter starb, als ich zwölf war. Irgendwo habe ich wohl noch einen Vater, der durch die Weltgeschichte wandert. Aber so genau weiß ich das nicht. Mit vierzehn bin ich von zu Hause weggerannt."

Sie hatten die Hügelkuppel erreicht. Brenna schnappte nach Luft, als der Anblick sich abrupt änderte und sie völlig unvorbereitet traf. Die sanften bewaldeten Hügel waren einer zerklüfteten Felslandschaft gewichen, die am Ende steil ins Meer abfiel. Am Horizont schienen Himmel und Meer zu einer Einheit ohne Grenzen zu verschmelzen. Die Gewitterwolken bauschten sich zusammen und drifteten rasant auf die Insel zu. Das Wasser tief unten war aufgewühlt, die Wellen spiegelten die gleiche düstere Farbe wie die Wolken wider.

„Es ist atemberaubend!" Brenna trat an den Rand der Klippe, wurde unwiderstehlich davon angezogen. Unbewusst wünschte sie sich, sie könne Teil der freigesetzten Elemente werden, die um sie herum tobten.

„Es geht in wenigen Minuten los", bemerkte Donovan. „Wenn wir nicht bis auf die Haut durchnässt werden wollen, sollten wir uns schnellstens auf den Rückweg machen."

Sie schüttelte seine Hand von ihrem Arm und machte noch einen Schritt auf die Klippe zu. „So etwas habe ich noch nie gesehen", murmelte sie ergriffen. Es hatte sich bereits merklich abgekühlt; der Wind schlug ihr peitschend ins Gesicht und zerrte an ihren Haaren wie an einer wild flatternden Fahne.

Donovan ließ sie los, ohne jedoch den Blick von ihr zu wenden. Er wollte die Gefühle nicht beeinflussen, die das heranziehende Unwetter in ihr freigesetzt hatte.

Und plötzlich war der Himmel in jenes seltsame goldene Licht getaucht, das einem Sturm vorausgeht. Donovan wollte sie erneut drängen zu gehen, doch er wusste genau, es hätte keinerlei Wirkung.

Seine Vermutung war richtig gewesen. Sie sah ihn nicht einmal an, sondern sagte nur: „Gehen Sie nur schon voraus. Ich komme nach."

Er lächelte resigniert, und mit vor der Brust verschränkten Armen lehnte er sich an einen Felsbrocken in der Nähe, um mit ihr das Naturschauspiel zu betrachten.

Lange brauchte er nicht zu warten. Das goldene Licht verwandelte sich in violette Dunkelheit. Das entfernte Donnergrollen wuchs zu einem wilden Sturmgetöse heran, als der Himmel seine Schleusen öffnete und der Regen prasselnd auf sie niederfiel.

Der trommelnde Regen erhöhte in Brenna nur das Gefühl, eins mit der Natur zu sein. In wenigen Sekunden waren beide, Brenna und Donovan, nass bis auf die Haut. Der kalte Wind riss an ihren Kleidern wie ein wildes Tier. Brenna hielt das Gesicht in den Regen und ließ die schweren Tropfen auf Lippen und Zunge fallen. Sie breitete die Arme aus, sich bewusst, wie klein und unbedeutend sie inmitten dieser Naturgewalten war, doch gleichzeitig fühlte sie sich wie eine Göttin auf dem Olymp.

Mit einem berauschten Lachen warf sie den Kopf in den Nacken und das nasse Haar aus dem Gesicht, die Arme ausgestreckt wie eine Hohepriesterin, die den Zorn der Elemente beschwört. „Ich werde ewig leben, Donovan!", rief sie triumphierend. „Hören Sie? Ewig!"

Donovan lächelte nachsichtig, als er sich von dem Felsbrocken abstieß und neben sie trat. Hemd und Hose klebten an seinem muskulösen Körper wie eine zweite Haut, das Haar lag nass, fast schwarz, an seinen Kopf gepresst.

Er fasste Brenna beim Ellbogen und zog sie vom Klippenrand fort. „Du wirst nicht einmal die nächste Woche überstehen, wenn du noch länger hier draußen bleibst, du verrücktes Frauenzimmer. Du bist ja eiskalt."

„Mir ist nicht kalt“, widersprach sie begeistert. „Ich fühle mich großartig, so gut wie nie zuvor in meinem ganzen Leben.“

„Ja, ich weiß, du wirst ewig leben“, gestand er ihr trocken zu. „Aber jetzt wirst du erst einmal zur Hütte zurücklaufen. Ich meine wirklich laufen, damit deine Durchblutung wieder in Schwung kommt.“

Ohne ihren Ellbogen loszulassen, setzte er sich in Bewegung und bestimmte das Tempo. Sie rannten und rutschten den Hügel hinunter. Der Weg, auf dem sie gekommen waren, war jetzt nur noch ein Schlammpfad, unmöglich, hier festen Fuß zu fassen. Brenna landete mehrere Male mit dem Hosenboden im Schlamm. Der Regen trommelte auf ihre Schultern, während sie bei jedem Sturz in helles Lachen ausbrach. In dieser verrückten, losgelösten Stimmung konnte sie einfach nichts ernst nehmen. Es war, als müsse sie diesen unwirklichen Moment, den sie der Zeit gestohlen hatte, in vollen Zügen bis zur Neige auskosten.

Und jedes Mal, wenn sie fiel, half Donovan ihr geduldig beim Aufstehen, schüttelte den Kopf über ihre Überdrehtheit und trieb sie entschlossen weiter an. Nachdem sie am Fuß des Hügels angekommen waren, wurde es leichter, und schon bald liefen sie die Stufen zum Chalet empor. Beide waren atemlos, doch kaum dass sie im Innern waren, lehnte Brenna sich mit dem Rücken an die Tür. Sie verspürte ein unbändiges Glückgefühl und überschäumendes Selbstvertrauen, so als läge ihr die ganze Welt zu Füßen. Nach dem tagelangen Druck machte das Gefühl, so absolut und wunderbar lebendig zu sein, sie trunken.

Vergnügt sah sie sich in dem Chalet um. Es wirkte jetzt nicht mehr einschüchternd, sondern es amüsierte sie nur. Und Donovan selbst war weit von der sonst so einschüchternden Gestalt entfernt, so tropfnass und voller Schlamm, wie er war.

„Was würde man jetzt sagen, wenn man den großen Filmmogul so sehen könnte?“, sagte sie und konnte das Kichern nicht unterdrücken.

„Man würde sagen, er sieht sehr viel besser aus als eine gewisse Schauspielerin.“ Sein Blick glitt über ihre nasse Erscheinung. Shorts und T-Shirt klebten an ihrem schlanken Körper, das Haar hing ihr in tropfenden Strähnen um das Gesicht. „Und deine Haut ist noch immer eiskalt“, bemerkte er, nachdem er ihr eine Hand an den Nacken gelegt hatte. Mit wenigen großen Schritten war er bei der Bar neben dem Kamin und goss eine goldbraune Flüssigkeit in ein Glas, das er Brenna reichte.

„Hier, trink das. Das wird dich aufwärmen.“

Sie wollte protestieren, dass sie nichts zum Aufwärmen brauche, doch ein Blick in seine entschlossene Miene zeigte ihr, es wäre sinnlos. Also stürzte sie den Inhalt des Glases in einem Zug hinunter und schnappte prompt mit hochrotem Gesicht nach Luft.

„Herrgott, das war purer Whiskey“, entfuhr es Donovan unwirsch. „Den nippt man und kippt ihn nicht herunter.“

„Woher soll ich das denn wissen?“ Tränen rannen ihr aus den Augen. „Ich habe noch nie Whiskey getrunken.“

„Noch eines dieser berüchtigten ersten Male“, spöttelte er. „Setz dich, ich werde nachsehen, ob ich etwas Trockenes zum Anziehen auftreiben kann.“ Ohne ihre Antwort abzuwarten, eilte er die Wendeltreppe hinauf, zwei Stufen auf einmal nehmend.

Fügsam tappte sie auf die rote Couch zu, doch dann sah sie zerknirscht an ihren nassen Kleidern herunter und lehnte sich stattdessen an den Kamin. Nachdem sie jetzt wieder Luft bekam und der erste Schock vorüber war, stellte sie fest, dass der Whiskey sie tatsächlich von innen wärmte. Nicht nur das, er verstärkte auch das euphorische Glücksgefühl.

Also drehte sie sich zur Bar und schenkte sich ihr Glas nach. Dieses Mal nippte sie in kleinen Schlucken und war begeistert, dass sie sich noch immer so wohlfühlte. Gerade hatte sie ihr Glas zum dritten Mal nachgefüllt, als Donovan zurückkam, im Arm ein Bündel Kleider und zwei flauschige weiße Badelaken. Mit hochgezogenen Augenbrauen richtete er den Blick auf das volle Glas in ihrer Hand.

„Es schmeckt mir." Sie lächelte ihn fröhlich an. „Ich scheine den Alkohol auch gut zu vertragen. Ich spüre rein gar nichts."

„Erstaunlich", spottete er und nahm ihr das Glas ab. Dann drückte er ihr die Sachen in den Arm, schob den Raumteiler beiseite und drehte die Wasserhähne über der Badewanne auf.

„Zieh dich aus und steig in die Wanne", ordnete er knapp an. „Ich mache ein Feuer im Kamin und brate die Steaks."

Mit großen Augen starrte sie ihn an, die Kleider hielt sie schützend an ihre Brust gedrückt. Er erwartete doch wohl nicht wirklich von ihr, dass sie in seinem Beisein in die Wanne stieg, nur durch einen durchsichtigen Paravent geschützt?

Er hatte sich bereits abgewandt, so als könne er sich nicht vorstellen, dass sie ihm widersprechen würde. Doch als sie sich nicht rührte, herrschte er sie an: „Na los, beweg dich."

Und ihre Füße bewegten sich tatsächlich wie von allein hinter den spärlichen Raumteiler. Als sie erst einmal dahinter stand, erkannte sie, dass sie mehr Privatsphäre hatte als erwartet. Und schließlich musste sie ja irgendwie diesen Schlamm loswerden. Wenn sie sich beeilte, konnte sie in wenigen Minuten wieder aus dieser sündhaft luxuriösen Wanne heraus sein.

Sie gab etwas von dem Lavendelschaumbad in die Wanne, das in einem Kristallflakon neben den Armaturen stand, stieg aus den schlammverschmierten Shorts, zog sich T-Shirt und Unterwäsche aus und glitt mit einem Gefühl von dekadentem Luxus in das warme Wasser. Eilig wusch sie sich den Dreck von der Haut, dann lehnte sie den Kopf zurück an den Rand und streckte sich aus. Mit geschlossenen Augen schienen ihre anderen Sinne schärfer zu werden. Sie hörte das Rauschen des einlaufenden Wassers, lauschte auf Donovan, der hinter dem Sichtschutz auf der anderen Seite des Raumes Holz im Kamin stapelte. Sie konnte den Duft des Schaumbades von dem Aroma der brennenden Tannenzapfen unterscheiden. Wie wunderbar sinnlich und entspannend das alles war, so unglaublich wunderbar …

„Brenna!"

Sie öffnete die schweren Lider und blickte in blaue Augen, die tief und ruhig waren wie Bergseen. Donovans Augen.

„Hallo", grüßte sie schläfrig. Es schien ihr das Normalste von der Welt, die Augen zu öffnen und Donovan zu sehen, der mit stiller Intensität auf sie herunterschaute. Er saß auf dem Wannenrand und war ihr zum Greifen nah. Mit beiden Händen umfasste er ihr Gesicht.

„Hallo, Liebling", murmelte er, und dann berührten seine Lippen die ihren weich und hauchzart wie frische Apfelblüten. Nur unwillig zog er sich von ihr zurück, und sie ließ einen enttäuschten Seufzer hören. „Du hast das Wasser nicht abgedreht. Ich habe gerufen, aber du hast nicht geantwortet." Und dann lagen seine Lippen wieder auf ihren. Er setzte schnelle kleine Küsse auf ihren Mund, ihre Wange, ihre Ohrläppchen, und sie hob ihm ihr Gesicht entgegen wie eine Blume der Sonne, Sehnsucht und Sinnlichkeit standen auf ihrer Miene. Donovans Atem beschleunigte sich, und Verlangen verdunkelte seine Augen. Als er jetzt ihren Mund in Besitz nahm, geschah es nicht mehr mit erlesener Zärtlichkeit, sondern mit brennender Gier – eine Gier, die Brenna genoss und erwiderte. Sie öffnete ihre Lippen, und ihre Zungen tanzten einen sinnlichen, wilden Tanz, der Donovan ein kehliges Stöhnen entriss. Sie hob die Hände und schlang sie um seinen Nacken, um seinen Kopf näher zu sich heranzuziehen. Ihre Finger spielten in seinem dichten Haar, bevor sie auf Erkundungsfahrt über seine Schultern und seinen Rücken gingen.

„Du bist noch immer ganz nass“, flüsterte sie heiser.

Schwer atmend löste er seinen Mund von ihren Lippen und barg sein Gesicht an ihrem Hals. Brenna fühlte das wilde Schlagen seines Pulses in seiner Schläfe. Oder war es etwa ihr eigener fiebriger Herzschlag?

„Ich werde gleich noch nasser sein.“ Er lachte leise. „Hilf mir mit dem Hemd, Liebling.“ Er richtete sich auf und zog sich das Hemd aus dem Hosenbund, dann verharrte er regungslos. „Hilf mir“, drängte er heiser. „Ich will deine Hände auf meiner Haut spüren.“

Ja, auch sie wollte seine Haut an ihren Fingern fühlen. Sie gehorchte dem unwiderstehlichen Drang, seine Brust zu berühren, strich weiter hoch zu seinen Schultern, langsam, forschend, staunend. Donovan versteifte sich, und ein Schauer durchzuckte ihn. Er fasste ihre Hände und hielt sie für einen kurzen Augenblick an seine Brust gepresst, bevor er sie mit einem zerknirschten Lächeln freigab.

„Vielleicht sollte ich doch lieber auf deine Hilfe verzichten, Liebling, sonst explodiere ich noch wie ein Feuerwerk.“ Damit schüttelte er sich das Hemd von den Schultern, warf es achtlos beiseite und machte sich an seinem Gürtel zu schaffen.

In diesem Moment schlugen die ersten leisen Alarmglocken in Brenna an. Mit jäher Klarheit wurde sie sich bewusst, wo sie sich befand. Mit hochroten Wangen sah sie an sich herunter und stellte erleichtert fest, dass der duftende weiße Schaum sie völlig bedeckte, nur ihre Schultern freiließ.

„Warte.“ Ihre Stimme zitterte, während sie die Augen nicht von Donovans Gürtel lösen konnte, den er bereits aus den

Schlaufen gezogen hatte und zu dem Hemd werfen wollte. „Was tust du da?“

Ein Blick auf ihre besorgte Miene, und Donovan beruhigte sie auf eine Art, die ihren Atem schneller gehen ließ, bis dieser nur noch stoßweise über ihre Lippen kam. Eine schmelzende Süße breitete sich in ihrem Schoß aus. Als er sie endlich losließ, klammerte sie sich hilflos an ihn und vernahm kaum seine Worte zwischen den heißen Küssen.

„Ich will dich berühren, überall. Ich will deine Hände auf meiner Haut spüren. Lass es geschehen, Liebling. Ich werde nichts tun, was du nicht willst. Du brauchst nur ein Wort zu sagen, und ich höre auf.“

Ein schwacher Trost, dachte Brenna benommen, wenn sie doch nicht wusste, ob sie dieses eine Wort überhaupt sagen wollte, wenn die Zeit dafür kam. Denn im Moment wollte sie alles, was er mit ihr tat. Als er sich von ihr zurückzog, um seine restliche Kleidung auszuziehen, besaß sie nicht einmal genügend Scham, um den Blick abzuwenden. Nein, sie sah mit Vergnügen zu, wie er sich schnell auszog, um zu ihr in die Wanne zu steigen. Wie stark und wunderbar gebaut er war! Diese breiten Schultern wirkten nahezu übermächtig, verglichen mit den schmalen Hüften und den muskulösen Beinen.

„Gefällt dir, was du siehst?“, fragte er mit einem Lächeln, und sie nickte schüchtern und lächelte zurück.

Er lachte leise, als er sich am anderen Kopfende ihr gegenüber in das warme Wasser gleiten ließ. „Ich komme mir betrogen vor.“ Mit einer Fingerspitze stach er in den weißen Schaumberg. „Du würdest nicht aufstehen und dich für mich einmal um die eigene Achse drehen, oder?“ Als sie den Kopf schüttelte, seufzte er ergeben. „Das dachte ich mir schon. Nun, da mir das eine Vergnügen vorenthalten wird, muss ich mich wohl mit den anderen zufriedengeben.“ Er streckte seine Beine neben ihren aus, ohne sie zu berühren. „Also, lass mich mal sehen“, meinte er nachdenklich. „Da wäre zum einen der Duft.“

Er fasste eine Strähne ihres nassen Haars, beugte sich vor und schnupperte daran. „Du riechst nach Regen und Meer.“ Mit der Nase strich er leicht über ihre Schläfe. „Lavendel“, entschied er rau. „Und Frau.“ Tief sog er den Duft ein. „Da haftet noch ein typischer Duft an dir, der nur zu dir gehört.“ Er schloss die Augen. „Ich habe dich in diesen Wochen vermisst, Brenna. Es muss die Hölle gewesen sein, mit mir zu arbeiten, und ich konnte nicht einmal sagen, was mit mir los ist. Ich habe noch nie jemanden vermisst.“ Er hob die Lider, sein Blick traf Brenna mit Wucht. „Ich gehe nie wieder ohne dich irgendwohin.“

Panik stieg in Brenna auf. Die schiere Entschlossenheit dieses Mannes hielt sie gefangen, ohne dass er sie überhaupt berührte. Er musste ihre Angst erkannt haben, denn die Intensität in seinem Blick schwand sofort und wurde kaschiert durch ein sanftes Lächeln.

„Wo waren wir? Oh ja, ich wollte zum Geschmack übergehen.“ Er beugte sich vor und küsste sie, erkundete mit der Zunge ihren Mund, bis sie vor Wonne erschauerte. „Süß wie Honig, dazu ein Hauch frischer Würze.“ Auch Donovan bebte, Brenna sah, wie alle seine Muskeln sich anspannten. „Und obwohl deine Stimme mir Musik in den Ohren ist, denke ich, wir sollten den Klang auslassen. Ich ziehe es nämlich vor, dass du schweigst, wenn wir den nächsten und wichtigsten Schritt machen – Fühlen. Ich muss dich einfach berühren, Liebling.“

Er umfasste ihre Taille mit beiden Händen, so unerwartet, dass sie zurückzuckte. Doch langsam und unwiderstehlich zog er sie zu sich heran und schloss sie in seine Arme, presste ihren weichen Körper an seine harte Brust.

„Nein“, flüsterte sie schwach, noch als sie sich an ihn schmiegte. Die rosigen Knospen ihrer Brüste richteten sich auf, und der erste wunderbare Kontakt mit seiner Haut sandte loderndes Feuer durch ihren ganzen Körper. Sie hatte nicht die Kraft, sich dagegen zu wehren, reagierte nur in der uralten Weise, in der eine Frau auf einen Mann reagierte.

„Ja“, stöhnte er, bevor er ihren Mund gierig in Besitz nahm. „Himmel, wie sehr ich dich begehre. Lass mich dich lieben, Brenna.“

Seine Hände waren überall. Streichelten, massierten, reizten. Als sein Mund der Spur seiner Finger folgte und ihre Brust mit der Zunge liebkoste, entfuhr Brenna ein Laut, halb Stöhnen, halb Seufzer.

Er hob den Kopf, seine Augen wie glühende Kohlen. „Gefällt dir das, Liebling? Dann werde ich es mir merken.“

Mit einer schnellen Bewegung legte er sich zurück auf den Rücken und zog sie mit sich, hob ihr federleichtes Gewicht auf sich. Mit einem Bein drängte er sich zwischen ihre Schenkel, die Hände zärtlich an den sanften Rundungen ihrer Brüste. Brenna konnte den harten Beweis seiner Erregung fühlen, als er mit den Lenden einen sinnlichen Rhythmus begann.

Sie zitterte jetzt wie ein Blatt im Wind, und jeder Nerv, jedes Stückchen Haut reagierte auf seine Berührung. Brenna sehnte sich nach der Erlösung, die nur er ihr schenken konnte.

„Ich werde dich jetzt lieben, Liebling“, murmelte er an ihrer Brust. „Sag mir, dass du es willst.“

Seine leidenschaftlichen Worte jagten einen Schock durch sie hindurch, der ihre Denkfähigkeit, die von wachsendem Verlangen zum Stillstand gebracht worden war, jäh wieder in Gang brachte. Donovan würde Wort halten und aufhören, wenn sie darauf bestand, das wusste Brenna. Doch woher sollte sie die Kraft nehmen zu widerstehen, wenn er ihren Körper in diesen Zustand versetzte, in dem sie nur noch nach Erfüllung verlangte? Und doch wusste sie, dass sie ihn aufhalten musste, wenn sie sich ihre Unabhängigkeit bewahren wollte. Michael Donovan war noch immer ein Fremder für sie. Von Liebe hatte er nie gesprochen, nur von Begehren. Und auch wenn sie das gleiche Verlangen spürte, so war es doch nicht genug.

„Brenna!" Ungeduld schwang in seiner Stimme mit, als er auf ihre Zustimmung wartete, derer er sich so sicher war.

Es war das Schwerste, das sie je hatte tun müssen – in seine Augen zu sehen und zu sagen: „Lass mich los, Michael."

Fassungslos sah er sie an, der Griff seiner Finger um ihre Taille wurde fester. Dann blitzte Ärger in seinen Augen auf. „Das meinst du nicht ernst. Du willst es genauso sehr wie ich."

Fast trotzig schüttelte sie den Kopf. „Ich will, dass du mich loslässt." Ihre Stimme bebte. „Ich will, dass du dein Versprechen hältst, Michael Donovan."

Er kniff die Augen zusammen, ein skrupelloser Zug lag plötzlich um seinen Mund. „Du weißt, dass ich dich dazu bringen könnte, Ja zu sagen."

„Ja, wahrscheinlich könntest du das", gab sie ehrlich zu. „Ich scheine nur über wenig Widerstandskraft zu verfügen, sobald es um dich geht." Unbeirrt schaute sie ihm direkt in die Augen. „Aber ich glaube nicht, dass du es tun wirst. Dazu ist dir deine Integrität zu wichtig. Schließlich hast du dein Wort gegeben."

Abrupt stieß er sie von sich. „Verflucht!" In Sekundenschnelle war er aus der Wanne heraus und wickelte sich ein Badelaken um die Hüfte. Als er auf sie hinunterschaute, ließ sein wilder Blick Brenna tiefer in das Wasser zurücksinken.

„Komm da raus und zieh dich an. Ich gebe dir genau drei Minuten!", herrschte er sie an. Dann ging er an dem Paravent vorbei und stieß ihn so heftig beiseite, dass dieser gefährlich wackelte und umzufallen drohte. Erst als Brenna Michaels Schritte auf der Wendeltreppe hören konnte, rappelte sie sich aus der Wanne auf und trocknete sich eiligst ab. Er hatte nicht gesagt, was passieren würde, sollte sie in drei Minuten nicht fertig sein, aber bei seiner wütenden Miene wollte sie es besser nicht darauf ankommen lassen. Also griff sie die Kleider, die neben der Wanne lagen, und stieg in die grünen Badeshorts, die ihr bis über die Knie reichten. Das weiße kurzärmelige Hemd war ebenso viel zu groß. Sie zog eine Grimasse, als sie an sich herunterblickte. Sie sah absolut lächerlich aus! Falls je ein Aufzug dazu geschaffen war, alle Leidenschaft in einem Mann zu ersticken, dann dieser! Warum sie diese nagende Unzufriedenheit über ihr Aussehen verspürte, darüber wollte sie lieber nicht nachdenken. Schließlich war es doch das, was sie wollte, oder? In diesem Aufzug wäre selbst Marilyn Monroe vor den Männern sicher gewesen.

Zögernd trat Brenna hinter der Trennwand hervor, im gleichen Augenblick, als Michael die Wendeltreppe herunterkam. In ausgewaschener Jeans und hellblauem Jeanshemd sah er überwältigend attraktiv aus. Während er auf sie zukam, rollte er sich die Hemdsärmel auf. Seine Miene war völlig ausdruckslos, aber von ihm ging eine Anspannung aus, die Brenna unwillkürlich dazu brachte, den Blick abzuwenden. Ein bitteres Lächeln lag auf seinen Lippen, als er an ihr vorbei zur Bar ging und sich einen Drink eingoss.

„Oben im Nachttisch findest du Kamm und Bürste“, sagte er kühl. „Ich bereite inzwischen die Steaks vor.“

Brennas Augen wurden groß. „Fliegen wir nicht direkt ab?“

„Es regnet noch immer. Bis wir nur auf halbem Wege beim Hubschrauber sind, bist du wieder nass.“

„Das ist mir gleich“, erwiderte sie zögernd.

„Nun, mir nicht. Es bleiben nur noch zwei Tage, um den Film abzudrehen. Da kann ich es mir nicht leisten, dass du krank wirst.“

„Oh! Ich verstehe.“ Ihre rehbraunen Augen blickten verletzt.

Fluchend stellte Donovan sein Glas ab. „Was erwartest du denn von mir, Brenna? Du heizt mich an, bis ich vor Verlangen verrückt werde, und dann zeigst du mir die eiskalte Schulter. Und wenn ich dann wütend werde, siehst du mich an, als hätte ich dich geschlagen!“

„Es war nie meine Absicht, mit dir zu spielen.“ Tränen glitzerten in ihren Augen.

„Nein, das habe ich auch nicht angenommen“, gestand er ihr düster zu. „Deshalb führen wir dieses Gespräch ja auch hier unten, anstatt oben in dem Doppelbett zu liegen.“ Frustriert fuhr er sich durchs Haar. „Ich werde nicht schlau aus dir, Brenna.“

Bedrückt zuckte sie mit den Schultern. „So kompliziert bin ich gar nicht, Michael.“

„Von wegen! Du willst mich, das weiß ich genau. Und doch benimmst du dich wie eine verschreckte Jungfrau. Ich weiß nicht, was das für ein Mistkerl war, der dich so ruiniert hat, aber sollte ich deinem Exlover je über den Weg laufen, gehe ich ihm wahrscheinlich an die Gurgel.“

Fast hätte sie gelächelt. Er war der Wahrheit ziemlich nahe gekommen. Ja, sie war eine verschreckte Jungfrau. Aber es war nicht der Sex, vor dem sie sich fürchtete, wie Michael fälschlicherweise annahm. Mit ihm könnte sie ihrem ersten Mal mit freudiger Erwartung entgegensehen, wäre sie sicher, dass dieses Glück nicht wie ein Strohfeuer nach den ersten lodernden Flammen ausbrennen würde.

Michael leerte sein Glas in einem Zug und sah Brenna direkt in die Augen. „Eines Tages wirst du mir gehören, Brenna, auf jede Art. Und du wirst es genießen!“ Er stellte das Glas auf die Bar zurück und betrachtete es nachdenklich. „Für meine Verhältnisse bin ich bisher extrem geduldig gewesen.“ Er sah zu ihr hinüber. „Was ich damit sagen will, ist ... sobald wir zurück sind, ziehe ich die Samthandschuhe aus.“

Sie lächelte unsicher. „Du setzt also zum Sprung an?“

„Genau, ich setze zum Sprung an. Aber bis dahin bist du sicher.“ Damit drehte er sich um und ging in die Küche. „Die Steaks sind in zehn Minuten fertig.“

Brenna war viel zu nervös, um auf seine Zusicherung zu vertrauen. Dabei war Michael der perfekte Gastgeber. Er machte leichte Konversation, wählte ungefährliche Themen, damit Brenna sich entspannen sollte. Doch eigentlich erreichte er damit nur das Gegenteil. Denn trotz seiner Selbstbeherrschung spürte sie eine unterschwellige Angriffslust in ihm, die sie unwillkürlich an einen brodelnden Vulkan denken ließ, der kurz vor dem Ausbruch steht.

Die Steaks und der Salat, die Michael zubereitet hatte, schmeckten köstlich, und den Kaffee nach dem Essen nahmen Brenna und er vor dem brennenden Kamin ein. Trotz der gemütlichen und intimen Atmosphäre auf der Couch zeigte sich keine Änderung in Michaels Verhalten, und so entspannte Brenna sich endlich ein wenig. Sie hätte wissen müssen, dass er immer meinte, was er sagte. Für den heutigen Tag war sie sicher vor ihm.

Am späten Nachmittag hatte sich das Gewitter verzogen und der Regen hatte nachgelassen. Michael drängte auf Abreise. Wie Brenna wollte auch er der angespannten Atmosphäre so schnell wie möglich entkommen.

Noch vor Sonnenuntergang fuhr Michael den grauen Mercedes vor den Haupteingang der Herberge in Twin Pines.

Die Hand am Griff der Wagentür, drehte Brenna sich zu

ihm um. „Du brauchst nicht mitzukommen, ich will nur an der Rezeption fragen, ob es Nachrichten für mich gibt und ob mit Randy alles in Ordnung ist."

Michael presste die Lippen zusammen. „Ich komme mit", sagte er entschlossen. „Ich habe gesagt, ich bringe dich zu deinem Cottage zurück, und genau das werde ich tun. Wir beide wissen doch, dass ich meine Versprechen immer halte", fügte er harsch hinzu.

Erst als Brenna aus dem Wagen stieg, wurde ihr wieder bewusst, welch lächerlichen Anblick sie in Michaels übergroßen Sachen bot, das Haar in zwei langen geflochtenen Zöpfen. Sie konnte nicht viel älter als wie zehn aussehen!

Doch die Rezeptionistin zuckte mit keiner Wimper, als Brenna die Lobby betrat. Und als Paula Drummond dann auch noch sah, dass Michael Brenna folgte, überschlug sie sich fast vor Eifer.

Brenna fragte nach Nachrichten von Doris Charles, und das Mädchen drehte sich mit einem freundlichen Lächeln wieder um, nachdem sie Brennas Eingangsbox überprüft hatte. „Sie lässt ausrichten, dass sie bis um sieben am Pool sein wird. Der Regenschauer heute Nachmittag hat Randys tägliches Schwimmen verschoben. Sie sind erst vor einer halben Stunde rausgegangen."

Brenna nickte. „Dann gehe ich erst zum Cottage und ziehe mich um. Richten Sie Doris bitte aus, dass ich noch nach Randy sehen werde, bevor er zu Bett geht?"

„Natürlich." Paula blickte noch immer mit verstohlener Neugier auf Michaels regungslose Miene. „Ach, fast hätte ich's vergessen", fiel ihr jetzt noch ein. Eifrig überprüfte sie ihre Notizzettel. „Ein Mr. Paul Chadeaux hat gegen zehn Uhr heute Morgen angerufen, dann noch einmal eine Stunde später. Als er das letzte Mal anrief, hat er eine Nachricht hinterlassen." Sie drehte den Zettel um und las. „Er möchte sich mit

Ihnen treffen. Er kommt um acht Uhr vorbei."

Brennas Gesicht verlor alle Farbe. Steif wandte sie sich ab. Mit weichen Knien ging sie auf die hintere Tür zu und den Pfad hinunter, der zu ihrem Cottage führte. Sie merkte erst, dass Michael ihr folgte, als sie schon mehr als die Hälfte der Strecke zurückgelegt hatte.

Michael fasste ihren Arm mit eisernem Griff. „Wer ist Paul Chadeaux?"

Wer war Paul Chadeaux? Was sollte sie antworten? Hysterie stieg in ihr auf. Paul Chadeaux war der Mann, der die Verantwortung für den Tod ihrer Schwester trug. Er war der Vater von Janines Baby. Die Verkörperung des Bösen. Herr im Himmel, was wollte er von ihr? Seit fast drei Jahren hatte sie ihn nicht mehr gesehen. Und davor war Janines kleine Schwester praktisch Luft für ihn gewesen.

Die Antwort, was er von ihr wollte, war erschreckend einfach: Er wollte Randy.

Michael schwang sie jetzt unsanft zu sich herum. „Antworte mir, Brenna", verlangte er. „Wer ist dieser Paul?" Misstrauisch kniff er die Augen zusammen. „Wenn es ein alter Liebhaber von dir sein sollte, der dir von Los Angeles hierher gefolgt ist, dann kannst du ihn gleich wieder zurückschicken. Ich erlaube nicht, dass du dich mit anderen Männern triffst, ist das klar?!"

Sie riss sich aus seinem Griff los und steuerte mit ausholenden Schritten auf das Cottage zu, sich kaum bewusst, was sie tat. „Ich werde ihn sehen müssen", murmelte sie. Und sie musste jetzt allein sein. Damit sie Klarheit in ihre Gedanken bringen und sich innerlich wappnen konnte. Sie musste vorbereitet sein, wenn sie Paul gegenübertrat. Oh Gott, es war schon fast sieben!

Neben sich spürte sie Michaels Anwesenheit und den Ärger, der von ihm ausstrahlte. Schweigend begleitete er sie bis zum Cottage und sprach erst wieder, als sie die Tür aufgeschlossen hatte.

„Ich werde nicht eher gehen, als bis du mir gesagt hast, wer dieser Paul ist, Brenna", stieß er gepresst hervor. „Er muss ja verdammt wichtig sein, wenn er dich so aus dem Gleichgewicht bringen kann."

„Du musst gehen", bat sie zerstreut. Mit einem eifersüchtigen Michael Donovan würde sie jetzt nicht fertig werden.

„Wer ist er?" Michael ließ nicht locker.

„Er ist Randys Vater", antwortete sie verzweifelt. „Bitte, geh endlich."

Michael fluchte unter angehaltenem Atem. „Niemand kann dich zwingen, ihn zu sehen. Ich werde den Sicherheitsdienst anweisen, ihn nicht auf das Gelände zu lassen."

„Nein! Tu das nicht. Ich muss herausfinden, was er will."

„Du willst ihn sehen?" Michaels Stimme blieb gefährlich leise.

„Ich muss ihn sehen", erwiderte Brenna voller Sorge. „Bitte, Michael, geh jetzt."

Mit einem gemurmelten Fluch drehte Michael sich auf dem Absatz um und marschierte wütend davon.

7. KAPITEL

Mit einem erleichterten Seufzer schloss Brenna die Cottagetür hinter sich. Bis zu diesem Moment war sie nicht sicher gewesen, ob Michael sie wirklich allein lassen würde. Eigentlich war sie sogar überrascht, dass er kommentarlos gegangen war, doch sie wusste auch, der Abend war noch lang, bestimmt würde Michael noch einmal zu ihr kommen. Aber zumindest hatte er ihr die Atempause gewährt, die sie so dringend benötigte. Und es blieb ihr nur noch wenig Zeit bis zu dem Treffen mit Paul.

Warum wollte er sie nach all den Jahren sehen? In der ersten bitteren Trauer nach Janines Tod hatte sie ihn zur Rede stellen wollen, hatte ihn mit seiner Schuld konfrontieren wollen, doch um Janines willen hatte sie sich zurückgehalten. Janine hatte unbedingt vermeiden wollen, dass Randy etwas mit seinem Vater zu tun hatte, sodass Brenna jeglichen Kontakt zu Paul als Vertrauensbruch ihrer Schwester gegenüber erachtete.

Dass Paul zu diesem späten Zeitpunkt plötzlich Vatergefühle entwickelt haben könnte, tat sie voller Bitterkeit von vornherein ab. Schließlich hatte er lange genug versucht, Janine zu einer Abtreibung zu drängen. Und danach hatte er peinlich genau darauf geachtet, Distanz sowohl zu Janine als auch später zu Randy zu halten, weil er glaubte, die Affäre könne unangenehme Folgen für ihn haben.

Brennas Gedanken wirbelten im Kreis. Sie suchte nach einer Antwort und gab schließlich verzweifelt auf. Sie würde bis zu dem Treffen mit Paul warten müssen. Doch was immer er wollte, er würde feststellen müssen, dass sie nicht so leicht zu manipulieren war wie Janine.

Entschlossen ging sie ins Schlafzimmer und riss die Tür ihres Kleiderschranks auf. Zuerst einmal musste sie Paul überzeugen, dass er es nicht mit einem naiven jungen Ding zu tun hatte, sondern mit einer selbstsicheren jungen Frau.

Fünfundvierzig Minuten später betrachtete Brenna zufrieden ihre Erscheinung im Spiegel. Das pinkfarbene, ärmellose Kimonokleid mit dem hohen Mandarinkragen und dem reizvollen Seitenschlitz am Bein verlieh ihr genau die mondäne Eleganz, die sie verkörpern wollte. Die kindlichen Zöpfe hatte sie ausgekämmt und das lange Haar auf dem Kopf zu einem lockeren Knoten aufgesteckt, ein paar Strähnen umrahmten ihr Gesicht. Goldene Kreolen in den Ohrläppchen und ein Make-up, das ihre braunen Augen riesig wirken ließ, vervollständigten das Bild. Während sie in die hochhackigen Sandaletten schlüpfte, sah sie zur Uhr auf dem Nachttischchen. Fast acht, wie sie mit einem Anflug von Panik feststellte. Obwohl ... Pünktlichkeit hatte Paul Chadeaux nie viel bedeutet. Eines der Dinge, die Brenna am meisten an ihm gestört hatte, als er noch mit Janine ausging, war seine grundsätzliche Unpünktlichkeit gewesen. Diese Respektlosigkeit hatte er sich offenbar noch immer nicht abgewöhnt, denn es wurde Viertel nach acht, bevor ein Klopfen an der Tür ertönte.

Als Brenna die Tür aufzog, war sie perplex. Irgendwie war sie immer davon ausgegangen, die Zeichen von Schuld und Schwäche müssten auf Pauls Gesicht zu sehen sein. Doch er sah genauso aus wie an jenem ersten Tag, als Janine ihn Brenna vorgestellt hatte. Sein blondes Haar war sorgfältig frisiert wie eh und je, seine grauen Augen blickten so ausdruckslos, wie Brenna es in Erinnerung hatte. Dasselbe überhebliche Lächeln umspielte seine sinnlichen, vollen Lippen. Er war immer sehr formell und korrekt gekleidet gewesen, und auch das hatte sich nicht geändert. Der stahlgraue, makellos sitzende Anzug schmeichelte seiner großen schlanken Gestalt.

Jetzt ließ er den Blick unverschämt aufdringlich über

Brenna gleiten. „Sieh an, sieh an", meinte er lang gezogen. „Die kleine Schwester ist erwachsen geworden. Und hat sich zudem richtig gemausert. Wo ist das magere junge Ding geblieben, das mich mit ihren großen braunen Augen immer so feindselig angeblitzt hat?"

Brenna verzog bitter den Mund. „Die Feindseligkeit ist noch immer da, Paul", erwiderte sie kühl. „Außerdem kann ich mir nicht vorstellen, dass du hier bist, um über die guten alten Zeiten zu plaudern. Vielleicht solltest du besser hereinkommen." Sie ließ ihn eintreten, schloss die Tür und ging ihm voraus ins Wohnzimmer. Sie war über sich selbst erstaunt, dass sie eine solch beherrschte Fassade wahren konnte, während sie innerlich vor Abscheu und Angst zitterte. Sie war wohl eine bessere Schauspielerin, als sie selbst angenommen hatte.

Paul pfiff anerkennend durch die Zähne, als er sich in dem luxuriösen Wohnraum umsah. „Sehr nett. Du hast es offensichtlich zu etwas gebracht. Aus der kleinen Brenna ist ein großer Filmstar geworden."

„Unsinn!", widersprach sie scharf. „Ich habe eine kleine Nebenrolle in meinem ersten Film. Woher wusstest du, wo du mich finden kannst, Paul?"

Er zuckte lässig mit einer Schulter. „Deine Vermieterin war sehr hilfsbereit, nachdem ich ihr sagte, dass das Kind von mir ist. Sie scheint dich für die Mutter zu halten. Wahrscheinlich hofft sie darauf, dass ich endlich eine ehrbare Frau aus dir mache." Ihn schien diese Vorstellung königlich zu amüsieren, und Brenna ballte die Fäuste, um nicht dem Drang nachzugeben, ihm das überhebliche Grinsen mit einer Ohrfeige vom Gesicht zu wischen.

„Weshalb bist du hier?", fragte sie verärgert.

„Du bist nicht gerade sehr gastfreundlich. Willst du mir nicht einen Drink anbieten?"

Ungeduldig holte sie Luft und schnaubte. „Nein, ich will dir keinen Drink anbieten. Ich will dich gar nicht hierhaben. Also sag, was du zu sagen hast, und dann verschwinde."

Er verzog abfällig den Mund, ein hässliches Glitzern trat in seine Augen. „Du warst schon immer ein hochnäsiges Weibsbild. Du hast mich nie gemocht, nicht wahr, kleine Schwester?"

„Nein", gab sie offen zu. „Und heute noch weniger als damals. Wieso bist du gekommen?"

Er ging durch den Raum und ließ sich unaufgefordert auf einem der Sessel nieder. „Ich will das Kind." Er grinste spöttisch. „Mir fehlt das Trappeln von kleinen Füßen in meinem einsamen Junggesellenapartment."

Brenna starrte ihn ungläubig an. „Das kannst du unmöglich ernst meinen."

„Oh, aber ja." Lässig streckte er die Beine vor sich aus. „Ich habe viel Zeit und Mühe investiert, um es ausfindig zu machen. Mach nicht den Fehler und denke, ich wäre nicht felsenfest entschlossen." Er zog ein goldenes Zigarettenetui hervor und steckte sich eine Zigarette an. „Ursprünglich suchte ich ja nach Janine. Aber ich musste herausfinden, dass sie tot ist und dass du das Kind hast. Also blieb mir nichts anderes, als dich zu suchen", beschwerte er sich. „Das Ganze war wirklich extrem langwierig."

„Tut mir wirklich leid, dass wir dir solche Mühe gemacht haben", sagte sie sarkastisch.

„Ja, es sollte dir auch leidtun." Ihr Sarkasmus perlte an ihm ab. „Schließlich bin ich bereit, dir das Kind abzunehmen."

„‚Das Kind' hat einen Namen", presste sie zwischen den Zähnen hervor. „Er heißt Randy."

„Ich weiß", gab Paul ungeduldig zurück, „hat mir deine Vermieterin schon gesagt. Also beeil dich und hol ihn, ja? Ich will noch den Nachtzug nach San Francisco erwischen."

Argwöhnisch kniff Brenna die Augen zusammen. „San Francisco? Ich dachte, du lebst in Los Angeles?"

Mit einem achtlosen Schulterzucken ließ er den Blick umherschweifen. „Ich werde Randy zum Weingut bringen. Bei meiner Familie ist er besser aufgehoben."

„Dich interessiert der Junge doch nicht im Geringsten", hielt Brenna ihm vor. „Wieso willst du ihn jetzt plötzlich haben?"

Ein unschönes Grinsen erschien auf seinen Lippen. „Du weißt, dass ich dir keine Antwort schuldig bin", sagte er arrogant. „Aber was soll's, ich werde dir trotzdem eine geben." Er zog an seiner Zigarette. „Meine Großmutter hat diesen Tick mit der Familiendynastie. Seit Jahren liegt sie mir in den Ohren, ich solle doch heiraten und Kinder zeugen. Sie brauchen nämlich einen Erben für die Chadeaux-Winzerei. Einen, den sie zu dem netten Jungen formen können, der ich nie war. Die alte Lady hat mir angedroht, meinen Anteil zu streichen und mich zu enterben, wenn ich nicht für einen Erben sorge."

„Meinst du nicht, sie wird ein uneheliches Kind ablehnen? Ich entsinne mich noch sehr gut daran, dass du meiner Schwester gesagt hast, du würdest die Vaterschaft bestreiten, sollte sie zu deiner Familie gehen."

„Die Dinge ändern sich eben." Paul schien äußerst zufrieden mit sich. „Die alte Lady wird nämlich nicht jünger, aber dafür immer verzweifelter. Sie wird dieses Kind mit offenen Armen aufnehmen. Sie hat sogar zugesagt, meine Spielschulden zu begleichen."

„Vorausgesetzt, du bringst ihr Randy." Wut und Abscheu spiegelten sich auf Brennas Miene.

Ihre tiefe Verachtung verunsicherte nun sogar Paul. „Hol endlich den Jungen", befahl er wütend.

„Fahr zur Hölle!", verwünschte Brenna ihn. „Randy gehört zu mir, ich gebe ihn nicht auf!"

Pauls Gesicht wurde tiefrot, aber seine Stimme klirrte vor Kälte. „Hör zu, du Biest, ich bin sein Vater. Du bist nur die Tante. Ich habe ein Recht auf ihn."

„Du hast sämtliche Rechte noch vor seiner Geburt aufgegeben. Dir würde ich nicht einmal einen streunenden Hund anvertrauen, geschweige denn ein kleines Kind!"

„Dir wird gar nichts anderes übrig bleiben. Die Chadeauxs haben extrem gute Beziehungen in ganz Kalifornien. Ich bin sicher, jedes Gericht wird dem leiblichen Vater den Vorzug vor einer billigen Schauspielerin geben."

Jetzt war es an ihr, süffisant zu lächeln. „Nur wirst du nachweisen müssen, dass du der leibliche Vater bist. Ich denke, du wirst feststellen, dass das gar nicht so einfach ist."

Er kniff argwöhnisch die Augen zusammen. „Was, zum Teufel, soll das heißen? Janine hat mir gesagt, dass ich der Vater bin."

„Und du hast sie weggestoßen." Brenna verzog bitter den Mund. „Da ist es nicht verwunderlich, dass Janine den Namen des Vaters nicht in die Geburtsurkunde hat eintragen lassen."

Er zuckte ungerührt mit einer Schulter. „Das ist kein Problem. Es gibt genügend Leute, die bezeugen können, dass Janine und ich zu jener Zeit eine Beziehung hatten. Ich bin der Einzige, der infrage kommt."

„Das wärst du", Brenna lächelte triumphierend. „Wenn Janine Sloan Randy zur Welt gebracht hätte. Aber laut Geburtsurkunde hat sie das nicht. Sondern Brenna Sloan."

Paul blieb der Mund offen stehen. „Du lügst", fuhr er auf. „Das ist doch völlig absurd. Wieso sollte Janine etwas so Verrücktes tun?"

„Zum Schluss war sie wirklich ein wenig verrückt, ja", meinte Brenna leise. Die Qualen der Vergangenheit holten sie wieder ein. „Verrückt vor Angst und Einsamkeit. Versessen darauf, den einzigen Menschen zu schützen, der ganz allein ihr gehörte. Damals hielt ich es auch für völlig absurd, doch jetzt frage ich mich, ob sie nicht ahnte, dass sie Randy vor dir schützen muss."

Mit geballten Fäusten sprang Paul auf. „Damit kommst du nicht durch!", knurrte er. „Ich brauche dieses Kind, und ich werde einen Weg finden, um es mir zu holen. Du machst es mir nur ein wenig schwerer als gedacht. Ich werde Detektive anheuern, die deine ganze Story auseinanderpflücken werden. Und es wird Dutzende von Zeugen geben, die alle schwören, dass Randy unmöglich dein Kind sein kann."

Sie durfte ihn nicht merken lassen, wie sehr seine Drohungen sie ängstigten. „Das wird lange Zeit in Anspruch nehmen", entgegnete sie kühl. „Hast du so viel Zeit? Erwähntest du nicht etwas von Spielschulden?"

Er stutzte und beäugte sie abschätzend. „Vielleicht können wir uns ja einigen", sagte er schließlich betont langsam. „Du willst das Kind, ich brauche das Geld, Großmutter will mich mit Ehefrau und eigener Familie sehen. Was hältst du davon, wenn wir alle bekommen, was wir wollen, und jeder glücklich ist? Warum fliegen wir nicht nach Vegas und heiraten?"

Vor Schock wurde Brenna blass. „Du musst völlig verrückt geworden sein", flüsterte sie entsetzt. „Ich kann nicht einmal deinen Anblick ertragen."

„Tiefe Gefühle hege ich auch nicht unbedingt für dich", gab er beißend zurück. „Du bist mir zu unabhängig. Ich wollte Janine das Angebot machen, hätte ich sie gefunden. Sie entsprach mehr meinem Typ."

Plötzlich hielt Brenna es nicht mehr aus, ihr wurde übel vor Abscheu. „Raus! Ich will dich nie wieder sehen!"

„Tja, das ist Pech – für dich. Denn du wirst mich in den nächsten Monaten häufig zu sehen bekommen, kleine Schwester. Im Gerichtssaal und außerhalb."

„Wenn du nicht sofort gehst, rufe ich den Sicherheitsdienst und lasse dich vom Gelände entfernen!", presste sie hervor.

„Ich gehe ja schon." Er beugte sich vor und drückte seine Zigarette in dem kristallenen Aschenbecher aus. „Aber bilde dir nicht ein, ich käme nicht zurück." Lässig schlenderte er zur Tür und zog sie auf, dann drehte er sich noch einmal zu Brenna um. Der gehässige Ausdruck auf seinem Gesicht raubte Brenna den Atem. „Auf Wiedersehen, kleine Schwester. Bis bald!"

Kaum dass die Tür hinter ihm ins Schloss gefallen war, eilte Brenna hin und drehte den Schlüssel, so als könne sie damit auch Pauls Drohung ausschließen. Es war ihm bitterernst, Paul würde vor nichts haltmachen, um Randy zu bekommen. Aber sie durfte nicht zulassen, dass ihr kleiner Junge diesem gefühllosen und gleichgültigen Menschen in die Hände fiel!

Aufgewühlt begann sie, im Wohnraum auf und ab zu marschieren, suchte verzweifelt nach einer Lösung. Sie zweifelte nicht daran, dass es Paul gelingen würde, genügend Zeugen aufzutreiben, um seinen Anspruch zu bekräftigen. Janines Täuschungsmanöver konnte dem nicht standhalten. Wie sollte Brenna Paul aufhalten, wenn er wirklich vor Gericht zog? Die Familie besaß Geld und Einfluss. Hatte Brenna überhaupt eine Chance, falls es zu einem Prozess um das Sorgerecht kam? Sie erstarrte, als ihr ein anderer Gedanke in den Kopf schoss: Was, wenn man Paul das vorläufige Sorgerecht für Randy zusprach, bis das endgültige Urteil gefällt wurde?

Sie wirbelte herum und rannte ins Schlafzimmer, zog zwei Koffer aus dem Schrank und warf sie aufs Bett. Dann nahm sie das Telefon auf und rief beim Empfang an.

„Paula, Brenna Sloan hier. Ich muss sofort nach Los Angeles. Ein Notfall. Könnten Sie bitte Doris Bescheid sagen, dass sie Randys Sachen zusammenpacken soll? In zwanzig Minuten soll sie bereit sein. Und Johnny soll mich bitte nach Portland zum Flughafen fahren. Ich werde den ersten Flug nehmen, den ich bekommen kann."

Paula versicherte mit ihrer üblichen diensteifrigen Art, dass sie sich darum kümmern werde.

Hektisch begann Brenna zu packen, warf achtlos ihre Sachen in den Koffer. Natürlich war ihr bewusst, dass es kopflose Panik war, die sie zu dieser Reaktion veranlasste, aber was sonst konnte sie tun? Ihr blieb ja gar nichts anderes, als mit Randy zusammen unterzutauchen. Pauls Motiv war Geld, und wenn es ihr gelang, sich lange genug mit Randy versteckt zu halten, würde Paul sich nach einer anderen Lösung für seine Geldprobleme umsehen müssen. Dann würde er ein Kind auch nur wieder als lästige Bürde betrachten, so wie er es vorher schon getan hatte.

Brenna hatte einen Koffer fertig gepackt und den zweiten halb gefüllt, als es an der Tür klopfte. Das musste Johnny sein. Sie wollte schon rufen, er solle einfach hereinkommen, als ihr einfiel, dass sie ja abgeschlossen hatte. „Einen Moment, Johnny", rief sie also und eilte zur Tür, um ihn einzulassen.

Doch es war nicht Johnny, sondern Michael Donovan, der sie unwirsch beiseite schob und in das Cottage trat. Mit großen Schritten marschierte er durch den Raum zum Schlafzimmer, warf einen Blick auf die offenen Koffer auf dem Bett und drehte sich langsam zu Brenna um. Der Ausdruck in seinen Augen ließ Brenna unwillkürlich zurückweichen. In der kurzen Zeit, die sie sich jetzt kannten, hatte sie ihn mehrere Male wütend und verärgert gesehen, aber noch niemals so. Er wirkte wie ein gefährliches Raubtier, bereit zum tödlichen Sprung.

„Johnny wird nicht kommen. Ich sagte Paula, dass ich alles Nötige veranlassen werde."

Brenna kaute an ihrer Lippe. Innerlich bebte sie. „Fungiert Paula immer als Spion für dich?“ Sein unerwartetes Auftauchen war ein solcher Schock für sie, dass das letzte Bisschen ihrer Selbstbeherrschung zu bröckeln drohte.

„Nicht immer“, antwortete er harsch. „Aber dieses Mal dachte sie, dein kleiner Notfall könnte mich vielleicht interessieren.“ Er verlor die Kontrolle über seinen nur mühsam beherrschten Ärger. „Herrgott! Es hat diesen Mistkerl nur eine Stunde gekostet, damit du wieder zu ihm zurückrennst. Hast du denn überhaupt keinen Stolz, keinen Respekt vor dir selbst?! Der Typ hat dich mit einem Kind sitzen lassen!“

Völlig irritiert starrte Brenna ihn an. Michael glaubte doch tatsächlich, sie würde zu Paul laufen, anstatt vor ihm weg! Diese Vorstellung war so völlig absurd, dass sie hysterisch zu lachen begann.

Was ein Fehler war. Mit zwei Schritten war Michael bei ihr und fasste sie hart bei den Schultern. „Hör sofort auf zu lachen!“ Seine Augen glühten vor Rage. „Glaubst du wirklich, ich lasse dich so einfach fort? Du wirst nicht zu ihm gehen, das lasse ich nicht zu.“ Voller Verachtung ließ er den Blick von Kopf bis Fuß über sie gleiten. „Sieh dich nur an. Du konntest mich gar nicht schnell genug loswerden, damit du dich für ihn herausputzen konntest. Hat es funktioniert? Hat er gesagt, du seist schöner denn je? Will er deshalb, dass du zu ihm zurückkommst?“

„Nein! Du verstehst alles völlig falsch!“ Tränen begannen über ihre Wangen zu strömen, als der letzte Rest ihrer Fassung schwand. „Ich hasse ihn“, stieß sie bebend aus. Und dann sank sie an Michaels Brust, klammerte sich verzweifelt an seine standhafte Gestalt, geschüttelt von verzweifelten Schluchzern.

Zuerst war Michael von ihrer Reaktion überrumpelt, dann legte er zögernd die Arme um sie und hielt sie fest. „Warum gehst du dann zurück zu ihm? Erpresst er dich mit irgendetwas? Herrgott, Brenna, antworte. Was stimmt hier nicht?"

„Er will Randy", brachte sie hervor. „Er will mir Randy wegnehmen." Nur unwillig löste sie sich aus seiner wunderbar warmen Umarmung und trat zurück. Und fühlte sich sofort einsam und verletzlich. „Ich renne nicht zu ihm, sondern vor ihm weg", erklärte sie erstickt.

„Und damit gleichzeitig auch vor mir und jeder Chance auf eine mögliche Karriere", ergänzte er nüchtern. „Denkst du, auch nur ein Filmemacher wird es je wieder mit dir versuchen, wenn sich erst einmal herumspricht, dass du mitten in den Dreharbeiten alles hinwirfst und wegrennst?"

„Nein. Eigentlich habe ich gar nicht gedacht", gab sie leise zu. „Und selbst wenn ... ich wäre trotzdem zu dem gleichen Schluss gekommen. Ich kann nicht zulassen, dass Randy Paul Chadeaux in die Hände fällt." Auf geradezu kindliche Art wischte sie sich die Tränen mit dem Handrücken vom Gesicht.

„Niemand wird dir dein Kind wegnehmen", behauptete Michael im Brustton der Überzeugung. „Nicht, solange ich hier bin. Wärst du zu mir gekommen, anstatt in Panik auszubrechen, hätte ich es dir eher sagen können."

Brenna schüttelte den Kopf über die unerschütterliche Arroganz dieses Mannes. Es würde nicht passieren, weil Michael Donovan nicht wollte, dass es passierte! Ein Hoch auf Michael Donovan! Dennoch fühlte Brenna sich ein wenig beruhigt durch seine zuversichtliche Entschlossenheit. Denn er hatte ja nicht nur ein persönliches Interesse an ihr, sondern es ging ihm auch um seinen Film. Er brauchte Brenna Sloan, um das Projekt termingerecht zu Ende zu bringen. Und deshalb würde er dieselbe Energie für ihr Problem einsetzen, mit der er jedes Hindernis aus dem Weg räumte.

Brenna öffnete den Mund, um zu gestehen, dass Randy gar

nicht ihr Sohn war, sondern Janines. Michael hatte ein Recht auf die Wahrheit, wenn sie ihn um seine Hilfe bitten wollte. Unter den gegebenen Umständen würde Janine ihr bestimmt verzeihen, dass sie das Versprechen brach. Doch dann meldeten sich plötzlich Zweifel. Würde Michael ihr auch noch helfen wollen, wenn er erfuhr, dass Randy gar nicht ihr Kind war? Schließlich hatte er nichts für den Jungen übrig. Wäre er der Meinung, so wie wahrscheinlich jeder, dass sie Randy dem leiblichen Vater überlassen sollte? Dieses Risiko konnte sie nicht eingehen, dazu war Randy ihr zu wichtig.

Michael schlenderte inzwischen zur Bar und schenkte sich einen Drink ein. Für Brenna goss er ebenfalls ein wenig Whiskey in ein zweites Glas und kam wieder zu ihr zurück.

Sie nahm das Glas an, das er ihr reichte. „Heute scheint ein Tag zu sein, an dem du mich mit Alkohol ruhigstellen musst", sagte sie mit einem schwachen Lächeln.

„Du brauchst die Stärkung", erwiderte er knapp. „Aber jetzt erzähl mir, wieso du glaubst, dass Paul überhaupt eine Chance hat, das Sorgerecht für Randy zu bekommen. Sagtest du nicht, der Name des Vaters stehe nicht auf der Geburtsurkunde?"

Ohne ihn anzusehen, berichtete Brenna ihm von Pauls Drohungen. Janine erwähnte sie jedoch mit keinem Wort, ließ Michael in dem Glauben, es sei Pauls Absicht, Zeugen zu finden, die ihre gemeinsame Affäre bestätigen konnten, die sie so verschreckt habe.

„Das ist alles?" Mit zusammengekniffenen Augen musterte Michael ihr hochrotes Gesicht. „Bist du sicher, dass er dich nicht zu erpressen versucht? Hat er dir Randy vielleicht nur unter bestimmten Bedingungen gelassen?"

Brenna schüttelte den Kopf, erleichtert, dass er ihr schlechtes Gewissen für Besorgnis hielt. „Er hat mir ein Angebot gemacht", gab sie mit einer Grimasse zu. „Aber ich würde Paul

Chadeaux nie heiraten, nicht einmal für Randy."

Michael starrte nachdenklich in seinen Drink. „Heirat also. Der Mistkerl muss dich gut kennen. Wenn du, auf lange Sicht hin, verzweifelt genug bist, würdest du dir das wahrscheinlich sogar überlegen. Jeder kann sehen, dass du alles für das Kind tun würdest." Er nahm einen kräftigen Schluck. „Das macht dich angreifbar, Brenna. Ich merke schon, ich muss eine Mauer um dich herum bauen, um die Angreifer abzuwehren."

„Eine Mauer?", wiederholte sie verständnislos.

„Ich werde dich heiraten", stellte er sachlich fest.

Ihr Herz setzte aus, dann schoss ihr alles Blut in den Kopf. „Mit so etwas treibt man keine Scherze", stieß sie atemlos aus und fuhr sich mit der Zungenspitze über die plötzlich trockenen Lippen.

„Das sollte auch kein Scherz sein", sagte er ruhig. „Ich biete dir die Lösung für dein Problem an. Eine Heirat mit mir würde deinen Anspruch auf Randy sicherstellen und dich vor weiteren Belästigungen durch Paul schützen. Auf mich kann ich selbst aufpassen."

„Er könnte dennoch mit diesen Zeugen aufwarten und auf seinen Anspruch auf Randy bestehen."

Michaels Augen blickten eiskalt und skrupellos. „Nicht, wenn ich behaupte, Randys Vater zu sein. Zwar sagt mir die Vorstellung nicht zu, dass ich dann als Verführer einer Minderjährigen gelte, aber ich gehe davon aus, dass mein Wort über dem von Paul steht. Ich bringe dem Staat eine Menge Geld ein, und zudem habe ich Freunde in höchsten Kreisen."

Brenna riss schockiert die Augen auf. „Niemand würde dir das abnehmen. Vor drei Jahren kannten wir uns nicht einmal."

Michael zuckte die Schultern. „Und wer weiß das? Für jeden Zeugen, den Paul auftreibt und der behauptet, dass du seine Geliebte warst, führe ich zwei an, die schwören, du seist meine gewesen. Falls du es noch nicht weißt – mit Geld kann man alles kaufen."

„Du würdest jemanden bestechen, um eine Falschaussage zu machen?" Sie war empört.

„Falls es nötig wird", gab er ungerührt zu. „Oder möchtest du Randy lieber verlieren? Es gibt keine Garantie, dass man Gerechtigkeit erfährt, nur weil man Recht hat. Manchmal muss man der Gerechtigkeit eben ein wenig nachhelfen." Er lächelte zynisch. „Aber wahrscheinlich kommt es gar nicht so weit. Dein Exlover scheint mir ein halbseidener Mensch zu sein. Möglich, dass ich ihm auf andere Weise die Daumenschrauben anlegen kann. Gleich morgen werde ich meine Anwälte auf ihn ansetzen." Er leerte sein Glas in einem Zug und stellte es ab. „Wir sollten so schnell wie möglich heiraten. Sagen wir, in drei Tagen? Das reicht, um die nötigen Papiere zu besorgen, und bis dahin ist auch der Film im Kasten."

„Warte!" Abwehrend hob Brenna die Hände. „Ich muss erst darüber nachdenken, das geht alles viel zu schnell." Michael preschte mal wieder mit dem ihm eigenen Tempo vor, und Brenna hatte das mulmige Gefühl, wie ein loses Blatt im Sturm davongewirbelt zu werden, wenn sie ihn nicht aufhielt.

„Was gibt es da nachzudenken?", wollte er ungeduldig wissen. „Du bekommst deinen Sohn, eine glänzende Karriere und einen vermögenden Ehemann. Was willst du noch mehr?"

Der bittere Zynismus in seinen Worten verletzte sie mehr, als er hätte ahnen können. „Wieso tust du das? Ja, ich bekomme all diese Dinge, aber … was springt für dich bei dieser Heirat heraus?"

Die blauen Augen blickten plötzlich undurchdringlich, während er ihre Frage überdachte. „Was für mich dabei herausspringt?" Er verzog spöttisch den Mund. „Ich kriege Brenna Sloan in mein Bett. So lange, bis ich ihrer müde bin. Ich erhalte die Chance, diese Besessenheit für dich zu überwinden. Vertrautheit und Nähe haben auf Dauer schon mehr als eine brennende Leidenschaft erkalten lassen. Vielleicht habe ich ja Glück."

„Du erwartest von mir, dass ich mit dir ..." Brenna war wütend auf sich selbst, weil sie das Erröten nicht unterdrücken konnte.

„Und ob!", gab er barsch zurück. „Das hier ist kein Filmskript, Brenna, sondern das wahre Leben. Da gibt es immer einen Preis zu zahlen. Manchmal kann man das Preisschild nicht direkt sehen, aber es ist immer da, glaub mir. In diesem speziellen Fall glaube ich allerdings, dass es dir nicht schwerfallen wird, den Preis zu zahlen."

Brenna erschauerte. „Bei dir hört sich das so ... so kalt und kalkulierend an."

„Ich kann dir versichern, sobald wir miteinander im Bett liegen, wird es nicht mehr kalt sein. Die Chemie zwischen uns ist überwältigend, stimmst du mir da etwa nicht zu? Ich sagte dir schon einmal, ich habe keine Zeit für Spielchen. Ich decke meine Karten grundsätzlich auf. Wenn ich deinen Sohn für dich rette, dann will ich dein Wort, dass du nicht eher gehst, als bis ich es dir sage."

„Du behältst dir aber das Recht vor, mich jederzeit zu entlassen, wenn du dich mit mir langweilst." Sie verzog bitter den Mund. „Jake erwähnte bereits, dass du in jeden Vertrag eine Klausel hineinschreibst, die dir dieses Recht gibt."

Etwas flackerte in Michaels Augen auf, bevor er den Blick abwandte. „Richtig, so ist es. Also, habe ich dein Wort?"

Brennas Kehle war wie zugeschnürt, als sie in Michaels hartes, ausdrucksloses Gesicht sah. Ein Bild tauchte vor ihr auf – Michael und sie, wie sie Hand in Hand durch den Wald gingen. Warum schmerzte das Wissen so, dass sie beide nie über das rein körperliche Verlangen hinauskommen würden?

„Ja, du hast mein Wort", stimmte sie bedrückt zu.

„Gut." Er sagte es, als hätte er keine andere Antwort erwartet. Dann küsste er sie auf die Stirn, als wäre sie ein kleines Kind. „Geh jetzt zu Bett. Du bist erschöpft. Wir sehen uns morgen."

Die Überraschung musste auf ihrer Miene zu lesen sein, denn Michael lächelte spöttisch. „Hast du erwartet, ich zerre dich ins Bett, sobald du dein Wort gibst? Du musst einige erbärmliche Männer kennen, Brenna. Jetzt, da ich dein Versprechen habe, kann ich warten." Er zog eine Grimasse. „Nicht lange, aber dennoch."

Sprachlos sah sie ihm nach, wie er das Cottage verließ und leise die Tür hinter sich zuzog.

8. KAPITEL

Brenna nippte an ihrem Champagner und ließ den Blick mit einem seltsamen Gefühl von Unbeteiligtsein über die geladenen Gäste im Wohnraum des Cottage schweifen. Es war fast so, als wäre sie selbst Gast und nicht die Hauptfigur dieses Hochzeitsempfangs. Es ist auch unmöglich, sich mit Michael Donovan dieselbe Bühne zu teilen, dachte sie trocken. Selbst der strahlende Glanz einer Braut verblasste neben einem Bräutigam mit Michaels Charisma.

Nicht, dass man sie ignoriert hätte, im Gegenteil. Man umflatterte sie mit begeisterter Aufmerksamkeit, verhätschelte und verwöhnte sie, so sehr, dass ihr nichts anderes geblieben war, als sich in diese stille Ecke zurückzuziehen. Sie machte sich keine Illusionen darüber, ob dieser ganze Aufwand vielleicht auf ihren überwältigenden Charme zurückzuführen sein könnte. Denn vor zwei Stunden war aus der kleinen unbekannten Schauspielerin Mrs. Michael Donovan geworden. Die musste man pflegen und hegen, schließlich saß sie jetzt direkt an der Quelle.

„Seit so kurzer Zeit verheiratet und schon allein? Normalerweise geht Michael nicht so achtlos mit seinem Besitz um."

Jake Dominics spöttische Bemerkung ließ sie aufschauen. Überwältigend attraktiv in seinem schwarzen Abendanzug, war er Brenna eine willkommene Abwechslung nach all den heuchlerischen Schmeicheleien, die sie den ganzen Abend über hatte ertragen müssen.

„Er scheint beschäftigt zu sein." Brenna erblickte Michaels dunkelroten Haarschopf am anderen Ende des Raums, wie er aufmerksam einem distinguiert aussehenden älteren Herrn mit grauem Haar zuhörte.

„Simon Arthington, Richter am Obersten Bundesgericht."

Jake war ihrem Blick gefolgt. „Und vorhin habe ich ihn mit Senator Atkins zusammenstehen sehen. Höchst ungewöhnliche Gesellschaft für den Hochzeitstag, meinst du nicht auch?“

„Sicherlich will er nur ein perfekter Gastgeber sein“, wich Brenna aus. „Es sind doch Freunde von ihm, oder?“

„Oh, aber auf jeden Fall“, meinte Jake zynisch. „Schließlich hat Michael reichlich für ihre Wahlkampagnen gespendet. Sie halten große Stücke auf ihn.“ Abfällig schaute er sich um. „Ich sehe hier noch so einige ‚Freunde‘ von Michael.“ Dann drehte er sich mit einem charmanten Lächeln wieder zu ihr. „Habe ich dir schon gesagt, wie bezaubernd du heute Abend aussiehst? Du könntest eine Romanfigur von Tolstoi sein.“

Sie erwiderte das Lächeln und zog verschmitzt die Nase kraus. „Das glaube ich gern. Da du mich ja so an die Kandare genommen hast, blieb mir keine Zeit, um einkaufen zu gehen. Michael hat die Kostümbildnerin angewiesen, mich einzukleiden. Ich glaube, dieses Kleid stammt ursprünglich aus dem Fundus für ‚Krieg und Frieden‘.“

Davon mal ganz abgesehen – sie liebte dieses Kleid. Zitronengelb, mit weißen Margeriten bestickt. Der exquisite Empire-Schnitt und der runde Ausschnitt ließen ihre schmale Taille nur erahnen, während die festen Rundungen ihrer Brust besonders betont wurden. Auf Schmuck hatte Brenna verzichtet, nur ein Kranz frischer Margeriten lag auf ihrem Haar, das ihr seidig schimmernd fast bis zur Hüfte fiel. Sie bot ein ungeheuer romantisches Bild.

„Michael scheint es ja sehr eilig mit der Heirat gehabt zu haben“, bemerkte Jake lässig. „Aber immerhin nicht so eilig, dass er nicht noch Zeit gefunden hätte, diesen Empfang für dich zu arrangieren. Ich nehme doch an, du magst Partys. Die meisten Frauen wünschen sich schließlich eine große Hochzeitsfeier.“

Brenna zog eine Grimasse. „Ich hasse Partys. Zumindest so förmliche wie diese hier. Die gestern am Set allerdings hat mir Spaß gemacht, als wir das Ende des Films feierten. Michael hat die Arrangements für die Hochzeit und den Empfang getroffen."

„Das wird ja immer kurioser." Jakes Augen funkelten. „Ich weiß nämlich zufälligerweise, dass Michael sich auf Partys zu Tode langweilt. Er geht nie zu einer, es sei denn, es ist absolut unerlässlich fürs Geschäft. Und dann findet man ihn immer nach dem geschäftlichen Teil in irgendeiner Ecke, wo er sich mit Chips vollstopft und böse in die Runde blickt. Doch an dem wichtigsten Tag in seinem Leben schmeißt er eine aufwendige Feier und lädt Leute ein, die ihn nicht weniger kümmern könnten. Dann ignoriert er seine schöne Braut, nach der er absolut verrückt ist, während er sich bei Richtern und Senatoren einschmeichelt." Jake beobachtete Brenna genau, geradezu lauernd. „Du hast nicht zufällig eine Vermutung, warum er das macht?"

Brenna blickte versunken in ihre Champagnerflöte. „Woher sollte ich das wissen? Michael tut doch immer, was er will."

Jake hob die Augenbrauen. „Und selbst wenn du es wüsstest … du hast nicht vor, meine Neugier zu befriedigen, was?"

Mit einem kleinen Lächeln sah Brenna zu ihm auf. „Richtig."

Er seufzte. „Das hatte ich befürchtet. Aus Michael habe ich auch nichts herausbekommen."

„Warum interessiert dich das so, Jake?" Brennas Neugier war geweckt. „Michael weiß, was er tut."

„Und niemand wird das bestreiten", stimmte Jake unbeschwert zu. „Wahrscheinlich habe ich nur eine Anwandlung von untypischem Verantwortungsbewusstsein. Schließlich ist es das erste Mal, dass ich die Rolle des Trauzeugen übernommen habe."

„Du warst sehr überzeugend", versicherte Brenna ihm ernst. „Du und Nora, ihr habt praktisch allen die Show gestohlen. Es war nett von Nora, meine Brautjungfer zu sein, nicht wahr?"

„Sie mag dich", sagte Jake schlicht. „Die ganze Crew mag dich, Brenna Sloan. Sogar ich mag dich."

Brenna knickste mit einem ironischen Schmunzeln. Was für ein plumpes Kompliment von einem Mann, der in dem Ruf stand, über ein unerschöpfliches Repertoire der eloquentesten Schmeicheleien zu verfügen. „Ich fühle mich zutiefst geehrt."

„Das solltest du auch", erwiderte er unerschütterlich. „Ich habe noch keiner Frau gesagt, dass ich sie mag. Das gehört eigentlich ins Guinnessbuch der Rekorde."

Brenna lachte leise auf, und Dominic legte nachdenklich den Kopf ein wenig zur Seite. „Ich mag auch dein Lachen. Die meisten Frauen kichern albern oder lachen affektiert. Bei dir klingt es wie das Murmeln eines Baches. Du solltest öfter lachen."

„Wenn man unter deiner Knute arbeitet, gibt es nicht oft Grund zu lachen, Jake Dominic." Brenna wurde ernst. „Du hättest mich fast zu Tode geschunden."

„Du hast besser als die meisten durchgehalten." Ungerührt zuckte er mit einer Schulter. „Du hast Stehvermögen, Brenna."

Ein solches Kompliment von Jake Dominic galt wahrhaftig als besonderes Lob, und Brenna überlegte, dass die ganze Schinderei vielleicht doch einen Wert gehabt hatte.

„Ich hab mir letzte Nacht die fertig geschnittenen Positive angesehen", hob Jake an. „Sie sind gut." Er nippte an seinem Glas. „Du bist gut."

Abrupt sah Brenna mit großen Augen zu ihm auf.

Jake dagegen ließ sich Zeit. „Sie sind so gut, dass sich jeder im Publikum fragen wird, warum Dirk dich für Nora hat sitzen lassen." Er runzelte gespielt verärgert die Stirn. „Du stellst die Glaubwürdigkeit meines Meisterwerks infrage."

„Jake, soll das heißen ...?" Brenna hatte Angst, den Satz zu Ende zu sprechen.

„Das heißt, du warst großartig", bestätigte er schlicht. „Und das heißt zudem, Michael hat sich nicht nur eine Ehefrau geangelt, sondern auch einen neuen Star entdeckt."

„Jake!" Brenna konnte nicht mehr an sich halten, sie warf die Arme um seinen Hals. Ohne auf das Glas in ihrer Hand noch auf die schmunzelnden Gäste zu achten, umarmte sie ihn überschwänglich.

Beide lachten unbeschwert, Dominic hielt sie mit einem Arm um die Taille, während er mit der anderen Hand die Champagnerflöten rettete. Plötzlich spürte Brenna eine Hand auf ihrer Schulter.

Michael zog sie aus Jakes Umarmung und besitzergreifend an seine Seite. „Sie gehört mir, glaube ich", sagte er kühl zu Jake. Dann glitt sein Blick zu Brenna, und das heitere Lachen auf ihrem Gesicht erstarb, als sie das bedrohliche Glitzern in seinen Augen sah. „Das ist die lebhafteste Reaktion, die ich heute von dir gesehen habe."

„Beruhige dich wieder, Michael", mischte Jake sich ein. „Sie war einfach nur glücklich. Ich habe ihr das von den Positiven gesagt."

Michaels Anspannung milderte sich etwas, doch sein Ton war immer noch alles andere als freundlich. „Ich habe genug von diesem Theater, Brenna. Lass uns gehen."

Mit einer hochgezogenen Augenbraue warf Dominic ihr einen Blick zu, der wohl ausdrücken sollte: „Habe ich es nicht gesagt?"

„An eurer Stelle würde ich mich unauffällig davonmachen,

wenn ihr die üblichen peinlichen Scherze und Bemerkungen vermeiden wollt. Mein Auto steht vor der Herberge.“ Er reichte Michael seinen Autoschlüssel. „Ich würde auch nicht den Mercedes nehmen. Ich habe läuten gehört, dass die Stuntleute sich etwas à la James Bond für deinen Wagen ausgedacht haben.“

Ein zögerliches Lächeln erschien auf Michaels Lippen. „Was werden die sich wohl als Nächstes einfallen lassen? Danke, Jake.“

Dank Dominics geschickter Ablenkung gelang es Michael und Brenna, sich unbemerkt durch die hintere Küchentür davonzustehlen. Mit eiligen Schritten liefen sie den Kiesweg zur Herberge entlang.

„Ich habe veranlasst, dass Randy und Doris morgen in mein Haus übersiedeln“, hob Michael abrupt an. „Unter den gegebenen Umständen sind Flitterwochen wohl albern, also werden wir direkt heute Abend dorthin gehen.“

Brenna wusste, dass Michaels Villa nicht weit entfernt vom Filmgelände lag, so kam seine Entscheidung nicht überraschend für sie. In den nächsten Monaten würde er genug zu tun haben. Die Nachbereitung für „Forgotten Moments“ und der Drehbeginn von „Wild Heritage“ standen an. Eines erstaunte sie jedoch – der ungewohnt entschuldigende Tonfall in seiner Stimme. Hatte er wirklich geglaubt, sie würde auf die üblichen romantischen Konventionen bestehen, angesichts der Art und Weise, wie es zu dieser Heirat gekommen war?

„Sicher“, stimmte sie sachlich zu. „Mit Hinblick auf deinen vollen Terminkalender wäre es absolut unsinnig.“

Seltsamerweise schien ihre Verständigkeit ihn jedoch zu verärgern; eine tiefe Falte erschien auf seiner Stirn. „Wie ausgesprochen vernünftig von dir“, erwiderte er sarkastisch. „Wie glücklich ich mich doch schätzen kann, eine so pragmatische Ehefrau an meiner Seite zu haben."

Pragmatisch? Das war wohl kaum die passende Beschreibung für das, was sie im Moment fühlte. Sie war jetzt verheiratet mit diesem energiegeladenen Mann, der ihr Leben in seine Hände genommen und es komplett verändert hatte, sodass sie es selbst gar nicht mehr wiedererkannte.

Es war ihre Hochzeitsnacht. In nicht allzu langer Zeit würde sie sich ihm auf die intimste aller Arten hingeben. Wieso verspürte sie keine Angst? Sie war nervös und auch aufgeregt, aber sie hatte keine Angst.

Auf der kurzen Fahrt zu seiner Villa schwieg Michael düster, und das Schweigen wurde erst gebrochen, als sie vor dem zweistöckigen, in sanftem Rosa verputzten Haus vorfuhren.

Brenna war diejenige, die es brach. „Es ist hübsch", sagte sie und sah an dem Gebäude hoch.

Es war mehr als das. Das Haus mit den hohen Bogenfenstern und dem Efeu, der sich an den Wänden emporrankte, war wunderschön. Es strahlte eine einladende Wärme und Beständigkeit aus und stand eigentlich in völligem Kontrast zu der modernen Architektur von Twin Pines.

„Erstaunt?" Michael lächelte spöttisch. „Das dachte ich mir. Ich wollte vom Architekten den Entwurf eines Hauses, das aussieht, als würde es schon seit hundert Jahren hier stehen und noch weitere hundert Jahre hier stehen bleiben. Mein Leben ist hektisch und ständigen Änderungen unterworfen. Daher gefällt mir die Vorstellung, hier ein Symbol von Dauerhaftigkeit zu haben, zu dem ich zurückkommen kann. Personal lebt übrigens nicht im Haus", fuhr er fort. „Mrs. Haskins kommt täglich aus der Stadt, und es gibt noch zwei Mädchen, die zweimal in der Woche kommen. Dann wäre da noch der Gärtner und Handwerker Joe Peters. Und ich habe einen Chauffeur für dich eingestellt, Bob Phillips."

Überrascht wandte sie ihm das Gesicht zu. „Ich brauche

keinen Fahrer. Ich wüsste gar nicht, was ich mit dem Mann anfangen soll."

„Du bist jetzt eine bedeutende Lady", spöttelte er. „Du wirst dich schon daran gewöhnen."

Das bezweifelte sie. Als sie sich aber Minuten später in der Eingangshalle der Villa umblickte, musste sie gestehen, dass sie wohl keine Probleme damit haben würde, sich an diesen Aspekt von Michaels Reichtum zu gewöhnen. Fast hatte sie nach seiner Bemerkung über Dauerhaftigkeit erwartet, überall wertvolle Antiquitäten vorzufinden, doch die Einrichtung folgte keiner strengen Stilrichtung, sondern nur einem Motiv: Gemütlichkeit. Jedem einzelnen Möbelstück merkte man an, mit welcher Sorgfalt es ausgewählt worden war.

„Ich denke, nach all dem Champagner wäre jetzt wohl Kaffee angebracht", sagte Michael knapp. „Ich will mit dir reden." Er zeigte auf die große Doppeltür aus dunklem Mahagoni. „Wenn du es dir schon einmal in der Bibliothek bequem machen willst ... Ich bringe den Kaffee."

„Kann ich nicht mit dir kommen?", fragte sie impulsiv.

Er hob eine Augenbraue. „Warum nicht?", meinte er achselzuckend, und sie folgte ihm durch die Halle hin zu der geräumigen Küche in freundlichen Gelb- und Weißtönen.

„Setz dich doch." Mit dem Kopf deutete er auf die mit weißem Leder bezogenen hohen Hocker an der Frühstücksbar. „Ich brauche nur eine Minute."

Brenna ließ sich auf dem Hocker nieder. Während sie Michael zusah, wie er Kaffee abmaß und in den Filter gab, überlegte sie, was für ein Bild sie beide in dieser hochmodernen Umgebung bieten mussten, sie in dem romantisch-verspielten Brautkleid und er im schwarzen Smoking. Er trug die formelle Abendgarderobe nicht mit der gleichen Nonchalance wie Jake Dominic, der im Smoking wirkte, als wäre er darin geboren worden. Der maßgeschneiderte Anzug wirkte an Michael eher, als würde der teure Stoff die breiten Schultern einengen und nicht betonen. Es drängte sich ihr die Frage nach der Kraft dieses mächtigen Körpers auf, die mit diesem zivilisierten Aufzug gebändigt worden war. Brenna verspürte plötzlich eine leidenschaftliche Schwäche in ihren Gliedern, wenn sie an die Energie dieses Mannes dachte, der jetzt mit geschmeidigen Bewegungen in seiner Küche hantierte.

Michael sah auf und ertappte sie bei ihrer Musterung. Er hielt mitten in der Bewegung inne und las die Botschaft in ihren Zügen, von der sie gar nicht wusste, dass sie sie aussandte. „Wenn du mich weiterhin so ansiehst, werde ich nicht vernünftig bleiben können“, sagte er rau. „Aber ich muss mit dir reden.“

Sie wurde rot und senkte den Blick auf ihre Hände, die locker auf der gelben Frühstücksbar lagen. „Ich weiß nicht, was du meinst.“

„Das weißt du sehr wohl, aber ich will mich nicht mit dir streiten. Ich habe eine Entscheidung getroffen, die dir sicher zusagen wird. Allerdings wird das nicht funktionieren, wenn du weiterhin solche Botschaften aussendest. Ich begehre dich zu sehr.“

Verwirrt sah sie ihn an, die braunen Augen riesengroß in ihrem Gesicht.

„Ich habe beschlossen, dir noch ein wenig Zeit zu lassen, bevor du deinen Teil unseres kleinen Deals erfüllst. Der Himmel allein weiß, wie lange ich das durchhalte, aber eine Weile wird es wohl noch gehen.“

Endlose Enttäuschung schwappte über ihr zusammen wie eine eiskalte Welle. Die Reaktion verwirrte sie und jagte ihr Angst ein. Wieso fühlte sie sich plötzlich, als hätte sie einen schrecklichen Verlust erlitten? „Ich verstehe“, antwortete sie leise. „Darf ich fragen, was dich zu dieser großzügigen Geste bewegt hat?“

Er verzog zynisch den Mund. „Vielleicht empfinde ich plötzlich Genuss an Entsagung und Zurückhaltung. Oder vielleicht liegt es auch an diesen großen braunen Rehaugen, dass ich mir vorkomme wie ein Jäger außerhalb der Saison."

„Das ist sehr nett von dir", erwiderte sie tonlos. „Ich weiß deine Rücksicht zu schätzen."

„Es ist sogar extrem nett von mir." Er runzelte die Stirn. „Die Wahrheit ist … bisher musste ich noch keine Frau in mein Bett zwingen. So etwas hinterlässt einen schalen Geschmack im Mund."

Er erinnerte Brenna plötzlich an einen kleinen Jungen, dem man soeben eröffnet hatte, dass Weihnachten in diesem Jahr nicht stattfinden würde.

„Ich dachte, ich gebe dir erst eine Chance, mich kennenzulernen", brummte er. „Vielleicht können wir ja Freunde werden. Auf der Insel ging das doch ganz gut. Bis wir in diese vermaledeite Badewanne gestiegen sind."

Brenna verkniff sich ein Lächeln. Hatte er vergessen, dass es seine Idee gewesen war? „Meinst du, das klappt?" Ihre Augen funkelten vergnügt. Sie fühlte sich leicht und unbeschwert.

„Woher soll ich das wissen?", knurrte er. „Aber die Alternative hieße, den Kaffee zu vergessen und dich nach oben ins Schlafzimmer zu bringen. Und dann lasse ich dich eine ganze Woche nicht mehr heraus."

„Aha", erwiderte sie todernst. „Nun, in diesem Falle sollten wir es wohl besser versuchen. Ich möchte schließlich nicht, dass du meinetwegen deine Arbeit vernachlässigst."

Michael stieß ein unterdrücktes Knurren aus, als er ihr verschmitztes Lächeln sah. „Werde nicht zu keck", warnte er. „Aufgeschoben ist nicht aufgehoben."

„Wer weiß schon, was in einer Woche alles passieren kann?", tat sie leichthin ab. „Vielleicht beschließt du ja, dass ich dich doch nicht reize. Schließlich bin ich nicht unbedingt das, was man sich unter einer Sexgöttin vorstellt."

„Nein, bist du nicht", bestätigte er düster. Langsam kam er zu ihr und stellte sich vor sie. Die Luft zwischen ihnen schien plötzlich wie elektrisiert. Michael streckte die Hand aus und zeichnete mit einem Finger die Konturen ihres Gesichts nach. „Dazu bist du viel zu dünn, ein kräftiger Windstoß kann dich umpusten. Dein Gesicht ist hübsch, aber ich habe hübschere gesehen." Mit unendlicher Zärtlichkeit legte er beide Hände an ihre Wangen. „Aber dann lächelst du, und ich will nichts anderes mehr, als dich auf meine Arme heben und forttragen, damit du dieses Lächeln für niemand anderen lächelst außer für mich." Zart küsste er sie. „Du bist viel gefährlicher für einen Mann als jede Sexgöttin, Liebling."

Wie hypnotisiert schaute sie zu ihm auf und spürte Tränen in ihren Augen brennen. Ein Kloß bildete sich in ihrer Kehle. Er tut es schon wieder, dachte sie hilflos. Gegen seinen rauen, ursprünglichen Sex-Appeal konnte sie sich zur Wehr setzen. Aber welche Verteidigung blieb ihr gegen seine sehnsüchtige Zärtlichkeit, die in ihr eine Ahnung von etwas Wunderbarem auslöste, das so nah lag und doch nicht zu greifen war?

„Ich denke, den Kaffee lassen wir besser ausfallen", murmelte er heiser und wandte sich abrupt ab. „Deine Sachen stehen oben im zweiten Schlafzimmer auf der rechten Seite. Du wirst mir verzeihen, wenn ich dich nicht zu deinem Zimmer bringe." Sein Rücken und seine Schultern waren steif und angespannt unter dem teuren Stoff seines Abendjacketts, als er zur Kaffeemaschine ging und sie ausschaltete.

Als sich an der Frühstücksbar nichts rührte, drehte er sich wieder um. Brenna saß regungslos da und schaute noch immer unablässig mit diesem verträumten Blick zu ihm hin. „Verflucht, Brenna!", entfuhr es ihm frustriert, als nichts in ihrer Miene sich regte. „So hab doch Mitleid mit mir, Liebling. Viel mehr kann ich nicht aushalten."

Benommen schüttelte sie den Kopf, so als wache sie aus einer seltsamen Trance auf. Sie ließ sich vom Hocker gleiten, und mit einem gehauchten „Gute Nacht" und einem letzten Rascheln von gelbem Chiffon war sie verschwunden.

Erst als sie schon halbwegs die Treppe hinauf war, wurde ihr mit klopfendem Herzen klar, welche Emotion für dieses atemberaubende Glücksgefühl, das durch ihre Adern rauschte, verantwortlich war.

Sie hatte sich in Michael Donovan verliebt.

Brenna streckte sich genüsslich, bevor sie die Rückenlehne der Sonnenliege flach zurückstellte. Sie vergaß auch nicht, die Sonnenbrille abzunehmen, bevor sie sich hinlegte, um die goldene Sonnenbräune, die sie in den letzten beiden Wochen bekommen hatte, noch zu vertiefen. Michael hatte sie amüsiert geneckt, nachdem sie die Brille am ersten Tag nicht abgenommen und es zwei weitere Sonnentage gedauert hatte, bevor die eulengleichen Ringe um ihre Augen endlich nachgebräunt waren.

Von einem wunderbar warmen Gefühl eingehüllt, lächelte sie leise vor sich hin, als sie an diese beiden Wochen zurückdachte. Eine herrliche Zeit. Jeder einzelne Tag war erfüllt gewesen von goldenem Licht und Wärme. In dieser Zeit hatte sie Michael Donovan kennengelernt, wie sie es sich vorher nie hätte vorstellen können. Mit den Augen der Liebe erkannte sie in ihm einen Menschen, der gleichzeitig komplizierter und einfacher war, als sie jemals hätte vermuten können.

Sein Versprechen hinsichtlich seiner Enthaltung hatte er gehalten, dabei war er ein extrem körperlicher Mensch. Ständig suchte er den Kontakt zu ihr, berührte sie, hielt ihre Hand und spielte mit ihren Fingern, wenn sie sich unterhielten. Wenn sie abends auf dem Sofa saßen und Musik hörten, zog er sie in seinen Arm und streichelte ihr unablässig über das seidene Haar. Zärtliche Küsse und liebevolle Umarmungen gab es im Überfluss, doch alles sehr kontrolliert, um das empfindliche Gleichgewicht ihrer Beziehung nicht zu stören. Wenn sie abends Gäste hatten, meistens Crewmitglieder der verschiedenen Projekte, mit denen Michael beschäftigt war, saß Brenna zu seinen Füßen in der Bücherei, und er massierte ihr abwesend die Schultern. Diese informellen Zusammenkünfte mit Gesprächen und Diskussionen prägten den Lebensstil in Michaels Zuhause.

Und Brenna liebte jeden Moment. Nach einer Kindheit im Heim ohne liebevolle Zuwendungen wusste sie seine zwanglosen Liebkosungen umso inniger zu schätzen.

Sie fand auch heraus, dass Michael den Großteil seiner Arbeit von zu Hause aus erledigte. Es gab einen Schnittraum mit Filmprojektoren im Haus, und ständig gingen Leute zu jeder Tages- und Abendzeit ein und aus. Morgens fuhr Michael manchmal in sein Büro auf dem Filmgelände, aber meistens blieb er zu Hause. Feste Arbeitszeiten kannte er nicht, er arbeitete auch noch bis spät in die Nacht hinein. Er war eindeutig ein Workaholic, wie Monty Walters gesagt hatte, und das Filmemachen war eine Passion für ihn, der er sich mit aller Energie widmete.

Was nicht bedeutete, dass sie aus seinem Leben ausgeschlossen war, wie Brenna erfreut erkannte. Nach den ersten einsamen Tagen holte er sie zum Amüsement der Crew zu sich in den Schnittraum. Während die Filmleute ihre Arbeit machten und debattierten und Brenna allgemein ignorierten, saß sie auf einem Sessel in der Ecke, verfolgte das faszinierende Treiben oder blätterte in einem neuen Skript. Manchmal, wenn sie aufschaute, fand sie Michaels Blick auf sich ruhen, und dann erwiderte sie sein abwesendes Lächeln mit ihrem eigenen glücklichen Strahlen.

Den Nachmittag verbrachte sie meist mit Randy und lag am Pool in der Sonne. Irgendwann stieß Michael zu ihr, sie schwammen zusammen und redeten, bevor er wieder zurück an seine Arbeit ging. Es waren diese Stunden, die Brenna am meisten genoss. Natürlich war ihr klar, dass der stille Frieden dieser wunderbaren Tage vor allem auf Michaels Selbstbeherrschung zurückzuführen war. Auch wenn man in jedem Moment unterschwellig spüren konnte, wie fremd es für Michael Donovan war, seine sexuellen Bedürfnisse zu unterdrücken. Manchmal konnte Brenna auch merken, wie gefährlich nahe er dem Ende seiner Geduld kam. Dennoch hielt er sich immer bewusst zurück und ließ sie nie wirklich sehen, welche Flammen unter der kontrollierten Oberfläche loderten.

Der einzige Wermutstropfen in dieser Idylle war, dass Michael Randy beharrlich ignorierte. Zwar verhielt er sich dem Jungen gegenüber nicht feindselig, aber in Randys Gegenwart verdüsterte sich Michaels Stimmung immer. Er wurde einsilbig und grüblerisch, sodass Brenna irgendwann unweigerlich nach Doris rief, bevor die Atmosphäre sich wirklich anspannte. Einmal hatte sie das Thema vorsichtig angeschnitten, nur um auf eisige Verweigerung zu stoßen.

„Lass es, Brenna“, hatte Michael geknurrt. „Ich kenne all die logischen und vernünftigen Argumente. Er ist eine kleine eigenständige Person und sollte als solche respektiert werden. Wenn er zu jemand anderem gehörte, würde ich wahrscheinlich komplett vernarrt in ihn sein. Herrgott, ich mag Kinder!“

„Und warum bist du dann so unfair Randy gegenüber?“ Tränen waren ihr in die Augen gestiegen. „Er ist doch praktisch noch ein Baby.“

Mit einem unterdrückten Seufzer hatte er ihr das Haar aus dem Gesicht gestrichen und sie zart geküsst. „Weil ich weder logisch noch vernünftig bin, sobald es um dich geht“, hatte er zugegeben. „Es macht mich wahnsinnig, wenn ich ihn sehe.

Zu wissen, dass ein anderer sein Vater ist, nicht ich. Ich bemühe mich ja, aber es wird seine Zeit dauern."

In jenem Augenblick hatte sie nahe davorgestanden, ihm die Wahrheit über Randy und Janine zu eröffnen. Denn nachdem sie nun wusste, wie sehr sie Michael liebte, bereitete es ihr kaum erträgliche Qualen, diese Barriere weiterhin bestehen zu lassen. Vor allen Dingen, da sie mit wenigen klärenden Worten aus der Welt zu schaffen wäre. Sicherlich waren Michael und sie inzwischen doch eng genug zusammengewachsen, dass sie ihm so weit vertrauen konnte? Doch Brenna wusste nicht sicher zu sagen, was sie zögern ließ. Und dann wurde Michael zum Telefon gerufen, und die Gelegenheit war vorüber.

Nachdem Brenna klar geworden war, dass sie Michael liebte, durchlief sie eine Phase der Depression und purer Panik. Wie hatte das nur geschehen können, fragte sie sich immer wieder. Wieso war sie durch ihr Misstrauen und ihren Zynismus gegenüber Männern nicht dagegen gefeit gewesen? Und wenn sie sich schon verlieben musste, warum ausgerechnet in Michael Donovan, der in dem Ruf stand, notorisch beziehungsunfähig zu sein?

Doch Schritt für Schritt akzeptierte sie die Erkenntnis, dass es nun zu spät war, solche Fragen zu stellen. Die Tatsache war nicht mehr zu leugnen. Sie liebte Michael Donovan, und in den letzten zwei Wochen hatte sie auch immer deutlicher erkannt, warum. Er war nicht nur brillant und besaß außergewöhnlich starkes Charisma, er war auch von Grund auf ehrlich und von einer fast brutalen Offenheit bei jedem, mit dem er zu tun hatte. Und wenn er rücksichtslos zu jenen war, die sich ihm in den Weg stellten, so bewies er Freunden gegenüber eine selten zu findende Großzügigkeit.

Inzwischen hatte sie ihre Liebe für ihn akzeptiert. Ja, sie liebte ihn, auch wenn sie sich verzweifelt danach sehnte, ihre

Liebe würde erwidert werden ... Doch wenn es nicht sein sollte, so würde sie zumindest das zur Neige auskosten, was er ihr gab, und zwar so lange, wie er bereit war, es ihr zu geben. Allein die Erfahrung, ihn zu lieben, würde sie bereichern und stärker machen. Und ja, sie wollte auch mit ihm schlafen. Dass sie es ihm noch nicht gesagt hatte, lag nur daran, dass sie das Gefühl hatte, sie müsste erst die Freundschaft zu ihm vertiefen, wenn sie mehr aus dieser Beziehung zurückerhalten wollte als Leidenschaft.

Brenna rollte sich auf den Bauch, legte den Kopf auf den angewinkelten Arm und schob das lange Haar aus dem Nacken, damit die Sonnenstrahlen auf ihren Rücken fallen konnten. Sie gähnte, als ihre Lider immer schwerer wurden. Doch von einem Klaps auf ihr Hinterteil wurde sie jäh aus dieser köstlichen Trägheit gerissen.

„Dir scheint es viel zu gut zu gehen, Weib." Michael stand grinsend über ihr. „Dreh dich um und unterhalte mich, wie es sich für eine pflichtbewusste Ehefrau gehört."

Sie öffnete die Augen und blinzelte. Michael ließ sich auf der Liege neben ihr nieder. In knappen schwarzen Badehosen wirkte seine muskulöse Gestalt noch beeindruckender, und eine Hitze strömte bei seinem Anblick durch ihren ganzen Körper, die nicht von der Sonne herrührte.

„Wie kannst du nur so verboten energiegeladen wirken?", hielt sie ihm schläfrig vor. „Bis um vier Uhr morgens hast du mit den Autoren über den Änderungen am Skript für ‚Wild Heritage' zusammengesessen, und um neun hast du schon wieder mit mir gefrühstückt. Wirst du eigentlich nie müde?"

Er hob nur eine Augenbraue. „Freut mich, dass du ein so genaues Auge auf meine nächtlichen Aktivitäten hältst. Das sind gute Aussichten für die Zukunft." Er schüttelte den Kopf und wurde ernst. „Ich brauche nicht viel Schlaf, vier oder fünf Stunden reichen mir. Wahrscheinlich ist das ein Überbleibsel aus meiner Kindheit. Als ich damals so hart arbeitete, um den Slums zu entfliehen, hielt ich Schlaf immer für Zeitverschwendung, wenn nicht sogar für einen Gegner."

Wie gern hätte Brenna die Hand ausgestreckt und ihre Finger auf seinen Arm gelegt, aus Mitgefühl für den Jungen, der er gewesen war. Doch sie wusste es besser, als diesem Impuls nachzugeben. Michael war ein stolzer Mann, und der Junge von damals hatte seine Schlachten längst gekämpft und gewonnen.

Sie setzte sich auf, schwang die Beine von der Liege und lehnte sich auf die Ellbogen zurück. „Wie laufen die Vorbereitungen für ‚Wild Heritage'?"

„Ziemlich gut", antwortete Michael. „Nächste Woche sollten wir mit dem Drehen anfangen können."

„Aber du wirst nicht Regie führen, oder? Ich habe zufällig mitgehört, wie du zu Jake gesagt hast, dass dieser Fernsehmensch es machen soll, obwohl er noch nie einen Film für die Kinoleinwand gedreht hat."

„Du hast ja riesengroße Ohren." Er grinste frech. „Tim Butler ist ein hervorragender Regisseur. Bei dieser Miniserie hat er Fantastisches zustande gebracht, und ich habe momentan zu viele andere Dinge am Laufen, um das zu übernehmen."

„Da wir gerade von ‚Wild Heritage' reden ... ich hätte da noch ein Hühnchen mit dir zu rupfen. Letztens unterhielt ich mich mit Jake über deine Ansichten zum Thema methodisches Schauspiel. Als ich erwähnte, welch glühender Anhänger dieser Theorie du bist, fiel er vor Lachen fast von der Couch. Er behauptet, du hast mich auf den Arm genommen."

Michael ließ einen vielsagenden Blick über ihren Körper gleiten. „Eine äußerst reizvolle Idee."

„Michael!", mahnte Brenna. „Warum hast du mir all diesen Unsinn über Erfahrung und Stanislawski erzählt, wenn du es gar nicht ernst meintest?" Als sie jetzt wieder darüber nachdachte, wuchs auch ihre Empörung. „Warum hast du mich nicht die Angie spielen lassen? Ich war gut! Ich weiß, dass ich gut war!"

„Stimmt. Du warst besser als alle anderen, die für die Rolle vorgesprochen haben." Er lehnte den Kopf zurück, schloss die Augen und hielt das Gesicht in die Sonne.

„Michael!" Sie schnaubte frustriert.

Mit einem Grinsen wandte er ihr das Gesicht zu. „Jake redet zu viel. Jetzt muss ich wohl beichten. Ja, ich habe mir diesen ganzen Blödsinn nur ausgedacht, als Vorwand, damit ich dir die Rolle nicht geben muss. Von der ersten Sekunde an, als ich dich sah, wusste ich, dass ich dir die Angie nicht überlassen kann."

Sie öffnete den Mund, um zu protestieren, doch da legte er ihr schon die Hand auf den Mund und fuhr fort: „Falls es dir nicht aufgefallen sein sollte ... es gibt da zwei ausführliche Schlafzimmerszenen in dem Film, in einer davon sieht man Angie völlig nackt. Für die Story ist es nötig, aber ... schon damals wusste ich, dass ich dich das nicht spielen lassen konnte." Sein Ton wurde grimmig. „Ich wäre jedem an die Gurgel gegangen, und der Film wäre nie fertig geworden."

Als er seine Hand wegnahm, sah sie ihn mit roten Wangen an. „Das ist mir tatsächlich nicht aufgefallen."

„Ja, das dachte ich mir. Ich hatte ein schlechtes Gewissen, weil ich dir die Rolle weggenommen hatte, aber dann fiel mir ein, dass die Mary Durney neu besetzt werden musste. Was bedeutete, ich konnte mein Omelett essen, ohne die Eier zu zerschlagen. Der Film ist verdammt gut geworden. Ich werde mir eine goldene Nase daran verdienen."

„Igitt, wie kannst du nur so kommerziell denken!", rief sie gespielt schockiert aus, ihre Augen funkelten belustigt. „Was ist denn nur aus dem hehren Vorsatz geworden: Kunst um der Kunst willen?"

„Ich bin eben Materialist.“ In dem scherzhaften Ton schwang durchaus ein Körnchen Wahrheit mit. „Natürlich halte ich mich für einen Künstler, und sogar für einen guten. Meine Filme sind die besten, die man zu sehen bekommt, ich bin ein perfekter Geschichtenerzähler. Aber in unserer Gesellschaft misst man den Erfolg am Bankkonto, nicht am Lob der Kritiker. Warum also sollte ich nicht den größtmöglichen Profit für meine Arbeit einfahren?“

Lange schwieg sie nachdenklich, bevor sie fragte: „Hast du jemals kein Geld mit einem von deinen Filmen verdient?“

„Einmal stand ich ziemlich knapp davor.“ Sein Blick schien in die Vergangenheit zu sehen, während er ihr davon erzählte. „Ganz am Anfang, es war mein zweites Projekt. Die Kritiken waren schlimm, und die Kinokassen blieben leer. Man sagte dem Film nach, er sei zu schlicht, die Story zu simpel.“

„Und was hast du dann getan?“ Sie war neugierig geworden.

„Ich habe mir Geld geliehen, bin nach Cannes geflogen und habe den Film beim Festival eingereicht. Er gewann den Preis für den besten Film. Dann kam ich wieder nach Hause zurück und habe die Schauspieler in jeder erdenklichen Talkshow untergebracht. Na schön, einen Oscar hat der Film nicht erhalten, aber immerhin wurde er nominiert.“ Michael grinste. „Und ich habe ein kleines Vermögen verdient.“

Brenna erwiderte sein Lächeln. Und einige Augenblicke verbrachten sie in einträchtigem Schweigen.

„Komm, du Faulpelz.“ Mit einem Satz richtete Michael sich auf. „Wir machen ein Wettschwimmen.“

Brenna schüttelte den Kopf. „Ich war gerade erst im Wasser. Ich warte hier auf dich.“

Sie sah zu, wie er mit einem Kopfsprung ins Wasser tauchte und mit kraftvollen Zügen Bahn um Bahn durch den Pool zog. Als er sich wieder am Beckenrand hochstemmte, war er nicht einmal außer Atem. Sie warf ihm ein Handtuch zu, das er mit einer schnellen Bewegung auffing und womit er sich das dichte mahagonifarbene Haar trocken rubbelte, bevor er sich das Handtuch um die Hüften schlang und zu der Liege kam, auf der sie saß.

Aufmerksam blickte sie ihm entgegen. „Du siehst aus wie ein römischer Gladiator." Ihre Lippen zuckten.

„Und du könntest als frivole Orakelpriesterin durchgehen", gab er leichthin zurück. Sein Blick glitt über ihre Figur in dem reizvollen Bikini. „Wusstest du übrigens, dass die Priesterinnen erst nach dreißig Jahren Dienst von ihrem Keuschheitsgelübde entbunden wurden?" Er setzte sich neben sie, seine Miene plötzlich nachdenklich. „Langsam kann ich mir vorstellen, wie sie sich gefühlt haben müssen."

Sie senkte befangen den Blick. Seine Gefühle waren so intensiv, dass sie greifbar in der Luft hingen. Jäh wurde Brenna sich ihrer Fast-Nacktheit bewusst, der weichen Rundungen und Kurven ihres Körpers, die geschaffen schienen, um die kraftvolle muskulöse Gestalt ihres Mannes zu ergänzen. „Es sind doch erst zwei Wochen."

Mit einer Hand strich er ihr über die seidige Schulter. „Mir kommt es wie zwei Jahre vor. Warum, meinst du wohl, arbeite ich wie ein Besessener? Ich bin nicht daran gewöhnt, enthaltsam zu leben."

Sie hob den Blick zu seinen Augen, und was sie darin las, trieb ihr das Blut in die Wangen.

„Der Himmel ist mein Zeuge, ich habe mich wirklich um Geduld bemüht", fuhr er rau fort. „Du solltest von allein zu mir kommen. Jede Nacht, wenn ich endlich zu Bett gehe, liege ich wach, gequält von dem Gedanken, dass du direkt gegenüber im nächsten Zimmer liegst. Und jede Nacht mache ich die Hölle durch. Ich halte es nicht mehr aus."

Er zog sie auf seinen Schoß und küsste sie, zuerst zärtlich, doch dann vertiefte er mit einem heiseren Stöhnen den Kuss. Ohne die Lippen von ihren zu lösen, zog er sie mit sich auf die Liege hinunter, sodass sie nebeneinander lagen. Und noch immer küsste er sie, fordernd, drängend, leidenschaftlich. Brenna spürte seinen Schenkel zwischen ihren Beinen, so muskulös, so fest, und die feinen Härchen kitzelten erotisch ihre Haut.

„Herrgott, du fühlst dich so gut an“, knurrte Michael schwer atmend und barg sein Gesicht an ihrem Hals. Mit fahrigen Fingern öffnete er den Verschluss ihres Bikinioberteils, innerhalb von Sekunden gab es diese Stoffbarriere zwischen ihren Körpern nicht mehr. Mit beiden Händen umfasste Michael die festen Rundungen ihrer Brüste, knetete, massierte, reizte. Mit einem leisen Aufschrei bog Brenna sich seinen Berührungen entgegen und schmiegte sich an ihn in dem blinden Verlangen, ihm näher zu sein.

Ein Schauer durchlief ihn, er riss sich das Handtuch von den Hüften. Brenna schnappte scharf nach Luft, als sie seine heiße Haut durch die nasse Badehose an ihrem Schoß fühlte. Mit der Zunge reizte er die harte Knospe ihrer Brust, während er den Daumen im gleichen Rhythmus über die andere empfindsame Perle kreisen ließ, bis Brenna sich atemlos unter ihm wand.

„Bitte“, flehte sie, „Michael, bitte …“

Er ließ eine Hand über ihren Körper gleiten, hinunter zu ihrem Bauch, schob die Finger in ihr Bikinihöschen. „Himmel, wie sehr ich dich will!“ Mit geschlossenen Augen warf er den Kopf zurück, die Sehnen standen an seinem kräftigen Hals heraus, und ein heftiger Schauer durchlief ihn.

Und dann plötzlich rollte er sich zur Seite, weg von Brenna, und stand mit an der Seite geballten Fäusten neben der Liege. Er sah auf Brenna hinab, seine Brust hob und senkte sich schwer, während er versuchte, die Kontrolle über sich zurückzuerlangen.

„Zieh dir etwas über“, forderte er mit belegter Stimme. „Oder ich garantiere für nichts mehr und liebe dich gleich hier und jetzt, ohne Rücksicht darauf, wer uns sehen könnte.“

Brenna setzte sich benommen auf und blickte sich nach ihrem Oberteil um. Doch es schien verschwunden zu sein, sie konnte es nicht finden. Michael ließ einen frustrierten Laut hören, hob das Handtuch auf und warf es ihr ungeduldig zu. Brenna fing es auf, breitete es sich über die Brust und hielt es mit den Oberarmen am Platz, ohne sich bewusst zu sein, wie provokativ diese Pose war.

Ein Feuer loderte in Michaels blauen Augen, seine Miene war wie aus Stein gemeißelt. „Ich habe heute einen vollen Terminkalender bis spät in den Abend hinein.“ Sein grimmiger Blick wurde unwiderstehlich von ihren vollen Brüsten unter dem Handtuch angezogen. „Also bleibt dir noch ein Aufschub. Aber es wird der letzte sein, Brenna, und das auch nur für vierundzwanzig Stunden.“ Er hob die Hand, als wolle er ihren Protest aufhalten, dabei saß sie nur still mit großen leuchtenden Augen da und wollte gar nicht widersprechen.

„Wenn du dann nicht bereit bist, so kann ich es auch nicht ändern“, fuhr er harsch fort. „Ich habe jetzt lange genug gewartet.“ Damit drehte er sich abrupt um und ging zum Haus zurück, seine Haltung verriet Nachdruck und Entschlossenheit mit jedem Schritt.

Brenna legte sich auf die Liege zurück und sah ihm nach. Ihre Augen funkelten erwartungsvoll, und auf ihre Lippen schlich sich ein zufriedenes Lächeln.

9. KAPITEL

Ich bin auf jeden Fall bis fünf Uhr zurück." Doris Charles war besorgt. „Macht es Ihnen auch wirklich nichts aus, ein paar Stunden auf ihn aufzupassen? Schließlich hatte ich erst vorgestern meinen freien Tag. Ich fühle mich schuldig, jetzt schon wieder freizunehmen."

Brenna verkniff sich das Grinsen. „Denken Sie daran, mit wem Sie sprechen. Ich bin das Aschenbrödel, das noch vor einem Monat zu Ihnen sagte, sie würde sich keine Nanny für Randy leisten können. Außerdem … ein Termin beim Zahnarzt ist ja nun wirklich kein aufregendes Abenteuer. Haben Sie noch nie etwas von Vergütungen im Krankheitsfall gehört?"

„Nun, wenn Sie sicher sind …" Doris hatte noch immer Zweifel, die Brenna aber beschwichtigte. Und mit ein paar weiteren aufmunternden Worten konnte Doris endlich überredet werden, zu ihrem Zahnarzttermin zu gehen.

Kopfschüttelnd nahm Brenna Randy auf den Arm, um mit ihm zum Sandkasten in der Ecke der Terrasse zu gehen. Manchmal beschlich sie der Verdacht, dass Doris ein wenig zu sehr an Randy hing. Ein entzündeter Weisheitszahn musste doch höllische Schmerzen bereiten, und dennoch hatte Doris noch einen ganzen Tag gewartet, weil sie Randy nicht der eigenen Mutter überlassen wollte. Es würde Spaß machen, Randy mal wieder einen ganzen Tag für sich allein zu haben. Und wenn Doris zurückkam und Randy dann übernahm, hatte Brenna genügend Zeit, sich für das Dinner umzuziehen. Michael hatte ihr eine Nachricht hinterlassen, dass sie um acht zusammen zu Abend essen würden.

Seit Michael gestern vom Pool weggegangen war, hatte sie ihn nicht mehr gesehen. Mrs. Haskins hatte ihr am Morgen erzählt, dass er zum Filmgelände hinübergefahren war, um sich mit Mr. Walters zu treffen. Wahrscheinlich würden sie den ganzen Tag mit rauchenden Köpfen zusammensitzen, und Michael wäre sicherlich froh, wenn er dann abends zu Hause essen konnte. Ihre nachdenklich gerunzelte Stirn glättete sich auf wundersame Weise, als sie an den gestrigen Nachmittag und die Zärtlichkeiten am Pool zurückdachte. Es würde schon mehr als ein Meeting brauchen, um ihn von dem gemeinsamen Abendessen abzuhalten!

Brenna setzte Randy in den Sandkasten, reichte ihm Plastikschaufel und -eimer und machte es sich in dem Korbstuhl bequem. Vorgestern hatte Michael ihr ein neues Skript zu lesen gegeben, mit dem Kommentar, die weibliche Hauptrolle habe Potenzial. Bisher war sie nur bis zur dritten Szene gekommen, aber es wurde bereits deutlich, was er damit hatte sagen wollen. Die Dialoge der romantischen Komödie waren spritzig und witzig, und schon bald war sie in das Skript vertieft.

„Eine so häusliche Szene. Da fließt mein Vaterherz ja richtig über."

Der Ton triefte vor Sarkasmus, und die Stimme klang wie die von Paul Chadeaux.

Brenna sah erschreckt auf, ihr Gesicht verlor alle Farbe, als sie erkannte, dass wirklich Paul Chadeaux vor ihr stand, makellos gepflegt im nachtblauen Anzug, aber einen widerwärtigen Ausdruck in den grauen Augen. „Was tust du hier? Wie bist du ins Haus gekommen?"

„Die Haushälterin war so nett, nachdem ich ihr sagte, dass ich ein alter Freund von dir bin. Da hat sie mich direkt auf die Terrasse hinausgeschickt."

Ein verständlicher Fehler, dachte Brenna. Paul war gut angezogen und hatte beste Manieren, und Mrs. Haskins war schließlich an das ständige Kommen und Gehen in diesem Haus gewöhnt.

Paul musterte nachdenklich das Kind mit den goldenen Locken, das zufrieden im Sandkasten spielte. „Ein hübscher Junge“, meinte er unpersönlich. „Er schlägt eindeutig nach den Chadeauxs.“

„Viele Kleinkinder sind blond.“ Brennas Stimme klang kühl. „Wenn sie älter werden, dunkelt das Haar meist nach.“

Er warf ihr einen giftigen Blick zu. „Du hast auf alles eine Antwort, nicht wahr? Du und diese aufgeblasenen Anwälte, die dein Ehemann auf mich angesetzt hat. Das war ziemlich clever von dir, Donovan dazu zu bringen, deine Drecksarbeit zu erledigen.“

Brenna presste die Lippen zusammen. „Wir haben nichts mehr zu bereden, Paul. Bitte geh jetzt.“

Ein böses Lächeln erschien auf seinem Gesicht. „Du bildest dir ein, du hättest gewonnen, kleine Schwester? An deiner Stelle würde ich mich nicht darauf verlassen. Donovan mag mir vielleicht einen Knüppel zwischen die Beine geworfen haben, aber aufhalten kann er mich nicht. Von einem läppischen Filmemacher lasse ich mich nicht fertigmachen.“

„Du hast wohl keine Wahl.“ Nervös befeuchtete sie ihre Lippen.

„Falsch. Es gibt immer eine Möglichkeit, man muss nur einen anderen Blickwinkel finden.“ Er kniff die Augen zusammen, bis sie nur noch schmale Schlitze waren. „Und den habe ich gefunden. Es ist sehr einfach, kleine Schwester.“ Er stand auf. „Du und ich und Junior da drüben, wir unternehmen eine kleine Spritztour. Wir werden zusammen an einen stillen Ort fahren, wo wir beide in Ruhe verhandeln können.“

Sie starrte ihn fassungslos an. „Wir fahren nirgendwo mit dir hin. Warum sollten wir?“

„Weil ich ein verzweifelter Mann bin“, drohte er bösartig. „Die Typen, denen ich Geld schulde, haben nur wenig Verständnis für Sorgerechtsprozesse und noch weniger für lange Wartezeiten. Wenn ich bis nächsten Dienstag das Geld nicht auftreiben kann, stecke ich in ernsten Schwierigkeiten." Brutal fasste er nach ihrem Handgelenk. „Hol den Jungen. Wir fahren."

Sie wehrte sich mit aller Macht. „Du bist ja komplett verrückt", stieß sie wütend aus. „Bildest du dir ein, du könntest uns hier so einfach aus dem Haus zerren? Glaubst du, ich gehe brav mit dir, ohne Widerstand? Ich brauche nur nach Mrs. Haskins oder jemandem vom Personal zu rufen."

Sein Griff wurde so fest, dass Brenna vor Schmerzen aufschrie. „Aber du wirst nicht nach ihr rufen", knurrte er drohend. „Schließlich liegt dir doch an diesem süßen kleinen Ableger von mir, oder nicht?"

Brenna stockte vor Schreck der Atem. „Was meinst du damit?", fragte sie heiser vor Grauen.

„Kinder sind so verletzlich." Sein Blick glitt vielsagend zum nur wenige Meter entfernten Pool.

„Mein Gott! Was bist du nur für ein Monster." Die Angst verursachte ihr Übelkeit. „Er ist dein Sohn."

„Ich sagte doch schon, ich bin verzweifelt. Natürlich bin ich nicht dumm genug, das Gör tatsächlich umzubringen, aber ich bin durchaus in der Lage, ihm das Leben recht ungemütlich zu machen, falls es nötig sein sollte." Er lächelte ungut. „Aber es wird doch wohl nicht nötig sein, oder, Brenna? Du wirst doch nicht die Verantwortung dafür tragen wollen, dass dem kleinen Engel Schmerzen zugefügt werden, oder?"

„Nein, tu ihm nichts", erwiderte sie scharf. „Ich gehe mit dir, aber tue Randy nichts."

„Ich hatte darauf gehofft, dass du vernünftig sein würdest", entgegnete er aalglatt. „Dann lass uns jetzt gehen. Mein Wagen parkt vor dem Haus. Dieser Weg dort führt doch ums Haus herum zur Vorderseite, nicht wahr? Wir brauchen also nicht mehr hineinzugehen."

„Ich muss mich umziehen und ein paar Sachen für Randy

zusammenpacken." Wenn sie Mrs. Haskins im Haus begegnete, konnte sie ihr ein Zeichen geben, und dann ...

„Für wie dumm hältst du mich?" Paul schüttelte den Kopf und musterte ihr weißes Top und die fliederfarbene Hose. „Du siehst gut genug aus, und für den Jungen kaufe ich unterwegs, was er braucht. Ich möchte doch nicht, dass du der Versuchung erliegst, etwas so Dummes zu tun, wie um Hilfe zu schreien. Und jetzt hol das Kind, bevor ich die Geduld verliere." Er ließ ihren Arm los und stieß sie von sich. „Los, mach schon."

Langsam wich Brenna vor ihm zurück und rieb sich das schmerzende Handgelenk. Verzweifelt suchte sie nach einem Ausweg aus dieser schrecklichen Lage, der Randy nicht in Gefahr bringen würde. Paul war ein Schwächling, aber im Moment war er gefährlich und bösartig wie ein in die Ecke gedrängtes Tier. Sie zweifelte nicht daran, dass er Randy etwas antun würde. Sie hatte ja schon mehrmals erlebt, wie grausam er sein konnte.

„Muss ich ihn selbst holen?", fragte er jetzt mit bedrohlicher Liebenswürdigkeit. „Nur ... wenn du mich dazu zwingst, bin ich bestimmt nicht so zartfühlend und liebevoll wie du."

„Nein, bitte", erwiderte sie alarmiert. Hastig ging sie zum Sandkasten und hob den protestierenden Randy heraus. Beschützend drückte sie ihn an sich.

„Na also." Er griff ihren Ellbogen und schob sie unsanft den Weg entlang. „Wenn du weiterhin ein folgsames Mädchen bist, werden wir bestens miteinander auskommen."

Brenna hielt hektisch Ausschau nach dem Gärtner, hoffte darauf, vielleicht Bob, dem Chauffeur, zu begegnen, doch von beiden Männern keine Spur. Und als sie bei Pauls Leihwagen ankamen, musste Brenna einsehen, dass sie sich in dieser prekären Lage auf sich selbst verlassen musste, wenn sie Randy retten wollte.

Twin Pines lag hinter ihnen, sie näherten sich der Autobahnauffahrt, als Brenna den letzten Versuch wagte, Paul zur Vernunft zu bewegen.

„Dir ist klar, dass das Entführung ist?“, setzte sie an. „Du könntest für eine lange Zeit hinter Gittern landen. Ich gebe dir mein Wort, wenn du uns gehen lässt, wird niemand je davon erfahren.“

„Wie großzügig von dir“, höhnte er verächtlich. „Aber auf deine Großzügigkeit kann ich verzichten. Wenn ich erst habe, was ich will, lasse ich dich sowieso laufen. Und du wirst es nicht wagen, zur Polizei zu gehen.“

Sie waren bei der Autobahn angekommen. Zu Brennas Erstaunen schlug Paul nicht die Richtung zur kalifornischen Grenze nach Süden ein, sondern fuhr nach Norden.

„Wir fahren nicht zur Winzerei?“ Im Stillen hatte sie darauf gehofft, mit den vernünftigeren Mitgliedern der Chadeaux-Familie reden zu können.

„Ich werde später mit Randy dorthin fahren. Aber jetzt will ich erst nach Portland. Ich will einen Flughafen in der Nähe haben, damit ich sofort in einen Flieger steigen kann.“ Er warf ihr einen Seitenblick zu. „Nachdem du deine Kooperationsbereitschaft bewiesen hast.“

Brenna schüttelte den Kopf. „Ich werde dir Randy nie überlassen.“

„Wir werden sehen, kleine Schwester“, erwiderte er nur. „Wir werden sehen.“

Die Dämmerung brach herein, als sie den Stadtrand von Portland erreichten. Paul fuhr plötzlich von der Autobahn. Blinkende Neonbuchstaben auf einem Pfahl sagten ihnen, dass sie beim „Pinetree Motel“ angekommen waren. Paul fuhr den Wagen bis vor das kleine Büro, in dessen Fenster ein erleuchtetes „Zimmer frei“-Schild hing.

Es war eine äußerst unansprechende Anlage. Die Einheiten waren in U-Form angeordnet, aus grauem Ziegel und Zedernholz. An den Fensterläden blätterte die grüne Farbe ab und unterstrich den tristen Eindruck des Ganzen.

„Das wird reichen müssen“, erklärte Paul knapp. Er hob Randy auf den Arm, der während der Fahrt eingeschlafen war. „Ich nehme das Kind mit und melde uns an. Ich denke, du wirst nicht auf dumme Gedanken kommen und abhauen wollen, solange ich ihn habe.“

Wenig später kam Paul wieder zum Wagen zurück und fuhr zum gegenüberliegenden Ende der Anlage. Auf der Tür des Zimmers prangte eine große Sieben aus Messing.

„Meine Glückszahl“, stellte er zufrieden fest, als er vor der Tür parkte. „Du wirst schon sehen, kleine Schwester, alles wird genau so ablaufen, wie ich es mir vorstelle.“

Nervös drückte Brenna Randy an sich, als Paul ihr bedeutete, aus dem Wagen zu steigen. Dann schloss er die Tür des Motelzimmers auf und schob sie hinein, verschloss die Tür hinter sich, zog den Schlüssel ab und ließ ihn in die Tasche gleiten.

Brenna sah sich um. Der Raum war klein und wirkte schäbig, mit einem Doppelbett und einer Schubladenkommode, die gleichzeitig auch als Schreibtisch diente. Die Standardeinrichtung aller Motels in kleineren Städten. Aber zumindest schien es sauber zu sein.

Brenna legte Randy auf eines der Betten und strich ihm sanft eine Locke aus der Stirn. „Es ist weit über seine Zeit zum Abendessen hinaus“, sagte sie, als sie sich zu Paul umdrehte. „Ich muss etwas zu essen für ihn besorgen.“

„Er schläft.“ Paul zuckte mit den Achseln. „Er wird es schon eine Weile durchhalten.“ Jetzt schüttelte er sich das Jackett von den Schultern und warf es neben Randy auf das Bett. „Und bis dahin können wir zu einer Einigung kommen.“

Brenna sah Paul fest in die Augen. „Ich weiß nicht, was du

damit erreichen willst, Paul, aber was immer es auch sein mag, es wird nicht funktionieren."

Ärger blitzte in seinen grauen Augen auf. „Das sollte es aber besser. Oder es wird dir sehr, sehr leidtun, kleine Schwester."

„Nenn mich nicht so!" Vor Sorge und Angst lagen Brennas Nerven blank, die Ereignisse der letzten Stunden hatten sie aufgerieben.

„Ich nenne dich, wie immer es mir passt, du Biest", stieß er wutentbrannt hervor. „Mir reicht es jetzt mit deinem großen Mund. Du wirst tun, was ich dir sage."

Mit drei Schritten war er bei ihr und fasste sie grob bei den Schultern. Seine Finger gruben sich brutal in das zarte Fleisch, und mit grimmiger Befriedigung beobachtete er ihr schmerzhaft verzogenes Gesicht.

„Und soll ich dir sagen, was du jetzt tun wirst, kleine Schwester?" Er grinste bösartig. „Du wirst dich jetzt dort an den Tisch setzen und eine schriftliche Erklärung aufsetzen. Du wirst erklären, dass ich Randys Vater bin und Janine die Mutter, und dann wirst du alle Details von Janines kleinem Täuschungsmanöver aufdecken, mit Namen, genauen Daten und Orten, sodass es vor jedem Gericht des Landes standhält."

Brenna schüttelte den Kopf und presste die Lippen zusammen, um nicht laut aufzuschreien, als Pauls Griff immer härter wurde, wie mittelalterliche Folterschrauben. „Das tue ich nicht", keuchte sie. Tränen rannen ihr über die Wangen. „Ich werde dir Randy nie überlassen."

„Verflucht, du wirst tun, was ich will!" Paul schüttelte sie wütend. Dann drehte er sie um, bog ihr den Arm auf den Rücken und zwang sie, auf den Tisch zuzugehen. Als er den Stuhl hervorziehen wollte, lockerte er unbewusst seinen Griff, sodass es Brenna gelang, sich ihm blitzschnell zu entwinden.

Schwer atmend wich sie zurück, Angst stand in ihren Augen.

Paul fluchte unflätig und stürmte auf sie zu, versuchte, sie wieder zu packen. Doch Verzweiflung und Angst verliehen Brenna eine ungewohnte Kraft, und so wehrte sie sich mit aller Macht. In dem Handgemenge waren sie immer weiter auf das Bett zugesteuert, und plötzlich erkannte Paul eine Möglichkeit, wie er seinen Vorteil nutzen konnte.

Mit seinem Körpergewicht schob er sie weiter auf das Bett zu. Brenna verlor das Gleichgewicht, fiel auf das Bett und schlug sich hart den Kopf am Kopfende. Ein unerträglicher Schmerz durchfuhr sie, und für einen Moment wurde ihr schwarz vor Augen. Paul nutzte diesen Moment, um ihr die Arme über den Kopf zu ziehen und dort festzuhalten, sodass sie ihm hilflos ausgeliefert war.

Heftig atmend, blickte er triumphierend auf sie herunter. Dann plötzlich änderte sich der Ausdruck in seinen Augen. Wütende Lust blitzte in seinem Blick auf, die Brenna mehr ängstigte als seine Rage. Unmissverständlich lüstern musterte er ihr vom Kampf wirres Haar, ihr verrutschtes Top, das ihre sich schwer hebende und senkende Brust kaum noch bedeckte. Er verengte die Augen zu lauernden Schlitzen und fuhr sich mit der Zunge über die vollen Lippen.

„Plötzlich habe ich es gar nicht mehr so eilig mit der eidesstattlichen Erklärung“, knurrte er gefährlich leise. „Erst will ich herausfinden, ob du so gut bist wie deine Schwester.“ Damit presste er grob seinen Mund auf ihre Lippen. Brenna warf panisch den Kopf von einer Seite zur anderen, um seinem brutalen Kuss zu entkommen.

„Runter von ihr, Paul.“ Die leise gesprochenen Worte klangen bedrohlich und scharf wie ein Rasiermesser.

Paul erstarrte zu Stein, und Brenna schnappte endlos erleichtert nach Luft.

Michael hielt den Zweitschlüssel zum Motelraum in der

Hand. Offensichtlich hatte er seinen Einfluss benutzt, um ihn an der Rezeption zu erhalten. Jetzt warf er den Schlüssel wütend zu Boden und kam in den Raum hineingestürmt. Er packte Paul beim Kragen, riss ihn vom Bett hoch und schleuderte ihn mit dem Rücken gegen die Wand. Mit einer Hand drehte er Pauls Hemdskragen so fest zu, dass diesem die Luft wegblieb und sein verängstigtes Gesicht rot anlief.

„Warten Sie!“, setzte Paul hektisch an. „Hören Sie mir zu!“

Michaels Miene war eine steinerne Maske, in seinen Augen loderte ein Höllenfeuer. „Nein, Sie hören mir zu. Auch nur ein Wort von Ihnen, und ich prügle Sie windelweich“, stieß er zwischen zusammengebissenen Zähnen aus. „Vielleicht tue ich es auch, ohne dass Sie noch etwas sagen.“

Brenna setzte sich benommen auf und schaute fasziniert zu Michael. Sie konnte Pauls panische Angst verstehen. Michael umgab eine solche Aura von Wut, als würde er inmitten einer unsichtbaren Flammenbrunst stehen.

Die nächsten Worte stieß er schnell und gänzlich hasserfüllt aus. „Ich sage es nur einmal und nie wieder, Paul, also hören Sie gut zu. Sie werden meine Frau nie wieder belästigen. Sie werden sie nicht mehr aufsuchen, Sie werden sie nicht mehr anrufen, Sie werden ihr nicht schreiben. Und vor allem werden Sie nie wieder auch nur einen Finger an sie legen. Sollten Sie es dennoch tun, dann, das schwöre ich Ihnen, werden Sie sich wünschen, nie geboren worden zu sein. Haben Sie das verstanden?“

Paul nickte, hilflos versuchte er, nach Luft zu schnappen.

Michael drehte sich zu Brenna um, und die heiße Rage in seinem Blick ließ sie unwillkürlich an das Kopfende des Bettes zurückweichen. „Steh endlich auf und sieh zu, dass du von hier wegkommst. Bob Phillips wartet draußen mit dem Wagen. Bring Randy zu ihm.“

Brenna rappelte sich hastig vom Bett auf. Ihr schwindelte

bei der abrupten Bewegung, und sie hielt einen Moment inne, um sich zu sammeln. Dann nahm sie Randy auf den Arm und eilte zur offenen Tür.

Michael wartete ab, bis sie nicht mehr zu sehen war, dann galt seine Aufmerksamkeit wieder Paul. „Ich sagte ja, ich tue es vielleicht doch“, meinte er kalt und versetzte Paul einen rechten Haken, der den Mann zu Boden schickte.

Ohne den zusammengesunkenen Paul noch eines weiteren Blickes zu würdigen, marschierte Michael nach draußen.

Bob Phillips stand mit besorgter Miene wartend neben dem Mercedes und sah Michael entgegen. „Alles in Ordnung?“

Michael nickte nur knapp, nahm Brenna den schlafenden Randy aus den Armen und reichte ihn an Bob weiter. „Doris Charles müsste inzwischen auf dem Flughafen angekommen sein. Ich habe Monty vor über einer Stunde Bescheid gesagt, er solle sie hierher schicken.“

Noch völlig benommen sah Brenna zu, wie Phillips den Jungen vorsichtig im Wagen unterbrachte. Seit Michael aufgetaucht war, geschahen zu viele Dinge in zu kurzer Zeit. Unwillkürlich wollte sie zu Randy gehen, aber Michael hielt sie am Ellbogen fest. „Nein, du kommst mit mir.“

Er führte sie zu einem alten Chevy Pick-up, der wenige Meter weiter parkte. Brenna ließ widerspruchslos zu, dass er ihr auf den Vordersitz half. Diese seltsame Fügsamkeit war ihr selbst absolut fremd. Nur eine verwunderte Neugier regte sich in ihr, als er den Motor anließ und der Pick-up sich rumpelnd in Bewegung setzte.

„Wohin fahren wir?“ Sie wünschte verzweifelt, das schmerzhafte Hämmern in ihrem Kopf würde endlich aufhören.

„Mein Helikopter steht auf einem Privatflugplatz ungefähr drei Meilen von hier“, erklärte Michael kurz. „Den Truck habe ich von einem jungen Burschen geliehen, der dort die Sportmaschinen wartet.“

Brenna nickte schwach, dann legte sie den Kopf zurück an die Lehne. Sie schloss die Augen, als entgegenkommende Autoscheinwerfer scharfe Stiche durch ihren Kopf sandten. Es gab unzählige Fragen, auf die sie Antworten suchte, doch im Moment hatte sie weder Kraft noch Energie, um sie zu stellen. Im Moment reichte es ihr zu wissen, dass Randy in Sicherheit und sie auf dem Weg zu ihrem Zuhause in Twin Pines war.

Michael schien ebenfalls keine Lust zum Reden zu haben, selbst das Umsteigen vom Pick-up in den Hubschrauber verlief schweigend. Und erst als sie schon gut zwanzig Minuten in der Luft waren, wurde Brenna bewusst, dass unter ihnen Wasser lag. Der Schock riss sie aus der seltsamen Lethargie, in der sie sich befand, seit Michael in dem Motelzimmer aufgetaucht war.

„Das muss ein Missverständnis sein“, rief sie über das laute Donnern der Rotoren hinweg und deutete nach unten auf das Wasser.

Michaels Lippen zuckten. „Kein Missverständnis“, widersprach er mit einer Gleichgültigkeit, die von seinen angespannten Zügen und den brennenden Augen Lügen gestraft wurde. „Wir fliegen zur Insel.“

Brenna schüttelte den Kopf. „Aber das geht nicht“, protestierte sie verwirrt. „Ich muss zu Randy.“ Trotz ihrer Erschöpfung wollte sie sich unbedingt selbst davon überzeugen, dass der Junge in Sicherheit war und es ihm gut ging.

Der Seitenblick, den Michael ihr zuwarf, hätte töten können. „Ich kann sehen, wie sehr du deinem Sohn zugetan bist.“ Seine Stimme klirrte vor Kälte. „Er wird nach Twin Pines zurückgebracht, wo man sich bestens um ihn kümmern wird. Du allerdings kommst mit mir auf die Insel.“

Nun war sie vollends verwirrt. Sie verstand nicht, warum Michael so wütend auf sie war. Sie konnte doch nichts dafür, dass Paul sie weggezerrt hatte. Selbst wenn Michael sich ihretwegen viel Mühe und Sorgen gemacht hatte, so war das kein Grund, so verärgert zu sein. Er kochte schier vor Rage!

Nur ... warum flogen sie zur Insel? Als Brenna endlich den Mut fand, ihn zu fragen, erhielt sie als Antwort nur ein verächtliches Lächeln. Was nicht gerade dazu beitrug, ihre Nervosität zu mildern.

Michael wurde auch nicht mitteilsamer, als sie auf der Insel gelandet waren und durch den Wald zum Chalet gingen. Er lief mit energischen, ausholenden Schritten, ohne Rücksicht darauf zu nehmen, dass sie rennen musste, um mit seinem Tempo mitzuhalten. Luft, um Fragen zu stellen, blieb ihr gar nicht.

Erst als sie im Chalet angekommen waren, Michael die Tür hinter ihnen zugeschlagen und das Licht eingeschaltet hatte, drehte er sich zu ihr um und betrachtete sie. Ihr Gesicht war bleich, das Haar wirr, und sie war atemlos. „Du siehst aus, als könntest du einen Drink gebrauchen", bemerkte er leidenschaftslos, ging zu der kleinen Bar und goss einen Cognac für sie ein. Mit nahezu unbeteiligter Miene reichte er ihr das Glas.

Brenna nippte an der dunkelgoldenen Flüssigkeit und verzog das Gesicht. Allerdings rann der Alkohol wärmend durch ihre Kehle. Michael war inzwischen zum Kamin weitergegangen und schichtete geschickt Holz für ein Feuer auf. Brenna beobachtete ihn stumm eine Weile, dann ging sie zu der roten Couch hinüber und rollte sich in einer Ecke zusammen wie ein kleines Kind. Sie fühlte sich auch wie ein Kind, eines, das zu Unrecht bestraft wurde und nicht versteht, warum die Erwachsenen verärgert sind.

Das Feuer im Kamin begann zu knistern, Flammen leckten an den Scheiten. Michael richtete sich auf und sah mit diesem feindseligen kalten Blick zu ihr hin. „Fühlst du dich besser?", fragte er ohne wirkliches Interesse. Sie nickte stumm, und er zog sich das Jackett aus, warf es achtlos auf den Sessel. Auf dem Weg zur Bar, um sich ebenfalls einen Drink einzuschenken, rollte er sich die Ärmel seines Hemdes auf.

Aber er setzte sich nicht zu Brenna auf die Couch, sondern schlenderte zurück zum Kamin und stellte sich davor, den Rücken zum Feuer und mit gespreizten Beinen, der orangefarbene Schimmer wie eine glühende Aureole um sich herum. Die Energie, die ihn immer umgab, glich heute einer gefährlichen Macht. Brennas Nerven, erst zum Zerreißen gespannt, dann durch die Wirkung des Alkohols ein wenig beruhigt, begannen wieder zu vibrieren, als ihre Augen auf den eiskalten Blick des Mannes trafen, der ihr gegenüberstand.

Sie strich sich eine Haarsträhne aus dem Gesicht und fuhr sich nervös mit der Zunge über die Lippen. „Woher wusstest du, wo du mich finden kannst?", fragte sie leise.

Michaels Lippen wurden schmal, mit einem Schluck leerte er sein Glas halb. „Wie die meisten Frauen willst auch du unbedingt jedes Detail erfahren, nicht wahr? Aber glaub mir, du willst gar nicht wissen, was geschah, als ich herausfand, dass du verschwunden warst. Ich bin noch immer ziemlich aufgewühlt, und ich versuche hier wirklich, meine primitiveren Impulse zu unterdrücken."

Verwirrt starrte sie ihn an, ihre Augen wurden immer größer. „Ich verstehe überhaupt nichts mehr."

„Du spielst noch immer die ahnungslose Unschuld? Übrigens eine Rolle, die du sehr gut beherrscht. Doch das Spiel ist vorbei, Brenna." Er nahm einen weiteren Schluck von seinem Drink. „Aber ich bin bereit, deine Neugier zu befriedigen." Er lehnte sich lässig an eine Seite des Kamins zurück. „Bob Phillips war in der Garage und bastelte an dem Mercedes, als er dich mit Paul zusammen in den Wagen steigen sah. Er wusste nichts davon, dass du heute ausgehen wolltest, also hielt er es für besser, mich im Büro anzurufen und nachzufragen." Michael verzog bitter den Mund. „Nach seiner Beschreibung wusste ich sofort, dass es sich um Paul handeln musste. Deshalb gab ich Phillips den Auftrag, dir zu folgen und mich zu verständigen. Dann bin ich sofort mit dem Helikopter losgeflogen und stand ständig mit Phillips per Funk in Verbindung. Als offensichtlich wurde, dass ihr Richtung Portland unterwegs wart, sagte ich Monty Bescheid, Doris Charles dorthin zu schicken."

Brenna rieb sich die Schläfen. „Aber wieso sollte Phillips dich verständigen, nur weil er nicht wusste, dass ich ausgehe?"

Michael zuckte mit den Achseln. „Es ist schließlich sein Job, dich im Auge zu behalten", antwortete er kühl.

Brenna stellte ihr Glas sehr langsam und sehr bedacht auf den Tisch neben der Couch ab. „Heißt das, Phillips ist gar kein Chauffeur? Du hast ihn als eine Art Spion angestellt, um dir Bericht über mich erstatten zu lassen?"

„Kein Spion, sondern ein Leibwächter", stellte Michael gelassen richtig. „Durch die Heirat mit mir bist du zum Ziel aller möglichen Wirrköpfe geworden, angefangen von Kidnappern über verrückte Fans bis hin zu den Leuten, die aus irgendeinem Grund etwas gegen mich haben. Ich wollte dich beschützen." Er lächelte freudlos. „Wir hatten einen Deal. Ich habe dir vertraut. Das solltest du als Kompliment auffassen, du warst sehr überzeugend. Normalerweise vertraue ich nie einer Frau."

Bei seinem sarkastischen Ton und unter dem schwelenden Ärger in seinem Blick zuckte Brenna zusammen. Aber auch in ihr meldete sich Entrüstung über Michaels ungerechte Feindseligkeit. Sie hatte jetzt lange genug das Opfer gespielt. Erst dieser Widerling Paul, und jetzt Michael mit seinem unverständlichen Groll.

„Ich bin deinen Sarkasmus und deine versteckten Anspielungen leid, Michael.“ Sie schob ihr Kinn vor. „Es gibt nichts, für das ich mich schämen muss, und wenn du irgendetwas zu sagen hast, dann tue es bitte offen und direkt.“

„Meiner Meinung nach gibt es nichts mehr zu reden.“ Viel zu hart setzte er sein Glas ab. „Die Zeit für Diskussionen ist vorbei, Brenna. Jetzt geht es nur noch darum, die Schulden zu begleichen.“ Mit zwei großen Schritten stand er vor ihr, zog sie vom Sofa hoch und in seine Arme. Die unterschwellige Wildheit, die die ganze Zeit über unter seiner Oberfläche gebrodelt hatte, brach nun aus. Er presste seinen Mund auf ihre Lippen, gierig und fordernd und raubte ihr damit den Atem. Brenna schwindelte, als der Kuss scheinbar endlos anhielt.

Als Michael endlich den Kopf hob, atmeten sie beide schwer. Brenna musste sich an ihn lehnen, ihre Beine wollten sie nicht mehr tragen.

„Was war los, Brenna?“, verlangte er mit brennenden Augen zu wissen. „Als ich dir sagte, es gäbe keinen weiteren Aufschub mehr, hast du da Panik bekommen? Weil du dich einem anderen Mann als diesem widerlichen Schuft hingeben solltest? Ist dir etwa klar geworden, dass du ihn noch immer willst?“ Wieder presste er seinen Mund auf ihren, als wolle er ihr die Lebenskraft aussaugen. „Hast du ihn gestern angerufen, nachdem ich gegangen war, damit er dich abholt?“ Mit beiden Händen fasste er in ihr Haar und bog ihren Kopf zurück.

„Nein, so war es nicht“, sagte sie flehentlich. Nicht in ihren wildesten Träumen hätte sie sich vorgestellt, Michael könne glauben, sie sei freiwillig mit Paul gegangen. Sie legte beide Hände an seine Brust, drückte ihn von sich und sah ihm ins Gesicht. „Du musst mir glauben, Michael. Ich wollte nicht mit ihm gehen. Er hat mich gezwungen.“

„Deine Augen sind wirklich unglaublich“, sagte er bissig.

„So sanft und unschuldig, wie bei einem jungen Reh. Wahrscheinlich wäre es dir ein weiteres Mal gelungen, mich zu täuschen. Wenn ich dich nicht mit Paul auf dem Bett erwischt hätte." Allein bei der Erinnerung daran verdunkelte sich seine Miene vor Rage. Er wirkte so wild, dass ein Gefühl von echter Angst in Brenna aufstieg. „Ich wünschte, ich hätte ihn umgebracht!", stieß Michael hervor.

„Ich habe mich gegen ihn gewehrt." Verzweifelt versuchte Brenna ihn zu überzeugen. „Wir kämpften, fielen aufs Bett und ..."

Er verschloss ihren Mund mit einem ungestümen Kuss, noch unbeherrschter als zuvor. Und als er sie freigab, spürte Brenna mit einem Gefühl von Hoffnungslosigkeit, dass Michael die Grenzen von Kontrolle und Vernunft überschritten hatte.

„Halt den Mund." Seine Augen glühten. „Ihr wolltet euch gerade lieben. Phillips hat mir berichtet, dass du willig in das Auto eingestiegen bist. Du hast sogar Doris Charles weggeschickt, damit du ihr nicht erklären musstest, was du mit Randy vorhast."

Brenna schloss die Augen. Ja, es passt alles perfekt zusammen, dachte sie elend. Und ergab doch ein so völlig falsches Bild. Und wie sollte sie Michael von der Wahrheit überzeugen, wenn sie sich plötzlich so ausgelaugt fühlte, dass sie nicht mehr klar denken konnte? In ihrem Kopf hämmerte es unerträglich, und ihre Knie zitterten, es war die Reaktion auf die Anspannung dieser letzten schrecklichen Szene. Sie wusste, sie musste Michael dazu bringen, ihr zu glauben, doch die Schlaffheit, die sie überkam, war nahezu unüberwindbar.

„Keine weiteren Einwände?", hakte Michael grimmig nach. „Gut." Damit hob er sie auf seine Arme und steuerte auf die Wendeltreppe zu. Als er am Lichtschalter vorbeikam, schlug er dagegen und tauchte das Chalet so in eine schwarze

Dunkelheit, in der das flackernde Feuer die einzige Lichtquelle bildete.

Während Michael die Treppen hinaufstieg, versuchte Brenna verzweifelt, ihre letzte Energie zusammenzuklauben, um zu protestieren. Das feine Band des Vertrauens, das sie beide so sorgsam in den vorangegangenen Tagen zwischen sich geknüpft hatten, war zerrissen, und nun würde Michaels unbeherrschte Eifersucht auch noch den letzten Rest von Freundschaft zwischen ihnen zerstören. Er trug sie zu dem großen Bett, legte sie darauf nieder, richtete sich auf und begann sich an den Knöpfen seines Hemds zu schaffen zu machen.

Dabei blickte er unablässig auf sie herab. Der Schein des Feuers ließ Schatten auf seiner harten Miene tanzen. „Ich dachte mir, unter den gegebenen Umständen sollte unsere erste gemeinsame Nacht hier stattfinden.“ Er riss sich das Hemd von den Schultern und warf es beiseite. „Mir scheint es äußerst passend, dass unsere Ehe an einem Ort vollzogen wird, der bereits unzählige dieser bedeutungslosen und oberflächlichen Zwischenspiele erlebt hat.“ Mit schnellen Bewegungen entledigte er sich seiner restlichen Kleidung. Die Flammen des Kaminfeuers fielen flackernd auf seine mächtigen Schultern und die Muskeln seiner Brust.

Entschieden schob er ihre Hände beiseite, die sie abwehrend erhoben hatte, und mit einer Geschicktheit, die von Erfahrung zeugte, zog er ihr das weiße Top über den Kopf und löste den Verschluss ihres BHs.

Wohl wissend, dass ihr Protest kaum etwas gegen ihn ausrichten konnte, musste sie es dennoch versuchen. „Bitte, Michael, nicht so“, flehte sie.

„Doch, genau so“, widersprach er. „Wenn du Zärtlichkeit und Romantik erwartet hattest … vergiss es. Das Recht darauf hast du längst verspielt.“ Er hatte ihr Hose und Slip ausgezogen, der die letzte Barriere zwischen ihnen bildete. Als er ihre Schönheit mit kühlem, unpersönlichem Blick bewunderte, jagte heiße Scham durch ihren ganzen Körper. „Ich werde dich benutzen, Brenna“, drohte er heiser. „Ich werde diesen schönen Körper auf jede Art und Weise benutzen, die ich kenne, und wenn ich fertig bin, werde ich es noch einmal tun. Ich werde mich in dir verlieren, bis ich genug von dir habe und endlich von dieser verrückten Besessenheit befreit bin. Dann werde ich dich aus meinem Leben verbannen und zu Gott beten, dass ich nie wieder in diese verlogenen Augen blicken muss.“

Damit zog er sie an sich. Und wie jedes Mal, wenn seine warme Haut ihre berührte, reagierte sie hilflos auf die unglaubliche Anziehungskraft seines Körpers. Auch wenn ihr Verstand sich noch immer gegen seine grausamen Worte wehrte, so erkannte ihr Körper doch, dass das hier Michael war, der Mann, den sie liebte.

Und Michaels kalte Distanz verflog, als hätte sie nie existiert, kaum dass er ihre Nähe spürte. Seine Muskeln spannten sich an, und Brenna konnte den Beweis seiner Erregung fühlen, als ein Schauer ihn erfasste und er die Stirn an ihre Schulter legte. „Verdammt sollst du sein!“, stieß er rau hervor. „Wie ist es möglich, dass ich dich nur zu berühren brauche und sofort wie ein unerfahrener Teenager reagiere?“

Er nahm ihren Mund in Besitz und ließ gleichzeitig seine Hände fiebrig über ihren Körper wandern, als wolle er sich jede Kurve und jede Linie einprägen. Nach der heutigen Nacht würde es keinen Zentimeter Haut mehr an ihr geben, den er nicht erforscht und besessen hatte.

Sie bog sich ihm verlangend entgegen. Ihr war gleich, wie und warum diese wilde sinnliche Beschwörung begonnen hatte, sie sehnte sich nur noch nach Erfüllung. Die Leidenschaft für einander war zu lange unterdrückt und im Zaum gehalten worden. Brenna fühlte die Sehnsucht nach ihm in jeder Faser ihres Körpers, bis sie sich atemlos unter ihm wand und die Hände fiebrig über seine Schultern, seinen Rücken, sein Haar gleiten ließ.

Er kniete sich vor sie, spreizte ihre Schenkel und umfasste ihre Brüste, sah mit blitzenden Augen auf sie herunter. „Noch nie habe ich eine Frau begehrt wie dich, in meinem ganzen Leben nicht."

Brenna wand sich unter seinen liebkosenden Händen, sie konnte nichts anderes mehr als fühlen. Schwach nur entsann sie sich, dass es da noch etwas gab, das sie ihm sagen sollte. „Michael, bitte", hauchte sie. „Du musst wissen …"

„Zu spät", knurrte er heiser. „Jetzt ist es zu spät für alles außer dem hier." Damit legte er sich auf sie und stieß kraftvoll mit seinen Hüften vor.

Brenna entfuhr ein unterdrückter Aufschrei, als gleißender Schmerz sie jäh durchzuckte. Ihre Hände, mit denen sie soeben noch gierig über Michaels Haut gestrichen hatte, nutzte sie jetzt dazu, den mächtigen Körper, der in sie eingedrungen war, von sich wegzuschieben.

„Mein Gott!" Michael verharrte stocksteif über ihr und sah ungläubig und verwirrt in ihre schmerzerfüllten Augen.

„Bitte, lass mich", flehte sie und setzte ihre fruchtlosen Versuche fort, ihn von sich zu schieben.

Michael schloss die Augen, sein Gesicht angespannt durch die Schlacht, die er mit sich focht. „Ich kann nicht", stöhnte er. „Himmel, ich kann es nicht. Ich schwöre dir, ich werde es wiedergutmachen, Liebling."

Und er hielt Wort. Als er sich jetzt bewegte, so geschah es mit erlesener Geduld und Zärtlichkeit. Schon bald war der Schmerz vergessen, eine Spirale sinnlicher Gefühle begann sich in Brenna aufzubauen, die den Anfang und das Ende all ihres Seins zu verkörpern schien. Und als sie vorsichtig auf

Michael zu reagieren begann, sich schließlich seinem Rhythmus anpasste, da vergaß er alle Vorsicht, hielt sie fest an sich gepresst und zog sie mit in einen Strudel, der sich immer wilder und wilder drehte, um sich schließlich in einer schillernden Explosion zu entladen, die Brenna völlig verausgabt und atemlos zurückließ, die Nägel in Michaels Rücken gekrallt, während er auf ihr zusammensackte.

Brenna hielt ihn zärtlich und fest zugleich umschlungen, erfüllt von dem wunderbaren Wissen, dass sie diesen kraftvollen Mann zu einem so gewaltigen Höhepunkt gebracht hatte. Dieses Wissen gab ihr fast ebensolche Befriedigung wie die eigene körperliche Erfüllung.

Sein Atem ging noch immer schwer, doch sein Herzschlag beruhigte sich langsam. Er rollte sich auf die Seite und zog sie mit sich, den Arm beschützend um sie gelegt. Mit einer Hand griff er nach der Bettdecke und breitete sie über sie beide aus, dann rückte er ein wenig zur Seite, damit Brenna ihren Kopf bequem an seine Schulter legen konnte. Das lange braune Haar floss über seine Brust, als sie sich an ihn schmiegte, zufrieden schnurrend wie ein Kätzchen. Sie gähnte, sie konnte die Lider kaum noch offenhalten.

„Mach es dir nicht zu bequem“, riet Michael ihr entschieden. Sie konnte seine tiefe Stimme in seiner Brust hören. „Du hast nämlich noch einiges zu erklären.“

Brenna riss die Augen auf, als ihr klar wurde, worauf er anspielte. Sie war so in der Euphorie über ihre erste Erfahrung mit der körperlichen Liebe versunken, dass sie alles außer diesem wunderbaren Gefühl vergessen hatte. Jetzt allerdings wurde ihr bewusst, dass er es wusste!

Sie versteifte sich und hätte sich aufgerichtet, hätte er nicht instinktiv die Hand an ihren Kopf gelegt und seine Umarmung fester werden lassen. „Erzähl es mir“, verlangte er. „Ich habe zwar noch nie mit einer Jungfrau geschlafen, aber es war ganz eindeutig."

Jetzt war Brenna froh darum, dass ihr Kopf noch immer an seiner Schulter lag. Dann konnte er nicht sehen, wie ihr das Blut in die Wangen schoss. „Vermutlich willst du wissen, wie das mit Randy ist?", murmelte sie.

„Nun, meine Neugierde ist doch wohl begründet, oder? Soweit ich weiß, ist die letzte unbefleckte Empfängnis über zweitausend Jahre her", entgegnete er trocken.

Sie holte erst tief Luft, bevor sie hastig ausstieß: „Randy ist nicht mein Kind."

„Das dachte ich mir fast." Gedankenverloren strich er ihr übers Haar. „Dennoch würde ich gerne erfahren, wer die Mutter des Jungen ist, wenn ich schon vorgebe, sein Vater zu sein."

„Meine Schwester Janine", antwortete Brenna leise.

In kurzen Worten berichtete sie Michael über die Umstände von Randys Geburt, wie es dazu gekommen war, dass sie den Jungen in ihrer Fürsorge hatte, über Pauls Plan, das Sorgerecht zu erlangen und auch von der heutigen Entführung.

Das Streicheln setzte aus, und Brenna spürte, wie Michael sich vor Ärger verspannte. „Darf ich fragen, warum du mir das alles nicht schon erzählt hast, als ich dir unseren kleinen Deal vorschlug? Dir muss doch klar gewesen sein, dass die Wahrheit ans Tageslicht kommen würde, sobald wir miteinander ins Bett gehen? Oder hattest du vor, das Begleichen der Rechnung auf ewig zu verschieben?"

„Nein", widersprach sie empört. Sie machte sich aus seinem Arm frei und setzte sich auf, ohne sich darüber klar zu sein, dass die Bettdecke ihr bis zur Hüfte herunterrutschte und zwei verlockende rosige Spitzen unter dem seidigen braunen Vorhang ihres langen Haars hervorlugten. „Ich wollte mit dir schlafen. Du warst es, der den Aufschub vorschlug." Gereizt fuhr sie sich mit der Hand durchs Haar. „Ich weiß nicht, warum ich es dir nicht gesagt habe. Ich hatte Angst, war aufgeregt. Randy ist alles an Familie, was ich habe."

„Du hast mir nicht vertraut", ergänzte Michael scharf. „Hast du gedacht, ich würde den Jungen sofort diesem Widerling übergeben?"

„Du hast Randy nie gemocht." Sie mied seinen Blick. „Ein solches Risiko konnte ich nicht eingehen."

Michael fluchte unterdrückt. „Ich habe nie gesagt, dass ich den Jungen nicht mag", presste er zwischen den Zähnen hervor. „Von allen wirren, unausgegorenen, undurchdachten Äußerungen ist das wirklich die Krone!"

Brenna senkte trotzig den Kopf. „Ich habe die Verantwortung für Randy. Wie konnte ich sicher sein, was du tun wirst? Ich kannte dich ja kaum."

„Du kanntest mich gut genug, um mit mir ins Bett gehen zu wollen", konterte er schneidend. Er setzte sich auf, und selbst in dem schwachen Schein des Kaminfeuers konnte Brenna den Ärger in seinen Augen blitzen sehen. „Aber du kanntest mich nicht gut genug, um mir in Bezug auf ein hilfloses Kind zu vertrauen!"

„So ist es auch wieder nicht." Sein Vorwurf hatte einen wunden Punkt getroffen. „Du hast mir ja keine Wahl gelassen."

Michael lächelte kühl. „Du wolltest doch gar keine Wahl haben, denn du wolltest es genauso wie ich. Ich habe dir nur die Entschuldigung geliefert, die du brauchtest." Sein Blick wurde seltsam nachdenklich, als er ihn über ihren bloßen Oberkörper wandern ließ. Dann packte er sie mit beiden Händen bei den Schultern. „Aber warum sollte es mich interessieren, ob du mir vertraust oder nicht? Ich habe doch, was ich haben wollte."

Als er den Griff etwas fester werden ließ, um sie wieder zu sich herunterzuziehen, zuckte Brenna zusammen und schrie gequält auf.

„Was, zum Teufel ...?" Michael tastete nach dem Schalter der Nachttischlampe, Licht flammte auf. „Mein Gott!" Vorsichtig strich er ihr das Haar von den Schultern. Violette Blutergüsse wurden auf der zarten Haut sichtbar. Michael erblasste. „Habe ich das etwa getan?", fragte er fassungslos.

Verwirrt sah Brenna ihm in die Augen. „Nein, natürlich nicht. Das war Paul Chadeaux. Er ist nicht gerade zimperlich mit mir umgesprungen, als er von mir diese eidesstattliche Erklärung erzwingen wollte."

Michael fluchte unflätig und strich sanft über die blauen Flecke. „Ich hätte ihn umbringen sollen", knurrte er grimmig. „Was hat er dir sonst noch angetan?"

Seine Intensität machte ihr plötzlich Angst. „Sonst nichts", versuchte sie ihn zu beschwichtigen. „Zumindest nicht wirklich. Ich habe mir den Kopf angeschlagen, als wir auf das Bett fielen, aber das tat nur einen Moment lang weh."

Michael suchte in ihrem Haar, bis er die große Beule fand. Als er die Schwellung berührte, zuckte Brenna zusammen, und sein Mund wurde schmal. „Das muss ziemlich wehgetan haben. Du kannst von Glück sagen, dass du keine Gehirnerschütterung davongetragen hast." Mit den zusammengekniffenen Augen wirkte er plötzlich bedrohlich. „Gott, ich wünschte, er wäre jetzt hier."

„Es ist vorbei. Lass es uns doch einfach vergessen."

„Ja, vergiss es besser." Abwesend sah er vor sich hin. „Du hast genug durchgemacht. Ich werde mich darum kümmern."

„Nein, Michael", protestierte sie entschieden. „Ich bin schließlich diejenige, der das passiert ist. Und wenn jemand überhaupt etwas unternehmen sollte, dann ich. Wir leben nicht mehr im Mittelalter. Ich lasse nicht zu, dass du dich für mich in die Schlacht stürzt, als wäre ich eine hilflose holde Maid, zu deren Rettung der hehre Ritter eilen muss."

Der Anflug eines Lächelns zuckte um Michaels Lippen.

„Tut mir leid, Liebling, aber Gleichberechtigung greift in diesem Falle nicht“, spottete er. „Ich sagte dir doch, dass ich mich um die Meinen kümmere.“ Seine Hand glitt von ihrer Schulter zu ihrer Brust, und ein zufriedener Schimmer trat in seine Augen, als Brenna scharf nach Luft schnappte. „Keine Angst, ich werde nicht mit bloßen Fäusten auf Paul losgehen, so sehr ich es auch genießen würde. Nein, ich werde einen anderen, nachhaltigeren Weg finden, um ihn auszuschalten. Du kannst sicher sein, dass er dich nie wieder belästigen wird.“ Bei der felsenfesten Überzeugung, die in seiner Stimme mitschwang, lief Brenna ein Schauer über den Rücken, was Michael nicht entging. „Arme Brenna. Ein verschrecktes Lamm in einer Welt voll hungriger Wölfe. Du hast in deinem jungen Leben keine guten Erfahrungen mit uns Männern gemacht, nicht wahr, Liebling? Der Vater hat die Familie sitzen lassen, Paul ist verantwortlich für den Tod deiner Schwester und lädt dir ein Kind auf, das du aufziehen musst, und ich habe dich gerade praktisch vergewaltigt. Wer sollte es dir verübeln, wenn dir alle Männer verhasst sind?“

Hilflos sah sie in sein Gesicht. Wie sollte sie ihm nur sagen, dass es nicht Hass war, was sie für ihn fühlte, sondern Liebe? Selbst während des ekstatischen Liebesspiels hatte er nie auch nur angedeutet, er würde mehr für sie empfinden als wildes, besessenes fleischliches Verlangen. Ihm jetzt ihre Gefühle zu gestehen, wenn sie doch wusste, dass er diese nicht erwiderte, würde sie verletzlich und zur Zielscheibe für die schlimmste aller Zurückweisungen machen. Vielleicht hatte er sogar recht. Vielleicht war sie in der Vergangenheit zu oft verletzt worden, um daran glauben zu können, das Schicksal würde ihr so einfach Michaels Liebe schenken.

Michaels Miene wurde hart, zynisch verzog er den Mund. „Du sagst nichts dazu? Oder bedeutet dein Schweigen Zustimmung?“ Er zog sie in seine Arme und küsste sie rau. Als

Brenna die Lippen für ihn öffnete, weil sie wieder die wunderbare Hitze in ihrem Unterleib spürte, murmelte er heiser: „Dann wird dir wohl nichts anderes bleiben, als mich weiterhin zu hassen und mir zu misstrauen. Denn ich werde dich nicht gehen lassen. Ich halte an unserem Deal fest, bis die Hölle einfriert."

„Oder bis du mir sagst, dass ich gehen soll", flüsterte sie erstickt, als sie sich an die Worte ihrer ursprünglichen Vereinbarung erinnerte.

Er drückte sie in die Kissen zurück, mit Händen und Lippen begann er bereits das sinnliche Ritual. „Richtig, bis ich dir sage, du sollst gehen."

10. KAPITEL

Du kommst spät, Brenna", bemerkte Marcia Owens gespielt ernst, aber ihre Augen funkelten verschmitzt. „Das ist diese Woche schon das zweite Mal. Du solltest aufpassen, sonst liegt noch die Kündigung in deiner nächsten Lohntüte." Michaels Sekretärin war die attraktive, brünette Verkörperung der Effizienz. Sie war Mitte dreißig und besaß einen trockenen Humor, und es war auch nicht das erste Mal, dass sie Brenna wegen ihrer Stellung als Ehefrau und unbezahlte Bürohilfe neckte.

Brenna zog eine Grimasse. „Tut mir leid, Marcia. Ich habe mich heute Morgen nicht besonders wohlgefühlt, ich muss mir wohl irgendwas eingefangen haben. Michael sagte ich schon, dass er ohne mich fahren soll. Aber jetzt geht es mir wieder besser, also bin ich doch noch reingekommen." Sie zog den pfirsichfarbenen Blazer aus und hängte ihn zusammen mit ihrer Handtasche in den Schrank, bevor sie zu ihrem Schreibtisch ging. „Schließlich weiß ich doch, dass du ohne mich nicht klarkommst", flachste sie.

Die Frauen lächelten sich verstehend zu. Beide wussten, dass Brennas Anwesenheit im Büro von Twin Pines völlig unnötig war. Marcia Owens erledigte Michaels Angelegenheiten mit der außergewöhnlichen Kompetenz, die jedem seiner Mitarbeiter zu eigen war. Brennas Beitrag erstreckte sich auf das Tippen von Briefen, sie übernahm gelegentlich die Ablage und beantwortete das Telefon, wenn Marcia eine Kaffeepause einlegte. Dennoch machte es Brenna Spaß, die Vormittage mit Marcia im Büro zu verbringen. In den letzten drei Wochen waren sie zu Freundinnen geworden.

Jetzt schüttelte die Sekretärin den Kopf. „Du machst es dir nur selbst schwer. Warum bleibst du nicht zu Hause und pflegst dich, wenn es dir nicht gut geht? Es ist ja schließlich nicht so, als würde Mr. Donovan die Peitsche über dein Haupt schwingen." Marcia Owens musterte die Ehefrau ihres Chefs mit neidloser Bewunderung. Das Mädchen sah wirklich bezaubernd aus in der hellen Bluse und der pfirsichfarbenen Hose. Und wenn Brennas Hilfe zugegebenermaßen nicht nötig war, so mochte sie Brenna Donovan doch und genoss ihre heitere und ruhige Anwesenheit an den Vormittagen.

Für Marcia war offensichtlich, dass Michael Donovan der gleichen Meinung sein musste. Brenna schien eine besänftigende Wirkung auf ihren Chef zu haben, wenn sie vormittags im Büro war. Auch wenn es vielleicht jenen, die ihn nicht so gut kannten, nicht auffallen mochte. Sie aber arbeitete jetzt seit sechs Jahren tagtäglich eng mit ihm zusammen, und so konnte sie die Zeichen erkennen. So wie zum Beispiel am Tag zuvor, als er mit einem Stapel Verträge in der Hand aus seinem Arbeitszimmer gekommen war. Während er ihr erklärte, was sie mit diesen Verträgen zu tun habe, war sein Blick wie magnetisch angezogen zu seiner Frau gewandert, die drüben an den Aktenschränken still die Ablage erledigte. Er hatte seine Anweisungen nicht unterbrochen, er hatte nicht einmal ein Wort an Brenna gerichtet, doch sein Blick hatte auf ihr gelegen, bis er wieder in seinem Büro verschwunden war.

Brenna zuckte die Achseln. „Mir ist langweilig, ich bin die Untätigkeit einfach nicht gewohnt. Die Nachmittage verbringe ich mit Randy, dabei braucht er mich gar nicht, jetzt, da er Doris hat. Wenn ich nicht irgendetwas Nützliches tue, gehe ich die Wände hoch."

Marcia lächelte verständnisvoll. „Nach der Premiere von ‚Forgotten Moments' wirst du keine Probleme mehr mit Langeweile haben. Man wird dir mehr Angebote machen, als du annehmen kannst. So wie ich gehört habe, warst du absolut fantastisch."

Brenna klopfte leicht auf die Schreibtischplatte. „Dreimal

auf Holz klopfen", meinte sie. „Bis dahin aber bin ich eine simple Bürohilfe. Also, welche herausfordernden Aufgaben teilst du mir heute zu?"

Während Brenna den Stapel Unterlagen abheftete, den Marcia ihr gegeben hatte, spielte ein verträumtes Lächeln um ihre Lippen. Es war ihr geschickt gelungen, Marcias Frage auszuweichen. Schließlich konnte sie unmöglich zugeben, dass sie auch nach drei Monaten Ehe noch immer absolut vernarrt in ihren Mann war, sie würde es keinen ganzen Vormittag ohne ihn aushalten. Je näher der Premierentermin rückte, desto häufiger war Michael gezwungen, Zeit im Büro zu verbringen und sich um Werbung und Vertrieb zu kümmern. Nach einer Woche hatte Brenna sich über Langeweile beschwert und wie nebenbei gefragt, ob sie nicht morgens mit ihm auf das Gelände fahren und vielleicht im Büro helfen könne. Und Michael hatte ebenso wie nebenbei zugestimmt. Wirklich zufriedenstellend war es nicht, aber zumindest konnte sie in seiner Nähe sein. Sie sah ihn, konnte ab und zu ein Wort mit ihm wechseln und manchmal sogar mit ihm gemeinsam zum Lunch gehen. Deshalb war sie heute Morgen ja auch so wütend über diese jähe Übelkeit gewesen. Sie würde sich von einem dummen Virus nicht den Vormittag mit Michael verderben lassen. Schon vor zwei Tagen war sie zu Hause geblieben und hatte Michael erst wieder gesehen, als er abends zum Dinner zurückgekommen war.

Nein, sie hatte schon richtig entschieden, gegen die Übelkeit anzukämpfen. Jetzt fühlte sie sich wieder gut. Das Problem war zudem, dass sie in den letzten drei Monaten richtig verwöhnt gewesen war. Auch wenn sie Michaels Zeit nicht vollständig für sich hatte, während er von zu Hause aus arbeitete, so sah sie doch viel mehr von ihm als jetzt.

Sie hatten zwei himmlische Tage auf der Insel verbracht. In der Zeit hatte Brenna viel über sich selbst und über Michael herausgefunden. Die Fähigkeit zu körperlicher Leidenschaft, die sie bei sich entdeckt hatte, erstaunte und schockierte sie. In Michaels Armen war sie eine so begierige Schülerin geworden, dass Michael sogar manchmal amüsiert und triumphierend auflachte, bevor er ihr schenkte, um was sie ihn bat. Dass ihm ihr leidenschaftliches Wesen gefiel, wusste sie mit Sicherheit. Er flüsterte es ihr jedes Mal bei ihrem ekstatischen Liebesspiel ins Ohr, und sie sah es in seinem Blick, wenn sie sich beide auf dem Gipfel der Ekstase ineinander verloren. Michael war ein äußerst sinnlicher und fordernder Liebhaber, der einfach Spaß an der körperlichen Liebe hatte. Er war erfindungsreich, fantasievoll und so einfühlsam, dass er schon eine Woche nachdem sie das Bett mit ihm geteilt hatte, so genau auf ihre Bedürfnisse eingestellt war, dass er sie allein mit einem Blick erregen konnte.

Verträumt erinnerte sie sich an jenen Morgen vor knapp einem Monat, als er genau das getan hatte. Sie hatte im Schnittraum gesessen, bequem zusammengerollt in ihrem Lieblingssessel, als Michael zu ihr hingeschaut hatte. Seine Augen waren dunkel geworden, als er den Blick über ihre schlanke Figur hatte wandern lassen. Und plötzlich hatten ihre Brüste unter der maßgeschneiderten Bluse gespannt, und ihre Wangen hatten zu brennen begonnen. Bis heute wusste sie noch immer nicht, unter welchem Vorwand sich Michael bei den beiden Technikern entschuldigt hatte, oder wie sie aus dem Schnittraum nach oben ins Schlafzimmer gekommen waren. Sie hatten sich wild und ungestüm geliebt, bis sie atemlos und erschöpft einander in den Armen lagen.

„Erinnere mich daran, dass ich dir verbiete, den Schnittraum zu betreten." Mit unendlicher Zärtlichkeit hatte er sie geküsst. „Wie soll ich denn irgendeine Arbeit erledigt bekommen, wenn du mich ständig verführst?"

Und dann hatte er leise aufgeschrien, als sie ihn zur Strafe für seine Androhung ins Ohrläppchen biss.

Dabei bedurfte es wirklich keiner Verführungskünste, um Michael in ihr Bett zu locken. Er war ein Mann, der den körperlichen Kontakt öfter als die meisten anderen brauchte, und es verging keine Nacht, in der er sie nicht an sich zog, mit einem Hunger, der mit voranschreitender Zeit eher wuchs als schwächer wurde. Es erfüllte Brenna mit Erleichterung, als sie erkannte, dass Michael ihrer nicht leid wurde. Das war in den letzten Monaten ihre größte Angst gewesen. So unerfahren sie auch war, sie wusste, wie leicht Männer das Interesse verloren, wenn der Reiz des Neuen abgenutzt war. Und da Michael den Ruf hatte, seine Geliebten öfter zu wechseln als die meisten anderen, schien er sich sehr schnell mit einer Frau zu langweilen. Was für sie das Paradies sein mochte, wurde für einen Mann mit seiner Erfahrung möglicherweise schnell monoton und fad. Doch noch schien seine Leidenschaft nicht abzuflauen, was Brenna sehr erleichterte. Natürlich musste sie mit dem traurigen Wissen leben, dass er sie nicht liebte, vielleicht nie lieben würde. Doch solange er sie zumindest begehrte, konnte sie ihn halten, und das war besser als nichts. Es ist sehr viel besser als nichts, dachte sie. Michael mochte ihr keine Liebe geben, aber er schenkte ihr unvergleichliche körperliche Erfüllung.

Seit Michael von Janines tragischer Geschichte wusste, war ein weiteres Geschenk, dass seine Einstellung gegenüber Randy sich um hundertachtzig Grad gedreht hatte. Wie er ihr gesagt hatte, liebte er Kinder und konnte erstaunlich gut mit ihnen umgehen. Häufig stieß Michael jetzt am Nachmittag zu ihnen, um mit Randy zu spielen oder mit ihnen am Pool zu entspannen. Dann entstand eine häusliche Familienidylle, die in Brenna eine melancholische Sehnsucht wachsen ließ, gegen die sie allerdings entschieden ankämpfte. In einer Beziehung wie der zwischen ihr und Michael musste sie jeden Tag genießen, wie er kam. Denn wer konnte schon sagen, wie lange es noch andauern würde? Die Vergänglichkeit von Leidenschaft ohne Liebe war schließlich zur Genüge bekannt.

Brenna war mit dem Abheften der Unterlagen fertig und drehte sich gerade zu Marcia um, um nach dem nächsten Auftrag zu fragen, als sich die Tür von Michaels Büro öffnete. Ihr Mann trat heraus, in Begleitung eines kleinen grauhaarigen Mannes in einem verknitterten braunen Anzug. Als Michael den anderen hinausbegleitete und verabschiedete, gab er sich untypisch jovial für einen Mann von seiner eher ruppigen Art, und sie fragte sich verwundert, wer der magere kleine Mann wohl sein mochte.

Der Charme schwand sofort, als Michael sich umdrehte und Brenna beim Aktenschrank stehen sah. Er erwiderte auch ihr Lächeln nicht, als er zu ihr kam und mit gerunzelter Stirn vor ihr stehen blieb. „Was, zum Teufel, tust du hier?“, knurrte er unfreundlich. „Ich habe dir doch gesagt, du sollst im Bett bleiben.“

Sein unwirscher Ton verstörte sie inzwischen nicht mehr. „Mir geht es schon viel besser“, antwortete sie gelassen. „Das war wohl nur eine vorübergehende Magenverstimmung.“

„Du hättest mich anrufen sollen. Jetzt habe ich eine wichtige Lunchverabredung, die ich nicht absagen kann.“

Enttäuschung machte sich in ihr breit, die sie aber tapfer mit einem Lächeln kaschierte. „Kein Problem, dann finde ich eben jemand anderen, mit dem ich zum Lunch gehen kann.“ Sie schürzte die Lippen. „Du bist nicht unersetzbar, Mr. Donovan.“

Seine Augen blickten plötzlich starr. „Bin ich nicht?“ Unter dem leichten Ton war eine Spur Ernst zu vernehmen. „Langsam komme ich nämlich zu der Überzeugung, dass du es jedoch sein könntest, Mrs. Donovan.“

Er versetzte ihr einen Nasenstüber, drehte sich abrupt um und verschwand in seinem Büro. Brenna blieb zurück, mit

Augen, aus denen die Hoffnung strahlte, die seine flüchtige Bemerkung in ihr erweckt hatte. Sie ermahnte sich streng, dass sie zu viel in das kurze Wortgeplänkel hineinlas. Für ihn hatten die Worte wahrscheinlich keinerlei Bedeutung. Allerdings war er einem Eingeständnis, dass es möglicherweise eine Zukunft für sie beide geben könnte, noch nie näher gekommen.

Mit verträumter Miene traf sie auf Marcias amüsierten Blick, und vor Verlegenheit lief sie prompt rot an. „Wer war der komische kleine Mann bei Michael?“, fragte sie und hoffte, damit einer von Marcias spöttischen Bemerkungen zu entgehen.

Zwar hob Marcia beide Augenbrauen über eine so plumpe Ablenkungstaktik, dennoch beantwortete sie Brennas Frage bereitwillig. „Das war Daniel Thomas. Er ist ein genialer Kopf in der Entwicklungsabteilung von Cinetron Films. Mr. Donovan versucht ihn zu überreden, den Job bei Cinetron aufzugeben und seine Dienste Twin Pines zur Verfügung zu stellen. Bisher ist es ihm noch nicht gelungen. Mr. Thomas hat sich über die Jahre eine gesicherte Position mit Autorität und Einfluss bei Cinetron erarbeitet. Der finanzielle Anreiz, der ihm geboten wurde, hat offenbar nicht die Wirkung gezeigt, die dein Mann sich erwartet hatte.“ Marcia zuckte mit einer Schulter. „Aber es ist nur eine Frage der Zeit. Mr. Donovan kriegt immer, was er will.“

Brenna nickte lächelnd. „Mit Sicherheit!“, bestätigte sie mit Inbrunst und wurde wieder rot, als Marcia vielsagend loslachte.

Brenna zweifelte nicht daran, dass es Michael gelingen würde, Daniel Thomas für Twin Pines zu gewinnen. Michael hegte eine tiefe Antipathie gegen das gesamte System in Hollywood, wo Filme nur an ihrem Einspielerfolg an den Kinokassen gemessen wurden und nicht an ihrem künstlerischen Wert. Natürlich war er der Überzeugung, dass ein guter Film sich auch finanziell lohnen musste, aber seiner Meinung nach war das Ziel ein hervorragend gemachter Film, nicht klingelnde Kinokassen. Sicher, auch er musste mit verschiedenen Hollywood-Geldgebern verhandeln, doch er versuchte, sich und Twin Pines Schritt für Schritt von der riesigen Maschinerie abzukoppeln. Augenscheinlich hielt dieser unscheinbare kleine Mann einen Schlüssel dafür in der Hand. Und daher würde Michael auch alles daransetzen, ihn für sich zu gewinnen.

Der Rest des Vormittags verging recht schnell. Der übliche Strom von Besuchern ging bei Michael ein und aus, und Marcia gab Brenna weitere leichte Tätigkeiten zu erledigen. Brenna hatte gerade die letzte Seite eines Vertragstextes fertig getippt, als sie aufsah und Jake Dominic vor sich stehen sah. Er war braun gebrannt, wirkte topfit und erholt und sah einfach umwerfend gut aus in der weißen Hose und dem dunkelblauen Polohemd.

„Jake!" Freudig sprang Brenna auf und reichte ihm beide Hände. Sie hatte ihn nicht mehr gesehen, seit der Film abgedreht war. Michael hatte ihr erzählt, dass Jake sofort nach Abschluss eines Filmprojekts immer auf unbestimmte Zeit mit seiner luxuriösen Segeljacht verschwand, bis die Anspannung der Arbeit verflogen war und die Langeweile einsetzte. Wenn er dann zurückkam, war er voller Tatendrang, das nächste Projekt in Angriff zu nehmen. Dass bei diesen unbefristeten Segeltörns immer eine schöne und leidenschaftliche Frau mit von der Partie war, verstand sich von selbst. Dieses Mal, so hatte Brenna in der Gerüchteküche gehört, sollte es sich dabei um die Ehefrau des Staatsoberhaupts eines kleinen südamerikanischen Landes gehandelt haben, und das Außenministerium kaute angeblich kollektiv Fingernägel aus Angst, Dominics Affäre könne einen internationalen Zwischenfall provozieren.

Und nun stand er hier vor ihr, lässig und arrogant wie eh und je, und sah mit einer hochgezogenen Augenbraue lächelnd auf sie herab. „Du meine Güte, Brenna! Was denkt sich Michael denn noch alles für dich aus? Ehefrau, Geliebte, Schauspielerin – und jetzt auch noch Sekretärin. Ich werde dich auf meinen nächsten Segeltörn mitnehmen müssen, damit du endlich mal eine Ruhepause bekommst."

„Nach dem, was ich so höre, sollen die Damen, die du auf deiner Jacht mitnimmst, sehr viel weniger Ruhe haben als ich." Brenna lächelte verschmitzt. „Aber du siehst eigentlich gut erholt aus für einen Mann, der angeblich vor schwingenden Macheten flüchten musste. Oder haben sie Steinschleudern benutzt?"

„Weder noch." Dominic grinste träge. „Alles nur viel Wind um nichts. Der Mann der Lady bleibt völlig friedlich, solange sie ihre Affären diskret handhabt."

Bei der Vorstellung, jemand könne einen Segeltörn mit Jake Dominic auf seiner Jacht als diskret bezeichnen, musste Brenna lachen.

„Ich habe dein Lachen vermisst", sagte Jake leise, und in seinen dunklen Augen war plötzlich eine Andeutung von Einsamkeit zu sehen. „Es war langweilig", fügte er noch hinzu. „Viel langweiliger als sonst."

Brenna verspürte Mitgefühl in sich aufkeimen für den Mann, der alles hatte, was ein Mann sich wünschen konnte, und der dennoch seltsam zerrissen und einsam schien. „Vielleicht solltest du es beim nächsten Mal mit einer Schwedin probieren", schlug sie unbeschwert vor, um ihn aus seiner trüben Stimmung zu locken.

Ihr Plan ging auf. Dominics Temperament sprang sofort darauf an, seine Augen glitzerten. „Oh, die Erfahrung habe ich schon hinter mir." Er schüttelte sich. „Die Schwedinnen sind mir zu aggressiv. Ich war völlig ausgelaugt, als ich wieder in den Hafen einlief."

„Und was war mit ihr?" Brenna grinste.

„Helga ist sofort in die Schweiz weitergereist, zu ihrem Skilehrer. Er soll Aspirant für die Olympischen Spiele gewesen sein, bevor sie ihn in die Finger bekam.“ Jake seufzte schwer, aber seine Augen lachten. „Seither hat man nichts mehr von ihm gehört.“

Brenna konnte ein vergnügtes Kichern nicht unterdrücken. „Was tust du hier in Twin Pines?“, fragte sie schließlich. „Michael hat nichts davon erwähnt, dass du einen Film machst.“

Er zuckte mit den Achseln. „Ich muss wieder an die Arbeit gehen. Wenn ich zu viel Freizeit habe, werde ich unruhig, und dann gibt es meist nur Ärger.“

„Ja, so etwas habe ich auch schon über dich gehört“, stimmte Brenna zu. „Bist du etwa die wichtige Lunchverabredung, die mein Mann nicht verschieben kann, um mit der eigenen Frau essen zu gehen?“

„Nein, das nicht. Aber ich biete mich gerne als Ersatz an, wenn du so lange warten willst, bis ich deinen unritterlichen Mann begrüßt habe. Michael sagte mir etwas von einem neuen Skript, das ich abholen soll. Irgendein Thriller über ein Atomkraftwerk. Michael meint, es hat Potenzial.“

„Einverstanden“, stimmte Brenna heiter zu. „Rede du nur mit Michael, ich mache mich inzwischen fertig zum Gehen.“

Dominic winkte ihr noch kurz zu, bevor er – ohne anzuklopfen – Michaels Büro betrat, und Brenna ging zum Schrank, um Jacke und Handtasche hervorzuholen. Als sie zum Schreibtisch zurückkehrte, bemerkte sie, dass Marcia sich vor Lachen schüttelte. Brenna blickte die Ältere verständnislos an, und die Sekretärin wischte sich eine Träne aus dem Augenwinkel.

„Entschuldige, Brenna, aber ich konnte nicht anders, ich musste mithören. Es ist urkomisch.“

„Was ist urkomisch?“ Brenna verstand überhaupt nichts mehr.

Marcias Augen funkelten vergnügt. „Die gnädige Art, mit der du den notorischsten Don Juan diesseits der Erdkugel als ‚Ersatz' für deinen Ehemann akzeptierst. Das würde niemand glauben."

Brenna grinste. Ja, es hörte sich wirklich lustig an, wenn man es aus Marcias Blickwinkel sah. Und wenn man nicht wusste, dass besagter Ehemann Michael Donovan war.

„Ich störe dieses vergnügliche Beisammensein ja nur ungern, aber ich möchte zu Mr. Donovan." Die rauchige Stimme triefte vor Sarkasmus, und beide, Brenna und Marcia, sahen verdutzt der Frau entgegen, die unbemerkt eingetreten war. Brennas Augen wurden groß, als sie erkannte, wen sie da vor sich hatte. Die violetten Augen, die aschblonde wilde Mähne und die kurvenreiche Figur waren ebenso bekannt wie die kehlige Stimme. Melanie St. James war mit ihrem ersten Film, einer Michael-Donovan-Produktion, in den Olymp der Stars aufgestiegen. Ein Stich durchfuhr Brenna, als sie an die damaligen Artikel in der Klatschpresse zurückdachte, die sich alle in Spekulationen über eine heiße Affäre zwischen Michael und seinem umwerfend aussehenden Protegé ergingen.

Marcia Owens fand sofort zu ihrer üblichen kompetenten Haltung zurück. „Erwartet Mr. Donovan Sie?"

Der sinnliche Schmollmund wurde hart. „Natürlich erwartet er mich", kam es überheblich zurück. „Wir sind zum Lunch verabredet."

Bei den Worten der Frau breitete sich Eiseskälte in Brennas Adern aus. Das war also Michaels wichtige, unaufschiebbare Lunchverabredung!

Marcia nahm den Telefonhörer auf. „Ich sage ihm Bescheid, dass Sie hier sind. Im Moment ist Mr. Dominic noch bei ihm."

„Jake Dominic?" Melanie St. James' Blick nahm einen geradezu gierigen Schimmer an. „Ich habe ihn noch nie getroffen. Arbeitet er jetzt mit Donovan zusammen?"

„Manchmal“, gab Marcia die ausweichende Antwort und sprach dann in die Muschel. „Mr. Donovan ist jetzt für Sie da, Miss St. James. Sie können zu ihm hineingehen.“

Ein triumphierendes kleines Lächeln erhellte Melanie St. James’ Gesicht. „Ich sagte doch, er erwartet mich. Schließlich hat er mich angerufen.“ Sie rauschte an den beiden Frauen vorbei in Michaels Büro und ließ Marcia Owens, die angestrengt Brennas Blick mied, voll verlegenem Mitgefühl für die jüngere Freundin zurück.

Wie ein Schlafwandler ging Brenna in den Waschraum. Sie achtete darauf, an nichts zu denken, ihren Kopf völlig frei zu halten. Sie wusch sich das Gesicht, zog den Lippenstift nach, richtete sich das Haar, alles mit äußerster Sorgfalt. Sie schindete Zeit, wollte nicht im Raum sein und zusehen müssen, wie ihr Mann die üppige Schauspielerin zum Büro hinausbegleitete. Eigentlich war es kein klarer Plan, sondern mehr Selbsterhaltungstrieb. Sie wusste, diese Tortur würde sie nicht ertragen.

Als sie zurückkam, stand Dominic bei Marcia am Schreibtisch. Ihre Unterhaltung verstummte bei Brennas Eintritt abrupt. Dominic warf nur einen Blick auf ihr bleiches, verspanntes Gesicht, murmelte eine Verwünschung unter angehaltenem Atem und kam zu ihr, um ihr die Hand an den Ellbogen zu legen. „Ihr Frauen seid doch alle Närrinnen“, bemerkte er rau. „Komm, lass uns zum Lunch gehen, und ich werde versuchen, dich wieder zur Vernunft zu bringen.“

Halb schob, halb zog er sie zur Tür hinaus. Jeder Protest, den sie vielleicht hätte äußern wollen, erstarb nach einem Blick in seine grimmig entschlossene Miene. Das war nicht derselbe Jake Dominic, mit dem sie vor ein paar Minuten noch gescherzt hatte. Stumm folgte sie ihm und ließ sich von ihm in seinen schwarzen Ferrari helfen, mit dem er sie zu einem kleinen Restaurant am Rande der Stadt brachte. Es sah eher wie ein Wohnhaus aus, und nur ein diskretes Schild warb in unauffälligen Lettern für eine exquisite Küche.

Erst als sie schon in der ruhigen Nische saßen, zu der man sie führte, und Dominic die Bestellung für sie beide aufgegeben hatte, wandte Jake sich mit ruhiger Entschlossenheit an Brenna.

„Also gut, jetzt werden wir reden. Kannst du mir bitte sagen, warum du dreinschaust als hätte man dich den Löwen zum Fraß vorgeworfen?"

Typisch Jake, mit einem solch bildlichen Vergleich aufzuwarten, dachte sie bedrückt. Aber sie hatte nicht vor, sich ihm anzuvertrauen. Die Wunde war noch zu frisch, um einen so erbarmungslosen Mann wie Jake darin herumstochern zu lassen. „Ich fühle mich einfach nur nicht wohl. Du kannst Marcia fragen, sie wird dir bestätigen, dass ich heute Morgen erst später ins Büro gekommen bin."

„Blödsinn!", widersprach Jake sofort. „Wir beide kennen den Grund, der dir von einer Sekunde auf die andere die Laune verdorben hat. Ich wollte es ja von dir selbst hören, aber wenn du es nicht aussprichst, dann muss ich es wohl tun."

„Ich will nicht darüber reden." Brenna starrte verlegen auf ihre verschränkten Finger auf dem weißen Damasttischtuch.

„Dein Pech!", kam es kalt von ihm zurück. „Michael ist mein bester Freund, und ich hoffe, dich bald als meinen zweitbesten Freund bezeichnen zu dürfen, Brenna. Ich werde nicht zulassen, dass ein typisch weibliches Missverständnis euch beide verletzt. Also, lass uns über dieses lockere kleine Sexkätzchen reden, mit dem Michael heute zum Lunch geht."

Brenna zuckte zusammen. „Ich sehe da kein Missverständnis, im Gegenteil. Alles ist völlig klar."

„Für eine Frau ist es das immer", meinte er trocken. „Ist dir überhaupt der Gedanke gekommen, dass es einen anderen Grund als den offensichtlichen geben könnte, weshalb Michael sich mit der schönen Miss St. James trifft? Sie arbeiten nämlich beide im selben Business, weißt du?“

„Sie hat keinen Vertrag mehr mit Michael“, erwiderte Brenna elend. „Jeder weiß, dass sie vor zwei Jahren bei Fox unterzeichnet hat.“

„Das war zu der Zeit, als die Sache zwischen ihr und Michael zu Ende ging“, informierte Jake sie kühl. „Wenn ich mich recht entsinne, war es Michael, der die Affäre beendete. Also warum, zum Teufel, sollte er in der Asche einer alten Beziehung stochern?“ Er zog eine Grimasse. „Es gibt nichts weniger Reizvolles als eine Frau, mit der man Schluss gemacht hat, glaub mir.“

Dominics brutale Offenheit half ihr nicht, im Gegenteil. Als ihr klar wurde, wie ähnlich sich die beiden Männer waren, erschauerte sie. Würde Michael eines Tages für sie den gleichen Abscheu empfinden wie für seine ehemalige Geliebte? Versuchte er ihr schon jetzt auf diese grausame und gefühllose Art zu zeigen, dass sie sich keine Hoffnungen auf eine beständige Beziehung mit ihm zu machen brauchte?

„Du bist Michael ein guter Freund, Jake.“ Ihre Stimme klang heiser, in ihren Augen schimmerten ungeweinte Tränen. „Aber ich denke, in diesem Falle bist du derjenige, der die Situation falsch interpretiert.“

„Verdammt!“ Besorgt legte er seine Hand auf ihre und wurde ernst. „Melanie ist Michael völlig gleichgültig. Lass es dir von jemandem gesagt sein, der es wissen muss. Bevor du kamst, waren Frauen nichts anderes als Spielzeug für ihn. Man spielt so lange, wie man Lust hat, und dann legt man es weg. In fünfzehn Jahren habe ich Michael nie so gesehen wie mit dir. Der Mann ist ganz offensichtlich völlig verrückt nach dir, du kleine Närrin.“

„Das ist sehr beruhigend“, entgegnete sie bitter. „Vielleicht dauert es bei mir ja ein paar Monate länger als bei Melanie St. James.“ Sie fuhr sich erschöpft durchs Haar. „Jake, ich weiß, du tust, was du für richtig hältst, aber diese Diskussion zerreißt mich nur." Ihre Lippen begannen zu beben. „Ich könnte jetzt sowieso nichts essen ... Würdest du mich bitte nach Hause bringen?"

Mit einem Seufzer und einer Miene, auf der die pure Unzufriedenheit zu lesen stand, zog Jake ein paar Geldscheine aus seiner Brieftasche und warf sie auf den Tisch. „Ich hätte es besser wissen müssen, als mit einer Frau vernünftig über ihre Gefühle reden zu wollen", murmelte er düster und stand auf. „Dann komm, du Märtyrerin. Ich fahre dich nach Hause, damit du schmollen und grübeln kannst und dich bis zu Michaels Rückkehr zum Dinner heute Abend so richtig hochgeschaukelt hast. Frauen!"

Vielleicht war es auf Jakes letzten bissigen Kommentar zurückzuführen, dass Brenna genau das Gegenteil tat, nachdem er sie abgesetzt hatte. Sie hielt sich mit fiebriger Hektik beschäftigt, räumte Schränke und Schubladen im Schlafzimmer auf, verbrachte Zeit mit Randy beim Pool und nahm schließlich das Skript zur Hand, das Michael ihr dagelassen hatte, doch Letzteres war ein hoffnungsloser Fall. Ihr Geist weigerte sich, auch nur ein Wort des Dialoges aufzunehmen.

Michael rief dreimal im Laufe des Nachmittags an, und jedes Mal ließ sie sich von einer verwirrten und verständnislosen Mrs. Haskins mit einem fadenscheinigen Vorwand verleugnen. Bei seinem letzten Anruf richtete er aus, dass er nicht zum Abendessen nach Hause kommen würde, eine Nachricht, die Mrs. Haskins Brenna mit kaum verhohlener Genugtuung überbrachte. Die Haushälterin betete Michael an, ihrer Meinung nach behandelte Brenna ihr Idol ganz offensichtlich ungerecht und schlecht.

Also ließ Brenna das Dinner ebenfalls ausfallen und zog sich ins Schlafzimmer zurück, um auf Michael zu warten.

Keine gute Idee, wie sie bemerkte, als düstere Wolken der Depression über sie hereinrollten, sie zu grübeln begann und schließlich genau in dem Selbstmitleid ertrank, das Dominic ihr vorhergesagt hatte. Daher sprang sie auf, lief ins Bad und drehte die Wasserhähne über der großen Wanne auf. Das Haar steckte sie sich locker auf den Kopf, ihre Sachen ließ sie achtlos, dort wo sie stand, zu Boden fallen und stieg in das Wasser, lehnte sich der Länge nach in den duftenden Schaum zurück und legte den Kopf an den Wannenrand. Das Wasser war warm und entspannend und fühlte sich an wie flüssige Seide auf ihrer Haut. Jäh schossen ihr Bilder von jenem ersten Tag auf der Insel in den Kopf, als Michael auf dem Rand der großen Wanne bei ihr gesessen hatte. Die Spitzen ihrer Brüste richteten sich unwillkürlich auf, als ihre Erinnerung, ohne dass sie etwas dagegen unternehmen konnte, die zärtliche Liebesszene noch einmal Detail für Detail abspielte. Die erste Liebesszene, der noch viele folgen sollten und welche sie immer fester an Michael gebunden hatten. Jetzt fielen auch die Tränen auf ihre Wangen, die sie den ganzen Tag zurückgehalten hatte, und sie wusste, die Zeit, sich selbst gegenüber ehrlich zu sein, war gekommen.

Jake hatte nicht wirklich ahnen können, warum Michaels Lunchverabredung mit Melanie St. James sie derart getroffen hatte. Dumm genug zu glauben, Michael könne mit ihr fertig sein, war sie nicht. Nein, dazu begehrte er sie noch immer zu sehr. Wenn sie sich liebten, war es absolut fantastisch. Diesen Fehler würde sie also nicht machen. Wahrscheinlich hatte Jake recht, der Lunch mit Melanie St. James hatte einen völlig harmlosen Beweggrund. Doch was ihre Welt bis in die Festen erschüttert hatte, war ihre eigene Reaktion allein auf die Vorstellung, Michael könne ihrer überdrüssig werden. Der Schmerz hatte ihr den Atem geraubt, hatte jede Lebensfreude in ihr abgetötet, so als hätte diese nie existiert. In diesem Moment war ihr klar geworden, dass sie sich die ganze Zeit über selbst belogen hatte.

Seit sie sich ihre Liebe für Michael eingestanden hatte, war sie immer davon ausgegangen, dass ein so wunderbares Gefühl sie nur bereichern konnte, dass sie in den Jahren, die kommen würden, davon zehren konnte. Was sie nicht bemerkt hatte, war, dass erst er die Leinwand ihres Lebens mit seinen schwungvollen Pinselstrichen mit farbenfroher Pracht bemalt hatte. Ohne ihn würde die allumfassende Vitalität schwinden, als hätte es sie nie gegeben. Und ihre Liebe zu ihm wuchs mit jedem Tag. Der Himmel allein wusste, wie groß ihre Abhängigkeit von ihm werden würde, wenn sie noch länger blieb. Wenn sie jetzt ging, so war es, als würde sie ein Bein verlieren, aber das würde sie überleben. Doch wenn sie wartete, bis er sie vor die Tür setzte – und er hatte keinen Zweifel daran gelassen, dass er es irgendwann schließlich tun würde –, dann würde sie es nicht überleben. Diese Erkenntnis war es, die sie so erschüttert zurückgelassen hatte – das Wissen, dass sie Michael verlassen musste, und zwar bald, aus reinem Selbsterhaltungstrieb. Sie würde ihr Wort ihm gegenüber brechen müssen, denn gehen lassen würde er sie nicht. Noch nicht.

Die Tränen rannen unaufhaltsam herab, unwirsch wischte Brenna sie fort. Sie war immer stark und unabhängig gewesen. Sie würde über diese albernen Qualen hinwegkommen und stärker denn je daraus hervorgehen. Sie würde gehen und diesen willensstarken Mann nie wiedersehen. Sie würde sich ein neues Leben aufbauen, für sich und Randy, und es würde ein gutes Leben sein.

Brenna schloss die Augen, aber die dummen Tränen rollten noch immer. Ja, sie würde all diese Dinge tun, versicherte sie sich in Gedanken. Aber zuerst würde sie sich eine letzte Nacht schenken. Sie würde ihrer wahren Liebe, Michael Donovan, Lebewohl sagen.

Sie stieg aus der Wanne, trocknete sich ab und gab großzügig ihr nach Lavendel duftendes Puder auf die Haut. Dann schlüpfte sie in ihr Lieblingsnegligé, ein romantisches Ensemble aus weißer Seide mit winzigen pinkfarbenen Rosen. Der runde Ausschnitt und die hoch angesetzte Taillierung des Nachthemdes wurden ergänzt von dem fließenden Übermantel mit den weiten Ärmeln. Noch die weißen Satinhausschuhe angezogen, dann kämmte sie ihr Haar, bis es ihr wie ein seidenes Cape über den Rücken fiel. Mit bittersüßer Anerkennung betrachtete sie ihr Konterfei in dem mannshohen ovalen Spiegel an der Schranktür. Ja, das war das Bild, das Michael von ihr in Erinnerung behalten sollte, nachdem sie gegangen wäre.

Brenna schaltete das Licht im Schlafzimmer aus und ging nach unten, um dort auf Michael zu warten.

Mit untergeschlagenen Beinen saß sie an einem Ende der Couch und blätterte eine Zeitschrift durch, als eine knappe Stunde später die Haustür krachend aufflog. In der Halle konnte sie Michaels energische Schritte hören.

Er stürmte ins Wohnzimmer wie ein Wirbelsturm. Das Jackett hatte er irgendwo auf dem Weg ins Wohnzimmer ausgezogen, in schwarzen Hosen und weißem Hemd, dessen Kragen am Hals lässig offen stand, kam er auf Brenna zu. Sein Haar leuchtete flammend im Licht der Lampen, und wie immer schien er alle Energie im Raum aufzusaugen. Seine Züge waren hart und angespannt, die Wut stand ihm im Gesicht, als er sie bei den Schultern packte und auf die Füße zog.

„Verdammt! Was soll das?“, fluchte er rasend. „Wieso nimmst du meine Anrufe nicht entgegen? Du wusstest doch genau, dass ich einen Termin nach dem anderen hatte und mich deshalb nicht mit dir treffen konnte. Ich habe die Hölle durchgemacht, seit Jake mich anrief und berichtete, welch alberne Hirngespinste du dir zusammenreimst. Frauen!", stieß er angewidert aus.

Ein Lächeln zuckte um Brennas Mundwinkel. „Genau das hat Jake auch gesagt."

Er hörte sie gar nicht. Das Kinn hart vorgeschoben, fuhr er fort: „Du hältst jetzt den Mund und hörst dir an, was ich dir zu sagen habe. Es gab einen verdammt guten Grund, weshalb ich mit Melanie zum Lunch gegangen bin, und wenn du nicht so stur wärst, hätte ich ihn dir am Telefon erklärt."

„Hast du schon gegessen?" Ihr Blick wanderte liebevoll über die harschen Züge.

„Was?" Er war aus dem Konzept gebracht, verdutzt schaute er sie an.

„Hast du schon Dinner gehabt?", wiederholte sie.

„Nein, dafür hatte ich keine Zeit", antwortete er ungeduldig. „Hör zu, Brenna, wir müssen das klären."

„Ich bereite ein Omelett für dich zu", fiel sie ihm lächelnd ins Wort. „Du kannst mir alles erzählen, während ich koche. Der Kaffee ist schon fertig."

Sie machte sich aus seinem Griff frei und ging durch die Halle in die Küche. Er folgte ihr auf dem Fuß, so als befürchte er, sie könne versuchen zu fliehen. Sie deutete zur Frühstücksbar. „Es dauert nur eine Minute." Sie goss einen Kaffee für ihn ein, gab Sahne hinzu, so wie er es mochte, und stellte die Tasse vor ihn hin.

Er hielt ihre Hand fest, als sie sie zurückziehen wollte, und als sie die Augen hob und auf seinen Blick traf, stand blanker Argwohn in seinem Gesicht. „Was für ein Spiel spielst du hier, Brenna? Jake sagte, du seist völlig aufgelöst gewesen, als ihr euch getroffen habt. Jetzt aber bist du gelassen und kühl wie ein Eisberg. Willst du gar nicht wissen, wie das mit Melanie war?"

Sie hielt seinem Blick ruhig stand. „Wenn du es mir erzählen möchtest. Aber Jake hatte vollkommen recht – ich habe überreagiert."

Sie spürte, wie die Anspannung langsam von ihm wich. „Ich bin froh, dass du das einsiehst", erwiderte er aufgeräumt. „Ich hatte mir schon ausgemalt, ich müsse dir nachjagen und dich an den Haaren zurückschleifen."

Brenna senkte die Augen auf ihre Finger, die er noch immer mit festem Griff hielt. „Wenn du mich loslässt, mache ich dir das Omelett."

Fast unwillig gab er sie frei, dann lehnte er sich zurück und sah ihr dabei zu, wie sie in der Küche hantierte, die Eier aufschlug, Milch hinzugab, die Pfanne auf dem Herd erhitzte und die Eier hineinfließen ließ. Er sagte kein Wort, bis das lockere Omelett vor ihm stand, Brenna einen Kaffee für sich selbst eingoss und sich ihm gegenüber auf den Hocker setzte.

Er führte einen Bissen zum Mund und sah auf. „Ich brauche Melanie, sie soll mir einen Gefallen tun", hob er abrupt an und verzog dann zynisch den Mund. „Nicht, dass Melanie jemals jemandem einen Gefallen tun würde ohne entsprechende Gegenleistung. Dieser Fall bildet da keine Ausnahme. Ich musste ihr einen mehr als großzügigen Scheck für ihre Mühe ausstellen." Während er aß, beobachtete er Brennas Gesicht aufmerksam, achtete auf Zeichen von Ärger oder Misstrauen. „Sie soll jemanden für mich bezaubern, damit er in meine Organisation überwechselt. Der alte Mann ist ein großer Fan von ihr, und ich dachte mir, wenn ich ihn ihr vorstelle, könnte das die Waage vielleicht zu meinen Gunsten ausschlagen lassen."

„Daniel Thomas?", riet Brenna.

Michael nickte. „Genau. Er war heute bei dem Lunch dabei."

„Hat es funktioniert?" Sie nippte an ihrem Kaffee.

Michael zuckte mit den Achseln. „Schwer zu sagen. Wenn es nicht klappt, muss ich mir etwas anderes ausdenken." Er hatte zu Ende gegessen, schob den Teller von sich und nahm einen Schluck Kaffee. Dann umfasste er wieder ihre Hand. „Du hast mich zu Tode erschreckt, weißt du das eigentlich?“, sagte er leise. „Ich habe sogar Phillips angerufen und ihn angewiesen, mir sofort Bescheid zu geben, solltest du das Haus verlassen.“

„Der arme Bob. Er muss mich ja für ein schrecklich flatterhaftes Frauenzimmer halten“, kommentierte sie unbekümmert. Sie erwiderte den Druck seiner Finger liebevoll, dann stand sie auf und wollte das Geschirr abräumen.

„Nein, lass stehen“, knurrte Michael leise. Er zog sie um die Bar herum, sodass sie vor ihm stand. Der Blick, mit dem er sie musterte, glich einer zärtlichen Liebkosung. „Du wirst mit jedem Tag schöner, habe ich dir das schon gesagt?“ Mit sanften Fingern griff er an den Ausschnitt ihres Nachthemdes und legte ihre Schultern frei, um den Kopf zu senken, seine Lippen an den Puls an ihrem Hals zu pressen und mit der Zungenspitze über ihre Haut zu fahren. Sofort beschleunigte sich ihr Herzschlag, wie immer, wenn Michael sie auch nur flüchtig berührte. Als seine Hände ihre festen Rundungen umfassten und er mit den Daumen die aufgerichteten Knospen unter der feinen Seide reizte, atmete sie schneller. Auch sein Atem ging jetzt rauer, und als er ihren Mund fordernd in Besitz nahm, ließ der Kuss sie beide voll sehnsüchtigem Verlangen zurück.

„Ich gebe dir zwei Minuten, um nach oben und ins Bett zu kommen“, murmelte er heiser, als er die Lippen von ihrem Mund löste. „Es sei denn, du willst lieber herausfinden, wie erotisch es sein kann, sich in der Küche zu lieben.“

Mit einem Lächeln küsste sie ihn leicht. „Ein anderes Mal vielleicht.“ Abrupt wandte sie sich ab, als ein stechender Schmerz sie durchzuckte. Nach heute Nacht würde es kein anderes Mal mehr geben.

Sie wartete bereits auf ihn, als er wenige Minuten nach ihr ins Schlafzimmer kam. Auf dem Bett, die Beine seitlich untergeschlagen, sah sie ihm verführerisch entgegen. Und sein Blick lag warm und zärtlich auf ihr, als er begann, sich das Hemd aufzuknöpfen.

„Nicht!“ Sie fasste seine Hände und hielt ihn auf, kniete sich auf das Bett und machte sich an den Knöpfen zu schaffen. „Lass mich das für dich tun“, flüsterte sie, die Augen sanft und bittend. „Heute Nacht will ich alles für dich tun. Zeig mir, wie ich dich glücklich machen kann.“

Unendlich langsam knöpfte sie sein Hemd auf, strich es ihm von den Schultern und bedeckte die bloß gelegte Haut mit einem Schauer von flüchtigen kleinen Küssen. Sie hatte die reine Wahrheit gesagt, sie wollte ihn glücklich machen, denn nicht nur wollte sie eine nie verblassende Erinnerung für sich haben, sie wollte auch Michael ein unvergessliches Erlebnis schenken. Sie schlang die Arme um seinen Hals und küsste ihn zärtlich auf die Lippen, legte all ihre Liebe in diesen Kuss hinein, die sie für diesen schwierigen und aufregenden Mann besaß. „Zeig es mir“, bat sie noch einmal.

Und in den darauffolgenden Stunden zeigte er ihr alles, was sie sich gewünscht hatte. Sie prägte sich jeden Muskel, jede Linie seines Körpers ein, so wie er es zu Anfang bei ihr getan hatte. Sie lernte, wie sie ihn mit Händen und Lippen zum Gipfel der Lust führen konnte, und dabei empfand sie ebenso viel Vergnügen wie er. Michael verlangte unersättlich nach ihr, so wie sie unersättlich nach ihm verlangte, so als würde er ihre Verzweiflung spüren, mit der sie ihm ihre Liebe zeigte, auf die einzige Art, die er akzeptierte. Erst im Morgengrauen schlief Michael ein, den Arm fest und schützend um Brennas warmen Körper gelegt.

Doch Brenna lag mit weit offenen Augen da, den Blick starr auf das Fenster gerichtet, vor dem der Himmel sich langsam heller färbte. Denn sie wusste mit einer Gewissheit, die ihr das Herz zerriss, dass es Zeit für sie wurde, zu gehen.

11. KAPITEL

Es war kurz nach Mittag, als das Taxi vor dem Rialto abbremste. Der Fahrer stieg aus, kam um den Wagen herum und hielt höflich die Tür für Brenna auf. Sie bezahlte ihn und eilte mit hastigen Schritten auf den Bühneneingang zu. Das Treffen mit Charles Wilkes war die letzte Phase ihrer Flucht vor Michael Donovan, und sie wollte es so schnell wie möglich hinter sich bringen.

Kaum zu glauben, dass sie vor acht Stunden noch in Michaels Armen gelegen hatte, und jetzt suchte sie Charles' Hilfe, um sich für immer aus Michael Donovans Welt zurückzuziehen. Die verstohlene Abreise aus Twin Pines, mit nur einer Reisetasche in der Hand und einem schlafenden Randy auf dem Arm, und die lange Fahrt zum Flughafen in Portland schien ihr eine Ewigkeit zurückzuliegen und nicht nur Stunden. Sie hatte Glück gehabt. Nachdem sie den Mercedes abgestellt und die Schlüssel zusammen mit einer Nachricht für Michael in einem Umschlag am Informationsschalter hinterlegt hatte, konnte sie einen Platz für sich und Randy in einer Maschine buchen, die nur eine halbe Stunde später nach Los Angeles abflog. Sie hatte gerade noch Zeit gehabt, einen völlig verdatterten Charles anzurufen und ihn zu bitten, sie um die Mittagszeit im Theater zu treffen, bevor der Flug auch schon aufgerufen wurde.

Brenna bat Charles nur ungern um Hilfe, aber sie sah keine andere Möglichkeit. Ihr war erschreckend wenig Bargeld übrig geblieben, nachdem sie den Flug und das Taxi zu Vivian Barlows Wohnung bezahlt hatte, wo sie Randy absetzte. Sie brauchte einen Job und musste irgendwo unterkommen und zwar nicht in Los Angeles. Sie hatte ihr Wort gegenüber Michael gebrochen, und sie wusste doch, mit welch skrupelloser Entschlossenheit er sich zurückholen würde, was ihm gehörte. Charles hatte Kontakte zu Theatergruppen in ganz

Kalifornien, zudem zu verschiedenen Universitäten und akademischen Einrichtungen. Wenn irgendjemand ihr einen sicheren Hafen finden konnte, dann ihr früherer Mentor.

Wie erwartet, war der Bühneneingang offen. Brenna blieb kurz stehen, um sich das Haar zu richten und die Bluse ordentlich in den Hosensaum zu stecken. Sie wollte nicht zerzauster und verzweifelter wirken als nötig. Charles machte sich so oder so schon Sorgen genug. Und wenn sie ihn jetzt auch noch um seine Hilfe bat, um Michael zu entkommen … Charles war über die Heirat ehrlich begeistert gewesen.

Durch den schwach beleuchteten Korridor eilte sie zu Wilkes' Büro. Die Tür stand einen Spaltbreit offen, Licht von der alten Schreibtischlampe fiel hindurch. Brenna drückte die Tür auf.

„Komm herein, Brenna."

Alles Blut wich ihr aus dem Gesicht, als sie regungslos auf den rothaarigen Mann starrte, der sich bei ihrem Eintritt lässig aus dem Schreibtischstuhl erhob.

„Michael!" Brenna war völlig konsterniert. Instinktiv wich sie einen Schritt zurück, Panik drängte sie zur Flucht.

„Denk nicht einmal daran." Michaels Stimme war hart wie Stahl. „Ich hätte dich eingeholt, noch bevor du auf dem Korridor bist." Seine blauen Augen blickten sie eiskalt an. „Du wirst hereinkommen und dich setzen, und dann werden wir ein Wort miteinander reden, bevor wir in mein Apartment gehen. Ist das klar?"

Traurig schüttelte sie den Kopf, als der erste Schock nachließ. „Nein, Michael. Ich komme nicht zu dir zurück."

„Du wirst", beharrte er arrogant. „Ich weiß zwar nicht, was hier abläuft, aber ich werde es herausfinden."

Brenna kam ein paar Schritte in den Raum hinein. Mit flehenden Augen blickte sie ihn an. „Alles Reden der Welt wird meine Meinung nicht ändern. Lass mich gehen, Michael."

Ein Muskel zuckte in seiner Wange. „Den Teufel werde ich tun!“

Brenna seufzte müde. Nach all dem Schmerz und den Qualen, die sie ausgestanden hatte, um ihn zu verlassen, würde sie alles noch einmal durchmachen müssen. „Wo ist Charles?“, fragte sie matt. „Hat er dich angerufen?“

Michael schüttelte den Kopf. „Ich habe ihn angerufen, ungefähr eine halbe Stunde nach dir. Als ich feststellte, dass du verschwunden warst, war mir klar, du würdest dich entweder an ihn oder Vivian Barlow wenden. Als ich Charles sagte, wir hätten eine der kleinen Auseinandersetzungen gehabt, wie sie in den besten Ehen vorkommen, war er nur zu gern bereit, mitzuspielen. Er hat nämlich eine Schwäche für Happy Ends.“

„Es tut mir leid, dass du dir solche Umstände gemacht hast.“ Sie sah ihn nicht an. „Ich fürchte nur, du hast deine Zeit umsonst eingesetzt. Auf Wiedersehen, Michael.“ Sie wandte sich zum Gehen, doch in Sekundenbruchteilen war er um den Schreibtisch herum und hielt sie beim Arm mit eisernem Griff.

„Du bleibst, Brenna“, sagte er gefährlich leise, „und du kommst mit mir. Wir werden reden. Und solltest du dennoch gehen, so wirst du es allein tun müssen. Randy nimmst du nicht mit.“

Sie riss fassungslos die Augen auf. „Wovon redest du? Randy gehört zu mir!“

„Was man hat, hat man, und im Moment habe ich den Jungen. Er ist an Bord meines Privatjets, zusammen mit Doris Charles, auf dem Weg zurück nach Twin Pines. Monty hat ihn bei Vivian abgeholt, keine fünf Minuten, nachdem du vor ihrer Tür in das Taxi gestiegen bist.“

Brenna schüttelte benommen den Kopf. „Nein“, hauchte sie verzweifelt. „Du lügst. Vivian würde Randy nie einem Fremden mitgeben.“

„Du scheinst vergessen zu haben, wie überzeugend Monty sein kann“, erwiderte er kühl. „Schließlich kam er im Auftrag deines Ehemanns.“ Er griff hinter sich, nahm den Telefonhörer auf und wählte eine Nummer. „Hier, sprich selbst mit ihr“, sagte er und reichte ihr den Hörer.

Zwei Minuten später gab Brenna ihm das Telefon zurück, bleich wie ein Geist. „Das ist Kindesentführung“, wisperte sie entsetzt. „Du bist genauso schlimm wie Paul Chadeaux.“

Sein Gesicht war starr vor Wut, die blauen Augen blitzten drohend. „Für den Moment werde ich das einfach überhören. Aber fordere dein Glück nicht unnötig heraus, Brenna. Ich bin nämlich nicht gerade bester Stimmung.“

Das war sie auch nicht. Der Schock und die Betäubung verflogen schnell und machten wachsender Empörung und Wut Platz. Selbst für Michael war das extrem arrogant und skrupellos. „Also, was ist jetzt der nächste Schritt, Michael?“, hob sie bitter an. „Wozu willst du mich erpressen, damit ich meinen Sohn zurückbekomme?“

„Für den Moment will ich nichts anderes, als dass du mich in mein Apartment begleitest. Wie gesagt, wir haben ein Wort miteinander zu reden.“ Er deutete zur Tür. „Wollen wir dann gehen?“

Die Taxifahrt zu dem Hochhauskomplex verlief in eisigem Schweigen. Brennas Wut wuchs stetig, je mehr Zeit ihr blieb, um über Michaels bodenlose Unverschämtheit nachzudenken. Nicht genug, dass er ihr jede Chance auf ein glückliches Leben mit einem anderen Mann ruinierte hatte, nein, er wagte es auch noch, ihr den einzigen anderen Menschen zu nehmen, den sie ebenso liebte wie ihn. Bis sie mit dem Lift hinauf in Michaels Penthouse fuhren, brodelte heiße Rage in ihr.

Wütend stapfte sie in die Wohnung und die breiten Stufen hinunter in den niedriger gelegten großen Wohnraum. Sie warf ihre Handtasche auf die beeindruckend große Couch und sah sich mit abschätzigem Blick in der luxuriösen Umgebung um. Überall heller dicker Teppich, moderne Einrichtung und eine bestens ausgestattete Bar – kurzum, das Bild von unbegrenztem Reichtum und Macht.

„Sehr beeindruckend!“, kommentierte sie verächtlich und wirbelte zu Michael herum. „Die perfekte Filmkulisse – ‚Filmmoguls Penthouse Apartment‘.“

„Ich werde meinem Innenausstatter dein Lob ausrichten.“ Ohne sie aus den Augen zu lassen, kam er lässig auf sie zu. „Das war nämlich genau meine Instruktion. Diese Wohnung hier benutze ich hauptsächlich für Geschäftstreffen. Ich war schon immer der Meinung, dass ein wenig Einschüchterung nur von Vorteil sein kann.“

„Hast du mich deshalb hergeschleift? Damit ich von dem großen Michael Donovan eingeschüchtert bin?“

Seine Lippen wurden schmal. „Ich habe dich hergebracht, weil du mir erklären sollst, warum du dein Wort gebrochen hast und weggelaufen bist. Wenn ich dich einschüchtern muss, um Antworten zu erhalten ... auch gut.“ Seine Augen verdunkelten sich. „Wir haben gestern Nacht etwas Außergewöhnliches miteinander geteilt. Als ich dann heute Morgen aufwachte, musste ich feststellen, dass du mich verlassen hast, so wie es aussah, für immer. Und ich will wissen, warum. Etwa wegen Melanie St. James?“

Brenna schüttelte ungeduldig den Kopf. Unerklärlicherweise verrauchte ihre Wut mit einem Schlag, übrig blieb nur die Sehnsucht, die sie jedes Mal in Michaels Nähe befiel. „Nein, nicht wegen Melanie“, gestand sie bedrückt. „Ich konnte einfach nicht länger bleiben. Bitte, versuch das zu verstehen.“

Er legte die Hände auf ihre Schultern, seine Miene war hart und bleich. „Nein, ich verstehe nicht, und ich akzeptiere es auch nicht. Ich weiß genau, dass du in diesen letzten Monaten nicht unglücklich warst. Sag mir also, warum du gegangen bist!“

Plötzlich hielt sie es nicht länger aus. Wozu sollte diese Strafpredigt dienen? Ihr Herz blutete, ihre Gefühle lagen blank. „Was macht es schon für einen Unterschied, ob ich jetzt gehe oder später?“, rief sie verzweifelt aus. „Es ist sowieso nur eine Frage der Zeit!“

„Und Zeit ist genau das, was ich brauche“, entgegnete er grimmig. „Ich glaube, ich weiß, was passiert ist. Mir ist klar, dass es für dich mit deinem Hintergrund extrem schwierig sein muss, einem Mann ein Versprechen zu geben. Ich dachte wirklich, ich mache Fortschritte, aber diese lächerliche Episode mit Melanie hat alles zerstört.“ Entschlossen presste er die Lippen zusammen. „Nun, dann müssen wir eben wieder bei null anfangen.“

Seine Worte vergrößerten ihre Qualen nur noch und verwirrten sie vollends. „Indem du meinen Sohn als Geisel hältst? Wie lange, glaubst du, kommst du damit durch?“

Seine blauen Augen blickten sie durchdringend an. „Heute auf jeden Fall, und vielleicht noch morgen. Übermorgen muss ich eine andere Möglichkeit finden, um dich bei mir zu halten. Und am darauffolgenden Tag noch eine andere. Ich werde diese Möglichkeiten finden, bis es kein Morgen mehr gibt.“

„Aber wieso?“ Es war nur ein Flüstern. Sie hielt seinen Blick gefangen, als ein unmöglicher Hoffnungsfunke in ihr aufglimmte.

„Weil ich dich liebe, du begriffsstutziges Frauenzimmer!“, stieß er hervor. „Weil ich ohne dich nicht leben kann!“

Ihre Augen wurden riesengroß, sie öffnete den Mund, doch sie brachte kein Wort über die Lippen. Sein Geständnis hatte sie sprachlos gemacht.

„Mir ist klar, dass du keine feste Beziehung willst, auch nicht mit mir. Aber glaube mir, mit der Zeit werde ich dich dazu bringen, mich ebenfalls zu lieben. Und ich werde mir diese Zeit kaufen, mit jedem Mittel, das ich finden kann.“

Sie schüttelte benommen den Kopf. „Das ergibt doch alles

keinen Sinn. Du hast von Anfang an klargemacht, dass unsere Ehe nur zeitlich befristet ist."

„Ich hatte Angst, ich würde dich verschrecken", gab er offen zu. „Gleich beim ersten Mal, als ich dich sah, wusste ich, was ich wollte. Aber dann fand ich heraus, dass du Männern generell misstraust. Und da wusste ich auch, dass ich jede Andeutung auf eine feste Bindung vermeiden muss." Er zuckte die Schultern, seine Miene war fast trotzig. „Nun, dafür ist es jetzt wohl zu spät. Weil ich gedenke, diese Bindung unser ganzes Leben lang dauern zu lassen. Also gewöhnst du dich besser an die Vorstellung, Brenna!"

Sie senkte die Lider, als eine Welle grenzenloser Freude über sie schwappte. Michael liebte sie! Michael Donovan liebte und begehrte sie, nicht nur auf Zeit, sondern für immer.

Er musste ihr Schweigen als Sträuben missverstanden haben, denn mit beiden Händen fasste er zärtlich ihr Gesicht. „Bitte, gib mir wenigstens eine Chance, Liebling", flehte er rau. „Ich weiß, ich kann dich glücklich machen. Du musst mir nur die Möglichkeit dazu lassen."

Jetzt hob sie den Blick, und ihre Augen strahlten hell wie tausend Sterne im Universum. „Und da nennst ausgerechnet du mich begriffsstutzig, Michael Donovan", sagte sie mit bebender Stimme. „Du bist doch derjenige, der so viel Erfahrung mit Frauen hat. Dabei merkst du nicht einmal, wenn ein junges Mädchen völlig verrückt nach dir ist."

Sie flog ihm um den Hals und zog seinen Kopf zu sich herunter. Auf Michaels Miene standen Verblüffung und Schock, sein ganzer Körper verspannte sich, und noch immer starrte er sie mit verständnislosem Blick an. Erst als Brenna die Lippen auf seinen Mund presste, riss er sie in seine Arme und küsste sie, bis ihnen beiden Hören und Sehen verging. Atemlos strich Brenna mit den Händen über seine harte Brust und setzte prickelnde kleine Küsse auf seinen Hals und sein Kinn.

„Oh Michael, ich liebe dich so sehr! Ich werde dich auf immer und ewig lieben, weißt du das denn nicht?“

Tief in seiner Brust arbeitete sich ein befreiendes Lachen empor, sie konnte es unter ihren Fingerspitzen fühlen. „Wenn du nicht sofort damit aufhörst, werde ich den Beweis von dir verlangen.“ Mit funkelnden Augen sah er auf sie herunter. „Und so sehr mich auch nach deinem verführerischen jungen Körper gelüstet, denke ich doch, wir sollten zuerst reden.“ Er zog sie mit sich zur Couch, hielt sie fest im Arm und küsste sie verlangend.

„Müssen wir wirklich reden?“, schmollte Brenna und zeichnete mit einer Fingerspitze die Konturen seiner Lippen nach.

Er fasste nach ihrer Hand und hielt sie fest. „Ja, müssen wir. Ich will alle Karten auf dem Tisch sehen, es soll keine Missverständnisse mehr zwischen uns geben. Damit haben wir schon viel zu viel Zeit verschwendet.“

Sie ließ einen schwerer Seufzer hören, und Michaels Blick wurde magisch angezogen vom Heben und Senken ihrer Brust. Wie von allein streckte sich seine Hand begierig nach den festen Rundungen unter der Seidenbluse aus, doch im letzten Moment nahm Michael sich zusammen und zog sie wieder zurück.

„Wir sollten alles besser schnell klären“, meinte er heiser. „Wer hätte gedacht, dass du dich als eine so verführerische kleine Hexe entpuppen könntest? Du bist die verkörperte Versuchung, Liebling.“

Sie lächelte, und in ihren Augen stand all die Liebe für ihn zu lesen, sodass er ergriffen nach Luft schnappte. „Aber nur bei dir“, hauchte sie. „Ich will nur dich, Michael.“

„Das sollte sich auch besser nie ändern“, drohte er scherzhaft und strich ihr zärtlich übers Haar. „Seit dem Augenblick, da wir uns getroffen haben, werde ich verrückt vor Eifersucht. Dieser Schauspieler damals im Theater, Paul Chadeaux und selbst Jake.“

„Doch nicht Jake!“, rief sie ungläubig aus. „Du weißt, Jake

würde niemals eure Freundschaft aufs Spiel setzen."

„Mein Verstand weiß das, aber meine Gefühle interessiert das nicht im Geringsten. Ich weiß besser als jeder andere, was für ein Charmeur er sein kann. Die Frauen fallen alle auf dieses teuflisch schöne Männergesicht herein und liegen ihm zu Füßen. Du wärst nicht die Erste, die eine Besessenheit für ihn entwickelt, ohne dass er es überhaupt darauf angelegt hätte."

„Stimmt, er ist einfach verboten attraktiv", neckte Brenna keck. „Ist mir völlig unbegreiflich, warum ich einem ungehobelten, übellaunigen Kerl den Vorzug gebe."

„Soll ich es dir sagen?" Er beugte sich zu ihr und flüsterte ihr etwas ins Ohr, das ihr die Schamesröte ins Gesicht trieb.

„Alles nur wilde Versprechungen", tat sie gespielt ungerührt ab.

„Richtig, ein Versprechen", entgegnete er, und schon wieder lief sie rot an.

Verlegen spielte sie mit einem Knopf seines Hemdes, um seinem Blick auszuweichen. „Wusstest du wirklich schon am ersten Tag, dass du mich liebst?"

Er nickte, mit plötzlich ernstem Gesicht. „Es traf mich, als wäre das Dach über mir eingestürzt. Ich wusste gar nicht, wie mir geschah. Zuerst glaubte ich, es sei nur Lust, doch noch bevor du an jenem Tag gingst, war mir klar, dass es da wesentlich mehr gab." Mit geschlossenen Augen fuhr er leise fort: „Da gab es Zärtlichkeit und Leidenschaft und ein seltsam nostalgisches Gefühl von Sehnsucht." Er hob die Lider wieder, und seine Augen waren dunkel vor tiefen Emotionen. „Die Sehnsucht nach einem Heim. Und dieses Heim warst du. Ich wollte dich beschützen und in Ehren halten bis ans Ende deines Lebens."

Tränen schimmerten in ihren Augen. „Und doch hast du beim Abschluss unseres Deals gesagt, es würde nur dauern, bis du dich mit mir langweilst und mich wegschickst."

„Das bedeutete aber für immer", gestand er leise. „Denn ich wusste ja, dass ich dich nie wegschicken würde."

Brenna schluckte gerührt den Kloß in ihrer Kehle hinunter und bemühte sich um einen vorwurfsvollen Ton. „Das ist ja schön und gut, Michael, aber so etwas solltest du eine Frau wirklich wissen lassen."

Er versetzte ihr einen Nasenstüber. „Du bist ja auch nicht gerade die mitteilsamste Person, Rehauge. Wieso sollte ich dir meine ewige Liebe gestehen, wenn du mir nicht einmal genug vertraust, um mir von dem Baby zu erzählen?"

„Randy?", fragte sie verwirrt. „Aber du weißt doch längst …"

„Ich meine unser Baby", fiel er ihr ungeduldig ins Wort. „Wird es nicht Zeit, dass du es mir sagst?" Mit einem Finger strich er ihr über die Augenbraue. „Hast du wirklich gedacht, ich könnte unser Baby nicht wollen?"

„Unser Baby?", wiederholte Brenna verständnislos.

Michael musterte ihre verwirrte Miene, dann stieß er einen überraschten Pfiff aus. „Ich fasse es nicht. Du weißt gar nichts davon!" Er begann zu lachen. „Haben sie euch denn in dem Waisenhaus nicht beigebracht, woher die Babys kommen?"

Brenna setzte sich abrupt auf und versuchte hektisch den Sinn seiner Worte zu begreifen. „Ich bekomme ein Baby!", stieß sie aus. „Aber … aber … wie kannst du da so sicher sein?"

„Ich weiß es mit absoluter Sicherheit." Seine blauen Augen tanzten vergnügt. „Wie dir klar sein sollte, habe ich mir in den letzten drei Monaten auf höchst angenehme Weise eine äußerst genaue Kenntnis über deinen wunderbaren jungen Körper angeeignet." Er grinste jungenhaft. „Im Gegensatz zu dir habe ich immer die Möglichkeit im Auge gehabt, dass du schwanger werden könntest. Um ehrlich zu sein, ich habe sogar bewusst darauf hingearbeitet. Denn das war noch etwas, das dich auf immer an mich binden würde."

„Ein Baby!“ Sie umarmte ihn stürmisch. „Wann?“ Im Kopf begann sie nachzurechnen.

Michael legte fest die Arme um sie. „Ich schätze, es müsste ungefähr zwei Monate vor der Oscar-Verleihung kommen. Dir bleibt dann gerade noch genügend Zeit, um dir nach der Geburt deine verführerische Figur zurückzuholen, damit du den Oscar für die beste Nebenrolle in Empfang nehmen kannst.“

Sie ging gar nicht auf seine Bemerkung ein, legte nur verträumt den Kopf an seine Schulter. „Vielleicht gebe ich die Schauspielerei ja auf. Ich werde kaum Zeit mehr dafür haben, wenn das Baby erst da ist.“

Seine humorvolle Laune schwand, entschieden hielt er sie ein wenig von sich ab. „Hör zu, Brenna, ich mag ja etwas von einem Chauvinisten an mir haben, aber ich mache dich nicht zur Mutter, damit du als Hausfrau endest. Zugegeben, würde ich meinen primitiven Trieben folgen, würde ich dich einsperren und den Schlüssel wegwerfen, aber ich bin auch Realist. Du sollst so glücklich sein, dass du gar nicht erst auf den Gedanken kommst, mich zu verlassen. Du bist eine großartige und talentierte Schauspielerin, und ich wünsche mir, dass dieser Teil von dir ebenso erfüllt ist wie der der Ehefrau und Mutter. Nach der Geburt wirst du dich also wieder an die Arbeit machen.“ Er küsste sie zärtlich. „Wir werden Arrangements treffen, dass du beides sein kannst.“

„Monty hat mich damals gewarnt, was für ein Sklaventreiber du bist.“ Brenna lächelte. „Allerdings hat er auch behauptet, es sei die Sache wert.“

Michael hob mit beiden Händen ihr Gesicht an. „Und es wird die Sache wert sein, dafür werde ich sorgen. Das verspreche ich dir.“

Und dann küsste er sie.

– ENDE –

Iris Johansen

Sturm über dem Meer

Roman

Aus dem Amerikanischen von
Sonja Sajlo-Lucich

MIRA®

1. KAPITEL

Es war kurz vor Mitternacht, als der gelbe VW-Käfer langsam auf dem verlassenen Dock ausrollte und zum Stehen kam. Eine plötzliche Windbö wirbelte Nebelschwaden um das kleine Auto und ließ die drei künstlichen Margeriten an der Antenne auf und ab hüpfen. Die Scheinwerfer erloschen, und die beiden Frauen, die im Wagen saßen, blickten aufmerksam durch die Windschutzscheibe zu dem schwach erleuchteten Pier.

„Ich sagte doch, es klappt." Jane Smith grinste das ältere Mädchen hinter dem Steuer an. „Les wusste, dass hier um diese Zeit keine Menschenseele unterwegs ist. Es gibt nur einen Wachmann, und der macht seine nächste Runde erst in zwei Stunden."

Penny Lassiter schüttelte entnervt den Kopf und unternahm einen letzten Versuch, der Freundin das tollkühne Unterfangen auszureden. „Grundgütiger, Jane, das hier ist ein Privathafen. Wir könnten wegen unbefugten Eindringens verhaftet werden. Und was du da vorhast ... die werden dich auf immer hinter Gittern versauern lassen." Nervös strich sie sich mit den Fingern durch das schimmernde braune Haar.

„Unsinn!", tat Jane im Brustton der Überzeugung ab. „Offiziell mag es vielleicht als rechtswidrig gelten, aber es ist ja nicht so, als würde ich ein echtes Verbrechen begehen. Ich verdeutliche hier nur meine Meinung und will damit genügend Publicity erlangen, dass unsere Petition endlich an Aufmerksamkeit und Schwung gewinnt. Außerdem ... Les sagt, falls man mich schnappen sollte, werde ich höchstwahrscheinlich mit einer Verwarnung davonkommen. Die Richter haben meistens Verständnis für demonstrierende Studenten."

Penny Lassiter hob zweifelnd die Augenbrauen. „Wenn es angeblich so ungefährlich ist, warum macht Les Billings es dann nicht selbst, anstatt dich das Risiko tragen zu lassen?“

Jane unterdrückte einen kleinen Seufzer, als sie in das besorgte Gesicht ihrer Freundin blickte. Les Billings war vor ein paar Monaten zu ihrer Anti-Atomkraft-Bewegung gestoßen, und sie wusste, dass Penny ihn weder mochte noch ihm vertraute, vom ersten Augenblick an. Penny war felsenfest überzeugt von ihren Aktionen, mit denen sie den Bau des neuen Atomkraftwerks nördlich von Miami stoppen wollten. Doch ihrer Meinung nach waren Les Billings' Ideen viel zu radikal und unnötig riskant.

„Les kann es unmöglich machen“, erklärte Jane geduldig. „Er hat doch den Proviant geliefert, damit er das Boot auskundschaften kann. Man würde ihn wiedererkennen, falls jemand ihn sieht. Ich dagegen falle gar nicht auf.“

Den Blick sorgenvoll auf Janes entschlossenes Gesicht gerichtet, kaute Penny an ihrer Lippe. „Oh, warum habe ich nur zugelassen, dass du dich dieser Gruppe anschließt?! Ich hätte gleich wissen müssen, dass du dich nicht mit Demonstrationen und Unterschriftensammlungen zufriedengibst. Du kennst ja nicht einmal die Bedeutung des Wortes ‚gemäßigt‘. Du preschst immer mit voller Kraft voran und glaubst, du kannst die ganze Welt retten.“ Penny runzelte die Stirn. „Aber das hier ist etwas anderes, als Streuner einzusammeln und mit ins Studentenheim zu schmuggeln. Das hier könnte dich in ernste Schwierigkeiten bringen.“

„Ja, Mamachen“, versuchte Jane sie zu beschwichtigen. „Aber das wird es nicht, ehrlich.“ Nach dem einen Jahr, das sie sich nun schon mit Penny ein Zimmer im Studentenwohnheim der Universität von Miami teilte, war sie inzwischen an deren mütterliche Ermahnungen gewöhnt. Doch sie machte nie den Fehler, ungeduldig zu werden oder ihre Freundin gar zu belächeln. Nachdem sie ihre Eltern früh verloren und unter dem strengen Regiment ihres Großvaters das unbeständige Leben eines Armee-Kindes geführt hatte, war ihr sehr schnell klar geworden, dass Liebe und Freundschaft ein kostbares Gut waren, das man nie als selbstverständlich hinnehmen durfte.

Penny aber weigerte sich, Janes Zusicherung zu akzeptieren. Jetzt glitt ihr Blick zweifelnd über Janes zierliche Figur, verdeckt unter einem schwarzen Rollkragenpullover und dunklen Jeans. Die kleinen Füße steckten in schwarzen Leinenturnschuhen. In den Sachen wirkte Jane eher wie fünfzehn, nicht wie zwanzig. „Du bist ja verrückt, wenn du dir einbildest, nicht aufzufallen. Oder dass man sich nicht an dich erinnern wird, sollte man dich auf der Jacht sehen."

„Oh, das ist kein Problem." Mit einem verschmitzten Grinsen begann Jane, die kurzen roten Locken energisch unter eine schwarze Mütze zu stopfen. „Oder besser, das wird gleich kein Problem mehr sein."

„Dein Haar meinte ich nicht", stieß Penny ungeduldig aus. Sie zuckte hilflos die Schultern, als Jane sie verständnislos ansah. Dies war der Punkt, der ständig für Meinungsverschiedenheit zwischen ihnen sorgte: Jane hielt sich für unscheinbar und fad, während Penny genau das Gegenteil behauptete. Jane verabscheute nämlich das flammende Rot ihrer Locken, die partout nichts anderes tun wollten, als sich um ihr herzförmiges Gesicht zu kringeln. Ihre großen bernsteinfarbenen Augen, umrahmt von dichten dunklen Wimpern, bezeichnete sie nur abwertend als „Katzenaugen". Zudem wiesen ihre Lippen eine fein geschwungene Kontur auf, und ihr Gesicht war so lebhaft, das man es nicht so leicht vergaß. Eine Tatsache, die in diesem Falle allerdings äußerst bedenklich war.

Nach kurzem Zögern verwarf Penny dieses Argument jedoch. „Du siehst jetzt sogar aus wie ein Meisterdieb. Ist das denn unbedingt nötig?"

Jane lächelte. „Weiß ich nicht. Aber in den Filmen ziehen

sie sich immer so an. Deshalb dachte ich mir, es muss ja wohl einen Grund dafür geben."

„Die ganze Geschichte ergibt keinen Sinn", hielt Penny dagegen. „Wieso ausgerechnet Jake Dominics Jacht für diese Demonstration? Er hat doch überhaupt nichts mit dem Bau der Atomanlage zu tun."

„Publicity", kam es prompt von Jane zurück. „Jake Dominic hat gerade bei einem Film Regie geführt, der eine eindeutige Aussage für Atomkraftwerke enthält. Les hat Dominic ausgewählt, weil er sich davon mehr Aufsehen verspricht, als würden wir irgendeinen normalen Geschäftsmann heraussuchen."

Ein Fakt, der sich nicht bestreiten ließ, so gern Penny auch allem widersprach, was Billings sich ausdachte. Jake Dominic war der sprichwörtliche Goldjunge. Mit fünfundzwanzig Erbe des unermesslichen Vermögens von Dominic Shipping, hatte er sofort die fähigsten Köpfe für die Leitung des Unternehmens eingestellt, um weiter seiner Leidenschaft frönen zu können – dem Filmemachen. In den letzten zwölf Jahren war der Trubel um seinen grandiosen Erfolg als Regisseur nur noch von seinem skandalösen Privatleben übertroffen worden. Seine wilden Eskapaden und zahllosen Affären hatten ihn zum meistgejagten Ziel der Paparazzi auf der ganzen Welt gemacht.

„Wahrscheinlich werden sämtliche Zeitungen die Story auf der Titelseite bringen", stimmte Penny düster zu. „Zusammen mit einem Bericht über deine Gerichtsverhandlung und dem genauen Strafmaß."

Jane legte die Hand auf Pennys Arm. „Jetzt hör schon auf, so schwarzzusehen." Sie war nicht aus der Ruhe zu bringen. „Ich werde schon nicht geschnappt. Wir haben alles genau geplant." Sie griff nach hinten auf die Rückbank und holte ihren Rucksack vor. „In einer Stunde ist alles erledigt.

Ich rudere hinaus zur Jacht und klettere über die Ankerkette an Bord. In Dominics Kabine sprühe ich die Nachricht an die Wand und lege den Rucksack mit der Bombe ab. Und dann brauche ich nur wieder zurück zum Kai zu rudern." Sie zurrte den Gurt fest und lächelte gewinnend. „Du holst mich hier ab, und wir gehen zusammen die wohlverdiente Pizza essen. Du zahlst. Mein monatlicher Scheck kommt nämlich erst in drei Tagen."

Penny krümmte sich. „Ich wünschte, du würdest das mit der Bombe vergessen. Sprüh einfach nur deine Nachricht auf die Wand und komm zurück."

Jane schüttelte starrsinnig den Kopf. „Die Graffiti können sie einfach ignorieren. Wir müssen sie richtig verärgern, damit sie einen Aufstand machen. Und es ist ja nicht so, als wäre es eine echte Bombe, nur eine kleine Stinkbombe. Les hat sie in seinem Labor selbst zusammengerührt. Er sagt, die Dämpfe sind so übel, dass sie sämtliche Stoffe durchdringen und in den Möbeln haften bleiben."

„Na, das sollte wohl für einen Aufstand ausreichen, mit dem sogar Les Billings zufrieden ist", entgegnete Penny schroff. „Und welche Rolle, wenn ich fragen darf, ist Jake Dominic zugeteilt, während du seine Kabine dekorierst? Der schläft doch nicht einfach ruhig durch."

„Kein Problem", tat Jane unbeschwert ab. „Er ist noch in New York. In der Zeitung von heute war ein Foto von ihm und seiner jüngsten Flamme, im Club 54." Sie runzelte die Stirn. „Wirklich zu schade, dass er nicht hier ist. Wenn er an Bord wäre, würde die Presse sofort angestürmt kommen."

„Und es wäre noch riskanter", warf Penny sofort ein, als sie das verdächtige Glitzern in Janes goldenen Augen sah.

„Vielleicht hast du recht", gab Jane zu. „Wenn er hier wäre, müsste ich nicht nur aufpassen, dass ich nicht über ihn, sondern auch über seine aktuelle Bettgespielin stolpere. Es ist nämlich bekannt, dass er immer eine Frau mit auf seine Segeltörns nimmt."

„Du hast wieder die Klatschspalten gelesen", murmelte Penny, ohne den Blick von Janes vor Aufregung leuchtendem Gesicht zu wenden. „Jane, tu's nicht", drängte sie. „Dieses Risiko ist die Sache nicht wert."

„Natürlich ist es das wert", entgegnete Jane im Brustton der Überzeugung. „Wenn du an etwas glaubst, dann ist jedes Risiko akzeptabel." Sie drückte Penny einen leichten Kuss auf die Wange. „Entspann dich, Penny. Es wird schon alles glattgehen, ein Kinderspiel."

Penny schüttelte den Kopf, eine seltsame Traurigkeit lag in ihren braunen Augen. „Wahrscheinlich werden sie dich ans Kreuz nageln. In dieser zynischen Welt von heute ist kein Platz für Leute wie dich, Jane."

„Dann werde ich eben einen Platz für mich schaffen müssen, oder?" Jane öffnete die Tür und sprang aus dem Wagen. „Denk daran, in einer Stunde holst du mich wieder ab." Damit schlug sie die Tür zu, winkte Penny noch einmal zu und eilte zum Pier, wo das Ruderboot bereitlag.

Vorsichtig öffnete Jane die Kabinentür und schlüpfte lautlos hinein. Ebenso leise ließ sie die Tür hinter sich wieder ins Schloss schnappen. Dann lehnte sie sich in der völligen Dunkelheit erst einmal mit dem Rücken dagegen.

Ihr Herz pochte wie wild. Denn trotz ihrer beherzten Worte gegenüber Penny empfand sie ihren ersten Einbruch als extrem beängstigende Erfahrung. Für einen Moment schloss sie die Augen, woraufhin sie prompt noch einmal das schreckliche Gefühl durchlebte, das sie hatte, als sie die Ankerkette hinaufgeklettert war. Wie ein Koalabär hatte sie sich an die Glieder geklammert und sich Zentimeter um Zentimeter zum Deck hochgearbeitet, das ihr Meilen entfernt schien, während die düstere See unter ihr geduldig darauf wartete, dass sie einen Fehler machte.

Erst einmal an Bord, hatte sie dank des groben Lageplans, den Les gezeichnet hatte, keine Schwierigkeiten gehabt, Dominics Kabine zu finden. Den hatte sie auswendig gelernt und fest im Kopf. Trotzdem war es unangenehm, in die Rolle des unbefugten Eindringlings zu schlüpfen, auch wenn es ein edles Motiv gab. Nun, je schneller sie ihre Sache erledigte, desto eher konnte sie von hier verschwinden. Ihre Augen hatten sich inzwischen an die Dunkelheit gewöhnt, Jane konnte Schemen von Mobiliar ausmachen. Ungefähr einen Meter von ihr entfernt stand das große Bett, und sie erkannte andere Möbelstücke im Raum. Auf der gegenüberliegenden Seite der Tür war das Bullauge in die Schiffswand eingelassen. Für ihre Nachricht würde sie also die Wand gegenüber dem Bett nehmen müssen.

Sie zog den Rucksack vom Rücken und kramte darin nach der Dose roter Sprühfarbe. Vorsichtig schlich sie nun um das Bett herum, und ihre Füße sanken lautlos in einen weichen Teppich ein. Mit der Hand tastete sie die glatten Wandpaneelen nach Gemälden oder Kunstgegenständen ab. Das würde ihr gerade noch fehlen, dass sie eines von Dominics unbezahlbaren Meisterwerken zerstörte. Seine Sammlerleidenschaft für Antiquitäten war ebenso bekannt wie die für Frauen. Aber die Wand war leer. Jane atmete erleichtert auf und trat zurück. Einen Moment lang überlegte sie, ob sie nicht das Licht einschalten sollte, verwarf die Idee aber sofort wieder. Das wäre zu gefährlich, und schließlich sollte es ja nur lesbar sein und nicht schön.

Also drückte sie auf die Ventildüse und schrieb mit fließenden Armbewegungen ihre Botschaft auf die Wand. Es ging relativ schnell, und so konnte sie nach wenigen Minuten die Dose schon wieder verschließen und in den Rucksack gleiten lassen. Sie fühlte nach der metallenen kleinen Kiste mit dem Schalter, in der die Bombe lag. Da! Sie legte den Schalter um und ließ den Rucksack achtlos zurück zu Boden fallen.

Vorsichtig bewegte sie sich zur Tür. Sie wünschte nur, sie könnte mehr sehen, damit sie schneller gehen konnte. Les hatte gesagt, der Timer würde ihr fünfundvierzig Minuten geben, um von Bord und zurück zum Pier zu kommen, aber sie wollte ihr Glück nicht überstrapazieren. Immerhin hatte allein diese bedrohliche Ankerkette sie eine gute Viertelstunde gekostet.

„Was, zum Teufel …!“

Der Ausruf kam eindeutig von dem großen Bett. Jane erstarrte, ihr Kopf fuhr in die Richtung, aus der die Stimme gekommen war. Eine raue, männliche Stimme. Ihr Magen krampfte sich zusammen, als ihr klar wurde, wem diese Stimme gehören musste. Sie drehte sich um und wollte fliehen, aber es war bereits zu spät. Ein Schatten löste sich vom Bett und flog auf sie zu, riss sie von den Füßen und drückte sie auf den Teppich.

Jane wand sich unter dem schweren männlichen Körper, trommelte mit den Fäusten auf die breiten Schultern ein und trat um sich. Kurzum, sie wehrte sich, so gut sie konnte … Vergeblich.

Plötzlich jedoch erstarrte sie, als sie mit Schrecken feststellte, dass der Mann splitterfasernackt war! Ihre Fäuste öffneten sich, wie von allein gingen ihre Finger auf Erkundungsfahrt und glitten über seine breite Brust, an seinen Seiten hinab, um seine Hüften herum und hin zu seinem muskulösen Hinterteil. Jane zog abrupt die Hände zurück, als hätte sie sich verbrannt. Es stimmte also!

Der Mann fluchte unflätig, als auch ihm die weichen Rundungen des unter ihm liegenden Körpers verrieten, wer da unter ihm lag. Mit einem Ruck zog er die Wollmütze fort und befreite damit ihre seidigen Locken, die schwach nach Vanille rochen.

„Nicht noch eine! Das muss ein Rekord sein. Zwei aufdringliche Frauen in einer Nacht!“ Er ließ die Hand an ihrem schlanken Hals entlang zu ihren Schultern gleiten. „Ach, warum nicht? Dieser bizarre Annäherungsversuch ist endlich mal etwas anderes.“

Jane schnappte schockiert nach Luft, als die warmen festen Lippen sich fordernd auf ihre drückten und sie mit erlesener Fertigkeit eroberten. Es war eine seltsam aufregende Erfahrung, hier so hilflos von diesem energiegeladenen Mann niedergedrückt zu werden, während seine Zunge ihren Mund erkundete. Die Schnelligkeit seiner Attacke hatte sie überrumpelt und benommen gemacht, und der sinnliche Anschlag dieses nackten Fremden sandte einen wohligen Schauer durch ihren ganzen Körper.

Ein kehliges Stöhnen entrang sich seiner Kehle, als seine Hände sich um ihre festen Brüste schlossen. Die intime Berührung ließ Jane überrascht erstarren. Jäh setzte ihr Verstand wieder ein. Was, um Himmels willen, tat sie hier? Sie forderte den Mann ja praktisch auf, sie zu vergewaltigen!

Voller Verzweiflung begann sie, sich wieder wild zu winden. Doch sofort wurde ihr klar, dass ihre Bewegungen den Mann eher reizten als abstießen. Der Beweis seiner Erregung konnte einem nicht entgehen.

Er löste den Mund von ihren Lippen und strich mit der Zunge über ihren Hals. „So halt doch endlich still“, murmelte er heiser.

„Nein!“ Ihr Protest wurde von seinen Lippen erstickt, und in Gedanken suchte sie hektisch nach einer Fluchtmöglichkeit. Er war viel zu stark, als dass sie etwas gegen ihn ausrichten konnte.

Ihre weißen Zähne bekamen jetzt seine sinnliche, volle

Unterlippe zu fassen, und dann biss sie zu. Wie ein Terrier, der an einer Wade Gefallen gefunden hat, ließ sie nicht locker, bis der Mann mit einem wütenden Brüllen seinen Kopf wegriss. Plötzlich fühlte sie sein Gewicht nicht mehr auf sich liegen, und hastig sprang Jane auf die Füße.

Kurz nur sah sie sich desorientiert um, dann erblickte sie die Umrisse der Kabinentür. Sie setzte an, in Richtung Ausgang, doch sie war nicht schnell genug.

Helles Licht flammte in der Kabine auf.

2. *KAPITEL*

Kein Zweifel, das ist eindeutig Jake Dominic, der da beim Lichtschalter steht, dachte Jane mit sinkendem Mut. Das Gesicht hatte sie oft genug in den Zeitungen gesehen. Seine düster gerunzelte Stirn, hohe Wangenknochen, ein sinnlicher Mund und dunkle, ausdrucksstarke Augen verliehen ihm einen diabolischen Charme, der durch die spöttisch hochgezogene Braue noch verstärkt wurde. Um seine Lippen spielte ein abfälliges Lächeln und in seinen Augen stand unverhohlener Argwohn. Das dichte wirre schwarze Haar ließ ihn wild und ungezähmt wirken.

Groß, mit breiten Schultern und schmalen Hüften, strahlte sein durchtrainierter Körper eine enorme Kraft aus. Janes Blick wanderte unwillkürlich über seinen Oberkörper, hinunter zu seinen Hüften ... und dann hastig wieder zu seinem Gesicht, als sie merkte, wie ihre Wangen zu brennen begannen. Mit einer unglaublichen Arroganz stand Dominic so gelassen da, als wäre er voll bekleidet. Jane allerdings besaß keine solche Gelassenheit. Sie war noch nie allein mit einem nackten Mann gewesen, und entsprechend unwohl fühlte sie sich. Doch war im Moment in erster Linie nicht sein physischer, sondern sein emotionaler Zustand das Problem. Der Mann schien nämlich vor Wut zu kochen, die schwarzen Augen sprühten Funken. Dort, wo sie ihn gebissen hatte, tropfte das Blut von seiner Lippe, und die Schwellung war nicht zu übersehen.

Jake Dominic stutzte, als sein Blick jetzt von den Buchstaben an der Wand angezogen wurde. Ungläubig starrte er darauf. Jane folgte seinem Blick. In großen roten Lettern stand dort zu lesen: „Keine AKWs". Und darunter noch größer: „Atomkraft? Nein danke". Nur gut, dass es dunkel gewesen war, als sie das aufgesprüht hatte, schoss es ihr plötzlich in den Kopf. Hätte sie die wunderschöne Walnussvertäfelung gesehen, hätte sie es nie über sich gebracht, das schimmernde Holz so zu verunstalten.

Dominics Blick kehrte zu Jane zurück und betrachtete eindringlich ihre zerzausten roten Haare und die ängstlich aufgerissenen goldenen Augen. Einen Moment lang blieb sein Blick an ihrem sinnlichen Mund hängen, dann lehnte er sich gegen die Wand und fuhr sich mit dem Handrücken über seine blutende Lippe. Auch wenn seine Miene noch immer wütend wirkte, so schlich sich doch ein Anflug von Belustigung in seine Stimme, als er leise anhob: „Sieh mal einer an. Da habe ich doch tatsächlich eine kleine Terroristin gestellt."

Empört schob Jane das Kinn vor. „Was für ein Unsinn!", verteidigte sie sich. „Ich betrachte mich eher als Umweltschützerin." Sie zeigte zur Wand. „Das da hat nichts mit Terror zu tun."

„Das ist wohl Auslegungssache, meinen Sie nicht auch?", hielt er lässig dagegen. „Ganz gleich, wie Sie es definieren wollen, Sie werden sicherlich zustimmen, dass es gesetzeswidrig ist, was Sie hier tun."

Zögernd nickte sie. „Formal gesehen … ja."

„Formal gesehen?", stieß er aus und fluchte herzhaft. „Vandalismus, Zerstörung von Eigentum, Einbruch und unbefugtes Betreten." Vorsichtig betastete er seine geschwollene Lippe. „Und Körperverletzung."

„Körperverletzung!" Sie schnappte entrüstet nach Luft. „Das war Notwehr. Sie wollten mich vergewaltigen!"

„Vergewaltigung!", explodierte Dominic. Seine Augen funkelten bedrohlich. „Ich habe es nicht nötig, Frauen zu vergewaltigen. Sie waren mehr als willig. Sie konnten Ihre Hände ja kaum bei sich halten."

„Nur weil ich nicht fassen konnte, dass da wirklich ein splitterfasernackter Perversling mit seinem bloßen Hintern auf mir liegt!“ Ihre goldenen Augen sprühten wütende Funken. „Warum, zum Teufel, tragen Sie keinen Pyjama?!“

Der Ärger auf seiner Miene wurde ersetzt durch verblüfftes Erstaunen, dann begannen seine Augen seltsam zu glitzern. „Ich habe keinen Pyjama mehr getragen, seit ich zehn war. Sie müssen mir meine Gedankenlosigkeit verzeihen. Aber es passiert mir nicht oft, dass eine Amateurterroristin uneingeladen bei mir einbricht.“

Plötzlich war ihre Wut verflogen, sie ließ die Schultern hängen. Was machte das jetzt noch für einen Unterschied? Sie war erwischt worden, und erschrocken wurde sie sich der Konsequenzen bewusst – die ernster sein konnten, als sie sich je hatte träumen lassen, bevor Dominic die schockierend lange Liste ihrer Straftaten aufgezählt hatte.

„Falls Sie sich nur auf meine Kosten amüsieren wollen, dann würde ich es vorziehen, wenn Sie endlich die Polizei verständigten, damit wir das Ganze hinter uns bringen können.“

„Ach so, ja, die Polizei. Sie haben recht, jemand Offizielles sollte sich wohl der Sache annehmen.“ Dominic griff nach dem weißen Telefon, das auf dem Tisch bei der Tür stand und gab eine Nummer ein. Es dauerte eine Weile, dann sprach er in die Muschel, ohne den Blick von Janes bleichem Gesicht zu wenden. „Hallo, Marcus, entschuldigen Sie, dass ich Sie wecke, aber es sieht so aus, als hätten wir es mit einem Eindringling in meiner Kabine zu tun.“ Behutsam legte er den Hörer zurück und wandte sich wieder zu Jane. „Also, während wir warten, können Sie sich nützlich machen und meine Lippe verarzten. Inzwischen brennt es nämlich ganz teuflisch.“

Die Lippe sah wirklich von Minute zu Minute schlimmer aus, wie Jane mit Gewissensbissen auffiel. Es musste höllisch wehtun. Impulsiv ging sie auf ihn zu, bis sie direkt vor ihm stand. Vorsichtig legte sie einen Finger an seine Lippe. „Ich habe Sie verletzt." Ihre Stimme klang heiser, Tränen schossen ihr in die Augen. „Verzeihen Sie mir, bitte."

Ihre Worte klangen so ernst gemeint, dass Jakes zynischer Ausdruck einem erstaunten Lächeln wich. „Mir drängt sich langsam der Eindruck auf, dass Sie keine besonders gute Terroristin sind, Rotschopf. Kommen Sie." Er nahm sie bei der Hand und zog sie zu einer Tür am anderen Ende der Kabine. „Spielen Sie Florence Nightingale für mich." Als er die Tür öffnete, zeigte sich dahinter ein ganz in Blautönen gehaltenes luxuriöses Bad.

Jane ließ sich folgsam von ihm in den kleinen Raum führen, und während er halb sitzend, halb stehend an der kobaltblauen Waschkommode lehnte, reinigte und kühlte sie seine Lippe mit einem nassen Waschlappen. Als sie ihn fertig versorgt hatte, stieß er sich von der Kommode ab, nahm ihr den Waschlappen aus der Hand und warf ihn achtlos ins Waschbecken.

„Jetzt schulde ich Ihnen was", meinte er lässig. „Das fühlt sich schon viel besser an."

Jane lächelte erleichtert. „Das freut mich", sagte sie schlicht. „Würden Sie jetzt auch etwas für mich tun?"

Argwöhnisch hob er eine Augenbraue. „Und was?"

„Ziehen Sie sich an!" Es ärgerte sie maßlos, dass ihr schon wieder die Röte in die Wangen kroch.

Er grinste amüsiert. „Ach ja, das scheint Ihnen wirklich keine Ruhe zu lassen, ich vergaß. Nun, da ich meine Gefangene besser nicht aus den Augen lassen sollte, müssen Sie schon mit mir kommen." Er spazierte aus dem Bad, ging zu einem Einbauschrank in der Kabine, schob die Schiebetüren zur Seite und zog Shorts und eine dunkle Hose heraus. Dann stülpte er sich ein helles Polohemd über den Kopf. Mit einer hochgezogenen Augenbraue wandte er sich zu Jane um. „Zufrieden?"

Sie nickte verlegen und mied seinen Blick.

„Das sollten Sie auch sein. Mein Hintern ist nicht mehr nackt, und ich versichere Ihnen, dass mein Interesse an irgendwelchen anrüchigen Perversionen schon vor Jahren gestorben ist. Das war übrigens ziemlich unfair von Ihnen." Dann, als er das flammende Rot in ihrem Gesicht sah, wurde er ernst. „Setzen Sie sich." Er deutete auf einen mit anthrazitfarbenem Samt bezogenen Cocktailsessel, der direkt unter der Graffiti-Wand stand. „Ich hätte gern ein paar Fragen beantwortet."

„Sollten wir nicht auf die Polizei warten?" Gehorsam setzte sie sich.

„Ich denke, Sie schulden mir eine Erklärung", sagte er. „Immerhin ist es meine Wand, die Sie da ruiniert haben."

Unglücklich warf Jane einen schnellen Blick auf die Paneelen. „Ist sie wirklich ruiniert? Kann man das Holz denn nicht noch irgendwie retten? Es ist so schön."

Jake Dominic seufzte frustriert. „Nein, Sie haben ganze Arbeit geleistet. Die Verkleidung muss komplett ersetzt werden."

„Wer war die andere?", fragte Jane plötzlich mit großen neugierigen Augen.

„Wie bitte?" Jake sah sie verständnislos an, während er sich auf das Bett ihr gegenüber setzte.

„Sie sagten, ich sei die zweite aufdringliche Frau heute Abend. Wer war die andere?"

„Es wäre wohl höchst ungalant von mir, würde ich ihren Namen nennen", gab er trocken zurück. „Sagen wir einfach, als ich auf die Sea Breeze kam, erwartete mich eine unangenehme Überraschung in Gestalt einer Frau, deren Ego offensichtlich größer war als ihre Intelligenz." Zynisch verzog er den Mund. „Sie war wohl der Meinung, mit plumper Verführung könne man erloschene Glut wieder anfachen."

Denise Patterson, die umwerfend aussehende blonde Talkshow-Moderatorin, vermutete Jane sofort. Jake Dominic musste sich mit ihr gelangweilt und die Affäre schleunigst beendet haben. Für einen Moment empfand Jane Mitleid mit der anderen Frau, die sich eingebildet hatte, sie könne Jake Dominic halten, nachdem er ihrer leid geworden war. Wollte man der Regenbogenpresse Glauben schenken, waren Dominics Affären von immer kürzerer Dauer, inzwischen kaum noch zwei Wochen. Sah sie sich dieses zynische, rastlose Gesicht an, konnte sie sich das gut vorstellen. Wenn ein Mann schon alles gesehen und alles erlebt hatte und nur noch mit den Fingern schnippen musste, um zu bekommen, was er wollte, dann war es ja kein Wunder, dass er übersättigt und abgestumpft war.

Auf diesem spöttischen Gesicht stand jetzt ein ungeduldiges Stirnrunzeln. „Aber ich bin nicht hier, um Ihre Neugier zu befriedigen. Ich glaube, ich war dabei, Ihnen ein paar berechtigte Fragen zu stellen. Wie heißen Sie, Rotschopf?"

„Jane Smith", antwortete sie automatisch.

Jakes Mundwinkel zuckten abfällig. „Das ist nicht sehr originell."

„Aber es stimmt", beharrte sie. „Weshalb sollte ich lügen? Sie finden es ja sowieso heraus."

Er zuckte nur gleichgültig mit den Schultern. „Und jetzt zur Kernfrage – warum ich?"

„Ihr neuer Film. Der vertritt eine Pro-Kernkraft-Sicht."

Jake schüttelte verächtlich den Kopf. „Herrgott, das ist ein simpler Thriller, der nur Unterhaltungswert hat, aber doch keine Botschaft enthält!"

„Uns ging es hauptsächlich um die Publicity. Wir dachten, ein Vorfall, in den Ihr Name verwickelt ist, schafft es bestimmt auf die Titelseiten."

„Damit könnten Sie recht haben." Er zog eine Grimasse. „Und wer, wenn ich fragen darf, ist ‚wir'?"

Alarmiert riss Jane die Augen auf. „Niemand", beeilte sie

sich zu sagen. „Das Ganze war meine Idee, sonst hat kein anderer damit zu tun."

„Es wäre günstiger für Sie, wenn Sie der Polizei sagten, wer noch daran beteiligt war", riet er ihr kühl.

Jane schüttelte sofort vehement den Kopf. „Das kann ich unmöglich tun. Es gibt niemanden sonst", beharrte sie eigensinnig.

Seltsamerweise schien ihm ihre Antwort zu gefallen. Er lächelte geheimnisvoll. „Ihnen ist klar, dass Sie in ziemlichen Schwierigkeiten stecken?" Er sah das Beben ihrer Lippen und die nackte Angst in ihren bernsteinfarbenen Augen.

„Ich weiß." Nervös kaute sie an ihrer Lippe. „Aber ... aber sonst ist niemand daran beteiligt."

In diesem Augenblick wurde die Tür aufgestoßen, und drei einschüchternd aussehende Männer stürmten in die Kabine. Jane drehte sich erschrocken um, während die drei abrupt stehen blieben und völlig verwirrt die Szene in der Kabine betrachteten. Der Ältere von den dreien, der ungefähr Ende fünfzig sein musste, mit stahlgrauem Haar und wettergegerbtem Gesicht, trug eine dunkelblaue Uniform und hatte ganz offensichtlich die Befehlsgewalt über die beiden Jüngeren, die Jeans und Rollkragenpullover trugen.

„Na endlich, Marcus. Sie haben sich Zeit gelassen." Jake erhob sich geschmeidig von der Bettkante.

„Ich dachte mir, ich bringe lieber noch ein paar Männer mit. Nur für den Fall." Der Blick des Älteren wanderte verdutzt zwischen der leuchtenden Botschaft an der Wand und der zierlichen jungen Frau in dem dunkelgrauen Sessel hin und her.

„Ich denke, wir beide werden schon mit ihr fertig, oder?" Jakes Lippen zuckten. „Darf ich vorstellen? Kapitän Marcus Benjamin, Jane Smith, Amateurterroristin."

Jane bedachte ihn mit einem verärgerten Blick. „Ich wünschte,

Sie würden aufhören, mich so zu nennen“, beschwerte sie sich.

„Entschuldigen Sie, Jane.“ Er knöpfte sich den Kragen seines Sporthemdes zu. „Diese Spitzfindigkeiten bei der Definition fallen mir noch immer schwer.“

Marcus Benjamin kniff irritiert die Lippen zusammen, dann drehte er sich zu den beiden Jüngeren um, die die Szene mit einem breiten Grinsen verfolgten. „Ihr könnt wieder in die Kojen gehen, Männer“, ordnete er knapp an. „Aber Jim soll an Deck bleiben, für den Fall, dass wir ablegen.“

Bei Benjamins befehlsgewohntem Kommandoton verging ihnen das Grinsen sofort. Sie salutierten respektvoll und verließen die Kabine.

Mit grimmiger Miene wandte Benjamin sich wieder zu Jake Dominic und Jane um. Dieser autoritäre Mann in seiner blauen Uniform jagte Jane einen Schauer über den Rücken. „Also, was geht hier eigentlich vor?“, fragte er mit gerunzelter Stirn.

„Das wollte ich gerade in Erfahrung bringen, als Sie und Ihre Jungs hier hereinplatzten“, erwiderte Jake ungerührt. „Es scheint, als hätte Miss Smith an meinem letzten Film Anstoß genommen und beschlossen, ihre Meinung kundzutun.“

„Eine kostspielige Meinungsäußerung“, brummte Benjamin. „Sie werden sich das Holz in Schweden besorgen müssen, um die Verkleidung zu ersetzen.“ Seine grauen Augen sahen Jane abschätzend an, und sie rang unwillkürlich nach Luft. „Was soll ich mit ihr machen? Das Beiboot kann sofort zu Wasser gelassen werden, um sie an Land zurückzubringen. Allerdings müssten Sie mitkommen“, wandte er sich an Jake, „wenn Sie Anzeige erstatten wollen.“

„Ja, das müsste ich wohl, nicht wahr?“, bestätigte Jake gelassen, ohne Jane aus den Augen zu lassen. „Also Jane, sind Sie bereit, sich Ihren Vergehen zu stellen?“

Nervös fuhr sich Jane mit der Zungenspitze über die Lippen, aber sie hob das Kinn und sagte tapfer: „Ja, Mr. Dominic." Sie stand auf. „Bestimmt wird es gar nicht so schlimm", sprach sie sich Mut zu. „Ich habe mir sagen lassen, die Behörden drücken bei Studentenprotesten oft ein Auge zu."

„Dann hat man Sie falsch informiert", widersprach Benjamin. „Ein Verbrechen bleibt ein Verbrechen, ganz gleich, wer es begeht. Sie stecken in argen Schwierigkeiten, junge Dame."

Jake runzelte ungeduldig die Stirn. „Sie machen dem Mädchen ja Angst, Marcus."

Der Kapitän zuckte ungerührt mit einer Schulter. „Es ist doch zwecklos, wenn sie sich selbst etwas vormacht, Jake. Für diesen Unsinn hier wird sie wahrscheinlich hinter Gitter kommen."

Jane spürte, wie ihr bei den grimmigen Worten alle Farbe aus dem Gesicht wich. Die ganze Situation glich immer mehr einem Albtraum, und langsam stieg echte Panik in ihr auf.

„Hören Sie endlich auf, das Mädchen so einzuschüchtern", rügte Jake ihn streng. „Sie ist doch noch ein halbes Kind."

„Nein, ist schon in Ordnung." Jane holte tief Luft, um sich zu beruhigen, aber ihr Magen drehte sich dennoch. Mit fahrigen Fingern lockerte sie sich den Kragen ihres Pullovers. „Ich wusste ja, dass ein Risiko damit verbunden war."

„Aber kein so großes?", vermutete Jake scharfsinnig.

„Ich hätte es trotzdem getan."

„Dann sind Sie nichts als eine närrische junge Idealistin", knurrte er barsch.

Bei dem lodernden Feuer in seinen Augen senkte sie den Blick. „Mag sein", gestand sie leise zu. „Trotzdem hätte ich es getan."

„Nun, haben Sie eine Entscheidung getroffen?", mischte Benjamin sich ungeduldig ein. „Wollen Sie Anzeige erstatten, oder soll dieses Mädchen ungeschoren davonkommen?"

Jakes Augen funkelten spöttisch. „Das ist gar keine so leichte Entscheidung. Eine Anzeige bringt immer viel Papierkram mit sich." Jane sah ihn mit Hoffnung in den Augen an. „Andererseits ... ich wäre kein verantwortungsbewusster Bürger, ermutigte ich unsere Jugend zu solchen Straftaten, oder, Marcus?"

Benjamin gab einen abfälligen Laut von sich, doch Jake ignorierte ihn und ging zu Jane. Mit einer Hand hob er ihr Kinn an, sodass sie ihm in die Augen schauen musste.

„Ich bin für einen Kompromiss. Ich werde den Vorfall nicht anzeigen, wenn Sie einwilligen, mit auf den Segeltörn zu kommen und die Kosten für den verursachten Schaden abzuarbeiten."

Jane spürte eine so große Welle der Erleichterung, dass ihr die Knie weich wurden. „Oh ja, danke. Ich tue alles, was Sie wollen", versprach sie eifrig.

„Alles?", neckte Jake sie leise. „Ihre Impulsivität ist ziemlich gefährlich, Jane Smith."

Bei seinem zweideutigen Tonfall schoss ihr die Röte ins Gesicht, aber sie hielt seinem Blick stand. „Ich werde hart arbeiten, das verspreche ich, Mr. Dominic. Es ist sehr großzügig von Ihnen, mir diese Chance anzubieten."

„Oh, ich kann durchaus großzügig sein, wenn mir danach ist", entgegnete er kühl.

„Und welche Pflichten genau soll Miss Smith erfüllen, um diese Großzügigkeit zu verdienen?", kam es beißend von Benjamin.

Jake gab Janes Kinn frei und ließ die Hand sinken. „Sie finden schon etwas für sie, Marcus. Das überlasse ich Ihnen."

„Soll sie für die gesamte Dauer des Törns an Bord bleiben?", hakte der Kapitän nach. „Sie wollten doch für fast zwei Monate unterwegs sein."

Jake lächelte. „Ja, ich denke, für die gesamte Zeit." Seine

dunklen Augen glitzerten. „Schließlich war die Holzverkleidung ganz schön teuer."

Das leidenschaftliche Flackern in den dunklen Augen war Benjamin nicht entgangen. „Ich möchte Sie nur an Ihre eigenen Worte erinnern: Sie ist noch ein halbes Kind."

Ärger verdüsterte Jakes Miene. „Herrgott, Marcus, ich nehme sie doch nicht mit, damit sie mir mein Bett wärmt", brauste er auf. „Sie kommt mit, um den Schaden abzuarbeiten, genau, wie ich gesagt habe."

„Das ist alles?", hakte Benjamin skeptisch nach.

Ein zögerliches Lächeln zuckte um Jakes Mundwinkel. „Sie lassen nie locker, Marcus, was?" Leise Bewunderung schwang in den Worten mit. Er zuckte mit den Achseln. „Sie amüsiert mich", sagte er schließlich. „Das ist das erste Mal in drei langen Wochen, dass ich mich nicht zu Tode gelangweilt habe."

„Also wollen Sie sie sich als eine Art Haustier halten?", fragte Benjamin unverblümt.

„Nein, nicht als Haustier." Spöttisch zog Jake die Augenbrauen in die Höhe. „Vielleicht eher als eine Art Hofnarr."

„Sollten Sie da nicht besser die junge Lady fragen, ob sie diesen Bedingungen zustimmt?", mahnte Benjamin trocken. „Vielleicht hat sie ja etwas dagegen, wenn sie eine Kappe aufsetzen und Schellen anlegen soll."

„Ich denke, das ist immer noch besser als ein gestreifter Overall, oder?", kam es geradezu sanftmütig von Jake zurück. „Aber ja, warum fragen wir sie nicht." Er drehte sich zu Jane um und sah hinunter auf ihr verdattertes Gesicht. „Also, was sagen Sie, Jane? Jeweils zur Hälfte Sklave und Hofnarr. Sind Sie damit einverstanden?"

Die Herausforderung in seiner Miene fachte Janes Abenteuerlust an. Was verlangte dieser Mann denn schließlich schon von ihr? Sie konnte sich beim besten Willen nicht vorstellen, dass jemand mit seiner Erfahrung und seinem Genie sie lange amüsant finden würde. Zudem besaß er eine unglaubliche Anziehungskraft. Es wäre also durchaus keine gänzlich unangenehme Aufgabe, Zeit in seiner Nähe zu verbringen. Außerdem … welche Wahl hatte sie denn?

„Einverstanden“, stimmte sie leise zu.

„Was ist mit ihren Eltern?“, mischte Benjamin sich ein. „Sie können das Mädchen doch nicht einfach an Bord festhalten. Man wird Sie wegen Entführung belangen, ganz zu schweigen von Verführung Minderjähriger.“ Abschätzend musterte er Janes zierliche Figur. „Die Kleine kann noch keine achtzehn sein.“

Jane stieß empört die Luft durch die Zähne. „In sechs Monaten werde ich einundzwanzig. Und meine Eltern sind tot. Ich kann tun und lassen, was ich will.“

„Umso besser.“ Jakes Mund zuckte. „Übrigens, spielen Sie Schach?“

„Ja, wieso?“, antwortete sie irritiert. „Ich habe früher oft mit meinem Großvater gespielt.“

Jake blickte triumphierend zu Benjamin. „Sehen Sie, Marcus, das ist Schicksal.“

„Scheint so“, antwortete der Kapitän sarkastisch. „Nun, wenn Sie also fest entschlossen sind, sie hierzubehalten, sollte ich wohl besser einen Platz finden, wo sie bleiben kann.“

„Ja, tun Sie das, Marcus“, sagte Dominic freundlich. „Und Sie gehen am besten gleich mit, Jane.“

Jane richtete sich auf und ging gehorsam zum wartenden Kapitän hinüber.

„Moment noch“, sagte Jake und hob den Rucksack auf. „Das hier haben Sie vergessen.“

Jane drehte sich um und streckte die Hand nach dem Rucksack aus.

„Der ist schwerer, als er aussieht“, bemerkte Jake und wog

den Rucksack in der Hand.

„Oh, das ist nur die Bombe“, erklärte Jane leichthin. Als sie die entsetzten Gesichter der beiden Männer sah, kicherte sie los. „Eine Stinkbombe“, versicherte sie mit schelmisch funkelnden Augen und sah auf ihre Armbanduhr. „Mit dem Timer muss etwas nicht stimmen. Sie hätte schon vor zehn Minuten losgehen sollen.“

„Dann sollten wir unser Glück besser nicht länger herausfordern.“ Angewidert trug Jake den Rucksack zum Bullauge, öffnete es und holte weit mit dem Arm aus. „Ich muss schließlich heute Nacht noch hier drinnen schlafen.“

Mit einem Grinsen drehte Jane sich um, um dem Kapitän zu folgen.

Die Explosion, als die Bombe auf die Wasseroberfläche aufschlug, war ohrenbetäubend. Die Detonationswelle brachte die Jacht ins Schwanken, sodass Jane gegen Benjamin strauchelte. Der Kapitän fasste instinktiv nach ihr, um sie zu stützen, doch sie wirbelte herum und starrte voller Entsetzen auf den Feuerschein, der draußen vor dem Bullauge das dunkle Meer erleuchtete.

„Oh mein Gott!“, stieß sie atemlos aus, die Augen weit aufgerissen. „Mein Gott, das wusste ich nicht!“ Wie konnte Les nur so etwas tun?! Wäre die Bombe losgegangen, während Jake Dominic in der Kabine schlief, wäre er getötet worden und wer weiß wie viele andere mit ihm! Es war eine mächtige Explosion gewesen. Und sie, Jane, wäre verantwortlich für die Opfer gewesen, sie hatte die Bombe schließlich an Bord gebracht. Sie hatte ja sogar den Timer gesetzt. „Bitte, Sie müssen mir glauben.“ Ihre Stimme brach, und stumme Tränen rannen ihr über die Wangen. „Ich wusste es nicht. Sonst hätte ich es nie getan.“

Die Wucht der Explosion hatte Jake gegen den Sessel geschleudert. Jetzt rappelte er sich auf und schaute grimmig zu

Jane. „Oh, ich glaube Ihnen“, sagte er gepresst. Er schien eine Spur bleicher zu sein. „Sie hätten nicht seelenruhig fast eine ganze Stunde lang auf einer Bombe gesessen und dann noch vergessen, dass sie überhaupt da ist, wenn Sie gewusst hätten, was Ihre Freunde vorhatten.“

Zitternd holte Jane Luft. „Ich nehme an, Ihr Angebot steht jetzt nicht mehr“, meinte sie unsicher. „Ich verstehe völlig, wenn Sie mich jetzt der Polizei übergeben wollen. Das Ganze ist eine schreckliche Angelegenheit.“

„Da haben Sie verdammt recht, es ist schrecklich“, erwiderte er barsch. „Nicht nur das, es ist auch ausgesprochen dumm, verantwortungslos und schlichtweg gefährlich. Sie sollten sich auf Ihren Geisteszustand untersuchen lassen, dass Sie sich mit einer Gruppe Idioten eingelassen haben, die so etwas durchziehen. Ganz offensichtlich brauchen Sie jemanden, der auf Sie aufpasst!“

Hinter Jane ertönte Benjamins Stimme. „Soll ich das Beiboot zu Wasser lassen?“

Jakes Augen funkelten zornig auf. „Zum Teufel, nein. Wieso sollte eine Bande von Schwachköpfen mich um meinen persönlichen Sklaven bringen? Sie fährt mit uns. Und jetzt bringen Sie sie schon weg, bevor ich doch noch meine Meinung ändere.“ Er wandte sich ab und sah aus dem Bullauge hinaus, seine Schultern steif und verspannt. „Wir sollten besser sofort ablegen und nicht bis morgen früh warten. Irgendjemand hat die Explosion bestimmt gesehen, und ich habe keine Lust, die Fragen der Küstenwache zu beantworten.“

„Richtig“, bestätigte Benjamin dienstbeflissen. Eine Hand an Janes Arm, zog er die Tür auf und schob das benommene Mädchen vor sich auf den Gang. Bevor er die Tür wieder schloss, sagte er noch: „In einer Hinsicht muss ich Ihnen recht geben, Jake. Langweilig ist sie nicht.“

Jane war angenehm überrascht über die Einrichtung der Kabine, in die sie auf dem Oberdeck geführt wurde. Sie war zwar klein und kompakt und ganz offensichtlich für Crewmitglieder und nicht für Gäste gedacht, aber es gab hier ein bequemes Einzelbett mit einer hellen Tagesdecke sowie praktische Einbauschränke und sogar ein kleines Nachttischchen. Teppich lag auf dem Boden, und die Wände waren mit dem gleichen warm schimmernden Walnussholz vertäfelt wie die Hauptkabine.

Benjamin deutete auf die schmale Tür am anderen Ende des Raumes. „Die Dusche", meinte er knapp und wandte sich bereits zum Gehen. „Sie sollten sich jetzt besser Ihren Schlaf holen. Ihr Arbeitstag an Bord der Sea Breeze fängt morgens um sechs Uhr an."

„Kapitän?"

Er drehte sich noch einmal um und schaute fragend zu ihr hin.

Jane zögerte. „Legen wir wirklich sofort los?"

Benjamin nickte. „Sie haben Mr. Dominic doch gehört. Ich habe nicht die Angewohnheit, die Anordnungen meines Arbeitgebers zu missachten, Miss Smith."

„Nein, natürlich nicht." Sie blickte besorgt drein. „Es ist nur ... wenn ich meine Mitbewohnerin nicht wissen lasse, dass es mir gut geht, wird sie vor Sorge völlig aus dem Häuschen sein. Ist es vielleicht möglich, ihr eine Nachricht zukommen zu lassen, bevor wir fahren?"

„Das wäre machbar", antwortete er regungslos. „Wenn Sie mir die Telefonnummer aufschreiben, werde ich sehen, was ich tun kann."

„Danke. Ich bin Ihnen wirklich sehr dankbar dafür." Sie nahm Notizblock und Stift an, die er aus seiner Jacketttasche zog, dann schrieb sie Pennys Namen und die Telefonnummer des Studentenheims auf. „Das ist die Nummer auf unserem

Gang. Wenn Penny nicht zu Hause ist, dann geben Sie bitte einem von den anderen Mädchen die Nachricht.“

„Und wie soll diese Nachricht lauten?“, fragte er trocken.

„Nun, dass ich für ein paar Monate wegbleiben werde. Und dass ich ihr schreibe, sobald ich die Gelegenheit dazu habe.“

„Sehr diskret“, bemerkte er leicht zynisch. „Ich kümmere mich darum, dass sie die Nachricht erhält. Gute Nacht, Miss Smith.“ Damit verließ er die Kabine und schloss leise die Tür hinter sich.

Jane warf einen sehnsüchtigen Blick auf das einladende Bett, aber dann wandte sie sich resolut ab und ging zu dem winzigen Bad, das der Kapitän ihr gezeigt hatte. Sie fühlte sich schmutzig und verklebt nach diesem schweißtreibenden nächtlichen Unterfangen, und sie würde auf gar keinen Fall zwischen die sauberen, frischen Laken schlüpfen, solange sie nicht auch sauber und frisch war. Außerdem bezweifelte sie ernsthaft, dass der gestrenge Kapitän geduldig darauf warten würde, bis sie ihre morgendliche Dusche beendet hatte, wenn ihr Arbeitstag um sechs in der Früh begann.

Das warme Wasser fühlte sich herrlich an und entspannte ihre verkrampften Muskeln. Die Anspannung der letzten Stunden floss unter den prickelnden Wasserstrahlen aus ihr heraus. Dieser Abend war wirklich mehr als aufreibend gewesen. Kein Wunder, dachte sie elend. In ihrem ganzen Leben hatte sie noch nie eine solch verrückte Folge von Ereignissen durchgemacht.

Dabei war ihr Leben bisher wahrlich nicht eintönig verlaufen. Ihr Großvater war der festen Überzeugung gewesen, sie würde Schwierigkeiten anziehen wie der Honig die Bienen. Und sie konnte den Vorwurf nicht wirklich zurückweisen. Dabei hatte sie ihrem Großvater nie absichtlich Probleme bereiten wollen. Doch von dem Moment an, da sie zu ihm kam und bei ihm lebte, hatte sich sein bis ins Detail geordnetes Leben völlig verändert. Und Ursache für die meisten Probleme war immer ihre Impulsivität gewesen. Ganz gleich, wie oft ihr Großvater sie auch ermahnt hatte, sich jeden Schritt genau zu überlegen, bevor sie etwas anging … sie hatte sich nie daran gewöhnen können, nach dieser Maxime zu leben. Vielleicht wäre das Leben ihres Großvaters einfacher verlaufen, wenn seine Arbeit als Ingenieur im Range eines Colonel der Armee sie nicht in alle vier Himmelsrichtungen der Erde geführt hätte. In den verlasseneren Winkeln der Welt bot sich viel mehr Raum, um Unfug anzustellen, und dort hatte Jane schließlich die prägenden Jahre ihrer Kindheit zugebracht.

Für ihren Großvater war es natürlich noch schwieriger gewesen, seine quicklebendige junge Enkeltochter zu verstehen, weil er selbst ein sehr reservierter Mann war. Weder war er warmherzig, noch hielt er viel von Zuneigungsbekundungen, und schon gar nicht war er impulsiv. Jane schüttelte traurig den Kopf, als der altbekannte Stich sie wieder durchzuckte. Sie erinnerte sich nur zu gut daran, wie verwirrt und verletzt sie als Kind gewesen war, als ihre Suche nach Nähe und Wärme auf eisige Förmlichkeit stieß. Aber all das lag in der Vergangenheit. Als ihr Großvater vor anderthalb Jahren an einem Herzinfarkt gestorben war, hatte sie sich geschworen, sich nie wieder selbst zu bemitleiden.

Jane drehte das Wasser ab, stieg aus der Duschkabine und griff nach dem flauschigen weißen Badelaken über dem Handtuchhalter. Ihr Großvater wäre entsetzt über ihr momentanes Dilemma, dachte sie, während sie sich abtrocknete. Aber genau betrachtet hätte es noch viel schlimmer kommen können. Sicher, sie würde in den nächsten zwei Monaten hart arbeiten müssen, ohne Zweifel, aber daran war sie nach den Jahren bei ihrem Großvater schließlich gewöhnt. Sie würde einfach einen Tag nach dem anderen angehen, und bald wäre ihre Strafe auf der Sea Breeze dann vorbei.

Jane legte das Handtuch beiseite und hob ihre Sachen auf, um sie ordentlich in den Einbauschrank zu hängen. Nur gut, dass die Jeans und der Pullover so pflegeleicht waren, ebenso ihre Unterwäsche. Denn wer konnte schon sagen, wann sie irgendwo an Bord eine Garnitur zum Wechseln ergattern würde?

Jane schaltete das Licht aus und schlüpfte ins Bett. Sie erschauerte, als die kühlen Laken ihre bloße Haut berührten. Sie legte sich das Kissen zurecht, und mit einem zufriedenen Seufzer kuschelte sie schließlich den Kopf in die weichen Federn. Das Letzte, was in ihr Bewusstsein drang, war das tiefe Dröhnen der Motoren, als die Jacht in See stach.

3. KAPITEL

Punkt sechs Uhr am nächsten Morgen führte Kapitän Benjamin Jane auf ein Deck, das sich endlos zu erstrecken schien, und drückte ihr einen Eimer Wasser in die Hand, zusammen mit einem Stück Kernseife und einer Bürste.

„Ich weiß, wie eifrig Sie sind, mit Ihren neuen Pflichten zu beginnen, Miss Smith. Ich werde daher Ihre Zeit nicht mit unnötigen Anordnungen verschwenden. Schrubben Sie das Deck, bis man Ihnen sagt, dass Sie aufhören können. Sie hatten sich ja bereit erklärt, alles zu tun, nicht wahr?"

Als er mit geradem Rücken und energischen Schritten davonging und sie allein ließ, schnitt sie hinter seiner uniformierten Gestalt eine Fratze.

Vier Stunden später wünschte sie sich, sie hätte sich etwas Wirkungsvolleres einfallen lassen. Etwas viel Wirkungsvolleres. Wie zum Beispiel, den Eimer mit Wasser über dieses distinguierte graue Haupt zu stülpen. Sie tunkte die Bürste in das inzwischen schmutzige Seifenwasser und schrubbte weiter auf allen vieren. Sie hatte das Gefühl, dass sie auf Knien mindestens einmal um das ganze verflixte Schiff herumgekrochen sein musste. Zum wohl hundertsten Mal wischte sie sich eine nasse Strähne aus der Stirn und hinterließ damit einen weiteren Schmutzstreifen in ihrem Gesicht. Auch wenn der Jeansstoff recht solide war, so bot er doch beileibe keine ausreichende Polsterung für ihre Knie.

„Sie sind also unser gefährlicher Terrorist?", ertönte eine tiefe Stimme über ihrem Kopf.

Jane hob den Blick. Der, der sich da über sie lustig machte, musste etwa Anfang zwanzig sein und trug die gestärkte und gebügelte weiße Uniform eines Schiffsstewards. Das sonnengebleichte Haar und das attraktive gebräunte Gesicht vermittelten den Eindruck jugendlicher Energie und kerniger Gesundheit. Verdrießlich strich sich Jane erneut die widerspenstige Locke von der verschwitzten Stirn.

Jetzt hockte er sich vor sie hin und musterte sie mit solch offener und gutmütiger Neugier, dass sie sich widerstrebend eingestehen musste, dass seine Bemerkung nicht bösartig gemeint gewesen sein konnte. Die klaren blauen Augen und das sonnige Lächeln drückten nichts als kameradschaftliche Anteilnahme aus.

Jane massierte sich mit beiden Händen den schmerzenden Rücken. „Glauben Sie nicht, ich könnte Sie in Schwierigkeiten bringen? Sie sind das erste Crewmitglied, das mit mir redet, seit Kapitän Benjamin mir heute Morgen den Eimer überreicht hat."

„Dafür können die Männer nichts", verteidigte er seine Kameraden. „Der Alte hat Order gegeben, dass der Kontakt mit Ihnen verboten ist."

„Das heißt, Sie verstoßen gegen seinen Befehl. Haben Sie denn keine Angst vor dem Kapitän?"

„Doch, natürlich", entgegnete er und grinste dann. „Aber ich denke, für die nächste halbe Stunde bin ich sicher vor ihm. Ich habe ihm nämlich gerade seinen Lunch serviert." Er streckte ihr eine große braune Hand entgegen. „Ich bin Simon Dominic. Sagen Sie, haben Sie wirklich eine Bombe in Jakes Kabine gebracht?"

„Jane Smith." Sie wollte ihm schon die Hand reichen, dann fiel ihr auf, wie schmutzig ihre Finger waren, und im letzten Moment zog sie sie zurück. „'Tschuldigung, im Moment bin ich wohl nicht besonders gesellschaftsfähig. Ja, ich habe eine Bombe in Mr. Dominics Kabine gebracht, aber das war wirklich ganz und gar unabsichtlich."

Simon Dominic pfiff leise durch die Zähne, seine blauen Augen funkelten. „Faszinierend. Ich möchte unbedingt von

Ihnen hören, wie es Ihnen gelungen ist, ‚ganz und gar unabsichtlich' eine Bombe in seiner Kabine zu deponieren."

Jane schüttelte den Kopf und lächelte zögernd. „Das ist eine lange Geschichte."

„Die Sie mir nicht erzählen wollen", vermutete er.

„Im Moment nicht." Grinsend zuckte sie mit den Schultern. „Dominic, sagten Sie? Sind Sie verwandt mit Jake Dominic?"

„Sehr entfernt", erwiderte er bedauernd. „Mein Cousin Jake und ich sind, was die Familienlinie betrifft, vier Grade voneinander entfernt. Nimmt man das Bankkonto als Maßstab, dann sind es Lichtjahre. Glücklicherweise hat er nichts gegen ein wenig Vetternwirtschaft in der Firma. Mein Vater ist Vizepräsident von Dominic Shipping, und ich kann auch die Rangleiter hinaufklettern, nachdem ich meine Lehrjahre abgeleistet habe." Er sah die Bürste in ihrer Hand und runzelte die Stirn. „Warum nehmen Sie nicht die elektrische Maschine zum Deckschrubben?"

Janes Augen verdunkelten sich. „Auf der Sea Breeze gibt es einen elektrischen Schrubber?"

„Mehrere sogar." Simon nickte. „Soll ich Ihnen einen davon bringen?"

Sie holte tief Luft, um den Ärger unter Kontrolle zu halten, der jäh in ihr aufschoss. Benjamin hatte ihr Eimer und Bürste gegeben, ohne auch nur einen Ton von einem elektrischen Gerät zu sagen, das ihr die Aufgabe hundertmal erleichtert hätte!

Impulsiv wollte sie Simons Vorschlag zustimmen. Benjamin würde das Thema bestimmt nicht ansprechen, wenn sie die Werkzeuge erst einmal ausgetauscht hätte. Sie öffnete schon den Mund, um Simon zu bitten, ihr eines von den Geräten zu besorgen, doch dann schloss sie die Lippen wieder. Nachdenklich starrte sie vor sich hin. Aus Benjamins Sicht war es vollkommen gerechtfertigt, ihr die zugeteilten Aufgaben so schwer wie nur möglich zu machen. Ihm ging es darum, dass sie ihre Strafe akzeptierte und sich ihren Platz als Crewmitglied verdiente. Ihr Großvater hätte in einer solchen Lage genauso reagiert. Das würden zwei sehr lange Monate werden, und ein schmerzender Rücken und aufgeschabte Knie waren ein geringer Preis, um sich den Respekt des Kapitäns zu verdienen.

„Nein", antwortete sie schließlich, „danke, aber das ist nicht nötig."

Simon zuckte mit einer Schulter. „Wie Sie wollen", sagte er und richtete sich auf. „Sagen Sie, ist es Terroristen auf diesem Schiff erlaubt, zu Mittag zu essen, oder hält man Sie hier bei Wasser und Brot?"

Lächelnd tauchte Jane die Bürste in das Putzwasser. „Ich nehme an, ich werde meine Mahlzeiten mit der Crew einnehmen. Der Kapitän hat deutlich durchblicken lassen, dass ich keinerlei Privilegien erwarten kann."

„Nun, in diesem Falle gehe ich das Risiko ein und frage ihn, ob ich Ihnen zeigen darf, wo die Messe ist. Auch wenn ich mir damit vielleicht seinen Zorn zuziehe."

„Danke, ich weiß das zu schätzen." Sie lächelte fröhlich. Simon Dominic mochte sie schon jetzt.

Er salutierte stramm und ging dann zurück zur Brücke.

Simon hielt Wort. Eine Stunde später kam er wieder, und nachdem sich Jane in ihrer Kabine schnell gewaschen und gekämmt hatte, führte er sie zur Schiffsmesse.

Es war ein großzügiger Aufenthaltsraum mit mehreren Tischen und Stühlen und einer Essensausgabe im Stil einer Cafeteria. Offensichtlich verbrachten die Männer hier auch ihre Freizeit, denn an der Wand fiel Jane ein Dartspiel auf, und in einer Ecke stand eine zusammengeklappte Tischtennisplatte.

Zusammen mit Simon stellte sie sich bei der Essenausgabe

an. Natürlich konnte sie das allgemeine Geraune vernehmen, als sie Simon zu einem kleinen Zweiertisch folgte, ihr Tablett abstellte und sich setzte.

„Ich komme mir vor wie bei einem Spießrutenlauf“, flüsterte sie und goss Dressing über ihren Salat.

Simons blaue Augen funkelten vergnügt. „Sie werden sich schon an Sie gewöhnen. Schließlich haben wir nicht oft weibliche Besatzungsmitglieder, und Sie müssen zugeben, dass die Art und Weise, wie Sie hier angeheuert haben, recht unüblich war.“

„Weiterempfehlen würde ich es auf keinen Fall“, gab sie lachend zu. Sie probierte den Salat und schüttelte angenehm überrascht den Kopf. „Das Dressing ist fantastisch. Ich nehme an, der Kapitän hat keine Schwierigkeiten, eine Crew zusammenzustellen, wenn das Essen so gut ist.“

Simon zog die Augenbrauen zusammen. „Das Essen ist sonst nicht so gut. Aber wenn Jake an Bord kommt, bringt er immer seinen eigenen Koch mit. Der löst dann Max ab, der normalerweise für uns kocht.“

„Simon, darf ich Sie um einen Gefallen bitten?“, fragte Jane plötzlich impulsiv.

„Sicher“, antwortete dieser sofort und fügte mit einem Grinsen hinzu: „Solange ich keine von Ihren ‚unabsichtlichen‘ Bomben deponieren soll.“

„Ich habe überhaupt keine Sachen zum Wechseln“, setzte Jane ernst an. „Haben Sie nicht vielleicht ein paar alte Pullover oder Hemden übrig, die ich tragen kann, bis ich meiner Mitbewohnerin Bescheid sagen kann, dass sie mir etwas schicken soll?“

Mit zweifelnder Miene musterte er ihre zierliche Figur und schüttelte den Kopf. „In meinen Sachen würden Sie versinken. Aber ich werde mich bei den anderen umhören, vielleicht hat ja einer von denen etwas für Sie.“

„Danke." Jane strahlte ihn an. „Sonst sehe ich mich schon für die nächsten zwei Monate immer in derselben Jeans und demselben Pullover herumlaufen." Sie zeigte auf ihre schmutzige Jeans und den schwarzen Pulli, die inzwischen schon recht mitgenommen aussahen.

„Und dort, wo wir hinfahren, brauchen Sie auf jeden Fall etwas Leichteres als das, was Sie anhaben."

„So? Wohin geht die Reise denn eigentlich?", fragte sie leichthin. „Oder fangen wir besser beim Anfang an – wo sind wir jetzt? Ich fürchte, ich war zu beschäftigt, um mir überhaupt Gedanken darum zu machen."

„Im Moment befinden wir uns im Golf von Mexiko", teilte Simon ihr mit. „Wir segeln an der Ostküste Mexikos entlang hinunter nach Yucatán, und dann wahrscheinlich um Mittelamerika herum nach Venezuela."

„Ich war noch nie in Mexiko", sagte Jane verträumt, doch dann zog sie eine Grimasse, als sie wieder in die Wirklichkeit zurückkehrte. „Wenn es nach Benjamin geht, dann darf ich wahrscheinlich nicht einmal an Land gehen."

„Oh, ich weiß nicht." Simon war da optimistischer. „Er hat ja schon das Kontaktverbot aufgehoben, sonst hätte ich Sie nicht zum Lunch holen können. Vielleicht wird der Alte ja weich."

„Vielleicht", stimmte Jane zu, aber da hegte sie ernsthafte Zweifel.

Bei Sonnenuntergang waren ihre Zweifel einer sicheren Gewissheit gewichen. Jetzt war sie absolut davon überzeugt, dass Benjamin einen eisernen Willen besaß und ein Herz aus dem gleichen Material. Jeder Muskel und jeder Knochen in ihrem Körper schmerzten. Die Knie waren am schlimmsten betroffen, sie waren geschwollen und so empfindlich, dass die kleinste Bewegung wehtat. Die Sonne hatte ihr das Gesicht verbrannt, auf ihrer Nase pellte sich bereits die Haut.

Mit zusammengebissenen Zähnen lehnte Jane sich erneut nach vorn, um die Bürste kreisen zu lassen. Benjamin hatte Order gegeben, sie solle das Deck schrubben, bis jemand ihr sagte, sie könne damit aufhören. Also würde sie das tun, und wenn sie die ganze Nacht durcharbeiten musste. Sie verzog das Gesicht, als sie Druck auf die Bürste ausübte und das raue Holz dabei an der Blase in ihrer Handfläche rieb. Immerhin wird es erträglicher, jetzt, da die Sonne langsam untergeht, dachte sie müde, als eine laue Brise über ihr verschwitztes Haar strich.

Die letzten beiden Stunden hatte sie in einem Nebel aus Erschöpfung und Schmerzen zugebracht. Nur die pure Sturheit hatte die Tränen zurückgehalten. Eher würde sie zusammenbrechen und auf die Nase fallen, bevor sie diesem herzlosen Monster von einem Kapitän den Triumph gönnte und kapitulierte.

Jetzt fiel ein langer Schatten auf sie, aber sie schaute nicht auf, bis Marcus Benjamin sprach.

„Was, zum Teufel, treiben Sie da eigentlich?“, knurrte er gereizt. „Ist Ihnen eigentlich nicht klar, dass es schon fast acht ist?“

Jane biss die Zähne zusammen und schrubbte weiter, wenn auch nicht mehr ganz so kraftvoll. „Ich befolge Ihre Befehle, Sir“, gab sie beißend zurück. „Ich schrubbe das verflixte Deck, Sir.“ Sie tauchte die Bürste erneut ins Putzwasser und knallte sie hart auf das Holz. Mit grimmiger Befriedigung bemerkte sie, dass zwei Tropfen Schmutzwasser auf die hochglanzpolierten Schuhe gespritzt waren. „Wenn Sie bitte aus dem Weg gehen wollen, damit ich weitermachen kann, Sir.“

Benjamin fluchte unterdrückt. „Was glauben Sie, was das hier ist? Ein Arbeitscamp? Sie arbeiten die normalen acht Stunden pro Tag wie jeder andere in der Crew auch“, entgegnete er grimmig.

Jane warf die Bürste in das Putzwasser. „Ich dachte, ich sei die Ausnahme, Sir." Trotzig sah sie ihn an. „Man hat mich angewiesen, meine Arbeit zu machen, bis man mir sagt, dass ich aufhören soll, Kapitän."

„Ich habe andere Verpflichtungen, als Sie zu überwachen, Miss Smith", sagte er knapp. „Ich ging davon aus, dass Sie genügend Verstand besitzen, um nach einem normalen achtstündigen Arbeitstag aufzuhören."

„Wollen Sie damit sagen, dass ich aufhören kann? Ich möchte das eindeutig klarstellen, Sir", verlangte sie.

„Ja, Sie können aufhören", presste er zwischen den Zähnen hervor.

Jane rappelte sich auf und strauchelte, als ihre Knie abrupt nachgaben. Instinktiv streckte Benjamin die Hand aus, um ihr zu helfen, doch sie wich ihm aus. „Es geht schon." Stolz hob sie das Kinn. Dann bückte sie sich, nahm den Eimer auf und stapfte würdevoll an ihm vorbei, Rücken und Schultern so gerade, als hätte sie einen Stock verschluckt. Benjamin konnte lediglich ihrer unbeugsamen Gestalt nachstarren.

Nachdem Jane sich den Luxus einer zuerst heißen und dann kalten Dusche gegönnt hatte, fühlte sie sich fast wieder menschlich. Sie benutzte das smaragdgrüne Shampoo, das sie in der Duschkabine fand, und wusch sich das Haar so lange, bis es ganz und gar sauber war. In ein großes Laken gewickelt, ein Handtuch um ihr Haar, verließ sie das Bad und ging zu dem Bett, setzte sich und streckte die Beine aus, um ihre Knie zu inspizieren. Sie waren rot und geschwollen. Wenn sie sie morgen wieder mit ihrem Gewicht belasten müsste, würde es sein, als kniete sie auf Messerspitzen, dachte sie düster. Warum hatte sie nicht nachgegeben und Benjamin gebeten, ihr eine andere Aufgabe zuzuteilen? Unwillkürlich schüttelte sie den Kopf. Nein, sie würde ihm nie die Befriedigung geben, sie betteln zu sehen, welche Konsequenzen auch immer folgen mochten.

Es klopfte einmal kurz an ihrer Tür.

„Moment!“, rief sie und schlang sich eine improvisierte Toga aus der Tagesdecke um die Schultern. Dann tappte sie auf bloßen Füßen zur Tür.

Simon Dominic stand vor ihrer Schwelle, die Arme beladen mit Kleidungsstücken. Bei ihrem Anblick mit Toga und Turban erschien ein breites Grinsen auf seinem Gesicht. „Sehr exotisch. Ich glaube nicht, dass irgendetwas von den Teilen, die die Jungs beigesteuert haben, so reizvoll ist wie das da.“

„Oh Simon, danke.“ Sie streckte die Hände nach dem Stapel in seinen Armen aus. „Oder wollen Sie nicht besser hereinkommen?“

Er schüttelte den Kopf. „Strikte Anweisung vom Kapitän – diese Kabine ist absolut tabu. Ich wollte nur die Sachen vorbeibringen. Ich hoffe, ein paar von denen werden es tun.“

„Sie werden es tun müssen“, erwiderte Jane unbeschwert. „Danken Sie bitte jedem der Spender herzlich von mir.“

Simon nickte, dann blickte er sie mitfühlend an. „Ich fürchte, ich bringe schlechte Nachrichten.“ Er zögerte. „Kapitän Benjamin bat mich, Ihnen diese Nachricht auszurichten, nachdem er herausfand, dass ich herkomme. Sie sollen in einer halben Stunde in der Lounge erscheinen. Für Ihre zusätzlichen Pflichten.“

Es dauerte einen Moment, bevor Jane begriff, was er damit sagen wollte. Zusätzliche Pflichten. Jake Dominic musste nach ihr geschickt haben, damit sie den Hofnarren für ihn spielte. Nun, besonders amüsant würde er sie heute Abend bestimmt nicht finden, sie war todmüde. Wahrscheinlich war sie schon in einer Stunde wieder in ihrer Kabine zurück.

Simon schaute grimmig drein. „Ich finde das absolut übertrieben“, meinte er empört.

„Diese Pflichten sind ganz leicht“, beschwichtigte sie ihn. „Es ist nett, dass Sie sich Sorgen machen, aber das geht schon in Ordnung, ehrlich. Ich sehe Sie dann morgen beim Frühstück, Simon.“

Als Jane knappe vierzig Minuten später in der Lounge erschien, wusste sie, dass sie genau dem Bild von einem Tölpel entsprach, das Jake Dominic sich von ihr erwartete. Die Beine der Kakihose waren aufgerollt und lagen ihr in dicken Ringen um die Knöchel, und sie konnte auch nichts daran ändern, dass ihr die Hose um Schenkel und Po schlackerte. Der dünne helle Pullover reichte ihr fast bis zu den Knien, die Ärmel, die sie zu den Ellbogen hochgeschoben hatte, rutschten immer wieder herunter. Ihr Haar war noch leicht feucht und kringelte sich in wilden Locken um ihren Kopf. In der Kabine, beim Anblick ihres Spiegelbilds, hatte Jane nur ergeben gelächelt. Selbst an ihren besten Tagen würde sie es nie mit den eleganten Schönheiten aufnehmen können, mit denen Jake Dominic sich umgab. Welchen Unterschied machte es da schon, wenn sie jetzt aussah wie ein Zirkusclown?

Jake Dominic hatte es sich in einem großen braunen Ledersessel bequem gemacht, die Füße auf dem passenden Hocker davor ausgestreckt. Mit einem Anflug von Unmut musste Jane sich eingestehen, dass er in der schwarzen Hose und dem dunkelroten Pullover verboten attraktiv aussah. Als sie zur Tür hereinkam, schaute er abwesend zu ihr hin. Dann stutzte er plötzlich, seine Augen wurden groß, und seine Lippen begannen zu zucken, während er sie ausgiebig von Kopf bis Fuß musterte, angefangen von den nassen Leinenturnschuhen bis hin zu den nicht zu bändigenden roten Locken. Er warf das Skript beiseite, in dem er gelesen hatte.

„Ich muss zugeben, Sie bieten wirklich ein amüsantes Schauspiel“, meinte er spöttisch, „aber meinetwegen hätten Sie sich nicht solche Mühe zu machen brauchen.“

Jane kam mit großen Schritten auf ihn zu und stellte sich direkt vor ihn hin, die Hände in die Hüften gestützt. „Mr. Dominic, ich bin extrem müde. Ich habe seit dem Lunch nichts gegessen, und zudem habe ich einen höchst unangenehmen Sonnenbrand, was meine Laune auch nicht gerade verbessert. Sie wissen ganz genau, dass ich hier nichts zum Anziehen habe, und ich würde es zu schätzen wissen, wenn Sie die billigen Witze auf meine Kosten unterlassen könnten."

Erst hob er eine Augenbraue, dann kniff er die Augen zusammen, und auf einen Schlag war alles amüsierte Lachen aus seiner Miene verschwunden. „Ich selbst bin auch müde, Rotschopf", entgegnete er leise. „Ich habe den ganzen Tag an diesem grässlichen Skript gearbeitet und mir überlegt, wie ich dem größten trivialen Unsinn, den ich je das Unglück hatte, lesen zu müssen, irgendeinen Sinn verleihen könnte. Einen Sonnenbrand habe ich nicht, aus dem einfachen Grund, weil ich den ganzen Tag nicht aus diesem Raum herausgekommen bin. Allerdings muss ich zugeben, dass ich Ihnen gegenüber außer meiner eigenen Kleidung noch ein Plus habe: Ich habe zu Abend gegessen."

Mit einer geschmeidigen Bewegung erhob er sich, fasste ihr Handgelenk und zog sie hinter sich her zu einem Tresen aus wunderschönem Mahagoniholz. Er drückte sie entschieden auf einen Barhocker mit einem Polster aus altgoldenem Samt, dann ging er hinter den Tresen und sagte brüsk: „Doch dieser Nachteil lässt sich beheben, wenn Sie sich mit Sandwichs und Kaffee zufriedengeben. Wird Ihnen das reichen?"

Sie nickte verdattert. „Ja … sicher, das reicht völlig", stammelte sie. Sie sah zu, wie er vor dem kupferfarbenen Kühlschrank unter der Bar in die Hocke ging und einen Behälter herausholte, in dem herrlich dünn geschnittene Scheiben gekochten Schinkens lagen. Dann ging er an einen anderen

Schrank und holte ein frisches Toastbrot hervor. Mit geschickten Handgriffen bereitete er ein Sandwich vor, mit Mayonnaise bestrichen und garniert mit Tomate und Salat. Aus einer Thermoskanne auf dem Tresen goss er Kaffee in einen Becher und stellte dann beides mit Schwung vor Jane hin.

„Möchten Sie noch etwas?“, fragte er sachlich. „Ich glaube, ich habe da noch Kaviar und Gänseleberpastete im Kühlschrank gesehen.“

„Nein, danke.“ Jane verzog das Gesicht. „Das klingt schon schrecklich. Ich werde nie verstehen, wie jemand Kaviar essen kann.“

„Ich auch nicht“, gestand er mit vergnügt funkelnden Augen. „Aber mein Koch ist ein unverbesserlicher Snob. Er besteht darauf, dass der Kühlschrank eines jeden reichen Mannes, der etwas auf sich hält, unbedingt mit Kaviar versehen sein muss.“ Jake goss sich selbst einen Kaffee ein. Die Ellbogen auf den Tresen gestützt, sah er ihr zu, wie sie das Sandwich gierig verschlang. „Sie waren tatsächlich hungrig“, bemerkte er. „Wieso haben Sie das Dinner verpasst?“

Jane hob den Kopf und sah ihm in die Augen. „Ich war beschäftigt“, sagte sie dann neutral. Sie würde sich bei Mr. Dominic nicht über den Kapitän beschweren.

Mit einer Fingerspitze tippte er ihr leicht auf die von der Sonne verbrannte Nasenspitze. „Wie ich sehe, hat Marcus eine Arbeit an Deck für Sie gefunden. Das muss eine angenehme Abwechslung für Sie sein, wenn Sie den ganzen Winter in Seminarräumen zugebracht haben.“

Jane verzog den Mund zu einem gezwungenen Lächeln. Jake Dominic hatte offensichtlich nicht die geringste Ahnung, welche Aufgabe genau Kapitän Benjamin ihr zugeteilt hatte. Wieso sollte er auch mit solchen Lappalien behelligt werden? Es lag schließlich in der Zuständigkeit des Kapitäns und seiner Crew, dass alles an Bord der Sea Breeze reibungslos ablief.

Der Eigner selbst sollte sich darüber keine Gedanken zu machen brauchen.

„Ja, es ist definitiv etwas ganz anderes", stimmte sie trocken zu. Sie nippte an dem köstlichen Kaffee. „Wieso arbeiten Sie? Ich dachte, Sie machen Urlaub."

„Ich will diese Änderungen an dem Skript fertig machen, damit sie mir nicht mehr im Nacken sitzen, und dann kann ich das Skript an den Produzenten zurückschicken." Er trank einen Schluck Kaffee. „Das sollte nur ein paar Tage dauern. Danach kann ich mich endlich entspannen."

Nachdenklich schaute Jane in die ruhelosen dunklen Augen. Ob er sich je wirklich entspannt?, fragte sie sich. In der kurzen Zeit, die sie ihn jetzt kannte, hatte er nicht den Eindruck auf sie gemacht. Jake strahlte eine ungezähmte Energie und eine prickelnde Männlichkeit aus, die einem Mädchen wie ihr, das nur wenig Erfahrung mit Männern hatte, eigentlich Angst einflößen müsste. Seltsamerweise war das nicht der Fall. Vielleicht lag es an der ungewöhnlichen Art und Weise, wie sie sich kennengelernt hatten, dass es die eigentlich zu erwartende Distanz und Vorsicht zwischen zwei wildfremden Menschen nicht gab. Jane fühlte sich in seiner Gesellschaft so entspannt, als würde sie diesen Mann schon ihr ganzes Leben lang kennen.

„Wenn Sie so viel zu tun haben, wundert es mich, dass Sie nach mir geschickt haben." Sie hatte den letzten Bissen des Sandwichs gegessen und schob den Teller beiseite.

„Wer immer nur arbeitet, hat keinen Spaß im Leben", meinte er mit belustigt funkelnden Augen. „Nachdem ich meinen Geist den ganzen Tag mit diesem verschnörkelten Mischmasch aus Symbolismus und unverständlichen Andeutungen belästigen musste, sehne ich mich nach schlichter, unverfälschter Logik. Um es kurz zu machen, Jane Smith, Sie sollen eine Partie Schach mit mir spielen."

Sie verzog zerknirscht das Gesicht. „Wenn Ihnen der Sinn nach einem Spiel voll purer Logik steht, haben Sie eine unglückliche Wahl mit Ihrem Partner getroffen. Mein Großvater hat sich wegen meines Spiels immer frustriert die Haare gerauft."

„Umso besser." Jake Dominic grinste lauernd. „Dann kann ich mir einbilden, es wäre dieser idiotische Autor, den ich niedermache."

„Nette Idee", entgegnete sie ironisch und schaute Jake offen in die Augen. „Aber es könnte schwieriger werden, als Sie glauben. Ich gebe nämlich nie leicht auf, Mr. Dominic."

„Wenn das nicht so wäre, wäre ich auch ehrlich enttäuscht von Ihnen. Ein Sieg, der auf dem Silbertablett serviert wird, ist höchst unbefriedigend." Er leerte seinen Kaffee mit einem Zug und stellte die Tasse auf den Tresen. „Sollen wir dann?", fragte er freundlich und deutete auf den kleinen Schachtisch in der Ecke.

„Sicher, warum nicht?" Jane fühlte eine erwartungsvolle Vorfreude in sich, die in keinem Verhältnis zu der harmlosen Herausforderung stand. Was war nur an diesem Mann, dass ein simples Schachspiel ein solches Gefühl in ihr hervorrufen konnte?

Sie stellte ihren Kaffeebecher neben seinen und glitt von dem hohen Hocker. Während sie ihm zum Schachtischchen folgte, ließ sie den Blick neugierig durch die geräumige Lounge wandern.

Es war ein ausnehmend geschmackvoll eingerichteter Raum. Der große Perserteppich auf den schimmernden Holzbohlen war ein absoluter Blickfang. Die Sitzecke bestand aus einer langen Ledercouch in kräftigem Braun und zwei passenden riesigen Sesseln mit Fußhockern. Die Wände waren mit dem gleichen wunderschönen Walnussholz vertäfelt, das Jane auch in den anderen Kabinen aufgefallen war. Die aufgehängten Gemälde waren offensichtlich ausnahmslos Originale.

Jane blieb bewundernd vor einem faszinierenden El Greco stehen. Es erfüllte sie immer wieder mit Erstaunen, welches Leben dieser Maler einer einfachen Landschaft einhauchen konnte.

Jake Dominic hielt inne und stellte sich neben sie, sein Blick unverwandt auf ihrem entrückten Gesicht. „Sie mögen El Greco?“, fragte er. Dann zog er spöttisch eine Augenbraue hoch. „Das hätte ich mir denken können. Er war schließlich auch eine Art Revolutionär.“

Jane überging den Seitenhieb und betrachtete weiter das Gemälde. „Er war so leidenschaftlich“, hob sie leise an. „Man kann es in jedem einzelnen Pinselstrich erkennen. Gott sei Dank, dass das nicht in Ihrer Kabine hing. Ich hatte Albträume darüber, dass ich vielleicht eines Ihrer Meisterwerke mit der Farbe ruinieren könnte“, gestand sie kleinlaut.

„Wäre das geschehen, dann hätte ich Ihnen persönlich den Hals umgedreht“, knurrte er ernst.

„Ich war ja vorsichtig“, verteidigte sie sich. „Bevor ich die Sprühdose aus dem Rucksack holte, habe ich die Wand abgetastet.“

„Es war dunkel, Sie konnten doch nichts sehen. Wie konnten Sie also sicher sein?“

„Ich sagte es Ihnen doch gerade: genauso, wie ich herausgefunden habe, dass Sie nackt waren“, erwiderte sie spontan, ohne nachzudenken. „Ich habe mit den Händen getastet.“

Als ihr dann klar wurde, was sie da eben gesagt hatte, lief sie rot an. Jakes Blick wich sie aus, um das amüsierte Funkeln in seinen Augen nicht sehen zu müssen, und fuhr hastig fort: „Von mir aus können wir jetzt spielen.“

Seine Lippen zuckten. „Zu schade, dass Sie gestern in meiner Kabine dann doch keine Lust zum Spielen hatten. Wenn Sie sich erinnern ... ich war mehr als bereit.“

Mit hoch erhobenem Kinn rauschte Jane würdevoll an ihm vorbei und setzte sich an den Schachtisch. „Sie wissen, was ich meine“, sagte sie mit Nachdruck.

Er nickte und ließ sich ihr gegenüber auf dem Stuhl nieder. „Ich kann nur hoffen, Ihr Spiel ist klarer als Ihre Ausdrucksweise, Jane.“ Aus der Schublade unter dem Tischchen nahm er eine kleine geschnitzte Teakholzkiste heraus. „Sonst könnten Sie innerhalb kürzester Zeit in ernsthaften Schwierigkeiten stecken.“

Es dauerte nicht lange, bis Jane feststellte, dass Jake Dominic ihr haushoch überlegen war. Ihr Großvater war ein guter Schachspieler gewesen, sehr methodisch, sehr solide, aber ihr jetziges Gegenüber gehörte offensichtlich zur Meisterklasse. Sie selbst spielte eigentlich ebenfalls recht gut, wartete häufig mit Zügen von intuitiver Brillanz auf. Ihre tödliche Schwäche lag allerdings in ihrer Impulsivität. Dennoch, nach der zweistündigen Partie, in der Jake Dominic sie letztendlich schachmatt setzte, hatte sie das Gefühl, sich ziemlich gut geschlagen zu haben.

Jake lehnte sich in seinen Stuhl zurück und spielte gedankenverloren mit der Königin. „Wissen Sie, Sie könnten viel besser abschneiden. Was Ihnen fehlt, ist nur ein wenig Selbstdisziplin.“

„Ich weiß.“ Zerknirscht verzog sie den Mund. „Das habe ich oft genug von meinem Großvater zu hören bekommen. Aber ich bringe es einfach nicht über mich. Das würde doch den ganzen Spaß verderben.“

„Selbst wenn Sie zum Schluss die Früchte des Sieges auskosten könnten?“ Neugierig betrachtete er ihr Gesicht.

„So zielorientiert bin ich nicht“, erwiderte sie lässig. „Ich erfreue mich lieber an dem Spiel selbst.“

„Ich fürchte, ich kann mich Ihrer Philosophie nicht anschließen.“ Sein Mund verzog sich zu dem spöttischen Lächeln, das sie inzwischen schon kannte. „Ich gewinne einfach zu gerne. Deshalb habe ich mir das Siegen auch zur Angewohnheit gemacht."

Das wusste Jane bereits. Das Schachspiel war Jake Dominic mit der gleichen entschlossenen Hingabe angegangen, die er auch einer wesentlich wichtigeren Angelegenheit widmen würde.

Sie lächelte zufrieden, während sie ihm half, die Elfenbeinfiguren wieder in die mit Samt ausgelegte Kiste zu sortieren. „Nun, eine solch unterschiedliche Sichtweise sorgt eben für ein interessantes Spiel", sagte sie und legte konzentriert eine Spielfigur in die dafür vorgesehene Mulde.

Jakes Augen funkelten vergnügt, während er beobachtete, mit welch geradezu kindlichem Eifer sie die Figuren verstaute. Sie hatte sogar unbewusst die Zunge zwischen die Lippen gesteckt, die rosige Spitze schaute zwischen ihren Lippen hervor, als sie behutsam den Deckel des Holzkastens schloss.

„Stimmt, es macht das Spiel interessanter", sagte Jake langsam und nahm die Kiste von ihr entgegen, um sie wieder in der Schublade verschwinden zu lassen.

Jane unterdrückte ein Gähnen, schob ihren Stuhl zurück und stand auf. Jetzt, da das Spiel und damit auch die Spannung beendet waren, war sie mit einem Schlag unglaublich müde. „Vielen Dank für das Spiel, Mr. Dominic." Sie klang wie ein höfliches kleines Mädchen. „Wenn Sie nichts dagegen haben, dann würde ich jetzt gern schlafen gehen. Gute Nacht."

„Möchten Sie vielleicht noch eine Tasse Kaffee?", bot er an und erhob sich ebenfalls. Er sah auf seine Armbanduhr. „Es ist erst kurz nach elf."

Entschieden schüttelte Jane den Kopf. „Danke, aber ich muss ins Bett. Mein Tag fängt morgen früh um sechs schon wieder an."

„Sicher, das hatte ich vergessen." Fast hörte er sich verärgert an. „Dann marsch, ab ins Bett mit Ihnen." Sein Ton wurde fester. „Und Punkt acht Uhr morgen Abend melden Sie sich wieder hier."

„Morgen Abend?" Sie musste ein weiteres Gähnen unterdrücken. „Ich soll morgen wieder herkommen?"

„Das sagte ich doch gerade, oder nicht?" Halb war er amüsiert, halb verärgert über ihren offensichtlichen Mangel an Begeisterung, mehr Zeit mit ihm zu verbringen.

„Na schön", murmelte sie höchst ungalant und wandte sich zum Gehen.

„Jane!"

Sie drehte sich halb zu Jake um und sah ihn mit diesen faszinierenden goldenen Augen an wie ein schläfriges Kätzchen.

„Sehen Sie zu, dass Sie zu Abend gegessen haben, bevor Sie herkommen. Ich bediene keine Frau zweimal hintereinander."

4. KAPITEL

Wie der erste Tag auf der Sea Breeze sollten auch die folgenden verlaufen. Allein die Schmerzen, die Jane beim Deckschrubben auszuhalten hatte, veränderten sich: Sie wurden immer schlimmer. Ihre Knie taten ihr höllisch weh, und je höher die Sonne stieg, desto größer wurden ihre Schmerzen. Der einzige Trost und ein wenig Erleichterung kamen von den zunehmenden Sympathiebekundungen und der Unterstützung der anderen Crewmitglieder.

Simon hatte sie am Morgen beim Frühstück einigen Männern vorgestellt, und Jane stellte fest, dass die Besatzung freundlich und nett war. Sie entsprach so gar nicht dem Bild von raubeinigen Kerlen, das sie sich immer von Seeleuten gemacht hatte. Im Gegenteil, sie besaßen sogar eine Art Ritterlichkeit und bewiesen Anteilnahme.

Einer nach dem anderen schlenderte wie zufällig dorthin, wo sie gerade arbeitete. Und jeder brachte ihr kleine Aufmerksamkeiten mit, von dem Becher Kaffee über den Strohhut als Sonnenschutz bis hin zu einem Paar Gummihandschuhe, um ihre rauen und geröteten Hände zu schonen. Die kleinen Gaben waren absolut unschätzbar, und es war das den Gesten zugrunde liegende Mitgefühl, das Jane die Kraft gab, die Tage zu überstehen.

Ihre Abende mit Jake Dominic wurden zum Lichtblick dieser monotonen Zeit. Ganz gleich, wie müde sie auch sein mochte, sie brauchte nur die Tür zur Lounge zu öffnen und Jakes spöttisches kleines Lächeln zu sehen, und schon fühlte sie einen Schub neuer Energie. Es tat unglaublich gut, ihn beim Schachspiel zu beobachten, wie er konzentriert versuchte, ihre unerwarteten Herausforderungen zu kontern. Auch seine amüsanten Anekdoten aus dem Filmgeschäft heiterten ihre düstere Stimmung ungemein auf. Jake Dominic behandelte sie mit der gleichen gönnerhaften Nachsicht, mit der er wohl auch seine widerspenstige kleine Nichte behandelt hätte, und Jane war es nur recht so. Ihr war nämlich durchaus bewusst, dass jedes andere Verhalten ein nicht einzuschätzendes Risiko darstellen würde. Sie bezweifelte ernsthaft, dass sie mit einem Schürzenjäger von Jakes Kaliber, so wie ihn zumindest die Klatschpresse zeichnete, würde fertig werden können. Sie zog den Jake Dominic vor, der sie wegen ihrer Kleidung neckte, der sie beim Schach in Grund und Boden spielte und der sie am Ende des Abends kameradschaftlich winkend gehen ließ.

Doch am vierten Tag konnte nicht einmal die Vorfreude auf den Abend die Qualen erträglich machen, die Jane litt. Von Simon hatte sie sich zwei Bandagen geliehen und ihre Knie damit verbunden, doch trotzdem waren sie am Abend zu doppelter Größe angeschwollen und hatten sich dunkelviolett verfärbt. Die Verbände boten zwar ein wenig Schutz, aber je weiter der Tag fortschritt, desto unerträglicher wurde der Schmerz, sodass ihr sogar leicht übel davon wurde. Sie machte sich gar nicht erst die Mühe, zum Mittagstisch zu gehen, sondern kroch nur zur Reling, lehnte erschöpft den Kopf zurück und schloss die Augen. Vorsichtig massierte sie ihre linke Kniescheibe, die aus irgendeinem Grund in schlimmerer Verfassung war als die rechte.

Wenn sie schon nichts zu Mittag aß, durfte sie das Dinner unter keinen Umständen ausfallen lassen. Sie brauchte alle Kraft, die sie aufbringen konnte, um durch den folgenden Tag zu kommen.

Doch am Abend schien ihr der Weg zur Messe zu anstrengend. Nach einer schnellen Dusche bandagierte sie ihre Knie frisch und legte sich auf das Bett, um wenigstens zwei Stunden zu schlafen, bevor sie bei Jake sein musste. Sie dachte noch daran, den Wecker zu stellen, und sobald ihr Kopf das Kissen berührte, war sie auch schon eingeschlafen.

Das Klingeln des Weckers riss Jane aus einem tiefen Erschöpfungsschlaf, und einen Moment lang war sie versucht, sich einfach auf die andere Seite zu rollen und weiterzuschlafen. Dann aber setzte sie sich auf und zog sich die übergroße Kakihose an, die sie an ihrem ersten Abend getragen hatte. Ihren schwarzen Rollkragenpullover hatte sie inzwischen per Hand ausgewaschen und zog ihn ebenfalls über. Anschließend ging sie ins Bad, um sich die Haare zu kämmen. Ihr Spiegelbild jagte ihr einen Schauer über den Rücken. Sie sah aus wie eine kranke Katze! Und so rieb sie sich mit einem Frotteehandtuch über die bleichen Wangen, bis diese wenigstens ein bisschen Farbe aufwiesen.

Als Jane zehn Minuten später vor der Tür der Lounge stand, holte sie erst tief Luft und setzte ein Lächeln auf, bevor sie den Raum betrat. Zudem bemühte sie sich, nicht zu humpeln, während sie hineinging.

Jake Dominic saß an der Bar, ein Glas Bourbon in der Hand und ein ungeduldiges Stirnrunzeln auf dem attraktiven Gesicht. Heute trug er verwaschene Jeans, die sich eng um seine muskulösen Schenkel schmiegten. Das dunkelblaue Leinenhemd stand lässig offen, sodass Janes Blick unwillkürlich von der breiten Brust angezogen wurde, die darunter sichtbar war.

Die Erinnerung daran, wie samten sich seine Haut unter ihren Fingern angefühlt hatte, schoss Jane in den Kopf. Sie spürte, wie ihre Wangen zu brennen begannen, und hastig riss sie die Augen von ihm los.

„Sie kommen eine halbe Stunde zu spät“, hob Jake an. „Ich wollte schon jemanden losschicken, um Sie zu holen.“

Sie verbeugte sich spöttisch. „Ich bitte inständig um Verzeihen“, sagte sie übertrieben unterwürfig und schlug ergeben die

Lider nieder. „Ich flehe Sie reumütig an, mir diesen unverzeihlichen Fehler noch einmal zu vergeben."

Ein zögerliches Grinsen zuckte um seine Mundwinkel. „Renitentes Gör", schalt er sie. „Seien Sie vorsichtig, Rotschopf. Nicht mehr lange, und ich werde Sie noch die Bedeutung von Respekt lehren." Er stand auf und leerte sein Glas.

„Das tun Sie doch schon während unserer Schachabende", erwiderte sie leichthin. „Wenn Sie mit dem Gedanken spielen, mir noch ernstere Lektionen zu erteilen als die auf dem Schachbrett, könnte es sein, dass ich gar nicht mehr komme."

Ärger huschte über Jakes Gesicht. „Sie tun, was man Ihnen sagt", gab er kühl zurück. „Sie gehören mir, schon vergessen?"

Vielleicht lag es an ihrer Erschöpfung, dass seine Arroganz sie reizte, ihm die Stirn zu bieten. „Aber nur für zwei Monate", flötete sie zuckersüß. „Unsere Vereinbarung gilt nur bis zum Ende des Segeltörns."

Jakes Miene verfinsterte sich noch mehr, und Jane fragte sich verwundert, was ihn in eine solch üble Laune versetzt haben mochte. Doch sicher nicht allein die Tatsache, dass sie sich ein wenig verspätet hatte, oder?

Er lächelte verschlagen. „Richtig, Rotschopf, bis zum Ende des Segeltörns. Aber ich glaube nicht, dass von einer genauen Dauer die Rede war. Wer weiß, vielleicht brauche ich ja eine längere Arbeitspause als gedacht." Seine Augen funkelten düster auf. „Wie würde es Ihnen gefallen, wenn Sie Ihren Pflichten für die nächsten sechs Monate nachgehen müssten?"

Jane bedachte ihn mit einem skeptischen Blick. „Für Sie wäre das eine größere Strafe als für mich", bemerkte sie nüchtern. „Ich vermute, Sie wären innerhalb kürzester Zeit zu Tode gelangweilt, Mr. Dominic. Sie entsprechen nämlich nicht gerade dem müßiggängerischen Playboy-Typen."

„Es gibt eine Unzahl von Leuten, die Ihnen da widersprechen würden", konterte er düster. „Lesen Sie denn nicht die Boulevardpresse?"

„Ich sage ja nicht, dass Sie nicht alles tun, um diesen Eindruck zu erwecken", erwiderte sie sanft. „Aber Sie sind viel zu dynamisch, um wirklich Erfolg damit zu haben."

Jake kniff die Augen zusammen. „Sie scheinen sehr sicher zu sein, was Ihr Urteilsvermögen angeht", sagte er leise. „Ich sollte Sie wohl warnen, dass es mir gänzlich widerstrebt, als so durchschaubar zu gelten." Es lag eine solche Drohung in seiner Stimme, dass Jane unwillkürlich einen Schritt zurückwich. Was Jake nicht entging. Triumph flackerte in seinen Augen auf. „Wenn Sie dann also fertig damit sind, den Hobby-Analytiker zu spielen, können wir uns endlich auf das Schachspiel konzentrieren", ordnete er kalt an und ging zum Spieltisch.

Die heutige Partie hatte nichts gemein mit den vorherigen. Jake Dominic wollte Blut sehen, das war unmissverständlich. Vom ersten Zug an wurde deutlich, dass er sie auf die unbarmherzigste und erniedrigendste Weise in Grund und Boden spielen wollte. Nach knapp einer Stunde stand Janes König im Matt.

Sie sah über den Tisch hinweg in seine dunklen Augen, die triumphierend glitzerten. „Ich gebe zu, Sie haben mich auf meinen Platz verwiesen", sagte sie zerknirscht. „Erinnern Sie mich daran, dass ich Sie nicht mehr provoziere. Es schadet nur meinem Selbstwertgefühl."

Der unbarmherzige Ausdruck auf seinem Gesicht milderte sich und wurde ersetzt von einem seltsamen Interesse. Ungläubig schüttelte Jake den Kopf. „Wissen Sie denn nicht, dass Sie sich eigentlich wie ein Wurm zu meinen Füßen winden sollten?", fragte er ironisch. „Was muss passieren, um Sie kleinzukriegen, Jane?"

Mit einem unsicheren Lächeln zuckte Jane die Schultern. „Oh, glauben Sie nicht, ich sei hier an Bord nicht gebührend gedemütigt worden. Denn das bin ich. Zudem können Sie ein sehr einschüchternder Mann sein, Mr. Dominic."

„Jake." Er fluchte ungeduldig. „Wozu soll diese förmliche Anrede gut sein, wenn Sie mir gegenüber im selben Atemzug diese unverfrorene Dreistigkeit an den Tag legen?"

„Jake", wiederholte sie also fügsam und fand, dass der Name seltsam vertraut über ihre Lippen kam. Sie schob ihren Stuhl zurück und erhob sich langsam, ihre Knie waren steif vom Sitzen. „Nun, Jake, ich werde mich jetzt zurückziehen. Ich fürchte, Ihr Hofnarr bietet Ihnen heute Abend nicht die erwartete Zerstreuung. Vielleicht ein andermal."

Die dunklen Augen blitzten verärgert auf. „Es ist noch früh. Bleiben Sie", verlangte er arrogant. „Ich biete Ihnen Revanche."

Jane schüttelte den Kopf. „Nicht heute." Sie wandte sich zum Gehen.

Jakes Hand schoss vor und hielt sie am Handgelenk fest. Doch weil ihre Knie sich so versteift hatten, verlor Jane das Gleichgewicht und stieß mit dem linken Bein gegen den Tisch. Gleißender Schmerz durchzuckte sie, und ein Schmerzensschrei fuhr ihr über die Lippen.

Jake riss verdutzt die Augen auf. „Was, zum Teufel ...!" Sofort ließ er sie los. Blitzschnell realisierte er ihr bleiches Gesicht und ihre unkontrolliert bebenden Lippen. „Du meine Güte, was ist denn?", fragte er rau. „Sie sehen aus, als würden Sie gleich in Ohnmacht fallen."

Sie schüttelte den Kopf, als die Welle der Übelkeit langsam abebbte. „Ich habe mir nur das Bein angestoßen." Matt sank sie auf den Stuhl zurück. „Ich bin gleich wieder in Ordnung." Sie schloss die Augen und atmete tief durch, um ihren sich noch immer drehenden Magen zu beruhigen.

Mit einem unterdrückten Fluch sprang Jake von seinem Stuhl auf und kniete sich vor sie hin. Geschickt machte er sich daran, das Hosenbein ihrer Hose aufzurollen.

Alarmiert riss Jane die Augen auf und streckte die Hand aus, um ihn daran zu hindern. „Nein! Mir geht's gut, ich brauche nur eine Minute."

Jakes Miene war grimmig entschlossen. „Sie werden mich nicht aufhalten, Jane, also versuchen Sie es gar nicht erst", knurrte er. „Sie haben das Tischbein kaum berührt, und trotzdem werden Sie fast ohnmächtig vor Schmerzen. Jetzt würde ich auch gern wissen, warum."

Sein Blick hielt den ihren gefangen, bis sie die Lider senkte. Sie konnte sich nicht gegen ihn wehren, dazu fehlte ihr im Moment einfach die Kraft.

Er hatte das Hosenbein längst bis über ihr Knie aufgerollt und wickelte jetzt vorsichtig den Verband ab. Als er schließlich die letzte Lage der Bandage abzog und die dunkelrote Schwellung sah, entfuhr ihm ein unterdrückter Fluch.

„Grundgütiger! Was, zum Teufel, haben Sie mit sich angestellt?! Das muss ja höllisch wehtun."

Jane befeuchtete sich nervös die Lippen. „So schlimm ist es nicht. Das kommt in ein paar Tagen wieder in Ordnung." Sie wollte die Hose zurück über ihr Knie schieben, doch Jake ließ es nicht zu. Jetzt bildete sich eine bedrohliche Falte auf seiner Stirn. Er hatte die Ausbuchtung unter der Hose an ihrem anderen Bein bemerkt, und mit der gleichen grimmigen Entschlossenheit rollte er jetzt auch das andere Hosenbein auf. Seine Miene war eisern kontrolliert, als er die zweite Bandage abwickelte und das andere geschwollene Knie zum Vorschein kam.

Jake setzte sich zurück auf die Fersen, und sein Blick wanderte fassungslos von einem Knie zum anderen. „Sie müssen die absolut größte Närrin sein, die auf diesem Erdboden wandelt!“, explodierte er. „Haben Sie denn nicht genügend Verstand, um zu wissen, dass das ärztlich behandelt werden muss? Sie dürften nicht einmal laufen, Herrgott!“

„Das heilt schon wieder“, beharrte Jane starrsinnig. „Ich kühle das mit kaltem Wasser, sobald ich in meiner Kabine bin.“ Sie wollte aufstehen, doch er drückte sie ungalant auf den Stuhl zurück.

„Sie bleiben, wo Sie sind“, befahl er. „Ich will Sie nicht eher auf Ihren Füßen stehen sehen, bis ich es Ihnen erlaube. Und das wird wahrscheinlich mindestens eine Woche dauern“, fügte er noch hinzu, als er wieder auf ihre geschundenen Knie schaute.

„Das ist nicht möglich“, widersprach sie trotzig. „Ich muss morgen wieder arbeiten.“

Jakes Lippen wurden schmal vor Ärger, und seine Stimme triefte vor Sarkasmus. „Ihr Pflichtbewusstsein in allen Ehren, aber Ihnen ist doch sicherlich klar, dass ich hier das Sagen habe. Und Sie tun genau das, was ich sage. Ich werde Marcus Bescheid geben, dass Sie für die nächste Woche im Bett bleiben.“

„Nein!“, rief sie aus, ihre goldenen Augen blitzten. „Kapitän Benjamin soll nicht denken, ich sei zu Ihnen gerannt, weil ich nicht durchhalte. Ich werde morgen wieder zum Dienst antreten, und Sie werden mich nicht davon abhalten!“

Seine Augen waren nur noch schmale Schlitze. „Was halten Sie nicht durch, Jane?“ Seine Stimme klang jetzt bedrohlich sanft. „Wieso sollte Marcus denken, dass Sie zu mir gerannt kommen?“

„Ich halte alles durch, was Ihr hochgeschätzter Kapitän austeilt.“ Ihr Atem ging schnell und schwer. „Alles! Und weder Sie noch irgendjemand anders wird mich davon abbringen können, morgen früh wieder an Deck zu erscheinen!“

„Wir werden sehen“, erwiderte er knapp. „Aber zuerst

sagen Sie mir, was Sie morgen so unbedingt an Deck tun wollen."

„Na, es schrubben natürlich!" Die Verbitterung machte sie rasend. „Endlose Meilen davon! Warum sonst sollten meine Knie wohl so aussehen?!"

Jake wurde plötzlich sehr still. „Wollen Sie damit sagen", hob er schließlich wieder an, „dass Benjamin Sie seit vier Tagen das Deck auf Händen und Knien schrubben lässt?"

Jane warf trotzig den Kopf zurück. „Und warum nicht? Frische Seeluft, Sonne, gesunde Bewegung", zählte sie zynisch auf. „Mal eine Abwechslung zu den stickigen Seminarräumen. Das haben Sie ja selbst gesagt."

„Verflucht!" Ärger verdunkelte seine Augen. „Ich kann mir sogar denken, warum Marcus das macht", stieß er zwischen den Zähnen hervor. Er richtete sich auf, ging zum Telefon an der Bar und tippte eine Nummer ein. „Marcus, ich will Sie sofort in der Lounge sehen", befahl er knapp und legte den Hörer auf. Dann drehte er sich wieder zu Jane um.

Sie sah unendlich verletzlich aus, wie sie sich mühsam in dem großen Stuhl aufrecht hielt. Ihre zierliche Figur wirkte in den viel zu großen Sachen noch schmaler und zerbrechlicher. Die einzigen Zeichen von Stärke waren der Trotz in ihrem Blick und der unnachgiebige Zug um den sanften roten Mund.

„Warum haben Sie mir nichts davon gesagt?", fragte er schroff.

Jane hob ihr Kinn. „Das muss Sie nicht kümmern. Genau genommen geht es Sie auch jetzt nichts an. Das ist allein eine Sache zwischen Kapitän Benjamin und mir."

Mit fassungsloser Wut schaute er zu ihr hin. „Die Sea Breeze gehört mir. Ich bezahle jeden auf diesem Schiff für seine Arbeit, und da behaupten Sie, es ginge mich nichts an, wenn der Kapitän des Schiffes Sie misshandelt?"

„Er misshandelt mich nicht", widersprach sie eigensinnig. „Ich wünschte, Sie würden sich da einfach heraushalten." Sie umklammerte die Armlehnen und wollte sich hochstemmen.

„Verflixt, können Sie nicht ein Mal tun, was man Ihnen sagt?!", donnerte er los. Mit vier großen Schritten hatte er den Raum durchquert und hob sie auf seine Arme, ungeachtet ihres überraschten Protestschreis. Sie wollte sich beschweren, doch er schnitt ihr das Wort ab, noch bevor sie einen Ton herausbrachte. „Halten Sie den Mund! Halten Sie einfach den Mund!"

Er trug sie zu der braunen Ledercouch in der Mitte des Raumes und setzte sie dort mit einer Behutsamkeit ab, mit der man wohl eher einen Müllsack behandeln würde. „Und da bleiben Sie jetzt!"

Jane rappelte sich auf und setzte sich sehr gerade hin. Sie kochte vor Empörung über diese würdelose Behandlung und öffnete gerade den Mund, um Jake Dominic deutlich zu sagen, was er mit seinen Befehlen anfangen konnte. Doch glücklicherweise erschien in diesem Augenblick Marcus Benjamin.

„Sie wollten mich sprechen?" In der dunkelblauen Uniform wirkte der Kapitän unerschütterlich und ruhig wie eh und je. Die grauen Augen wanderten kurz zu Jane auf der Couch, dann blickte er wieder zu Jake.

Dieser ging jetzt zur Bar und schenkte sich einen Drink ein. „So kann man sagen, ja. Wie ich höre, haben Sie bei unserem ungeladenen Gast hier hart durchgegriffen."

„Das habe ich nie behauptet!", mischte sich Jane sofort ein. „Außerdem habe ich gesagt, dass es Sie nichts angeht." Hastig wandte sie sich an den Kapitän. „Ich werde morgen zur üblichen Zeit an Deck erscheinen, Kapitän Benjamin."

„Sie brauchen mich nicht zu schützen, Miss Smith", kam es kühl von Benjamin zurück. „Ich bin durchaus in der Lage, für mich selbst zu sprechen."

„Sie schützen!“, stammelte Jane wütend. „Ausgerechnet Sie, Sie Sklaventreiber! Es soll sich einfach nur niemand einmischen in eine Angelegenheit, die nur Sie und mich betrifft. Ich gedenke nämlich nicht, diese Schlacht durch Meuterei zu beenden.“

„Es sieht jedoch so aus, als hätten Sie genau das getan“, erwiderte er ungerührt.

„Das werden Sie nie erleben“, stieß sie hitzig aus. Ihre Augen standen jetzt riesengroß in ihrem bleichen Gesicht.

„Ich fasse es nicht!“ Jake trat an die Couch. „Sie beide werden jetzt aufhören, sich wie im Kindergarten zu benehmen. Ich würde gern eine Erklärung von Ihnen hören, Marcus.“

Der Kapitän zuckte leicht mit den Schultern. „Es gibt nichts, worüber Sie sich aufregen müssten, Jake. Miss Smith und ich haben uns nur eine kleine Schlacht der Willen geliefert. Morgen teile ich sie zu einem anderen Dienst ein.“

„Das werden Sie nicht!“, rief Jane empört und versuchte aufzustehen.

Jake drückte sie zurück auf die Couch. „Still!“, befahl er barsch. Das Gesicht zu Benjamin gewandt, zog er die Kakihose an Janes Beinen hoch. „Welche Arbeit kann sie Ihrer Meinung nach mit diesen Knien erledigen?“

Mit blankem Entsetzen starrte Benjamin auf die blauen Knie. Der Anblick brachte ihn ehrlich aus seiner unerschütterlichen Ruhe. „Herr im Himmel!“, stieß er aus und blickte mit bestürzten Augen zu Jake. „Ich hatte ja keine Ahnung, ich schwöre“, murmelte er. „Warum, zur Hölle, hat sie denn nichts gesagt?“

„Weil sie ein stures kleines Gör ist mit mehr Courage als Verstand“, erklärte Jake knapp. „Ich nehme an, sie dachte, Sie wollten sie brechen.“ Angewidert schüttelte er den Kopf. „Bei einem jungen Hitzkopf wie Jane kann ich ein solches Verhalten ja noch nachvollziehen, aber was hat Sie dazu gebracht, so weit zu gehen?"

Benjamin schluckte schwer, der Vorwurf hatte offenbar einen wunden Punkt getroffen. „Sie könnte recht mit ihrer Vermutung gehabt haben", gab er zu. „Sie war so verdammt störrisch, dass es mich ärgerte. Jeden Tag erwartete ich, dass sie nachgeben und nach einer anderen Arbeit fragen würde, und jeden Tag warf sie mir ihre Sturheit vor die Füße." Er rieb sich über das Gesicht. „Himmel, es tut mir leid."

Kapitän Benjamins Gewissensbisse und Selbstvorwürfe milderten Janes Ärger rasant. Sie konnte seine Frustration sogar verstehen, die ihn dazu getrieben hatte. War es nicht der gleiche unnachgiebige Stolz wie bei ihr gewesen, von dem sich auch der Kapitän hatte leiten lassen?

„Das sollte es auch", sagte Jake verächtlich zum Kapitän. „Sie haben die gleiche bemerkenswerte Dummheit an den Tag gelegt wie Miss Smith."

„Der Kapitän konnte ja nicht wissen, wie leicht ich blaue Flecke bekomme", begehrte Jane auf. „Sie haben ihn angeheuert, damit er dieses verflixte Schiff für Sie führt. Und wenn er der Meinung ist, dass ich am nützlichsten bin, wenn ich das Deck schrubbe, dann schrubbe ich eben das Deck." Flink rutschte sie ans andere Ende der Couch, um Jakes Zugriff entgehen zu können und aufzustehen. „Um genau zu sein, ich bestehe sogar darauf, das Deck zu schrubben!" Damit drehte sie sich um und marschierte zur Tür, vorbei an dem verblüfften Kapitän. „Wir sehen uns dann morgen früh zur üblichen Zeit, Kapitän Benjamin."

Einige Abende später, nachdem die Jacht die nördliche Küste von Mexiko erreicht hatte, saß der Kapitän mit Jake zusammen in der Lounge bei einem gemeinsamen Drink. Insgeheim gratulierte er sich zu der brillanten diplomatischen Lösung, die er für den „Problemfall Jane" gefunden hatte. In den letzten Tagen war alles reibungslos verlaufen. Seine Selbstzufriedenheit in dieser Hinsicht zerstob jedoch jäh, als ein Anruf von seinem Ersten Offizier, Jim Davidson, kam.

Den Telefonhörer wieder aufgelegt, nahm er sein Glas und drehte sich mit einem Stirnrunzeln zu Jake um.

„Ich hätte es wissen müssen. Es war ja auch zu schön, um wahr zu sein. Es gibt da wohl ein Problem mit der Disziplin in der Mannschaft. Fünf Crewmitglieder sind im Laderaum beim Würfelspiel erwischt worden. Ihr Sorgenkind, Jane Smith, war übrigens auch dabei."

Jake Dominic hob spöttisch eine Augenbraue. „So schlimm kann das doch nicht sein, oder? Ich dachte, Sie erlauben den Männern auf der Sea Breeze zu spielen."

„Aber nicht um Geld", stellte Benjamin knapp klar. „Und anscheinend ging es hier um eine ansehnliche Summe."

„Ich verstehe", erwiderte Jake nachdenklich. „Und welche disziplinarischen Maßnahmen werden Sie für die Übeltäter jetzt ergreifen? Müssen sie das Deck schrubben?"

„Grundgütiger, nein!" Benjamin schüttelte sich. „Bei den Männern ist das einfach, sie wissen, welche Strafe sie für Glücksspiel erwartet. Ihnen wird die Heuer um ein paar Tagessätze gekürzt. Aber wie soll ich Jane disziplinieren, wenn sie nichts verdient?"

Jake glitt vom Barhocker und schlenderte hinüber zum Bullauge. Abwesend starrte er hinaus auf die ruhige See. Die Sonne war gerade im Begriff unterzugehen und färbte die Wellen mit ihren Strahlen in Rot- und Goldtönen. „Ich kümmere mich darum", sagte er über die Schulter zurück. „Wie Sie schon sagten, sie ist mein Sorgenkind."

„Ich hätte gedacht, dass Sie nicht damit belästigt werden wollen", erwiderte Benjamin langsam. Zwar hatte Dominic sich ein- oder zweimal nach Jane erkundigt, seit sie angewiesen worden war, in ihrer Kabine zu bleiben, aber nie hatte er sie besucht.

Mit einem vielsagenden Lächeln drehte Jake sich zu dem Kapitän um. „Es wäre wohl nicht sehr diskret gewesen, mehr Interesse als unbedingt nötig an unserer Kranken zu zeigen. Sie wissen genauso gut wie ich, hätte ich auch nur einen Krankenbesuch in Janes Kabine gemacht, hätte jeder an Bord sie sofort als meine Geliebte abgestempelt. Die nachsten beiden Monate werden schon schwer genug für sie, da sollte sie sich nicht auch noch mit diesem Problem herumschlagen."

Der Gedanke, dass Jake aus reinem Mitgefühl handeln könnte, war Benjamin nie gekommen. „Also sind Sie noch immer nicht von Ihrem Hofnarren gelangweilt. Das muss ein neuer Rekord für Sie sein, Jake."

Mit undurchdringlichem Blick zuckte Jake die Achseln. „Sie ist ein wirklich amüsantes Mädchen. Ich hab sie gern um mich."

„Soll ich Davidson dann Bescheid geben, dass er sie für disziplinarische Maßnahmen zu Ihnen schickt?", fragte Benjamin lauernd. „Wir können sie schließlich nicht von der Strafe ausnehmen. Das wäre schlecht für die Moral an Bord."

Man sah Jake kurz an, dass er sich unwohl fühlte. „Ein so schreckliches Vergehen war es nun auch wieder nicht." Doch als Benjamin ihn weiter abwartend anschaute, zuckte er resigniert die Schultern. „Na schön, schicken Sie sie her. Ich denke mir etwas aus."

Benjamin unterdrückte ein Grinsen, drehte sich um und nahm den Telefonhörer auf, um die Order weiterzuleiten.

Keine fünf Minuten später erschien Jane in der Lounge. Sie trug ihre schwarze Jeans und ein gelbes Männerhemd, das sie hoch um die Taille verknotet und dessen Ärmel sie aufgerollt hatte. Empörung und Wut standen auf ihrem Gesicht.

„Es ist absolut lächerlich, dass Sie die Männer für ein kameradschaftliches Würfelspiel bestrafen wollen", regte sie sich auf. Ihre Brust hob und senkte sich erregt, und das flammend rote Haar verstärkte noch den Eindruck ihrer lodernden Augen. „Und es ist geradezu mittelalterlich, einen Teil ihrer Heuer einzubehalten, nur weil sie ihre freie Zeit mit einem harmlosen Spiel verbringen!"

Die beiden Männer tauschten einen amüsierten Blick, bevor der Kapitän sich wieder auf seine Autorität berief und Haltung annahm. „Es ist jedoch ein Spiel, das sehr häufig aufhört, harmlos zu sein, sobald es um Geld geht", widersprach er nüchtern. „An Bord eines Schiffes gibt es Regeln, die man nicht unterschätzen sollte. Es gibt Fälle, bei denen Männer aus reiner Langeweile eine gesamte Monatsheuer beim Glücksspiel verloren haben. Viele dieser Männer haben Frau und Kinder zu Hause sitzen. Sollen die Ihrer Meinung nach wegen eines harmlosen Spiels, wie Sie es nennen, einen ganzen Monat hungern?"

Bestürzt riss Jane die Augen auf. „Daran habe ich nicht gedacht", gestand sie kleinlaut ein. „Natürlich haben Sie recht."

„Natürlich", stimmte Benjamin trocken zu. „Wie auch immer, wir sind nicht hier, um die Bestrafung der Männer zu diskutieren, sondern Ihre, junge Dame. Nicht nur haben Sie meinem Befehl, im Bett zu bleiben, zuwidergehandelt, sondern Sie haben auch an dem illegalen Glücksspiel teilgenommen."

Jane verzog das Gesicht. „Meine Knie sind fast vollständig geheilt, also besteht kein Grund mehr, im Bett zu bleiben. Außerdem fiel mir die Decke auf den Kopf. Und ich habe auch nicht am Glücksspiel teilgenommen. Kann ich ja gar nicht, weil ich kein Geld habe. Simon hat mich nur die Würfel für ihn werfen lassen."

„Simon?", hakte Jake nach und kniff die Augen zusammen.

„Ihr Cousin Simon." Als Jake immer noch verständnislos

dreinblickte, zitierte sie mit einem schiefen Lächeln: „Von der Familienlinie her vier Grade entfernt, beim Bankkonto Lichtjahre."

„Ach ja, Gordon Dominics Sohn", meinte Jake trocken. „Ich hatte ganz vergessen, dass er mit an Bord ist."

„Sie sollten ihn besser kennenlernen", riet Jane begeistert. „Er ist wirklich in Ordnung."

„Freut mich, dass Sie so denken", erwiderte Jake gepresst. „Ich persönlich halte nichts von einem Mann, der ein junges Mädchen zu illegalem Glücksspiel verführt."

Angesichts dieser Bemerkung zog Benjamin die Brauen in die Höhe. Jake Dominic war schließlich dafür berüchtigt, junge Frauen in wesentlich schlüpfrigere Situationen zu verstricken! Allerdings war er weise genug, sich jeglichen Kommentars zu enthalten.

„Es war nicht Simons Schuld", verteidigte Jane den jungen Mann. „Er wäre ja noch nicht einmal dabei gewesen, hätte ich ihm nicht gesagt, dass ich solche Würfelspiele nicht kenne und ihn gebeten, mit mir hinzugehen."

„Also waren Sie es, die den mustergültigen Jungen verführt hat, den Pfad der Tugend zu verlassen." Jake nippte an seinem Drink. „Es schien mir auch eher untypisch für Simon, nach dem, was ich noch von ihm weiß."

„Könnten Sie ihm die Strafe nicht erlassen? Nur dieses eine Mal?", bat Jane zerknirscht. „Es ist doch eigentlich nicht fair, dass er bestraft wird, nur weil ich neugierig war."

„So ganz ist mir diese Neugier allerdings nicht klar. Ist ein verbotenes Würfelspiel in einem leeren Frachtraum nicht eher fad?"

„Ganz im Gegenteil. Für mich war es sogar sehr aufregend." Sie lächelte schwach. „Sehen Sie, ich habe noch nie bei einem Spiel zusehen dürfen. Mein Großvater hatte da sehr strenge Ansichten."

„Ich kann für Simon keine Ausnahme machen", mischte sich der Kapitän nachdrücklich in die Unterhaltung. „Und für Sie auch nicht." Er wandte sich an Jake. „Was meinen Sie? Haben Sie schon eine Idee?"

Ein seltsames Lächeln erschien auf Jakes Gesicht, während er Jane unverwandt anschaute. „Ich glaube schon", sagte er lang gezogen. „Wo liegt das nächste Kasino, Marcus?"

„In San Miguel", antwortete der Kapitän zögernd und kniff abschätzend die Augen zusammen. „Nur ein paar Seemeilen weiter an der Küste hinunter."

„Sehr gut", sagte Jake erfreut. „Ich habe es genau durchdacht, Marcus. Was Jane braucht, ist keine Disziplin, sondern Wissen. Sie muss die Gefährlichkeit des Glücksspiels begreifen. Dann erlischt auch ihre Neugier."

„Eine recht ungewöhnliche Lösung", kommentierte Benjamin zynisch. „Sie wollen sie also heute Abend ins Kasino von San Miguel bringen." Es war keine Frage, sondern eine Feststellung.

Jake nickte, ohne Jane aus den Augen zu lassen. Ihre kindliche Begeisterung war nicht zu übersehen. „Ich erachte es als meine Pflicht. Wollen Sie mitkommen, Marcus?"

„Das sollte ich wohl besser", entgegnete dieser grimmig. „San Miguel ist nicht gerade Monte Carlo, und das Kasino ist nur wenig besser als eine Kaschemme. Auf jeden Fall nicht der Ort, wohin man eine Lady ausführt."

„Nun, dem kann leicht Abhilfe geschaffen werden." Jake musterte Janes zierliche Gestalt von oben bis unten. „Finden Sie einen langen Mantel für sie. Mit der Wollmütze, die sie beim Einbruch in meine Kabine getragen hat, wird sie in dem dämmrigen Licht problemlos als Junge durchgehen."

„Genau!" Jane war voller Eifer. „Und ich ziehe den hellen Pulli an, den Simon mir geliehen hat. Darin sehe ich völlig unförmig aus."

„Dann ist der genau richtig“, stimmte Jake zu, seine Lippen zuckten.

„Ob ich mir den Busen bandagieren sollte?“ Ernsthaft besorgt sah Jane an sich herunter.

Jake hüstelte amüsiert und riss sich zusammen. „Ich denke, das wird wohl nicht nötig sein“, erwiderte er ernst, konnte sie jedoch nicht anschauen. „Warum gehen Sie nicht und verkleiden sich schon einmal? In einer halben Stunde treffen wir uns dann an Deck.“

„Wird gemacht!“ Voller Begeisterung stürmte Jane zur Lounge hinaus.

Und endlich konnte Jake das Lachen herauslassen, das er schon die ganze Zeit unterdrückt hatte. Er stützte sich auf die Bar und schüttete sich aus vor Lachen. Kapitän Benjamin betrachtete das Schauspiel voller Missbilligung.

„Ich bin froh, dass wenigstens Sie das lustig finden, Jake. Dabei wissen Sie genau, wie unklug das Ganze ist.“

Noch immer grinsend drehte Jake sich zum Kapitän um. „Immer nur klug zu handeln ist manchmal geradezu erbärmlich langweilig, Marcus. Ich kann’s gar nicht abwarten, ihr Gesicht zu sehen, wenn sie in San Miguel ankommt.“

Benjamin runzelte die Stirn. „Mir gefällt es nicht, dass Sie das Mädchen in einen solchen Laden mitnehmen wollen, nur um selbst Spaß zu haben.“

„Solange wir beide bei ihr sind, ist sie absolut sicher“, beruhigte ihn Jake. „Und sie will doch unbedingt hin. Sie haben sie doch gesehen.“

Der Kapitän nickte zögernd. „Das kann ich nicht bestreiten. Aber das Mädchen scheint nicht gerade das beste Gespür dafür zu haben, was gut für es ist.“

„Du meine Güte, Marcus, Sie hören sich ja an wie ein besorgter Vater!“

„Das Mädchen braucht jemanden, der auf es aufpasst. Und

keiner von uns beiden ist geeignet für diesen Job."

Jake klopfte ihm aufmunternd auf die Schulter. „Beruhigen Sie sich wieder, Marcus. Wir wollen sie ja nicht adoptieren, wir führen sie nur aus." Er trank seinen Drink aus und stellte das Glas auf die Bar. „Nun, während ich mich umziehe, warum gehen Sie nicht nachsehen und passen auf, dass Jane nichts Verheerendes unternimmt?"

„Verheerendes?", wiederholte Benjamin verständnislos.

Jakes Augen tanzten belustigt. „Sie schien doch sehr besorgt, ob sie auch wirklich als Junge durchgeht." Er grinste breit. „Und was könnte diese Frau eher als Frau ausweisen, als ihr goldenes Haupt?"

„Goldenes Ha...?" Als der Kapitän verstand, riss er entsetzt die Augen auf. „Sie meinen, sie könnte sich das Haar abrasieren?"

„Würde mich nicht wundern", sagte Jake nur.

„Grundgütiger!", stieß Benjamin aus und verließ hektisch den Raum.

5. KAPITEL

Das Kasino lag auf einer Anhöhe, die ein Panorama über die pittoreske, aber etwas heruntergekommene Hafenstadt San Miguel bot. Die Fahrt über die Bergstraße dauerte nur zehn Minuten, dann rumpelte das uralte Taxi, das Jake auf magische Weise am Hafen aufgetrieben hatte, auch schon über die Schlaglöcher des Kasino-Parkplatzes.

Jane lugte voller Aufregung und Neugierde aus dem Seitenfenster. Der Parkplatz war fast voll besetzt, obwohl es noch früh am Abend war. Das lang gestreckte Gebäude, das das Kasino beherbergte, war ein flacher Bau in grellem Flamingopink, und der Namenszug „Tropicana" blinkte in stechend grellen Neonbuchstaben über dem Eingang.

„Enttäuscht?", fragte Jake beiläufig, als kein Kommentar von ihr kam.

Jane schüttelte den Kopf. „Oh nein, ganz und gar nicht! Es sieht genauso aus, wie ich mir eine Spielhölle vorgestellt habe." Dann runzelte sie die Stirn. „Außer dieser Beleuchtung." Die Laternen rund um das Gebäude tauchten den Parkplatz und das gesamte Areal in flutlichtartige Helligkeit.

Jake zuckte mit einer Schulter. „Wahrscheinlich ist das nötig, wenn man nicht zu einem Auto ohne Reifen zurückkommen will."

Benjamin nickte zustimmend. „Ich habe schon beobachtet, wie eine Bande ein Auto innerhalb von zehn Minuten komplett ausgeschlachtet hat. Und das mitten in Mexiko-Stadt!", brummte er.

Jake instruierte den Taxifahrer zu warten und sicherte sich dessen Einverständnis mit einem ansehnlichen Bündel Geldscheine, dann führte er die beiden anderen durch die große

Doppeltür in das überfüllte und verrauchte Kasino.

Jane war hingerissen. „Es ist fantastisch! Wie eine Szene aus ‚Casablanca'."

Jake krümmte sich leicht. „Bitte", protestierte er mit schmerzverzogener Miene. „Ricks Bar hatte wenigstens Stil. Das hier gleicht eher der Kantine aus ‚Duell in der Sonne'." An der gegenüberliegenden Wand zog sich eine schmale Bar über die gesamte Länge. Ansonsten standen überall in dem großen Raum Spieltische, die mit grünem Filz überzogen waren. Es war voll und laut hier drinnen, die Gäste waren ausschließlich Männer, Mexikaner in schwarzen Hosen, langen weißen Hemden und offenen Sandalen.

Die Croupiers an den Spieltischen hingegen waren alle vollbusige Damen in tief ausgeschnittenen scharlachroten Kleidern. Die altmodischen Deckenventilatoren verteilten die stickige Luft eher gleichmäßig, als dass sie etwas gegen den Rauch hätten unternehmen können, und so glänzten die Gesichter der Spieler, die sich um die Tische scharten, verschwitzt, und ihre Augen wurden wie magnetisch angezogen von den rot gekleideten weiblichen Croupiers.

„Bleiben Sie immer in Marcus' oder meiner Nähe", ordnete Jake an. „Und lassen Sie bloß die Mütze auf dem Kopf!"

Jane nickte eifrig und stopfte die Hände in die Taschen des übergroßen Jacketts, das Benjamin ihr überlassen hatte. Sie stapfte hinter den beiden Männern her mit einem Gang, von dem sie hoffte, dass er burschikos genug wirkte. Ziel war der Roulettetisch, an dem Benjamin einen Stehplatz für Jane erkämpfte. Die beiden Männer besorgten sich einen Stapel Jetons und spielten eine Weile mit wechselndem Erfolg.

„Möchten Sie Ihr Glück versuchen?" Jake schob Jane einen Stapel Jetons hin.

Sie schüttelte den Kopf. „Nein, ich finde das Zusehen viel aufregender." Für sie war es interessanter, die angespannte

Konzentration in den Gesichtern der Spieler zu beobachten, als selbst zu gewinnen oder zu verlieren.

Jake zuckte gleichgültig die Schultern. „Mein Spiel ist es auch nicht wirklich." Er sah sich um. „Ich denke, ich sehe mich besser nach einem Tisch um, an dem Blackjack gespielt wird. Wollen Sie mitkommen?"

„Nein, ich bleibe hier, bei Kapitän Benjamin." Fasziniert verfolgte sie, wie die Glückssträhne eines Mannes mit viel Schulterklopfen und lautem Jubel von seinen Kumpanen gefeiert wurde. Dass Jake den Tisch verließ, nahm sie nur am Rande wahr.

Eine gute Stunde verfolgte Jane weiter interessiert das Geschehen um den Roulettetisch, dann wurde auch sie unruhig. Sie sah zu Benjamin und hoffte, dass er bald bereit sein würde, an einen anderen Tisch zu gehen, doch er sah sehr zufrieden mit seiner jetzigen Lage aus. Vor ihm häufte sich ein ansehnlicher Stapel Jetons, die Augen hielt er starr auf das sich drehende Rouletterad und die hüpfende Kugel gerichtet. Er gewann jetzt ein Spiel nach dem anderen, wahrscheinlich würde er nicht einmal bemerken, wenn sie sich absetzte. Schließlich hatte sie bisher nur einen flüchtigen Eindruck von dem Kasino bekommen. Bestimmt war es nicht allzu gefährlich, wenn sie sich ein wenig auf eigene Faust umschaute ...?

Unauffällig verließ Jane den Tisch und bahnte sich einen Weg durch die Menge. In einer Ecke erblickte sie einen Würfeltisch und ging darauf zu. Die nächste halbe Stunde wanderte sie von Tisch zu Tisch, und ihr Interesse schwand immer mehr. Mit freudiger Erleichterung erblickte sie schließlich Jake an einem Tisch und steuerte auf ihn zu.

Nach wenigen Schritten blieb sie jedoch stehen. Das Spiel, in das Jake versunken war, hatte nichts mit den Karten zu tun, die vor ihm lagen. Die exotische mexikanische Kartengeberin beugte sich mit einer unmissverständlichen Einladung in den dunklen Augen zu ihm. Sie murmelte ihm etwas zu, das ein zynisches Lächeln auf seine Lippen und ein feuriges Leuchten in seinen Blick brachte. Jetzt ließ er seinen Blick anerkennend über die üppigen Rundungen der Frau gleiten und blieb schließlich auf ihrem verlockenden Dekolleté liegen. Dann erwiderte er etwas, und die Frau lächelte lasziv.

Der Stich, der Jane durchzuckte, war so scharf, dass er ihr den Atem raubte. Für einen Moment stand sie regungslos da und fühlte sich auf unerklärliche Weise verletzt. Doch dann setzte ihr Verstand wieder ein und suchte nach einer vernünftigen Erklärung für ihre verräterischen Gefühle.

Wahrscheinlich war es nur Überraschung und nicht Schmerz, was sie empfand. Schließlich verband sie und Jake eher eine freundschaftliche Kameradschaft, und ihn jetzt hier als den leidenschaftlichen Playboy zu sehen, als der er galt, verwirrte sie.

Jane wandte sich ab, um wieder zurückzugehen. Jake wäre sicherlich nicht begeistert, wenn sie ihn jetzt störte. Doch plötzlich war ihr der ganze Spaß an dem Abend verdorben. Was vor wenigen Sekunden noch faszinierend gewesen war, wirkte nun einfach nur schäbig.

Sie bahnte sich einen Weg durch den Saal und lehnte sich an eine Wand, um die Szenerie in dem verrauchten Raum ohne großes Interesse zu beobachten. Erst jetzt wurde ihr bewusst, wie heiß es hier drinnen war. Das Jackett und der Pulli waren viel zu dick für die Temperaturen, und sie merkte, wie sich ein feiner Schweißfilm über ihren Nacken zog.

Träge ließ sie den Blick durch den Raum wandern. Da! Da gab es eine schmale Tür am anderen Ende der Spiegelbar, die ihr bis jetzt noch gar nicht aufgefallen war. Offensichtlich führte diese Tür zur Rückseite des Gebäudes. Und sie konnte beobachten, dass ein nicht abbrechender Strom von Spielern durch diese Tür verschwand. Keiner der Männer kam zurück, wie sie nach zehn weiteren Minuten feststellte. Jetzt war ihre Neugier geweckt.

Jane richtete sich langsam auf und ging ebenfalls darauf zu, den Blick unverwandt auf die geheimnisvolle Tür gerichtet.

Jake sah gleichgültig auf die Spielkarte, die die Mexikanerin ihm gerade gegeben hatte, um dann den Blick mit nur wenig mehr Interesse auf ihrem großzügigen Dekolleté ruhen zu lassen. Als er sich daraufhin im Saal umsah, der jetzt nicht mehr ganz so voll war, erblickte er Benjamin, der noch immer am Roulettetisch saß. Er runzelte die Stirn. Wo, zum Teufel, war Jane?

Plötzlich wurde es unruhig am anderen Ende der Bar. Ein kleiner korpulenter Mann kam durch die Tür gestürzt, redete laut auf den Barkeeper ein und gestikulierte wild mit den Armen. Der Barkeeper griff nach einem bereitstehenden Baseballschläger und stürmte durch die Tür, der kleine dicke Mann folgte ihm auf den Fersen.

Jake warf sein Blatt auf den Tisch und war in Sekunden beim Roulettetisch. Er packte Benjamin beim Arm. „Wo, zur Hölle, ist Jane?“

Benjamin schaute überrascht auf. „Ich dachte, sie sei bei Ihnen.“

Jäh breitete sich ein ungutes Gefühl in Jake aus. Er musste an die Beleuchtung denken, die um das ganze Kasino herum installiert war. Die Laternen auf dem Parkplatz waren verständlich, aber aus welchem Grund war auch die Rückseite erhellt? Er hielt den Arm des weiblichen Croupiers fest, als sie gerade den Gewinn fürs Haus vom Tisch einstreichen wollte. „Die Tür da hinten an der Bar … wohin führt die?“

Die Frau zuckte mit ihren bloßen Schultern. „*Pelea de gallos*“, antwortete sie gleichmütig.

„*Pelea de gallos!*" Jake setzte zu einem Spurt auf die Tür an. „Hahnenkampf!", rief er Benjamin noch über die Schulter zurück zu und vernahm von diesem einen herzhaften Fluch. Bis er bei der Tür war, hatte der Kapitän ihn eingeholt.

Die Szene, die sich ihnen bot, war das reine Chaos. Wütende Mexikaner waren von den schlichten Holzbänken aufgesprungen und hatten sich um die kleine Kampfarena in der Mitte des Raumes geschart. Das Objekt ihrer Wut schien die schmale Gestalt zu sein, die auf dem staubigen Boden der Arena lag. Mehrere Männer hatten sich auf diese Gestalt gestürzt und bearbeiteten sie mit schwingenden Fäusten, rissen sich darum, wer von ihnen dem rothaarigen Gringo den größtmöglichen Schaden zufügen durfte.

„Um Gottes willen! Das ist Jane!" Ohne nachzudenken rannte Jake vor, schob sich rücksichtslos durch die Herumstehenden, bis er bei dem Haufen wütender Männer angekommen war. Mit verzweifelter Kraft riss und zerrte er die Männer auseinander, bis er eine blut- und staubverschmierte Jane Smith zu fassen bekam, die einen riesigen schwarz schimmernden Hahn fest an sich gepresst in den Armen hielt.

„Alles in Ordnung mit Ihnen?", schrie er gegen den Lärm an und wehrte den Faustschlag eines massigen Mannes ab, der ganz und gar nicht begeistert war, dass man ihn um seine Rache bringen wollte.

Jane nickte benommen und rappelte sich auf, während Jake und Benjamin alle Hände voll damit zu tun hatten, die Menge zurückzuhalten, indem sie zuschlugen, wo immer sie einen Treffer landen konnten.

„Wir sollten von hier verschwinden!", schrie Jake über das Kampfgetümmel hinweg, als er den Barkeeper mit dem Baseballschläger näher kommen sah.

Er und Benjamin packten jeder einen von Janes Armen und rannten los, schoben und drückten und schlugen blind drauflos, um sich einen Weg durch die wütende Menge zu bahnen. Sie schafften es bis zum Ausgang, stürzten auf das Taxi zu und warfen sich auf den Rücksitz.

„*Vámonos!*“, befahl Jake mit solcher Autorität, dass der verschreckte Taxifahrer sofort den Rückwärtsgang einlegte und schleudernd über den Parkplatz setzte, wobei er fast noch einen Teil der Verfolger rammte.

Flüche und gereckte Fäuste folgten ihnen, während der Fahrer das Gaspedal durchdrückte und mit quietschenden Reifen auf die Straße schoss, den Blick unablässig auf den Rückspiegel gerichtet. Mit halsbrecherischem Tempo fuhr er weiter, halb Gebete um seine Sicherheit murmelnd, halb Flüche auf die verrückten Gringos ausstoßend, die ihn in diese Lage gebracht hatten.

Jake drehte sich mit grimmiger Miene zu Jane und stutzte. „Mein Gott, Sie haben diesen verdammten Hahn ja mitgenommen!“, stieß er angewidert aus und starrte auf den verschreckten Vogel in Janes Armen. „Ich nehme an, diese widerwärtige Kreatur ist der Grund für den ganzen Aufruhr?“

Jane nickte. Langsam beruhigte sich ihr Atem wieder. „Es war schrecklich.“ Sie erschauerte, und ihre goldenen Augen verdunkelten sich bei der Erinnerung. „Diese entsetzlichen Männer haben sie miteinander kämpfen lassen und dann auch noch mit diesen grässlichen Sporen an den Füßen. Die armen Tiere haben sich gegenseitig verletzt und überall geblutet, und niemanden hat es gekümmert. Ich habe alles versucht, damit sie aufhören, aber keiner wollte auf mich hören.“

„Also haben Sie sich den Hahn aus der Arena gegriffen, damit sie ihnen zuhören“, vermutete Benjamin und schüttelte fassungslos den Kopf.

„Das war doch schließlich das Einzige, was ich tun konnte“, entgegnete sie schlicht. „Aber dann sind sie alle schrecklich wütend geworden.“

„Kann ich mir vorstellen“, bemerkte Jake trocken. „Da stand eine Menge Geld auf dem Spiel.“

„Nun, ich bin froh, dass ich es getan habe“, beharrte Jane. „Sie waren alle so grausam.“

„Auf dieser Welt geschehen Tausende von Grausamkeiten“, antwortete Jake schneidend. „Wollen Sie die alle aufhalten?“

Ihre Augen füllten sich mit Tränen. „Ich musste es tun“, erwiderte sie heiser.

„Ist Ihnen eigentlich klar, dass man Sie da drinnen hätte umbringen können?“, zischte Jake zwischen zusammengepressten Zähnen.

„Lassen Sie sie in Ruhe, Jake“, mischte sich der Kapitän brummend ein. „Sie hat heute schon genug durchgemacht.“

„Ich könnte ihr den Hals umdrehen!“ Mit wildem Blick begutachtete Jake ihr Gesicht. Ihre Lippe blutete, und das linke Auge färbte sich dunkel und begann anzuschwellen. „Sehen Sie sie doch nur an!“

Jane sackte immer mehr in sich zusammen und zog sich Schutz suchend weiter an die breite Schulter des Kapitäns zurück. „Es tut mir leid“, entschuldigte sie sich kleinlaut. „Ich wollte keinen Ärger machen.“

„Sie sind der wandelnde Ärger!“

Das Taxi hatte inzwischen am Dock gehalten, wo das Beiboot wartete. Jake sprang aus dem Wagen und zog Jane unsanft heraus. Dann griff er in seine Tasche und holte ein Bündel Geldscheine hervor, das er dem Fahrer mit einem knappen „*Gracias*“ reichte. Auf der düsteren Miene des Fahrers erschien ein breites Grinsen, als er den Wert der Geldscheine erkannte. Mit zwei Fingern tippte er sich respektvoll an den Rand seines Strohhutes und fuhr mit aufheulendem Motor davon.

In der Zwischenzeit war Benjamin geschickt in das Beiboot gesprungen und hatte den Motor angelassen. Als Jake

Jane in das Boot hob, fragte der Kapitän über das dumpfe Röhren des Motors hinweg: „Sie wollen sie doch nicht etwa den Hahn mit an Bord der Sea Breeze nehmen lassen, oder?"

„Was schlagen Sie denn vor?", konterte Jake bitter. „Sollen wir ihn ins Meer werfen? Jane würde hinterherspringen, um ihn zu retten."

„Wir könnten das Tier auch Ihrem Chefkoch überlassen", kam es trocken vom Kapitän. „Das wäre sicherlich eine Herausforderung für sein Können."

„Nein!", rief Jane schockiert. „Das dürfen Sie nicht tun!" Beschützend drückte sie das Tier an sich.

„Natürlich tun wir das nicht", erwiderte Jake entnervt. „Das war ein Witz, um Himmels willen." Er drehte sich zu Benjamin um. „Bringen Sie uns zur Sea Breeze zurück, Marcus, sonst werfe ich die beiden doch noch ins Wasser!"

Bei der Jacht angekommen, half ihnen ein verdutzter junger Matrose zurück an Bord. Der junge Mann tat wirklich sein Bestes, um das doch sehr mitgenommen aussehende Trio nicht allzu entgeistert anzustarren. Jake und der Kapitän trugen unübersehbare Spuren des wilden Handgemenges. Auf Jakes Wange prangte ein großer Bluterguss, und bei der sonst immer makellos sitzenden Uniform des Kapitäns waren ein Ärmel und das Revers in Fetzen gerissen.

Jake nahm Jane den Hahn aus dem Arm und reichte das Tier an den verdutzten Matrosen weiter. „Vorsicht mit den Sporen", warnte er. „Bringen Sie ihn hinunter in den Frachtraum und stellen Sie ihm Futter und Wasser hin."

„Das mache ich", bot Jane sofort an. „Ich trage schließlich die Verantwortung für ihn."

„Sie werden nichts dergleichen tun", knurrte Jake verärgert. „Sie kommen mit in meine Kabine, damit ich mir Ihre Verletzungen ansehen kann. Kommen Sie mit, Marcus?"

Marcus Benjamin schüttelte den Kopf. „Ich gehe besser in

meine eigene Kabine und richte mich erst einmal wieder her. Ich komme später nach."

Jake nickte knapp und schob Jane am Ellbogen vor sich her. Der Matrose blieb allein zurück und fragte sich hilflos, was man wohl einem Kampfhahn als Futter geben konnte.

In seiner Kabine angekommen, schaltete Jake erst einmal das Licht ein, bevor er Jane in den Raum schob. Sie sah sich interessiert um. An dem Abend, als sie hier eingebrochen war, hatte sie ja keine Gelegenheit gehabt, die Eleganz der Hauptkabine gebührend zu bewundern. Der dicke Teppich war silbergrau, die Tagesdecke auf dem breiten Bett aus schwarzem Samt. Die Einrichtung wirkte seltsam puritanisch, verglichen mit dem üppigen Leben, das man dem Besitzer nachsagte. Das einzig Auffallende in diesem Raum war ihre eigene grelle Farbkleckserei auf der vertäfelten Wand.

Jane krümmte sich innerlich. „Können Sie da nicht irgendwas machen, bis das Holz ausgetauscht worden ist?"

Jake folgte ihrem Blick und zuckte mit einer Schulter. „Marcus hat angeboten, einen seiner Männer abzukommandieren, um es provisorisch zu reinigen, aber ich habe abgelehnt. Ich gewöhne mich allmählich daran."

Er steuerte auf das Bad zu und zog sie mit sich. Die Hände um ihre Taille, hob er sie auf die Badezimmerkommode und kramte dann im Medizinschrank nach Jod und Heilsalbe.

„Das ist wirklich nicht nötig", sagte Jane leise, den Blick auf sein düsteres Gesicht gerichtet. „Sie und Kapitän Benjamin haben mehr abbekommen als ich. Diese verrückten Kerle haben ja mehr aufeinander eingedroschen als auf mich."

„Wie beruhigend", spottete Jake. „Also haben Sie keine gebrochenen Knochen und keine inneren Verletzungen, sondern nur Platzwunden und blaue Flecke." Trotz der Wut in seiner Stimme verarztete er sie mit erstaunlich sanften Händen. „Wenn Sie so weitermachen, können Sie von Glück sagen, wenn Sie Ihren einundzwanzigsten Geburtstag erleben."

Mit bebenden Lippen lächelte sie. „Ich verspreche, in Zukunft vorsichtiger zu sein. Zumindest bis zum Ende des Segeltörns. Ich habe nämlich durchaus vor, die Kosten für die Holzverkleidung abzuarbeiten."

„Vergessen Sie das Holz!", stieß er mit glühenden Augen aus. „Haben Sie auch nur eine Ahnung, was passiert wäre, wenn diese Kerle in dem Hinterraum entdeckt hätten, dass Sie eine Frau sind?!"

Jane blickte erschreckt zu ihm auf. „Sie meinen ..." Heiße Röte schoss ihr ins Gesicht. „Aber die waren doch so wütend ..."

„Herrgott, Jane! Wut kann ein ebensolches Aphrodisiakum sein wie jeder andere Reiz. Wissen Sie das denn nicht?"

Sie schüttelte den Kopf, Furcht lag plötzlich in ihrem Blick. „Nein, das war mir nicht klar."

„Natürlich nicht. Wissen Sie, für ein Mädchen, das überall auf der Welt gelebt hat, haben Sie erstaunlich wenig gelernt. Ihr Großvater muss Sie an einer sehr kurzen Leine gehalten haben."

„Es ging alles so schnell", versuchte sie sich zu verteidigen. „Mir blieb gar keine Zeit, jeden Schritt genau zu planen. Ich wusste nur, ich musste die armen Tiere retten, bevor es zu spät war."

Jake tupfte erst vorsichtig Jod auf ihre aufgeplatzte Lippe, bevor er etwas darauf erwiderte. „Ich hätte Sie an mich ketten sollen, bevor ich mit Ihnen in das Kasino ging."

Jane senkte den Blick und dachte an die laszive Schönheit am Blackjack-Tisch. „Das wäre wahrscheinlich recht peinlich für Sie geworden."

Jake kniff die Augen zusammen. „Was soll das nun wieder heißen?" Er begutachtete ihr geschwollenes Auge. „Das wird ein wunderschönes Veilchen geben", kommentierte er trocken und tupfte vorsichtig um die Wunde herum.

„Nichts", murmelte sie.

„Sie sollten nicht zu lügen versuchen, Rotschopf." Er hob ihr Kinn an. „Sie sind zu leicht zu durchschauen. Und jetzt antworten Sie mir."

„Es ist nur ... ich habe Sie mit dieser Frau gesehen." Jane wand sich vor Verlegenheit. „Es tut mir leid, wenn der Aufruhr, den ich verursacht habe, Sie unterbrochen hat."

„Welche Frau?" Jake war verwirrt. Dann begannen seine Augen frech zu funkeln. „Oh, diese Frau." Er warf den Waschlappen ins Becken und drehte den Verschluss von der Tube mit der Heilsalbe. „So weit waren wir noch nicht gekommen, als dass die Unterbrechung traumatische Frustration bei mir verursacht hätte."

Unerklärlicherweise verspürte Jane endlose Erleichterung, weil er die exotische Schönheit offensichtlich schon vergessen hatte. „Sie war sehr schön", sagte sie dennoch.

„Verlockend, wirklich verlockend", stimmte er abwesend zu. Dann grinste er. „Was wollen Sie damit andeuten, Sie vorwitzige Göre? Sind Sie der gleichen Meinung wie Marcus, dass ich diesen Törn angeblich nicht überstehe, ohne mir eine Frau ins Bett zu holen?"

„Sie haben nun mal diesen Ruf." Ihre goldenen Augen tanzten. „Aber bisher scheinen Sie gut durchzuhalten."

„Wissen Sie, es reizt mich ungeheuer, dieses einsame Veilchen zu einem Paar zu machen", bemerkte er leichthin im Plauderton. „Nicht nur verderben Sie mir die Chance auf ein sexuelles Abenteuer, nein, Sie machen sich auch noch lustig darüber."

Sie kicherte, und er schenkte ihr ein Lächeln so voller Wärme, dass ihr Herz einen kleinen Hüpfer machte.

„Sie lachen?", fragte er gespielt entrüstet. „Als Wiedergutmachung sollte ich Sie anstelle der willigen Consuela in mein Bett holen."

Sie schnitt eine Grimasse und grinste dann. „So schlimm steht es um Sie noch nicht."

Jetzt grinste er. „Sie können sich glücklich schätzen, dass ich nach dem heutigen Abend noch Humor aufbringe. Für eine ganze Weile stand es unentschieden, ob der wütende Pöbel oder ich selbst Sie umbringen würde."

„Ach du meine Güte!" Jane schnappte entsetzt nach Luft. „Sie und Kapitän Benjamin haben mir vorhin wahrscheinlich das Leben gerettet. Und ich habe mich nicht einmal bedankt!"

„Sie waren wohl beschäftigt", spottete Jake. „Marcus und ich übrigens auch."

„Und Sie sind verletzt worden." Die Gewissensbisse meldeten sich. Vorsichtig fuhr sie mit den Fingerspitzen über den Bluterguss an seiner Wange. Dann hob sie das Gesicht und setzte impulsiv einen hauchzarten Kuss auf die Verletzung, bevor sie erschreckt zurückzuckte.

Tief in Jakes Augen flackerte etwas auf, doch seine Stimme blieb davon unberührt. „Küssen Sie immer, damit es heilt? Die Idee gefällt mir. Vielleicht sollte ich es auch versuchen." Zärtlich nahm er ihr Gesicht in seine Hände. Jane starrte unverwandt in seine dunklen Augen und vergaß das Atmen. „Schließen Sie die Augen, Mädel", ordnete er heiser an. „Ich bin dabei, ein medizinisches Experiment durchzuführen."

Gehorsam schloss sie die Lider und wurde sofort mit einem Kuss auf die Lippen belohnt, der sie sanft und lieblich einhüllte wie der erste milde Frühlingswind. Danach folgte jeweils ein Kuss, Schmetterlingsflügeln gleich, erst auf das geschwollene Lid, dann auf das andere.

„Das Auge ist aber gar nicht verletzt", protestierte sie verträumt und hob ihr Gesicht empor.

„Beschweren Sie sich nicht. Der ist nur für den Ausgleich." Er drückte seine Lippen zart auf ihre Nasenspitze. „Also, gibt es einen Platz, den ich übersehen habe? Ich stehe ganz zu Ihrer Verfügung."

Benommen öffnete Jane die Augen, berauscht von der Seligkeit des Moments. Sie fühlte sich, als hätte Jake sie eingehüllt in einen seidenen Umhang aus Wärme, Zuneigung und unwiderstehlicher Zärtlichkeit.

Sein Gesicht war dem ihren so nah, und seine Augen lachten sie an. Dann plötzlich schwand das Lachen, machte etwas anderem Platz, das aus den Tiefen dieser Augen hervorstrahlte. Etwas, das die Atmosphäre elektrisierte und Jane das Blut schneller durch die Adern strömen ließ. Sie fühlte sich lebendig wie nie und gleichzeitig verträumt und wunderbar träge.

„Jane", flüsterte Jake.

Die Flammen in seinen dunklen Augen hypnotisierten sie. Sein Blick hielt sie gefangen, sie sah nur noch sein Gesicht, spürte nichts anderes mehr als die Nähe dieses energiegeladenen Mannes vor sich. „Was geschieht hier?", hauchte sie atemlos.

Ihre Worte zerrissen das feine Gespinst, das sie beide gefangen hielt. Jake sog scharf die Luft ein, und das Feuer in seinem Blick erlosch. Seine Augen wurden wieder undurchdringlich. Er zog die Hände von ihrem Gesicht zurück, mit dem üblichen spöttischen Lächeln auf den Lippen.

„Das, mein unschuldiger kleiner Naseweis, nennt man Chemie. Oder unverblümter ausgedrückt – Sex. Eine Sekunde lang erschienen Sie mir sehr verlockend, trotz des blauen Auges."

Ihre Augen schimmerten. „Ja, Sie mir auch."

Jake schüttelte ungläubig den Kopf. „Man sollte Sie wirklich nicht frei herumlaufen lassen. Hat Sie denn niemand gewarnt, dass Sie solche Dinge nicht zu einem Mann wie mir sagen sollten? Himmel, Sie wären leichte Beute für jeden, der es darauf anlegt."

Bei seinen zynischen Worten schossen ihr Tränen in die Augen. „Ich bin also dumm, ja?", fragte sie heiser. „Ich bin nicht wie Sie, Jake. Ich kann meine Gefühle nicht verbergen. Ich würde es auch gar nicht wollen."

Sie wollte von der Kommode heruntergleiten, doch mit einer Hand an ihrer Schulter hielt Jake sie auf. „Ich weiß", meinte er resigniert. „Wie ich schon sagte, Sie sind völlig durchschaubar. Es wird Zeit, dass Sie ein paar Verteidigungsmechanismen lernen, Jane."

Einen Moment lang musterte sie ihn nachdenklich, dann schüttelte sie den Kopf. „Sie reden nicht von Verteidigung. Was Sie meinen, ist eine Rüstung", korrigierte sie leise. „Das würde mir nicht gefallen. Mich hinter einem Schutzschild zu verstecken und Angst davor zu haben, jemandem nahezukommen."

„Es gibt auch einen Mittelweg, wissen Sie", hielt er dagegen.

„Nicht für mich."

Lange studierte Jake ihr Gesicht und ihre klaren Augen, dann hob er sie behutsam von der Kommode. „Nein, für Sie nicht", stimmte er zu. „Und möge der Himmel Ihnen helfen, Rotschopf!" Mit einem Finger strich er ihr über die Wange, dann wandte er sich abrupt ab. „Ich denke, ein Drink zur Stärkung kann jetzt nicht schaden. Ich rufe Marcus an und sage ihm, er soll uns in der Lounge treffen."

6. KAPITEL

Am nächsten Morgen wachte Jane zu spät auf, sodass ihr keine Zeit mehr für das Frühstück blieb. Aber nach der aufregenden letzten Nacht war ihr die halbe Stunde Schlaf lieber. Da es jedoch ihr erster Morgen als Küchenhilfe von Sam Brockmeyer war, beeilte sie sich jetzt und rannte übers Deck.

Als Simon Dominic sie erblickte, fiel er neben ihr in ihren Trab mit ein. Er stutzte, als er ihr blaues Auge und ihre aufgeplatzte Lippe bemerkte. „Hübsches Veilchen!“

„Du solltest mal die anderen sehen“, behauptete sie hochtrabend, dann schnitt sie eine Grimasse. „Ich hätte mir denken können, dass die Geschichte in Windeseile die Runde macht. Und da wird immer behauptet, es seien die Frauen, die tratschen.“

Simon grinste. „Nun, du kannst nicht mit einem Kampfhahn im Arm an Bord auftauchen und zudem aussehen, als wärst du in die schönste Keilerei verwickelt gewesen, und dann noch erwarten, dass da keine Neugier aufkommt.“

„Ich kann es dir jetzt nicht erzählen“, wehrte Jane ab. „Ich will es mir nicht gleich am ersten Tag mit Mr. Brockmeyer verscherzen, indem ich zu spät komme.“

Simon warf ihr einen verständnisvollen Blick zu. „Dann sehe ich dich beim Abendessen und helfe dir beim Wundenlecken. Wahrscheinlich gibt es bis dahin noch mehr davon. Für Brockmeyer zu arbeiten ist nämlich die Hölle.“

„Keine Angst, ich habe meine Krallen an Drill-Sergeants gewetzt. Man muss nur darauf achten, dass man den ersten Schlag platzieren kann.“ Ohne auf Simons vergnügtes Kichern zu achten, setzte sie zum Spurt Richtung Kombüse an.

Ihr blieb nur eine Sekunde, um das chromblitzende Territorium des Kochs zu bewundern, als auch schon eine barsche

Stimme aus der hinteren Ecke des Raumes ertönte. „Sie kommen zu spät!“

Was nicht stimmte, wie die große Wanduhr bewies. Jane ging weiter, blieb vor dem überfüllten Schreibtisch stehen und täuschte Reue vor.

„Guten Morgen, Mr. Brockmeyer“, grüßte sie dann unbeschwert. „Ich bin Jane Smith. Ich freue mich schon auf unsere Zusammenarbeit.“

Sam Brockmeyer war ein großer schlaksiger Mann Ende dreißig mit Geheimratsecken und einem faltigen Gesicht. Seine traurigen braunen Augen hätten vielleicht sogar anziehend wirken können, doch im Moment lag nichts Nachgiebiges in dem düsteren Blick, den der Chefkoch in ihre Richtung sandte.

„Und ich dachte, sie hätten mir die Schlimmsten schon geschickt.“ Angewidert musterte er ihre schlanke Gestalt in den übergroßen Sachen und ihr demoliertes Gesicht. „Sie müssen Kapitän Benjamins ultimative Rache sein.“

„Im Gegenteil“, erwiderte sie mit einem strahlenden Lächeln. „Ich bin Ihre Belohnung, weil Sie ein so vorzüglicher Koch sind. Mein Großvater verabscheute schlechtes Essen, und da wir oft in nur wenig zivilisierten Ecken der Welt lebten, ließ er mich in Paris ausbilden. An Ihre Fähigkeiten komme ich natürlich lange nicht heran, aber ich denke, Sie werden feststellen, dass ich nicht gänzlich unbedarft bin.“ Sie hielt inne. „Ich bin sicher, Sie können mir eine Menge beibringen, und außerdem gedenke ich, mich weder von Ihrem Gebrüll noch von Ihrer unwirschen Art einschüchtern zu lassen. Haben wir uns so verstanden?“

Brockmeyer starrte sie lange an, dann erschien ein breites Lächeln auf seinem Gesicht. „Ja, ich denke schon, Miss Smith.“

In den nächsten vier Tagen allerdings schien es Jane, als

wolle Brockmeyer ihre zuversichtlichen Worte verbissen auf die Probe stellen. Hätte sie diese Worte nicht absolut ernst gemeint, hätte er sie genauso terrorisiert wie ihre Vorgänger. Jane arbeitete von sechs Uhr morgens bis neun Uhr abends in einer Atmosphäre, die einen tropischen Wirbelsturm wie eine laue Sommerbrise erscheinen ließ. Die kleinste Ungeschicklichkeit provozierte einen vulkanartigen Ausbruch von Brockmeyer und seiner scharfen Zunge, und es bereitete ihm offensichtliches Vergnügen, sich Jane als Zielscheibe für seine Angriffe herauszusuchen.

Jane akzeptierte sowohl die unmenschlichen Arbeitszeiten als auch die verbalen Attacken des Chefkochs mit einer heiteren Gelassenheit, die ihn häufig verblüffte. Anfangs war es ihr nur erlaubt, die niedrigsten Küchenarbeiten zu übernehmen, doch mit der Zeit durfte sie auch an den Herd, um Kleinigkeiten zuzubereiten. Zudem achtete sie darauf, sich immer in Brockmeyers Nähe aufzuhalten, wenn er kochte, damit sie sich ein paar Kniffe vom Meister abschauen konnte.

Den Lunch und das Abendessen für die Crew zählte der Koch zu seinen persönlichen Aufgaben, ebenso die Mahlzeiten für Jake Dominic. Die Essenszubereitung für die Besatzung war generell weniger aufwendig, da die jeweiligen Gänge für die Selbstbedienung angerichtet wurden, dennoch beharrte Brockmeyer darauf, dass alles perfekt war. Jake Dominics Mahlzeiten hingegen waren erlesene Köstlichkeiten.

Janes klaglose harte Arbeit brachte ihr Schritt für Schritt Brockmeyers – wenn auch zunächst unwilligen – Respekt ein. Dies wurde deutlich, als Ralph, Jake Dominics persönlicher Steward, eines Tages einen vulkanartigen Ausbruch bei Brockmeyer provozierte.

„Was tut dieser Kretin mir an!?“, donnerte Brockmeyer los, seine braunen Augen schossen wütende Blitze. „Ich kreiere Forelle Almondine, und dieser Dilettant serviert Rotwein dazu! Ich erwürge ihn mit meinen eigenen Händen!"

Doch Ralph hatte sich schnellstens unauffällig davongemacht, so verpuffte die Drohung im luftleeren Raum. Jane und die anderen Küchenhilfen senkten stumm die Köpfe über ihre eigenen Arbeiten, wohl wissend, dass bei nur einem Ton der Zorn des Küchenchefs unweigerlich auf sie zielen würde.

„Wie soll ich mit solchen Banausen arbeiten?!", wütete er und stapfte zum Telefon. Zwar konnte Jane nicht hören, was der Küchenchef sagte, aber wenig später erschien Marcus Benjamin mit gerunzelter Stirn in der Küche. Jane verkniff sich ein Grinsen. Also war selbst der Kapitän Brockmeyers Selbstherrlichkeit nicht überlegen.

„Ich werde diesen Tölpel nicht weiter als Steward arbeiten lassen!", donnerte Brockmeyer los, sobald Benjamin über die Schwelle trat.

Benjamin zuckte nur mit den Schultern. „Dann kommandiere ich eben einen anderen für Sie ab."

„Damit dann das Gleiche passiert?", fragte Brockmeyer beißend. „Ihre Männer sind alles ignorante Trottel, sobald es um die Kunst der Haute Cuisine geht."

„Sie sind gute Matrosen", versuchte Benjamin den Koch zu beschwichtigen. „So schlimm kann Ralphs Fehler doch bestimmt nicht gewesen sein."

„Nicht schlimm!", explodierte Brockmeyer. „Rotwein zu Forelle Almondine, nicht schlimm?!"

„Nun, vielleicht …"

„Das wird nie wieder vorkommen!", fiel Brockmeyer dem Kapitän ins Wort. „Sie werden sie als Dominics Steward bestimmen!" Mit ausgestrecktem Finger zeigte er auf Jane.

Dieser glitt vor Erstaunen fast die Kartoffel aus den Fingern, die sie gerade schälte. Mit weit aufgerissenen Augen starrte sie die beiden Männer an.

Benjamin sah ebenso irritiert aus. „Sie wollen sie aus Ihrer Küche haben?", fragte er dann langsam. „Nun, ich nehme an, ich könnte ihr eine andere Aufgabe zuteilen."

„Das habe ich nicht gesagt", fauchte Brockmeyer giftig. „Sie erledigt ihre Arbeit hier akzeptabel."

Jane grinste glücklich. Ein solches Eingeständnis von Brockmeyer war das größte Kompliment überhaupt.

„Für die Dauer der Mahlzeiten kann sie vom Küchendienst freigestellt werden, um Mr. Dominic zu bedienen. Schlimmer als die anderen Idioten, die Sie mir bisher geschickt haben, kann sie nicht sein."

„Abgemacht." Benjamin war erleichtert. Er wandte sich um, um so schnell wie möglich aus der Küche zu entkommen.

„Moment, wir sind noch nicht fertig", hielt Brockmeyer ihn zurück. Er deutete wieder auf Jane. „Sehen Sie sie nur an. Allein ihr Anblick verdirbt einem den Appetit, selbst auf mein Essen. Sie müssen sie aus diesen Lumpen herausholen, die sie da am Leib trägt. Und zwar noch vor morgen. Haben Sie das verstanden?"

„Wir befinden uns auf See, falls Ihnen das entgangen sein sollte", erinnerte Benjamin ihn trocken.

„Das ist Ihr Problem." Brockmeyer blieb unbeeindruckt. „Ich werde nicht zulassen, dass sie in diesem Aufzug Mahlzeiten serviert, die ich zubereitet habe – so verwahrlost, wie sie aussieht."

„Ich rede mit Mr. Dominic", gab Benjamin nach. „Aber versprechen kann ich nichts." Damit drehte er sich um und verließ die Küche.

Wie immer das Gespräch zwischen Benjamin und Jake Dominic abgelaufen sein mochte, am Abend warf die Sea Breeze in dem winzigen Hafen von San Juárez ihren Anker. Und am Morgen fuhr das Beiboot an Land, um die Pakete abzuholen, die per Helikopter aus Mexiko-Stadt eingeflogen worden waren.

Als Brockmeyer Jane die Tüten und Schachteln in die Arme drückte, sobald das Beiboot wieder zur Sea Breeze zurückgekehrt war, stand grimmiger Triumph auf seinem Gesicht zu lesen.

„Sie schauen besser erst nach, ob auch alles passt“, brummte er. „Sie servieren heute den Lunch.“

Glücklich eilte Jane in ihre Kabine. So sehr hatte sie sich noch nie über ein Geschenk gefreut. Kein Wunder, dachte sie zerknirscht. Schließlich lief sie schon seit Wochen in Klamotten herum, die ihr um Beine und Arme schlackerten.

Hastig riss sie das schwere Packpapier von den Schachteln und bewunderte selig ihre Schätze. Neben einer hübschen Stewarduniform gab es mehrere Designerjeans, Blusen, Pullover, einen Bikini, Sandalen und einen Pyjama und Unterwäsche. Sogar ein Set mit teuren Make-up-Utensilien fand sich in einer Tüte.

Während der nächsten zwanzig Minuten probierte Jane alles an, was sie bekommen hatte. Und ihre Bewunderung für denjenigen, der ihr die neue Garderobe besorgt hatte, wuchs stetig. Jemand hatte ein sehr gutes Auge bewiesen, denn alles passte wie angegossen. Sie vermutete, dass dieser Jemand Jake Dominic selbst war. Schließlich musste er genügend Erfahrung beim Kleiderkauf für all seine Frauen gesammelt haben.

Als Jane schließlich die Uniform anzog, war sie rundherum zufrieden. Die weiße Hose saß perfekt, ebenso der dünne Sommerpullover mit dem Rollkragen. Das karamellfarbene kurze Bolerojäckchen ließ sie zwar eher wie einen Pagen aussehen, aber auch das saß perfekt, und die Farbe passte gut zu ihren Haaren. Sie trug das pfirsichfarbene Lipgloss auf und bürstete ihre Locken, bis sie glänzten. Schon erstaunlich, was so ein bisschen Lipgloss für das Ego tun konnte. Zum ersten Mal seit fast drei Wochen fühlte sie sich wieder wirklich feminin.

Nein, nicht zum ersten Mal, dachte sie ein wenig verschämt und erinnerte sich an die kurze Episode in Jakes Kabine. Da hatte sie sich mehr als Frau gefühlt als je zuvor in ihrem Leben. Entschieden verdrängte sie den Gedanken und verstaute eilig ihre neuen Sachen in der kleinen Teakkommode, bevor sie wieder in die Küche ging, um sich die letzten Instruktionen von Sam Brockmeyer zu holen.

Der Küchenchef hatte sie wissen lassen, dass Mr. Dominic es vorzog, seine Mahlzeiten in der Lounge serviert zu bekommen, es sei denn, er ging zum Essen von Bord. Mochte die Umgebung auch eher leger sein, Brockmeyers Tischarrangements waren alles andere als das. Jane brauchte eine gute halbe Stunde, um den Tisch so sorgfältig zu decken, wie Brockmeyer es seiner Kreationen für würdig befand. Anschließend brachte sie die zugedeckten Silberplatten von der Küche in die Lounge. Mit äußerster Sorgfalt wählte Jane den passenden Wein zum Essen aus dem Weinregal hinter der Bar. Dann wartete sie in gebührendem Abstand neben dem Tisch.

Wenige Minuten später betrat Jake Dominic die Lounge. Amüsiert riss er die Augenbrauen in die Höhe, als er Janes fast militärische Haltung bemerkte. „Herrgott, so stehen Sie doch bequem! Sonst komme ich mir noch vor wie ein Operettenprinz.“

Jane warf ihm einen ungnädigen Blick zu, blieb aber genauso stramm stehen. Er sieht auch aus wie ein Prinz, dachte sie, und ein kleines Prickeln durchlief ihren Körper. Sie hatte Jake nicht mehr gesehen, seit sie den Dienst bei Brockmeyer angetreten hatte, und sie musste die unverständliche Freude unterdrücken, die sie bei seinem Anblick empfand.

„Ich habe meine Anweisungen, Sir“, sagte sie fest, als er

zu seinem Stuhl ging. Sofort griff sie nach der Lehne, um den Stuhl für ihn zurechtzurücken.

Eine tiefe Falte erschien auf seiner Stirn. „Wenn Sie das tun, werde ich Ihnen den Hintern versohlen, haben Sie verstanden?“

Man sah Jane die Verwirrung an, aber sofort nahm sie wieder Haltung an und schenkte gekonnt den Wein ein. Anschließend hob sie den Deckel von der Suppe und stellte den Teller dienstbeflissen vor ihn hin.

„Sie übertreiben, Jane.“ Jake nahm den Löffel zur Hand. „Warum ziehen Sie sich nicht einen Stuhl heran und setzen sich zu mir?“

„Oh nein, das geht doch nicht“, wehrte sie erschrocken ab. „Mr. Brockmeyer würde mir das nie verzeihen.“

„Und ich werde Ihnen nicht verzeihen, wenn Sie mich mit Ihrem Herumgeflatter wahnsinnig machen. Setzen Sie sich!“

Nur zögernd zog sie einen Stuhl für sich heran und setzte sich auf die äußerste Kante. „Das ist nicht fair“, begann sie verärgert. „Ich versuche nur, meine Pflichten anständig zu erledigen. Ralph hätten Sie nie dazu eingeladen, sich zu Ihnen zu setzen.“

„Ausnahmen bestätigen die Regeln“, gab er ungerührt zurück. „Dem guten Ralph hätte ich auch nie angedroht, ihm den Hintern zu versohlen.“ Ihre roten Wangen ignorierte er. „Die Uniform steht Ihnen gut. Genauso hatte ich es mir auch vorgestellt.“

Seine Bemerkung bewies ihre frühere Vermutung. „Es passt perfekt. Vielen Dank.“

Jake zuckte die Schultern mit funkelnden Augen. „Mir persönlich fing Ihr Waisenkind-Image ja an zu gefallen. Aber dann ging es darum, Sie entweder anständig einzukleiden oder für den Rest des Törns Angst vor einer Lebensmittelvergiftung haben zu müssen. Wie ist es Ihnen gelungen, den wilden Tiger in der Küche in nur vier Tagen zu zähmen?"

„Mr. Brockmeyer ist kein wilder Tiger", widersprach sie überzeugt. Bei Jakes skeptischem Blick lenkte sie ein. „Na schön, ein bisschen vielleicht schon. Aber er hat auch einen guten Grund. Er liebt seine Arbeit und widmet sich ihr mit voller Hingabe. Kein Wunder, dass er so schwierig ist. Man muss sich ja nur seinen Hintergrund ansehen." Sie machte eine effektvolle Kunstpause. „Er stammt aus Cleveland."

Jake nippte an seinem Wein. „Das ist wirklich höchst tragisch", erwiderte er ernst, aber es zuckte verdächtig um seine Mundwinkel. „Nun, vermutlich hat das eine Bedeutung – die mir aber leider entgeht."

„Natürlich hat es eine Bedeutung", erwiderte Jane ungeduldig. „Wer hat je von einem großen Chefkoch aus Cleveland, Ohio, gehört? Das ganze Gastronomiegewerbe schwört auf französische Köche. Selbst italienische Maîtres haben mehr Chancen als amerikanische." Sie redete sich immer mehr in Rage. „Schon vor ein paar Jahren habe ich über Sam Brockmeyer im Gourmet-Magazin gelesen. Wussten Sie, dass es ihm nie gelang, in einem Vier-Sterne-Restaurant angestellt zu werden, bis er seinen Namen in Pierre LeClaire änderte?" Empörung schwang jetzt in ihrer Stimme mit. „Er gewöhnte sich sogar einen französischen Akzent an, um seine erste Anstellung zu bekommen! Können Sie sich vorstellen, was das für einen Mann mit seinen Fähigkeiten bedeuten muss?"

Jake grinste unverhohlen, seine Augen tanzten belustigt. „Ich verstehe jetzt, dass eine zartbesaitete Seele wie Brockmeyer irreparablen psychologischen Schaden genommen haben muss."

Jane grinste zögerlich zurück. „Nun, er ist eben ein genialer Künstler. Unter der rauen Schale ist er sehr empfindsam."

Jetzt wurde Jakes Grinsen zynisch. „Das eine bedingt nicht notwendigerweise das andere. Mich bezeichnet man in bestimmten Kreisen ebenfalls als genial, dennoch bin ich hart wie Eisen."

Bedrückt schüttelte sie den Kopf. „Sagen Sie das nicht. So hart können sie gar nicht sein, dazu sind Sie viel zu nett zu mir. Sonst säße ich nämlich längst hinter Gittern."

„Machen Sie nicht den Fehler und stellen Sie mich auf ein Podest, Rotschopf. Ich bin ein egoistischer Mistkerl und tue immer genau das, was ich will. Wäre ich an dem Abend anderer Stimmung gewesen, hätte ich Sie den Behörden übergeben, ohne auch nur einen weiteren Gedanken daran zu verschwenden."

„Das glaube ich nicht", sagte sie leise und sah ihn unverwandt an.

„Dann sind Sie eine Närrin", erwiderte er ebenso leise, einen skrupellosen Ausdruck in den Augen. „Fragen Sie Marcus, was für ein Mann ich bin."

Jane senkte den Blick. „Ich verlasse mich da lieber auf mein eigenes Urteil", beharrte sie stur.

„Sie werden mir nachsehen, wenn ich Ihnen da nicht viel zutraue, nach dem, was ich bisher miterlebt habe. Nun, ich habe Sie gewarnt, Jane, und das ist mehr, als ich bisher für jede andere Frau getan habe. Erwarten Sie nicht von mir, besser zu sein, als ich bin."

„Ich glaube, Sie wissen gar nicht, wie Sie sein können", behauptete sie kühn. „Und wer Sie wirklich sind."

Jake presste die Lippen zu einem dünnen Strich zusammen. „Aber Sie wissen das, ja?", fragte er beißend.

Zögernd schüttelte Jane den Kopf. „Nein, noch nicht. Aber ich fange an zu glauben, dass ich es bald weiß."

Der Blick, mit dem er sie bedachte, war halb verärgert, halb amüsiert, dann aber wurde seine Miene wieder undurchdringlich. „Beten Sie darum, dass diese Enthüllung Sie nicht zu Tode erschreckt, Rotschopf", entgegnete er leichthin.

Er griff nach der Weinflasche und schenkte ein zweites Glas ein, das er ihr anbot. „Wenn Sie schon nicht mit mir essen wollen, dann trinken Sie wenigstens ein Glas Wein." Er grinste verschwörerisch. „Ich werde Sie auch nicht bei Brockmeyer verraten."

Einige Tage später ankerten sie vor einer kleinen Insel an der Südküste Mexikos. Ein dringender Funkspruch hatte die Sea Breeze erreicht, von einem gewissen Scheich Ahmet Kahlid, ein Ölmagnat aus dem Nahen Osten und offenbar ein alter Freund von Jake. Zwar hatte Simon Jane von der Ankunft des neuen Passagiers berichtet, doch Brockmeyer hielt sie so beschäftigt in der Küche, dass sie den ersten Blick auf den Scheich erst erhaschte, als sie den Lunch in der Lounge servierte.

Bevor sie die Tür zur Lounge öffnete, holte sie noch einmal tief Luft. Dann drückte sie leise die Klinke herunter, betrat den Raum und ging zur Bar, um den Wein für die Mahlzeit auszusuchen. Ahmet und Jake saßen in den großen braunen Ledersesseln in der Mitte des Raumes und unterhielten sich. Als sie eintrat, sah Jake zwar zu ihr hin, aber er sagte nichts zu ihr, wie sonst immer, und Jane atmete erleichtert aus. In Gegenwart seines Gastes würde er sie also wie jeden anderen Steward behandeln. Seine üblichen Neckereien hätte Jane vor dem Fremden als äußerst unangenehm empfunden.

Ahmet Kahlid war nicht gerade eine schillernde Erscheinung. Groß und massiv gebaut, trug er einen grauen Nadelstreifenanzug. Er hatte schwarzes Haar und einen Vollbart, und seine schwarzen Augen ließen Jane an schimmernde Knöpfe denken. Auf Jane machte er den Eindruck eines großen knuddeligen Teddybären.

Sie zog eine Flasche aus dem Weinregal, begutachtete zufrieden das Etikett und stellte die Flasche auf den Tresen.

„Nein, die nicht!", rief Jake plötzlich und stand auf. „Entschuldige, Ahmet, aber ich habe da einen recht guten Wein, und ich möchte, dass du ihn probierst." Damit kam er durch den Raum und hinter die Bar. Überrascht beobachtete Jane ihn, wie er eine andere Flasche aus dem Regal zog. Der Wein, den sie gewählt hatte, war viel besser, und sie öffnete schon den Mund, um Jake darauf hinzuweisen, als sie auf seinen wütenden Blick traf.

„Was, zum Teufel, tun Sie hier?", murmelte er barsch. „Ich hätte angenommen, Brockmeyer hat mehr Verstand und schickt jemand anderen als Sie, solange Ahmet hier ist."

„Warum sollte er?", zischte Jane empört zurück. „Ich bin durchaus in der Lage, Sie zu bedienen. Und Mr. Brockmeyer vertraut mir völlig."

Jake unterdrückte einen Fluch und gab ihr die Flasche. „Ich will keinen Ton von Ihnen hören, verstanden?", befahl er mit glitzernden Augen. „Und sagen Sie Brockmeyer Bescheid, dass ich beim Dinner einen anderen Steward wünsche."

Damit drehte er sich um und wandte sich mit unbeteiligter Miene wieder seinem Gast zu. Jane starrte ihm nach, verwirrt und verletzt über die schiere Ungerechtigkeit seines Angriffs. Als sie sich abwandte, erhaschte sie noch Ahmets neugierigen Blick, der ihren Körper studierte.

Während des Lunchs wurde sie sich mehrerer solcher Blicke des Scheichs bewusst. Dabei hielt sie sich strikt an Jakes Order. Kein Wort kam über ihre Lippen, während sie die verschiedenen Gänge auftrug und die Weingläser nachfüllte. Wenn sie nicht gebraucht wurde, stellte sie sich in gebührendem Abstand hinter Jakes Stuhl, den Blick starr geradeaus gerichtet.

Es war der wachsende und rumorende Ärger, der sie einen Schnitzer machen ließ, der weitreichende Konsequenzen haben sollte.

Als sie Ahmet zum dritten Mal nachschenkte, verschüttete

sie ein wenig von dem Wein auf das weiße Damasttischtuch.

Ohne nachzudenken, murmelte sie in Arabisch: „Verzeihen Sie, Effendi", und tupfte mit einer Serviette auf den sich ausbreitenden Fleck.

Ahmet unterbrach sich mitten im Satz und starrte Jane überrascht an. „Was für eine wunderbare Überraschung, Jake! Warum hast du mir denn nichts davon gesagt, dass deine kleine Dienerin Arabisch spricht?"

Jake warf Jane einen vernichtenden Blick zu, bevor er sich mit einem gezwungenen Lächeln an seinen Freund wandte. „Ich muss meine Unkenntnis eingestehen, Ahmet. Ich wusste es einfach nicht."

Ahmet lächelte Jane freundlich an. „Es wärmt mir das Herz, meine Sprache über Ihre Lippen fließen zu hören, meine Kleine", sagte er in Arabisch und seufzte schwer, was Jane erst recht an einen kuscheligen Teddybären erinnerte. „Ein Mann verspürt Sehnsucht nach dem Klang seiner eigenen Sprache."

Janes Augen leuchteten voller Verständnis. Der Scheich war richtig nett. Und auch sie kannte diese Sehnsucht nach der Muttersprache in einem fremden Land. „Als Kind habe ich zwei Jahre in Kuwait gelebt und konnte ein wenig von der Sprache lernen. Es ehrt mich, dass meine geringen Fähigkeiten Ihnen solche Freude bereiten."

„Sie können jetzt gehen, Jane", unterbrach Jake abrupt. „Bitte richten Sie Mr. Brockmeyer unseren Dank für das exzellente Essen aus."

„Aber nicht doch, mein Freund", protestierte Ahmet. „Schick sie nicht weg." Er musterte Jane gründlich von Kopf bis Fuß, von den roten Locken bis hinunter zu den soliden braunen Schuhen. „Es macht mir Spaß, sie um mich zu haben. Sie ist eine höchst ungewöhnliche Person, nicht wahr?"

„Oh, allerdings", stimmte Jake trocken zu. „Man könnte

sogar sagen, sie ist einmalig.“ Seine Finger umklammerten den Stil seines Weinglases unwillkürlich fester, während er Jane ansah. „Leider hat das Mädchen Pflichten in der Küche zu erledigen. Ich fürchte, du wirst ohne sie auskommen müssen, Ahmet.“

„Küchenpflichten!“, schnaubte Ahmet abfällig. „Es ist eine Schande, dieses Mädchen in die Küche zu schicken, wo sie mir so viel Vergnügen bereiten könnte. Du hast doch genügend andere Diener, die die Küchenarbeit übernehmen können. Schick nach einem von ihnen!“ Mit dem herzerweichenden Blick eines verlorenen jungen Hundes schaute er Jake an. „Überlasse mir diese kleine Jane als meine persönliche Stewardess.“

Janes vor Erstaunen aufgerissene Augen wanderten zu Jakes regungsloser Miene. „Das wird nicht möglich sein, mein Freund. Jane hat andere Pflichten. Ich bin sicher, der Steward, den Kapitän Benjamin dir persönlich zugeteilt hat, wird dich voll und ganz zufriedenstellen.“

Ahmet schüttelte starrsinnig den Kopf. „Zufrieden, möglich, aber nicht glücklich.“ Sein Blick wanderte fast zärtlich über Janes herzförmiges Gesicht. „Und ich weiß, dass die kleine Jane mich sehr glücklich machen würde.“

Nur kurz flackerte Ärger über Ahmets Beharrlichkeit in Jakes Augen auf, aber seine Stimme blieb vollkommen neutral. „Ich sagte Nein, Ahmet.“

Ahmet schien ein Mann zu sein, der die Bedeutung dieses Wortes nicht kannte. Er lächelte jovial. „Dann musst du deine Meinung ändern, mein Freund. Sonst bist du doch auch nicht so ungastlich. Ich verlange doch nichts Unmögliches. Habe ich dir nicht alles angeboten, was du dir wünschen konntest, als du letztes Jahr in Algier in meinem Haus warst?“

„Du verstehst nicht“, erwiderte Jake nüchtern. „Jane ist meine persönliche Dienerin.“

Das Lächeln auf Ahmets Gesicht erstarb, und er seufzte enttäuscht. „Das hätte ich mir wohl denken können, schließlich hattest du noch nie einen weiblichen Steward auf deiner Jacht.“ Bekümmert schaute er zu Jane. „Das ist wirklich zu schade. Sie hätten mich so glücklich gemacht, kleine Jane.“ Ohne eine Erwiderung von dem verwirrten Mädchen zu erwarten, wandte er sich sofort wieder an Jake. „Aber du schickst sie zu mir, wenn du dich langweilst, ja?“

Jake lächelte spöttisch. „Bist du nicht mein Freund?“, wich er einer konkreten Antwort aus. Er stand auf und warf die Serviette auf den Tisch. „Wenn du mich bitte entschuldigen willst … Ich möchte kurz mit Jane sprechen, bevor sie zu ihren Pflichten zurückkehrt. Ich komme gleich wieder zurück.“

Er fasste Janes Handgelenk und marschierte mit ausholenden Schritten zur Tür, sodass sie fast rennen musste, um mit ihm mithalten zu können. Er hielt nicht an, bis sie zum Raum hinaus und auf Deck waren, dann zog er sie weiter in eine ruhige Ecke. Erst als sie weit genug von der Lounge entfernt standen, gab er ihr Handgelenk frei. Aber nur, um sie bei den Schultern zu packen und zu sich herumzuwirbeln.

„War es da drinnen zu ruhig für Sie?“ Seine dunklen Augen schossen Blitze ab. „Lief alles zu glatt, sodass Sie das Bedürfnis verspürten, für ein wenig Aufruhr zu sorgen, damit es interessanter wird?“

„Sie sind derjenige, der hier einen Aufruhr veranstaltet, noch dazu völlig ohne Grund“, erwiderte sie pikiert und versuchte, die eisernen Klammern von ihren Schultern zu schütteln. „Ich wollte nur meine Pflichten so gut wie möglich erledigen. Aber Sie können ja nichts anderes tun, als mich anzubrüllen und mich herumzukommandieren.“

„Es reichte Ihnen nicht, vor Ahmet mit Ihrem süßen kleinen Hintern zu wackeln, nein, Sie mussten ihm auch noch zuckersüße Nichtigkeiten in Arabisch vorflöten und ihn anhimmeln!" Jake kochte vor Rage. „Haben Sie denn überhaupt keinen Funken Verstand?!"

„Mit dem Hintern wackeln? Zuckersüß flöten?" Ihre Stimme überschlug sich vor Empörung. „Ich wackle nie mit dem Hintern, und ich war lediglich höflich zu dem Mann! Was hätte ich denn tun sollen, als ich den Wein verschüttete? Es einfach ignorieren?"

„Was Sie hätten tun sollen, war den Lunch servieren, den Mund halten und sich von Ahmet fernhalten."

„Ich habe lediglich Anteilnahme gezeigt", stieß sie zwischen den Zähnen hervor. „Der Mann hat ganz offensichtlich Heimweh und ist einsam. Was kann es schon schaden, nett zu sein? Ich habe ja nur ein paar Worte an Ihren Freund gerichtet."

„Und ganz offensichtlich die falschen Worte", knurrte Jake. „Ahmet wollte sich ja gar nicht davon abbringen lassen, dass Sie ihm als persönliche Stewardess zugeteilt werden. Was hätten Sie gemacht, wenn ich zugestimmt hätte?"

„Für ein paar Tage wäre das doch gar nicht so schlimm gewesen", verteidigte sie sich. „Der Mann braucht doch nur jemanden zum Reden."

Er schüttelte sie, seine Miene düster vor Fassungslosigkeit. „Ist Ihnen wirklich nicht klar, dass Sie heute Abend in seinem Bett gelegen hätten, hätte ich nicht abgelehnt, Sie ihm zu überlassen?"

Vor Erstaunen stand ihr der Mund offen. „So ein Unsinn", stieß sie schwach aus. „Das hat er bestimmt nicht gemeint. Er kann doch nicht davon ausgehen, Sie könnten mir befehlen, in sein Bett zu steigen, nur weil ich für Sie arbeite. Immerhin leben wir im einundzwanzigsten Jahrhundert!"

„In Ahmets Land herrscht eine andere Kultur und somit auch ein anderes Jahrhundert", entgegnete er grimmig. „Oh, natürlich gibt es da diese oberflächliche Weltgewandtheit an ihm, schließlich ist er in der westlichen Welt ausgebildet worden. Aber die alten Sitten und Traditionen sind ein überaus lebendiger Teil seines Lebens. Beim letzten Mal, als wir uns trafen, habe ich noch zwei Ehefrauen gezählt."

Ohne abzuwarten, fuhr Jake erbarmungslos fort: „Vielleicht interessiert es Sie auch zu erfahren, dass er sich drei oder vier exotische Dienerinnen in seinem Heim in Algier hält, für den Fall, dass seine männlichen Gäste Appetit auf weibliche Gesellschaft verspüren."

„Meinte er das, als er sagte, er habe Ihnen bei Ihrem Besuch alles angeboten …" Ihre Stimme erstarb.

„Ja, und warum auch nicht?", antwortete er brüsk. „Wie gesagt, es ist eine andere Kultur. Diese Frauen sind mehr als willig, und ihnen steht es frei, Ahmets Haus jederzeit zu verlassen." Seine dunklen Augen blitzten.

Jane schüttelte benommen den Kopf. „Ich kann es immer noch nicht glauben. Mein Äußeres entspricht doch gar nicht dem arabischen Ideal. Ich bin viel zu dünn."

„Kahlid hat eine Bandbreite an sexuellen Vorlieben, und Sie entsprechen gleich mehreren davon."

Mit verwirrter Miene sah sie ihn an. „Ich verstehe nicht."

„Vergessen Sie es einfach!", knurrte er ungeduldig. „Fest steht, dass wir jetzt ein echtes Problem haben, dank Ihrer unglaublichen Naivität."

„Aber wieso denn?", hielt sie dagegen. „Er hat es doch sehr gefasst hingenommen, dass Sie Ihre Absage wirklich ernst meinen."

„Himmel hilf!" Jake verdrehte die Augen. „Er hat es hingenommen, weil ich behauptete, Sie seien meine persönliche Dienerin. In anderen Worten – Sie sind ausschließlich für mein Bett vorgesehen."

Janes Gesicht war jetzt so rot wie ihr Haar. „Das war

doch sicherlich nicht nötig.“ Sie verschluckte sich fast an den Worten und mied krampfhaft seinen Blick. „Ich hätte einfach Nein zu ihm sagen können. Er schien mir doch ein ganz verständiger Mann zu sein, als ich mich in der Lounge mit ihm unterhielt.“

„Ahmet ist charmant, solange er seinen Willen durchsetzt. Aber falls es Ihnen nicht aufgefallen sein sollte … er kann kein Nein akzeptieren. Er stürmt vor und walzt einfach alles nieder. Zudem hat er mich wissen lassen, dass er gedenkt, mein Gast zu sein, bis wir Cozumel erreichen. Ich kann Ihnen versichern, den Großteil dieser Zeit würde er damit zubringen, Ihnen nachzustellen. Ich habe nicht die Absicht, eine Wache vor Ihrer Tür zu postieren. Ahmet würde das als Beleidigung empfinden.“

„Und das wäre natürlich schrecklich, nicht wahr?“, kommentierte Jane ironisch. „Der Mann darf nicht verärgert werden, nur weil er vielleicht vorhat, mich zu vergewaltigen.“

Jake bedachte sie mit einem vernichtenden Blick. „Wie ich Ihnen bereits zu erklären versucht habe, sieht er es nicht so. Für ihn wäre Ihre Weigerung lediglich Ziererei, um ihn noch mehr zu locken.“ Er runzelte die Stirn. „Ich habe nicht vor, Ahmet zu verärgern, wenn es sich irgendwie vermeiden lässt. Er ist ein einflussreicher Mann, und er war mir sehr behilflich, als ich letztes Jahr in Tunis gedreht habe.“

„Wie nett!“, stieß Jane beißend aus. „Vielleicht sollten Sie mich ihm doch überlassen. Schließlich muss man sich seine Kontakte warmhalten, nicht wahr?“

„Halten Sie den Mund!“, knurrte Jake. „Sie haben schon genug Probleme gemacht, ohne auch noch aufsässig werden zu müssen.“ Sein Mund wurde schmal. „Ich habe Sie gewarnt, dass ich die Dinge nun mal so erledige, wie ich mir das vorstelle. Und genau das wird jetzt passieren. Ich werde Ahmet dazu bringen, sich in die Situation zu fügen, und ihn gleichzeitig bei Laune halten. Ich werde auch meine Kontakte im Nahen Osten aufrechterhalten, und“, seine Augen flackerten zynisch auf, „wenn uns das Glück hold ist, werde ich Sie aus Ahmets Bett heraushalten, bis er in Cozumel von Bord geht.“

„Und wie gedenken Sie all das zu erreichen?“, fragte Jane herausfordernd. „Indem Sie mich tatsächlich in Ihr Bett holen?“

„Das wird wohl nicht nötig sein“, entgegnete Jake kühl. „Ahmet erwartet gar nicht, dass Sie in meiner Kabine schlafen. Dieses Privileg ist einer Geliebten vorbehalten. Eine Frau Ihres Status erhält nur ab und zu eine Einladung und bescheidene Aufmerksamkeit. Er wird davon ausgehen, dass Sie größtenteils die gleiche Behandlung erhalten wie jeder andere Bedienstete hier auf dem Schiff.“

„Dann sollte es doch ganz leicht sein, ihn zu täuschen“, entgegnete Jane erleichtert. „Wir machen weiter wie bisher.“

„Ganz so einfach ist es nicht“, widersprach Jake. „Ahmet ist nicht dumm. Wir müssen auch Zeit allein miteinander verbringen, um den Anschein von Intimität zu erwecken.“ Nachdenklich kniff er die Augen zusammen. „Ich denke, wir sollten uns von nun an jeden Morgen zum Schwimmen treffen, danach gemeinsam an Deck frühstücken. Ja, das müsste reichen.“

„Ist das wirklich unbedingt nötig?“ Jane kaute unglücklich an ihrer Lippe. „Sie wissen doch, was die Crew denken wird, wenn Sie mir plötzlich so viel Aufmerksamkeit schenken.“

„Genau das Gleiche wie Ahmet“, stellte er ungerührt fest. Dann wurde sein Blick hart. „Um wen machen Sie sich Sorgen? Um die Crew oder um Simon? Glauben Sie, er wird Sie nicht mit mir teilen wollen?“

Schockiert und verletzt sah Jane ihn mit tränenschimmernden Augen an. „Zwischen Simon und mir existiert nichts dergleichen", bestritt sie heiser. „Wir sind einfach nur gute Freunde."

„Also nur gute Freunde", wiederholte Jake. „Dann sollte es Ihnen auch nicht viel ausmachen, wenn er das Gleiche über Sie denkt wie der Rest der Crew."

„Es macht mir sogar sehr viel aus, was er über mich denkt", widersprach sie leise. „Niemand soll glauben, ich sei etwas anderes als ein normales Besatzungsmitglied. Es ist mir äußerst unangenehm und peinlich, wenn die Männer mich plötzlich nur als eine weitere von Ihren Gespielinnen ansehen."

Für eine Sekunde huschte der Ausdruck von Bedauern über Jakes Miene. „Daran hätten Sie denken müssen, bevor Sie uns beide in eine Lage gebracht haben, die keine andere Lösung mehr zulässt", sagte er dann brüsk. „Um Sie aus diesem Schlamassel herauszuholen, reicht es nicht, wenn ich ein paar Faustschläge verteile, Jane."

„Ja, wahrscheinlich nicht." Sie seufzte schwer. „Ich wünschte nur …"

„Dazu ist es zu spät", fiel er ihr harsch ins Wort. „Morgen früh um sieben treffen wir uns an Deck und beginnen mit unserer kleinen Scharade." Er nahm die Hände von ihren Schultern und trat zurück. „In der Öffentlichkeit erwarte ich von Ihnen ein Verhalten mir gegenüber, das sowohl Respekt als auch Bewunderung beinhaltet. Arbeiten Sie also daran", wies er sie spöttisch an.

„Ich werd's versuchen", entgegnete sie trocken. „Wahrscheinlich müssen Sie Ihr ganzes Talent als Regisseur einsetzen, um mir eine akzeptable Vorstellung abzuringen. Ich bin keine gute Schauspielerin."

„Dessen bin ich mir bewusst. Warum, glauben Sie, habe ich den Morgen für unsere angeblich romantischen Zusammenkünfte gewählt? Um diese Uhrzeit ist Ahmet nur selten schon auf, sodass es Ihnen mit Ihrer vermaledeiten Durchschaubarkeit nicht zu schwerfallen sollte."

„Soll ich Mr. Brockmeyer Bescheid sagen, dass er einen anderen Steward finden muss?"

Jake schüttelte den Kopf. „Unter den gegebenen Umständen wird Ahmet davon ausgehen, dass Sie weitermachen. Er an meiner Stelle würde Sie mit einem gewissen Besitzerstolz präsentieren."

„Sie scheinen ihn ja sehr gut zu verstehen", sagte sie nachdenklich.

„Vielleicht tue ich das sogar. Was gewisse primitive Impulse angeht, sind Ahmet und ich gar nicht so verschieden. Es wäre klug von Ihnen, das nicht zu vergessen."

Jane wollte sich nicht so recht damit abfinden, fragend schaute sie ihn an. „Gibt es denn wirklich keinen anderen Weg? Könnten Sie mich nicht einfach von unserer Abmachung entbinden und nach Hause schicken? Ich verspreche auch, dass ich Ihnen jeden Monat Geld überweise, bis die Renovierungskosten bezahlt sind."

Jakes dunkle Augen sprühten Funken. „Nein, verdammt! Sie bleiben an Bord!" Seine Miene nahm einen diabolischen Ausdruck an. „Sie gehören mir, für den Rest der Reise. Und das Problem gehen wir genauso an, wie ich gesagt habe."

Bevor Jane etwas erwidern konnte, hatte er sich auf dem Absatz umgedreht und marschierte davon.

7. KAPITEL

Jane hätte sich denken können, dass jeder Plan, den Jake Dominic entwarf, zum gewünschten Erfolg führen würde. Diese morgendlichen Rendezvous überzeugten Ahmet ganz offensichtlich von der Position, die Jane angeblich in Jakes Leben zukam. Nachdem er sich in der folgenden Woche zwei- oder dreimal zum Schwimmen und zum Frühstück zu ihnen gesellt hatte, schien er wohl beschlossen zu haben, dass seine Anwesenheit nur ihre Privatsphäre störte, und bestellte von da an das Frühstück in seine Kabine.

Ahmets Fernbleiben erlöste Jane zwar von der Anstrengung, sich als das bewundernde Weibchen zu geben, das Jake von ihr verlangt hatte, dennoch hing die gleiche angespannte Atmosphäre in der Luft, die auch vor Ahmets Ankunft zwischen ihnen geherrscht hatte.

Sehnsüchtig dachte Jane an jene ersten Abende in der Lounge zurück, wo Jake und sie in kameradschaftlicher Konkurrenz die Köpfe über das Schachbrett gebeugt hatten. Jetzt schien jedes Wort, das sie sagte, falsch zu sein. Sie besaß anscheinend ein untrügliches Gespür dafür, sein hitziges Gemüt zu reizen, ohne es überhaupt darauf angelegt zu haben. Und wenn er dann aufbrauste, brandete auch ihr eigenes Temperament auf.

Unwillig hatte sie sich eingestehen müssen, dass Jake mit seiner Analyse von Ahmet und der Einschätzung der Situation völlig richtig gelegen hatte. Wenn sie das Essen servierte, war er der perfekte Gentleman, charmant und höflich, dennoch hatte sie ein paar Blicke von ihm erhascht, die so gar nicht harmlos gewesen waren. Und einmal, beim Schwimmen, hatte er sie so aufdringlich in ihrem Bikini angestarrt, dass es nicht anders als lüstern zu nennen war.

In ihren Augen war es absolut lächerlich, dass ein Mädchen von ihrem unscheinbaren Aussehen solche Gelüste in einem Scheich erwecken sollte. Sie hatte auch versucht, mit Jake ihr Amüsement darüber zu teilen. Doch während sie belustigt drauflosredete, war sein Gesicht immer düsterer geworden. Sie hatte angefangen, zu stammeln und zu stottern und war schließlich ganz verstummt. Anscheinend hatte sie schon wieder das Falsche gesagt – so wie sie in diesen Tagen überhaupt nichts richtig machen konnte.

Einmal hatte sie es gewagt, Jake zu fragen, ob es nicht inzwischen sicher genug sei, die morgendlichen Treffen ausfallen zu lassen. Schließlich ließe Ahmet sie ja jetzt in Ruhe. Die Antwort, die sie erhielt, war sehr grob und sehr bildhaft und endete damit, dass Jake ihr eisig erklärte, er sei derjenige, der bestimme, wann diese Treffen aufzuhören hatten, und sie bat, ihre idiotischen Vorschläge für sich zu behalten!

Nach dieser verbalen Attacke hielt Jane sich tatsächlich mit weiteren Vorschlägen zurück, allerdings auch mit der Konversation. Die Zeit in Jakes Gegenwart wurde zu einer regelrechten Zerreißprobe, und sie war jedes Mal froh, wenn sie zu ihren weniger anstrengenden Pflichten mit Brockmeyer in der Küche zurückkehren konnte.

Jane war sogar dazu übergegangen, morgens vor Jake auf Deck zu erscheinen und ins Wasser zu springen, damit sie wenigstens ein paar Minuten für sich hatte, in denen sie die Stille des seidigen Wassers genießen konnte. Sie brauchte diese Zeit für sich allein, um sich der Anspannung, die mit Jakes Ankunft unweigerlich aufkam, stellen zu können.

Eines Morgens stand Marcus Benjamin an die Reling gelehnt und beobachtete Jane, wie sie mit gleichmäßigen energischen Zügen durch die sanften Wellen des Meeres pflügte, als Jake an Deck kam. Der Kapitän hatte es sich zur Angewohnheit gemacht, sich morgens auf eine Tasse Kaffee und einen kleinen Plausch zu ihnen zu setzen, bevor er an seine Pflichten ging.

Als er die Schritte des anderen Mannes hörte, drehte er sich um und sah dem muskulösen gebräunten Mann anerkennend entgegen, der da in schwarzer Badehose, einen weißen Frotteebademantel lässig über die Schulter geworfen, zur Reling kam. Aber Benjamin entging auch nicht die tiefe Falte, die seit Neuestem immer häufiger auf Dominics angespannter Stirn zu sehen war.

„Sie ist gut", meinte er lässig und deutete mit dem Kopf zu dem roten Schopf zwischen den Wellen.

Jake warf nur einen bösen Blick auf Jane, bevor er den Bademantel auf der Sonnenliege ablegte und sich zum Kapitän umdrehte. „Sie sagt, sie hat auf Tahiti schwimmen gelernt. Da wundert man sich unwillkürlich, dass die Insel nicht untergegangen ist."

Benjamin sah weiter auf die Gestalt zwischen den Wellen, ohne auf Jakes sarkastische Bemerkung einzugehen. „Schon erstaunlich, dass ein Mädchen, das um die ganze Welt gezogen ist, sich eine solch kristallklare Einfachheit erhalten hat."

Jake erwiderte darauf nichts, doch sein düsterer Blick glitt wieder zu Janes rotem Schopf. Seine Züge verhärteten sich noch mehr. Benjamin musterte dieses angespannte Gesicht lange, bevor er leise anhob: „Warum lassen Sie sie nicht gehen, Jake? Sie machen sie unglücklich."

Jakes Kopf ruckte herum, seine Augen funkelten. „Kümmern Sie sich um Ihre eigenen Angelegenheiten, Marcus. Ich werde nicht zulassen, dass Sie sich hier einmischen."

„Sie ist noch ein Kind. Sie versteht es nicht", fuhr Benjamin ruhig fort. „Sie zerren an ihr wie ein verwundeter Tiger, und sie hat nicht die geringste Ahnung, warum."

Jake verzog abfällig den Mund. „Aber Sie, ja?"

„Ich kenne Sie jetzt seit zwölf Jahren“, erwiderte Benjamin mit einem Schulterzucken. „Ich kann mir denken, was Sie so aufreibt. Da Sie nicht vorhaben, etwas daran zu ändern, ist es doch ziemlich masochistisch von Ihnen, sie weiter um sich haben zu wollen.“

Der Ausdruck in Jakes Blick wurde verschlossen. „Woher wollen Sie wissen, dass ich nichts unternehmen werde?“, fragte er verschlagen. „Vielleicht warte ich ja nur auf den richtigen Zeitpunkt.“

Benjamin schüttelte den Kopf. „Für ein solches Katz-und-Maus-Spiel besitzen Sie nicht genügend Geduld. Lassen Sie sie gehen, Jake. Amüsant finden Sie sie ja wohl auch nicht mehr.“

Jake lachte bitter auf. „Nein, das kann ich weiß Gott nicht behaupten. Aber ich lasse sie trotzdem nicht gehen.“ Seine Finger umklammerten die Reling. „Halten Sie sich da raus, Marcus.“

Mit einem Seufzer wandte Benjamin den Blick auf die zierliche Figur im Bikini, die sich jetzt entspannt auf dem Rücken treiben ließ. „Nun, ich habe es versucht. So viel war ich ihr schuldig.“

Jake folgte dem Blick des Kapitäns, und plötzlich erstarrte er. „Oh Gott!“, stieß er aus und wurde leichenblass.

Als Benjamin verdutzt mit den Augen den Horizont absuchte, verspannte auch er sich jäh. Kaum hundert Meter von Jane entfernt hob sich eine dreieckige graue Flosse aus dem Wasser, und sie hatte es noch nicht bemerkt.

„Wir müssen sie warnen!“ Der Kapitän legte beide Hände an den Mund.

„Nein!“ Jake packte ihn beim Arm. „Erschrecken Sie sie nicht. Bis jetzt scheint der Hai noch nicht auf sie aufmerksam geworden zu sein. Sie hat größere Chancen, wenn sie sich nicht bewegt und er sie nicht bemerkt. Bereiten Sie zwei Rettungsringe vor." Damit stellte Jake sich in Position, um ins Wasser zu springen.

„Jake, um Gottes willen! Lassen Sie mich rufen, um sie zu warnen", drängte Marcus. „Was nützt es, wenn Sie sich auch noch in Gefahr bringen?"

Jake ignorierte ihn und sprang kopfüber ins Wasser.

Jane genoss die warmen Sonnenstrahlen auf ihrem Gesicht und konnte den blauen Himmel durch ihre halb geschlossenen Lider sehen. Die Wellenbewegungen des Meeres waren so sanft und friedlich. Es war geradezu himmlisch, sich den Elementen zu überlassen, wie ein Stück Treibholz. In dieser unendlichen Weite erschienen ihr Brockmeyers Brüllen und Jake Dominics Sarkasmus klein und nichtig und vor allem meilenweit weg.

„Bleiben Sie genau so, wie Sie sind", ertönte in diesem Moment Jakes autoritäre Stimme. „Bewegen Sie sich nicht und hören Sie mir genau zu."

Jane öffnete die Augen und sah Jakes grimmiges Gesicht direkt neben sich. Oh Gott, dachte sie, dieser Mann hat aber auch immer schlechte Laune. Automatisch wollte sie sich im Wasser umdrehen, doch er fasste ihr Kinn mit eisernem Griff und hielt sie zurück. „Verdammt, halten Sie still! Ich hätte wissen müssen, dass Sie nicht eine einzige Anordnung befolgen können, ohne es zu verbocken!"

Sie wollte schon eine entsprechende Erwiderung liefern, als ihr auffiel, dass er sie gar nicht ansah, sondern sein Blick auf etwas am Horizont fixiert war. Auch schien ihr sein Gesicht viel zu bleich im Vergleich zu sonst. „Was ist denn?", fragte sie leise, ohne sich zu rühren.

Mit einem erleichterten Lächeln sah er auf sie herunter. „Wir spielen Rettungsschwimmer", entgegnete er leichthin. „Sie sind die Verunglückte, und ich bin Ihr Retter. Ich will, dass Sie keinen Mucks von sich geben. Sie zucken nicht einmal mit einem Finger. Verstanden?"

„Verstanden", flüsterte sie. Doch dann drehte sie den Kopf in die Richtung, in die Jake geschaut hatte, und ein wimmernder Klagelaut entfuhr ihr. „Oh nein!" Sie hatte die bedrohliche Flosse erblickt. Unendliche Angst schoss jäh durch sie hindurch.

„Jetzt nicht in Panik geraten", raunte Jake und begann mit langsamen, kraftvollen Bewegungen zu schwimmen. „Noch hat er uns nicht bemerkt, und wenn wir Glück haben, tut er das auch nicht, bis wir zurück beim Schiff sind. Wichtig ist nur, dass wir keine abrupten Bewegungen machen und keinen Laut von uns geben. Das würde nur seine Aufmerksamkeit auf uns ziehen."

Sie lächelte zitternd. „Sie meinen, die Art Laut, die ein hektischer Schwimmer im Wasser macht?" Es schien geradezu bizarr, dass sie sich hier so ruhig unterhielten, während da drüben ein Hai das blaue Wasser nach seinem Frühstück durchkämmte.

„Richtig." Der Anflug seines typischen spöttischen Grinsens zeigte sich auf seinem Gesicht. „Deshalb spielen Sie ja auch das Opfer. Das reduziert sowohl Geräusch- als auch Bewegungsfaktor schon einmal um die Hälfte." Er sah über die Schulter zurück. „Wir haben fast die halbe Strecke geschafft. Mit ein bisschen Glück schaffen wir die andere Hälfte auch noch." Er sah in ihr angespanntes Gesicht. „Marcus wird uns zwei Rettungsringe zuwerfen, sobald wir nah genug beim Schiff sind. Greifen Sie sich einen und halten Sie sich daran fest, als ginge es ums nackte Überleben."

Als er sich der Ironie dieser Redewendung bewusst wurde, lachte er leise. Was für ein Mann war er nur, dass er in einer solchen Situation auch noch lachen konnte, fragte sich Jane benommen.

„Marcus wartet mit ein paar Männern an Deck, um Sie aus

dem Wasser zu ziehen.“ Wieder sah er zur Jacht zurück. „Zwei Drittel haben wir hinter uns. Wenn ich Ihnen sage, dass Sie schwimmen sollen, dann schwimmen Sie los wie der Teufel. Aber mit einem Minimum an Geplätscher, klar?“

„Klar“, presste sie hervor. Ob es an diesem schrecklichen Punkt überhaupt noch einen Unterschied machte, wie viel Wasser sie beim Schwimmen aufspritzte?

Doch dann blieb keine Zeit mehr, um noch darüber nachzudenken. Marcus Benjamins Stimme erschallte über das Wasser. „Er hat euch gesehen! Herrgott, beeilt euch!“

„Los!“, orderte Jake knapp, drehte sie mit Lichtgeschwindigkeit in seinen Armen und versetzte ihr einen Schubs in die richtige Richtung.

Jane kraulte los. Die Panik ließ sie durchs Wasser schießen wie ein kleiner Torpedo. Mit einem kurzen Gefühl von Erleichterung erinnerte sie sich daran, dass Jake ein noch besserer Schwimmer war als sie. Er würde das Schiff mit wenigen kraftvollen Zügen erreichen können.

Sie hob den Kopf aus dem Wasser und erkannte die Sea Breeze vor sich. Strahlend weiß und wunderschön schimmerte die Jacht im Morgenlicht. Und da standen Marcus Benjamin und ein paar Männer an Deck, schweigend und mit angespannten Mienen. Wenige Meter vor ihr schwamm ein Rettungsring an einer Leine auf dem Wasser. Sie griff danach, hob ihn über den Kopf und schob die Arme hindurch.

„Herrgott, so zieht sie schon hoch! Er ist direkt hinter ihr.“ Eiskalte Panik klang in Benjamins Stimme mit. Jane stockte der Atem. Hinter ihr spritzte lautstark Wasser auf. War der Hai etwa so nah? Sollte er sie im letzten Moment doch noch erwischen?

Doch dann spürte sie einen Ruck, und sie wurde aus dem Wasser gehievt. Sekundenlang baumelte sie in der Luft, dann fassten Hände nach ihr, um sie an Bord zu ziehen. Irgendjemand schlang ihr ein Handtuch um die Schultern, und atemlos sank sie auf die Planken. Doch sofort setzte sie sich wieder auf und schaute sich hektisch nach Jake um. Er war nicht da!

Erst jetzt wurde ihr bewusst, dass der Kapitän und seine Männer noch immer regungslos und stumm an der Reling standen. Nein! Jake konnte doch nicht noch immer dort bei dem unberechenbaren Hai im Wasser sein! Warum hatten sie ihn nicht längst an Bord geholt? Jane rappelte sich auf und drängte sich zwischen die Männer an der Reling, um das Wasser abzusuchen, das sie vorhin noch so friedlich umfangen hatte. Da! Sie konnte Jakes schwarzen Schopf sehen. Aber er war so weit von dem rettenden weißen Ring entfernt!

„Er war direkt neben mir", flüsterte sie entsetzt und griff in Panik nach Benjamins Hand. „Mein Gott, was ist denn passiert? Er war doch direkt neben mir!"

Benjamin ließ die spitze Flosse nicht aus den Augen, die hinter Jake ihre Kreise drehte. „Der Hai steuerte direkt auf Sie zu", berichtete er gepresst. „Wir hätten Sie nie rechtzeitig aus dem Wasser ziehen können. Jake ist zwischen Sie und den Hai geschwommen."

Dieses laute Platschen, das sie hinter sich gehört hatte ... das war Jake gewesen, um den Hai von ihr abzulenken! „Er wird umkommen", wimmerte sie auf, ohne den Blick von der Gestalt zu wenden, die mit kraftvollen Zügen auf das Schiff zuschwamm. „Er wird umkommen, und es ist alles meine Schuld!"

„Nein, es sieht aus, als würde er es schaffen." Benjamins Stimme klang gedrückt. „Er scheint den Hai verwirrt zu haben. Das Tier schwimmt schon im Kreis, seit wir Sie an Bord gezogen haben."

„Lieber Gott, bitte", flehte Jane, die Augen unablässig auf die schwimmende Gestalt gerichtet, die jetzt immer näher kam. „Bitte, lass ihn leben."

Und dann sah sie, wie Jake sich den Rettungsring über den Kopf streifte. Die Männer zogen an dem Seil, und Jake hing ebenso ungraziös in der Luft wie sie vorhin. Hände packten zu und zogen Jake an Bord wie einen großen Fisch. Die Männer scharten sich um ihn, die Spannung entlud sich in lautem Jubel und erleichtertem Schulterklopfen.

Jane ließ sich auf die Planken sinken und lehnte sich mit dem Rücken an die Reling, ihre Beine wollten sie nicht mehr tragen. Die Crew hatte sie in dem Trubel für einen Moment vergessen, und ihr war es nur recht. Sie wollte nur hier sitzen und den lebendigen Jake Dominic betrachten. Es schien wie ein Wunder, dass er hier saß, ein weißes Handtuch um die gebräunten Schultern und in seinen Augen das vertraute herausfordernde Funkeln, das sie schon für immer ausgelöscht geglaubt hatte.

Und während sie hier saß und sein Gesicht betrachtete, spürte Jane, dass sein Anblick ihr Herz anrührte. Ihre Seele war erfüllt von Glückseligkeit und einer Wärme, die alles unwichtig machte.

Plötzlich erkannte sie mit fast schmerzhafter Klarheit, dass sie Jake Dominic liebte und ihn immer lieben würde, bis ans Ende ihres Lebens. Es war eine so schlichte und unbestreitbare Tatsache, dass sie sich nicht dagegen wehren konnte. Wie oft hatte sie den Anflug einer Ahnung verdrängt, um sich nicht eingestehen zu müssen, dass niemand anderes auf der Welt ihr solche Freude oder auch solche Qualen mit nur einem Wort oder einem Blick bereiten konnte? Erst in dem entsetzlichen Augenblick, als sie glaubte, ihn auf immer zu verlieren, konnte sie sich der Wahrheit nicht länger verschließen. Sie wollte nicht in einer Welt ohne Jake Dominic leben. Wenn ihr dieser Mann genommen wurde, dann wollte auch sie sterben.

Jane schloss die Augen. Oh Gott, hätte sie nicht wenigstens ein einziges Mal ohne ihre Alles-oder-nichts-Philosophie auskommen können? Jake erfüllte ihr ganzes Wesen, machte alles andere unwichtig und klein.

Sie schlug die Augen auf, als sie Benjamins flachsende Stimme vernahm.

„Sie sahen aus wie ein Stierkämpfer, als Sie da so plötzlich zwischen Jane und den Hai schwammen. Zu gerne hätte ich Ihnen ein rotes Cape zugeworfen."

Jake zog eine Grimasse, dann stand er auf und rubbelte sich das Haar mit dem Handtuch trocken. „Mit einer Harpune hätte ich mehr anfangen können." Seine dunklen Augen tanzten.

Plötzlich griff der Kapitän nach dem Handtuch und zeigte auf einen roten Fleck. „Das ist Blut! Wo sind Sie verletzt, Jake?"

Jane setzte sich abrupt auf. Oh nein, flehte sie in Gedanken, er darf nicht verletzt sein!

Jake grinste nur. „Nur ein Kratzer. Das Biest hat mich wohl mit einem Zahn erwischt, als ich an ihm vorbeigeschwommen bin."

Sofort trat Benjamin hinter ihn und besah sich die Wunde auf dem Rücken mit kritischem Blick. „So schlimm ist es nicht", stellte er dann fest. „Dennoch sollte das wohl besser desinfiziert werden. Nur gut, dass es nicht mehr geblutet hat. Das hätte den Hai völlig verrückt gemacht."

Jane spürte, wie ihr bei der lässig dahingeworfenen Bemerkung alle Farbe aus dem Gesicht wich. Eine Hand an der Reling, zog sie sich hoch. Jake war dem Tod so nahe gewesen. Wäre die Wunde tiefer gewesen … Wäre der Hai nicht so verwirrt gewesen …

Ungläubig starrte sie auf die beiden Männer, die jetzt zu lachen begannen, als sei nichts geschehen. Und dann erinnerte sie sich an Jakes Gesichtsausdruck, als er sie schwimmend mit sich gezogen hatte – an das Aufblitzen von Erregung in seinen Augen. Er hatte ja sogar gelacht! Dieses riskante Spiel mit dem Tod hatte ihm irgendeinen geheimen Kick versetzt! Er hätte sein Leben verlieren können, und er hatte nur gelacht!

Ärger machte sich in ihr breit. Es war schließlich auch ihr Leben, mit dem er spielte – ohne ihn hätte sie nicht weiterleben wollen!

Langsam, aber entschlossen, bahnte sie sich einen Weg durch die umstehenden Männer auf Jake zu. Ihre Knie zitterten mit einer seltsamen Müdigkeit, aber die wachsende Wut verlieh ihr Kraft.

Jakes Lachen erstarb, als sein Blick auf sie fiel. Ihr Gesicht war weiß wie ein Laken, und ihre goldenen Augen funkelten eisig. Sofort erkannte er das unkontrollierte Zittern, das ihren ganzen Körper erfasste, und Sorge umhüllte seinen Blick.

Jane blieb zwei Schritte vor den beiden Männern stehen, den Blick ausschließlich auf Jake gerichtet. „Du hast es genossen! Zum Teufel mit dir! Es hat dir Spaß gemacht!"

Jake kam auf sie zu. „Jane ..."

„Du hast gelacht!" schrie sie, Tränen strömten über ihr Gesicht. „Das Ganze hat dir irgendeinen kranken Kick versetzt!" Und plötzlich trommelte sie mit beiden Fäusten auf seine Brust ein. „Der Teufel soll dich holen! Zur Hölle mit dir!" Schluchzer schüttelten sie, und plötzlich gaben ihre Knie nach und sie sackte zusammen.

Jake fing sie auf und hob sie auf seine Arme. Jane hörte noch, wie Benjamin: „Der Schock", murmelte, dann klammerte sie sich verzweifelt an Jakes Hals und weinte hemmungslos.

„Ich kümmere mich um sie." Der Kapitän wollte Jane auf seine Arme nehmen, doch Jakes Griff um sie wurde fester, und auch Jane klammerte sich noch wilder an Jake. Sie wollte nicht getrennt werden von dem Mann, der so plötzlich zum Zentrum ihres Lebens geworden war.

„Nein", sagte Jake, „ich bringe sie in ihre Kabine. Holen

Sie ihr einen heißen Tee, mit viel Zucker“, sagte er über die Schulter hinweg. „Und vielleicht ein Schlafmittel.“

Die Tränen wollten einfach nicht aufhören zu fließen, auch nicht, als Jake Jane in ihrer Kabine vorsichtig auf das schmale Bett legte. Er wollte zurücktreten, doch sie ließ ihn nicht los, hielt die Arme fest um seinen Nacken geschlungen und schluchzte herzerweichend.

„Jane!“ Jake versuchte ihre Arme von seinem Hals zu lösen. „Lass endlich los! Du musst die nassen Sachen ausziehen.“

Sie hörte seine Worte kaum, doch es gelang ihm, sich aus ihrer Umklammerung zu lösen. Er setzte sich auf die Bettkante, zog ihr mit wenigen schnellen, geschickten Handgriffen den nassen Bikini aus und wickelte sie in die warme Decke ein, die er am Fußende des Bettes fand. Dann ging er ins Bad, kam mit einem flauschigen Handtuch wieder zurück und rubbelte ihr das Haar trocken, mit mehr Schwung als Zärtlichkeit.

Die Schluchzer erstarben langsam, aber die Tränen flossen noch immer, schienen aus einer nie versiegenden Quelle zu kommen. Mit fiebrig glänzenden Augen sah Jane unablässig in Jakes Gesicht. Er kümmerte sich um sie wie um ein Kind. Seine Miene war streng und konzentriert und sein Blick seltsam ernst. Als er ihr Haar getrocknet hatte, warf er das Handtuch achtlos zu Boden und setzte sich wieder zu ihr. Ratlos schaute er auf sie herunter und fühlte sich frustriert und hilflos, weil die Tränen einfach nicht aufhören wollten zu fließen.

„Hör endlich auf zu weinen, Jane.“

„Halt mich“, flüsterte sie. „Bitte, halt mich einfach fest.“ Sie wollte ihre Arme aus der Decke befreien, um ihn an sich zu ziehen, doch er hielt sie auf.

„Nein, bleib still. Ich lege mich zu dir.“ Er streckte sich der Länge nach neben ihr auf dem schmalen Bett aus, zog sie an sich und bettete ihren Kopf an seine Schulter. „Also, wirst du jetzt endlich aufhören zu heulen?“, knurrte er rau und strich ihr dabei unablässig tröstend über den Rücken.

Eine tiefe Zufriedenheit erfüllte Jane, während sie so an ihn geschmiegt dalag und seine Hand durch die Decke an ihrem Rücken auf und ab gleiten fühlte. Sie meinte sogar, einen hauchzarten Kuss an ihrer Schläfe zu spüren, als sie sich enger an ihn kuschelte.

„Ich komme wohl besser später zurück“, ertönte da die Stimme des Kapitäns.

Jake murmelte einen unterdrückten Fluch und rückte von Jane ab, als hätte er sich verbrannt. „Sie zittert wie Espenlaub.“ Er schwang die Beine vom Bett und fuhr sich mit der Hand durchs Haar. „Und sie kann nicht mit dem Weinen aufhören“, fügte er hinzu, als er aufstand.

„Darf ich mir die Bemerkung erlauben, dass eine Wärmflasche und ein großes Taschentuch sicherlich sehr viel weniger gefährlich für das Mädchen wären?“ Marcus kam mit einem kleinen Tablett in die Kabine, auf dem ein Glas Wasser stand und zwei Tabletten lagen.

Jake warf ihm nur einen vernichtenden Blick zu, nahm Glas und Tabletten, um sich dann wieder zu Jane zu setzen und ihr die Pillen zu geben. Sie schluckte sie widerspruchslos wie ein gehorsames Kind, und als Jake sie vorsichtig in die Kissen zurücklegte, fielen ihm die dunklen Ringe unter ihren Augen und die bleichen Wangen auf. „Sie ist viel zu apathisch“, entfuhr es ihm heiser. „Wo bleibt der verdammte Tee?“

„Sie wird ihn nicht brauchen“, antwortete Benjamin ruhig. „In wenigen Minuten schläft sie tief und fest. Dieses Beruhigungsmittel ist ziemlich stark.“

Schon jetzt schienen Jane die Stimmen der beiden Männer nur dumpf wie durch einen dichten Nebel zu ihr zu dringen. Auch das zwanghafte Bedürfnis, Jake unbedingt in ihrer Nähe zu haben, ließ langsam nach.

„Ich hätte nie gedacht, dass sie so zusammenbricht", hörte sie den Kapitän nachdenklich sagen. „Sie ist doch sonst so eine starke Persönlichkeit."

„Sie wäre fast von einem Hai angefallen worden", brauste Jake auf. „Wie, zum Teufel, sollte sie denn da Ihrer Meinung nach reagieren?"

Benjamin schüttelte den Kopf. „Ich spreche ihr ja keinesfalls die Courage ab. Wir wissen doch beide, dass sie davon zur Genüge hat. Es war nur so ein Gedanke." Er trat vor und legte Jake eine Hand auf die Schulter. „Sie kommen besser mit und lassen mich diesen Kratzer auf Ihrem Rücken verarzten."

„Gleich", entgegnete Jake abwesend, stellte das Glas auf das Nachttischchen und strich Jane die roten Locken aus der Stirn. „So will ich sie nicht allein lassen."

Jane konnte noch kurz sein besorgtes Gesicht direkt über sich sehen, dann fielen ihr jäh die Lider zu und wohltuende Dunkelheit umfing sie.

Im Verlauf des Tages wachte Jane mehrere Male kurz auf, nur um gleich wieder in den warmen Kokon des Schlafes zurückzufallen. Ihr Bewusstsein registrierte Jakes Anwesenheit, und einige Male drangen leise Stimmen zu ihr, aber sie konnte keine Worte ausmachen. Einmal sah sie Simon neben sich stehen, mit sorgenvoller Miene und einem Tablett mit dem Lunch in der Hand. Er versuchte sie dazu zu bringen, etwas zu essen, doch sie hatte nicht genügend Kraft, um sich aufzusetzen. Sie wollte nur in die wohltuende Dunkelheit zurückkehren.

Erst am späten Nachmittag ließ die Wirkung des Beruhigungsmittels nach. Jane war allein in der Kabine, als sie die schweren Lider hob und sich benommen umsah. Ihr Mund war trocken, ihr Kopf wie in Watte gepackt. Dieses Schlafmittel hat die Wirkung eines Vorschlaghammers, dachte sie und rappelte sich aus dem Bett auf. Ihre Beine schienen aus Gummi zu sein, und sie warf die Decke von sich. Dann erinnerte sie sich daran, dass sie nackt war und in ihrer Kabine Betrieb geherrscht hatte wie auf einem Hauptbahnhof, also nahm sie sie wieder auf und wickelte sich darin ein.

Das Bild, wie Jake ihr den Bikini auszog, schoss ihr in den Kopf, aber sie verspürte keine Verlegenheit. Die Decke um sich haltend, stolperte sie zur Kommode und zog den leichten kurzen Pyjama mit grünen Punkten aus einer der Schubladen hervor. Schnell zog sie ihn an und ging ins Bad, um sich die Zähne zu putzen und das Gesicht zu waschen.

Sie fühlte sich geradezu lächerlich schwach, als sie wieder zum Bett zurücktappte und zwischen die Laken schlüpfte. Auf dem Nachttisch stand eine Thermoskanne mit einer kräftigen Rinderbrühe. Doch noch bevor sie auch nur einen halben Becher getrunken hatte, kam die Müdigkeit wieder zurück, und sie konnte sich nicht dagegen wehren. Kaum dass sie noch die Kraft aufbrachte, sich zuzudecken, da war sie auch schon wieder eingeschlafen.

Doch jetzt, da die Wirkung der Tabletten nachließ, war ihr Schlaf wesentlich leichter und unruhiger. Albträume plagten sie, in denen sie von einem riesengroßen Hai mit schrecklichen Zähnen gejagt wurde. Und jedes Mal, wenn das überdimensionale Maul nach ihr schnappte, schwamm Jake Dominic vor das Monster und wurde statt ihrer gefressen.

Immer und immer wieder liefen diese schmerzhaften Bilder in ihrem Unterbewusstsein ab, bis sie schließlich mit einem schrillen Schrei des Entsetzens aufschreckte.

Jakes Gesicht war über ihr, seine Züge hart und besorgt. Er schüttelte sie bei den Schultern. „Wach auf, Herrgott! Es ist nur ein Traum. Wach endlich auf."

Sie warf sich an seine Brust, schlang die Arme um seinen Hals und ließ den Tränen freien Lauf. „Du lebst!", flüsterte sie erstickt und schmiegte sich eng an ihn. Durch den Stoff seines Hemdes konnte sie seinen Herzschlag spüren, und es war so unglaublich beruhigend. „Ich dachte, du wärst tot. Ich dachte, er hätte dich gefressen!"

„Mir geht es gut. Aber um dich machen sich alle Sorgen." Er schob sie ein wenig ab, sodass er ihr ins Gesicht sehen konnte, und wischte ihr mit leichter Ungeduld die Tränen von der Wange. „Wenn du nicht mit dieser Heulerei aufhörst, wirst du uns noch beide ertränken."

Jane lächelte schwach und wischte sich in einer kindlichen Geste mit dem Handrücken über die Augen. „Tut mir leid, die Tränen lassen sich einfach nicht zurückhalten. Ganz schön dumm, nicht wahr?"

„Sehr sogar", bekräftigte er und zog ein Taschentuch aus der Tasche, um es ihr hinzuhalten. „Aber etwas anderes hätte ich von einem aufsässigen kleinen Mädchen wie dir auch nicht erwartet."

Das Lächeln wurde breiter. Wie gut er aussah in der dunkelblauen Hose und dem weißen Sporthemd. „Es geht schon wieder", versicherte sie und trocknete sich gründlich die Tränen. „Vermutlich sind das nur die Albträume. Du kannst ruhig zum Dinner gehen."

„Mein liebes Kind, Dinner war vor drei Stunden. Ich wollte nur kurz bei dir hereinschauen, bevor ich mich zurückziehe."

Ein erstaunter Blick auf den Wecker neben dem Bett sagte ihr, dass es schon nach elf war. Sie hatte den ganzen Tag und die halbe Nacht verschlafen!

„Ahmet lässt dir Grüße ausrichten. Er hofft, dass es dir morgen gut genug geht, damit er dich besuchen kann."

„Oh, morgen bin ich wieder bei der Arbeit", versicherte sie. „Mir geht es gut, wirklich."

„So gut, dass du schreiend aufwachst", kommentierte er trocken, den Blick unverwandt auf ihr herzförmiges Gesicht gerichtet. „Was morgen ist, werden wir sehen."

„Das sind wirklich nur die Albträume." Ihre Augen verdunkelten sich gequält, und sie erschauerte. „Es ist immer derselbe."

„Ich kann mir schon vorstellen, was darin passiert", meinte er leise. „Eine solche Erfahrung löst wahrscheinlich für eine ganze Weile Albträume aus."

Der Gedanke, dass sie diese Szenen nun jedes Mal durchleben müsste, wenn sie einschlief, jagte ihr Angst ein. „Ja, wahrscheinlich", stimmte sie nervös zu und befeuchtete die trockenen Lippen. „Nun, irgendwie muss ich dann wohl mit ihnen fertig werden, nicht wahr?" Sie lächelte mit bebenden Lippen.

„Auf gar keinen Fall!", stieß er abrupt aus. Seine dunklen Augen blitzten. „Ich erlaube nicht, dass du dich hier in dieser winzigen Kabine quälst."

„Wieso? Die Kabine ist doch sehr hübsch." Verständnislos schaute sie ihn an.

„Jane, Herrgott, widersprich mir nicht immer! Ich habe nicht vor, auch noch die ganze Nacht in diesem Schuhkarton zu sitzen und deine Hand zu halten, nachdem ich schon fast den ganzen Tag hier gehockt habe. Hier gibt es einfach nicht genügend Platz!" Damit beugte er sich vor, hob sie mitsamt Bettzeug auf seine Arme und marschierte mit energischen Schritten zur Kabine hinaus.

Jane betrachtete sein grimmiges Gesicht. „Ich will ja nicht neugierig erscheinen, aber darf man fragen, wohin du mich bringst?"

„In mein Bett natürlich." Jane versteifte sich überrascht,

und er hielt diese Reaktion für Protest. „Versuch erst gar nicht, dich zu beschweren, Jane. Du kannst ein andermal mit deinen Dämonen kämpfen, wenn du wieder bei Kräften bist.“ Spöttisch verzog er den Mund. „Und die eine Nacht in meinem Bett wird deinem Ruf auch nicht mehr zusetzen, wenn die ganze Mannschaft sowieso davon überzeugt ist, dass du schon darin gelegen hast.“

Als sie ihn nur weiter stumm mit aufgerissenen Augen anschaute, fuhr er gereizt fort: „Verdammt, ich werde schon nicht über dich herfallen, Rotschopf. Ich will mich einfach nur um dich kümmern. In einem Bett, in dem genug Platz ist, dass ich keine verrenkte Wirbelsäule riskiere“, fügte er noch hinzu.

Sie antwortete nichts. Aber ihr Griff um seinen Hals wurde vor Nervosität fester, als er die Tür zu seiner Kabine aufstieß, auf das breite Bett zumarschierte und sie auf die schwarze Samtdecke legte. Dann trat er zurück und schaute auf sie hinab, wie sie stumm mit großen Augen dalag.

„Was denn? Kein Widerspruch?“ Fragend zog er eine Augenbraue in die Höhe. „Ich hatte eigentlich gedacht, du würdest dich mit Händen und Füßen sträuben. Du musst noch mitgenommener sein, als ich dachte.“

Ernst schaute sie zu ihm auf. „Warum sollte ich mich wehren?“, erwiderte sie leise. „Du hast recht. Ich habe keinen Ruf mehr zu verlieren, und ich will heute Nacht nicht allein sein.“

Ihre Worte überzeugten ihn nicht wirklich. „Sehr vernünftig“, entgegnete er skeptisch. „Aber so gar nicht die Antwort, die man von einem verängstigten jungen Mädchen erwarten würde.“

„So?“ Jane setzte sich auf und streifte ihre Bettdecke von den Schultern. „Dann werde ich in Zukunft darauf achten, mehr dieser Rolle zu entsprechen.“

Sein Blick blieb auf dem Oberteil ihres Pyjamas haften.

Unter dem dünnen Stoff zeichneten sich deutlich ihre festen Brüste ab, sogar der Schatten der rosigen Spitzen ließ sich ausmachen. „Meinetwegen brauchst du dir keine solchen Umstände zu machen." Er kam näher und strich ihr sanft über die Wange.

Jane stockte der Atem. Als sie nun in seine Augen blickte, sah sie dort ein leidenschaftliches Flackern aufleuchten, und ihr Herz begann schneller zu schlagen. Doch plötzlich erlosch das Flackern, und Jake wandte sich ab und ging zum Bad.

Der gewohnte Spott lag in seiner Stimme, als er über die Schulter hinweg zu ihr sagte: „Wenn du mir dein Backfischerröten ersparen willst, dann schalte doch bitte das Licht aus." Und damit verschwand er im Bad und zog die Tür hinter sich zu.

Jane schlüpfte hastig unter die Bettdecke. Dummerweise hatte sie vergessen, das Licht auszuschalten. Also sprang sie wieder aus dem Bett, schlug auf den Lichtschalter bei der Tür und hechtete zurück unter die Decken. Es schien nur einen sehr kurzen Moment zu dauern, bevor das Licht im Bad aus- und die Tür aufging. Jane versteifte sich unwillkürlich, als sie spürte, wie die Matratze unter Jakes Gewicht nachgab. Er deckte sich zu und streckte sich auf dem Rücken neben ihr aus.

Eine Weile herrschte angespannte Stille, die sich endlos zu dehnen schien. Schließlich stieß Jake entnervt aus: „Herrgott, entspann dich! Ich kann dein Zittern in der Matratze fühlen. Ich werde schon nicht über dich herfallen."

„'Tschuldigung", flüsterte sie kleinlaut. „Es ist nur ... ich bin nervös. So etwas habe ich noch nie gemacht."

„Dann sind wir schon zu zweit", gab er trocken zurück und drehte ihr im Dunkeln das Gesicht zu. „Ich kann mit Sicherheit behaupten, dass ich noch nie mit einer Frau das Bett geteilt habe, ohne die feste Absicht zu haben, sie zu verführen."

„Es muss schwierig für dich sein", murmelte sie heiser. „Ich wollte nie so viel Ärger machen."

„Sei einfach still", brummte er. „Und hör endlich mit dem Zittern auf."

Für einen Moment war die Atmosphäre angespannt wie eine überzogene Feder.

„Jake?" Janes Stimme war ein kaum hörbares Flüstern. „Nimmst du mich in den Arm?"

Sie hörte, wie er scharf die Luft einsog, und fühlte, wie er sich verspannte. „So naiv kannst du nicht sein. Spiel keine dummen Spielchen mit mir. Die Situation ist schon schwierig genug für mich."

Nicht nur für ihn, dachte sie irritiert. Sie hatte all ihren Mut aufbringen müssen, um diese Bitte zu äußern, und er hatte es als zweideutiges Angebot von ihr missverstanden. Sie holte tief Luft, und bevor sie es sich anders überlegen konnte, rutschte sie blitzschnell zu ihm hinüber und schmiegte sich zitternd an seinen nackten Körper.

„Bitte, Jake", sie presste ihre Lippen an den hämmernden Puls an seinem Hals. „Ich spiele nicht."

Sein ganzer Körper versteifte sich, als hätte er einen elektrischen Schlag erhalten, automatisch legte er die Arme um sie. „Herr im Himmel", stieß er rau aus und zog sie fester an sich. „Was glaubst du, wie viel ich aushalten kann?"

Ungestüm ließ er seine Hände über ihren Rücken und ihre Schultern gleiten, während er mit den Lippen ihren Hals und ihre Ohren liebkoste. Dann fand sein Mund den ihren, und es war ein Kuss, wie Jane ihn sich nie erträumt hätte. Lockend strich er mit der Zunge über ihre Lippen, bevor er sich ungestüm darin verlor. Jetzt glitten seine Hände zu ihrem Po, und sie konnte deutlich den Beweis seiner Erregung spüren.

Er barg das Gesicht an ihrem Hals und liebkoste die empfindsame Haut. „Himmel, wie sehr ich dich begehre", stöhnte er rau. „Seit Wochen schon werde ich verrückt." Er presste die Lippen auf ihre, und Jane glaubte in einer Flamme der Leidenschaft zu verbrennen. Ein Stöhnen entrang sich ihrer Kehle, und Jake lachte heiser.

„Was für ein wunderbarer Laut", sagte er schwer atmend.

Jane schob die Finger in sein dichtes Haar, als er seine Hände unter ihr Pyjamaoberteil gleiten ließ, um die kleinen festen Brüste zu umfassen. Mit den Daumen reizte er die empfindsamen Spitzen und nahm gleichzeitig erneut ihren Mund in Besitz.

Sie bog sich ihm hilflos entgegen und ließ einen Laut hören, der fast wie ein Schnurren klang. „Jake, bitte, ich will ..." Ihre Stimme erstarb, als er ihr Top hochschob und seinen Mund auf ihre Brüste presste.

„Ich weiß genau, was du willst", meinte er heiser lachend. „Und du sollst es bekommen, das verspreche ich. Aber ich werde mir Zeit lassen."

Er drehte sie auf den Rücken und streifte ihr mit geschickten Fingern das Top über den Kopf. „Wie schön du bist", sagte er bewundernd mit belegter Stimme. Langsam beugte er den Kopf und küsste sie. „Ich will mich in dir verlieren, Jane. Wenn du es nicht willst, dann musst du es mir jetzt sagen. Denn ich werde jetzt mit dir schlafen, wenn du nicht Nein sagst."

Liebevoll fuhr sie mit den Fingerspitzen über den leichten Bartansatz an seinen Wangen. „Ich werde nie Nein zu dir sagen, Jake Dominic", hauchte sie zärtlich. „Bis zu dem Tag, an dem du mich wegschickst."

Abrupt verharrte er über ihr, jeder Muskel in ihm war plötzlich angespannt. Sein Mund lag noch immer an ihrem Ohr, und sie spürte seinen warmen Atem, als er fassungslos ausstieß: „Mein Gott, was tue ich hier bloß?"

Mit einer jähen Bewegung rollte er sich von ihr fort und ließ sie verwirrt, und ohne die Wärme seines Körpers, zitternd vor Kälte zurück. Er griff nach dem Lichtschalter der Nachttischlampe, und plötzlich war der Raum in helles Licht getaucht.

Jane setzte sich benommen auf, die Augen noch verhangen von Leidenschaft, ihre bloßen Brüste gerötet von seinen Lippen. Was war geschehen? Verstört sah sie Jake nach, der sich wütend aus dem Bett schwang und zum Wandschrank ging. Er schlüpfte in einen dunkelroten Bademantel, dann riss er ein Hemd vom Bügel und warf es ihr zu.

„Hier, zieh das an!"

Flehend sah sie in seine Augen, doch in den dunklen Tiefen war nichts anderes zu sehen als unnachgiebige Entschlossenheit. Stumm zog sie das weiße Männerhemd über und begann die Knöpfe zu verschließen. „Was habe ich denn falsch gemacht?"

„Absolut nichts", antwortete er harsch. „Das war die perfekte Verführungsszene, wenn ich je eine erlebt habe. Ich war völlig verrückt nach dir."

Sie strich sich die roten Locken aus der Stirn und schaute verständnislos in sein wütendes Gesicht. Jake zog eine Schublade auf, kramte eine Schachtel Zigaretten und einen Aschenbecher hervor und legte beides auf die Kommode.

„Ich wusste nicht, dass du rauchst." Sie rollte die Hemdsärmel auf.

„Tue ich auch nicht. Ich hab's schon vor Jahren aufgegeben." Damit steckte er sich eine Zigarette an und inhalierte tief. „Ich halte sie nur in Ausnahmefällen für extreme Stresssituationen bereit, und dies hier, liebste Jane, ist definitiv eine Stresssituation." Er setzte sich auf das Bett und betrachtete Janes bloße Beine mit einem ungeduldigen Blick. Hastig zog sie die Knie an und versteckte sie unter dem großen Hemd.

„Ich habe keine Lust auf Ausflüchte, Jane", setzte er mit harter Miene an, „also wäre es klug von dir, wenn du mir die Wahrheit sagtest. Du wusstest genau, was du hier getan hast. Und du wusstest auch, dass ich keinerlei Absicht hatte, mit dir zu schlafen, bevor du dieses kleine Manöver gestartet hast." Sein Mund zuckte verächtlich. „Darf ich fragen, warum du mich zu deinem ersten Liebhaber auserkoren hast? Vielleicht, weil du dir in deinen sturen kleinen Kopf gesetzt hast, dass du mir etwas schuldest?"

Ihre goldenen Augen weiteten sich. „Dir etwas schulden?" Nie wäre sie darauf gekommen, dass er ihr Verhalten so interpretieren könnte.

„Es ist doch auffällig, dass du mich ausgerechnet an dem Tag, an dem ich dich vor einem Hai rette, zu verführen versuchst."

„Es stimmt, ich verdanke dir mein Leben", bestätigte sie ruhig. „Aber das ist nicht der Grund, warum ich dir so nahe sein will."

„Also warum dann?" Er hielt den Blick mit zusammengekniffenen Augen auf die brennende Zigarette in seiner Hand gerichtet.

„Ich liebe dich", sagte Jane schlicht.

Ruckartig sah er zu ihr hin, ein zynisches Lächeln auf den Lippen. „Vielleicht wäre ich ja ergriffen, wäre ich sicher, du wüsstest, wovon du redest. Doch falls es so etwas wie Liebe überhaupt gibt, dann ist es ganz bestimmt nicht dieses wirre Gemisch aus Dankbarkeit und Sex, das du im Moment empfindest."

„Du irrst dich, Dankbarkeit hat damit überhaupt nichts zu tun." Ihre Augen fixierten ruhig die harten Züge seines Gesichtes. „Und was den Sex angeht … falls diese kurze Episode eine Kostprobe war, dann verspricht der Sex wahrlich fantastisch zu werden. Doch ich habe den ersten Schritt gemacht, bevor ich das wusste, Jake."

Er starrte wieder auf die Glut seiner Zigarette. „Und wann ist dir diese glorreiche Erkenntnis gekommen?", fragte er spöttisch. „Bis jetzt waren doch keine Anzeichen davon zu entdecken."

„Ich fand es ja auch erst heute heraus", antwortete sie. „Als ich dich da auf dem Deck sitzen sah, so verdammt zufrieden mit dir, dass ich dich hätte umbringen können, da wurde es mir klar – dass ich dich für immer lieben werde." Zerknirscht lächelte sie. „Das war ein ziemlicher Schock."

„Und du behauptest, es sei keine Dankbarkeit", schnaubte er abfällig. „Sei ehrlich, Jane, du warst emotional aufgewühlt und hast dir etwas eingeredet, auf das du im normalen Zustand nie gekommen wärst."

Sie schüttelte den Kopf, ein sanftes Lächeln auf den Lippen. „Wenn du es so sehen willst, kann ich dich nicht davon abhalten. Aber ich weiß, was ich fühle, Jake."

Seine Augen blitzten hart, als er sie wieder anblickte. „Dann solltest du besser schnellstens darüber hinwegkommen. Falls es dir noch nicht aufgefallen ist ... ich bin nicht die Art Mann, die man lieben sollte. Aus einer Beziehung mit mir, gleich welcher Art, kannst du nur mit tiefen Wunden und Narben hervorgehen. Ich glaube nicht, dass du das Spiel überleben würdest, so wie ich es spiele."

Sie lächelte traurig. „Mach dir um mich keine Gedanken, ich überlebe schon. Und du trägst sowieso keine Verantwortung dafür."

Mit einem gemurmelten Fluch drückte er seine Zigarette im Aschenbecher aus. „Wie großzügig", stieß er wild aus. „Das heißt, ich soll also dein Angebot annehmen, und wenn ich deiner müde geworden bin, werfe ich dich einfach hinaus?"

„Das hoffe ich doch nicht", entgegnete sie ruhig. „Ich werde hart arbeiten, um sicherzustellen, dass ich immer einen Platz in deinem Leben habe." Ihr Gesicht war herzerweichend ehrlich, als sie fortfuhr: „Ich verspreche, ich werde die Dinge für dich nicht verkomplizieren."

„Dazu bekommst du gar nicht erst die Chance", erwiderte er barsch. „Mich hat die Idee noch nie gereizt, Jungfrauen zu verführen, und ich habe auch nicht vor, die Art Verpflichtung einzugehen, die dir hier vorschwebt." Er presste die Lippen zusammen. „Ich muss zugeben, dass ich eine Schwäche für deinen verlockenden jungen Körper habe, aber diesen Drang kann ich mit jeder anderen Frau befriedigen." Erbarmungslos lag sein Blick auf ihrem blassen Gesicht. „Benjamin sagte bereits, ich solle dich nach Hause schicken, und er hatte völlig recht. Morgen fährst du ab."

Sie hatte ihm wortlos zugehört, und der Kummer verdunkelte ihre goldenen Augen bei jedem Wort mehr. „Ich gehe nicht", sagte sie leise. „Ich werde dich nicht belästigen, Jake, aber ich bleibe hier."

„Himmel, was für eine kleine Närrin du doch bist!", knurrte er gnadenlos. „Merkst du es nicht, wenn du auf verlorenem Posten stehst? Ich benutze die Frauen, ich liebe sie nicht. Wie kommst du darauf, ein naives College-Mädchen könnte mich dazu bringen, mein Verhalten zu ändern?"

„Ich erwarte ja gar nicht, dass du mich liebst", gab sie leidenschaftlich zurück. „Ich weiß nur, dass ich dich liebe und in deiner Nähe sein will. Ich weiß nicht, welchen Platz ich in deinem Leben schließlich finden werde. Aber ob es als deine Geliebte oder deine Freundin oder einfach nur als Stewardess auf der Sea Breeze sein wird ... ich habe nicht die geringste Chance, wenn ich mich von dir wegschicken lasse. Und deshalb werde ich nicht gehen, Jake."

„Ich glaube, das wirst du, sobald dir klar wird, was für einen Fehler du begehst", widersprach er kühl.

Ungeweinte Tränen schimmerten in ihren Augen. „Ich

sagte dir schon einmal, dass es keinen Mittelweg für mich gibt. Daran hat sich nichts geändert, Jake."

Seine dunklen Augen brannten wie glühende Kohlen, als er in ihr kummervolles Gesicht schaute. Er stieß einen wütenden Fluch aus. „Du weißt, dass ich dich verletzen werde, wenn du bleibst. Warum kannst du nicht vernünftig sein und ein paar tausend Meilen Abstand zwischen dich und mich bringen? Dann hast du vielleicht die Chance, in Sicherheit zu sein."

Sie schüttelte stumm den Kopf, und zwei dicke Tränen rollten aus ihren Augen.

„Gott, nicht schon wieder!", stöhnte Jake auf, riss sie in seine Arme und wiegte sie tröstend wie ein Kind, ihr Gesicht an seine Brust gedrückt. Lange strich er ihr über das Haar, bis er sie rau bat: „Würdest du bitte gehen, Rotschopf? Ich will dich nicht verletzen."

Die Hände flach auf seine breite Brust gelegt, schmiegte Jane sich fest an ihn und genoss seine Wärme. „Ich habe sogar eine viel bessere Chance, als ich dachte", wisperte sie und drückte einen Kuss auf seine Schulter. „Du magst mich." Sie küsste ihn noch einmal. „Und du begehrst mich. Das ist schon mal ein sehr guter Anfang."

Sie hörte das amüsierte Glucksen in seiner Brust. „Du bist so starrsinnig und immer zu allem entschlossen", sagte er leise und spielte zart mit ihrem Ohr. „Ich werde dich wegschicken, das weißt du. Ich werde nämlich nicht mitansehen, wie du dir wegen einer flüchtigen Verliebtheit dein Leben ruinierst."

„Du kannst mich ja morgen hinauswerfen", neckte sie ihn. „Aber wirst du mich heute Nacht festhalten?"

Er lachte und schüttelte ungläubig den Kopf. „Kommt nicht infrage, Rotschopf", sagte er streng. „Ich werde dir nicht auch noch dabei helfen, deinen Platz mit dieser Taktik zu ergattern.

Wir beide wissen, dass du dann morgen früh meine Geliebte wärst."

„Genau das hatte ich beabsichtigt", gab sie grinsend zu.

Er versetzte ihr einen leichten Klaps auf den Po und schob sie dann entschieden von sich ab. Er schlug die Bettdecke zurück und zeigte mit dem ausgestreckten Arm auf die Kissen. „Marsch ins Bett mit dir, freches Gör. Und du bleibst gefälligst auf deiner Seite!"

Glücklich kletterte sie ins Bett und rutschte gehorsam bis an den Rand ihrer Seite. Ohne den Bademantel auszuziehen, legte Jake sich ebenfalls ins Bett, zog die Decke über sie beide und schaltete das Licht aus. Mit einem zufriedenen Seufzer rollte Jane sich zusammen und schloss die Augen. Innerhalb von Minuten schlief sie tief und fest.

Auf der anderen Seite des breiten Bettes lauschte Jake hellwach und mit einem grimmigen Lächeln auf ihre regelmäßigen Atemzüge. Es dauerte lange, bevor auch er Schlaf fand.

8. KAPITEL

Ein paar Tage später wartete Simon morgens an Deck auf Jane. Während sie ihm entgegenging, wurde ihr immer mulmiger zumute, denn seine sonst so heitere Miene wirkte besorgt.

„Was ist los, Simon?", fragte sie ihn irritiert.

„Sieh mal, Jane, es geht mich ja eigentlich nichts an", sprudelte er heraus und fuhr sich mit der Hand durch das blonde Haar, „aber ich denke, irgendjemand sollte es dir sagen."

Bei seinen Worten durchfuhr es sie kalt. Ihre Gedanken drehten sich sofort um das eine Thema, das ihr Leben in diesen Tagen beherrschte. Sie wandte den Kopf und starrte mit leerem Blick auf die blaue See. Wenn Jake darauf bestand, sie von der Sea Breeze zu verbannen, konnte sie das wohl kaum verhindern. War Simon deshalb so verlegen?

Jetzt holte er tief Luft. „Jane, ich weiß ja nicht, wie weit die Sache mit dir und Jake Dominic geht", setzte er zögernd an, „und ich werde dich auch nicht danach fragen. Dennoch denke ich, du solltest wissen, dass er gestern einen Funkspruch losgeschickt hat."

Sie drehte sich zu ihm um, ihr ganzer Körper steif. „Ja, und?", brachte sie nur mühsam heraus.

Simon runzelte unglücklich die Stirn, seine blauen Augen blickten mitfühlend. Dann fluchte er leise. „Die Nachricht ging an Lola Torres. Er hat sie eingeladen, den Segeltörn mitzumachen. Er schickt morgen das Beiboot nach Cozumel, um sie abzuholen."

Lola Torres. Jane brauchte einen Moment, bis sie den Namen zuordnen konnte, und dann sank im gleichen Moment ihr Mut. Lola Torres war eine berühmte Persönlichkeit – obwohl man sie in bestimmten Kreisen wohl eher als berüchtigt bezeichnete. Die umwerfend aussehende Amerikanerin spanischer Abstammung hatte sich ihren Weg aus den Slums von Los Angeles nach oben geboxt und war zu einem der höchstbezahlten Callgirls der Welt aufgestiegen. Aber dieses Leben hatte sie nicht zufriedengestellt, sie wollte auch als Frau für sich selbst stehen. Also hatte sie im Alter von sechsundzwanzig Jahren einen autobiografischen Roman geschrieben, in dem sie nicht nur Bettgeheimnisse über ihre berühmten Liebhaber verriet, sondern auch die Dreistigkeit besaß, Noten für die jeweiligen Fähigkeiten derselben auf einer Skala von eins bis zehn zu vergeben. Das Buch wurde natürlich zum Bestseller und Lola Torres reich und berühmt. Wegen ihrer Schönheit und ihres messerscharfen Verstandes war sie inzwischen ein gern geladener Gast in sämtlichen Talkshows.

Jake fährt also die scharfen Geschütze auf, dachte Jane, als der schmerzhafte Stich sie durchfuhr. Nicht nur wollte er ihr ihre Unwichtigkeit in seinem Leben beweisen, indem er eine andere Frau an Bord holte, sondern er hatte sich zudem eine der begehrenswertesten Frauen der Welt ausgesucht, um sein Ziel zu erreichen.

Obwohl sie sich elend fühlte, versuchte Jane zu lächeln und Simon zu beruhigen. „Danke, dass du es mir gesagt hast, Simon“, brachte sie matt hervor. „Du bist wirklich ein guter Freund.“

Mitfühlend schaute Simon sie an. „Das ist noch nicht alles“, fuhr er zögernd fort. „Kapitän Benjamin hat gestern den Dienstplan umgestellt. Du arbeitest nicht mehr als Brockmeyers Küchenhilfe. Neben deiner Aufgabe als Jakes Stewardess bei den Mahlzeiten, wurdest du auch eingeteilt, um Miss Torres als persönliche Hilfe zur Hand zu gehen.“

Also sollte sie nicht nur seine Affäre mit Lola Torres aus quälend nächster Nähe miterleben können, er hatte sie auch absichtlich in die erniedrigende Position einer Art Kammerzofe für seine Geliebte gedrängt. Jake wollte sie verletzen und vertreiben, und dazu hatte er eine mehr als schmerzhafte Taktik gewählt.

Jane legte Simon die Hand auf den Arm. „Ist schon in Ordnung, Simon." Sie sprach sehr leise, mit der Andeutung eines Lächelns. „Jake ist nicht so skrupellos, wie es scheint. Im Grunde meinte er es sogar nur gut. Ich schaffe das schon."

Am Nachmittag jedoch, als Jane dem Beiboot entgegensah, wie es über die Wellen auf die Sea Breeze zukam, fühlte sie sich lange nicht mehr so zuversichtlich. Beim Lunch hatte Jake sie arrogant angewiesen, bei Miss Torres' Ankunft an Deck zu sein, um den neuen Gast zu begrüßen und zu der Kabine zu begleiten. Dabei hatte er Jane nicht aus den Augen gelassen, hatte in ihrem blassen Gesicht nach Anzeichen von Trotz oder Kummer gesucht. Aber diesen Triumph würde sie ihm nicht gönnen. Also hatte sie nur genickt und Ärger und Schmerz, den diese neuerliche Bosheit verursachte, hinter einer ungerührten Maske versteckt.

Überraschenderweise war es Ahmet gewesen, der ihr Mitgefühl entgegenbrachte. Als sie nach dem Lunch das Geschirr abräumte, um es zurück in die Küche zu bringen, hatte er sich vorgebeugt und ihr mit sanftmütig funkelnden Augen zugeflüstert: „Machen Sie sich nichts daraus, *ma petite,* seine kleinen Zusammenkünfte mit Lola dauern nie sehr lange, höchstens eine Woche. Schon bald wird er wieder zu Ihnen zurückkehren."

Jane hatte dem Scheich ein Lächeln geschenkt, dankbar für den mageren Trost. Auf Arabisch hatte sie sich von ihm verabschiedet und war hastig aus der Lounge geeilt.

Jetzt schlenderte Jake lässig an die Reling, den Blick auf das herankommende Boot gerichtet. Er trug enge dunkle Hosen und einen grauen Blazer. Sein Blick wanderte zu Jane, die mit durchgestrecktem Rücken regungslos in ihrer Uniform dastand.

„Ich könnte veranlassen, dass das Beiboot dich nach Cozumel bringt“, sagte er mit einem seltsamen Unterton, dessen Sinn nur sie verstand. „In zwei Stunden könntest du in einem Flugzeug nach Miami sitzen.“

Stumm schüttelte sie den Kopf, mit einem Ausdruck verzweifelt unterdrückten Schmerzes.

Frustration huschte über Jakes Züge, und unwirsch presste er unter angehaltenem Atem hervor: „Dann kann ich dir auch nicht mehr helfen, Rotschopf.“ Damit erschien wieder der übliche zynische Ausdruck auf seinem Gesicht.

Lola Torres war noch überwältigender, als ihr nachgesagt wurde. Janes Mut sank, als das Beiboot näher kam und sie die Frau dort im Boot stehen sah, die den Blick unverwandt auf Jakes Gestalt an der Reling gerichtet hielt. Lola war groß und hatte eine fantastische Figur. In schwarzer Hose und weißer Seidenbluse – beides verriet unzweifelhaft den Stil eines französischen Designers –, strahlte sie dezente Eleganz aus. Ihr langer schlanker Hals wurde sichtbar, als sie das dunkle seidige Haar zurückschüttelte und zu Jake emporschaute. Ein strahlendes Lächeln erhellte ihr Gesicht, und die schwarzen Augen funkelten erwartungsvoll, als das Beiboot an die Jacht andockte.

„Jake, du unmöglicher Kerl, wie kannst du es wagen, mich wie eine kleine Haremsfrau herzuzitieren?“, rief sie vergnügt. „Falls du es noch nicht gehört haben solltest … ich arbeite nicht mehr in dem Gewerbe.“

Jake grinste frech, als er ihr an Bord half, und küsste sie verlangend. „Eine Vorstellung, die unendliche Möglichkeiten eröffnet, Lola“, erwiderte er leichthin. „Du würdest eine fantastische Haremsdame abgeben. In sechs Monaten wärst du nicht nur die Königin im Serail, sondern wahrscheinlich würdest du auch die Staatsgeschäfte lenken.“

Er küsste sie auf die Stirn und drehte sich mit ihr im Arm

zu Jane um. „Lola, das ist Jane Smith. Da ich weiß, welches Ausmaß an Garderobe du als unerlässlich empfindest, habe ich mir die Freiheit erlaubt und eine persönliche Hilfe für dich engagiert."

Überraschung stand auf Lola Torres' Miene, als sie in Janes freudlose goldene Augen blickte, aber ihr Lächeln war warm und herzlich. „*Buenas tardes,* Jane. Ich bin sicher, wir werden gut miteinander auskommen."

„Jane wird dir deine Kabine zeigen", verkündete Jake zuvorkommend und gab sie aus seinem Arm frei. „Wir sehen uns dann beim Dinner, Lola."

Wieder zeigte sich der Ausdruck von Erstaunen in ihren Augen, aber sie nickte nur zustimmend. „Sicher, *querido.* Ich bin etwas müde."

Jake grinste dreist, sein Blick wanderte über Lolas schimmerndes Haar hinüber zu Jane. „Ein Zustand, den du schnellstens beheben solltest, Lola. Ich möchte nämlich, dass du ausgeruht zum Abendessen kommst."

In hilfloser Wut ballte Jane die Fäuste an den Seiten, ihre Augen sprühten Funken. Allerdings senkte sie hastig die Lider und blinzelte die brennenden Tränen zurück, als ihr Blick auf den nachdenklichen und fragenden Blick der anderen Frau traf. „Wenn Sie mir dann bitte folgen wollen, Miss Torres. Ich zeige Ihnen den Weg zu Ihrer Kabine."

„Natürlich, gern." Noch immer musterte Lola Torres Janes unglückliches Gesicht, dann schenkte sie Jake ein strahlendes Lächeln und folgte der energisch voranschreitenden Jane.

Die Kabine, die Lola Torres zugeteilt worden war, lag in direkter Nähe zu Jakes, wie Jane missmutig bemerkte. Zwar nicht ganz so groß wie die Hauptkabine, war sie doch geräumig genug und ganz offensichtlich in der Absicht eingerichtet, dem Geschmack einer Frau zu entsprechen. Ein dicker Teppich in Altrosa bedeckte den Boden, auf dem Bett lag eine Tagesdecke aus cremefarbenem Satin, und die eleganten Queen-Anne-Stühle waren mit Samt in der gleichen Farbe bezogen.

Jane öffnete die zweite Tür, um Lola das Bad, ebenfalls ganz in Altrosa gehalten, zu zeigen, dann ging sie zum Bullauge, um es zu öffnen und die frische Meeresbrise hereinzulassen.

„Ihr Gepäck wird gleich gebracht, Miss Torres." Jane musste sich anstrengen, um höflich zu bleiben, und mied es, die Schönheit, die Jake eben noch im Arm gehalten hatte, anzusehen. „Ich werde für Sie auspacken, sobald die Koffer hier sind."

„Nennen Sie mich Lola", erwiderte die andere salopp, schloss die Kabinentür und kam zurück zum Bett, um sich bequem darauf auszustrecken. „Setzen Sie sich, Jane, und reden Sie mit mir." Ihr forschender Blick suchte in Janes Gesicht. „Ich möchte nämlich zu gerne wissen, welches Spiel Jake hier spielt. Wollen Sie es mir nicht sagen?"

Jane lächelte zerknirscht. Diese wunderschönen schwarzen Augen verfügten offensichtlich über eine Hellsichtigkeit, die geradezu einschüchternd war. „Jake weiß, dass ich ihn liebe", gestand Jane schlicht und überraschte sich selbst mit ihrer Offenheit. Vielleicht waren es die Herzlichkeit und Wärme, die Lola ausstrahlte, die es ihr so leicht machten, sich ihr anzuvertrauen.

„Ja, er würde das in sehr kurzer Zeit bemerken", bestätigte Lola. „Sie sind auch ziemlich leicht zu durchschauen." Dann kaute sie nachdenklich an ihrer Lippe. „Aber Jake ist normalerweise nie grausam zu jenen, die sich in ihn verliebt haben. Er ignoriert sie einfach. Aber da draußen an Deck war er richtig gemein zu Ihnen."

„Er will mich zurück zur Uni schicken", erklärte Jane leise. „Aber ich habe nicht vor, zu gehen."

Verstehen leuchtete in Lolas Augen auf, sie nickte. „Also lässt er mich herkommen, um Ihre Hoffnungen zu zerstören. Nicht gerade ein Kompliment für mich", setzte sie trocken hinzu.

„Es ist sogar ein sehr großes Kompliment", versicherte Jane sofort ehrlich. „Wer sonst könnte mir so leicht, einfach durch seine Gegenwart, zeigen, wie unzulänglich ich bin? Sie sind eine sehr beeindruckende Frau."

Lola lächelte milde. „Sie sind wirklich ein großherziges Kind, nicht wahr? Ich verstehe jetzt, warum Jake sich solche Mühe Ihretwegen macht." Dann wurde ihr Gesicht ernst, als sie fortfuhr: „Aber er hat recht. Er ist viel zu hart und skrupellos für ein nettes Mädchen wie Sie."

Jane zuckte die Schultern. „Manchmal kann man wählen, was gut für einen ist. Und andere Dinge passieren eben einfach." Sie lächelte traurig. „Wenn Jake schon unbedingt jemanden aussuchen musste, um mich zu entmutigen, dann bin ich froh, dass er Sie gewählt hat, Lola." Sie erhob sich und ging zur Tür. „Ich werde mal nachsehen, warum das mit Ihrem Gepäck so lange dauert."

Jake würde nicht zufrieden sein mit dem Ausgang seiner hintertriebenen Machenschaften. Denn statt sie zu verärgern und zu entmutigen, hatte die erzwungene Nähe zu Lola Torres Janes Kummer und Eifersucht beruhigt. Auch wenn die beiden Frauen keine persönlichen Dinge mehr ansprachen, so kamen sie in den Stunden vor dem Dinner doch bestens miteinander aus.

Wie Jane allerdings schon vermutet hatte, hielt diese friedliche Stimmung nur bis zum Abendessen. Lola Torres zu Ehren trugen Jake und der Scheich weiße Dinnerjacketts und schwarze Krawatten, während sie selbst in einem orangefarbenen Chiffonkleid erschien, das sich schmeichelnd um ihre verführerischen Kurven schmiegte.

Brockmeyer hatte sich selbst übertroffen und ein Mahl zusammengestellt, das den Göttern würdig gewesen wäre. Der Tisch war mit feinstem Porzellan und Kristall gedeckt, romantisches Kerzenlicht ließ das weiße Damasttischtuch schimmern. Diese wunderschöne und auch romantische Kulisse bildete ironischerweise den Hintergrund für Jakes skrupelloses Vorhaben, Janes Gefühle zu zerstören.

Und er geht wirklich sehr gründlich vor, dachte Jane fast verzweifelt, als das Dinner zu Ende war. Er war charmant und aufmerksam zu Lola und distanziert und unpersönlich zu ihr. Nur ein einziges Mal hatte er sie angesprochen, und das auch nur, um ihr zu sagen, sie möge Miss Torres' Glas auffüllen. Seine eindeutigen Anspielungen und wie er die exotische Amerikanerin immer wieder während des Essens leicht berührte, waren fast zu viel für Jane. Mit endloser Erleichterung servierte sie den Kaffee nach dem Dinner und machte Anstalten, sich aus der Lounge zurückzuziehen. Doch es schien, dass ihr nicht einmal diese kleine Gnade gewährt werden sollte.

Jake sah auf, als sie geräuschlos zur Tür ging. „Warte, Jane", hob er an, während das Trio sich vom Tisch erhob. Funkelnder Spott lag in seinem Blick. „Ich denke, du bleibst besser. Es könnte sein, dass wir noch etwas brauchen."

In Janes goldenen Augen lag der Ausdruck tiefen Schmerzes, als sie zu Jake schaute. Sie schluckte hart und kehrte gehorsam zurück.

Lola Torres warf nur einen kurzen Blick auf Jane, dann legte sie eine Hand auf Jakes Arm. „Schick sie weg, *querido*", gurrte sie verführerisch schmollend. „Du weißt doch, dass ich es nicht mag, wenn ich die Aufmerksamkeit attraktiver Männer teilen soll."

Kurz blitzte Verärgerung in Jakes Augen auf, doch dann lächelte er gewinnend. „Die Kleine kann doch kaum als Konkurrenz für dich gelten, Lola. Sie ist nur hier, um es dir angenehmlicher zu machen."

Jane zuckte zusammen, als hätte man sie geohrfeigt. Sie wurde noch blasser. Wie viel mehr würde sie noch aushalten können?

Unerwartet kam Ahmet Kahlid zu ihrer Rettung. „Schick die Kleine fort, Jake", mischte er sich jovial ein und lächelte, dass die weißen Zähne aus seinem dunklen Bart hervorblitzten. „Ich möchte dieses bezaubernde Wesen hier selbst verwöhnen und bedienen. Wer weiß, am Ende des Abends beschließt sie vielleicht, dass ich unwiderstehlicher bin als du."

Jake runzelte die Stirn und wollte schon protestieren, doch Jane hatte die Gelegenheit genutzt und war leise zur Tür hinausgeschlüpft. Sie war Ahmet unendlich dankbar für seine Einmischung. Sie hätte keine weitere halbe Stunde von Jakes raffinierter Folter durchgestanden. Eilig hastete sie davon, wollte schnellstens so weit wie möglich von der Lounge wegkommen, fast so als erwarte sie, Jake jeden Moment hinter sich auftauchen zu sehen.

Wie ein Tier, das sich an einen ruhigen Platz zurückzieht, um seine Wunden zu lecken, setzte sich Jane am äußersten Ende des Decks in einen Sonnenstuhl. Sie rollte sich zusammen und sah hinaus auf die endlose Weite des silbern gefärbten Wassers. Lange saß sie so da, versuchte die Bilder des Abends aus ihrer Erinnerung zu verdrängen und die Willenskraft wiederzufinden, die Jake fast zerstört hätte. Wie sollte sie nur die vor ihr liegenden Tage überleben? Aber sie würde sie überleben. Sie musste.

Als sie sich schließlich wieder einigermaßen gesammelt hatte, verließ sie nur unwillig ihren sicheren Rückzugsort und ging zu ihrer Kabine. Sie würde eine lange heiße Dusche nehmen und dann zu Bett gehen. Vielleicht, wenn sie sich nur genug Mühe gab, würde es ihr gelingen, die Bilder von Lola und

Jake zusammen in seinem Bett auszublenden und Vergessen im Schlaf zu finden.

Doch es kam anders, als Jane sich erhofft hatte. Die heiße Dusche belebte sie, sie fühlte sich hellwach. Dennoch zog sie ihren Pyjama an und schaltete das Licht aus. Als sie gerade zwischen die Laken schlüpfen wollte, klopfte es an ihre Tür. Zuerst runzelte sie verwundert die Stirn, doch dann dachte sie, dass es wohl Simon sein müsse, der sich erkundigen wollte, wie sie den Abend überstanden hatte.

„Moment, ich komme", rief sie und griff nach dem passenden Übermantel zu ihrem Pyjama. Zwar reichte der ihr nur bis zu den Schenkeln, aber zumindest war dann der kurze Schlafanzug nicht mehr so durchsichtig. Sie schaltete das Licht wieder ein und tappte auf bloßen Füßen zur Tür.

Aber da stand nicht Simon vor ihrer Schwelle, sondern Ahmet Kahlid, noch immer in seinem weißen Dinnerjackett. In einer Hand hielt er eine Flasche Champagner, in der anderen zwei Kristallflöten. Ein fideles Lächeln stand auf seinem Gesicht, und seine dunklen Augen funkelten beschwingt – Augen, mit denen er Jane jetzt bewundernd von Kopf bis Fuß musterte.

„Sie sehen hinreißend in diesem Dingelchen aus, *ma petite.*" Er strahlte sie an. „Wie eine junge Elfe."

Argwöhnisch sah sie zu ihm auf. „Ich wollte gerade zu Bett gehen", setzte sie vorsichtig an. „Ich fürchte, Sie werden mich entschuldigen müssen."

Er schüttelte starrsinnig den Kopf, ohne dass sein Lächeln an Unbeschwertheit verloren hätte. „Aber auf gar keinen Fall werde ich Sie entschuldigen. Ich ertrage den Gedanken nicht, dass Sie hier allein in Ihrer Kabine sitzen und unglücklich Trübsal blasen. Sie müssen ein Glas dieses vorzüglichen Champagners mit mir trinken, dann fühlen Sie sich gleich wieder besser."

„Ich danke Ihnen für Ihre Anteilnahme, aber das geht wirklich nicht …“ Weiter kam Jane nicht, denn sie musste hastig beiseite springen, als Ahmet sich in den Raum drängte und sich umschaute.

„Wie können Sie hier überhaupt atmen?“, fragte er verwundert. „Ich kann mich ja kaum um die eigene Achse drehen.“ Er stellte Flasche und Gläser auf dem Nachttischchen ab, setzte sich auf die Bettkante und klopfte einladend mit der flachen Hand neben sich auf die Matratze. „Kommen Sie und trinken Sie Champagner mit mir, *ma petite,* und sofort werden alle Ihre Sorgen von den Bläschen fortgetragen.“

Jane schloss die Tür und kam dann mit unsicheren Schritten zum Bett zurück. Nur zögernd setzte sie sich neben ihn. Sie wollte den Scheich nicht beleidigen, indem sie seinen Trost nicht akzeptierte. Und sie war ihm immer noch dankbar für seine Hilfe, die es ihr erst möglich gemacht hatte, aus der Lounge zu verschwinden.

„Na schön, aber nur einen Schluck“, sagte sie.

„Gut.“ Ahmet nickte zufrieden und reichte ihr ein Glas. „Sie werden sehen, ich habe recht“, fuhr er sanft fort. „Wenn man unglücklich ist, soll man nicht allein sein.“

Jane nippte an ihrem Glas. Der Geschmack gefiel ihr. Vielleicht hatte Ahmet ja wirklich recht. Auf jeden Fall fühlte sie sich schon ruhiger als noch vorhin. Dieser große Araber hatte etwas erstaunlich Tröstendes an sich. „Der Champagner ist wirklich gut.“ Sie lächelte scheu. „Aber sollten Sie nicht besser zu Jake und Miss Torres zurückkehren?“

Er schüttelte den Kopf. „Ich fürchte, ich war das fünfte Rad am Wagen. Jake braucht keine Zuschauer, wenn er mit einer schönen Frau zusammen ist.“

Jane biss sich auf die Lippe und senkte den Blick.

„Was für ein Dummkopf ich doch bin“, schalt Ahmet sich selbst mit einer unwirschen Geste. „Verzeihen Sie mir, kleine Jane, meine Unbedachtheit.“ Er schenkte ihr Champagner nach und stellte die Flasche ab. „Mein Freund ist ein Narr“, fuhr er dann leise fort. „Lola ist eine sehr begehrenswerte Frau, aber Sie, Sie sind etwas Besonderes, Jane.“

Jane starrte ihn an, wie hypnotisiert von der Intensität in dem schimmernden dunklen Blick. Und auch Ahmet war so gefesselt, dass er nicht wahrnahm, wie die Tür zur Kabine leise geöffnet wurde.

„Welch vertrauliche Szene“, drang Jakes Stimme von der Tür her, triefend vor Sarkasmus. „Meinen Glückwunsch, Ahmet, du machst schnell Fortschritte. Aber ist dir nicht aufgefallen, dass dieses Bett viel zu schmal ist für eine erfolgreiche Verführung?“

Jane und Ahmet blickten beide erstaunt auf. Jake stand im Türrahmen, im weißen Dinnerjackett, aber die Krawatte hatte er längst abgelegt und die obersten Knöpfe des Hemdes am Hals geöffnet. Das dunkle Haar stand ihm wirr um den Kopf und verlieh ihm das Aussehen eines tollkühnen Piraten. Auch auf seinem Gesicht stand der Ausdruck eines wütenden Freibeuters, dem man seine schöne Beute abspenstig machen wollte.

Ahmet erkannte die mühsam im Zaum gehaltene, gefährliche Wut sofort und rückte unwillkürlich ein Stückchen von Jane ab. „Jake, mein Freund, du kommst höchst ungelegen. Ich dachte, du wärst ausreichend beschäftigt, aber jetzt tauchst du hier auf und störst mich in meinem Vergnügen.“ Er zuckte mit einer Schulter. „Dennoch will ich großmütig sein und dir ein Glas von deinem Champagner anbieten, bevor du wieder gehst.“

Jakes Augen funkelten zornig, als er die beiden Champagnerflöten und die halb leere Flasche erblickte. „Normalerweise benutzt du keinen Alkohol, um dir deine Frauen gefügig zu machen.“

„Sie ist nicht betrunken", stellte Ahmet würdevoll fest. „Sie brauchte nur eine kleine Stärkung und Trost, so wie du die arme Kleine heute Abend auf grausamste Art behandelt hast."

Jane schüttelte den Kopf, um ihre Gedanken zu ordnen, die sowohl vom Champagner als auch von dem Schock durch Jakes unerwartetes Auftauchen durcheinandergewirbelt worden waren. „Bitte, warum gehen Sie nicht beide? Ich halte nicht viel mehr aus."

„Siehst du, was du getan hast?", klagte Ahmet unglücklich. „Du hast die Stimmung zerstört, Jake. Jetzt geh, und ich werde versuchen, den Schaden zu reparieren, den du angerichtet hast."

„Ich fürchte, du bist derjenige, der gehen muss, Ahmet", sagte Jake gefährlich ruhig. „Ich dachte, ich hätte mich klar ausgedrückt, dass Jane tabu ist."

Ahmet lächelte jovial. „Aber das war, bevor du die wunderschöne Miss Torres zu deinem Vergnügen hast einfliegen lassen. Du hast doch sehr deutlich gemacht, dass du mit deiner kleinen Dienerin fertig bist. Also warum sollte nicht ich mich jetzt an ihr erfreuen?", fragte er mit unwiderlegbarer Logik. „Und ich weiß, dass du von einer *ménage à trois* nichts hältst, also verhalte dich nicht wie ein Hund, dem man den Knochen stehlen will."

Jake presste die Lippen zu einem schmalen Strich zusammen, seine Augen blitzten bedrohlich. „Du irrst, Ahmet, ich bin nicht fertig mit ihr. Ich habe kaum angefangen. Es wäre klug von dir, wenn du jetzt gehen würdest, bevor ich vergesse, dass du mein Gast bist."

Langsam stand Ahmet auf, mit gefasster Miene. „Wie du wünschst. Ich habe nicht die Absicht, meinen Gastgeber zu beleidigen, indem ich in sein Territorium eindringe." Vorwurfsvoll schaute er Jake an. „Es war ein Missverständnis, mehr nicht. Woher sollte ich wissen, dass du so besitzergreifend über das Mädchen denkst? Du hättest deine Wünsche deutlicher machen sollen."

„Ich versichere dir, von jetzt an werden meine Wünsche kristallklar sein", zischte Jake, sein wütender Blick lag auf Janes verwirrtem Gesicht und ihrem nur spärlich bekleideten Körper. „Und jetzt geh, bevor ich den Rest an Selbstbeherrschung, den ich noch besitze, verliere."

Mit einem letzten bedauernden Blick auf Jane steuerte Ahmet auf die Tür zu. Als er auf Jakes Höhe angekommen war, fragte er: „Um weitere Missverständnisse von vornherein auszuschließen ... gilt das Gleiche etwa auch für Miss Torres?"

Ohne den Blick von Jane zu wenden, zuckte Jake mit einer Schulter. „Lola kann tun und lassen, was sie möchte. Aber halte dich von Jane fern!"

Der unzufriedene Ausdruck in Ahmet Kahlids Augen schwand. „Nun, das ist doch schon etwas." Und damit kehrte das joviale Lächeln auf sein Gesicht zurück, als er die Kabine verließ und die Tür leise hinter sich ins Schloss zog.

Jane wurde sich plötzlich bewusst, wie spärlich der kurze Pyjama und der Übermantel sie verhüllten. Sie hatte das Gefühl, Jake zöge sie mit seinem brennenden Blick aus. Also schlug sie die Beine unter und schlang die Arme um sich, um den Schauer zu unterdrücken, den Jakes Miene ihr über den Rücken jagte.

Doch jetzt hob sie trotzig das Kinn. Wie konnte er es wagen, einfach so hier hereinzuplatzen und Ahmet hinauszuwerfen, nach dem Verhalten, das er ihr gegenüber an den Tag gelegt hatte? Dabei war es unwichtig, dass sie vor wenigen Minuten noch dankbar gewesen war, weil er sie aus einer Situation gerettet hatte, die sehr leicht brenzlig hätte werden können. Doch Jake konnte ja nicht wissen, ob sie nicht vielleicht gewollt hatte, dass Ahmet blieb. Jake hatte seinen Freund mit einer beispiellosen Arroganz weggeschickt und funkelte sie jetzt mit einer Wut an, die eigentlich nur einem eifersüchtigen Ehemann zustand. Wirklich wie ein Hund, dem man den Knochen stehlen will, dachte sie aufgebracht.

„An deiner Stelle würde ich diesen trotzigen Gesichtsausdruck schnellstens ablegen, Jane." Er sprach leise, aber die Drohung war nicht zu überhören. „Falls du es nicht bemerkt haben solltest, ich bin nicht gerade gut auf dich zu sprechen."

„Das ist bedauerlich", gab Jane unbeeindruckt zurück. „Man scheint es dir aber auch nicht recht machen zu können." Sie nippte an ihrem Glas und sah mit blitzenden goldenen Augen zu ihm hin. „Du hast vielleicht Ahmet Kahlid einschüchtern können, aber bei mir ist da schon etwas mehr nötig." Sie deutete auf die Tür. „Du kehrst besser in die Lounge zurück, sonst wildert dein Freund wieder auf deinem Territorium."

Jake kniff die Augen zusammen. „Ist das der Champagner, der dir diese Courage verleiht?", fragte er harsch. „Wenn ja, dann solltest du jetzt nichts mehr davon trinken." Mit der Schnelligkeit eines Panthers überbrückte er den kurzen Abstand und nahm ihr das Glas aus der Hand. Wütend blickte er in ihr trotziges, aufrührerisches Gesicht, seine Augen glühten vor Rage. „Wieso hast du ihm erlaubt, zu dir zu kommen?", fragte er mit belegter Stimme. „Ich wäre ihm liebend gern an die Gurgel gegangen!"

Jane stockte der Atem, als sie ein Stich bei seinen wild ausgestoßenen Worten durchfuhr. Sie senkte die Lider. „Ahmet hat recht, wenn er sagt, dass er das nicht wissen konnte. Hast du heute nicht das Ganze inszeniert, um mich loszuwerden? Was macht es da schon für einen Unterschied, ob ich von Bord gehe oder mich mit einem anderen Mann einlasse? Das Resultat wäre doch dasselbe."

Mit einer Hand hielt er ihren Kopf, sodass sie ihn ansehen musste. „Glaub mir, es macht einen Unterschied", erwiderte er gepresst. „Ich habe mich nicht selbst halb in den Wahnsinn getrieben, um die Finger von dir zu lassen, damit du dann Ahmet wie eine reife Frucht in den Schoß fällst."

„Nun, du hast ja bestens dafür gesorgt, dass es nicht Ahmet sein wird." Sie wusste nicht, welcher Teufel sie ritt. „Aber was passiert, wenn ich gehe? Was sollte mich davon abhalten, mit dem Nächstbesten, der mir über den Weg läuft, ins Bett zu gehen?" Herausfordernd traf sie auf seinen Blick. „Du hast mich vom Baum der Erkenntnis naschen lassen. Da kannst du nicht erwarten, dass ich nach dem ersten kleinen Bissen aufhöre."

Sie spürte, wie sein Griff fester wurde, und in Anbetracht der Wildheit, die sie in Jake entfesselt hatte, überfuhr sie ein Schauer der Angst.

„Rothaarige Hexe!", knurrte er rau. „Du gehörst niemand anderem als mir!"

Damit presste er seinen Mund auf ihre Lippen, als wolle er ihr seinen Stempel aufdrücken, mit dem brennenden Ungestüm eines Mannes, der zu weit getrieben wurde. Er drückte heiße Küsse auf ihren Hals, ihre Wangen, ihre Lider, bevor er wieder, verzweifelt wie ein Verdurstender, ihren Mund in Besitz nahm.

„Der Himmel ist mein Zeuge, ich habe alles versucht, um dir fernzubleiben", stieß er vehement zwischen den sinnlichen Küssen aus, die eine schmelzende Hitze in Janes Körper entfachten. Er schlang die Arme um sie und drückte sie an sich. „Ich wusste genau, dass ich mich nicht würde beherrschen können, wenn du hierbleibst. Warum, zum Teufel, bist du nicht gegangen, als du noch die Möglichkeit hattest?"

Langsam hob sie die Arme und verschränkte die Finger in seinem Nacken. Mit Lippen und Zunge wollte sie ihm das

Feuer zurückgeben, das er in ihr entzündet hatte. Ein dunkler Laut rang sich aus den Tiefen seiner Kehle empor, ursprünglich und rau, und sie spürte, wie ein Schauer seinen Körper durchlief.

Doch plötzlich stieß er Jane abrupt von sich, und sie starrte ihn verwirrt an, mit Augen, in denen das Verlangen brannte.

„Küss mich, Jake. Bitte!“, flüsterte sie flehend und versuchte sich wieder an ihn zu schmiegen.

„Grundgütiger! Sieh mich nicht so an, oder ich liebe dich gleich hier und jetzt.“ Er schloss die Augen, um die Einladung in den ihren nicht sehen zu müssen. Dann riss er jäh die Lider wieder auf, und jetzt stand in seinem Blick nur harte Entschlossenheit zu lesen.

„Komm!“ Er zog Jane vom Bett und auf die Füße, packte sie beim Handgelenk und öffnete die Tür. Mit ausholenden Schritten marschierte er das Deck entlang und die Stufen hinunter, zog sie hinter sich her.

„Jake, ich bin nicht einmal angezogen!“

Er stieß die Tür zu seiner Kabine auf und schob Jane hinein. Bevor er das Licht einschaltete, drehte er den Schlüssel im Schloss. Jane schaute zu ihm hin, einen fragend erwartungsvollen Ausdruck auf dem Gesicht.

Jake lehnte sich gegen die Tür und bedachte Jane mit einem spöttischen Blick. „Hast du etwa Bedenken? Dafür ist es jetzt zu spät, Rotschopf. Denn ich lasse dich nicht gehen.“

Unter seinem Blick machte sich Verlegenheit in ihr breit. Sie wünschte, er würde sie in seine Arme nehmen. Wenn er sie hielt, dann spürte sie weder Scham noch Schüchternheit, sondern nur pulsierendes Verlangen und das euphorische Glücksgefühl, ihm nahe zu sein.

Sie senkte den Blick. „Nein, keine Bedenken. Ich will, dass du mit mir schläfst, Jake.“

Impulsiv machte er einen Schritt vor und streckte die Hände

nach ihr aus, um sie an sich zu ziehen. Doch er blieb stehen, ohne sie zu berühren, und schüttelte den Kopf. „Nein, noch nicht. Wenn ich erst anfange, dann kann ich mich nicht mehr beherrschen, und ich will nicht, dass dein erstes Mal eine Enttäuschung wird.“ Seine Augen schimmerten spöttisch. „Denn ich habe vor, noch viele Male folgen zu lassen.“

Er schüttelte sich das Jackett von den Schultern und hängte es auf einen Bügel in den Schrank, dann drehte er sich zu ihr um und begann sein Hemd aufzuknöpfen, während er sie bewundernd anschaute. „Erinnere mich daran, dass ich dir anspruchsvollere Nachtwäsche kaufe.“

Jane wandte sich ab und setzte sich unsicher auf das Bett mit der schwarzen Samtdecke. Sie kam sich unzulänglich und fehl am Platze vor. Was tat sie nur hier? Jake Dominic war an die erfahrensten und elegantesten Liebhaberinnen der Welt gewöhnt. Was konnte sie ihm da schon geben?

Mit bedrücktem Blick sah sie zu ihm hin. „Jake, was willst du eigentlich von mir?“

Seine dunklen Augen tanzten vergnügt, als er sich das Hemd auszog. „Eine solche Frage, bei der die Antwort so offensichtlieh ist, kann nur von einer Frau kommen.“ Dann wurde seine Miene ernst. „Aber das meintest du nicht, oder?“ Er streifte sich die Schuhe von den Füßen. „Wie lange, glaubtest du, würde ich Nein zu dir sagen können? Jeder, der mich kennt, weiß, dass ich nicht gerade gern Opfer bringe, und ich bin schließlich ziemlich besessen von dir. Dir wiederum gefällt das Spiel, dir einzubilden, du seist in mich verliebt. Du willst lediglich herausfinden, wie es ist, Jake Dominics Geliebte zu sein.“ Er lächelte zynisch. „Auf diese Art wirst du wahrscheinlich am schnellsten herausfinden, was für einen Fehler du begehst.“ Er kam zu ihr und setzte sich neben sie, strich ihr zart über die Wange. „Für mich ist es auf jeden Fall die erfreulichste Art.“

Sie schmiegte ihre Wange in seine Handfläche und rieb sich daran wie ein Kätzchen. „Ich liebe dich", sagte sie schlicht und lächelte zu ihm auf. „Daher ist es nur fair, wenn ich dich warne, dass du mich nicht so leicht loswirst."

Einen Moment lang stand eine seltsame Verletzlichkeit in Jakes Augen zu lesen, dann rückte der übliche Spott wieder an diesen Platz. „Ich glaube, ich habe eine ziemlich genaue Vorstellung davon, was in deinem Kopf vorgeht, Rotschopf." Verbitterung schlich sich in seine Stimme. „Ich wette, spätestens in einem Monat rennst du laut schreiend um dein Leben."

Janes goldene Augen trafen mit solcher Ernsthaftigkeit auf seinen Blick, dass er unwillkürlich den Atem anhielt. „Die Wette verlierst du", flüsterte sie. „Glaube mir, du verlierst." Damit legte sie ihre Hände flach auf seine bloße Brust. „Du musst mir sagen, was ich tun soll", flüsterte sie. „Sollte ich mich jetzt ausziehen?"

Er sah hinunter auf ihre Finger, die leicht und liebkosend über seine Haut streichelten. „Bisher machst du das ganz gut, auch ohne Anleitung." Amüsiert hob er eine Augenbraue. „Und was deine Frage betrifft ... ich liebe es, meine Geschenke selbst auszupacken."

„Dann mache ich das Licht aus", sagte sie schüchtern und wollte aufstehen.

Er legte ihr die Hände auf die Schultern und drückte sie sanft auf das Bett zurück. „Kommt nicht infrage." Seine Stimme klang heiser. „Ich will jeden Zentimeter von dir sehen können." Er setzte einen Kuss auf ihre Nasenspitze. „Es wird von einer Geliebten erwartet, dass sie einem dieses Privileg gewährt."

Er beugte sich vor und schaltete die Nachttischlampe ein, dann drehte er sich zum Lichtschalter neben der Tür, und die Deckenlampe erlosch. Er setzte sich neben Jane auf das Bett und schloss sie mit unendlicher Zärtlichkeit in seine Arme.

Er fühlte sich so gut an, so stark, so männlich, und Jane schmiegte sich glücklich in seine Arme. Sie legte die Hände an seinen Rücken, streichelte und befühlte die Muskeln unter der Haut und empfand nichts als sinnliches Vergnügen bei der männlichen Stärke, die sie unter ihren Fingerspitzen spürte. Mit einem Mal wurde ihr bewusst, wie angespannt Jake war, während er sanft und langsam seine Hände an ihren Seiten auf und ab gleiten ließ.

„Halte einen Moment still, Liebling. Ich habe so lange auf dich gewartet, dass ich fast explodiere."

Sie wollte ja alles tun, was er sich wünschte, aber er war ihr zu nah, und sie liebte ihn zu sehr, als dass sie hätte innehalten können. Fiebrig strich sie über seinen Nacken, setzte einen Kuss auf seine Schulter, bevor sie einen Schauer von kleinen Küssen auf die warme Haut seiner Brust regnen ließ.

„Du kleines Biest." Er lachte rau, sein Herz hämmerte wild, sie konnte es an ihren Lippen fühlen. Mit einem Ruck zog er sie auf seinen Schoß. „So viel also zu meiner rücksichtsvollen Selbstbeherrschung", meinte er heiser. „Nun gut, es gibt immer auch ein zweites Mal."

Sein Mund presste sich auf ihren und machte damit jeden Gedanken an Zurückhaltung zunichte. Jane meinte sich in Jakes besitzergreifendem Kuss zu verlieren, seine Hände umfassten die festen Rundungen ihrer Brust, und seine Wärme brannte wie Feuer durch den leichten Stoff ihres Nachtzeugs. Sie erschauerte, als er den Kuss noch vertiefte.

Ohne den Mund von ihren Lippen zu lösen, schob er ihr den Bademantel von den Schultern und ließ ihn achtlos zu Boden fallen. Mit fiebrigem Verlangen wanderten seine Hände über die seidenweiche Haut ihres Rückens. Seine Lippen verließen ihren Mund, doch nur, um mit sehnsüchtigem Verlangen ihren Hals zu liebkosen, während seine Daumen sanft die rosigen Spitzen ihrer Brüste reizten.

„Ich begehre dich so sehr", stöhnte er. Mit einer schnellen Bewegung hatte er ihr das Pyjama-Oberteil über den Kopf gezogen. Jake drückte sie jetzt mit seinem Gewicht sanft auf die Matratze nieder. Er lag über ihr und schaute auf sie hinab. Jane schob die Finger in sein dichtes Haar und wollte ihn zu sich heranziehen, doch er ließ es nicht zu.

Seine Augen trübten sich vor Verlangen, als er ihre Brüste liebkoste. „Sie passen perfekt in meine Hände", murmelte er heiser. „Seit der Nacht, die du in meiner Kabine verbrachtest, habe ich so oft daran denken müssen. Es hat mich fast um den Verstand gebracht." Sein Herzschlag raste, als er sich vorbeugte und sie seine Brust an ihrer spürte. Jane erschauerte unter seinem Gewicht und schlang die Arme fest um ihn.

Nur kurz ließ er von ihr ab, um sich seiner restlichen Kleider zu entledigen, dann war er wieder bei ihr, und die Wärme seiner nackten Haut an ihrer erfüllte Jane mit wunderbarem Schwindel.

Was danach folgte, glich einem atemberaubenden Wirbel an Empfindungen, die Jane mit ungläubigem Erstaunen und grenzenloser Wonne genoss. Jake führte sie mit seinen gemurmelten Worten und seinen Liebkosungen von einem Gipfel zum nächsten.

Sie folgte ihm willig, wohin immer er sie führte, und sie meinte, nichts könne sie je zufriedenstellen. Doch dann bewies er ihr auf wunderbare Weise, wie sehr sie sich geirrt hatte. Ja, da war ein kurzer Schmerz, doch der blieb unwichtig im Rausch der Sinne und dem wunderbar tiefen und ursprünglichen Gefühl, nach Hause gekommen zu sein.

Zufrieden schmiegte sie sich in Jakes Arme, ihr Herzschlag beruhigte sich langsam wieder, und sie verspürte eine köstliche Trägheit. Automatisch wurde seine Umarmung fester, noch immer ging sein Atem rasselnd und sein Puls schlug schnell.

Voller Zärtlichkeit setzte Jane einen Kuss auf seine Schulter, dann stützte sie sich auf einen Ellbogen und sah mit einem neuen Gefühl von Besitzerstolz auf ihn herab. Er ist so schön, dachte sie und betrachtete sein Gesicht. Jetzt, da er die Augen geschlossen hielt und seine Züge ganz entspannt waren, konnte Jane genau die Konturen und fein geschwungenen Linien erkennen, die ihn selbst im hohen Alter noch unglaublich attraktiv aussehen lassen würden.

Abrupt hob er die Lider und ertappte sie bei ihrer nachdenklichen Betrachtung. „Woran denkst du, Rotschopf?“, fragte er leise und zeichnete mit einem Finger träge die Linie ihrer Schulter nach.

„Ich dachte gerade, was für ein distinguierter alter Mann du doch sein wirst“, antwortete sie verträumt lächelnd.

Er zog ihren Kopf zu sich und küsste sie innig. „Mir wäre es lieber, du würdest dich auf meine aktuellen Vorzüge und Fähigkeiten konzentrieren.“ Er grinste spitzbübisch und presste ihren Kopf zurück an seine Schulter, streichelte mit einer Hand ihre roten Locken.

„Soll ich dir eine Zigarette holen?“, fragte Jane plötzlich.

„Eine Zigarette?“, wiederholte er verständnislos.

„Ich dachte, Männer brauchen immer ‚die Zigarette danach‘ …“ Verlegen verstummte sie.

„Das bleibt jedem selbst überlassen“, erklärte er ihr ernsthaft.

So kuschelte sie sich wieder an ihn. Nach einer Weile kam ihr ein anderer Gedanke. „Du sagtest, du rauchst nur in Stresssituationen. Diese Situation jetzt ist also kein Stress für dich?“

Er drückte einen Kuss auf ihr Haar. Dann hob er ihr Kinn mit einem Finger an, damit sie ihn ansah, eine überraschende Ehrlichkeit in seinen Augen. „Für mich ist diese Situation absolute Seligkeit.“ Er küsste sie auf die Nasenspitze. „Pure Magie." Er setzte einen Kuss auf ihre Stirn. „Ein Wunder!" Und damit küsste er leidenschaftlich ihre Lippen.

„Oh ja, für mich auch", erklärte sie euphorisch, als sie wieder sprechen konnte. Und dann presste sie impulsiv den Mund wieder auf seinen, weil sie diese wunderbare Zärtlichkeit noch einmal spüren wollte.

Jakes Augen tanzten belustigt. „Freut mich, dass dich deine erste Erfahrung so überschäumend begeistert." Seine Lippen zuckten. „Das heißt wohl, du hast keine Gewissensbisse, weil du vom Pfad der Tugend abgewichen bist?"

Mit zärtlich schimmernden Augen schüttelte sie den Kopf. „Im Gegenteil, ich betrachte es als den Pfad zur Tugend hin. Denn was könnte tugendhafter sein als die Liebe?" Sie küsste ihn sanft. „Ich werde es niemals bereuen, dass ich dich liebe, Jake Dominic."

Mit nicht zu deutender Miene betrachtete er ihr glücklich strahlendes Gesicht. „Keine Tränen, keine Erwartungen, keine Schuldgefühle", sagte er leise. „Du machst es einem geradezu lächerlich einfach, dich auszunutzen, Rotschopf."

Sie kicherte glücklich und legte ihren Kopf zurück an seine Schulter. „Ich bin doch diejenige, die dich ausnutzt. Schließlich hast du die Erfahrung", neckte sie ihn, „und ich als Neuling profitiere davon. Daher ist es nur angebracht, dich bei Laune zu halten, damit du auch bereit bist, mich weiterhin zu unterrichten."

„In dieser Hinsicht brauchst du dich nicht anzustrengen", gab er trocken zurück. „Ich muss mich ohnehin zusammennehmen und mich ermahnen, dass du noch neu bist in dem Spiel und geschont werden musst."

Sie hob den Kopf. „Muss ich etwa jetzt schon geschont werden?", fragte sie schmollend.

„Ja, jetzt schon", entgegnete er entschieden. Seine Augen begannen zu funkeln. „Ich habe allerdings das Gefühl, dass du ein Naturtalent bist, Jane. Und ich brenne darauf, meine Theorie zu überprüfen.“

Der gutmütige Spott wich plötzlich aus seinem Blick, Flammen begannen darin zu lodern, die Jane schon einmal in dieser Nacht gesehen hatte. Die Welt schien nur noch aus seinen Augen zu bestehen, und Jane konnte fühlen, wie sich bei der Erinnerung ihr Herzschlag beschleunigte.

„So erschöpft fühle ich mich gar nicht“, flüsterte sie atemlos.

Mehr brauchte Jake nicht zu hören. Er drehte sie auf den Rücken und schob sich über sie. „Deine Wirkung auf mich wäre die gleiche, selbst wenn es so wäre, Liebling. Ich werde versuchen, ganz sanft zu sein.“

„Das musst du nicht.“ Sehnsüchtig streichelte sie seine Schultern.

„Doch“, widersprach er, die Lippen nur Millimeter von ihren entfernt. „Das erste Mal war für mich, Rotschopf. Aber das hier, das ist nur für dich.“

9. KAPITEL

Jane lag inmitten einer Blumenwiese, und die Sonne wärmte ihr Gesicht mit goldenen Strahlen. Manchmal wehte die laue Brise ihr ein Blütenblatt auf die Wange, und dann lächelte sie mit geschlossenen Augen verträumt vor sich hin und beugte den Kopf weiter nach hinten, um noch mehr von der herrlich warmen Sonne einzufangen.

„Öffne die Augen, Rotschopf. Ich will sicher sein, dass dieses Lächeln mir gilt", sagte Jake leise.

Jane hob schlaftrunken die Lider und sah Jakes Gesicht direkt über sich. Seine dunklen Augen lachten sie an, aber da stand tatsächlich so etwas wie Eifersucht in seinem Blick. Die frühe Morgensonne strahlte in die Kabine und ließ die argwöhnischen Linien um seinen Mund deutlicher werden.

Mit einer Fingerspitze zeichnete sie die Konturen nach. „Es gilt allein dir", sagte sie ehrlich. „Alles gilt allein dir."

„Das sollte es auch besser", murmelte Jake und knabberte an ihrem Hals. „Ich sollte dich warnen, dass ich erstaunlich eifersüchtig bin, sobald es um dich geht. Ich werde nicht hinnehmen, dass du an jemand anderen denkst, solange du mir gehörst."

Ihm entging das kurze Aufflackern von Schmerz in ihren Augen, das seine Bemerkung in ihr auslöste. In dem glorreichen Gefühl, zu Jake zu gehören, hatte sie vergessen, wie vergänglich diese Beziehung war. Seine Worte machten ihr nur klar, dass er keineswegs so blind war. Nun, was hatte sie denn erwartet? Jake besaß eben nicht die gleiche alles verzehrende Verliebtheit wie sie. Sie würde lernen müssen, das zu akzeptieren, was er ihr anbot, und damit zufrieden zu sein.

Als er merkte, wie sie sich unwillkürlich versteifte, hob er den Kopf. Sein Blick wurde hart. „Tut mir leid, wenn dir die Bedingungen nicht gefallen“, meinte er kühl. „Aber du wirst sie wohl oder übel akzeptieren müssen, wenn du vorhast, weiter meine Geliebte zu bleiben.“

Sie schloss die Lider, damit ihre Augen nicht verrieten, wie elend sie sich fühlte. „Man sagt dir doch eigentlich gar nicht nach, dass du eine solch absolute Treue verlangst“, versuchte sie zu scherzen.

Er zuckte mit den Achseln und drehte sich auf die Seite. Auf einen Ellbogen gestützt, spielte er mit den Fingern in ihrem Haar. „Vielleicht ist es so, weil ich dein erster Liebhaber war“, vermutete er spöttisch. „Ich fühle eine primitive Habgier bei dem Gedanken, dass dich ein anderer haben sollte.“

„Und kann ich von dir die gleiche Treue erwarten?“, fragte sie offen heraus.

„Für den Moment schon“, antwortete er salopp. „Ich kann mir denken, dass ich in nächster Zukunft mehr als zufrieden mit deiner Gesellschaft sein werde.“

„Und Lola Torres?“

„Ich schulde Lola nichts“, entgegnete er gleichgültig. „Sie versteht, warum sie hier ist. Sie wird auch verstehen, warum sie nicht länger gebraucht wird. Ich schicke sie heute noch zurück.“

Jane setzte sich mit empört blitzenden Augen abrupt auf. „Das kannst du nicht tun! Wie soll sie sich denn vorkommen? Du kannst doch nicht einfach den einen Tag mit den Fingern schnippen und sie herholen, und am nächsten eröffnest du ihr dann, dass du deine Meinung geändert hast. Sie wird schrecklich verletzt sein.“

Jakes Mundwinkel zuckten. „Was schlägst du vor, soll ich tun? Ich bezweifle, dass ich in der Lage bin, nach dir noch eine Frau zufriedenzustellen.“ Er grinste anzüglich. „Meine neue Geliebte braucht alle meine Energien auf.“ Er fasste nach ihrer Brust, von der das Laken durch das abrupte Aufsetzen hinuntergerutscht war.

Barsch schlug sie seine Hand fort und zog sich das Laken über ihre Blöße, wobei sie sich die Enden unter die Arme steckte, um es an seinem Platz zu halten. „Unsinn! Ich würde ihr wahrscheinlich die Augen auskratzen, wenn sie dich nur ansähe. Ich denke nur, du solltest sie selbst entscheiden lassen, wann sie geht. So behält sie ihre Würde."

Jake grinste spöttisch. „Du machst dir viel zu viele Gedanken um Lolas Gefühle. Sie ist härter im Nehmen, als du je sein wirst. Das ergibt sich zwangsläufig in ihrem Beruf."

„Ich bin sicher, die Umstände haben sie zu dieser Art Leben gezwungen." Vor Eifer, Lola zu verteidigen, röteten sich ihre Wangen. „Und was immer sie getan hat, ich bin sicher, sie hat es mit Würde getan. Sie war eigentlich eher eine Kurtisane als ein Callgirl."

„Ein feiner Unterschied, da stimme ich zu", bestätigte er ernst mit funkelnden Augen. „Also gut, Rotschopf, ich lasse Lola selbst entscheiden, wann sie geht." Er schüttelte lachend den Kopf. „Und da will ich mich meiner ehemaligen Geliebten entledigen, um deine Gefühle zu schützen!" Er versetzte ihr einen Nasenstüber. „Tu mir einen Gefallen, bemuttere Lola nicht. Ihr wäre das extrem unangenehm."

Das Laken immer noch um sich gewickelt, rutschte sie zur Bettkante.

„Wohin willst du, Liebling?" Interessiert beobachtete er ihre Bemühungen, das Laken nicht nur an seinem Platz zu halten, sondern es auch noch um sich zu schlingen.

„Ich muss meinen Dienst antreten."

Er setzte sich auf und zog sie auf das Bett zurück. „Meine liebste Jane, meine kleine Närrin. Du hast keinen Dienst mehr, den du antreten könntest. Käme es dir nicht etwas merkwürdig vor, sowohl meine Stewardess als auch meine Geliebte zu sein?"

„Ich sehe nicht, wieso“, schmollte sie starrköpfig. „Ahmet und die Crew haben die Situation längst akzeptiert.“

„Ahmet und die Crew sind mir völlig gleich“, fegte er ihren Einwand ungeduldig beiseite. „Ich habe keine Lust, dich auf dem ganzen Schiff zu suchen, wenn ich mit dir zusammen sein will. Fast glaube ich, du brauchst ein paar Tipps, wie man sich als Geliebte zu verhalten hat. Vielleicht solltest du doch mal mit Lola reden.“

Die scharfzüngige Bemerkung ließ sie zusammenzucken, aber sie hielt dennoch an ihrem Vorhaben fest. „Vielleicht können wir ja einen Zeitplan vereinbaren“, schlug sie völlig ernst vor.

Jake lachte verächtlich auf. „Niemals! Jane, du bekommst von mir alles, was du willst, aber dafür erwarte ich, dass du Zeit für mich hast, wenn ich Zeit mit dir verbringen will. Ist das zu viel verlangt?“

Jane konnte Jake durchaus verstehen. In seinen Augen ergab ihr Zögern überhaupt keinen Sinn. Sie fragte sich, ob er je eine Frau kennengelernt hatte, die ihre Zeit lieber mit körperlicher Arbeit verbrachte als dem luxuriösen und sinnlichen Müßiggang zu frönen, den er ihr bieten konnte.

Bedrückt sah sie ihn an. „Könnten wir nicht so weitermachen wie bisher?“ Als er sie nur verständnislos anschaute, wurde sie rot und fügte hinzu: „Das hier natürlich ausgenommen.“ Sie machte eine unbestimmte Geste auf das Bett. „Ich glaube nicht, dass ich ohne irgendeine Arbeit wirklich glücklich sein kann. Ich bin daran gewöhnt, unabhängig zu sein.“

Einen Moment lang glaubte sie Verständnis in Jakes Augen zu erkennen, doch dann wandte er den Kopf ab. „Ich fürchte, das werde ich nicht zulassen können“, entgegnete er mit harter Stimme. „Dir hätte klar sein müssen, dass es Aspekte in unserer Beziehung geben wird, die dir nicht gefallen, bevor du dich darauf eingelassen hast.“ Er lächelte bitter. „Es ist allgemein bekannt, dass ich ein egoistischer Mistkerl bin."

„Aber könntest du nicht ..." Weiter kam sie nicht, denn er verschloss ihren Mund mit seinen Lippen.

„Der Himmel bewahre mich vor streitsüchtigen Frauen", sagte er dann heiser. „Die einzigen Laute, die ich in nächster Zeit von dir hören will, sind diese wunderbaren kleinen Seufzer, die du gestern Nacht ausgestoßen hast." Mit einem Ruck zog er ihr das Laken fort und ließ seine Hände auf ihrer Haut berauschend tanzen. „Ach, und ‚Ja, Jake' darfst du auch sagen", erlaubte er ihr großmütig und lachte rau.

Jane stockte der Atem, als vertraute Hitze sich in ihrem Unterleib ausbreitete. Zärtlich schlang sie die Arme um seinen Nacken. „Ja, Jake", hauchte sie.

Erst zwei Stunden später bestellte Jake das Frühstück für sie beide. Gleichzeitig gab er Instruktionen, dass Janes Sachen zusammengepackt und in seine Kabine gebracht werden sollten. Jane enthielt sich jeden Kommentars über diese peinliche und willkürliche Einmischung in ihr Leben. Allerdings zog sie sich diskret ins Bad zurück, bevor der Steward kam. Als sie wieder hervorkam, eingewickelt in Jakes viel zu großen weinroten Bademantel, waren ihre Kleider gebracht worden und ein Servierwagen mit dem Frühstück stand bereit.

Jake saß bereits am Tisch und schaute ihr mit gerunzelter Stirn entgegen. „Du kannst dich nicht auf ewig verstecken, das weißt du."

„Ja, ich weiß." Sie sah ihn nicht an, als sie ihm gegenüber am Tisch Platz nahm. „Ich dachte mir nur, es wird einfacher sein, sich der Sache zu stellen, wenn der Reiz des Neuen verflogen ist. Morgen ist es schon ein alter Hut, dass ich offiziell bei dir eingezogen bin."

Er presste die Lippen zu einem dünnen Strich zusammen. „Ich werde nicht erlauben, dass man über dich klatscht. Der

Erste, der auch nur eine Augenbraue hebt, wird gefeuert."

Mit einem schiefen Lächeln hob Jane die Hauben von den silbernen Servierplatten und bediente sich mit Rührei, Würstchen und Toast. Schon erstaunlich, dass Jake glaubte, er könne Spekulationen und Gerüchte stoppen, einfach indem er es anordnete. Und selbst wenn keiner auch nur ein Wort zu ihrer neuen Position sagte, sie würde immer spüren, dass nun jeder auf der Sea Breeze wusste, dass sie Jake Dominics neuestes Spielzeug war. Nicht einmal sie selbst konnte die Augen davor verschließen, wie sehr diese Vorstellung an ihrem Stolz kratzte.

Als zum Lunch Ahmet und Lola zu ihnen in die Lounge stießen, fühlte Jane sich noch verlegener. Sowohl Ahmet als auch Lola akzeptierten ihre Anwesenheit als Gast statt als Angestellte mit nonchalanter Selbstverständlichkeit. Jane wünschte, sie besäße ebensolche Souveränität, denn innerlich krümmte sie sich vor Verlegenheit. Während des Essens sagte sie kaum ein Wort, auch wenn es sie etwas beruhigte, dass der Steward, der das Essen servierte, ihr nur flüchtig bekannt war. Sie hatte endlose Angst ausgestanden, Simon könnte als ihr Ersatz eingeteilt werden, und das hätte sie im Moment nicht ausgehalten.

Jake schien auch keineswegs verlegen zu sein, sie vor den anderen mit einer Mischung aus neckender Zuneigung und offensichtlichem Besitzanspruch zu behandeln. Er ignorierte ihre Schüchternheit und achtete darauf, dass sie in die Unterhaltung mit eingeschlossen wurde, einfach, indem er das Thema wechselte, sobald Lola oder Ahmet etwas ansprachen, von dem Jane unmöglich wissen konnte.

Jane war gerührt von seiner aufmerksamen Beschützerrolle, doch ihre Verlegenheit wuchs, als sie Lolas amüsierten Blick bemerkte. Diese sagte kein Wort, bis Jake und Ahmet sich entschuldigten und aufstanden, um an die Bar zu gehen.

Lola lud Jane zu einem kleinen Spaziergang an Deck ein.

Sie waren kaum an der frischen Luft, als Lola leise zu lachen anfing.

„Schon lange habe ich mich nicht mehr so amüsiert“, hob sie gut gelaunt an. „Jake Dominic in der Rolle des Hirten für sein Lämmchen, absolut köstlich! Das allein war die Reise von Los Angeles hierher wert.“

Jane grinste schief. „Ja, er hat ziemlich dick aufgetragen, nicht wahr? Und bei seinen Anstrengungen um mich hat er es eindeutig an Höflichkeit gegenüber Ihnen und Ahmet mangeln lassen.“

„Jake ist der geborene Diplomat – wenn es nötig ist“, erwiderte Lola. „In diesem Falle war es das nicht. Er wusste, dass Ahmet und ich verstehen würden.“

„Lola, Sie sind so nett zu mir“, setzte Jane zögernd an. „Ich wollte mich nur ...“

Mit einer Handbewegung brachte Lola Jane zum Schweigen. „Du liebe Güte, Sie brauchen sich doch nicht zu entschuldigen“, entgegnete sie beschwingt. „Ich hätte ja blind sein müssen, um nicht zu merken, was sich da gestern Abend beim Dinner abgespielt hat. Jake ist nicht gerade für seine Herzlichkeit bei Frauen bekannt, aber was er mit Ihnen gemacht hat, war völlig unvernünftig. Und als er dann noch feststellte, dass Ahmet zu Ihnen gegangen war, da hat er sich wie ein Wahnsinniger aufgeführt.“

„Woher wusste er es eigentlich?“ Erst jetzt fiel es ihr ein, sich danach zu fragen, wieso Jake so unerwartet aufgetaucht war.

„Ich vermute, er hat Order gegeben, ihn zu informieren, sollte Ahmet sich Ihrer Kabine nähern“, erwiderte Lola mit einem Schulterzucken. „Ein Steward kam mit einer Nachricht für Jake, kurz nachdem Ahmet die Lounge verlassen hatte. Der unmögliche Kerl hat mir nicht einmal eine gute Nacht gewünscht, sondern ist wie ein Berserker zu Ihrer Rettung davongestürmt."

„Ich bin sicher, er war nicht absichtlich so unhöflich, Lola."

Lolas Lippen zuckten amüsiert. „Wie ich mich fühlen mochte, war ihm völlig gleich, Sie Unschuldslämmchen. Er konnte nur noch an Sie denken." Nachdenklich studierte sie Jane. „Und ich glaube, er kann schon seit einiger Zeit nur an Sie denken, nach seiner Reaktion gestern Abend zu urteilen. So habe ich Jake noch nie erlebt, es sind nicht nur seine Hormone, sondern auch seine Gefühle im Spiel. Vielleicht sollte ich besser ihn warnen und nicht Sie."

Hoffnung brandete in Jane auf und milderte die Furcht und die Zweifel, die sie am Morgen verspürt hatte. War es möglich, dass Jake anfing, mehr für sie zu empfinden als nur Lust und Besitzerstolz? „Ist es das, was Sie hier tun? Mich warnen? Falls ja, dann fürchte ich, ist es bereits zu spät."

„Das dachte ich mir fast, aber ich wollte es auf jeden Fall versuchen." Lola lächelte herzlich. „Aber jetzt sollten wir wohl besser zu unser aller Herrn und Meister zurückkehren. Bevor er noch nervös wird und nach Ihnen sucht."

Den Rest des Tages verbrachten sie zu viert mit Schwimmen, Faulenzen und leichter Konversation. Jane wurde immer rastloser, trotz Jakes Anwesenheit. Sie war zu sehr an harte Arbeit gewöhnt, war es gewohnt, ständig etwas zu unternehmen und zu tun zu haben, als dass sie diesem untätigen Lebensstil etwas Positives abringen könnte. Ihr war auch bewusst, dass Jakes Blick während des ganzen Nachmittags forschend auf ihr lag, obwohl er in Gegenwart der anderen nur harmlose Themen mit ihr anschnitt.

So überraschte es sie nicht, dass er schließlich zu ihr herüberschlenderte, als sie still den fantastischen Sonnenuntergang von ihrem Liegestuhl aus beobachtete. Ahmet und Lola waren noch ein letztes Mal ins Wasser gesprungen, um sich anschließend für das Dinner umzuziehen. Es war das erste Mal seit dem Morgen, dass Jane und Jake eine Minute allein für sich hatten.

„Du arme fleißige Biene“, spöttelte er und ließ sich auf der Liege neben ihr nieder. „Fällt es dir schwer, dich an das süße Nichtstun zu gewöhnen?“

Es erstaunte Jane, dass er es bemerkt hatte. War ihre Unruhe denn so offensichtlich gewesen? „Es wird mir schon noch gelingen.“ Sie klang nicht sehr überzeugt. Sie sah ihn an und bemerkte die vibrierende Energie und Ungeduld, die selbst jetzt unter dieser oberflächlichen Ruhe in ihm schwelten. „Wie hältst du das aus? Diese Untätigkeit muss dich doch halb wahnsinnig machen.“

„Ich muss zugeben, die Schwelle, bevor die Langeweile bei mir einsetzt, liegt nicht sehr hoch“, antwortete er. „Wahrscheinlich hätte ich diesen Segeltörn schon nach zwei Wochen abgebrochen, gäbe es da nicht einen gewissen Rotschopf, der mich unterhält.“ Er fasste nach ihrer Hand, zog sie an seine Lippen und küsste die Innenfläche sehnsüchtig.

Jane erschauerte, als sie seine Zungenspitze auf der empfindsamen Haut fühlte.

Sofort machte er ein besorgtes Gesicht und griff nach dem weißen Strandmantel, der über der Lehne ihres Stuhls hing. „Hier, zieh ihn über. Es wird langsam kühl.“

„Das ist nicht mein Problem.“ Ihre goldenen Augen tanzten. „Im Gegenteil, mir wird immer wärmer.“

Jakes dunkle Augen funkelten amüsiert. „Hast du denn überhaupt keine Hemmungen?“

Sie schüttelte den Kopf. „Was dich betrifft, so scheint es da ein völliges Manko bei mir zu geben“, gestand sie ehrlich.

„Dem Himmel sei Dank!“, stieß er inbrünstig aus. Er hielt wieder ihre Hand, und Verlangen flackerte in seinem Blick auf. „Warum musstest du mich auch überreden, Lola bleiben zu lassen? Wäre sie nicht hier, könnte ich Ahmet ganz leicht davon überzeugen, uns zu verlassen." Mit dem Daumen strich er über ihren hämmernden Puls am Handgelenk. „Ich warne dich jetzt schon vor, Rotschopf, genieße die frische Luft, solange du noch kannst. Sobald ich einen Weg finde, um die beiden loszuwerden, kommst du für eine ganze Woche nicht aus der Kabine heraus."

Jane fragte sich, ob er das rasante Beschleunigen ihres Herzschlages an seinem Daumen spürte. Wahrscheinlich schon, denn seine Augen leuchteten triumphierend auf. Hastig wandte sie den Blick ab.

„Ich denke, ich gehe besser nach unten und mache mich für das Dinner fertig." Ihre Wangen brannten, als sie aufstand und sich den Strandmantel überzog.

Er hob spöttisch eine Augenbraue über ihre überstürzte Flucht. „Hemmungen, nein, Schüchternheit, ja." Auch er erhob sich. „Ich denke, ich komme mit. Ich habe plötzlich das Bedürfnis nach einem ausgiebigen Nickerchen." Es zuckte um seine Mundwinkel. „Meinst du, unsere Gäste hätten Verständnis dafür, wenn wir ein wenig zu spät zum Dinner erschienen?"

„Jake!" Schockiert riss sie die Augen auf, und er lachte unbeschwert auf, seine Miene plötzlich jungenhaft übermütig.

Jane wollte ihm gerade eine Strafpredigt halten, als ein entferntes Dröhnen an ihre Ohren drang. Sie vergaß, was sie hatte sagen wollen, als sie den weißen Helikopter am Himmel sah, der eindeutig auf die Jacht zuflog.

Jake folgte ihrem erstaunten Blick und stieß einen gemurmelten Fluch aus, als er den Hubschrauber erkannte. „Das ist wirklich schlechtes Timing", brummte er, als das Deck sich mit rufenden und aufgeregt umherlaufenden Matrosen füllte.

„Was ist los?", fragte Jane perplex, als der Helikopter direkt über der Jacht schwebte. Die Rotoren verursachten einen kleinen Tornado und wirbelten das Wasser auf.

„Ein Geschenk für dich“, antwortete Jake lässig. Die Seitentür des Hubschraubers wurde aufgeschoben, und Jane erhaschte einen kurzen Blick auf einen Mann in olivgrüner Uniform. Dann wurde plötzlich ein Netz an einem Seilzug auf das Deck herabgelassen, in dem eine riesige Kiste hing. Mehrere kleinere Kisten folgten.

„Was, um alles in der Welt, ist das? Ein Kühlschrank?“ Jane sah den Männern an Deck zu, die nach den Netzen griffen, sie aufs Deck lenkten und die Kisten ausklinkten.

Lola Torres war wieder zu ihnen gestoßen, trocknete sich das nasse Haar mit einem Handtuch und schlüpfte in ihren knallroten Strandmantel. Jane hatte ihre Ankunft auf Deck nur aus den Augenwinkeln wahrgenommen. Lola starrte jetzt neugierig auf die Kartons und Kisten, die aus den Netzen befreit worden waren.

„Jake hat ein Geschenk für mich gekauft“, antwortete Jane auf die unausgesprochene Frage in ihren Augen. „Ich weiß nur noch nicht, ob es ein Kühlschrank oder eine Waschmaschine ist.“

Lola ging zu einem der kleinen Kartons und las die Aufschrift. „Ich glaube, Dior wäre entsetzt über Ihre leichtfertige Bemerkung.“ Sie hob die nächste Schachtel auf. „Und Balenciaga wohl auch.“

„Janes Gepäck ist leider in Miami an Land geblieben“, erklärte Jake lässig. „Ich habe mir die Freiheit erlaubt und eine Ersatzgarderobe für sie bestellt.“

Lola lachte amüsiert auf. „Das ist absolut göttlich!“ An Jane gewandt, fuhr sie beschwingt fort: „Ein solches Geschenk muss gefeiert werden. Und ich kenne genau den passenden Club dafür in Cozumel!“ Sie drehte sich wieder zu Jake. „Sag Bescheid, dass sie das Dinner um eine Stunde verschieben sollen“, befahl sie mit einer Autorität, die keinen Widerspruch duldete. „So lange braucht Jane allein, um alle Pakete zu öffnen.“

Eine Stunde später saß Jane auf dem Bett und starrte benommen auf die offenen Kartons und Schachteln um sich herum. In der großen Kiste hatte sie zwei Kleiderkartons mit exquisiter Designergarderobe für die verschiedensten Anlässe gefunden, einschließlich der passenden Schuhe. Die kleineren Schachteln enthielten Accessoires und Dessous. Dann hatte es noch zwei größere Kartons gegeben. In einem hatte sie einen langen Zobelmantel gefunden, in dem anderen hatte eine Hermelinstola gelegen. Es war unmöglich, von Jakes extravagantem Geschenk nicht überwältigt zu sein. Diese Garderobe war einfach traumhaft.

Und doch ... Wie konnte sie das Geschenk annehmen und gleichzeitig ihre Selbstachtung und ihre Unabhängigkeit behalten?

„Nun, Rotschopf, ist dir etwas aufgefallen, das ich übersehen habe?“

Jake stand in der offenen Tür, schon fürs Dinner umgezogen in weißem Jackett und Krawatte. Als Jane nicht antwortete, kam er in den Raum hinein. „Ich habe mich vorerst für Schmuck von Van Cleef & Arpels entschieden. Beim nächsten Mal kannst du dir dann selbst etwas aussuchen.“

„Den Schmuck werde ich nicht annehmen, Jake“, antwortete Jane langsam, mit bleichen Wangen. „Die Kleider muss ich akzeptieren, weil mir klar ist, dass es peinlich für dich sein könnte, wenn ich nicht einem gewissen Erscheinungsbild entspreche. Aber die anderen Sachen nehme ich nicht.“

„Ich hätte mir wohl denken können, dass du so etwas sagst.“ Seine Miene verdüsterte sich. „Nur zu deiner Information, ich habe diese Garderobe nicht bestellt, weil ich mich deiner schäme. Ich habe sie herbringen lassen, weil ich dir ein Geschenk machen wollte. Und die meisten Frauen lieben solche Geschenke normalerweise." Seine Stimme wurde hart. „Wenn du die Sachen nicht haben willst, dann wirf sie über Bord. Mir bist du sowieso ohne Kleidung am Körper am liebsten!"

Jane starrte auf seine harten Züge und erkannte plötzlich etwas darin, das sie noch nie gesehen hatte. Sie hatte ihn tatsächlich verletzt! Normalerweise gab sich Jake Dominic als arroganter, zynischer Mann von Welt. Doch jetzt sah er aus wie ein kleiner Junge, der seinem Freund einen ganz besonderen Schatz überlassen wollte und dafür nur verlacht wurde. Plötzlich wollte sie nichts lieber, als Jake in den Arm zu nehmen und zu trösten, damit aller Kummer, den er je erfahren hatte, schwand. Doch sie wusste, dass sie sich nie anmerken lassen durfte, diesen Schmerz gesehen zu haben. Deshalb senkte sie jetzt den Blick auf den Seidenschal, den sie in ihren Händen auf dem Schoß hielt.

Einen Moment später hob sie den Kopf wieder, sah mit belustigt funkelnden Augen zu Jake und grinste. „Mir gefällst du auch besser ohne. Ich liebe diese Kleider, Jake, und ich nehme dein Geschenk dankend an." Was war schon ein Eckchen Stolz im Vergleich zu dem Kummer, den sie diesem geliebten Mann bereitet hatte?

Jake entspannte sich, seine Miene nahm wieder die kühle Ungerührtheit an. „Du kannst nicht einmal ein Geschenk ohne größeren Aufstand annehmen." Er schlenderte zu ihr hin und drückte ihr einen Kuss auf die Stirn. „Biest!" Er hielt kurz inne. „Und was ist mit dem Schmuck?"

Einen kompletten Sieg würde sie ihm allerdings nicht gönnen. „Wir werden sehen", wich sie aus. Dann verdüsterten sich ihre Augen. „Aber eines kann ich unter gar keinen Umständen annehmen, Jake." Als sie sah, wie die tiefe Falte wieder auf seiner Stirn erschien, beeilte sie sich hinzuzufügen:

„Die Pelze. Ich könnte niemals einen Pelz tragen. Das bringe ich nicht über mich."

Das Stirnrunzeln glättete sich nach und nach und wich einem Ausdruck der Resignation. „Stimmt, das würdest du nicht fertigbringen. So, wie ich dich kenne, hätte ich ahnen müssen, dass so etwas ein Albtraum für dich sein muss."

„Letztes Jahr habe ich eine Unterschriftenaktion organisiert, damit ein Gesetz gegen die Tötung von jungen Seehunden erlassen wird." Ihr Gesicht war ernst geworden. „Weißt du, wie junge Seehunde getötet werden?"

Jake legte ihr die Hand über den Mund. „Nein, und ich will es auch gar nicht wissen. Zumindest nicht vor dem Dinner." Er nahm die Hand weg und drückte einen langen Kuss auf ihren Schmollmund. „Was hältst du davon, wenn wir die Pelze zurückschicken und das Geld deinem Seehund-Fonds spenden?"

Ein strahlendes Lächeln erschien auf Janes Gesicht. „Oh Jake, könnten wir das tun? Sie brauchen dringend Geld."

„Aber nur, wenn du es in deinem Namen spendest, nicht in meinem." Jake zog eine Grimasse. „Ich habe keine Lust, ganz oben auf der Spendenhitliste jeder Tierschutzvereinigung des Landes zu stehen."

Jane sprang auf und umarmte ihn impulsiv. „Jake, du bist fantastisch. Einfach absolut fantastisch!", sprudelte es aus ihr heraus.

Er zuckte zusammen, aber er schlang die Arme um sie und hielt sie fest. „Bitte! Ich komme mir ja vor wie ein Rockstar oder so was." Er strich träge über ihren Rücken, hinunter zu ihrem Po und drückte sie an sich, damit sie seine Erregung fühlen konnte. Mit einem scharfen Atemzug schob er sie unwillig von sich weg. „Lola mit ihrer albernen Party!", knurrte er. „Nichts würde ich lieber tun, als der ganzen Welt zu sagen, sie solle sich zum Teufel scheren, und den Abend im Bett verbringen." Er wandte sich ab. „Zieh dich an, Rotschopf. Wir treffen uns in der Lounge."

Wenig später begutachtete Jane ihr Konterfei im Spiegel und drehte sich begeistert um die eigene Achse. Sie sah wirklich umwerfend aus! Das schokoladenbraune Cocktailkleid war ein Traum aus Chiffon. Es ließ eine Schulter frei und schmiegte sich eng um ihre feste Brust und ihre schmale Taille, um dann in einem extravaganten Faltenwurf bis zum Knie zu fallen. Die passenden Satinpumps ließen ihre Beine lang und verführerisch wirken. Das Haar lockte sich in schimmernden Flammen um ihr Gesicht und bildete einen perfekten Kontrast zu der satten dunklen Farbe des Kleides. Die bernsteinfarbenen Augen und das zarte Rosa ihrer Lippen strahlten eine sinnliche Anziehungskraft aus, von der Jane nie gewusst hatte, dass sie sie besaß. Das kurze Aufflackern in Jakes Blick, als sie die Lounge betrat, stieg ihr zu Kopf und berauschte sie wie prickelnder Champagner. Kaum nahm sie Ahmets überschwängliche Komplimente wahr, während sie sich in dem dunklen Schimmern in Jakes Augen sonnte.

Als Jake sie in das Beiboot hob, war sie überrascht, Marcus Benjamin und Simon Dominic vorn am Ruder stehen zu sehen. Automatisch wollte sie die beiden ansprechen, doch Jake hielt sie am Arm fest.

„Hier herüber, Darling", sagte er liebenswürdig und führte sie zu der Sitzbank am Heck des Bootes. In der Dunkelheit fühlte sie, wie ihr das Blut in die Wangen schoss, als Jake seinen Arm um ihre Hüfte schlang.

Natürlich konnte sie sich denken, dass er diesen ganzen Aufwand mit voller Absicht betrieb. Es war, als würde er sein Gebiet markieren. Dass sie auf Simon hatte zugehen wollen, war ein völlig harmloser Impuls gewesen. Sie wollte sich nur seiner Freundschaft versichern, trotz ihrer neuen Position in Jakes Leben. Doch dieser hatte unmissverständlich seine

Ansprüche deutlich gemacht, ohne Rücksicht auf die Verlegenheit, die er Jane damit bereitete. Sie konnte es nicht unterdrücken, sie verspürte brennenden Ärger über diese Taktlosigkeit.

„Ich wusste gar nicht, dass Kapitän Benjamin und Simon auch mitkommen", sagte sie gepresst.

„Lola bestand darauf", gab Jake höflich zurück. „Sie ist nie glücklich, wenn sie nicht von mehreren Männern umgeben ist – anscheinend ein weibliches Charakteristikum."

Während der vierzigminütigen Bootsfahrt zum Hafen von Cozumel schwieg Jane eisern. Dabei fiel ihre Wortkargheit in der guten Laune, die Ahmet und Lola verbreiteten, gar nicht auf. Jake blieb provokant ungerührt von Janes Verstimmung und zeigte sich von seiner besten Seite, ein Umstand, der Jane nur noch mehr reizte. Immer häufiger wanderte ihr Blick nach vorn zum Boot, wo Kapitän Benjamin und Simon sich leise unterhielten. Die beiden trugen blendend weiße Uniformen, die, Janes Meinung nach, im Vergleich zu Jakes und Ahmets weißen Dinnerjacketts und dunklen Hosen viel besser abschnitten.

Plötzlich wurde Jakes Griff um ihre Taille fester, und seine Stimme an ihrem Ohr glich einem stählernen Flüstern: „Ich habe mir sagen lassen, dass Frauen auf Männer in Uniform fliegen, aber meinst du nicht, du übertreibst es mit deiner Bewunderung ein wenig?"

Jane hob trotzig das Kinn. „Vielleicht fühle ich ja eine gewisse Verbundenheit mit den beiden", flötete sie zuckersüß. „Wenn du dich erinnern willst … ich selbst habe diese Uniform bis vor Kurzem getragen. Zwischen uns Untergebenen besteht eben ein Zusammenhalt."

Jakes Blick war ebenso dunkel wie der unterdrückte Fluch, den er murmelte, und für die restliche Fahrt sagte er kein Wort mehr.

El Invernadero war ein bezaubernder Nachtclub, gelegen inmitten des Zentrums von Cozumel. Der Club bestand komplett aus Glas. Exotische Pflanzen standen entlang der Wände, und die prächtigen Blüten bildeten farbenfrohe Tupfer. Weiß gedeckte Tische waren um die schimmernde Tanzfläche aufgestellt, und auf jedem stand ein kunstvoll arrangiertes Blumengesteck.

Die kleine Gruppe wurde von einem diensteifrigen Kellner zu einem großen runden Tisch geführt. Jake zog den Stuhl neben seinem Platz für Jane hervor, doch Lola hatte andere Vorstellungen.

„Sei nicht so egoistisch, Jake", meinte sie unbeschwert mit schelmisch funkelnden Augen. „Du hast Jane die ganze Zeit für dich." Jane bedeutete sie mit einem resoluten Wink, sich zwischen Ahmet und Simon zu setzen. Sie selbst ließ sich neben Jake nieder und strahlte ihn mit einem umwerfenden Lächeln an. „Da, ist das nicht viel besser?"

„Ja, großartig", erwiderte Jake grimmig, ohne den Blick von Ahmet zu wenden, der Jane höflich den Stuhl hielt und ihr mit dem sich bauschenden Chiffon half.

Je weiter der Abend vorrückte, umso mehr wurde das, was Jane sich als romantisches und aufregendes Beieinander mit dem Mann, den sie liebte, vorgestellt hatte, zu einem verheerenden Debakel. Jakes Stimmung sank von „gereizt" auf „absolut miserabel". Obwohl sie durch den Tisch voneinander getrennt waren, fühlte sie seine brütenden Blicke auf sich liegen, wann immer sie sich mit Simon oder Ahmet unterhielt. Was habe ich dieses Mal falsch gemacht, um mir diesen wütenden Zorn zuzuziehen?!, fragte sie sich trotzig und wandte sich wieder Ahmet zu. Dieser war so wunderbar unkompliziert. Er scherte sich nicht einen Deut um Regeln, Schuld- oder Feingefühl, solange er sich in Gegenwart einer schönen Frau befand und der Champagner floss. So sorgte er auch dafür, dass Janes Glas den ganzen Abend über nie leer wurde.

Da sie selbst immer betrübter wurde, war sie froh um Ahmets Aufmerksamkeit. Jake hatte sie nicht einmal zum Tanzen aufgefordert, Lola dagegen hatte er immer wieder zur Tanzfläche geführt. Um das Ganze noch schlimmer zu machen, war plötzlich eine umwerfend schöne Blondine aufgetaucht, deren Gesicht Jane schon etliche Male auf den Titelseiten einschlägiger Modemagazine gesehen hatte. Ihr Kleid hatte ein noch tieferes Dekolleté als das von Lola. Und seit sie an Jakes Arm allen am Tisch als Cindy Lockwood, Model aus New York, vorgestellt worden war, klammerte sie sich an Jake wie ein verführerischer Blutegel. Mit ihr tanzte Jake sogar noch häufiger als mit Lola, wie Jane unglücklich feststellen musste.

Die explosive Mischung aus Cindy Lockwood, Janes verbittertem Kummer und Ahmets Champagner ließ sie schließlich ihre Selbstbeherrschung vergessen. Sie ignorierte Jake völlig und teilte ihre Aufmerksamkeit mit überdrehter Heiterkeit zwischen Simon und Ahmet auf. In den nächsten zwei Stunden konnte sie nicht mehr zählen, wie oft sie auf der Tanzfläche von Simon zu Ahmet wechselte.

Irgendwann fand sie sich in den Armen eines gut aussehenden Spaniers wieder, der sie viel zu eng an sich drückte und ihr süße Nichtigkeiten auf Spanisch zuflüsterte. Sie erinnerte sich nur vage daran, wie sie seine Aufforderung aufgekratzt angenommen hatte, als er an ihren Tisch gekommen war und sich vorgestellt hatte. Er hieß Ramon de … de … irgendwas, und sie fand, dass seine Arme ebenso tröstend waren wie Ahmets oder Simons, wenn sie schon nicht mit Jake zusammen sein konnte.

Dann wurde dem Mann plötzlich mit der Hand auf die Schulter geschlagen, und Jane sah auf in das Gesicht eines extrem schlecht gelaunten Jake, der neben ihnen stand.

„Das ist mein Tanz, glaube ich", knurrte er, legte den Arm um Janes Hüfte und wirbelte sie zu sich heran.

Ramon runzelte zwar die Stirn, aber nach einem kurzen Blick in Jakes Gesicht beschloss er, sich kommentarlos zurückzuziehen.

„Dein Latin Lover gibt schnell auf." Jake grinste höhnisch. „Enttäuschend. Ich hatte mich schon darauf gefreut, ihm das schöne Gesicht ein wenig zu demolieren."

Jane hörte nur mit halbem Ohr hin und schmiegte sich an ihn. Das Glücksgefühl, von seinen Armen gehalten zu werden, ließ sie alles andere vergessen.

„Das ist das erste Mal, dass wir miteinander tanzen", bemerkte sie verträumt und schlang die Arme um seinen Nacken. „Dabei habe ich mir den ganzen Abend nichts anderes gewünscht, Jake." Schatten huschten über ihre Miene. „Aber irgendwie ist alles schiefgelaufen." Sie schüttelte den Kopf. Im Moment war ihr das alles zu kompliziert, um darüber nachzudenken.

„Du scheinst dich doch gut amüsiert zu haben", sagte er bissig, während er sie über die Tanzfläche schob. „Es war faszinierend zu beobachten, wie du jeden Mann im Saal zu betören versucht hast. Hast du es genossen?"

„Nein", sagte sie schlicht und rieb ihre Wange an seinem Jackett. „Weil ich nur dich will." Mit bittenden Augen schaute sie in sein Gesicht auf. „Bring mich nach Hause, Jake."

Er sah auf sie herunter, seine Miene ausdruckslos bis auf das Flackern in seinen Augen. „Champagner scheint dich anschmiegsam zu machen, mein kleines Sexkätzchen. Dann lass uns zurück auf die Jacht gehen. Schließlich ist mir das Privileg vorbehalten, den Abend mit dir zu beenden, ganz gleich, wie viele Männer du brauchst, um zufrieden zu sein." Er blieb mitten auf der Tanzfläche stehen und drehte sich abrupt um. Die Finger fest um ihr Handgelenk bahnte er sich einen

Weg durch die tanzenden Paare hin zum Ausgang des Nachtclubs.

„Wohin gehen wir?“ Jane hatte Mühe, seinen ausholenden Schritten zu folgen.

„Wir kehren zurück auf die Jacht, wohin sonst?“, höhnte er. „Du wolltest doch mit mir allein sein, schon vergessen?“

Ein ungutes Gefühl schlich sich in ihre champagnervernebelten Gedanken. „Aber wir können doch die anderen nicht einfach ohne ein Wort zurücklassen.“

Sie standen nun vor dem Club auf der Straße, und auf Jakes gebieterische Geste hin pfiff der Portier mit einer Trillerpfeife ein Taxi heran.

„Und warum nicht?“, erwiderte Jake kühl. „Wir schicken das Beiboot für sie zurück.“

Er half ihr ins Taxi, glitt neben sie auf die Rückbank und nannte dem Fahrer in Spanisch knapp die Adresse.

Jane erschauerte, als ihre bloßen Schultern das kalte Vinyl der Polster berührten. „Meine Stola. Ich habe meine Stola am Tisch liegen lassen.“

„Jemand wird sie schon mitbringen“, bemerkte Jake ungerührt. Er legte den Arm um sie und zog sie an seinen warmen Körper.

Jane lehnte den Kopf an seine Schulter. Trotz der Intimität der Umarmung spürte sie etwas seltsam Unpersönliches darin. Dieses Gefühl hätte sie beunruhigt, hätte der Schwindel sie nicht im nächsten Augenblick übermannt.

Als Nächstes nahm sie nur noch schemenhaft wahr, wie sie in das Beiboot gehoben wurde, Jakes weißes Dinnerjackett, das so wunderbar nach seinem Aftershave duftete, um die Schultern. Wieder driftete sie in einen kurzen Schlaf, und dann spürte sie, dass sie auf Jakes Armen getragen und schließlich auf etwas Weiches gelegt wurde, das eindeutig ein Bett war.

Jane hob schlaftrunken die Augen und sah, wie Jake sich aufrichtete. Seine Miene war verschlossen. Jane sah sich in der Hauptkabine der Sea Breeze um und ließ einen erleichterten Seufzer hören. Schon erstaunlich, wie schnell diese luxuriöse Suite zu ihrem Zuhause geworden war. Das groteske Graffiti auf der gegenüberliegenden Wand entlockte ihr ein kleines Lächeln.

„Ich bin froh, dass du wieder bei mir bist, Dornröschen. Und noch dazu in so gelöster Stimmung."

Sie lächelte ihn glücklich an und genoss den Anblick seiner rauen männlichen Züge und das Spiel der Muskeln an seinem Oberkörper, als er sich das weiße Hemd auszog und es achtlos auf den Boden warf.

Sie flog in seine Arme, kaum dass er sich zu ihr auf das Bett gesetzt hatte. Mit den Lippen strich sie über seinen Hals und ließ einen Schauer sehnsüchtiger Küsse auf seine Haut regnen.

Still hielt er sie an sich gedrückt. „Solch leidenschaftliche Bekundung deiner Zuneigung", bemerkte er kühl. „Ich frage mich, wie viel davon wirklich mir gilt." Mit dem Daumen rieb er ihr über die volle Unterlippe. „Würdest du dem jungen Simon auch so selig in die Arme sinken, jetzt, da ich dir bei den ersten Schritten geholfen habe?"

Sie sah zu ihm auf, Verwirrung in den goldenen Augen. „Ich verstehe nicht ..."

„Es war heute Abend mehr als offensichtlich." Er ließ die Hände von ihren Schultern zu ihrem Rücken wandern, um den Reißverschluss ihres Kleides mit einem Ruck zu öffnen. „Aber ich werde dafür sorgen, dass du bis morgen früh klarsiehst." Er öffnete den Verschluss ihres trägerlosen BHs und schob ihr das Kleid mitsamt BH auf die Hüfte, um den Kopf hinunterzubeugen. „Absolut klar", sagte er noch, bevor er die rosigen Spitzen ihrer Brüste mit Zunge und Lippen zu reizen begann.

In den langen Stunden, die folgten, gelangte Jane an einen

Punkt, an dem sie sich fragte, wie sie diesen seelischen und körperlichen Zustand noch länger ertragen sollte. Jake Dominic, der leidenschaftliche Liebhaber, der sie zärtlich zum Gipfel der Ekstase geführt hatte und sich dann in ihren Armen der eigenen Lust überließ, hatte nichts mit diesem Jake Dominic hier gemein.

Oh, auch dieser Mann verfügte über eine meisterliche Fertigkeit, aber er setzte sie kühl kalkulierend ein. Immer und immer wieder nutzte er Hände und Lippen, um eine fiebrige Leidenschaft in Jane zu erwecken. Es gab nicht einen Zentimeter an ihrem Körper, der nicht brannte vor Sehnsucht nach seinen Berührungen. Er spielte mit ihr wie eine Raubkatze, wilden, lodernden Triumph in seinem Blick, wenn sie vor frustriertem Verlangen aufschluchzte.

Das Spiel von Erregung und Verweigerung wiederholte sich, bis stumme Tränen über Janes Wangen flossen. Sie sah zu Jake auf, wie er über ihr verharrte, sein Gesicht glich einer düsteren Maske der Entschlossenheit.

„Warum?“ Verzweifelt wand sie den Kopf von einer Seite zur anderen, während sie auf seine Antwort wartete. „Warum nur, Jake?“

„Weil du mir gehörst“, stieß er heiser aus und drang erneut mit explosiver Leidenschaft in sie ein. „Vielleicht gehörst du mir nicht für immer, aber für den Moment bist du die Meine.“ Seine Worte kamen stockend, im Rhythmus seiner kraftvollen Bewegungen. „Und so lange wirst du keinen anderen Mann anlächeln oder anfassen und noch nicht einmal ansehen. Hast du das verstanden?“

„Jake …“ Verzweifelt versuchte sie Worte zu finden, die ihn beruhigen würden, die erklären würden, doch sie war verloren in der Hitze des Moments.

„Keinen anderen Mann. Niemals“, wiederholte er. „Verstehst du das?“

„Ja!“ Sie schrie es hinaus und grub ihre Nägel in seine Schultern, als die angestaute Leidenschaft sich endlich entlud.

Der Morgen graute schon, als Jake erneut nach ihr griff. Doch in diesem Moment konnte sie die Schluchzer nicht mehr zurückhalten. Jane begann am ganzen Körper zu zittern. Es war die Reaktion auf eine Nacht, deren sinnliche Ekstase nichts mit Liebe oder Zuneigung zu tun gehabt hatte.

Jake erstarrte, lange blieb er völlig regungslos liegen. Dann gab er Jane abrupt frei und schaltete die Nachttischlampe ein. Als er Jane betrachtete und die Schmerzen der letzten Nacht zu verstehen begann, stieß er einen verzweifelten Fluch aus.

Schock und Unverständnis standen in ihren Augen zu lesen, ihre Lippen waren geschwollen von seinen fordernden Küssen. Unwillkürlich scheute sie vor ihm zurück, als ein düsteres Stirnrunzeln auf seinem Gesicht erschien.

„Herr im Himmel!“ Mit zitternder Hand fuhr er sich über die Augen, doch Jane hatte kurz zuvor noch das quälende Schuldgefühl in ihnen gesehen. Er streckte den Arm aus und hüllte den Raum wieder in Dunkelheit, zog das Laken hoch und breitete es über sie beide aus. Er deckte Jane zu, als wäre sie ein kleines Kind. „Hör auf zu zittern“, gemahnte er streng. „Es ist vorbei.“

Damit wandte er sich ab und legte sich auf den Rücken, die Arme unter dem Kopf verschränkt. Selbst in dem dämmrigen Morgenlicht konnte Jane erkennen, wie hart und regungslos seine Miene war, während er vor sich hin starrte. Das Schluchzen, das vorhin nicht aufzuhalten gewesen war, ebbte langsam ab. Seine Reaktion verwirrte sie ebenso wie seine ungezügelte Wildheit sie verwirrt hatte.

„Ich werde Marcus anweisen, dich morgen zum Flughafen zu bringen“, sagte er leise.

Alarmiert sah sie ihn an. So sehr konnte sie ihn doch unmöglich verärgert haben, dass er sie jetzt wegschickte! „Warum?", fragte sie mit bebender Stimme und wischte sich die Tränen aus den Augen.

„Warum!", rief er bitter aus. „Du fragst noch?! Ich habe dich benutzt, ich wollte dich verletzen, und dazu habe ich den erniedrigendsten Weg überhaupt gewählt." Er lachte boshaft auf. „Mein verdammtes Ego war angekratzt, also wollte ich beweisen, dass ich dich dazu bringen kann, mich anzubetteln."

Jane bemühte sich verzweifelt um einen klaren Kopf. In ihrem Verstand wirbelten halb geformte Sätze und wirre Gefühle durcheinander. Nur ein Gedanke stach klar und deutlich heraus: Sie durfte nicht zulassen, dass Jake sie wegschickte. Dies war wahrscheinlich der wichtigste und brisanteste Moment in ihrer bisherigen Beziehung, und wenn es ihr nicht gelang, ihm das Schuldgefühl und die Bitterkeit zu nehmen, könnte er sie durchaus davonjagen. Alles würde sie überleben, nur das nicht.

„Du trägst ja nicht allein die Schuld", setzte sie vorsichtig an. „Ich habe mich in dem Nachtclub auch unmöglich benommen."

„Allerdings, das hast du", bestätigte er grimmig. „Hätte ich nicht genau gewusst, warum du es tust, wäre ich dir wahrscheinlich an die Gurgel gegangen. So aber habe ich mir eine Rache ausgedacht, von der ich meinte, ich würde sie genießen." Mit einem Fluch drehte er sich zur Seite und kramte in der Nachttischschublade. Ein Streichholz flammte auf, und Jane konnte die Glut einer Zigarette im Dämmerlicht sehen.

„Meinst du, ich wüsste nicht, was dich getrieben hat?", fuhr er bitter fort. „Ich habe dich gewarnt, dass du laut schreiend davonlaufen wirst, sobald du auch nur den Hauch einer Ahnung erhältst, wie ein Leben mit mir aussehen würde." Die Glut leuchtete auf, als er an der Zigarette zog und tief inhalierte. „Ich muss zugeben, ich hätte nicht damit gerechnet, dass es schon nach einem Tag so weit ist.“

„Ich bin nicht diejenige, die wegrennt, Jake“, stellte Jane leise klar. „Du bist es, der mich zurückstößt.“

Jane spürte, wie er sich neben ihr versteifte. Dann hallten seine Worte wütend in der Dunkelheit wider.

„Was bist du? Eine Art Masochist? Gefällt es dir, benutzt zu werden? Herrgott, ich kann nicht einmal garantieren, dass es nicht wieder vorkommt.“ Er wandte das Gesicht zu ihr, der schwache Schimmer der brennenden Zigarettenspitze warf Schatten auf seine Züge. Sein Mund war zynisch verzogen, und in seinen Augen stand alles Leid der Welt. „Ich bin ein egoistischer Mistkerl, und ich habe mein Temperament direkt vom Teufel bekommen. Ich habe es mir zur Angewohnheit gemacht, mir alles zu nehmen, was ich will. Es ist höchst unwahrscheinlich, dass ich mich zu diesem späten Zeitpunkt noch ändere.“

„Ich verlange doch gar nicht, dass du dich änderst“, flüsterte sie. „Ich liebe den Mann, der du bist, nicht irgendein Idealbild von dem, was du sein könntest.“

„Wie überaus tolerant von dir“, spottete er. „Ich vermute, das sähest du schnell anders, sollte ich plötzlich beschließen, dich wieder so zu benutzen.“

Der Anflug eines Lächelns erschien auf ihren Lippen. „Sicherlich werde ich mich erst daran gewöhnen müssen, aber wer weiß, vielleicht gefällt es mir ja. Gehört es nicht zu den Fantasien einer jeden Frau, von dem Mann, den sie liebt, wild und bis zur völligen Verausgabung begehrt zu werden?“

Erst schwieg er verdutzt, dann lachte er leise auf. „Du bist unglaublich, Rotschopf. Gleich wirst du mir noch danken, dass ich deinen sexuellen Erfahrungsschatz erweitert und dir einen deiner größten Wünsche erfüllt habe.“

„Ganz so weit gehe ich bestimmt nicht“, entgegnete sie ernst. „Aber es ist ja nicht so, dass ich nicht auch meinen Spaß gehabt hätte, Jake. Das wäre schon rein körperlich unmöglich."

Lange sagte er nichts, dann drehte er sich und drückte die Zigarette im Aschenbecher aus. Als er sich wieder zu Jane umwandte, sagte er abrupt: „Ich möchte dich festhalten." Eine seltsame Verlegenheit war aus seiner Stimme herauszuhören. „Wirst du in meinen Armen einschlafen, Rotschopf?"

Ihr Herz schmolz. Würde sie diesen komplexen Mann je verstehen? Halb Dämon, halb kleiner Junge, und zusammen glorreich männlich. „Ja, das würde ich gern", antwortete sie leise.

Sofort wurde sie in den sicheren Hafen seiner Umarmung gezogen, und sie legte den Kopf an seine Schulter. Jake hielt sie zärtlich und warm wie ein Kind.

„Du schickst mich nicht weg?", murmelte sie schlaftrunken und schmiegte sich an seine wunderbare Wärme.

Jake setzte einen Kuss auf ihr Haar. „Nein", antwortete er mit belegter Stimme. „Nein, ganz bestimmt nicht."

„Dann ist es ja gut." Sie rieb die Wange an seiner Schulter wie ein Kätzchen.

„Schlaf jetzt, Rotschopf", sagte er leise und schaute selbst hellwach in die Dunkelheit.

Jane entspannte sich und schlief schon fast, als sie seine Worte vernahm, die so steif und ernst klangen, als sei dieses Gefühl ihm völlig fremd. Und sie nahm an, dass es auch so war.

„Jane, es tut mir leid", flüsterte er und streichelte ihr über die roten Locken.

Und lächelnd sank sie in einen friedlichen Schlaf.

10. KAPITEL

Helles Sonnenlicht durchflutete die Kabine, als Jane allein in dem großen Doppelbett erwachte. Ein erschrockener Blick zum Wecker auf dem Nachttisch erklärte auch, warum. Es war fast ein Uhr, und Lunch wurde um halb zwei serviert. Wieso hatte Jake sie nicht geweckt?

Jane sprang aus dem Bett und eilte ins Bad, zog auf dem Weg noch einen gelben Frotteebademantel aus dem Schrank, dann stieg sie in die Duschkabine und schob die Glastür hinter sich zu. Das Prasseln der heißen Strahlen war so laut, dass sie nicht hörte, wie Jake nach ihr rief. Sie bemerkte ihn erst, als er vor der gläsernen Kabine stand. Sofort drehte sie das Wasser ab. „Ich hab dich nicht gehört, Jake. Ich komme sofort."

„Nein, bleib, wo du bist", tönte es heiser von der anderen Seite der Tür. „Ich musste all meine Willenskraft aufbringen, um aus dem Bett aufzustehen und dich allein zu lassen, und es ist nicht mehr viel übrig davon. Wenn du jetzt nackt aus dieser Dusche in meine Arme trittst, dann waren meine ganzen Anstrengungen umsonst. Ich bin nur runtergekommen, um dir etwas auszurichten."

Jane stockte bei seinen Worten unwillkürlich der Atem, und Verlangen schoss jäh durch sie hindurch. Es war unglaublich erotisch, hier nackt und verletzlich zu stehen, Jakes Schatten durch die trübe Glasscheibe zu sehen und zu wissen, dass er sie derart begehrte. Sie fuhr sich mit der Zungenspitze über die Lippen. „Eine Nachricht?"

„Lola hat mich geschickt, um dir zu sagen, dass sie und Ahmet heute Nachmittag nach Las Vegas fliegen. Sie wollen zusammen die Kasinos unsicher machen. Lola ist jetzt in ihrer Kabine, um zu packen."

„Jake, du hast doch wohl nicht ...", setzte Jane entrüstet an.

„Nein, keine Angst, der Vorschlag kam nicht von mir", unterbrach er sie. „Nicht, dass ich nicht bald versucht hätte, sie loszuwerden, aber Lola hat mir die Mühe erspart. Sie ist eben eine sehr kluge Frau, unsere Lola."

Nach dem gestrigen Abend hatte Jane das eigentlich schon vorausgesehen. „Ich gehe zu ihr, sobald ich angezogen bin", sagte sie leise.

„Ja, tu das." Seine Stimme klang seltsam nachdenklich. Jane sah den Schatten näher kommen, seine Hand legte sich auf den Türgriff, doch dann zog er die Hand zurück, entfernte sich und war nicht mehr da.

Es dauerte einen Moment, bevor sie wieder ruhig atmen und das Wasser anstellen konnte. Die heißen Strahlen wuschen alle Anspannung von ihr ab. Außer einem ganz leichten Muskelkater und einer wunderbaren Trägheit hatte Jakes wildes Liebesspiel keine weiteren Spuren hinterlassen. Instinktiv scheute sie vor der Erinnerung an diese hemmungslosen Stunden zurück, doch sie zwang sich dazu, die Ereignisse davor und danach noch einmal vor ihrem geistigen Auge ablaufen zu lassen.

Wollte sie ihre Liebe für Jake frei von Furcht halten, musste sie sich dem, was passiert war, stellen und es akzeptieren. Ja, denn für eine kurze Weile hatte sie gestern Nacht Angst vor ihm gehabt, gestand sie sich ein. Und doch war sie absolut sicher gewesen, dass er ihr nie körperlich wehtun würde, trotz der eiskalten Wut in ihm, die seine Handlungen ausgelöst hatte. Was ihr wirklich Angst eingejagt hatte, war dieses erschreckende Gefühl von Hilflosigkeit gewesen, das sie in seinen Armen empfunden hatte. Als hätte sie alle Unabhängigkeit und Eigenständigkeit bei ihm verloren.

In Gedanken versunken griff sie nach dem Shampoo und wusch sich die Haare. Es war eigentlich nicht so sehr Jakes Überlegenheit, vor der sie Angst hatte, sondern ihre eigene Unzulänglichkeit. Als ihr diese Erkenntnis in den Kopf schoss, hielt sie für einen Augenblick inne. Ja, genau das war der Grund für all die Spannungen zwischen ihnen.

Selbst gestern Abend, als sie sich schöner und eleganter gefühlt hatte als je zuvor in ihrem Leben, war da dieses nagende Bewusstsein gewesen, wie erbärmlich naiv sie im Vergleich zu Jakes üblichen weiblichen Begleiterinnen war. Sie hatte sich lächerlich unsicher gefühlt, als die blonde weltgewandte und selbstsichere Cindy Lockwood an den Tisch gekommen war. Unterbewusst war sie sogar auf Lola eifersüchtig gewesen.

Obwohl Jake offenbar sehr zufrieden damit war, wie sie im Bett auf ihn reagierte, und auch wenn ihr selbst aufgefallen war, wie viel Vergnügen er bei ihrem Liebesspiel empfand, konnte sie die Selbstzweifel nicht vertreiben. War es nur der Reiz des Neuen, der ihn fesselte? Würde er sich mit ihr langweilen, sobald eine gewisse Vertrautheit in ihre Beziehung eingekehrt war? Mit den Tricks und Kniffen der erfahrenen Frauen, die das Bett mit ihm geteilt hatten, konnte sie nicht aufwarten. Den einzigen Vorteil, den sie gegenüber diesen potenziellen Rivalinnen hatte, war ihre grenzenlose Liebe zu ihm.

Es war also klar, wo das Problem lag. Um Jakes Interesse halten zu können, musste sie sich mehr Erfahrung aneignen. Die Frage war nur, wie ließ sich das bewerkstelligen? Jane bezweifelte, dass man ein solches Wissen aus Büchern ziehen konnte, auch wenn sie sicher war, dass mehr als genug zu diesem Thema geschrieben worden war. Mit anderen Männern zu experimentieren, dazu hatte sie absolut keine Lust. Eine Falte erschien auf ihrer Stirn, als sie die Möglichkeiten überdachte. Und dann entspannte sich ihre Miene, als ihr die Lösung einfiel. Natürlich, es war doch so einfach! Wieso war sie nicht schon vorher darauf gekommen?

Jane wusch sich das Shampoo aus den Haaren und trat unter der Dusche hervor, trocknete sich hastig ab und schlüpfte in den gelben Bademantel. Zeit, um sich das Haar zu föhnen, nahm sie sich nicht. Schnell ein Handtuch um den Kopf gebunden und die Badelatschen angezogen, und schon war sie zum Bad hinaus.

Innerhalb von Sekunden legte sie die wenigen Meter von der Hauptkabine zu Lola Torres' Gastkabine auf dem Korridor zurück. Noch einmal tief Luft geholt, dann reckte Jane die Schultern und klopfte entschlossen an Lolas Tür.

Mit düster gerunzelter Stirn sah Jake ungeduldig auf seine Armbanduhr. Lola war bereits eine Viertelstunde zu spät. Ahmet hatte seine überschwängliche und langwierige Verabschiedung längst hinter sich gebracht und wartete im Beiboot mit dem Matrosen, der die beiden an Land nach Cozumel bringen sollte. Lolas Gepäck war vor einer halben Stunde geholt und im Boot verstaut worden, doch von ihr selbst war keine Spur zu sehen.

Dann endlich kam sie an Deck, und Jake entspannte sich ein wenig, als die exotische Amerikanerin auf ihn zueilte. Ein Lächeln umfing ihre schönen Lippen, als sie seine grimmige Miene erblickte.

„Mich brauchst du nicht so böse anzufunkeln, *querido*", grüßte sie ihn unbeschwert. „Ich wäre pünktlich gekommen, wäre da nicht deine *chère amie* gewesen. Wir mussten uns nämlich noch unterhalten."

„Hättet ihr euch nicht schreiben können?", schlug Jake beißend vor. „Frauen haben überhaupt kein Zeitgefühl!"

„Du bist ein solcher Chauvinist, Jake", rügte Lola ihn gutmütig. „Du solltest es doch besser wissen, als so schamlos zu verallgemeinern. Natürlich wusste ich, ich würde zu spät kommen. Aber ich hatte das Gefühl, unter den gegebenen Umständen wäre es dir lieber, dass ich Janes krause Denkweise ein wenig zurechtrücke."

Argwöhnisch kniff Jake die Augen zusammen. „Und, ist es dir gelungen?", fragte er lauernd. „Ich hatte eigentlich den Eindruck, dass Jane ein erstaunlich klar denkendes Individuum ist."

„Im Grunde könnte ich dir da nur zustimmen", bestätigte Lola. „Nur … es scheint, dass das Mädchen sich in den Kopf gesetzt hat, sie bräuchte einen Tutor."

„Ja und?", hakte Jake nach.

„Jane kam zu mir und bat mich um meine Hilfe." Lola hatte Mühe, ein ernstes Gesicht zu wahren. „Sie ist wohl der Meinung, sie muss ihre Leistung verbessern, und daher hat sie entschieden, sich an eine Expertin zu wenden."

„Leistung?" Jake runzelte verständnislos die Stirn. Und als Lola ihm mit einer recht deutlichen Geste auf die Sprünge half, stöhnte er auf und fuhr sich mit den Fingern durchs Haar. „Großer Gott!"

Jetzt konnte Lola das breite Grinsen nicht mehr zurückhalten. „Du hättest sie sehen müssen, Jake. Sitzt da wie ein züchtiges Schulmädchen und versucht mich zu überreden, ihr Lektionen im ältesten Gewerbe der Welt zu geben." Die dunklen Augen strahlten vor Belustigung. „Und dabei hat sie so vorsichtig nach den passenden Worten gesucht, um nur nicht meine Gefühle zu verletzen! Sie war absolut köstlich!"

„Wirklich sehr lustig", tat Jake verdrießlich ab. „Ich bin sicher, du warst ihr eine große Hilfe."

„Oh, so kurzfristig stellt sie sich das nicht vor. Sie schlug vor, dass sie, wenn du mit deinem nächsten Film beschäftigt bist, zu mir nach Los Angeles kommt – zwecks vertiefender Studien. Sie ist überzeugt, mit dem entsprechenden Fleiß und genügend Lernbereitschaft wird es sie nicht mehr als ein paar Wochen kosten."

„Auf gar keinen Fall wird sie das tun!"

Lola blieb völlig gelassen. „Ich dachte mir, dass du so reagieren würdest. Das habe ich unserer kleinen Freundin auch begreiflich zu machen versucht."

„Machst du diesen Unsinn mit, werde ich dir mit dem größten Vergnügen deinen schönen Hals umdrehen, Lola", knurrte er.

„Mach dich nicht lächerlich, Jake." Sie war ehrlich beleidigt. „Ich mag das Mädchen. Und ich will nicht, dass sie meinetwegen Ärger mit dir bekommt." Sie lächelte bescheiden. „Ich habe ihr sogar gesagt, dass du mehr als zufrieden mit ihr sein musst, wenn du meine professionellen Dienste ausschlägst. Also, jetzt liegt es an dir, ihr Selbstvertrauen zu stärken, wenn du diesem Unsinn ein Ende setzen willst."

„Danke für deinen Rat", gab Jake bissig zurück. „Aber ich werde mich auf meine Art um die Angelegenheit kümmern, wenn du nichts dagegen hast."

Sie zuckte gleichgültig mit den Schultern. „Ich wollte nur helfen." Auf der Leiter zum Beiboot blieb sie noch einmal stehen und sah mit ernstem Gesicht zu ihm hinauf. „Der einzige Grund, weshalb ich überhaupt etwas von diesem Gespräch erwähne, ist, dass ich keineswegs sicher bin, ob ich sie überzeugen konnte. Sie scheint mir eine bemerkenswert entschlossene Person zu sein, wenn sie sich einmal etwas in den Kopf gesetzt hat."

„Stimmt, bemerkenswert", bestätigte Jake trocken. Man sah ihm die Frustration an. „Ich habe nicht die geringsten Zweifel, dass sie ihren Plan mit der Diskretion einer Dampfwalze auszuführen gedenkt. Ich werde sie mit Adleraugen beobachten müssen, sonst klappert sie sämtliche Bordelle in Los Angeles ab und bittet darum, Unterricht nehmen zu dürfen."

Lolas Augen blitzten. „Es gibt noch einen anderen Weg, weißt du."

„So?" Fragend schaute er sie an.

„Du könntest ihr endlich sagen, dass du sie liebst."

Jake versteifte sich, als hätte sie ihn geschlagen. Seine Miene wurde ausdruckslos, ebenso sein Blick. „Könnte ich?", fragte er abweisend. „Es war doch noch nie deine Angewohnheit, dich einzumischen. Dann solltest du auch jetzt nicht damit anfangen." Er deutete mit dem Kopf auf das wartende Boot. „Du musst deine Maschine noch erreichen."

Die Musik war sanft und sinnlich wie eine innige Liebkosung. Langsam drehten sie sich in dem dämmrigen Licht über die Tanzfläche, die Arme fest umeinander geschlungen. In der letzten Woche hatte Jane feststellen können, dass die Band im El Invernadero in den frühen Morgenstunden die rhythmischen Discoklänge schweigen ließ und nur noch romantische Melodien spielte, die verliebten Pärchen gefielen. Das gefiel Jane äußerst gut, und mit einem zufriedenen Seufzer schmiegte sie sich noch enger an Jake.

Mit einer fragend hochgezogenen Augenbraue schaute Jake auf sie herunter. „Müde? Möchtest du zur Jacht zurück?"

Sie schüttelte den Kopf. „Noch nicht", antwortete sie verträumt. „Ich tanze so gerne mit dir. Lass uns noch ein Weilchen bleiben."

Seine Umarmung wurde fester. „Oh, die unerschöpfliche Energie der Jugend", stöhnte er theatralisch auf. „Ist dir eigentlich klar, dass das jetzt das dritte Mal in dieser Woche ist, dass wir um vier Uhr morgens immer noch hier sind? Du machst aus mir noch ein physisches Wrack!"

Sie lächelte übermütig zu ihm auf. „Meiner Meinung nach siehst du erstaunlich gut aus, trotz der langen Nächte. Und außerdem habe ich nichts davon gemerkt, dass du dich beschwert hättest, als ich vorschlug, heute Abend auszugehen."

Jake sieht immer erstaunlich gut aus, dachte sie bei sich. Heute trug er einen konventionellen Smoking und wirkte darin so kraftvoll und geschmeidig wie ein Panther auf Beutezug.

Seine Augen funkelten schalkhaft. „Mich interessiert dabei nicht so sehr die Nacht auf der Tanzfläche, sondern die Belohnung, die mich im Anschluss daran erwartet. Dankbarkeit facht die Leidenschaft in dir an."

Sie beide wussten, dass das so nicht stimmte. Jake brauchte sie nur zu berühren, und schon stand sie lichterloh in Flammen. Heute dachte Jane verwundert an die lässige, fast geschlechtslose Frau, die sie vor der Zeit mit Jake Dominic gewesen war. Er hatte alle Türen zu den körperlichen Freuden für sie aufgestoßen, damit sie auf eine wunderbare Entdeckungsreise gehen konnte. Und inzwischen war sie süchtig nach seinen Liebkosungen wie nach einer Droge.

Plötzlich musste sie grinsen, als sie an die Szene in Jakes Kabine zurückdachte, nachdem Lola und Ahmet von Bord der Sea Breeze gegangen waren. Jake hatte sich aufgeführt wie ein wütender eifersüchtiger Ehemann. Während sie nur stumm dasaß und ihn mit großen Augen fasziniert beobachtete, war er aufbrausend auf und ab marschiert und hatte sich mit erstaunlich eloquenten Flüchen über ihre „hirnrissigen Einfälle" ereifert. Schließlich hatte er sich mit düsterer Miene zu ihr umgewandt.

„Der Himmel möge mich davor bewahren, dass ich dich dabei erwische, wie du auch nur irgendjemandem eine Frage stellst! Wenn du unbedingt mehr über erotische Variationen erfahren willst, dann komm zu mir! Ich denke, ich besitze genügend Erfahrung, um deine Neugier zu befriedigen!" Damit war er zur Kabine hinausgestürmt und hatte die Tür lautstark hinter sich zugeknallt.

Jakes Behauptung hatte sich als Untertreibung erwiesen, Jane hatte auch erst gar keine Fragen zu stellen brauchen. Ob nun Variationen oder das eher konventionelle Liebesspiel … alles war sehr erotisch, sehr aufregend, und sie hatte die Erfahrungen mit der ihr üblichen Begeisterung genossen. Zu Janes großer Freude zeigte Jake auch nach Lolas Abreise keinerlei Anzeichen, dass sein Interesse an ihr nachlassen könnte, eher schien sein Verlangen nach ihr noch stärker zu werden. Manchmal liebte er sie mit einer schier unersättlichen Macht, die Jane trunken machte wie schwerer Wein und sie mit dem Gefühl von glühender Liebe und wachsender Hoffnung erfüllte. Doch nie sprach er von Liebe, selbst nicht auf den Wogen der höchsten Leidenschaft, auch deutete er nie an, dass ihre Beziehung mehr sein könnte als nur eine temporäre Affäre, aber ... Jane musste ihm doch mehr bedeuten, wenn sie ihm solche Ekstase bereiten konnte.

Und da waren noch andere Momente, die die Hoffung in ihr schürten. Goldene Momente, in denen sie gemeinsam lachten, in denen sie ernsthafte Gespräche führten. Momente, die die Erforschung von Geist und Seele ebenso unschätzbar wertvoll machten wie das Kennenlernen ihrer Körper. Der Mann, der mit solchem Enthusiasmus über seine Arbeit sprach, unterschied sich so sehr von dem zynischen Playboy wie die Nacht vom Tag. Kein Wunder, dass er so erfolgreich ist, dachte Jane in einem dieser Momente einmal, als sie die flammende Begeisterung in seinen Augen sah. Und sie verspürte so etwas wie Eifersucht, als ihr klar wurde, dass seine Arbeit eine viel mächtigere Rivalin war als Lola Torres oder Cindy Lockwood es je sein könnten. Aber sofort schalt sie sich für diesen Gedanken. Sie liebte Jake Dominic und alles, was ihn ausmachte – sein Genie und seine Brillanz ebenso wie seinen verwegenen Charme und sein aufbrausendes Temperament.

Jane war klar, dass sie diese ruhig dahinfließenden, friedlichen Tage in ihrer Erinnerung würde festhalten müssen, damit sie von den Bildern zehren konnte, wenn ihr nicht mehr Jakes einziges Interesse galt. Wenn sie seine Zuneigung behalten wollte, musste sie ihn freigeben, damit er sich seiner anderen Geliebten zuwenden konnte. Immer öfter wanderten ihre Gedanken zu der Zeit voraus, wenn Jake seine Arbeit wieder aufnehmen würde, und sie wusste, sie musste vorbereitet sein, wenn diese Zeit kam.

„Du bist so nachdenklich, Rotschopf", neckte Jake sie. „Ich dachte schon, du schläfst."

„Ich denke nur darüber nach, welche Karriere ich einschlagen sollte", gab sie ernst zurück.

Das Lächeln auf seinem Gesicht schwand, und er zog sie fester an sich. „Dafür ist noch genug Zeit. Sieht aus, als müsste ich mich mehr anstrengen, um dein Interesse für mich wachzuhalten."

„Nein, ehrlich, Jake", beharrte sie. „Meinst du nicht, ich …"

„Ich brauche noch ein Glas Champagner", fiel er ihr abrupt ins Wort und blieb mitten auf der Tanzfläche stehen. „Und ich meine, du bist viel zu ernst." Einen Arm um ihre Taille, lenkte er sie geschickt durch die tanzenden Paare zu ihrem Tisch zurück.

Während er galant den Stuhl für sie bereithielt, hob er beschwingt an: „Habe ich dir schon gesagt, dass du absolut bezaubernd in diesem Kleid aussiehst? Du erinnerst mich an die Zuckerwatte, die ich früher als kleiner Junge gegessen habe, wenn ich in den Zirkus ging." Er beugte sich über sie und knabberte an ihrem Ohrläppchen. „Pink, flauschig und köstlich süß", murmelte er.

Das Chiffonkleid, von dem er sprach, war von einem so hellen Rosa, dass es fast weiß war, und Jane wusste, dass das Kleid ihr ausnehmend gut stand mit ihren roten Locken. Da Jake allerdings schon früher am Abend die gleiche Bemerkung gemacht hatte, wusste sie, dass er jetzt mit dem Kompliment nur auf ein Ablenkungsmanöver aus war. Sie warf ihm einen entnervten Blick zu, als er sich neben sie setzte. Wenn Jake beschlossen hatte, ein Thema nicht zu besprechen, dann war es besser, nicht darauf zu bestehen, das hatte sie inzwischen gelernt. Sie würde warten müssen, bis er zugänglicher war.

„Für mich war Zuckerwatte immer ein klebriges, süßliches Zeug, leer und ohne jeglichen Gehalt." Sie war verärgert über ihn.

Mit amüsiert funkelnden Augen führte er sein Glas an die Lippen. „Niemand kann dir vorwerfen, klebrig und süßlich zu sein, Rotschopf." Seine Lippen zuckten. „Und ich gedenke sicherzustellen, dass du heute Nacht auch nicht leer ausgehst."

„Jake!" Das Blut schoss ihr in die Wangen. Würde es ihr je gelingen, nicht immer sofort zu erröten? Jake sagte solche unverschämten Dinge absichtlich, nur damit er beobachten konnte, wie sie rot anlief. Über den Tisch hinweg sah sie in sein diebisch vergnügtes Gesicht und seine lachenden Augen.

Doch jäh erstarb das Lachen, und ein ganz anderer Ausdruck trat auf seine Miene. Jane stockte der Atem, und die Welt schrumpfte immer mehr zusammen, bis sie nur noch aus ihnen beiden bestand.

Jake stellte sein Glas ab. „Es wird Zeit, nach Hause zurückzukehren, Rotschopf."

Jane nickte verträumt und stand auf, griff nach dem Chiffonschal und nach ihrer winzigen Abendtasche aus Brokat, während Jake achtlos ein paar Geldscheine auf den Tisch fallen ließ. Jane drehte sich um und ging Jake voran in Richtung Ausgang – und wurde plötzlich von einem gleißenden Licht geblendet.

„Eine Sekunde nur, Mr. Dominic. Nur noch ein Foto, bitte."

Jane hörte einen gemurmelten Fluch hinter sich, dann wurde sie beiseite geschoben. Dem korpulenten Reporter im grauen Anzug blieb gerade noch Zeit, einen erstaunten Protestruf auszustoßen, als Jake auch schon die Kamera gepackt hatte und mit Wucht zu Boden schleuderte.

„Sie haben sie zerbrochen!“, schrie der Mann wütend auf. „Das war eine Achthundert-Dollar-Kamera!“

„Schicken Sie mir die Rechnung“, lautete Jakes klirrend kalter Kommentar. Er packte Janes Ellbogen und schob sie durch die erstaunt raunende Menge, sein Gesicht bleich vor Wut.

Während der Taxifahrt zum Pier schwieg er eisern, und seine ganze Haltung war abweisend. Erst als das Beiboot sich der Sea Breeze näherte, wagte es Jane, ihn anzusprechen.

„Wer war das?“

„Wahrscheinlich einer von diesen freien Fotografen, die in Urlaubsorten herumhängen und ihren Schmutz an jedes Blatt verkaufen, das gewillt ist, dafür zu zahlen“, stieß er bissig aus.

„Ob es klug war, so handgreiflich zu werden?“, fragte Jane leise. „Das wird ihn doch nur noch entschlossener machen.“

„Wäre es dir lieber, wenn dein Gesicht morgen auf der Titelseite irgendeines Schmierblatts erscheint, als Jake Dominics neuestes Spielzeug?“

„Sicher wäre das nicht angenehm“, gestand sie ein. „Aber immer noch besser, als wenn du wegen Sachbeschädigung verklagt wirst.“

„Vergiss es!“, knurrte er barsch. „Ich erstatte dem Kerl die Kamera, und das war's dann.“

Jane schwieg ergeben, aber es war offensichtlich, dass Jake den Vorfall nicht vergessen würde. Für den Rest des Wegs starrte er brütend vor sich hin, und sie waren kaum in der Kabine, als er sie vehement in seine Arme riss.

Es lag etwas verzweifelt Drängendes in der Art, wie er ihr das pinkfarbene Kleid auszog und sich mit ihr in den Armen auf das Bett fallen ließ. Auch gab es keine vorbereitenden Zärtlichkeiten, sondern er liebte sie mit einer machtvollen Dringlichkeit, die Jane verwirrte.

11. KAPITEL

Das Bild von uns beiden ist eigentlich recht gut, dachte Jane, als sie abwesend die Zeitung durchblätterte, die sie auf dem Schoß hielt. Es war eine spanische Zeitung, aber das Foto war so eindeutig, das sich die Aussage auch auf Swahili erschlossen hätte. Jakes besitzergreifender Arm um ihre Taille und ihr verträumter Gesichtsausdruck sprachen Bände. Himmel, sie war so klar zu durchschauen, da hätte sie sich auch ein Schild um den Hals hängen können.

Jane sah besorgt zu Jake. Seit dem Vorfall im El Invernadero waren jetzt vier Tage vergangen, und Jake war mürrischer und launenhafter, als sie ihn je erlebt hatte. Sie hatte auf der Sonnenliege an Deck gelegen, als er auf sie zugekommen war, sein Gesicht wutentbrannt, die Zeitung zusammengeknüllt in der Hand.

Mit einem knappen: „Sieh dir das an. Der Reporter hat mir das mit der Rechnung für seine Kamera geschickt“, hatte er ihr die Zeitung in den Schoß geworfen.

„Dann hat er wohl den Film retten können“, erwiderte sie ruhig. Schnell überflog sie den zugehörigen Artikel und war erleichtert. „Das sind doch nur Spekulationen und Anspielungen. Ich hatte schon befürchtet, sie könnten herausgefunden haben, wie ich an Bord der Sea Breeze gekommen bin.“ Sie verzog das Gesicht. „Das wäre eine Schlagzeile gewesen: ‚Erst die Bombe, dann das Bett‘.“

„Jane!“ Jake fasste es nicht. „Ist dir nicht klar, was das bedeutet? Die amerikanische Presse wird das sofort übernehmen. Die Story können sie sich nicht entgehen lassen. In zwei Tagen wird dieses Foto um die ganze Welt gehen.“

„Nun, das war doch abzusehen.“ Sie faltete die Zeitung zusammen und ließ sie angewidert auf den Boden fallen. Sie war blass, aber sie lächelte tapfer. „Irgendwann musste es ja herauskommen."

„Ist das alles, was du dazu zu sagen hast?" Jake ballte die Fäuste an den Seiten, um die Gefühle unter Kontrolle zu halten, die ihn mit Macht überkamen. Er hob die Zeitung auf und wedelte damit vor Janes Gesicht. „Du wirst das Ziel aller möglichen abfälligen Bemerkungen sein, an jedem Frühstückstisch wird man über dich herziehen, und alles, was du sagen kannst, ist: Irgendwann musste es ja so kommen?" Er knüllte die Zeitung zu einem Ball zusammen und warf sie über Bord.

„Reagierst du nicht ein wenig zu heftig? Dutzende Male hat man über dich und deine Frauen in den Klatschspalten geschrieben, und nie hat es dir etwas ausgemacht."

Er zuckte zusammen. Für einen Sekundenbruchteil sah er unglaublich verletzlich aus, dann war sein Gesicht wieder hart und ausdruckslos. „Mag sein. Aber vielleicht bin ich es leid, dass meine Affären in aller Öffentlichkeit breitgetreten werden, damit sich alle daran ergötzen können."

Jane bedachte ihn mit einem skeptischen Blick. Jake hätte es ruhig weniger kümmern können, was die Leute über ihn dachten. Diese vehemente Reaktion war völlig untypisch für ihn.

„Es ist ja nicht so, dass ich nicht gewusst hätte, was mich erwartet. Ich bin die Beziehung mit dir mit offenen Augen eingegangen. Mir war klar, dass deinen Geliebten immer eine gewisse Anrüchigkeit anhaftet. Das habe ich schon vor langer Zeit akzeptiert, und ich komme damit durchaus klar."

„Wie überaus reif und zivilisiert von dir." Seine Nasenflügel bebten. „Nun, du wirst deine Weltgewandtheit nicht weiter bemühen müssen. Die Sache ist vorbei."

Jane setzte sich abrupt auf, Panik ließ alle Farbe aus ihrem Gesicht weichen. „Ich verstehe nicht."

Jake wandte sich ab und starrte mit leerem Blick hinaus auf die See. Die Finger hatte er um die Reling geklammert, sein Profil war erschreckend regungslos. „Ich schicke dich nach Hause", sagte er tonlos, ohne jedes Gefühl. „Das hätte ich schon vor Wochen tun sollen."

„Das ist doch verrückt", protestierte sie schwach. Sie stand auf und zog ihren Bademantel über. „Weil ein kleiner dicker Mann ein Foto von uns geschossen und es an eine Zeitung verkauft hat? Das macht doch keinen Sinn."

„Das ist die ganze Sache nicht wert", erwiderte Jake kalt, ohne sie anzusehen. „Du bist den ganzen Aufwand nicht wert, Jane."

Sie fühlte sich, als hätte er ihr einen Faustschlag in den Magen versetzt. „Das glaube ich dir nicht", murmelte sie wie betäubt.

„Wieso? Du wusstest doch von vornherein, dass es irgendwann zu Ende sein würde. Du hast dich sowieso länger als jede andere gehalten."

Sie trat auf ihn zu, streckte die Hand aus, um sie ihm auf den Arm zu legen, um mit der Berührung durch die harte Fassade zu ihm durchzudringen, da Worte sinnlos waren. Er zuckte vor ihr zurück, als hätte sie ihn verbrannt. „Rühr mich nicht an", presste er zwischen den Zähnen hervor. „Ich verabscheue Frauen, die nicht würdevoll abtreten können, wenn man ihnen die Tür weist." Mit harten Zügen drehte er sich zu ihr um. „Muss ich deutlich werden und es aussprechen? Du langweilst mich, Jane. Ich will dich nicht mehr."

Jedes Wort war wie ein Peitschenhieb auf ihre blank liegenden Gefühle. Jane schüttelte den Kopf, hoffte so, ihre Gedanken klären zu können. Sie kam sich vor wie in einem Albtraum. „Das ergibt keinen Sinn", wiederholte sie. „Nicht so. Nicht von einer Minute auf die andere."

Den Blick wieder auf den Horizont gerichtet, zuckte er

mit den Schultern. „Ich will, dass du heute Abend im Flugzeug sitzt. Du gehst jetzt besser packen."

Während sie ihn stumm anschaute, wurde die Gewissheit in ihr immer stärker. Ihr Instinkt lag richtig. Diese Kehrtwendung um hundertachtzig Grad war zu abrupt, um echt zu sein. Er hätte sie nicht heute Morgen noch mit solch wilder Leidenschaft lieben können, wenn sie ihn langweilen würde. „Du lügst mich an", behauptete sie heiser. „Ich weiß nicht, warum du dich mir gegenüber plötzlich so benimmst. Aber ich weiß, dass du mich nicht satthast."

Sie sah, wie seine Finger die Reling umklammerten, bis seine Knöchel weiß hervortraten. Doch als er sich zu ihr umdrehte, lag nichts als Verachtung in seinem Blick. „Mein Gott, hast du denn überhaupt keinen Stolz? Ich habe dir gerade gesagt, dass ich dich nicht mehr will."

Tränen schimmerten in ihren Augen. Sie schlang die Arme um sich, um das Zittern aufzuhalten, das ihre zerbrechliche Fassade gänzlich ins Wanken bringen wollte. „Doch, ich habe Stolz", sagte sie. „Und wenn die Zeit kommt und ich dir glauben kann, dass du mich nicht mehr willst, wirst du nicht die geringsten Schwierigkeiten haben, mich loszuwerden." Bebend holte sie tief Luft. „Aber bis dahin werde ich um alles in der Welt um dich kämpfen. Du kannst mich zwingen, die Sea Breeze zu verlassen. Du kannst mich sogar dazu zwingen, dieses Flugzeug zu besteigen. Aber sobald ich aus dem Flugzeug aussteige, werde ich mich auf den Weg zurück zu dir machen. Wenn du mich nicht in dein Privatleben lassen willst, dann werde ich lernen und arbeiten und mich so unschätzbar wertvoll für deine Arbeit machen, dass dir nichts anderes übrig bleiben wird, als mich in deine Arbeit einzuschließen." Die Tränen strömten ihr jetzt über die Wangen. „Verdammt, Jake! Siehst du denn nicht, dass wir etwas haben, für das es sich zu kämpfen lohnt?"

Eine Sekunde lang flackerte unendliche Qual in den Tiefen seiner Augen auf, dann wandte er sich wieder ab. „In einer Stunde schicke ich jemanden nach unten, der deine Koffer holt. Sei also fertig."

„Das könnte dir so passen!" Mit einem Mal wurde Jane bewusst, dass das alles wirklich geschah, dass nichts seine Meinung mehr ändern konnte. Jake schickte sie weg.

Sie wirbelte auf dem Absatz herum und stürzte blind davon, eingehüllt in einen Dunst von Kummer und Schmerz und Elend. Sie stieß mit Marcus Benjamin zusammen, murmelte eine erstickte Entschuldigung und stolperte an ihm vorbei, weiter zur Hauptkabine.

Mit einem leisen Pfiff schaute der Kapitän ihr nach, dann wandte er sich um und kam auf Jake zu, den Mund grimmig verzogen, als er die Hand hob, in der er eine Zeitung hielt. „Ich brauche wohl gar nicht zu fragen, ob Sie das hier schon gesehen haben." Er ließ die Zeitung auf den Liegestuhl fallen. „Jane hat es wohl ziemlich mitgenommen."

Jake wandte ihm das Gesicht zu, und Benjamin hielt unwillkürlich die Luft an. Jake sah aus, als litte er Höllenqualen. Die dunklen Augen, in denen sonst immer nur der Spott stand, waren gänzlich erfüllt von Leid und Pein.

„Machen Sie das Beiboot fertig, Marcus", sagte Jake tonlos. „Und schicken Sie in einer Stunde jemanden nach unten, der ihr Gepäck hochbringt. Jane nimmt die Abendmaschine nach Miami."

Benjamin schaute ihn überrascht an. „Ich hätte nie gedacht, dass dieser Unrat", er deutete auf die Zeitung auf dem Stuhl, „ihr so zusetzt. Ich wäre jede Wette eingegangen, dass da sehr viel mehr passieren müsste, damit sie Sie verlässt."

Jakes Lachen klang wie das Knurren eines verletzten Tieres. „Oh ja, allerdings", entgegnete er bitter. „Ließe ich es zu, dann würde diese kleine Närrin bleiben und die ganze Welt über sich herfallen lassen." Er schlug mit der Faust auf die Reling. „Verdammt! Sie behauptet sogar, sie sei darauf vorbereitet gewesen."

„Sie ist ein realistisches Mädchen, trotz des ganzen Idealismus", stellte Benjamin fest. „Jane wusste immer, was auf sie zukommen würde, doch es war ihr gleich."

„Nun, mir ist es nicht gleich!", fuhr Jake wild auf. „Ich werde nicht dabeistehen und zusehen, wie sie verletzt wird. Himmel, können Sie sich vorstellen, was ein Jahr als meine Geliebte bei einem Mädchen wie Jane anstellen würde?"

„Es würde sie nicht verändern", erwiderte Benjamin überzeugt. „Das Mädchen ist stärker, als Sie glauben." Er musterte Jakes Gesicht, und was er dort sah, veranlasste ihn zu einem Vorschlag. „Natürlich gibt es noch einen anderen Weg, wie Sie sie schützen können – Sie könnten sie heiraten."

Jake sah ihn vorwurfsvoll an. „Meinen Sie nicht, daran hätte ich nicht schon selbst gedacht? Natürlich würde ich gern die Hand ausstrecken und mir nehmen, was ich will, so wie ich es schon mein ganzes Leben lang getan habe." Er schüttelte den Kopf und presste die Lippen zusammen, bis sie nur noch eine dünne Linie waren. „Herrgott, ich bin siebzehn Jahre älter als sie und habe mindestens hundert Jahre mehr Erfahrung. Selbst ein egoistischer Mistkerl wie ich weiß, dass sie etwas Besseres verdient hat." Seine Lippen verzogen sich zu einem bitteren Lächeln. „Ich habe schon genug Schaden angerichtet, indem ich sie zu meiner Geliebten machte." Wieder landete seine Faust auf der Reling. „Aber ich wollte sie so unbedingt haben!"

„Sie lieben sie", stellte Benjamin mit einem Anflug von Verblüffung fest.

„Natürlich liebe ich sie", bestätigte Jake ungeduldig. „Wer würde sie nicht lieben!" Dann zog er die Brauen zusammen. „Sie ist wie eine Vase aus feinstem Kristall, absolut klar und rein, ohne die kleinen Makel und Unvollkommenheiten, die die meisten von uns plagen."

Benjamin verkniff sich das Grinsen. Jake war absolut verrückt nach Jane. Jetzt wurde er sogar noch poetisch! „Ich sehe das Problem nicht so recht. Das Mädchen ist doch völlig vernarrt in Sie."

„Sie wird darüber hinwegkommen. Sie wissen doch so gut wie ich, dass sie jemanden braucht, der so jung und unverbraucht ist wie sie selbst, um eine lang anhaltende Beziehung zu führen."

„So sicher bin ich mir da nicht", widersprach Benjamin nachdenklich. „Ich bin sogar eher der Meinung, dass Jane einen älteren, erfahrenen Mann braucht, der auf sie aufpasst."

Ein Hauch von Hoffnung erschien kurz auf Jakes Miene, doch dann schüttelte er den Kopf. „Danke für den Versuch, Marcus, aber ich weiß, dass ich recht habe. Ohne mich hat sie es besser."

„Ich versuche hier gar nicht, Ihnen den Vorwand zu liefern, damit Sie endlich tun, was Sie am liebsten tun wollen", sagte Benjamin offen heraus. Langsam verlor er die Geduld. „Herrgott, hören Sie endlich auf, den Märtyrer zu spielen, und denken Sie nur mal daran, was das Mädchen bisher alles angestellt hat. Sie lässt sich mit einer Gruppe Wirrköpfe ein und jagt fast die Jacht in die Luft. Bei dem Hahnenkampf in San Miguel hätte man sie fast umgebracht. Sie war kurz davor, von einem Hai verspeist zu werden. Um dem Ganzen die Krone aufzusetzen, lässt sie sich mit einem der berüchtigtsten Männer der westlichen Welt ein. Und das alles innerhalb zweier kurzer Monate. Dabei weiß ich nicht einmal, ob diese Liste überhaupt vollständig ist." Er lächelte grimmig. „Also, ich kenne keinen jungen Mann auf dieser Welt, der damit fertig werden könnte."

Jähe Verblüffung stand in Jakes Gesicht. „Sie haben recht,

Ihre Liste ist nicht vollständig." Er stieß die Luft aus den Lungen. „Himmel, Jane ist eine wandelnde Zeitbombe!"

Nüchtern verfolgte Benjamin die Veränderungen in Jakes Zügen. „Sie sollten auch bedenken, dass Jane nicht das Mädchen ist, das sich so schnell von einer Liebesbeziehung erholt. So bald wird sie sicherlich nicht nach diesem Paradebeispiel von einem jungen Mann, der Ihnen da vorschwebt, Ausschau halten. Viel eher ist anzunehmen, dass sie sich eine Beschäftigung sucht, die sie von Ihnen ablenken wird." Benjamin verengte nachdenklich die Augen. „Ja, ich bin sicher, sie wird zu ihrem ursprünglichen Plan zurückkehren."

Alarmiert schaute Jake auf. „Ihr ursprünglicher Plan?"

„Das Friedenskorps", sagte Benjamin knapp.

„Friedenskorps?", wiederholte Jake verdattert.

Benjamin nickte. „Sie hat Simon gegenüber erwähnt, dass sie sich schon länger überlegt, ob sie sich nicht melden soll. Sie scheint überzeugt zu sein, dass man sie sofort annimmt. Und ja, mit all den Sprachen, die sie spricht, kann ich mir das gut vorstellen."

„Jane im Friedenskorps!" Jake war fassungslos.

Der Kapitän lächelte milde. „Wahrscheinlich wird man sie im Nahen Osten einsetzen. Ahmet Kahlid war ja sehr beeindruckt von ihren Arabischkenntnissen, oder?"

Jake stöhnte auf und schlug die Hände vors Gesicht. „Herr im Himmel, einen solchen Fehler kann selbst die US-Regierung nicht begehen!"

„Doch, die nehmen sie mit Handkuss, und das wissen Sie auch. Jung, intelligent, charismatisch und fließend in mehreren Sprachen."

„Nein!" Jake riss die Hände vom Gesicht und drehte sich mit einem Ruck zu Benjamin um, seine Augen sprühten Funken. „In sechs Monaten ist sie in einem Bordell gelandet! Oder ihr Kopf ziert einen Pfahl vor der Hütte eines Kopfjägers!“ Er fuhr sich mit der Hand durch das Haar. „Glauben Sie, ich will mir den Rest meines Lebens Sorgen machen müssen, in welche Schwierigkeiten sie sich als Nächstes bringt? Kommt ja gar nicht infrage!“ Damit drehte er sich um und marschierte wütend davon.

Und Kapitän Benjamin schaute der großen, muskulösen, zu allem entschlossenen Gestalt mit einem kleinen zufriedenen Lächeln nach.

Jane trug noch Bikini und Strandmantel, als Jake in die Kabine stürmte. Sie sah auf, Tränenspuren auf den Wangen, und warf das Teil, das sie in der Hand hielt, achtlos in den Koffer.

„Die Stunde ist noch nicht um, aber ich bin fast fertig mit Packen.“ Sie klappte den Kofferdeckel zu und ließ die Schlösser einschnappen. „Das ist alles, was ich mitnehme. Die ganzen Sachen von Dior und St. Laurent und wie sie alle heißen, kannst du jemand anderem geben.“

„Sicher, für das, was dir vorschwebt, sind Kakihosen und Tarnkleidung wahrscheinlich angebrachter.“ Wütend funkelte er sie an. „Das kannst du gleich vergessen. Hörst du, was ich sage? Das lasse ich nicht zu!“

Sie sah ihn an, eine Mischung aus Verständnislosigkeit und Empörung im Blick. Nicht genug, dass der Mann ihr Leben zerstörte, sie zurückwies, ihre Gefühle in Fetzen zerriss – nein, er hatte auch noch die Stirn, hier hereinzustürmen und sie anzuschreien!

„Ich habe keine Ahnung, wovon du überhaupt redest“, erwiderte sie gereizt. „Aber ich wünschte, du würdest gehen, damit ich mich anziehen kann. Schließlich möchte ich das Flugzeug nicht verpassen, das du für mich bestimmt hast.“

„Zum Teufel mit dem Flugzeug!“, stieß er aus. „Du kommst jetzt mit!“ Er packte ihr Handgelenk und zog sie hinter sich her aus der Kabine, so sehr sie sich auch sträubte und wehrte.

„Jake, lass mich los!“ Sie schäumte vor Wut. „Ich bin es leid, von dir herumgezerrt und geschubst und gezogen zu werden wie ein Paket. Du könntest mich mit etwas mehr Respekt behandeln!“

„Sei still!“, presste er zwischen den Zähnen hervor und schob sie vor sich her in die Lounge. „Du musst verrückt sein, wenn du dir einbildest, ich lasse mir von dir das Leben zur Hölle machen. Und dieses idiotische Friedenskorps kannst du gleich vergessen! Du wirst mich heiraten, verdammt!“

Jane schüttelte verwirrt den Kopf. Friedenskorps? Wieso Friedenskorps? Dann wurde ihr der Sinn seines letzten Satzes bewusst. „Ich soll dich heiraten?“ Ihre Augen traten aus ihrem bleichen Gesicht groß hervor.

„Als Kapitän hat Marcus die Befugnis, uns auf hoher See zu trauen.“ Er schritt zum Telefon und zog Jane mit sich. „Ich werde Order geben, die mexikanischen Hoheitsgewässer zu verlassen. In einer halben Stunde sind wir auf dem offenen Meer.“ Er griff nach dem Hörer, doch Jane streckte die Hand aus und hielt ihn auf.

„Warum, Jake?“, fragte sie leise, ihre Züge angespannt. „Warum willst du mich heiraten?“

„Warum wohl?“, stellte er bitter die Gegenfrage. „Weil ich ein egoistischer Mistkerl bin, der nicht ein Mal etwas Anständiges und Uneigennütziges tun kann, um dein Wohlergehen zu sichern. Mir ist inzwischen völlig schnuppe, ob ich gut genug für dich bin oder nicht. Ich werde dich nicht mehr gehen lassen, mag kommen, was will!“

Hoffnung blühte in Jane auf, und ein wunderbar warmes Gefühl bahnte sich vorsichtig seinen Weg. „Aber wieso?“

„Weil ich dich liebe!“, knurrte er wild mit grimmigem Gesicht. „Weil mir egal ist, ob es richtig oder falsch ist oder das Beste für dich ist. Solange ich dich nur behalten kann, für den Rest unseres Lebens.“

Jane schloss die Augen und holte tief Luft. Das war einfach zu schön, zu perfekt, um wahr zu sein. Als sie die Lider wieder hob, raubte das Strahlen, das aus den Tiefen ihrer Augen kam, Jake den Atem. Jane trat an ihn heran, schlang die Arme um seine Hüften und schmiegte ihre Wange verträumt an seine Brust. „Das ist kein schlechter Scherz? Du liebst mich wirklich?"

Er schloss sie in seine Arme, und seine Stimme klang verdächtig belegt, als er erklärte: „Ich liebe dich, mein Rotschopf." Mit einer Hand drückte er ihren Kopf an sein Herz. „Möge Gott dir helfen, denn ich kann dich nicht mehr gehen lassen." Seine Finger spielten mit ihren seidigen Locken, dann bog er ihren Kopf sanft zurück, um sie ansehen zu können. Er wirkte seltsam verletzlich, und eine untypische Unsicherheit lag in seinem Blick. „Das ist deine letzte Chance, Liebling", flüsterte er leise, beinahe unsicher. „Sag jetzt Nein, und ich bringe vielleicht noch genügend Willenskraft auf, um mich zurückzuhalten. Denn wenn du mir erst einmal dein Wort gegeben hast, dann bin und bleibe ich der einzige Mann in deinem Bett und deinem Leben, für den Rest deiner Tage."

„Ich habe dir schon einmal gesagt, dass du von mir nie ein Nein hören wirst", entgegnete Jane fest. „Daran hat sich nichts geändert, und daran wird sich auch nichts ändern."

Jake beugte den Kopf und küsste sie. Es war ein Kuss, so feierlich und bindend wie der Austausch der Ringe vor dem Altar. Als sie die Münder voneinander lösten, zitterten sie beide und hielten sich fest wie verlorene Kinder.

„Du musst mich nicht heiraten, weißt du", flüsterte Jane. „Alles, was ich je wollte, war deine Liebe. Ich verstehe völlig, wenn du dich nicht binden willst."

Jake setzte einen zärtlichen Kuss auf ihre Nasenspitze. „Dich mag es nicht stören, wenn du in Sünde lebst, du schamloses Weib. Aber ich muss gestehen, sobald es um dich geht, grenzt meine Einstellung ans Puritanische und mein Instinkt ans Primitive. Ich will dich an mich binden, mit jedem Mittel, das sich finden lässt." Er hob eine Augenbraue. „Ich hoffe, du hast nicht doch noch Zweifel. Denn ich habe meine letzten Skrupel abgelegt. Du gehörst mir – für immer."

„Und du hast nicht die Befürchtung, du könntest es später bereuen?" Jane runzelte besorgt die Stirn. „Ich glaube nicht, dass ich das überleben würde."

Seine Miene war ungewöhnlich ernst, als er antwortete: „Du bist meine erste und einzige Liebe, Jane. Bevor du in meinem Leben aufgetaucht bist und es völlig auf den Kopf gestellt hast, glaubte ich nicht einmal, dass dieses Gefühl existiert. Ich kann ohne dich nicht mehr leben."

Er griff über ihren Kopf hinweg zum Telefon, und während er sie mit einem Arm fest an sich gedrückt hielt, gab er die Order, die Jacht aufs Meer hinauszulenken.

Kaum hatte er den Hörer wieder aufgelegt, beugte er den Kopf und küsste Jane mit verzehrender Sehnsucht. Er schob die Hände in ihren Strandmantel und streichelte die seidige Haut ihres Rückens. Instinktiv schmiegte Jane sich an ihn, rieb sich verführerisch an ihm, als er sie mit den Händen an ihrem Po an sich drückte.

Plötzlich legte sie die Hände an seine Schultern und schob ihn von sich, machte sich aus seinen Armen frei. „Nein." Ihr Atem ging schwer, ihre Wangen waren erhitzt und die goldenen Augen verhangen vor Lust. „Ich will erst reden."

Überraschung über die plötzliche Unterbrechung zeigte sich in Jakes Blick. Ihm war anzusehen, dass er überlegte, ob er ihre Bitte ignorieren sollte. Doch dann entspannte er sich, auch wenn sein Blick auf ihren festen Brüsten in dem winzigen Bikini haftete.

„Es gibt eindeutige Zeichen, dass du dir deiner Sache da gar nicht so sicher bist", neckte er. „Aber nun gut, dieses Mal werde ich es dir durchgehen lassen. Also rede, Rotschopf."

Mit roten Wangen band Jane den Gürtel des Strandmantels zusammen und trat von Jake zurück. Sie ging zu der Ledersitzgruppe in der Mitte des Raumes und setzte sich, die Beine untergeschlagen. Dann sah sie zu Jake, der immer noch bei der Bar stand, und klopfte einladend auf den Sitz neben sich. Amüsiert schlenderte er zu ihr und ließ sich neben ihr auf die Polster fallen.

Seine Augen funkelten neckend, als er sie anlächelte. „Jetzt weißt du sicher, dass ich dich liebe, Darling. Niemals zuvor in meinem Leben habe ich in einer solchen Situation aufgehört."

„Wie lange liebst du mich schon?", wollte sie von ihm wissen, die Hände brav im Schoß gefaltet.

Eine Zärtlichkeit erhellte seine Züge, die jeden, der meinte, ihn zu kennen, in Erstaunen versetzt hätte. „Schon immer."

„Nein, mal ernsthaft, Jake."

„Ich nehme an, wirklich bewusst wurde es mir an dem Abend in San Miguel, als ich durch die Tür stürmte und dich da unter diesem Haufen Männer begraben sah." Er grinste. „Ich wusste nicht, ob ich dir den Hintern versohlen oder dich auf meine Arme heben und mit dir durchbrennen sollte. Ein solches Gefühl hatte ich noch nie verspürt, es hat mich halb zu Tode erschreckt." Mit einem Finger rieb er ihr über die Unterlippe. „Vor diesem Abend war ich mir bewusst, dass du eine größere Wirkung auf mich ausübtest als jeder andere Mensch, der mir je begegnet war – Mann, Frau oder Kind. Aber da wollte ich mir noch nicht eingestehen, dass es mehr als nur Sympathie oder Beschützerinstinkt war."

„Warum hast du mir das nicht gesagt?" Jane war eingeschnappt. „Ich habe es dich noch am gleichen Tag wissen lassen, als ich es herausfand."

Jake schüttelte den Kopf, seine Lippen zuckten. „Zum ersten Mal in meinem Leben hatte ich beschlossen, mich nobel zu verhalten. Ich wusste, ich hatte kein Recht auf dich. Ich bin siebzehn Jahre älter als du, und ich habe mehr gesehen und erlebt, als du dir vorstellen kannst. Ich hätte dich wegschicken sollen, sobald mir klar wurde, was mit mir geschah. Doch irgendwie überzeugte ich mich davon, dass ich mir wenigstens diese zwei Monate deiner Gesellschaft gewähren könnte."

Seine Hand streichelte jetzt ihren Hals, verharrte an dem Punkt, an dem ihr Puls schlug. „Und dann lief plötzlich alles aus dem Ruder. Zwischen dem idiotischen Hai und Ahmet lösten sich meine guten Vorsätze in Luft auf. Ich konnte dir nicht fernbleiben. Mir selbst gegenüber entschuldigte ich mein Verhalten damit, dass es die einzige Möglichkeit sei, dich zu entmutigen, wenn ich dich in mein Bett hole und dir klarmache, wie aussichtslos die ganze Sache ist." Sein Mund wurde hart. „Ich habe mir selbst etwas vorgemacht. Ich war verrückt nach dir. Ich wollte dich mehr, als ich je etwas in meinem Leben gewollt hatte, und deshalb habe ich es mir genommen."

Jane lächelte mit sanftem Spott. „Kein Wunder, dass du Schuldgefühle hast. Ich meine, jeder konnte doch sehen, wie widerwillig ich zu dir kam."

Die Zärtlichkeit in seinen Augen wuchs noch. „Du bist so unglaublich. Ich kann überhaupt nie genug von dir bekommen." Ungläubig schüttelte er den Kopf. „Noch nie hat eine Frau mit solch offener und ehrlicher Zuneigung und Leidenschaft auf mich reagiert. Bei dir kam ich mir vor wie ein aufgeregter Teenager." Er ließ seine Hand unter den Strandmantel gleiten und umfasste ihre bloße Schulter. Mit den Lippen liebkoste er die Stelle, wo gerade noch seine Finger gelegen hatten, und Janes Puls begann zu rasen.

„Und doch wolltest du mich wegschicken", hauchte sie atemlos und ließ ihre Finger in sein dichtes Haar gleiten.

„Ich bin eben ein Masochist", spottete er, während er an

ihrem Ohrläppchen knabberte. „Ich wusste, es würde mich umbringen, aber ich hätte es nicht ertragen können zu sehen, wie dein Name in sämtlichen Klatschspalten der Welt verrissen wird. Ich hatte dir schon genug genommen, auch ohne das."

„Ich bin froh, dass du deine Skrupel abgelegt hast", sagte Jane heiser. „Ich hatte mir schon ausgemalt, wie ich dich an jedem Filmset in Hollywood suchen muss."

Jetzt biss er ihr ins Ohr. „Und ich hatte Horrorvisionen, wie ich dich retten muss, vor Sklavenhändlern und menschenfressenden Löwen. Ich will nie wieder von dieser Idee mit dem Friedenskorps hören, verstanden?"

Jane fragte sich verwundert, wieso er schon wieder das Friedenskorps ansprach, doch als sie seine Hand unter dem Mantel an ihrer Brust fühlte, verlor sie prompt den Faden. Was hatte er gesagt? Oh ja, irgendetwas über das Friedenskorps. „Die leisten gute Arbeit", hauchte sie abgelenkt. Jake hatte den Verschluss ihres Bikinioberteils gefunden und geöffnet.

„Ich auch", behauptete er und bewies seine Aussage mit Händen und Lippen und Zunge. „Und ich lasse dich nie mehr weiter von mir weg als bis ins nächste Zimmer", stieß er nach mehreren erhitzten Momenten aus.

Dann stand er abrupt auf, durchquerte mit großen Schritten die Lounge bis zur Tür und drehte den Schlüssel im Schloss. Auf dem Weg zurück zur Couch knöpfte er sich bereits das Hemd auf, und sie schaute ihm sehnsüchtig zu, als er es sich auszog und auf einen Sessel warf.

Ein neckendes Lachen lag in seinen Augen, als er sich zu ihr setzte und ihr den Strandmantel von den Schultern strich. „Mir ist gerade eingefallen, dass sich uns hier eine einmalige Chance bietet, die nie wiederkommt." Mit den Daumen kreiste er träge über die rosigen Knospen ihrer Brüste. „In einer Stunde sind wir schon ein altes verheiratetes Paar. Das hier ist die letzte Gelegenheit für uns, die verbotenen Früchte eines Lebens in Sünde zu kosten. Ich denke, das sollten wir uns nicht entgehen lassen, oder?“

Jane schlang die Arme um seinen Hals und zog ihn zu sich herunter. „Das wäre wirklich eine schreckliche Vergeudung“, stimmte sie glücklich zu. „Also, meiner Meinung nach hast du absolut recht.“

„Natürlich habe ich recht“, behauptete Jake mit unverbrüchlicher Arroganz und drückte sie sanft in die Couch.

– ENDE –

Debbie Macomber
Das Muster der Liebe
Band-Nr. 25313
7,95 € (D)
ISBN: 978-3-89941-501-8
480 Seiten

Debbie Macomber
Die Maschen des Schicksals
Band-Nr. 25341
7,95 € (D)
ISBN: 978-3-89941-557-5
448 Seiten

Debbie Macomber
Der Stern von Yucatán
Band-Nr. 25250
6,95 € (D)
ISBN: 978-3-89941-414-1
336 Seiten

Susan Andersen
Alarm auf Wolke sieben
Band-Nr. 25312
7,95 € (D)
ISBN: 978-3-89941-500-1
336 Seiten

Nora Roberts
Die O'Haras 1
So nah am Paradies
Band-Nr. 25290
7,95 € (D)
ISBN: 978-3-89941-474-5
304 Seiten

Nora Roberts
Die O'Haras 2
Tanz der Sehnsucht
Band-Nr. 25307
7,95 € (D)
ISBN: 978-3-89941-495-0
304 Seiten

Nora Roberts
Die O'Haras 3
Hinter dunklen Spiegeln
Band-Nr. 25317
7,95 € (D)
ISBN: 978-3-89941-519-3
304 Seiten

Nora Roberts
Die O'Haras 4
Wohin die Zeit uns treibt
Band-Nr. 25318
7,95 € (D)
ISBN: 978-3-89941-520-9
304 Seiten